分類歇後語

王陶宇／編著

五南圖書出版公司 印行

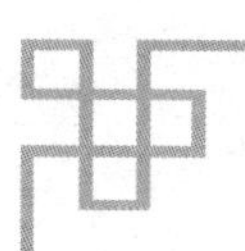

序

王陶宇先生是中國民間文藝家協會會員，多年來利用業餘時間從事中國諺語和歇後語的收集與研究，卓有建樹。一九八一年以來，他先後出版了《新編一字歌三字經》、《諺語哲理詩》、《一字謠》、《諺語之花》、《健康諺語選》等書，如今他又完成了《分類歇後語》的編纂工作。其精神實在令人敬佩。

歇後語既是我國語言中的一種形象化的語言表現手段，又是口頭文學中的一種獨立的體裁。說它是一種形象化的語言表現手段，是因為它那表達思想的獨特方式和犀利潑辣的幽默效果常常給文章或文學作品的寫作帶來生動活潑的風格與氣質。說它是民間口頭文學的一種獨立的體裁，是因為它雖然篇幅極短（往往就只有一句話），但卻能透過一個形象（或畫面）表達一種意義，而且能在廣泛的社會成員中口頭傳承。歇後語的形象或形象畫面是多樣的，有的是來自社會現實生活中的習見事象，有的是來自文藝作

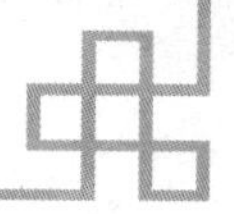

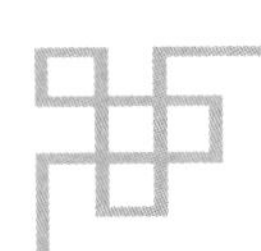
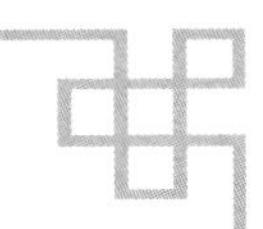

品（如戲曲）中的典故；這些形象或形象畫面並不直接給予讀者以意義，其功能只限於起興、比喻，從而引出意義。有的甚至連起興和比喻都談不上，而僅僅是語言上的諧音，由諧音而產生意義。

歇後語在我國語言和民間口頭文學中，源遠流長。古代文獻中通常說：「語末之詞，隱而不言，謂之歇後。」歇後語在古代有時又稱「縮腳語」。「縮腳」就是省略所要指說的詞語，而保留代用詞語。比如陶淵明「再喜見友于」句，杜甫「友于皆挺拔」句，其中的「友于」是「兄弟」的代用詞語。《尚書・君陳》中出現的「友于兄弟」到了後世，把「兄弟」省略了，只留下了「友于」，「友于」變成了「兄弟」的代語。「縮腳」是歇後語的一種古代結構形式。發展到今天，歇後語雖然還保留了「縮腳」型結構，但畢竟產生了很大的變異，表現方式也大為多樣化了。

中國究竟有多少歇後語，誰也無法作出統計，至少現在尚無定論。王陶宇先生編纂的《分類歇後語》收集了一萬六千餘則歇後語，大概可以稱得上是一部大型辭書。這樣一部辭書，對於研究和愛好民間口頭文學的人，對於研究語言學的人，特別是對於從事文學創作的人，無疑是一部難得的書。它的難得之處，與其說在於內容的豐富，勿

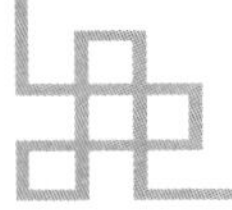
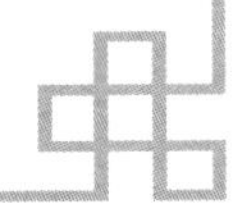

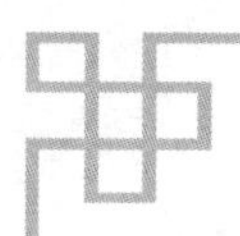
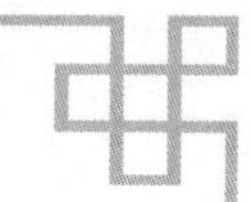

寧説編者在編纂原則方面的創新。編者在編排上採用了一種新的、獨特的組合排列方式：即將歇後語的意義部分作為詞條排在前面，而把形象部分排在後面；一種意義而多種形象表達方式的，在同一條目下加以分列；內容、意義大致相當的歇後語併於一類之中。這是一種從實用出發的新的嘗試，我想這種嘗試是會受到讀者歡迎的。

是為序。

劉錫誠

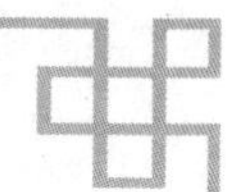

前　言

歇後語是人們在生活實踐中創造的一種特殊語言形式。它明白曉暢、形象生動，幽默風趣、耐人尋味，有著鮮明的民族特色和濃郁的生活氣息。它在人們的口頭上廣泛流傳，在文學作品中也經常出現，歷來為廣大群眾所喜聞樂見。它是我國語言寶庫中璀燦奪目的明珠，是我國民間語言文學百花園中絢麗多彩的奇葩。

多年來，我一直有這樣一個願望：將自己收集的數萬則歇後語篩選分類、合理編排、逐條注釋，編纂出一部實用性較強的，有一定規模的歇後語工具書。今天，這部《分類歇後語》終於出版了。能把自己多年的心血奉獻給廣大讀者，總算實現了夙願。

這部辭典在編排上另闢蹊徑，採用以歇後語的解說語為條目按義分類的編排方法。這樣，既可突出歇後語的含義，便於查檢；又可將解說語相同的歇後語集中排列，合併同類，節省篇幅，便於選用。釋文釋義、適當加注而不

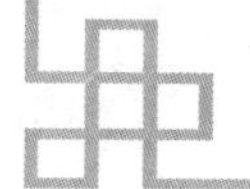
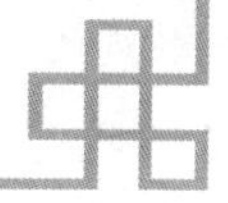

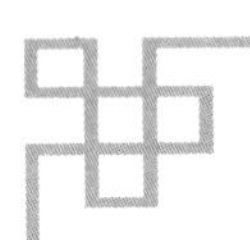
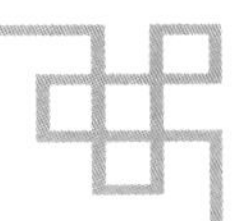

引用例。因此這部辭典新穎、簡明而又實用、方便。

在編寫過程中，孫玉芬先生鼎力協助，為本書付出了辛勤的努力；出版社為本書的出版給予了大力的支持；中國民間文藝家協會副主席劉錫誠先生又在百忙之中為本書作序。在此謹致以誠摯的謝意。

由於水準有限，辭典中疏漏之處在所難免，懇請廣大讀者不吝賜教，以便再版時修改訂正。

王陶宇

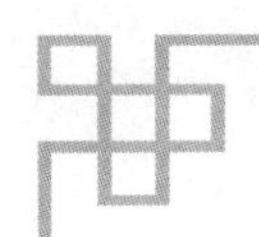
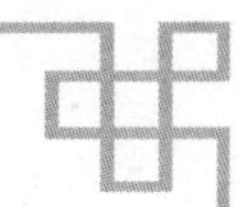

凡　例

一、本辭典共列條目五千餘則，收錄歇後語一萬六千餘則。冷僻的、地域性強的，以及低級庸俗的歇後語均不收。

二、本辭典的編排採用新穎的組合排列方式，即將表達歇後語本義的後半部分（解說語）作為條目，作比喻的歇後語的前半部分（比喻語）排列在條目的後面。如「自身難保」條目後面列有「泥菩薩過江」和「稻草人救火」等比喻語。讀者使用時可將次序顛倒過來，組成兩條釋義相同的歇後語：「泥菩薩過江——自身難保」和「稻草人救火——自身難保」。若同一比喻語有多種解說語的，則在相應條目後分別列入該比喻語。如條目「張牙舞爪」、「一對兒」、「明擺著」等後面均列「衙門口的獅子」。

三、本辭典條目按義分類。即將條目分上、中、下三編，分別收錄含貶義、褒義、中性或感情色彩不濃的歇後語。每編按具體內容分為若干類。

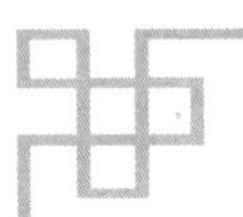

四、正文同類條目的編排，按首字筆畫多寡為序；筆畫數相同的，按第二字筆畫多寡為序，以此類推。

五、條目釋文分釋義與注釋兩部分。釋義一般體現條目運用時的意義。注釋重點在生僻難懂的字詞，歷史典故、方言土語，以及有助於理解歇後語含義的說明性文字。

六、書後附有條目筆畫索引供讀者查找。

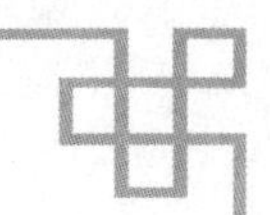

目　錄

上
編

沒落衰敗類

一下子全完
雞毛扔火裡／熱湯泡雪花

〔釋義〕比喻馬上就要完蛋了，或很快被消滅乾淨。

一天比一天難過
脫了鱗的魚

〔釋義〕比喻日子越來越不好過。

一天不如一天
白露過後的莊稼*

〔釋義〕比喻情況越來越壞。

〔注釋〕白露是二十四節氣之一，在每年九月上旬。這時秋莊稼大多已成熟，逐漸枯黃萎縮。

一片漆黑
滿天飛烏鴉／初一晚上走路*

〔釋義〕形容十分黑暗。

〔注釋〕農曆每月初一，月球運行到太陽和地球之間，地球上看不見月光，行路困難。

一代不如一代；一輩不如一輩
近視眼生瞎子／叫驢①變成土螞蚱②／老鷹變成夜貓子／狐狸生出老鼠來／瘸娘③生個癱娃娃／獾狼④下⑤個小耗子／九斤老太⑥的口頭禪

〔釋義〕比喻每下愈況，景況越來越不好。

〔注釋〕①叫驢：公驢。②土螞蚱（ㄇㄚˋ ㄓㄚˋ）：方言，蝗蟲，略似飛蝗。③瘸（ㄑㄩㄝˊ）娘：腳或腿有毛病的婦女，走起路來身體不平衡。④獾狼：獾，哺乳動物，毛灰色，有利爪，穴居山野，晝伏夜出。⑤下：生。⑥九斤老太：魯迅小說《風波》中的人物，她厭世嫉俗，對現實不滿。她的口頭禪「一代不如一代」是對她的家庭及當時社會的寫照。

一代（袋）不如一代（袋）
麻袋換草袋

〔釋義〕同「一代不如一代；一輩不如一輩」。

一年不如一年
懶漢過年／王小二過年／老太婆過年

〔釋義〕比喻每下愈況，情況越來越糟。

一沖便垮
沙子築壩

〔釋義〕比喻不穩固，稍有衝擊就垮。

一亮而盡
燈草*做火把

〔釋義〕比喻人得勢一時。

〔注釋〕燈草：燈心草的莖髓，可做油燈的燈心，易燃。

一個也溜不掉

網裡的魚蝦／車*乾塘水捉魚

〔釋義〕比喻誰也逃不脫。

〔注釋〕車：用水車汲水。

一掃光

風吹落葉／老和尚剃頭／清潔工遇垃圾

〔釋義〕這裡比喻消滅乾淨。有時指一點也不剩。

一貶到底

帽沿兒做鞋墊

〔釋義〕把人說得一文不值。

一落千丈

石沉大海／飛機上跳傘／雷雨天下冰雹

〔釋義〕形容地位、景況急劇下降。

一窩不如一窩

兔子生耗子／黃鼠狼下①刺蝟／野雞窠裡抱家雀②／黃貔子③生個豆鼠子④

〔釋義〕比喻一代不如一代。

〔注釋〕①下：生。②家雀：方言，麻雀。③黃貔（ㄆㄧˊ）子：黃鼠狼，也叫黃皮子。④豆鼠子：較小的一種鼠，身長約二寸。

一窩都是死

開水灌鼠洞／滾水潑螞蟻／雞籠裡面扔炸彈

〔釋義〕比喻全部完蛋，無一倖存。

人人喊打

老鼠過街／黃鼠狼碰浜*／黃鼠狼碰壁

〔釋義〕比喻引起公憤，群起而攻之。

〔注釋〕碰浜（ㄅㄤ）：掉到河裡。浜：方言，小河。

上天了

臘月二十四的灶王爺*

〔釋義〕指上西天，即人死了。

〔注釋〕傳說灶王爺是掌管一家禍福的神，舊俗臘月二十三或二十四，灶王爺要上天庭向玉皇大帝報告一家的吉凶善惡。

上晃下搖

醉漢過鐵索橋／扶著醉漢過破橋

〔釋義〕比喻基礎不牢，地位不穩固。

大敗而逃

曹操下宛城*

〔釋義〕比喻遭到慘敗，潰不成軍。

〔注釋〕《三國演義》中的故事。劉備投奔曹營後，曹操聽說西涼軍隊擬從宛城（今湖北荊門縣）出發劫駕，即親率大軍南下宛城，討伐禍根張繡。張繡力不能敵，派人求和。後對曹操搶奪其嬸大為不滿，一天夜裡，張繡部下趁曹操不備，乘衛兵典韋醉酒之機，突襲曹營，曹操身中一箭，曹軍大敗而逃。

不久長；難長久

風裡點燈／風前殘燭①／瓦上結霜／露水夫妻②／泡透的土牆／草上的露水／秋天的螞蚱③／磨細的麻繩／樹葉上的水珠／踮著腳尖④立正／落到麻雀窩裡的喜鵲⑤

〔釋義〕比喻某種情況或局面很快就會結束。

〔注釋〕①殘燭：燃盡將熄的蠟燭。②指萍水相逢進而同居的男女。③螞蚱（ㄇㄚˋ ㄓㄚˋ）：方言，蝗蟲。④踮（ㄉㄧㄢˋ）著腳尖：抬起腳後跟用腳尖站著。⑤喜鵲與麻雀不同類，不可能同穴而居，喜鵲誤落麻雀窩只是一時之事。

不死一身殘

黃鱔上沙灘

〔釋義〕比喻人受到沉重打擊。

不死也要脫層毛

母雞跳進灶／麻雀飛進貓口

〔釋義〕比喻遭受沉重打擊。

不死也要脫層皮

開水潑老鼠／長蟲[1]鑽籬笆[2]／活人跳進滾水盆

〔釋義〕同「不死也要脫層毛」。

〔注釋〕①長蟲：蛇。②籬笆：用竹子、樹枝等編成的遮攔物。

不是死（屎），也是死（屎）

黃泥巴掉褲襠／黃泥掉在糞堆裡

〔釋義〕比喻終究要完蛋。

不堪一擊

水豆腐[1]／冰雹砸荷葉／紙糊的大鼓／鐵錘打紙鼓／玻璃鋪的家當／芋頭葉子當鈸敲／關公[2]面前耍大刀／豆腐店裡的東西

〔釋義〕比喻很脆弱，禁不起一點打擊。

〔注釋〕①嫩豆腐。②關公：關羽。三國時名將，善使青龍偃月刀。

心不死；不死心

火燒冬茅[1]／火燒冬筍／火燒芭蕉／蛤蟆剝皮／冬天的蘆葦／黑甲魚[2]剖腹／霜打的大蔥／鐮刀割韭菜

〔釋義〕比喻不甘心。

〔注釋〕①冬茅：冬天的白茅，多已枯乾。②甲魚：鱉，爬行動物，形狀像龜，背甲有軟皮。

心寬路窄

獨木橋上唱戲

〔釋義〕比喻出路不大。

日暮途窮

天黑找不到路

〔釋義〕比喻無路可走。

毛乾爪淨

老鼠跳火炕／黃鼠狼烤火／黃鼠狼鑽灶火

〔釋義〕這裡比喻消滅乾淨，一點不留。有時比喻手頭上淨光，一點錢也沒有。

四面楚歌

楚霸王困垓下*

〔釋義〕比喻多方受敵，陷入孤立無援的困境。

〔注釋〕據《史記・項羽本紀》記載：楚漢交戰時，楚霸王項羽的軍隊駐紮在垓下，兵少糧盡，又被劉邦的軍隊層層包圍。一天夜裡，楚霸王聽見四面漢軍軍營中都唱起楚歌，疑心楚國的地方全被劉邦占領了。後來就用「四面楚歌」比喻勢力孤單、多方受敵的困境。垓（ㄍㄞ）下：古地名，在今安徽靈璧縣東南。

末日來臨；死到臨頭

魚吞釣鉤／耗子鑽灶火／關雲長走麥城[1]

／刑場上的囚犯／閻王爺[2]下請帖／屠宰場的肥豬／癩蛤蟆遭牛踩

〔釋義〕比喻處境非常危險，很快就要完蛋了。

〔注釋〕①《三國演義》中的故事。蜀國大將關雲長（關羽），鎮守荊州，狂妄自大，他曾在樊城大破曹軍，後吳軍偷襲荊州，關雲長收兵回救，受曹、吳兩軍夾擊，敗走麥城，被吳軍擒殺。②閻王爺：佛教稱管地獄的神。

永世不得翻身

石頭做屋基／陰溝裡的磚頭／爛田裡的石臼*

〔釋義〕比喻永遠不能從困苦中解脫出來。

〔注釋〕石臼（ㄐㄧㄡˋ）：用石頭鑿成的舂米器具，中部凹下。

永無出頭之日；難出頭

死人下葬／金針[1]落塘／金簪[2]入海／井底下栽花／床底下拜年／石盤下的竹筍／被埋沒的陶俑[3]／種下苞穀不發芽

〔釋義〕同「永世不得翻身」。

〔注釋〕①金針：指縫紉、刺繡用的金屬針。②金簪（ㄗㄢ）：用金子做成的別髮髻的條狀物。③陶俑（ㄩㄥˇ）：古代用黏土燒製的殉葬用的偶像。

皮焦根枯心不死；葉爛皮乾心不死

屬芭蕉的／過冬的大蔥／屋簷下的大蔥／太陽底下的洋蔥*

〔釋義〕比喻不甘心失敗。

〔注釋〕洋蔥：多年生草本植物，即便皮焦葉枯，但莖肉仍然不會枯萎。

丟盔卸甲

烏龜進沙鍋*

〔釋義〕形容倉皇逃跑的狼狽相。

〔注釋〕烏龜有硬甲，放在鍋裡煮熟後，甲易脫落。

光知騰雲駕霧，不知死在眼前

屎殼螂爬鞭梢*

〔釋義〕比喻只顧眼前，不顧後患。

〔注釋〕鞭梢：驅趕牲畜用的鞭子的末梢。揮鞭時，鞭梢擺動大、著力強。

光棍兒[1]落難[2]（爛）

蒜薹炒豆渣

〔釋義〕比喻無依無靠的人陷入困境。

〔注釋〕①光棍兒：此指無依無靠的人。②落難（ㄋㄢˋ）：遭受災難，陷入困境。

同歸於盡

木勺炒豆子／狗死狗蚤[1]死／蛇死螞蚓[2]爛／稻草人救火／竹蟲咬斷竹根

〔釋義〕一起毀滅。

〔注釋〕①狗蚤：寄生在狗身上的一種跳蚤。②螞蚓（ㄇㄚ ㄍㄨㄞˇ）：方言，青蛙。

同歸糜爛

鍋中煮粥

〔釋義〕同「同歸於盡」。

吃也死，不吃也死

武大郎服毒*

〔釋義〕比喻總難活命。

〔注釋〕此指《水滸傳》中潘金蓮用砒霜毒

死丈夫武大郎的故事。見「反被害了性命」。

在劫①難逃

蚱蜢碰上雞／陷阱②裡的惡狼

〔釋義〕指災難不可避免。

〔注釋〕①劫：佛教指大災難，認為世界有四劫，到了壞劫時期，有火、風、水三災出現，世界歸於毀滅。②陷阱：施以偽裝的坑穴。

好景不長

魚游鍋中／夢中遊西湖①／做夢當皇帝／袁世凱當皇上②／乾河灘裡栽牡丹／跌落米罈的耗子

〔釋義〕指好光景不久長。

〔注釋〕①西湖：在浙江省杭州市，湖光山色，風景秀麗，為著名遊覽勝地。②袁世凱為北洋軍閥首領。辛亥革命推翻帝制後，他篡奪中華民國臨時大總統職位，組織北洋軍閥政府，實行獨裁專制。一九一五年十二月宣布推翻民國，自稱「中華帝國」皇帝，激起全國人民強烈反對，於次年三月被迫取消帝制，只做了八十三天的短命皇帝。

早晚得殺

過年的豬／籠子裡的肥鴨

〔釋義〕比喻免不了覆滅的下場。

死中作樂

刑場上跳舞／蒼蠅耍燈草*

〔釋義〕指死到臨頭還尋歡作樂。

〔注釋〕燈草：燈心草的莖髓，多用做油燈的燈心。

死的死，丟的丟

八虎闖幽州①／鬼子兵②敗陣

〔釋義〕比喻失敗慘重。

〔注釋〕①《楊家將》中的故事。因潘仁美叛變作祟，宋軍被困幽州（古地名），楊繼業帶領楊延昭等八個兒子（後稱八虎）英勇突圍，大闖幽州，終因寡不敵眾，失敗慘重。②鬼子兵：對侵略我國的外國士兵的憎稱。

死路一條

老鼠跌煙囪／瞎子過獨木橋／到了懸崖不勒馬*／蛤蟆跳進滾水鍋／前有懸岩，後有追兵

〔釋義〕比喻只有絕路一條。

〔注釋〕勒馬：用繩子拉緊馬。

死撐活挨*

蛤蟆墊板凳／癩蛤蟆墊床腳

〔釋義〕形容處境艱難而又無力擺脫，只能硬著頭皮忍受下去。

〔注釋〕挨（ㄞˊ）：遭受，忍受。

肉爛骨頭酥

活魚掉進醋缸*／熟透的糖醋魚

〔釋義〕比喻傷害慘重。

〔注釋〕魚在醋缸裡浸泡時，由於醋酸的作用，魚骨、魚刺會變脆變酥。

自身難保

丫頭當媒人／白蟻①蛀觀音②／泥菩薩過江／黃花女③做媒／木頭人救火／稻草人救火

〔釋義〕自顧不暇。

〔注釋〕①白蟻：昆蟲。形狀像螞蟻，群居，吃木材。②觀音：也稱觀音大士，佛教的菩薩之一。佛教徒認為他能救苦救難、普度眾生。③黃花女：未婚姑娘。

兵荒馬亂

曹操敗走華容道*

〔釋義〕形容戰時動盪不安的景象。

〔注釋〕《三國演義》故事。赤壁之戰後，曹操率殘部突圍潰逃，途經華容道，遇埋伏在此的關羽，喪魂落魄、兵荒馬亂。

完蛋

蟒蛇①進雞窩／雞子兒碰碌碡②／門縫裡夾雞子兒③

〔釋義〕比喻徹底毀滅或垮臺。

〔注釋〕①蟒蛇：無毒大蛇，體長可達六公尺，多生活在熱帶近水的森林裡，捕食小禽獸。②碌碡（ㄌㄧㄡˋ ˙ㄓㄡ）：農具。一般由木框架和圓柱形石磙子構成。用來軋穀物，平場地。③雞子兒：雞蛋。

完（玩）蛋

王八坐月子*

〔釋義〕同「完蛋」。

〔注釋〕坐月子：指婦女生孩子和產後一個月裡調養身體。此把王八擬人化。

每下愈況

午後看太陽

〔釋義〕指情況越來越壞。

沒多大亮

落山的太陽／快燃盡的蠟頭／螢火蟲的屁股

〔釋義〕指生命不會太長久。

沒有出路

井裡划船／塘裡行船／糞凼①裡駕船／瓶子裡的蒼蠅／行船進了斷頭浜②／守著圓圓畫圈圈／窮人面前四堵牆／玻璃缸裡的金魚／破船沉在死水溝／蜜蜂叮在玻璃上

〔釋義〕比喻前景不妙。

〔注釋〕①糞凼（ㄉㄤˋ）：方言，小糞坑。②斷頭浜（ㄅㄤ）：不能通行的小河。

沒有好下場

騎老虎背／跛腳馬上陣／當著閻王告判官／麂子*給老虎拜年／螳螂擋車逞霸道

〔釋義〕比喻結局很糟。

〔注釋〕麂（ㄐㄧˇ）子：小型的鹿，腿細而有力，善跳躍。

沒治了

醫生擺手／駱駝蹬蹄①／晚期癌症②／猴子拉血／騾子尿血／藥王③爺搖頭／瞎子害眼病／死娃娃灌米湯／澥了黃的雞蛋④／癩蛤蟆不長毛／倆獸醫抬一頭驢／犯了克山病⑤，又得虎林熱⑥

〔釋義〕沒有辦法醫治。

〔注釋〕①蹬蹄：一種死亡現象。動物因傷病伸腿蹬蹄，表明已斷氣死亡。②癌症：上皮組織生長出來的惡性腫瘤，到了晚期很難治好。③藥王：指神農，傳說神農嘗百草、配方藥以治民疾，是我國中醫的首創者。④雞蛋澥了黃，說明雞蛋變質。澥（ㄒㄧㄝˋ）：由稠變稀。⑤克山病：比較難治的地方病，最早在黑龍江省克山縣發現，因而得名。⑥虎林熱：虎疫，舊指霍亂。

沒法治（織）

空梭*補網

〔釋義〕比喻無法挽救，不好收拾。

〔注釋〕梭：梭子。

沒香火

土地爺坐深山*／深山裡的寺廟

〔釋義〕比喻不景氣。

〔注釋〕傳說土地爺是管一個小地區的神，土地廟一般修在村鎮附近。若把土地爺供奉在人煙稀少的深山裡，則燒香敬神的極少。

沒指望

桅杆[1]開花／瞎子打槍／老太太哭兒／等公雞下蛋／晴天盼下雨／寡婦死了兒／瞎子死了兒[2]／老太太想生子／老尼姑[3]瞧嫁妝／狗窩裡放油糕／盼月亮從西出／三十晚上盼月亮／老寡婦死了獨生女

〔釋義〕比喻沒希望。

〔注釋〕①桅（ㄨㄟˊ）杆：船上掛帆的高杆，或指輪船上懸掛信號、裝設天線、支持觀測臺的高杆。②過去瞎子走路往往由兒子指引，兒子死了，便沒有依靠了。③尼姑：出家修行的女佛教徒。

沒救；沒得救

火燒草山／閻王擺手[1]／水澆石灰船／燈草鋪[2]失火／棉花堆失火／娃娃死在娘胎裡

〔釋義〕比喻無法挽救。

〔注釋〕①傳說閻王是管地獄的神，知人生死，閻王擺手說明人死而無救。②燈草鋪（ㄆㄨˋ）：經售燈草的小商店。

沒救（舅）

外婆死仔／姥姥哭兒／外公死了兒／外甥戴孝帽*

〔釋義〕同「沒救；沒得救」。

〔注釋〕孝帽：舊俗死了長輩後戴的白色布帽。

沒幾天叫頭

秋後的知了[1]／秋後的蛤蟆／霜降後的蟈蟈[2]

〔釋義〕比喻活不了多久。

〔注釋〕①知了：蟬，因叫聲像「知了」而得名。②蟈蟈（ㄍㄨㄛ ˙ㄍㄨㄛ）：昆蟲，腹大翅短，善跳躍。雄的前翅有發音器，能發出清脆的聲音。

沒路（鹿）

壽星佬騎狗／老壽星騎仙鶴*

〔釋義〕比喻無路可走。

〔注釋〕壽星為南極老人星，長壽的象徵。神話傳說老壽星養仙鶴和梅花鹿，常騎鹿遨遊仙山。

走投無路

甕[1]中之鱉[2]／崇禎上吊[3]／船上跑馬／塔頂散步／耗子鑽牛角／煙囪上散步／睜眼跳黃河／熱地上的蚰蜒[4]／熱鍋上的螞蟻／燒了廟的土地爺

〔釋義〕形容無路可走，陷入絕境。

〔注釋〕①甕（ㄨㄥˋ）：一種腹部較大的陶器。②鱉（ㄅㄧㄝ）：王八，爬行動物，生活在水中，形狀像龜。③崇禎是明朝末代皇帝，李自成入京攻入故宮時，崇禎的大臣、奴僕早已逃之夭夭，崇禎走投無路，在景山上吊自盡。④蚰蜒（ㄧㄡˊㄧㄢˊ）：節肢動物，像蜈蚣而略小。喜陰溼，怕灼熱。

走投（頭）無路

鼻梁上推小車／額頭上推小車

〔釋義〕同「走投無路」。

命難逃

老虎落陷阱／老鼠碰見貓／落網的魚兒／蜈蚣見公雞[1]／籠中獸，網中魚／蜻蜓飛進蜘蛛網[2]

〔釋義〕比喻性命難保。

〔注釋〕①蜈蚣體內有毒腺，能分泌毒液，公雞不但不怕蜈蚣，且能吞食牠。②蜻蜓等昆蟲碰上蜘蛛分泌出的黏液結成的網，就很難脫身。

奄奄*一息

天乾禾苗黃／霜打的嫩苗／鹽鹼地的莊稼

〔釋義〕只剩下一口氣。形容生命垂危或事物臨近滅亡。

〔注釋〕奄奄（ㄧㄢ）：氣息微弱的樣子。

奄奄一息（熄）

油乾燈草盡

〔釋義〕同「奄奄一息」。

孤注[1]一擲[2]

賭場裡的賭棍[3]

〔釋義〕比喻不顧一切，以全力作最後冒險，企圖一舉僥倖取勝。

〔注釋〕①孤注：輸急的賭徒拿出所有的錢押上去。注：賭博時下的錢。②擲：指擲骰子。③賭棍：靠賭博為生、沉溺於賭博的人。

往黑處引

煙囪裡招手

〔釋義〕比喻誘人走邪路。

性命難保；難活命

中箭的鳥兒／老鼠啃菜刀／挨刀的瘟雞[1]／耗子吃砒霜[2]／狼窩養孩子／離水的魚兒／光身子鑽刀山[3]／冬天躺在雪地裡

〔釋義〕比喻處境危險，生命難保。

〔注釋〕①瘟（ㄨㄣ）雞：泛指病雞。②砒（ㄆㄧ）霜：一種劇毒藥。③鑽刀山：在搭起的高架上面，雜技演員在四周綁有刀子的圈裡鑽來鑽去。

抱頭鼠竄

捂著腦袋趕老鼠

〔釋義〕抱著腦袋像老鼠似地逃竄。形容逃跑時驚慌狼狽的樣子。

昏天黑地

屎殼螂戴墨鏡

〔釋義〕比喻社會黑暗、環境惡劣。

直脖啦

大雁吃蓮稈／長蟲[1]吃棒槌[2]／長蟲吞扁擔／鴨子吞筷子

〔釋義〕比喻毫無辦法或完蛋了。

〔注釋〕①長蟲：蛇。②棒槌：捶打用的木

棒，舊時多用來洗衣服。

直線下降

飛機上扔石頭／溫度計掉冰箱

〔釋義〕大幅度降低（多指品質或數量）。比喻不景氣。

長不了

兔子尾巴／剃頭扁擔①／冰面上站人／戲臺上的官／挑水的扁擔／捆綁的夫妻／黃羊②的尾巴／荷葉上的露珠／腳面上的露水／大石板上青苔毛

〔釋義〕這裡比喻時間無法長久。

〔注釋〕①指舊時理髮師傅挑剃頭擔子用的扁擔。②黃羊：生活在草原或半沙漠地帶的一種哺乳動物，尾巴很短。

非沉不可

秤砣下河

〔釋義〕比喻一定失敗。

垂①死掙扎

斷氣前嚎叫②／兔死還要跳三跳

〔釋義〕快死了，還拚命掙扎。形容不甘心失敗。

〔注釋〕①垂：接近。②嚎（ㄏㄠˊ）叫：大聲叫。

威風掃地①

虎落平陽②／老虎剝了皮／鐵籠裡的老虎／老虎尾巴綁掃帚／蛟龍③困在沙灘上

〔釋義〕比喻威嚴的氣勢一掃而光。

〔注釋〕①掃地：指一掃而光。②平陽：泛指平地。③蛟（ㄐㄧㄠ）龍：古代傳說中一種興風作浪能發洪水的龍。

後繼無人

朝廷的太監*

〔釋義〕指沒有繼承人。

〔注釋〕太監：宦官，君主時代宮廷內侍奉帝王及其家屬的人員，由閹割後的男子充任。

活不久；活不長

旱地的魚蝦／離枝的鮮花／圈①裡的肥豬／罐子裡栽花／開了花的竹子②／火盆裡放泥鰍／沙灘上的黃鱔／吃了煙袋油③的蛇／雪地裡的松毛蟲④

〔釋義〕比喻壽命不長。

〔注釋〕①圈（ㄐㄩㄢˋ）：飼養豬羊等牲畜的簡易棚舍。②竹子一般不開花，開花的竹子要枯萎死亡。③煙袋油：煙袋杆和煙袋鍋裡積存的煙油，含大量尼古丁，毒性大。④松毛蟲：這裡指這種昆蟲的幼蟲，長形，兩側有許多長毛，吃松葉，對森林危害極大。

看你橫行到幾時

冬天的螃蟹／冷眼*看螃蟹

〔釋義〕指為非作歹的時間不長了。

〔注釋〕冷眼：冷淡的眼光。

紅不久

日落西山／三月的櫻桃／早春的桃花

〔釋義〕比喻人得意之時不長。

要命

小鬼①敲門／閻王發令箭②

〔釋義〕指要喪失生命。有時指人遇到麻煩時所表現出來的煩躁情緒。

〔注釋〕①小鬼：傳說中鬼神的差役。②令箭：古代軍隊中發布命令時用做憑據的東西，形狀像箭。

家破人亡

燕窩①掉地／長工家裡殮②死人

〔釋義〕比喻損失慘重。

〔注釋〕①燕窩：這裡指燕子的巢。②殮（ㄌㄧㄢˋ）：把死人裝進棺材。

砸啦

沙鍋搗蒜／山坡滾石頭／猴子吃核桃／西瓜地裡落冰雹／雞蛋掉在馬路上

〔釋義〕比喻工作失利或事情辦糟了。

砸鍋

灶倒屋塌／錘子炒菜／勺柄扣秤砣／灶膛①裡掄錘／廚房裡打架／灶王爺②扔石頭／灶王爺跌跟頭／賣沙鍋的摔跤

〔釋義〕比喻辦事失敗或闖了禍。

〔注釋〕①灶膛：爐膛。②灶王爺：灶神，傳說他掌管一家的禍福財氣。

粉身碎骨

雞蛋碰石頭／石磙*壓核桃／鐵錘砸核桃／螳螂落油鍋

〔釋義〕身體破碎成粉末。形容慘死，也指為某種目的而獻身。

〔注釋〕石磙：碌碡。

馬上見鬼

騎馬見判官*

〔釋義〕指很快死亡。

〔注釋〕判官：傳說中指閻王手下管生死簿的官，也是陰間的鬼。

欲凶無力

老虎戴腳鐐／秋後的黃蜂／斷了腿的老虎

〔釋義〕指力量衰竭，想凶惡也凶惡不起來。

眾矢之的

練兵場上的靶子

〔釋義〕指大家攻擊的目標。

眼不閉，心不死

剝了皮的蛤蟆，爛了葉的蔥*

〔釋義〕比喻不甘心覆滅的下場。

〔注釋〕蛤蟆眼球突出，剝皮後眼不閉。蔥生命力強，葉子爛了仍可存活。

這把骨頭不知扔哪兒

跑馬吃烤鴨／騎著驢子啃燒雞

〔釋義〕不知葬身何處。

割鬚棄袍

曹操遇馬超*

〔釋義〕形容失敗慘重、狼狽不堪的樣子。

〔注釋〕《三國演義》故事。馬超為報父仇，和西涼太守韓遂攻打曹操。在一次戰鬥中，馬超遇見曹操，分外眼紅，勇猛拚殺，吶喊捉曹。曹操為逃避追趕，脫下紅袍，割下鬚髯，改扮相貌，落荒而逃。

無路可走

炕席上下棋／麻雀誤入泥水溝／豆腐板上下象棋

〔釋義〕形容陷入困境，走投無路。

短命鬼

棺材裡長鬍子

〔釋義〕咒人活不長。

等死

病重不吃藥／半身子躺在棺材裡

〔釋義〕比喻無可挽救，只能坐以待斃。

等死（屎）

腚上吊沙罐／屁股上掛糞筐

〔釋義〕同「等死」。

等死等不到天亮

半夜起來罵閻王*

〔釋義〕不想活了，急於求死。

〔注釋〕傳說中閻王為管地獄的凶神，罵閻王是沒有好下場的。

越走越窄

老鼠給大象指路

〔釋義〕指前途暗淡，越來越沒有出路。

越養越小

罈子裡養烏龜

〔釋義〕比喻越來越不景氣。

越變越糟

老鵰①變野貓②

〔釋義〕比喻情況越來越壞。

〔注釋〕①鵰：也叫鷲（ㄐㄧㄡˋ）。猛禽。②野貓：方言，野兔。

傾家蕩產

豆腐佬*摔擔子／賣瓦罐的跌跤

〔釋義〕比喻全部家財被搞光弄盡。

〔注釋〕豆腐佬：賣豆腐的男子（含輕視意）。

嗡嗡不了幾天

秋後的蚊子／斷了翅膀的蒼蠅

〔釋義〕比喻末日將至。

塌了架

黃瓜拉秧／傾倒的籬笆

〔釋義〕比喻失去往日的派頭。

搖搖欲墜

風箏斷了線

〔釋義〕比喻地位極不穩固，即將崩潰和垮臺。

滅亡在片刻

釜底抽薪*／灶火上澆水

〔釋義〕指很快就要被消滅。

〔注釋〕從鍋底下抽去柴火。釜（ㄈㄨˇ）：古代的炊事用具，相當於現在的鍋。薪：柴火。

腹背受敵

前面挨一槍，後面挨一刀

〔釋義〕前面、後背都遭到敵人的攻擊。形容前後受夾攻。

該下臺了

演員謝幕

〔釋義〕比喻應該辭職，退出歷史舞臺。

路子窄

船頭上散步／牆頭上跑馬

〔釋義〕指前途暗淡，出路不大。

躲過初一，躲不過初五

窮人逃債

〔釋義〕比喻怎麼也不能脫離困境。

躲過初五，躲不過十五

癩蛤蟆躲端午*

〔釋義〕比喻逃脫不了失敗、覆滅的命運。

〔注釋〕農曆五月初五是我國傳統的端午

節，過去人們在端午這天，大量捕捉癩蛤蟆（蟾蜍），取其蟾酥（蟾蜍表皮腺體的白色乳狀分泌物），以作藥用。舊俗五月十五為大端午，這天製取的蟾酥藥用價值仍很高。所以癩蛤蟆即便在初五倖免遇難，也躲不過十五這一關。

遍體鱗（淋）傷

一桶開水澆在狗身上

〔釋義〕傷痕布滿全身，像魚鱗一樣密。

滾的滾，爬的爬；連滾帶爬

王八吃西瓜／烏龜馱西瓜／烏龜拉碌碡／猴子偷南瓜／猴子滾繡球／螃蟹夾雞蛋／螃蟹夾豌豆／邋遢兵*敗陣／雞子兒長爪子／屎殼螂推蛋蛋

〔釋義〕比喻狼狽逃竄時的慘狀。

〔注釋〕邋遢（ㄌㄚ·ㄊㄚ）兵：不整潔、不俐落的士兵。

漆黑一團

炭黑做湯圓／墨汁煮元宵／肉丸子掉進煤堆裡

〔釋義〕形容一片黑暗。

窮途末路

秦叔寶賣馬*

〔釋義〕形容面臨絕境，走投無路。

〔注釋〕秦叔寶即秦瓊，唐初名將，武藝高強，一度窮困潦倒，連自己的瘦馬都賣了。詳見「背時」。

誰也甭想逃出去

如來佛*的手心／死牢裡的囚犯／煤窯裡扔炸彈

〔釋義〕比喻任何人都無法逃脫。

〔注釋〕如來佛：為釋迦牟尼十種稱號之一。釋迦牟尼是佛教創始者，一生傳教，信徒很多，神話傳說中說他神通廣大，法力無邊。

橫行[1]不了幾天

上市的螃蟹／螃蟹斷了爪／串起來的螃蟹／籠屜[2]裡的螃蟹

〔釋義〕比喻再也不能隨心所欲，橫行霸道。

〔注釋〕①橫行：雙關語。本指螃蟹爬行動作。這裡比喻行為蠻橫，倚仗暴力做壞事。②籠屜（ㄌㄨㄥˊ ㄊㄧˋ）：蒸食物的器具，一般用木、竹或鐵製成。

遲早要歸天[1]

火燒紙馬[2]店

〔釋義〕比喻人總歸要死亡。

〔注釋〕①歸天：指人死。②紙馬：用紙糊成的人、馬、車等形狀的東西。

頭破血流

拿腦袋撞牆／錘子砸腦袋瓜子

〔釋義〕形容遭受沉重打擊。

翻了

馬拉獨輪車[1]／王八玩把勢[2]／一個軲轆[3]的車／跌下崖的汽車

〔釋義〕比喻辦事失敗了，或闖了禍。

〔注釋〕①獨輪車：只有一個車輪的手推車。②把勢：武術。③軲轆（ㄍㄨ ㄌㄨˋ）：車輪。

翻不了身；難翻身

駱駝打滾*／鼎鍋煮豆／烏龜背著地／房梁上睡覺／扁擔上睡覺／牆頭上睡覺／老太太打跟頭／房子的地基石

〔釋義〕比喻無力擺脫困境。

〔注釋〕駱駝身高體重，背有駝峰，行動不靈活，匍匐在地，很難翻身。

蹦達[①]不了幾天；沒幾天蹦頭

無頭的螞蚱／秋後的螞蚱／寒天換毛的鷓鴣[②]

〔釋義〕比喻掙扎不了多久，很快就要完蛋了。

〔注釋〕①蹦（ㄅㄥˋ）達：蹦跳。此指掙扎。②鷓鴣（ㄓㄜˋㄍㄨ）：一種吃昆蟲、蚯蚓和植物種子的鳥，在地上覓食，蹦跳著走路。

離死不遠

刀擱脖子／耗子進老鼠夾*／黃土埋到嗓子眼

〔釋義〕比喻快死了。

〔注釋〕老鼠夾：捕捉老鼠的專用工具。上面放置誘餌，老鼠吃誘餌時觸動機關而被夾。

離死（屎）不遠

守著廁所睡覺／茅坑邊上摔跤／走道聞見臭味兒

〔釋義〕同「離死不遠」。

穩跌

睡倒打架

〔釋義〕比喻跌跤碰壁，失敗無疑。

難見天日

地獄裡活命／霜打的豆莢*

〔釋義〕比喻生活在黑暗困苦之中。

〔注釋〕豆類一般在霜降之前成熟收割。豆莢在成熟前如經霜打就枯萎，豆莢爆不開，豆粒見不到陽光。豆莢：豆類的果實。

難治（直）

水牛角／歪脖子樹／山上彎腰樹

〔釋義〕比喻難於挽救。

凶狠歹毒類

一個更比一個凶；一個比一個惡

老子偷豬兒偷牛／老虎出山遇見豹／豺狗子*見了餓狼／攆走狐狸住上狼／躲過野豬撞上老虎

〔釋義〕比喻越來越凶惡、嚴重。

〔注釋〕豺（ㄔㄞˊ）狗子：豺，一種凶殘的野獸，似狼而小。

一個更比一個毒

蛇遭蠍子螫／蜈蚣遇到眼鏡蛇／牆頭上的馬蜂，牆縫裡的蠍子

〔釋義〕比喻一個比一個更毒辣。

一茬*比一茬辣

拔蔥種海椒／拔了蘿蔔栽上蒜

〔釋義〕指手段越來越毒辣。

〔注釋〕茬（ㄔㄚˊ）：在同一塊地上作物種植的次數，一次為一茬。

一窩更比一窩毒

癩蛤蟆[1]下[2]蠍子

〔釋義〕比喻越來越凶狠歹毒。

〔注釋〕①癩蛤蟆：蟾蜍，身體表面有許多疙瘩，內有毒腺，能分泌毒液。②下：生。

人也整死了，神也得罪了

殺了娃娃敬菩薩

〔釋義〕比喻坑害人的人到頭來還是自己倒霉。

人面獸心

老虎扮和尚／狐狸戴禮帽／猴子跳加官[1]／孫悟空跳加官／老虎戴上假面具[2]

〔釋義〕外貌像人，內心卻同野獸一樣。

〔注釋〕①跳加官：舊時戲曲開場時加演的舞蹈節目。②假面具：演戲化妝用的仿照人物臉形作成的紙殼，現多用作玩具。

又凶又惡

凶神扮惡鬼

〔釋義〕形容極其凶狠險惡。

又毒又辣又刺人

旱地的蔥過道的風，蠍子尾巴財主的心

〔釋義〕比喻惡毒殘酷。

又狠又毒

老虎爪子蠍子心／蠍子螫人咬一口

〔釋義〕比喻既凶狠又毒辣。

又鬼祟*又狠毒

出洞的黃鼠狼

〔釋義〕比喻用凶狠毒辣的手段暗中害人。

〔注釋〕鬼祟（ㄙㄨㄟˋ）：偷偷摸摸。

又笨又惡

虎生豬玀①／老虎和豬生的／老虎變豬婆②

〔釋義〕斥責人既拙笨又凶惡。

〔注釋〕①豬玀（ㄌㄨㄛˊ）：方言，豬。②豬婆：方言，母豬。

又黑又毒

墨魚肚腸河豚*肝

〔釋義〕比喻又陰險又毒辣。

〔注釋〕河豚（ㄊㄨㄣˊ）：魚，頭圓形，口小，肉味鮮美，卵巢、血液和肝臟有毒。

下毒（獨）手

燈影子①作揖②

〔釋義〕比喻施展狠毒手段。

〔注釋〕①燈影子：影戲裡的木偶。②作揖：舊時禮節，兩手抱拳高拱，彎身向人敬禮。

口蜜腹劍

李林甫*當宰相／白糖嘴巴刀子心／戰爭販子唱和平

〔釋義〕比喻嘴甜心狠。

〔注釋〕李林甫：唐玄宗時的大臣，善為陰謀活動。《資治通鑑・唐紀》中稱他「口有蜜，腹有劍」。

大反撲

黑瞎子*扭身

〔釋義〕指被打退後又更凶猛地撲過來。

〔注釋〕黑瞎子：方言，黑熊，又叫狗熊，身體笨重，轉身不靈活。

不殺窮人不富

養濟院①裡行刺②

〔釋義〕指不擇手段發財。

〔注釋〕①養濟院：養活、救濟窮人的慈善機構。②行刺：用武器暗殺。

凶（兄）啊

秀才哭哥／王麻子*哭哥哥

〔釋義〕比喻厲害、凶惡。含有惹不得的意思。

〔注釋〕王麻子：泛指臉上有麻子的人，戲言中用於人的代稱。

凶相畢露

劊子手紅了眼／殺人越貨①的強盜／中山狼出了書袋子②

〔釋義〕比喻凶惡的面目完全暴露。

〔注釋〕①越貨：指搶奪財物。②指東郭先生救狼的故事。墨家信徒東郭先生到中山國謀職，途中遇到被獵人追趕的負傷的中山狼，將其藏入書袋裡解救牠。但追趕的獵人一過，中山狼便從書袋裡鑽出來，凶相畢露，要吃東郭先生。

凶神惡煞①（殺）

張飛②擺屠案③

〔釋義〕指凶惡的人。

〔注釋〕①煞（ㄕㄚˋ）：指凶神。②張飛：三國時武將。③屠案：宰殺牲畜的案板。

凶惡

血口噴人／吹風蛇帶仔*／吃狼奶長大的

〔釋義〕形容凶狠可怕的樣子。

〔注釋〕吹風蛇，蛇的一種，養護幼蛇時，樣子凶惡。仔（ㄗㄞˇ）：方言，幼小的動物。

太毒了

走過的路上不長草

〔釋義〕指毒辣極了。

心狠手辣

殺人不見血／吃人不吐骨頭／妓女院①的鴇兒②

〔釋義〕比喻心腸凶狠，手段毒辣。

〔注釋〕①妓女院：舊社會婦女被迫賣淫的地方。②鴇（ㄅㄠˇ）兒：鴇母，舊社會開設妓院的女人。

心真狠

胸脯長牙／肚裡長牙齒

〔釋義〕比喻心腸非常狠毒。有時指心腸硬，不為感情所動。

心裡毒

白糖包砒霜①／扁食②餡裡攙砒霜

〔釋義〕比喻心腸狠毒。

〔注釋〕①砒（ㄆㄧ）霜：一種劇毒藥。②扁食：方言，餃子。

歹（帶）毒

馬蜂過河／馬蜂的兒子

〔釋義〕指用心險惡，手段狠毒。

用心歹毒*

狐狸拜雞／老虎咧嘴笑／豺狼朝羊堆笑臉

〔釋義〕指居心不良，陰險狠毒。

〔注釋〕歹毒：方言，陰險狠毒。

吃人心肝

棺材裡的耗子

〔釋義〕比喻手段狠毒而殘忍。

好毒的一招

蠍子翹尾巴／蠍子搖尾巴

〔釋義〕比喻計策或手段非常毒辣。

存心害人

跑馬使絆子／酒裡頭放蒙汗藥*／爛藥膏往別人臉上貼

〔釋義〕比喻有意殘害人。

〔注釋〕蒙汗藥：戲曲小說中所說的能使人暫時失去知覺的藥。

自相殘殺

二虎相鬥／餓狗爭食／狐狸窩裡鬥／螞蟻打群架／皇宮鬧內訌*／耗子洞裡打架

〔釋義〕形容自己人互相殺害。

〔注釋〕內訌（ㄏㄨㄥˊ）：集團內部因爭權奪利等原因而發生的衝突或爭鬥。

自家人害自家人

孟良殺焦贊*

〔釋義〕比喻內部的殘殺、迫害。

〔注釋〕孟良、焦贊都是《楊家將》中的武將。

自家人整自家人

哥倆打冤家①／煮豆燃豆萁②／篾條拴竹子／坑女婿害閨女

〔釋義〕同「自家人害自家人」。

〔注釋〕①打冤家：作仇人。②相傳曹丕想藉故殺其弟曹植，限其七步寫成一首詩，否則就要殺他。曹植七步之內成詩一首：「煮豆持作羹，漉菽以為汁，萁在釜下燃，豆在釜中泣。本是同根生，相煎何太急。」比喻兄弟間互相殘害。

自殘骨肉

母貓吃小崽*／豬八戒吃炒肝／豬八戒吃豬蹄

〔釋義〕同「自家人害自家人」。

〔注釋〕小崽（ㄗㄞˇ）：幼小的動物，此指幼貓。

佛口蛇心

菩薩吞長蟲

〔釋義〕比喻表面慈善，心如蛇蠍。

坑人不淺

麻子掉井裡

〔釋義〕指手段毒辣，把人坑害透了。

坑死人

朽木棺材／紙糊的棺材／棺材鋪偷工減料

〔釋義〕比喻用狡詐狠毒的手段坑害人。

坑到家了

麻子敲門／院子裡挖陷阱

〔釋義〕比喻害人不淺或騙術很高。

坑兩頭

傻瓜做媒

〔釋義〕指玩弄手段，使雙方都受到損害。

坑害人

落井下石／秦始皇治盧生*

〔釋義〕指用狡詐凶狠的手段害人。

〔注釋〕盧生：秦始皇手下的儒生，由於反對秦始皇的統治而被活埋。

坐地虎

炕上的貍貓*

〔釋義〕指本地的土豪或流氓。

〔注釋〕貍貓：豹貓，似貓而虎虎有生氣，吃鼠、鳥、蛇等小動物。

沒有人味

狗咬皮影[1]／老虎啃菩薩／虎咬石獅子／蚊子叮泥像／餓狼吞泥土／張三[2]啃葫蘆頭

〔釋義〕比喻人的行為惡劣，缺乏情感。

〔注釋〕①皮影：用獸皮或紙板做成的人物剪影。②張三：方言，狼的俗稱。

見死不救

岸上看人溺水／看人跳崖不阻攔／站在岸邊看翻船

〔釋義〕指冷眼旁觀別人的急災大難，不予解救。

往死裡逼

趕雞下河／唆人[1]跳海／趕著綿羊過火焰山[2]

〔釋義〕比喻要致人於死地。

〔注釋〕①唆（ㄙㄨㄛ）人：指使或挑動別人去做壞事。②火焰山：指《西遊記》裡講的唐僧去西天取經經過的地方，山火猛烈，難以通過。

抬高自己，打擊別人

飛機上扔炸彈／機關槍打飛機

〔釋義〕指攻擊誹謗別人，以提高自己的地位。

毒上加毒

蠍子背仔[1]／蠍子馱馬蜂／蠍子背蜈蚣／蛇和蠍子交朋友／蠍子蜈蚣拜把子[2]

〔釋義〕比喻非常狠毒。

〔注釋〕①仔（ㄗㄞˇ）：幼小的牲畜、家

禽等。②拜把子：舊時指朋友結為異姓兄弟。

毒手

十指頭生瘡

〔釋義〕指毒辣的手段。

毒汁四濺

蠍子甩尾巴

〔釋義〕指到處施展陰險毒辣的手段。

毒極了；最毒

長尾巴蠍子／伏天的太陽／後娘的拳頭／蠍子的屁股／蠍子鑽砒霜①／雲縫裡的日頭②／毒蛇牙齒馬蜂針／蠍子的尾巴後娘的心③／黃蜂的尾巴，青竹蛇④的口

〔釋義〕指心腸或手段非常惡毒。

〔注釋〕①砒（ㄆㄧ）霜：一種毒藥。②日頭：方言，太陽。③蠍子的尾巴有毒鉤，可射毒液。但後娘的心不一定都狠毒，這是舊時人們的一種習慣說法。④青竹蛇：竹葉青，毒性較大的蛇。

毒過鬼

白露水*

〔釋義〕形容非常毒辣。

〔注釋〕白露，二十四節氣之一。中國北方各地白露時水非常涼，因有此說。

毒辣；又毒又辣

砒霜拌大蔥／老白乾①泡砒霜／敵敵畏②拌大蒜／砒霜加生薑水／砒霜水裡浸辣椒

〔釋義〕比喻惡毒殘酷。

〔注釋〕①白乾：白酒。②敵敵畏：有機磷殺蟲劑，無色油狀液體，可防治農業害蟲或滅蚊蠅。

毒（讀）在心裡

啞巴看書

〔釋義〕比喻內心狠毒，藏而不露。

咬牙切齒

老漢啃甘蔗／老太太吃炒胡豆

〔釋義〕形容痛恨到極點。

恨人不死

郎中①咬牙／棺材老闆②咬牙

〔釋義〕比喻對人仇恨到了極點。

〔注釋〕①郎中：方言，中醫醫生。②棺材老闆：經營棺材買賣的商人。

狠心王八

老鱉*吞秤砣

〔釋義〕指心腸狠毒的壞人。

〔注釋〕老鱉（ㄅㄧㄝ）：老王八。

狠的狠，凶的凶

南山的豹，北海的蛟①／水中的鱷魚②，山上的虎豹

〔釋義〕比喻既狠毒又凶惡。

〔注釋〕①蛟（ㄐㄧㄠ）：蛟龍，古代傳說中所說能興風作浪、引發洪水的龍。②鱷魚：爬行動物，性凶惡，有的食人、畜。

狠對狠

榔頭對錘子

〔釋義〕指彼此手段凶狠，互不相讓。

要人死

棺材鋪裡打牙祭*

〔釋義〕比喻要致人於死地。

〔注釋〕打牙祭：方言。原指每逢月初、月

中吃一頓有葷菜的飯，後來泛指偶爾吃一頓較豐盛的飯。

要殺人

關公*開鳳眼／皇上變了臉

〔釋義〕比喻凶惡可怕。

〔注釋〕關公：關雲長，《三國演義》中人物，傳說關公的丹鳳眼一張開就要殺人。

乘人之危

爛汽車過朽橋

〔釋義〕指趁人遭受危難時，進行要脅或侵害。

害人不淺

逼人跳海／井裡投砒霜[1]／逼人跳懸崖／煤窯[2]裡放瓦斯[3]／推人下井還要滾石頭

〔釋義〕形容給人的損害非常之大。

〔注釋〕①砒（ㄆㄧ）霜：一種毒藥。②煤窯：指土法產煤的礦井。③瓦斯：易引起爆炸的可燃氣體。

弱肉強食

豺狗[1]吃瘟雞[2]／魚大吃蝦，蝦大吃魚／大魚吃小魚，小魚吃蝦米[3]

〔釋義〕原指動物界弱者被強者吞食。比喻弱者被強者欺凌、侵害。

〔注釋〕①豺（ㄔㄞˊ）狗：豺，一種凶殘的野獸，似狼而小。②瘟（ㄨㄣ）雞：病雞。③蝦米：方言，小蝦。

真陰險

把毒藥加在糖漿裡害人

〔釋義〕比喻人面善心狠。

假慈悲，真凶狠

鱷魚[1]弔孝[2]

〔釋義〕比喻表面上慈善憐憫，實際上凶惡狠毒。

〔注釋〕①鱷魚：爬行動物。性凶惡，有的食人、畜。②弔孝：弔喪，到喪家祭奠死者。

專喝窮人血

當鋪的掌櫃*

〔釋義〕指殘酷地壓榨剝削窮人。

〔注釋〕當鋪是舊社會裡專門收取抵押品，放高利貸的店鋪，老闆多為心狠手毒的吸血鬼，以極高的利潤壓榨窮人的血汗錢。

殺人不見血

二把刀*的大夫

〔釋義〕比喻暗中用陰險殘忍的手段害人。

〔注釋〕二把刀：指對某項工作知識不足、技術不高。

殺人不露鋒

袖裡藏刀／袖筒裡揣寶劍

〔釋義〕同「殺人不見血」。

殺人的勾當

劊子手的本領／脖子裡割癭袋*

〔釋義〕指殘害人的伎倆。

〔注釋〕癭（ㄧㄥˇ）袋：生長在脖子上的囊狀物。中醫稱癭病，即甲狀腺腫大。

殺氣騰騰

猛張飛[1]舞刀／鬼子兵[2]弄刀槍

〔釋義〕形容充滿了要廝殺的凶狠氣勢。

〔注釋〕①張飛：《三國演義》中人物。蜀漢大將，環眼虎鬚，手執蛇矛，威勇粗豪，有「猛張飛」之稱。②鬼子兵：對侵略我國的外國士兵的鄙稱。

連根收拾

砍樹刨樹蔸*／揪下茄子拔了秧

〔釋義〕指害人不淺。有時指徹底消滅。

〔注釋〕樹蔸（ㄉㄡ）：樹根。

陰毒

屁股上長瘡／胳肢窩*生瘡

〔釋義〕比喻陰險毒辣。

〔注釋〕胳（ㄍㄜ）肢窩：又稱夾（ㄍㄚ）肢窩，即腋下。

惡人凶馬

土匪騎瘋狗

〔釋義〕比喻凶惡極了。

惡相

貓兒吃螃蟹／白臉奸臣*出場

〔釋義〕指一副凶惡的面孔。

〔注釋〕奸臣：指殘害忠良或陰謀篡權的大臣。舞臺上常扮成白花臉。

欺神滅相[1]

老鼠咬灶君[2]／耗子啃神龕[3]

〔釋義〕比喻手段狠毒，欺人太甚。

〔注釋〕①滅相：毀容。②灶君：灶神，供奉在鍋灶附近的神。③神龕（ㄎㄢ）：舊時供奉神像或祖宗牌位的小閣子。

越來越凶

驚蟄*後的蜈蚣／驚蟄後的青竹蛇

〔釋義〕比喻越來越厲害凶惡。

〔注釋〕驚蟄（ㄓㄜˊ）：係二十四節氣之一，在國曆三月五、六日或七日，此時漸有春雷，冬眠動物開始活動。

趁火打劫

行盜遇火災／房子著了搶東西／強盜頭子觀火景

〔釋義〕比喻趁機害人或趁人危難撈好處。

黑了心

口吞墨水／吃了枯炭／蠶豆[1]開花／煙袋杆子／烏鴉的下水[2]／秋天的花椒[3]／霉爛的栗子／王羲之[4]的硯臺／孔夫子的硯臺

〔釋義〕比喻心腸陰險狠毒，做出昧良心的事。

〔注釋〕①蠶豆：草本植物，花白色，花心有深紫色斑點，乍看像黑色。②下水：此指烏鴉的心、腸等內臟。③花椒：調味品，種子為黑色。④王羲之：東晉書法家，字逸少，會稽人，他的書法對後世影響很大。

黑心腸；黑心肝

破開烏賊肚／烏梢蛇的肚腹／墨斗魚*的肚子

〔釋義〕指陰險狠毒的心腸。

〔注釋〕墨斗魚：烏賊的通稱，軟體動物，能分泌黑色液體，遇到危險時放出，以掩護自己。

暗地裡放毒

潘金蓮熬藥*

〔釋義〕比喻暗中搗鬼，毒害別人。

〔注釋〕《水滸傳》中的故事。見「反被害了性命」。

暗藏殺機

黑地裡張弓[①]／袖筒裡揣刀子／保險櫃裡安雷管[②]

〔釋義〕比喻暗懷害人之心。

〔注釋〕①張弓：把弓拉開準備射箭。②雷管：彈藥、炸藥包等的引火裝置，易爆。

逼死人

火燒棺材／向棺材裡討帳

〔釋義〕比喻致人於死地。

圖財害命；謀財害命

強盜殺人／殺人搶東西／孫二娘[①]開店／強盜殺趙公[②]／蚌[③]殼裡取珍珠／鵪鶉[④]脖裡尋綠豆

〔釋義〕指為貪圖錢財而謀害別人的性命。

〔注釋〕①孫二娘：《水滸傳》中人物。梁山泊好漢張青之妻，綽號「母夜叉」。孫二娘和張青投奔梁山前開酒店，殺害過往商客，賣人肉餡包子。②趙公：趙公元帥，即財神爺。③蚌（ㄅㄤˋ）：軟體動物，有兩個橢圓形介殼，殼裡面有珍珠層。生活在淡水中，有的可產珍珠。④鵪鶉（ㄢ ㄔㄨㄣˊ）：鳥的一種，喜食豆類。

圖窮匕見[①]

荊軻刺秦王[②]

〔釋義〕比喻終於露出凶相。

〔注釋〕①見（ㄒㄧㄢˋ）：顯露。②《戰國策・燕策三》中講的故事。燕太子丹祕密派刺客荊軻刺殺秦王，荊軻在秦王面前假裝獻燕國督亢地圖時，慢慢把地圖展開，最後露出捲在裡面的匕首。

滿嘴放毒

竹葉青打噴嚏／眼鏡蛇打噴嚏

〔釋義〕比喻說出的話惡毒。

辣對辣

秦椒[①]拌薑／秦椒就酒[②]

〔釋義〕比喻用狠毒的手段對付狠毒的手段。

〔注釋〕①秦椒：方言，辣椒。②指秦椒和酒搭著吃喝。

嘴軟心狠

豆腐嘴巴刀子心

〔釋義〕指說話柔和，但心腸狠毒。

樣子凶

怒目金剛[①]／哼哈二將[②]／牆上畫老虎

〔釋義〕指擺出一副凶狠的面孔。

〔注釋〕①金剛：佛教稱佛的侍從力士。②佛教守護廟門的兩個神，形象威武凶惡。

頭號幫兇

給下山虎開路

〔釋義〕指幫助行凶作惡的首要份子。

狡猾奸詐類

一計不成又生一計

白骨精騙唐僧*

〔釋義〕比喻為達到某種目的，多次使用計謀。

〔注釋〕《西遊記》故事。唐僧取經途中路遇白骨精，白骨精想吃唐僧肉，先後扮作美女、老婦人、老公公，妄圖騙唐僧就範，但均被孫悟空識破，終未得逞。

一對奸（尖）

牛角對菱角

〔釋義〕比喻雙方都很詭詐狡猾。

人托人害人

木腦殼[1]唱潘仁美[2]

〔釋義〕指轉彎抹角設法坑害人。

〔注釋〕①木腦殼：方言，木偶。②潘仁美：《楊家將》故事中的人物，宋朝奸臣。

又小又奸（尖）

鹽鹼地裡的冬瓜

〔釋義〕指人不大但很詭詐狡猾。

又奸（尖）又猾（滑）

牛角抹油／油煎橄欖[1]核／錐子上抹油／筷子掉油簍[2]／鱔魚的腦袋／小擀杖[3]掉油缸／紅蘿蔔掉油簍／腦袋上戴犁頭[4]／繡花針扎泥鰍／琉璃瓶上安蠟扦[5]／玻璃碴子掉在油缸裡

〔釋義〕比喻又奸詐又狡猾。

〔注釋〕①橄欖（ㄍㄢˇ ㄌㄢˇ）：指橄欖樹的果實，長橢圓形，其核兩頭尖。②油簍：盛油的簍子，多用竹子、葦篾等編成，口小肚大，內塗桐油，以防滲漏。③小擀杖：一種短小的擀麵杖，中間粗，兩頭尖。④犁頭：也叫鏵，安在犁的下端用以翻土的鐵器，略呈三角形，很光滑。⑤蠟扦（ㄑㄧㄢ）：上有尖釘，下有底座，可以插蠟燭的器具。

又奸（尖）又辣

朝天椒*

〔釋義〕比喻又奸詐又毒辣。

〔注釋〕朝天椒是一種小而尖，向上生長的辣椒，味極辣。

又狡（絞）又猾（滑）

毒蛇爬竹竿／烏梢蛇[1]纏腳桿子[2]

〔釋義〕比喻詭計多端。

〔注釋〕①烏梢蛇：一種無毒蛇，長可達兩公尺餘，多生活在山地或田野。②腳桿子：方言，小腿。

上躥下跳

跳梁小丑*／猴子爬竹竿／發了瘋的猴子

〔釋義〕形容到處活動、做壞事。

〔注釋〕指上躥下跳、興風作浪的小人。

口滑肚臭；嘴滑肚臭

古老的馬桶／廁所裡的舊馬桶

〔釋義〕比喻嘴上油腔滑調，心裡打著壞主意。

小收拾

老虎吃螞蚱／駱駝吃螞蟻

〔釋義〕比喻用小動作整治人。

小踢蹬

蒼蠅尥蹶子*

〔釋義〕比喻耍小花招，搞小動作。

〔注釋〕尥蹶（ㄌㄧㄠˋ ㄐㄩㄝˇ）子：騾馬等跳起來用後腿向後踢。

不光刁滑，肚裡還辣

吃秦椒[1]長大的水晶[2]猴子

〔釋義〕指人既狡猾又毒辣。

〔注釋〕①秦椒：方言，辣椒。②水晶：無色透明的結晶石英，極光滑。

不懷好意

狼誇羊肥／董卓進京[1]／鱸魚[2]探蝦毛[3]／狐狸給雞送禮／狐狸大夫給雞看病／耗子和蛤蟆交朋友

〔釋義〕比喻心懷惡意。

〔注釋〕①西元一八九年，董卓藉機率兵進入京城洛陽，廢少帝，立陳留王為獻帝，自為相國，殘暴蠻橫，專斷朝政，企圖篡位。②鱸（ㄌㄨˊ）魚：體側扁，性凶猛，棲息於近海，以魚蝦為食。③蝦毛：方言，小蝦。

內中有鬼

鹽罐生蛆／張天師[1]叫門／閻王爺[2]敲門

〔釋義〕比喻有不可告人的祕密勾當。

〔注釋〕①張天師：東漢末年張道陵創立道教，後世信奉道教的人奉他為天師，俗稱張天師。民間傳說張天師能施展法術、擒拿鬼怪，法力無邊。②閻王爺：佛教稱管地獄的神，又叫閻羅、閻羅王，是鬼王，能判人生死。

反覆無常

翻手為雲，覆手為雨

〔釋義〕變化不定。此指耍手段，弄權術。

心術不正

嘴甜甜，腰裡掛彎鐮

〔釋義〕指居心不純正。

半邊陰

爛傘遮日／初七八的月亮*

〔釋義〕指人陰不陰，陽不陽，或表面和善，內裡陰險。

〔注釋〕農曆每月初七或初八，在地球上看到的月相為上弦月，只能看到半月形。

白鑽空子

斷了線的梭子*

〔釋義〕指投機不成，白費力氣。

〔注釋〕梭子是牽引緯線的工具，兩頭尖，中間粗，織布時在布機龍裡往覆穿行。斷線後梭子失去牽引作用，只能來回空跑。

吃裡爬外

豪豬①拱洞／吳三桂②引清兵／紅眼老鼠出油缸／吃曹操的飯，幹劉備的事③

〔釋義〕指受了一方的好處，暗地裡卻為另一方盡力，做著對這一方不利的事。

〔注釋〕①豪豬：又稱箭豬，身上長有許多長而硬的刺，善於拱洞穴居。②吳三桂：明末叛臣。李自成攻克北京後，招他歸降，他堅持反叛立場，引清兵入關，受封為平西王。③《三國演義》中的故事。指關羽為保護嫂嫂，暫屈曹營，仍然懷念劉備。

奸小子

秦檜*的後代

〔釋義〕指奸詐的小人。

〔注釋〕秦檜（ㄎㄨㄞˋ）：南宋奸臣。詳見「罪名莫須有」。

奸（尖）的出頭

口袋裡裝釘子／布袋裡裝菱角／套馬杆子*頂草帽

〔釋義〕比喻非常詭詐狡猾。

〔注釋〕套馬杆子：草原放牧套馬用的帶有套索的長杆。

奸相；一副奸相

鼻頭搽白粉／鼻子上貼定勝膏*

〔釋義〕形容奸詐貪婪的樣子。

〔注釋〕定勝膏：演舊京戲時，奸臣的鼻子上黏貼的半圓花形裝飾品。

奸對奸

秦檜遇見嚴嵩*

〔釋義〕指以奸詐的手段對付裝詐的人。

〔注釋〕嚴嵩（ㄙㄨㄥ）：明朝弘治進士，後任武英殿大學士，入閣，專國政多年，朝廷文武大臣凡與他不和者，均遭迫害。

奸（尖）對奸（尖）

梭子頂頭／針尖對麥芒①／棗核搭牌樓／菱角碰粽子／釘頭碰著鑽頭／縫衣針對鑽頭／刺蝟鑽進蒺藜窩／蕎麥②窩裡扎錐子／錐尖子遇上棗骨子③

〔釋義〕同「奸對奸」。

〔注釋〕①麥芒：麥穗上的芒，細而長。②蕎（ㄑㄧㄠˊ）麥：糧食作物，瘦果三角形，有棱。③棗骨子：方言，棗樹的棘針。

收買人心

劉備摔阿斗*

〔釋義〕比喻施人恩惠以籠絡人心。

〔注釋〕《三國演義》中故事。劉備在長阪坡戰敗後，其手下大將趙雲為尋找阿斗母子，浴血奮戰，多處負傷，最後終於救出了劉備之子阿斗。劉備為了收買人心撫慰趙雲，故作姿態地將阿斗摔在地上，說：「為汝這孺子，幾損我一員大將」。

老奸巨猾

河裡的泥鰍種，山上的狐狸王

〔釋義〕指閱歷深、老於世故。

老鬼

閻王的爺爺

〔釋義〕比喻老奸巨猾。

串通一氣

褲襠裡放屁

〔釋義〕指暗中勾結，彼此聯成一氣。

伺機傷人

毒蛇出洞／碉堡裡伸機槍

〔釋義〕比喻窺伺時機傷害別人。

別有用心

貓挨著鍋邊轉／潘金蓮給武松敬酒*

〔釋義〕另有打算。多指心裡打著壞主意。

〔注釋〕《水滸傳》中故事。潘金蓮：武大郎之妻，武松的嫂嫂。一天，潘金蓮打發武大郎出去賣燒餅，借敬酒之機，勾引、挑逗武松。

妖言惑眾

白骨精*演說

〔釋義〕指用荒誕離奇的鬼話欺騙迷惑群眾。

〔注釋〕白骨精：由白骨化作的妖精。《西遊記》中描寫的狡猾奸詐的藝術形象。

肚裡有鬼

夜叉①懷胎／張驢兒告狀②／泥菩薩懷孕／鍾馗③打飽嗝／算卦先生④的葫蘆

〔釋義〕比喻心中有不可告人的祕密勾當。

〔注釋〕①夜叉：佛教指一種吃人的惡鬼。②元代雜劇《竇娥冤》裡的故事。見「冤枉好人」。③鍾馗（ㄎㄨㄟˊ）：民間傳說中專捉鬼怪的神。舊時民間有懸掛鍾馗像以驅除邪惡的風俗。④算卦先生：依卦象推算吉凶的人，常手持葫蘆，為人占卦。

見縫下蛆

綠頭蒼蠅／蒼蠅落在臭蛋上

〔釋義〕指遇有機會便投機鑽營。

見縫就鑽；光鑽空子

織布梭子／屬馬鱉①的／屬螞蟻的／錢串子②腦袋／牆上的壁虎③／太陽照到牆洞裡／野蜂④飛進魚網裡

〔釋義〕比喻伺機投機鑽營。

〔注釋〕①馬鱉（ㄅㄧㄝ）：螞蟥，環節動物，生活在池沼或水田中，吸食人畜的血液。②錢串子：指舊時穿銅錢的繩子。借以比喻為錢財到處鑽營。③壁虎：蠍虎，趾有吸盤，能在壁上爬行，常鑽入牆縫藏身。④野蜂：指土蜂，身體圓而長，黑色，有細毛，腿短而粗，常在牆縫或土縫中築巢棲身。

兩面三刀

泥瓦匠砌牆／王熙鳳①的為人／楊二郎的兵器②／又做師娘又做鬼

〔釋義〕比喻陰險狡猾，當面一套，背地一套。

〔注釋〕①王熙鳳：《紅樓夢》中人物，賈璉之妻。外則聰明能幹，實則陰險狠毒。她「嘴甜心苦，兩面三刀，上頭一臉笑，腳下使絆子；明是一把火，暗是一把刀」。②楊二郎即楊戩，神話傳說中人物，也稱二郎神。《西遊記》、《封神演義》中都有描寫。他生有三隻眼，會七十三變，手持「三尖兩刃刀」，神通廣大。

兩面陰

閻王爺的扇子

〔釋義〕比喻手段陰險狠毒的兩面派。

兩頭奸（尖）

棗子骨頭①／上弦的月亮②

〔釋義〕比喻對各方都虛偽詭詐，不講信用。

〔注釋〕①棗核，兩頭尖。②農曆每月初七或初八，太陽跟地球的連線和地球跟月亮的連線成直角時，在地球上看到的月相叫上弦。上弦月形狀如鉤，兩頭尖。

兩頭耍滑

扁擔無紮①／腳踩棒槌②／頭頂西瓜／一手抓泥鰍，一手逗黃鱔

〔釋義〕比喻圓滑而狡詐。

〔注釋〕①紮（ㄗㄚ）：捆，束。扁擔無紮，兩頭的擔子易滑脫。②棒槌：捶打用的木棒，圓而光滑。

居心不良

惡人告狀／惡狼裝羊／狼裝羊笑

〔釋義〕比喻存心不純正，出壞點子。

招搖撞騙

癩皮狗*上轎／江湖佬賣假藥／投機商做買賣／走江湖的賣膏藥

〔釋義〕指假借名義，到處炫耀，進行欺詐蒙騙。

〔注釋〕癩皮狗：比喻卑鄙無恥的人。

油透了

肉墩子*／食堂的菜鍋／廚師的圍裙

〔釋義〕比喻非常世故圓滑。

〔注釋〕肉墩（ㄉㄨㄣ）子：專供切肉用的木墩。

油腔滑調

吃麻油*唱曲子

〔釋義〕形容語言輕浮油滑，不真誠。

〔注釋〕麻油：芝麻油。

油嘴光棍

蠟燭當冰棒／蠟燭作簫吹

〔釋義〕指能說會道、耍滑頭的人。

油嘴滑舌

鼻子上掛肉／嘴上抹豬油／嘴巴上掛油瓶

〔釋義〕形容人油滑，耍嘴巴，善於迎合。

狐假虎威

狐狸跟著老虎走

〔釋義〕比喻仗著別人的威勢嚇唬人。

花招①多

戲臺上打出手②

〔釋義〕指手段和計謀很多。

〔注釋〕①花招：本指好看而變化多端的武術動作，此指騙人的手段計策等。②打出手：武戲對打時，圍繞主角互相投擲傳遞武器，變化靈巧，姿勢好看。

狡猾（絞鏵）

黃鱔爬犁頭①／蟒蛇②纏犁頭

〔釋義〕比喻詭計多端。

〔注釋〕①犁頭：犁鏵，安在犁的下端，用以翻土的鐵器。②蟒蛇：無毒的大蛇，體長可達六公尺。

耍滑頭①

捧著泥鰍玩／摸著光頭逗樂②／禿子腦袋當玩具

〔釋義〕比喻施展手段，以使自己不費力氣或逃脫責任。

〔注釋〕①滑頭：油滑，不老實。②逗樂：方言，引人發笑。

背後整人

後腦勺拍巴掌／屁股上捅一刀

〔釋義〕指暗中用不正當的手段使人吃苦頭。

唆*人上當

叫哈巴狗咬獅子

〔釋義〕比喻挑動別人上當受騙。

〔注釋〕唆（ㄙㄨㄛ）：唆使。

哭出來的

劉備的江山*

〔釋義〕比喻為了達到目的而不擇手段。

〔注釋〕劉備是三國時蜀漢的建立者。他本有野心，卻處處標榜維護漢獻帝的正統地位，當獻帝被廢，曹丕稱帝後，臣民勸他即皇帝位，他大哭大鬧，罵別人要陷害他為「不忠不義之人」，但最後還是登上皇帝寶座。

真奸（尖）

警犬的鼻子

〔釋義〕比喻非常奸詐。

笑裡藏刀

劊子手咧嘴／殺人強盜裝好人

〔釋義〕形容外貌和善而內心陰險。

能滑就滑，能溜就溜

腳踩西瓜皮，手抓兩把泥

〔釋義〕形容為人狡猾，做壞事而又讓人抓不到把柄。

鬼心腸

判官*的肚腹

〔釋義〕比喻心裡有鬼。

〔注釋〕判官：指傳說中閻王手下管生死簿的官。

鬼花招

閻王爺玩戲法①／城隍廟裡玩魔術／閻王奶奶繡荷包②

〔釋義〕比喻陰險的手段或計謀。

〔注釋〕①戲法：魔術。②荷包：隨身攜帶，裝零錢或零星東西的小包，上面一般繡有花卉等。

鬼頭鬼腦

閻王脫帽／閻王爺照像／閻王爺不戴帽子

〔釋義〕形容鬼鬼祟祟。

鬼（龜）頭鬼（龜）腦

王八照像

〔釋義〕同「鬼頭鬼腦」。

鬼點子多

閻王辦事／城隍皺眉頭／城隍老爺出天花*／閻王爺做芝麻餅

〔釋義〕多比喻壞主意多。有時指人機靈，辦法多。

〔注釋〕天花：急性傳染病，初起發高燒，繼而身上成批出現丘疹、疱疹、膿疹，後結痂，留下麻點。

偷偷幹

老鼠吃貓飯

〔釋義〕指行動詭祕，瞞著人做事。

專出鬼點子

狗頭軍師①／閻王爺辦公／慈禧太后②聽

政③

〔釋義〕指專門出壞主意。

〔注釋〕①指愛給人出餿主意的人。②慈禧太后：清末同治、光緒兩朝的實際統治者，咸豐帝死後封為太后，在同治、光緒兩朝垂簾聽政。她當政期間，對外屈膝投降，對內奴役人民，做盡了壞事，加深了中華民族的災難。③聽政：帝王或攝政的人上朝聽取臣子報告，並決定政事。

專鑽空子

木頭楔子／漂亮姐的耳環

〔釋義〕指專門利用漏洞進行投機活動。

處處有鬼

東嶽廟①走進城隍廟②

〔釋義〕指到處都有陰謀活動。

〔注釋〕①東嶽廟：泛指供祖宗或歷史名人神位的廟宇。②城隍廟：供奉城隍的廟宇。

軟收拾

皮條打人／殺人不用刀槍／棉花堆裡打架／橡皮棍子打人

〔釋義〕指用使人不易察覺的陰險手段整人。

最刁

刀把老鼠*／不大不小的老鼠

〔釋義〕比喻非常狡猾奸詐。

〔注釋〕指小老鼠。刀把：刀柄，比喻小。

無孔不入

水銀瀉地／長蟲①過籬笆／蒼蠅叮雞蛋／泥鰍過魚網／蓮藕炒粉條／蚊子叮雞蛋／蠍虎子②上牆／黃鼠狼上雞窩／篩子裡的米粒

〔釋義〕比喻抓住一切機會做壞事。

〔注釋〕①長蟲：蛇。②蠍虎子：壁虎。

進讒言

秦檜①奏本②

〔釋義〕指誹謗別人或挑撥離間。

〔注釋〕①秦檜（ㄎㄨㄞˋ）：南宋奸臣。詳見「罪名莫須有」。②奏本：昔時臣子對帝王陳述意見或說明情況。

嫁禍於人

東吳殺人①／孫權殺關公②／盜馬賊披袈裟③／竇爾敦④盜御馬⑤

〔釋義〕指把自己的罪名、禍害、錯誤轉嫁到別人頭上。

〔注釋〕①指的是東吳孫權斬殺關羽父子的故事。孫權殺害關羽後，擔心劉備為了報仇與曹操約和，威脅東吳，便策劃將關羽首級送予曹操，陰謀嫁禍於曹。②見注釋①。③袈裟（ㄐㄧㄚ ㄕㄚ）：和尚披在外面的法衣，由許多長方形小布塊拼綴製成。④竇爾敦：傳說中的綠林好漢。⑤御馬：皇帝騎的馬。

想投機（偷雞）

狐狸裝貓叫／黃鼠狼鑽雞籠／黃鼠狼聞到雞屎

〔釋義〕指妄圖利用時機謀取私利。

損①透了

小押兒店②的掌櫃

〔釋義〕比喻刻薄、奸詐到極點。

〔注釋〕①損：方言，刻薄、奸詐。②小押

兒店：舊社會靠收少量抵押品剝削窮人的小店鋪，規模比當鋪小，但利潤很高。

搗鬼

半夜掘墓／盜墓賊作案／石臼[①]裡舂夜叉[②]／石臼裡裝閻羅[③]

〔釋義〕比喻專搞陰謀詭計，進行不可告人的活動。

〔注釋〕①石臼（ㄐㄧㄡˋ）：用石頭做成的舂米器具。②夜叉：佛教指一種吃人的惡鬼。③閻羅：閻王。

暗下口

低頭狗／不叫的狗

〔釋義〕比喻行動詭祕，暗中傷人。

暗傷人

不叫的黃蜂／袖筒裡藏刀／棉花包裡的針／咬人的狗不露齒

〔釋義〕指行動詭祕，存心傷害別人。

暗箭傷人

背後拉弓／樹陰裡拉弓

〔釋義〕比喻乘人不備，進行暗害。

滑不到哪裡去

乾塘裡的泥鰍／沙灘上的黃鱔／臉盆裡的泥鰍

〔釋義〕比喻再狡猾也逃不掉。

滑頭滑腦；滑頭

帽子塗蠟／冬瓜皮做帽子／禿子頭上抹油／腦殼上搽豬油／額頭上抹肥皂

〔釋義〕比喻人不老實，油滑得很。

滑頭對滑頭

元宵碰元宵／光筷子夾豌豆／腦殼上頂西瓜／黃鱔遇見泥鰍／泥鰍黃鱔交朋友／象牙筷子挑（ㄊㄧㄠˇ）涼粉

〔釋義〕指狡猾的人對付狡猾的人。

搧陰風

小鬼吹火／城隍的扇子／閻王爺的扇子／閻王爺拉風箱

〔釋義〕比喻暗地裡散布不滿情緒，妖言惑眾。

詭計多端

狐狸投胎*

〔釋義〕形容壞主意很多。

〔注釋〕投胎：人或動物死後，靈魂投入母胎，轉生世間。

詭（鬼）計多端

城隍*出主意／閻王爺演戲／閻王爺使計謀

〔釋義〕同「詭計多端」。

〔注釋〕城隍（ㄏㄨㄤˊ）：指傳說中主管某個城的神。

賊眉鼠眼

小偷盯耗子

〔釋義〕形容鬼鬼祟祟，非常狡猾的樣子。

賊頭賊腦

強盜照像／強盜照鏡子／小偷不用化妝

〔釋義〕同「賊眉鼠眼」。

幕後操縱

木偶戲[①]／木偶上戲臺／舞臺上的皮影戲[②]

〔釋義〕比喻在背後支配、控制。

〔注釋〕①用木偶來表演的戲劇，表演時，演員在幕後操縱木偶，並配以演唱和音樂。②皮影戲：用紙板或獸皮做成的人物剪影來表演故事的戲曲。表演時，用燈光把剪影照射在幕上，藝人在幕後操縱剪影，並配以演唱和音樂。

煽風點火

灶旁的風箱*

〔釋義〕比喻唆使、煽動別人做某種事（多指壞的）。

〔注釋〕風箱：壓縮空氣而產生氣流的裝置，用來使爐火旺盛。

盡想滑

鯊魚學黃鱔

〔釋義〕比喻只盤算著要狡猾。

蒙混過關

黃甫訥扮伍子胥*／小鴨蛋冒充大雞蛋

〔釋義〕比喻用偽裝欺騙的手段，以達到某種目的。

〔注釋〕《東周列國志》中的故事。春秋時，伍子胥為借兵報殺父之仇，從楚國向吳國逃亡，楚王下通緝令捉拿，伍子胥出不了昭關，東皋公為救伍子胥，讓友人黃甫訥假扮伍子胥，誘騙軍吏，伍子胥乘紛亂之際，蒙混過了昭關。

說黑話

洞中聊天／談心不點燈

〔釋義〕指講隱晦的話。

誹謗（飛棒）

扁擔騰空／三節棍①上天／擀麵杖②上雲天

〔釋義〕指無中生有，說人壞話，毀人名譽。

〔注釋〕①三節棍：武術或武打的一種工具，由三根短木棒中間用鏈環連接而成。②擀（ㄍㄢˇ）麵杖：擀麵用的木棍。

螫*人不顯身

牆縫的蠍子

〔釋義〕比喻幕後搗鬼，暗中傷人。

〔注釋〕螫（ㄓㄜ）：有毒腺的蟲子刺人或動物。

點鬼火

閻王爺燒山／城隍廟裡冒煙

〔釋義〕比喻暗中挑撥是非，製造事端。

斷人後路

上樹抽梯子／送人過河拆橋板

〔釋義〕斷絕別人的後路，使人陷於困境。

懷鬼胎

一口吃個小廟／城隍娘娘①懷孩子／閻王奶奶害喜病②

〔釋義〕比喻心裡藏著不可告人的念頭。

〔注釋〕①娘娘：對女神的稱呼。此指城隍的妻子。②害喜病：即懷孕。

彎彎多

螃蟹的腳桿

〔釋義〕比喻鬼點子不少。

虛假偽善類

一戳就穿

紙老虎／紙糊的燈籠

〔釋義〕比喻假的東西一經揭露，即顯本相。

人前一面，人後一面

申公豹的腦袋*

〔釋義〕比喻表裡不一，陽奉陰違。

〔注釋〕申公豹是《封神演義》中的人物，人稱「歪頭申公豹」。他用取頭幻術誘騙姜子牙，南極仙翁施法術，由童子化作白鶴，將申公豹的頭銜著飛向太空，當頭落下時，因為落反了，結果面朝著脊背，申公豹成了歪頭。

上下兩瞞

一手遮天，一手捂地

〔釋義〕指欺上瞞下，隱瞞自己的錯誤或罪行。

口是心非

葉公好龍*／老虎念經

〔釋義〕指嘴裡表示贊同，心裡卻不以為然。

〔注釋〕春秋時楚國貴族葉公子高很喜愛龍，家裡到處都畫著龍。天上的龍知道了，來到他家。葉公見了嚇得面色慘白，失魂落魄。

口素心不善

老虎吃豆腐

〔釋義〕指表面和善，心懷惡意。

口善心惡

和尚殺牛①／豆腐嘴刀子心／彌勒佛②偷供果

〔釋義〕指嘴裡說得好聽，心中卻很險惡。

〔注釋〕①和尚天天念經，口稱善，卻屠殺生靈，違反佛教徒不殺生的教規，因稱口善心惡。②彌勒佛：佛教菩薩之一，佛寺中常有他的佛像，胸腹袒露，笑容滿面。

不足信；信不得

巫婆改行①／狗不吃屎／敵國講和／貓鼠交朋友／晴天響霹靂／張天師家鬧鬼②／逼出來的口供／芝麻說成綠豆大

〔釋義〕比喻不符合實際，使人無法相信。

〔注釋〕①舊時巫婆裝神弄鬼，不務正業。此種惡習很難改正。②傳說張天師能施展法術，擒拿鬼怪，因而張天師家裡鬧鬼是難以使人相信的。

不是真心

代別人寫情書／吃曹操的飯，幹劉備的

事①／吃霸王②的飯，給劉邦幹事

〔釋義〕比喻假情假意。

〔注釋〕①《三國演義》中故事。見「人在心不在」。②霸王：楚霸王項羽，秦末起義軍領袖。秦亡後，自立為西楚霸王，封劉邦為漢王。後劉邦和項羽為了爭奪帝位，雙方進行了五年的楚漢戰爭。

不是實話

打出來的口供

〔釋義〕指欺人的假話。

不是實話（石畫）

客廳裡掛磨盤*

〔釋義〕同「不是實話」。

〔注釋〕磨盤：托著磨的圓形底盤。

不誠（成）實

癟瓜子

〔釋義〕比喻虛假，言行不一。

不懂裝懂

南郭先生吹竽①／司馬懿破八卦陣②

〔釋義〕比喻態度虛偽，假裝明白。

〔注釋〕①《韓非子‧內儲說上》中的故事。戰國時期，齊宣王愛聽吹竽，不會吹竽的南郭先生也參加樂隊為齊宣王演奏。每次吹竽，南郭先生裝模作樣地做出吹竽的樣子，混在樂隊裡湊數。竽（ㄩˊ）：古代一種用口吹的樂器，形狀像笙。②《三國演義》中的故事。諸葛亮出師北伐，魏將司馬懿率軍到祁山與蜀漢軍對抗。諸葛亮布下八卦陣，司馬懿不懂裝懂，揚言識得陣法，決心一舉攻破八卦陣。結果八卦陣未破，魏兵傷亡慘重，司馬懿只好敗退。

公開作假

大聲使銅銀①／老洋芋充天麻②

〔釋義〕比喻毫無顧忌地進行欺騙。

〔注釋〕①使銅銀：把銅質的貨幣當銀質的貨幣使用。②洋芋（馬鈴薯）與天麻都是草本植物的地下莖，形狀略相似，容易冒充作假。

文明人不做文明事

聖人①盜書／秀才②偷筆／披大氅③偷煙袋④

〔釋義〕比喻明白人做糊塗事。

〔注釋〕①聖人：泛指道德智能極高的人。②秀才：泛指讀書人。③披大氅（ㄔㄤˇ）：指披大衣的人。泛指文明人。大氅：大衣。④煙袋：一般指吸旱煙的用具。

毛光嘴滑

公雞跌下油缸

〔釋義〕比喻人表面老實，說話油滑。

以假冒真

狸貓換太子*／掛羊頭賣狗肉

〔釋義〕比喻弄虛作假。

〔注釋〕《三俠五義》中說：宋真宗無子，宮中李妃、劉妃相繼有孕。劉妃為人奸詐狠毒，為爭太子位，買通產婆在李妃分娩時，用剝了皮的狸貓換了太子，叫宮女將真太子勒死扔掉，然後奏報天子，說李妃生了妖精，李妃因此被打入冷宮。

充大耳朵驢

黃鼠狼鑽磨坊①／兔子跑到磨道②裡

〔釋義〕比喻硬充好漢。

〔注釋〕①磨坊：磨麵粉等的作坊。②磨道：方言，磨坊。

充大把勢①

兔子蹦到車轅②上

〔釋義〕比喻冒充大人物。

〔注釋〕①把勢：車把勢，趕大車的人。②車轅（ㄩㄢˊ）：大車前部駕牲口的兩根直木。駕轅要選強壯的大牲口。

充硬手

釘耙①抓癢癢／鐵耙子撓癢／糞叉子②撓癢

〔釋義〕指沒有本事的人冒充強手。

〔注釋〕①釘耙（ㄆㄚˊ）：用鐵釘做齒的耙，是碎土、平土的農具。②糞叉子：鏟糞的農具，一端為三或四個鐵齒，一端為木柄。

充硬漢

屎殼螂支桌子／打爛腦瓜子①不喊痛／屎殼螂飛到車道溝②裡

〔釋義〕同「充硬手」。

〔注釋〕①腦瓜子：方言，頭。②車道溝：車輪經過壓出的轍印。

可憐不得

凍僵的蛇／鱷魚的眼淚*／叫花子嫌糯米

〔釋義〕比喻不能給予同情憐憫。

〔注釋〕鱷魚是一種爬行動物，性凶猛，捕食魚、蛙和鳥類，有的也吃人、畜。西方古代傳說鱷魚吞食人、畜時，一邊吃一邊掉眼淚。

外白裡黑

黑心蘿蔔

〔釋義〕比喻表面不錯，骨子裡卻壞透了。

外面光，裡面髒；外頭好看裡面臭

馬桶鍍金箔*／金漆的馬桶／油漆馬桶鑲金邊

〔釋義〕比喻人外表不錯，心裡很骯髒。

〔注釋〕金箔（ㄅㄛˊ）：用金子捶成的薄片或塗上金粉的紙片，做裝飾用的。

失信於人

丟掉了郵包

〔釋義〕指對人失去信用。

巧言哄人

許不下羊羔許駱駝

〔釋義〕指花言巧語哄騙人。

打著嚇人的幌子*

藥鋪掛蛇皮

〔釋義〕指假借某種使人望而生畏的事物，以掩蓋事實真相。

〔注釋〕幌（ㄏㄨㄤˇ）子：原指掛在商店門口表明商店性質的標誌，後用來比喻為了掩蓋真實意圖而假借的名義。

未盡心意

燒香不磕頭

〔釋義〕指待人心不誠。

皮紅心不紅

水蘿蔔／胭脂蘿蔔

〔釋義〕比喻表裡不一，表面好，心裡壞。

全是鬼事

閻王爺審案子①／陰曹地府②打官司

〔釋義〕比喻都是虛假或古怪的事。有時指做的都是不可告人的勾當。

〔注釋〕①閻王爺是主管地獄的神，審理的案件必然是鬼事。②陰曹地府：陰間。佛教稱人死後靈魂所在的地方。

好歹別戳破了這層紙

提著影戲*人上場

〔釋義〕比喻無論如何不要說破隱情或揭穿奧祕。

〔注釋〕影戲：皮影戲，用獸皮或紙板做成的人物剪影來表演故事的戲曲。表演時，用燈光把剪影照射在屏幕上，藝人在幕後一邊操縱剪影，一邊演唱，並配以音樂。

有名堂

洋鬼子①耍西洋景②

〔釋義〕比喻暗中隱藏著某種東西或暗中耍花招。

〔注釋〕①洋鬼子：舊時對外國侵略者的憎稱。②西洋景：又稱西洋鏡。

有假無真

捕風捉影／山頭猛虎不咬人／江湖騙子①賣打藥②

〔釋義〕指事物都是虛假的。

〔注釋〕①江湖騙子：指闖蕩江湖靠賣假藥等騙術謀生的人。②打藥：舊時走江湖的醫生賣的藥，多為外敷藥。

死要面子；死要臉

搽粉上吊／吊死鬼戴花／搽粉進棺材／棺材裡洗臉／吊死鬼搽胭脂

〔釋義〕比喻過分愛虛榮、講體面。

死要面子活受罪

打腫臉充胖子／割屁股補臉蛋

〔釋義〕比喻為了顧全面子可以忍受一切。

肉麻

豬玀①出痘子②

〔釋義〕比喻故作虛偽或語言輕佻，惹人厭惡。

〔注釋〕①豬玀（ㄌㄨㄛˊ）：方言，豬。②痘子：天花。

自家人①哄自家人

上墳②燒紙錢③／前妻的孩子哄後娘

〔釋義〕比喻自己人欺騙自己人。

〔注釋〕①自家人：方言，即自己人。②上墳：到墳前祭奠死者。③紙錢：舊時傳說，上墳要給死者燒紙錢，供死者在陰間花用。紙錢一般為圓形紙片，中間有方孔，有時僅在紙片上打以銅錢形戳記。

自騙自；自欺欺人；自己哄自己

畫餅充饑／掩耳盜鈴／吹燈瞪眼睛／巫婆搖鈴招魂①／被窩裡使眼色②／此地無銀三百兩③／扯起眉毛哄眼睛／捂著耳朵吃炒麵／頭當斗笠④，背當蓑衣⑤

〔釋義〕指用自己都難以相信的話或手段來欺騙別人，也欺騙自己。

〔注釋〕①巫婆下神時要裝神弄鬼，招魂附體，表演自欺欺人的伎倆。②使眼色：用眼睛向別人暗示自己的意思。③民間故事中說，有人把銀子埋藏在地下，恐被人發現，專門寫了「此地無銀三百兩」的木牌。鄰居王二見到木牌，即在木牌周圍挖出了銀子，並在木牌的背面寫上「隔壁王二不曾偷」字樣。④斗笠：用竹篾中間夾油紙或竹葉製作的寬沿帽子，用以防雨和遮陽光。⑤蓑（ㄙㄨㄛ）衣：用草或棕製成的披在身上的防雨用具。

你哄我，我哄你

小孩供神佛／騙子遇扒手

〔釋義〕比喻互相欺騙。

弄虛作假

魔術師的本領

〔釋義〕比喻耍花招，欺騙人。

改頭換面

化妝表演／大頭娃娃*跳舞

〔釋義〕比喻只換形式，不變內容。

〔注釋〕大頭娃娃：一種假面具，多在兒童遊戲或舞蹈節目中使用。

杜撰（肚轉）

彌勒佛推碾子*

〔釋義〕指胡編亂造。

〔注釋〕在寺廟中彌勒佛的塑像袒胸露腹，肚子顯得突出，推碾時靠肚子的推力使其轉動。這是假想的說法。

肚裡編；嘴能編

王八吃竹篾／王八吃柳條／吃竹子拉笊籬*／吃荊條屙籮筐／吃柳條屙糞筐

〔釋義〕比喻事情是憑空編造出來的。

〔注釋〕笊籬（ㄓㄠˋ ㄌㄧˊ）：撈東西的工具。用金屬絲、竹篾或柳條等編成。

言而無信

口傳家書

〔釋義〕比喻說話不講信用。

兩面派

臺上握手，臺下踢腳／扳倒是鼓，反轉是鑼／翻手為雲，覆手為雨

〔釋義〕指當面一套，背後一套，耍兩面手法的人。

兩面裝好人

又做巫婆又做鬼*

〔釋義〕比喻兩面討好。

〔注釋〕巫婆裝神弄鬼下神時，聲稱鬼附在自己身上，這時巫婆又假裝成鬼，兩面討好。

兩頭戳

一根尖擔*

〔釋義〕比喻搬弄是非，挑撥離間。

〔注釋〕尖擔：挑柴草用的扁擔，兩頭削尖，易於插入柴草中。

玩的騙人術

張天師畫符*

〔釋義〕比喻施展的是騙人的伎倆。

〔注釋〕民間傳說，張天師能做符籙，所畫的圖形或線條，能驅使鬼神，給人帶來禍福。

空頭人情

雨後送傘／晴天送傘

〔釋義〕比喻虛假的情誼。

表裡不一

胭脂蘿蔔①／青菜包餃子／兩樣布做夾襖②／緞子被面麻布裡

〔釋義〕比喻思想和言行不一致。

〔注釋〕①紅皮白心，裡外顏色不一樣。②夾襖：雙層的衣服，表裡的布料不一樣。

冒充內行

班門弄斧[1]／殺豬吹屁股／補鍋匠閹豬[2]／不是船工亂弄竿／補鍋匠攬瓷器活

〔釋義〕比喻不懂裝懂。

〔注釋〕①指在魯班門前舞弄斧頭。班：魯班，中國古代著名巧匠。②閹（ㄧㄢ）豬：割掉豬的睪丸或卵巢。

冒充打獵人

腰裡別著個死耗子

〔釋義〕比喻假充行家。

冒充好人；充好人

狗戴禮帽／強盜念經／狼頭戴斗笠[1]／豺狼披羊皮／白臉狼[2]戴眼鏡／爛腦瓜戴上新氈帽

〔釋義〕比喻假裝成善良的人。

〔注釋〕①斗笠：見「自騙自」。②白臉狼：借指人面獸心、忘恩負義的人。

冒充好人（仁）；假充好人（仁）

土蠶[1]鑽到花生殼／木蝨[2]鑽進葵花籽／蟲子鑽進核桃裡／花生殼裡的臭蟲／嗑瓜子嗑出個臭蟲

〔釋義〕同「冒充好人；充好人」。

〔注釋〕①土蠶：方言，地老虎。②木蝨：果樹、桑樹等的害蟲，體形小，種類多。

冒充好貨

豆腐渣裝皮箱

〔釋義〕比喻冒牌貨。

冒充耶穌[1]

老虎背十字架[2]

〔釋義〕比喻冒充好人。

〔注釋〕①耶穌：基督教的創始人，該教稱他是上帝的兒子，降世救人，因傳教觸怒猶太教統治者，被釘死在十字架上，後復活升天。②十字架：古羅馬帝國的一種刑具，把人釘在十字形的木架上，任其慢慢死去。

冒牌貨

人造牛黃[1]／仿造的商標／跳蚤充龍種[2]／紅薯乾充天麻[3]／說真方賣假藥／六耳獼猴充悟空[4]／花心蘿蔔充人參／說嘴郎中[5]賣膏藥

〔釋義〕以假當真。比喻虛有其名而無其實的人或事物。

〔注釋〕①牛黃：病牛的膽汁凝結成的黃色粒狀或塊狀物，是珍貴的中藥材。人工可以合成，但人造牛黃的價值遠不及天然牛黃。②龍種：舊時以龍象徵皇帝，故稱皇帝子孫或皇族後代為龍種。③紅薯與天麻都是指草本植物的莖塊，二者切塊晒乾後，形狀及顏色均相似。④《西遊記》中的故事。唐僧師徒赴西天取經途中，孫悟空因殺生害命被唐僧趕走。這時，六耳獼猴想自己去西天取經，以萬代傳名，他趁機搖身變作孫悟空騙唐僧。後來兩個孫悟空打打吵吵，真假難分，最後由如來佛看出真相，冒充悟空的六耳獼猴終於現出原形，被孫悟空擊斃。⑤說嘴郎中：醫術不高、光耍嘴巴的中醫。

哄死人

紙糊的棺材／對著棺材許願／對著靈牌*說謊話

〔釋義〕指用假話或手段把人騙得好苦。

〔注釋〕靈牌：舊時供奉死者暫設的牌位。

故作姿態

時裝表演／喝水拿筷子

〔釋義〕比喻故意裝樣子給人看。

面善心不善

黑瞎子[①]裝彌勒佛[②]

〔釋義〕比喻表面和善，內心險惡。

〔注釋〕①黑瞎子：方言，即黑熊，也稱狗熊。②彌勒佛：佛教菩薩之一，佛寺中常有他的佛像，胸腹袒露，笑容滿面。

食言（鹽）

耗子變蝙蝠*

〔釋義〕比喻不履行諾言，失去信用。

〔注釋〕民間傳說耗子吃鹽後可以變蝙蝠。

原形畢露

白骨精遇上孫悟空*

〔釋義〕比喻偽裝被徹底剝掉。

〔注釋〕《西遊記》中的故事。見「一計不成又生一計」。

原（圓）形畢露

門縫裡瞧西瓜／隔著門縫瞧王八

〔釋義〕同「原形畢露」。

哭窮

叫花子上墳

〔釋義〕比喻裝窮叫苦。

真真假假

兩口子唱西廂*／兩口子臺上扮夫妻

〔釋義〕比喻真假難分。

〔注釋〕西廂：指元代雜劇《西廂記》。見「痴人說夢」。

笑面虎

大蟲[①]打哈哈[②]／齜牙咧嘴的大蟲

〔釋義〕指面善心狠的人。

〔注釋〕①大蟲：方言，老虎。②打哈哈：開玩笑。

臭了半輩子還裝人

馬桶拼棺材／茅坑板子做棺材

〔釋義〕指壞人假裝好人。

鬼扯

東嶽廟[①]的二胡／亂墳岡[②]上賣布／陰曹地府掛日曆／城隍菩薩[③]拉二胡

〔釋義〕指無人相信的胡言亂語。

〔注釋〕①東嶽廟：泛指供祖宗或歷史名人神位的廟宇。②亂墳岡：任人埋葬屍首的土岡子。③城隍（ㄏㄨㄤˊ）菩薩：指城隍爺，傳說中主管某個城的神。

鬼畫符*

閻王爺繪圖

〔釋義〕比喻騙人的花招或虛偽的話。

〔注釋〕符：道士畫的圖形或線條，聲稱能驅使鬼神給人帶來禍福。

鬼話連篇

城隍講故事／閻王爺[①]說夢[②]／閻王爺拉家常／閻王爺的奏摺[③]／閻王爺貼告示

〔釋義〕形容大量說謊。

〔注釋〕①閻王爺：佛教稱管地獄的神。②

說夢：此指憑荒唐的妄想說胡話。③奏摺：書寫臣子向帝王呈遞的意見書的摺子。

鬼話（畫）

堂屋掛魁星①／牆上掛鍾馗②

〔釋義〕指沒有人相信的謊言。

〔注釋〕①魁（ㄎㄨㄟˊ）星：神話傳說中主宰文章興衰的神。②鍾馗（ㄎㄨㄟˊ）：傳說能打鬼的神。

假充善人①

老虎趕豬／老虎燒香／虎坐蓮臺②／貓兒念經／劊子手吃齋③／惡狗戴佛珠／猴子穿衣服／吃豬肉念佛經④／黃鼠狼戴草帽／黃鼠狼給雞超度⑤

〔釋義〕比喻偽裝好人。

〔注釋〕①善人：心地善良的人。②蓮臺：蓮花的臺座。指佛座。③吃齋（ㄓㄞ）：吃素。④佛經：也叫釋典，佛教的經典。⑤超度：佛教用語，指念經或做佛事使鬼魂脫離苦難。

假充聖人

文廟①裡賣四書②／豬八戒讀詩文／屎殼螂爬到書本上

〔釋義〕指言行虛偽，假裝斯文。

〔注釋〕①文廟：孔廟。舊時祭祀孔子的廟宇。最早最大的一座在孔子的故鄉山東曲阜。②四書：指《論語》、《孟子》、《中庸》、《大學》。

假正經；假裝正經

王八敬神／老虎念經／狐狸戴禮帽／貓不吃鹹魚／婊子①立牌坊②／婊子拜廟堂／偷馬賊掛佛珠③／潘金蓮④上庵堂⑤／婊子掛起貞節牌⑥

〔釋義〕指假裝正派。

〔注釋〕①婊（ㄅㄧㄠˇ）子：妓女。②牌坊：形狀像牌樓的建築物，舊時用來紀念傳統禮教所謂的忠孝節義的人物。③佛珠：念珠。佛教徒佩掛的珠子串，念經時用以計數。④潘金蓮：《水滸傳》中的人物。武大郎之妻，一個水性楊花，愛偷漢子的淫婦。⑤庵（ㄢ）堂：方言，即尼姑庵。⑥貞節牌：舊時婦女具有傳統禮教所提倡的不改嫁、不失身的道德，則可得到朝廷賞賜的木匾牌。此牌叫做貞節牌。

假的

臺上耍魔術／戲子①穿龍袍②／和尚結辮子／諸葛亮弔孝③／裝貓嚇耗子／演員的鬍子／大花臉④的鬍子／打出來的口供／戲臺上吹鬍子／戲臺上拜天地⑤／大姑娘不要婆家／孫悟空變山神廟⑥

〔釋義〕指不真實。

〔注釋〕①戲子：舊時稱職業的戲曲演員。②龍袍：封建時代皇帝穿的袍子，上面有龍的圖案。③《三國演義》中的故事。見「虛情假意」。④大花臉：又叫淨，戲曲中花臉的一種。⑤拜天地：拜堂。舊式婚禮，新郎新娘一起舉行參拜天地的儀式，也指拜天地後拜見父母公婆。⑥《西遊記》中的故事。孫悟空鬥不過二郎神，便施隱身術，變成一座山神廟，但尾巴無處放，就變成旗杆立在廟後，這一假象，終被二郎神識破。

假做作

燈草吊頸[1]／忤逆子[2]講孝經

〔釋義〕比喻做出虛假的表情或動作。

〔注釋〕①吊頸：上吊尋死。②忤（ㄨˇ）逆子：不孝子孫。

假乾淨

蒼蠅洗臉[1]／陰溝[2]裡洗手／髒水洗手尿刷鍋，洗臉盆裡捏窩窩

〔釋義〕比喻齷齪的人裝得很體面。

〔注釋〕①蒼蠅渾身多絨毛，常沾有糞便及腐爛物質，為減少飛行阻力，蒼蠅常用足趾梳洗身上的附著物。②陰溝：地下的排水溝。

假情（晴）

下雨天出太陽／下雨天出彩雲

〔釋義〕比喻感情虛偽。

假斯文

豬八戒磨墨／貓兒不吃魚／老母豬戴眼鏡／金錢豹讀聖經[1]／挑腳的[2]穿大褂[3]／捂著肛門放屁／豬八戒看唱本[4]／豬八戒戴眼鏡／貓不吃死耗子／餓鷹不吃小雞肉／孔夫子門前講孝順

〔釋義〕形容假裝文雅。

〔注釋〕①聖經：基督教的經典。②挑腳的：舊時給人挑貨物、擔行李為業的窮人。③大褂：身長過膝的中式單衣。④唱本：曲藝或戲曲唱詞的小冊子。

假惺惺（猩猩）

猴子學走路

〔釋義〕比喻虛情假意。

假傷心

貓哭耗子／請人哭爹媽

〔釋義〕比喻假裝悲痛。

假傳聖旨[1]

戲臺上送詔書[2]

〔釋義〕比喻冒充或盜用上級的名義下達命令或指示。

〔注釋〕①聖旨：封建社會稱皇帝的命令。②詔（ㄓㄠˋ）書：皇帝頒發的命令。

假慈悲；假慈善

耗子哭貓／狼哭羊羔／貓哭老鼠／鷹哭麻雀／老虎戴佛珠[1]／雞死狼弔孝[2]／劊子手燒香／鱷魚[3]流眼淚／殺人強盜念佛經[4]／雨淋菩薩兩行淚

〔釋義〕比喻惡人偽裝善良。

〔注釋〕①佛珠：又叫念珠。②弔孝：弔喪，到喪家祭奠死者。③鱷魚：爬行動物，性凶猛，吃人、畜等。④佛經：也叫釋典，佛教的經典。

假裝文明人

猩猩[1]戴禮帽／白臉狼[2]穿西裝

〔釋義〕比喻裝作有道德修養的正經人。

〔注釋〕①猩猩：哺乳動物，兩臂長，全身有赤褐色長毛，以野果為食。②白臉狼：借指人面獸心，忘恩負義的人。

假裝正直

毒蛇鑽進竹筒裡

〔釋義〕指裝作公正坦率的樣子。

假裝好漢

豬八戒初進高家莊*

〔釋義〕比喻喬裝打扮，冒充英雄。

〔注釋〕《西遊記》故事。豬八戒來到高家莊後，高太公就招他為婿，與女兒翠蘭成親。豬八戒初進高家，非常勤快。他耕田耙地，割稻刈麥，樣樣都行，是個身粗力大，很能幹活的好漢子。

假裝體面

狗熊戴手錶／借袍子上朝／借粉搽臉蛋

〔釋義〕比喻愛虛榮，講面子。

假（賈）門假事（賈氏）

賈家姑娘嫁賈家*

〔釋義〕比喻事情全是假的。

〔注釋〕舊時貧家婦女往往沒有名字，張家的姑娘嫁給王家，稱為王門張氏，而賈家姑娘嫁給賈家就是賈門賈氏。

假過場

小姨子哭姐夫／戲臺上討老婆

〔釋義〕比喻用虛假的動作和表情敷衍場面。

假積極

狗咬耗子／颳風掃地，下雨潑街

〔釋義〕指假做努力的樣子。

做人又做鬼

巫師的行當①／紙紮鋪②開張

〔釋義〕比喻表面裝作正人君子，背地裡卻在搗鬼。

〔注釋〕①舊社會裡，巫師的職業就是裝神弄鬼，替人祈禱。他一會兒是人，一會兒又裝鬼。②紙紮鋪：舊時專門製作、出售祭鬼用品的店鋪。一般有紙人、紙馬等。

現了原形

妲己的子孫赴宴①／白娘娘喝了雄黃酒②／姜子牙火燒琵琶精③

〔釋義〕指剝去偽裝，顯出本相。

〔注釋〕①《封神演義》中的故事。妲己是九尾狐狸精的化身，變作美女以惑紂王，成為寵妃。為替玉石琵琶精報仇，她設計要姜子牙造鹿臺，以引「仙女」下凡行樂。鹿臺造畢，妲己到軒轅墳內，幫眾狐狸化作仙子、仙女，參加紂王的九龍宴席。席間因她的狐狸子孫飲酒過多漸醉，紛紛露出尾巴，現了原形。②《白蛇傳》中的故事。見「頭昏腦脹」。③《封神演義》中的故事。琵琶精是軒轅墳中的玉石琵琶精，一天她化作女子到姜子牙的算命館算命，被姜子牙看出本相。後在紂王面前將妖女用大火焚燒，妖精現出玉石琵琶的原形。

甜言蜜語

口含蜂蜜／吃蜂糖說好話／嘴皮子抹白糖

〔釋義〕指為騙人而說的動聽的話。

造謠（窯）

呂蒙正蓋房子*

〔釋義〕指捏造謠言，迷惑群眾。

〔注釋〕《呂蒙正風雪破窯記》中說：呂蒙正是宋朝洛陽城裡的一個窮書生，他棲身城外的破窯裡，苦讀詩書。後遇劉員外之女劉月娥拋繡球選中為婿。呂蒙正與劉月娥在破窯裡結為夫妻，生活雖清貧，但兩人恩愛相處，卻也十分美滿。

喬[1]裝打扮

醜八怪相[2]媳婦

〔釋義〕指化裝改變形象，掩飾本來面目。

〔注釋〕①喬：假（扮）。②相（ㄒㄧㄤˋ）：親自觀看。

欺上瞞下

王府*的管家

〔釋義〕指欺騙上司，蒙蔽同僚和下屬。

〔注釋〕王府：封建社會有王爵封號的人的住宅。

欺世盜名

李鬼劫路*

〔釋義〕比喻欺騙世人，竊取名譽。

〔注釋〕《水滸傳》故事。講黑旋風李逵回家接母上梁山，途遇李鬼冒充李逵劫路的故事。

無中生有

平地起孤堆[1]／平地裡起墳堆／紅蘿蔔長出蔥／魔術師變戲法[2]／從發麵糰裡拔毛

〔釋義〕比喻憑空捏造。

〔注釋〕①孤堆：方言，在空曠的平地上突起的土堆。②戲法：魔術。

硬充土紳士[1]

蝲蝲蛄[2]穿大褂

〔釋義〕比喻偏要冒充大人物。

〔注釋〕①紳士：指舊時的土豪劣紳。他們常穿衣長過膝的長衫，以顯紳士風度。②蝲蝲蛄（ㄌㄚˋ ㄌㄚˋ ㄍㄨ）：螻蛄的通稱。

虛情假意；假仁假義

問客殺雞／雨過送傘／婊子[1]送客／木偶[2]流眼淚／老狼哭羊羔／電影裡談戀愛／戲臺上的朋友／貓給老鼠弔孝[3]／割蕁麻[4]餵毛驢／氣死周瑜去弔孝[5]／白骨精[6]給唐僧送飯

〔釋義〕表示情意不真實。

〔注釋〕①婊子：妓女。②木偶：木頭做的人像。③弔孝：弔喪，到喪家祭奠死者。④蕁（ㄒㄩㄣˊ）麻：莖和葉子都有細毛，皮膚接觸時會引起刺痛。不能作牲口的飼料。⑤《三國演義》中的故事。講的是諸葛亮三氣周瑜，最後周瑜氣死在蘆花蕩後，諸葛亮前去弔喪的故事。⑥白骨精：《西遊記》中狡猾奸詐的女妖精，曾假扮給唐僧送飯的村姑，企圖謀害唐僧。

塗脂抹粉

開演之前／演員化妝

〔釋義〕比喻粉飾美化事物的外表。

愚弄人

把娃娃當猴耍／拿著活人當熊耍

〔釋義〕指蒙蔽、玩弄人。

裝人

口袋裡盛娃娃／殯儀館裡的棺材

〔釋義〕比喻假裝正人君子。

裝人樣；混充人

狗戴帽子／猴子戴帽／大家丟了橫／掃帚戴草帽／狗熊耍把戲[1]／狗熊穿衣服／夜壺[2]戴草帽／猴子銜煙斗／猴子戴面具[3]

／狗頭上戴眼鏡／熊瞎子④打立正

〔釋義〕同「裝人」。

〔注釋〕①耍把戲：玩雜技。②夜壺：即便壺。③面具：假面具。④熊瞎子：方言，黑熊，又稱狗熊。

裝王八孫子

蛤蟆跟著團魚*轉

〔釋義〕比喻裝出卑賤可憐的樣子。

〔注釋〕團魚：鱉，俗稱王八。

裝不像

李逵扮新娘①／強盜扮君子②

〔釋義〕無論怎樣裝扮也不像樣子。

〔注釋〕①李逵是《水滸傳》中人物，綽號「黑旋風」，是一個「黑凜凜大漢」，鄉中人稱「李鐵牛」，要他打扮成新娘子，肯定裝不像。②君子：古代指地位高的人。後泛指品格高尚的人。

裝什麼大牲口

螞蚱戴籠頭①／跳蚤戴串鈴②／哈巴狗戴串鈴

〔釋義〕比喻小人物裝作大人物的樣子。

〔注釋〕①籠頭：套在騾馬頭上的東西，用皮條或繩子做成，用來繫韁繩並掛嚼子。②串鈴：連成串的鈴鐺，多掛在騾、馬等大牲口的脖子上。

裝死（屎）

糞車進城／糞船過江／大糞車出村

〔釋義〕指假裝死去。

裝佯①（羊）

狗長犄角②／狗吃青草／狗啃麥根／黃狗插角／翻穿皮襖／狗頭綁皂角③／狼頭上長角／狼頭上插竹筍

〔釋義〕指弄虛作假，故作姿態。

〔注釋〕①佯（ㄧㄤˊ）：假裝。②犄（ㄐㄧ）角：角。③皂（ㄗㄠˋ）角：皂莢樹的莢果，扁平，長形，略似羊角，可洗衣服。

裝相

猴子學人樣／癩蛤蟆鼓氣／泥菩薩抹金粉

〔釋義〕比喻裝模作樣。

裝相（象）

駱駝安鼻子／牛鼻子插大蔥／豬鼻子插大蔥／狗鼻眼裡插大蔥

〔釋義〕同「裝相」。

裝面子

紅紙裱燈籠／穿襪子沒底／破棉襖套綢衫

〔釋義〕比喻愛虛榮，著重外表。

裝孫子

老翁睡搖籃／老頭子坐搖籃／買棺材饒①個匣子②／捋（ㄌㄩˇ）著鬍子坐搖籃

〔釋義〕指故意裝作可憐的樣子。罵人的話。

〔注釋〕①饒（ㄖㄠˊ）：無代價的另外增添。②匣子：此指裝童屍用的小棺材。

裝神弄鬼

巫婆下神①／道士②跳法場③

〔釋義〕比喻故意把事情搞得玄虛莫測。

〔注釋〕①下神：巫婆裝神弄鬼，假裝神仙附在自己身上。②道士：指道教徒。③法場：舊時執行死刑的地方。

裝迷糊

布袋裡盛貓／沒睡打呼嚕

〔釋義〕比喻假裝糊塗，不懂事理。

裝假；假裝

狗不吃屎／空腹打飽嗝／猴子銜煙斗／戲臺上扮夫妻

〔釋義〕比喻故意不露真相以混淆視聽。

裝腔作勢

啞巴對話／雙簧戲①表演／絲瓜筋②打老婆

〔釋義〕形容做作。

〔注釋〕①雙簧戲：曲藝的一種，一人表演動作，一人藏在後面說或唱。②絲瓜筋：絲瓜絡，絲瓜成熟後肉內的網狀纖維。

裝暈

喝涼水栽跟頭

〔釋義〕比喻假裝糊塗。

裝蒜

小鋪的抽屜／水仙①不開花／地裡的薤白②

〔釋義〕指裝腔作勢或假裝糊塗。

〔注釋〕①水仙：多年生草本植物。地下鱗莖為卵圓形，葉子條形，花有香味，供觀賞。其鱗莖和葉子都極像大蒜。②薤（ㄒㄧㄝˋ）白：葉子細長，似韭而中空。地下有鱗莖可食，並可入中藥。其葉和鱗莖都極像大蒜。

裝窮

背米討飯／端金碗討飯／新皮襖打補釘①／玉皇大帝②吃稀飯

〔釋義〕本來富有，卻假裝貧困。

〔注釋〕①補釘：補在破損衣物上的東西。②玉皇大帝：又稱玉帝，道教稱天上最高的神。

裝模作樣；裝樣子

無病呻吟／木偶做戲／巫師①驅鬼／巫婆下神／盲人看書／忤逆子②戴孝／瞎子戴眼鏡／翻砂工③幹活／王瞎子④看告示／瓜地裡的草人⑤／戲臺上的演員／戲臺上瞪眼睛／熊瞎子學繡花

〔釋義〕形容故意做樣子給人看。

〔注釋〕①巫師：以裝神弄鬼替人祈禱為職業的人。②忤（ㄨˇ）逆子：不孝子孫。③翻砂工：鑄工。在模具上翻砂，鑄造器件。④王瞎子：泛指盲人。⑤草人：用稻草或麥秸等做成的假人，用以嚇唬鳥類和其他動物。

裝糊塗

飯盒裡盛稀飯／磨眼裡堆稀飯

〔釋義〕指故意裝作不知道、不明白。

蒙著交易

隔口袋買貓

〔釋義〕比喻祕密交易。

嘴上熱情

半路上留客

〔釋義〕比喻耍嘴皮子，待人虛情假意。

嘴不對心

歪脖子說話

〔釋義〕比喻口是心非。

瞎話

小鬼吹燈／盲人聊天

〔釋義〕指騙人的假話。

瞎話（畫）

盲人寫生*／盲人繪圖

〔釋義〕同「瞎話」。

〔注釋〕寫生：對著實物或風景繪畫。

瞎謅*

盲人說謊

〔釋義〕指說胡亂編造的話。

〔注釋〕謅（ㄗㄡ）：編造。

遮人眼目

紙糊的眼鏡／眼睛上貼膏藥

〔釋義〕比喻以假象欺騙別人。

遮遮蓋蓋

放屁拉抽屜／醬醋廠裡的斗篷

〔釋義〕比喻掩飾自己的缺陷。

嚇不住人

紙糊的老虎／演員瞪眼睛／戲臺上吹鬍子

〔釋義〕指虛假的動作不會使人害怕。

嚇鬼

墳頭打拳／道士①吹螺號②／墳頭上耍大刀／棺材上畫老虎／亂葬墳③裡放鞭炮

〔釋義〕鬼才害怕。比喻假象嚇不倒人。

〔注釋〕①道士：道教徒。②螺（ㄌㄨㄛˊ）號：用大的海螺殼做成的號角。③亂葬墳：任人埋葬屍首的墓地。

嚇唬人

絨球打臉／牆上畫老虎

〔釋義〕比喻製造假象，使人害怕。

嚇唬老百姓

大腿上畫老虎／披著虎皮進村

〔釋義〕同「嚇唬人」。

彌天①大謊

乾鯉魚跳龍門②／公雞下蛋狗長角／煮熟的鴨子飛上天

〔釋義〕比喻天大的謊話。

〔注釋〕①彌（ㄇㄧˊ）天：滿天，形容極大。②龍門：即禹門口，在山西河津縣西北。《三秦記》有鯉魚跳龍門的記載。

濫竽充數

阿二①吹笙／南郭先生吹竽②

〔釋義〕比喻沒有本領的人混充有本領。有時指以次充好。

〔注釋〕①阿二：民間傳說中呆頭呆腦，自作聰明的人物。②《韓非子・內儲說上》中的故事。見「不懂裝懂」。

濫（爛）竽（芋）充數

紅苕*粉攙到藕粉裡

〔釋義〕同「濫竽充數」。

〔注釋〕紅苕：方言，甘薯，有的地區稱山芋。

臉面上下不來；放不下臉

頭上穿套褲*／眉毛上搭梯子／腦袋上套襪子

〔釋義〕比喻顧情面，難為情。

〔注釋〕套褲：套在褲子外面只有褲腿的褲子。

講鬼話

看見菩薩屙屎／閻王老子談家常

〔釋義〕指說騙人的話。

謠言（窯煙）

碍窯裡失火／高泥墩*失火

〔釋義〕指沒有事實根據的消息。

〔注釋〕高泥墩（ㄉㄨㄣ）：方言，泛指燒碍瓦的一種土窯。

謠（腰）言

肚臍眼說話

〔釋義〕同「謠言（窯煙）」。

藏頭露尾

狗戴籮筐／火雞*躲獵人／狐狸鑽罐子／貓鑽耗子洞

〔釋義〕比喻躲躲閃閃，不痛快。

〔注釋〕火雞：吐綬雞。嘴大，頭部有紅色肉質的瘤狀突起，腳長而大。

騙鬼；哄鬼

紙紮靈屋①／閻王許願／白麻紙上墳②／閻王爺撒謊／閻王耍把戲③／城隍廟裡賣假藥／閻王殿④裡賣狗皮膏藥

〔釋義〕指使用謊言或詭計只能欺神騙鬼，不會有人相信。

〔注釋〕①靈屋：舊時給死者焚化，供死者在陰間居住的紙屋。②給死者上墳要用紙錢，用白麻紙上墳是對死者的欺騙。③耍把戲：玩雜技。④閻王殿；供奉閻王的廟堂。

自私貪婪類

一毛不拔

鐵公雞／上等牙刷／名牌牙刷／冷水煺雞①／缺口鑷子②／鐵公雞請客／瓷公雞，玻璃貓／玻璃耗子琉璃貓，鐵鑄公雞銅羊羔

〔釋義〕形容極其吝嗇自私，個人利益絲毫不能侵犯。

〔注釋〕①煺（ㄊㄨㄟˋ）雞：用滾開水燙雞後去毛。②鑷（ㄋㄧㄝˋ）子：拔毛或夾取細小東西的用具，鑷子缺了口則拔不出毛。

小氣

麥稈吹火／蚊子放屁／跳蚤放屁／娃娃吹喇叭／筆桿當煙筒

〔釋義〕比喻吝嗇，不大方。

小氣鬼

米數顆粒麻數根*／三分錢買燒餅看厚薄／吃冰棒捨不得扔棒棒

〔釋義〕指吝嗇或氣量小的人。

〔注釋〕麻數根：麻指麻線，很細，一般用重量計數。如一根根去數，不但難以數清，而且顯得太小氣。數（ㄕㄨˇ）：查點數目。

小氣（器）

酒杯裡量米／煙鍋*裡炒芝麻

〔釋義〕同「小氣」。

〔注釋〕煙鍋：煙袋鍋，安在旱煙袋的一端，金屬製作，小而呈碗狀。

不大方

一根木頭劈八開

〔釋義〕多指小氣，斤斤計較。

不管生熟

小偷偷瓜／急性子吃熊掌*

〔釋義〕比喻貪婪心切，不管好歹，一味地撈取。

〔注釋〕熊掌：熊的腳掌，味美，是極珍貴的食品，難以煮熟。

不顧（雇）別人

兩口子鋤地／爺兒倆耪*穀子

〔釋義〕比喻不管別人，只顧自己。

〔注釋〕耪（ㄆㄤˇ）：用鋤翻鬆土地。

斤斤計較

舉重比賽／肉案*上的買賣／賣牛肉的面孔／肩頭上扛秤杆

〔釋義〕形容一絲一毫也要計較。

〔注釋〕肉案：切肉用的木板。

只顧自己

胳膊往裡拐／蝸牛背「房子」*／螢火蟲照屁股／叫花子烤火往懷裡扒

〔釋義〕比喻人自私，不管別人。

〔注釋〕蝸（ㄍㄨㄚ）牛是生活在陸地上的軟體動物，有螺旋狀的外殼，也就是蝸牛穴居的所謂「房子」，爬行時各自把沉重的外殼背在身上，自己顧自己。

只顧私（絲）

成天想蠶繭

〔釋義〕比喻私心重，只顧自己。

光為自己打算

腰裡掛算盤

〔釋義〕比喻只為自己，不顧他人。

全是錢

銀元做眼鏡／賣水的看大河

〔釋義〕比喻財迷心竅。

吃小虧占大便宜

用小蝦釣鯉魚／丟了一隻羊，撿到一頭牛

〔釋義〕比喻用小代價撈取大好處。

好大的胃口

蛇吞象／蝦吞礁石／小鼎鍋想燉大牛頭

〔釋義〕比喻貪欲太大。

好處自己揣①

胳膊肘朝外拐②

〔釋義〕比喻貪便宜，光為自己撈好處。

〔注釋〕①揣（ㄔㄨㄞˇ）：原指藏在衣服裡，這時引申為撈便宜。②胳膊肘朝外拐時，手自然轉向懷裡，順勢把東西往自己懷裡揣。

守財奴

頭枕元寶*

〔釋義〕比喻錢財多而又吝嗇的人。

〔注釋〕元寶：舊時較大的金銀錠，兩頭翹起，中間凹下。一般銀元寶重五十兩，金元寶重五兩或十兩。

有借無還

老虎借豬／狼借豬娃／劉備借荊州①／黃鼠狼借雞／野豬借公雞／諸葛亮草船借箭②

〔釋義〕比喻人不講信用，愛討便宜。

〔注釋〕①《三國演義》中說，赤壁之戰後，劉備向東吳暫借荊州立足，後劉備勢力逐漸強大，與魏、吳成鼎立之勢，東吳多次派人討還荊州，劉備一直不肯歸還。②《三國演義》中的故事。參見「盡辦糊塗事」。

有進無出

大船漏水／老鼠跌罈子①／輪胎裡打氣／耗子鑽油壺／茶壺裡下元宵②／鬼師佬③的口袋／娶得媳婦嫁不得女

〔釋義〕這裡比喻吝嗇，自己光撈好處，而從不給予別人。

〔注釋〕①罈子：盛東西的陶器，肚大而口小，老鼠跌進後，往往出不來。②這裡指把元宵下到茶壺裡去煮。③鬼師佬（ㄌㄠˇ）：方言，舊時對巫人（多指男巫）的鄙稱。傳說他的口袋專門裝捉到的鬼怪。

死活都要錢

郎中①賣棺材／醫院辦火葬場／藥鋪裡賣

花圈／行醫[2]的捎帶賣棺材

〔釋義〕比喻貪錢不擇手段。

〔注釋〕①郎中：方言，中醫醫生。②行醫：多指個人經營或從事醫生的業務。

死要錢

棺材裡伸手／棺材裡打算盤

〔釋義〕比喻財迷心竅，唯利是圖。

死摳[1]

蕎麥[2]皮裡擠油

〔釋義〕形容過於苛求或非常吝嗇。

〔注釋〕①摳（ㄎㄡ）：本意指挖，此指吝嗇。②蕎麥：含澱粉較多的糧食作物。

自私（織絲）

蜘蛛拉網／小蜘蛛待在房子裡

〔釋義〕指只顧自己的利益。

吝嗇鬼

吃飯舔碗邊／送走客人做飯吃／擠蟣子*的血都要舔

〔釋義〕指過分惜財的小氣鬼。

〔注釋〕蟣（ㄐㄧˇ）子：蝨子的卵。

吸血鬼

屬螞蟥*的

〔釋義〕比喻榨取他人血汗，過著寄生生活的人。

〔注釋〕螞蟥（ㄇㄚˇ ㄏㄨㄤˊ）：水蛭，生活在池沼或水田裡，常用尾部的吸盤叮在人、畜身上，吸食血液。

私（絲）不斷

鈍刀子切藕

〔釋義〕比喻時時、事事有私心。

私（絲）連私（絲）

蜘蛛走路／蠶寶寶牽蜘蛛

〔釋義〕同「私（絲）不斷」。

見利就沾

吸鐵石吸芝麻*／屁股上吊算盤

〔釋義〕比喻愛占便宜。

〔注釋〕吸鐵石也叫磁石、磁鐵，能用磁力吸引鐵質的東西。吸芝麻是一種假想。

見財分一半

扒手遇見賊打劫*

〔釋義〕比喻坐收漁利，獲意外之財。

〔注釋〕打劫：搶奪財物。

見錢眼開

鈔票洗眼／錢串子[1]腦殼／眼睛瞪著孔方兄[2]／兩隻眼盯著一個小錢

〔釋義〕形容貪財，有錢就高興。

〔注釋〕①錢串子：舊時穿銅錢的繩子。②孔方兄：錢的別稱。舊時的銅錢有方形的孔，因而得名。

官迷心竅

殺妻求將／做夢當縣長／做夢抓大印[1]／賣老婆捐知縣[2]

〔釋義〕比喻想當官想得入痴入迷。

〔注釋〕①抓大印：指抓權，當官。印是政府機關的圖章，也是權力的象徵。②捐知縣：即花錢買縣官做。封建社會末期，政治腐敗，可以花錢買官做。

往裡拐

胳膊肘／煮熟的雞爪子*

〔釋義〕比喻偏袒維護與自己利害相同的

人。

〔注釋〕雞爪子煮熟後，因收縮，爪子都往裡拐。

沾手三分肥

水過地皮溼／當鋪①的買賣／皮包商②做生意／雞蛋過手輕三分

〔釋義〕比喻每參與一件事都要撈些好處。

〔注釋〕①當鋪（ㄉㄤˋ ㄆㄨˋ）：專門收取抵押品，放高利貸的店鋪。②皮包商：沒有本錢，靠買空賣空賺錢的投機商。

沾光

月亮地裡打牌／月亮跟著太陽轉／星星跟著月亮走

〔釋義〕比喻憑藉關係或某種勢力得到好處。

油水多

綿羊的尾巴／大師傅*的肚子

〔釋義〕比喻好處或收入多。

〔注釋〕大師傅：廚師。

爭天下

皇帝打架／皇宮鬧內訌*

〔釋義〕泛指爭奪政權或勢力範圍。

〔注釋〕內訌（ㄏㄨㄥˊ）：集團內部由於爭權奪利而互相衝突，互相傾軋。

看在錢份上

跪著養豬

〔釋義〕指為錢可以不擇手段與方式。

紅了眼；眼紅

見到肉的鷹／眉毛上失火／猴子的屁股／死人堆裡的老鼠／眼皮子*上搽胭脂

〔釋義〕指對別人的名利產生忌妒。有時形容人發怒時的表情。

〔注釋〕眼皮子：眼瞼。

胃口①越來越大

蠶寶寶②吃桑葉

〔釋義〕比喻越來越貪心。

〔注釋〕①胃口：原指食欲，引申為欲望、食欲。②蠶寶寶：方言，家蠶。

家財難捨

拿著野雞做供品*

〔釋義〕自家的錢財捨不得丟掉。比喻吝嗇、小氣。

〔注釋〕供品：供奉神佛祖宗用的瓜果酒食等。

討價還價

談判桌上的交易／自由市場的買賣

〔釋義〕比喻接受任務或商談問題時提出種種條件，斤斤計較。

財迷心竅

做夢撿金條*／夢裡抱元寶／雁過拔根毛

〔釋義〕比喻愛財入迷，一心想發財。

〔注釋〕金條：黃金鑄成的長條，一般每條重十兩。

財迷轉向①

上山釣魚／走路算帳②／急著討債碰南牆

〔釋義〕同「財迷心竅」。

〔注釋〕①轉向：迷失方向。②走路還在想錢算帳，說明是財迷；算著帳走路，容易走錯道，可能轉向。

財棍

交易所[1]的拿破崙[2]

〔釋義〕指不擇手段貪圖錢財的無賴。

〔注釋〕①交易所：這裡特指舊時進行投機交易的市場。②拿破崙：指拿破崙一世，法國的政治家和軍事家。

乾撈

拾麥[1]打火燒[2]

〔釋義〕指不付出代價白得好處。

〔注釋〕①麥：麥穗。②打火燒：方言，做燒餅。

假[1]公營私

當差[2]放私駱駝

〔釋義〕指藉為公的名義謀取私利。

〔注釋〕①假：借用。②當差（ㄔㄞ）：指做小官吏或當僕人。

得寸進尺

九寸加一寸／強盜的邏輯／給了九寸想十寸

〔釋義〕得到一寸還想進一尺。比喻貪婪的欲望越來越大。

淨站在錢上

屬劉海兒*的

〔釋義〕指一切為了錢。

〔注釋〕劉海兒：古代傳說中的仙童。傳統的民間吉祥畫把劉海兒畫作童子，前額蓄短髮，手戲蟾蜍，腳踏金錢。

貪心鬼

見了壽衣*也想要／躺在棺材裡想金條

〔釋義〕對貪得無厭的人的咒罵。

〔注釋〕壽衣：裝殮死人的衣服。

貪欲太大

狗吃牛屎／老鷹叼黃牛／一口吃了九個饅頭

〔釋義〕比喻過分貪心。

貪得無厭；貪心不足

得隴望蜀[1]／上了山頂想飛天／有了五穀[2]想六穀／當了皇帝想成仙／得了雨衣還要傘／吃著碗裡瞧著鍋裡／見了蒼蠅都想扯條腿／又想要公羊，又盼有奶喝／吝嗇鬼天天撿金子還嫌少／吃了豬肝想豬心，拿著白銀想黃金／有了一福想二福，有了肉吃嫌豆腐／衣食不愁想當官，做了大官想成仙／得到屋子想上炕[3]，上炕還想扯被子

〔釋義〕比喻貪婪的欲望沒有滿足的時候。

〔注釋〕①既得了隴，又希望占領蜀。《後漢書・岑彭傳》中說：後漢光武帝劉秀下命令給岑彭：「人若不知足，既平隴，復望蜀。」教他平定隴右（今甘肅東部）以後再領兵南下，攻取西蜀（今四川中西部）。②五穀：一般多指稻、黍、稷、麥、豆。泛指糧食作物。③炕（ㄎㄤˋ）：北方用土坯、磚等砌成睡覺用的長方臺，下面有洞和孔道，可燒火取暖。

貪（攤）得多

大車拉煎餅／賣煎餅的說夢話

〔釋義〕比喻過分貪心。

這山望著那山高

到了黃山[1]想泰山[2]／腳登黃山，眼看峨嵋[3]

〔釋義〕形容意志不堅定，喜愛不專一。也

指對於自己的環境、地位或工作不滿，總認為別的地方好。

〔注釋〕①黃山：在安徽南部，最高處蓮花峰海拔1,860公尺。②泰山：在山東省中部，主峰玉皇頂海拔1,524公尺。實際上比黃山低336公尺。③峨嵋：峨嵋山，在四川中部偏西南，主峰萬佛頂海拔3,099公尺。

揩油；沾油水

臭蟲咬客人／蘿蔔燒豬肉／廚師的圍裙／灶臺上的抹布／豆腐放在殺豬鍋裡

〔釋義〕比喻占公家或別人的便宜。

渾水摸魚

發洪水下大河

〔釋義〕比喻趁混亂或製造混亂攫取不正當的利益。

順手牽羊

小偷進牧場

〔釋義〕比喻不費勁，乘便拿走別人的東西。

填不滿

耗子窟窿／屬漏斗的／強盜的欲望／老虎嘴塞螞蚱*

〔釋義〕比喻貪婪的人沒有滿足的時候。

〔注釋〕螞蚱（ㄇㄚˋ ㄓㄚˋ）：方言，蝗蟲。

愛便宜

寄槽養馬*／共吃水果揀大個／用人家的火做自家的飯

〔釋義〕形容愛占便宜。

〔注釋〕指借人家的馬食槽餵養自己的馬。寄：依附。

愛財捨命；捨命不捨財

抱元寶跳井／剖腹藏珍珠／抱著金磚嚥氣①／米滿糧倉人餓倒／攥②住金條進棺材

〔釋義〕指把錢財看得高於一切，為貪錢財可以不顧性命。

〔注釋〕①嚥（ㄧㄢˋ）氣：人死斷氣。②攥（ㄗㄨㄢˋ）：握住。

照裡不照外

牛皮燈籠／缸裡點燈／牛皮燈籠塗黑漆

〔釋義〕比喻只顧自己，不顧別人。

摳門*

做大立櫃不安拉手

〔釋義〕比喻吝嗇，捨不得破費。

〔注釋〕摳（ㄎㄡ）門：雙關語。本意為用手指去摳門，以便把門打開。此指吝嗇。

滴水不漏；點滴不漏

桐油畚斗*／瓶口封蠟／膠皮笊籬（ㄓㄠˋ ㄌㄧˊ）／馬勺裡淘米／葫蘆裡盛水／鍋裡切西瓜／攔河壩灌水泥／葫蘆瓢撈餃子／婆婆嘴吃西瓜／馬蹄刀瓢裡切瓜

〔釋義〕這裡比喻人小氣，一點也不肯破費。有時比喻說話或做事非常嚴密，沒有絲毫漏洞。

〔注釋〕畚（ㄅㄣˇ）斗：方言，簸箕。

滿肚子私（絲）；一肚子私（絲）

屬蜘蛛的①／十月的倭瓜②／秋後的絲瓜／老蜘蛛的內臟／大眠起來的春蠶③

〔釋義〕比喻私心很重。

〔注釋〕①我國民俗以鼠、牛、虎、兔等十二種動物作為人的生肖屬相，且有屬什麼像什麼之說，既屬蜘蛛，必然滿肚子絲。此為假想。②倭（ㄨㄛ）瓜：方言，南瓜。③蠶在生長過程中，要脫四層皮，每次脫皮前不食不動。四次蠶眠分別叫頭眠、二眠、三眠和大眠。大眠過後，蠶即成熟，開始吐絲。

盡往自己懷裡扒

叫花子烤火

〔釋義〕比喻光為自己撈好處。

盡撈

渾水摸魚／河邊拾蛤蜊*

〔釋義〕指可撈取全部好處。

〔注釋〕蛤蜊（ㄍㄜˊ ㄌㄧˊ）：軟體動物，有兩扇卵圓形的貝殼，生活在淺海泥沙中。

監守自盜

耗子看糧倉／猴子看果園／孫大聖管蟠桃園*

〔釋義〕指盜竊自己所經管的財物。

〔注釋〕孫大聖即孫悟空。據《西遊記》中說，孫大聖受玉皇大帝之命，代管蟠桃園，他把熟透的仙桃偷吃得乾乾淨淨，攪亂了蟠桃盛會，激怒了王母娘娘。

認錢不認人

銅錢①當眼鏡／銀元②當鏡子／眼睛上貼郵票③

〔釋義〕比喻過分看重錢財，為錢財可不顧情面。

〔注釋〕①銅錢：舊製貨幣，銅鑄，圓形，中間有孔。②銀元：舊時銀質圓形貨幣。③郵票本身具有面值，在某些特殊情況下還可代替現金使用，因此貼在眼睛上也可看作是錢。

撈一把

水溝裡抓蝦／泡菜*罈裡抓辣椒／貓爪伸到魚池裡

〔釋義〕指用不正當的手段撈取好處或利益。

〔注釋〕泡菜：把蘿蔔、白菜等蔬菜放入加了佐料的涼開水裡，泡製成一種帶有酸味的鹹菜。

撈外快

打兔子碰見黃羊／割草的撿到大南瓜

〔釋義〕比喻撈取正常收入以外的收入。

蔫不唧兒漲錢

燒酒裡兌水／壓低秤杆做生意*

〔釋義〕不聲不響地、悄悄地漲價。

〔注釋〕賣東西時，壓低秤杆，造成缺斤少兩，名義上不漲價，實際上是漲了價。

獨吞

囫圇吃棗①／被窩裡放屁／狗搶到肉丸子／馬食槽②不許驢插嘴

〔釋義〕獨自一人占有錢財或利益。

〔注釋〕①囫圇（ㄏㄨˊ ㄌㄨㄣˊ）吃棗，本為囫圇吞棗，比喻讀書不求甚解。這裡用整個兒吞下去的直觀形象，比喻獨吞。②馬食槽：餵馬的槽子，用木製、石頭鑿製或砌築而成。

錢能通神

土地爺①開銀行／孔方兄②進廟門

〔釋義〕有了錢連鬼神也可以買通。比喻金錢萬能。

〔注釋〕①土地爺：傳說中指管一個小地區的神。②孔方兄：指錢，因舊時的銅錢有方形的孔。

賺黑錢

煤鋪的掌櫃*／半夜出門做生意

〔釋義〕指獲取不義之財。

〔注釋〕掌櫃：舊時稱商店老闆或負責管理商店的人。

贓（髒）官

老爺坐馬桶／知縣①跌糞坑／帶著馬桶坐大堂②

〔釋義〕指貪贓受賄的官吏。

〔注釋〕①知縣：我國封建時代的地方官名。明、清兩代用知縣作為一縣長官的正式名稱。②大堂：舊時衙門中審理案件的廳堂。

鑽進錢眼裡了

毽子*上的雞毛

〔釋義〕比喻財迷心竅。

〔注釋〕毽（ㄐㄧㄢˋ）子：遊戲用具，用布將銅錢或金屬片包紮好，然後插上雞毛。遊戲時，用腳連續向上踢，不讓落地。

痴心妄想類

一廂①情願

叫花子想公主②／戲園裡挑媳婦③／對著舞臺搞對象

〔釋義〕比喻只是單方面的願望。

〔注釋〕①一廂：一邊，指單方面。②公主：君主的女兒。③媳婦：方言，妻子。

七想（響）八想（響）

十五面銅鑼／七面鑼八面鼓／十五面鑼鼓一齊敲

〔釋義〕比喻想這想那，欲望很大。

不知天高地厚

伸嘴舔月亮／瘋狗咬太陽／哈巴狗咬月亮／搬起碌碡①打天／剛長翅膀的鳥兒／舉起碾盤②打月亮

〔釋義〕比喻極自不量力。

〔注釋〕①碌碡（ㄌㄧㄡˋ・ㄓㄡ）：石磙。②碾（ㄋㄧㄢˇ）盤：承受碾磙子的石頭底盤。

不知高低

對天講話／老虎吃天／瞎子爬樹／瞎子攀樓梯／蝙蝠撲太陽／騎著駱駝趕著雞

〔釋義〕比喻不知道天高地厚。

可望而不可及

天上的彩虹／峨嵋山的佛光*／鏡中花，水中月

〔釋義〕可以看得見，但接近不了。比喻一時還難以實現。

〔注釋〕佛光：見「看得見，摸不著」。

白日做夢

烏龜想騎鳳凰背

〔釋義〕比喻幻想的事根本不能實現。

妄想；痴心妄想

張勳復辟①／上天摘月亮／太監②娶媳婦／老鴰配鳳凰／夜裡見太陽／螞蟻啃氣球／架梯子上天／做夢吃仙桃③／黑老鴉漂白／想一鍬挖井／蜻蜓撼④石柱／死馬當活馬醫／羊身上取駝毛／龜背上刮氈毛／套馬杆⑤探月亮／大年三十盼月亮／小鬼夢裡做皇上／小鴨吞食大鯊魚／烏鴉飛過盼下蛋／狗熊想吃人參果⑥／白骨精想吃唐僧肉⑦／癩蛤蟆想吃天鵝肉／癩蛤蟆想吃靈芝草⑧／雲端摘日，海底撈月

〔釋義〕比喻脫離實際，幻想不能實現的事。

〔注釋〕①指軍閥張勳擁戴清廢帝溥儀復辟的事件。一九一七年六月張勳在德、日支

持下，率「辮子軍」入京，逼黎元洪解散國會，驅走黎元洪。七月一日張勳率領三百餘人入清故宮擁戴溥儀復辟，改民國六年為宣統九年。張勳導演的復辟事件僅演了十二天，就徹底地失敗了。②太監：宦官。③仙桃：指古代神話傳說中西王母蟠桃園裡的蟠桃，果子數千年才能成熟，人吃了可成仙得道，長生不老。④撼（ㄏㄢˋ）：搖動。⑤套馬杆：套馬用的帶套索的長杆。⑥人參果：《西遊記》中說，人參果像三朝未滿的嬰兒，四肢齊全，五官具備，吃上一隻人參果，能活四萬七千年。⑦《西遊記》中故事。白骨精妄圖吃唐僧肉，生了一計又一計均未得逞。⑧靈芝草：蕈的一種，菌蓋腎臟形，有環紋和光澤。滋補作用強，為名貴中藥。

好事不成

夢中結親／做夢當總統

〔釋義〕比喻事情雖好，卻難以實現。

自不量力；不自量

蛇吞象／以卵擊石[1]／夸父追日[2]／豆腐擋刀／班門弄斧[3]／螳臂當車[4]／老鼠想吃貓／老鷹叼大象／雞蛋碰石頭／金殼螂[5]趕牛／螞蟻扛大樹／螞蟻搬泰山／螞蚱鬥公雞／蚍蜉撼大樹[6]／黃鼠狼拖牛／麻雀鬥公雞／蛤蟆頂桌子／碌碡[7]打月亮／蜘蛛網[8]駱駝／小娃娃扛大梁／屎殼螂滾泰山／黃鼠狼擋汽車／小小秧雞[9]下鵝蛋／四兩人講半斤話／聖人[10]面前賣文章／母豬嘲笑馬臉長／關公[11]面前耍大刀／嫩竹扁擔挑重擔／孔子門前賣《百家姓》[12]／孔夫子門前賣聖經[13]

〔釋義〕比喻過於高估自己的力量。

〔注釋〕①用雞蛋碰石頭。比喻自不量力。②古代神話。神人夸父和太陽賽跑，太陽下山時，他渴極了，喝乾了黃河和渭河的水還不夠，又想到北方的大湖裡去喝，但還沒跑到，在半路上就渴死了。他丟下的木杖化為一片樹林。③指在魯班門前舞弄斧子。班：魯班，我國古代著名巧匠。④指螳螂奮起前腿想阻擋車輪的前進。當（ㄉㄤˇ）：阻擋。⑤金殼螂：方言，金龜子，昆蟲，身體有光澤，前翅堅硬，後翅呈膜狀，吃農作物的根莖，是農業的害蟲。⑥螞蟻想搖動大樹。蚍蜉（ㄆㄧˊ ㄈㄨˊ）：即大螞蟻。撼：搖動。⑦碌碡（ㄌㄧㄡˋ ˙ㄓㄡ）：石磙。⑧網：用網捕捉。⑨秧雞：形狀略像雞的鳥，嘴長尾短，生活在沼澤或水田附近的草叢中。⑩聖人：舊時指品格最高尚、智慧最高的人。⑪關公：關羽，《三國演義》中人物，蜀漢大將，他英勇善戰，善使大刀，常使一把青龍偃月刀，重八十二斤。⑫《百家姓》：舊時頗為流行的蒙學讀本，集姓氏為四言韻語，讀來琅琅上口。⑬聖經：基督教的經典，包括《舊約全書》和《新約全書》。

空汪汪[1]

狂犬吠日[2]／狗吠月亮

〔釋義〕比喻誹謗和攻擊都無濟於事。

〔注釋〕①汪汪：狗叫聲。比喻誹謗攻擊。

②吠（ㄈㄟˋ）日：對著太陽叫。

空想

竹筒當枕頭／做夢摘雲彩／兔子想抱月亮／枕頭底下放罐子

〔釋義〕比喻想法不切實際。

空想（響）

朝天放炮／二踢腳①上天／竹竿敲竹筒／陰雨天落雷②／飛機上放大炮／鐵桶裡放炮仗③／旗杆上掛地雷／扯鈴④扯到半空中

〔釋義〕同「空想」。

〔注釋〕①二踢腳：一種雙響的爆竹。②落雷：打雷，雲和地面之間發生的強烈雷電現象。③炮仗：爆竹。④扯鈴：拉鈴。

空歡喜；空喜一場

畫餅充饑／狗咬尿脬①／鏡裡觀花／飛機上跳舞／和尚看花轎②／鴨子吃糠殼③／夢中辦喜事／夢裡挖銀子／麻雀吃胡豆④／麻雀落糠堆／做夢撿元寶／猴子撈月亮／老母雞啄癟穀⑤／抱雞婆⑥抓糠殼／烏鴉窩裡養鳳凰／半天雲裡扭秧歌⑦／老鼠落在礱糠⑧裡／麻雀看見稻茬子⑨／屎殼螂遇到放屁的／黃鼠狼拖著雞毛撣（ㄉㄢˇ）

〔釋義〕比喻白白地高興一場。

〔注釋〕①尿脬（ㄙㄨㄟ ㄆㄠ）：方言，膀胱。人或高等動物體內儲尿的器官。②花轎：指娶親時新娘坐的披紅掛彩的轎子，由人抬著走。③糠殼：稻穀粒的外皮。④胡豆：即蠶豆，其果實子粒較大。⑤癟（ㄅㄧㄝˇ）穀：秕穀，子粒不飽滿的穀子。⑥抱雞婆：方言，指孵化小雞的雞。⑦扭秧歌：跳秧歌舞。⑧礱（ㄌㄨㄥˊ）糠：稻穀礱過後脫下的外殼。礱：去掉稻殼的工具，形狀略像磨。⑨稻茬（ㄔㄚˊ）子：稻子收割後留在地裡的根莖。

南柯一夢

淳于棼享富貴*

〔釋義〕比喻空歡喜一場。

〔注釋〕據《南柯太守傳》記載，淳于棼夢入大槐安國，娶公主，任南柯郡太守，享盡榮華富貴。醒來發現大槐安國就是他家大槐樹下的螞蟻洞，槐樹南枝下的小螞蟻洞就是南柯郡。後用以比喻空做夢。

胡思亂想

做白日夢

〔釋義〕比喻不著邊際地瞎想。

高不可攀

參天的大樹／月亮裡的桂樹*／煙囪頂上長棵樹

〔釋義〕比喻難以攀比或實現。

〔注釋〕古代神話傳說月亮裡住著嫦娥，長有桂樹。

高攀不上

手長衣袖短／短褲著短襪／小娃娃耍單槓

〔釋義〕比喻高得無法攀比。

望塵莫及

騎牛追馬／跛子*趕馬／自行車攆（ㄋㄧㄢˇ）汽車／兔子跟著汽車跑

〔釋義〕比喻遠遠落後於人。

〔注釋〕跛子：腿或腳有毛病，走起路來身體不平衡。

異想天開

上天摘星星／長蟲[1]奪龍珠[2]／石頭縫裡擠水／叫鐵公雞下蛋／蓮花池裡下餃子／豺狼頭上找鹿茸[3]／一鍬挖出個金娃娃／雞窩裡飛出金鳳凰

〔釋義〕比喻想法離奇，難以實現。

〔注釋〕①長蟲：蛇。②龍珠：傳說中龍所吐的珠。③鹿茸（ㄌㄨˋ ㄖㄨㄥˊ）：雄鹿的嫩角沒有長成硬骨時，帶有茸毛，含血液，叫鹿茸。是名貴中藥。

莫想；休想

與虎謀皮[1]／瞎子划槳／和尚娶媳婦／老和尚瞧嫁妝[2]／九兩紗織十匹[3]布／老虎嘴裡討脆骨／老鼠口裡討骨頭／和尚夢見漆嫁妝／鐵公雞身上拔毛

〔釋義〕指不用幻想那些辦不到的事情。

〔注釋〕①與老虎商量，要剝牠的皮。②嫁妝：女子出嫁時從娘家帶到丈夫家的衣物、家具等。③匹：整捆的布或綢。

野心勃勃[1]

拿破崙[2]上臺／做夢吞大象

〔釋義〕形容攫取名利、地位等的欲望極大。

〔注釋〕①勃勃：旺盛、強烈的樣子。②拿破崙：拿破崙一世，法國的政治家和軍事家。一七九九年拿破崙發動政變，成立以他為首的執政政府，實行軍事獨裁。一八〇四年建立法蘭西帝國，稱拿破崙一世。

無中尋有

燕口奪泥／雞蛋裡挑刺／豆腐裡撿骨頭／鷺鷥[1]腿上劈精肉[2]

〔釋義〕比喻不顧事實，硬做辦不到的事情。

〔注釋〕①鷺鷥（ㄌㄨˋ ㄙ）：白鷺，羽毛白色，腿細而長。②精肉：瘦肉。

硬充戰鬥機

屎殼螂騰空

〔釋義〕比喻自不量力。

黃粱美夢

盧生享榮華*

〔釋義〕比喻夢想難以實現。

〔注釋〕指唐代沈既濟在《枕頭記》中講的故事。盧生在邯鄲旅店遇道士呂翁，自嘆窮困。道士借給他一個枕頭，並說枕著睡可稱心如意。這時店家正煮小米飯。盧生入睡後，在夢中享盡榮華富貴，一覺醒來，小米飯還未煮熟。

亂想（響）

水裡打屁／背篼*裡頭搖鑼鼓

〔釋義〕比喻胡思亂想。

〔注釋〕背篼（ㄉㄡ）：用竹子、藤條等編成的盛東西的器具，背在肩上很方便。

想入非非[1]（飛飛）

夢中遊太空[2]／做夢坐飛機／做夢變蝴蝶

〔釋義〕指胡思亂想到了入迷的程度。

〔注釋〕①非非：佛家所說的非一般識力所能達到的玄虛境界。②太空：極高的天空。

想充神仙

老虎坐廟堂[1]／老鼠坐供桌[2]

〔釋義〕比喻想入非非，忘乎所以。

〔注釋〕①廟堂：舊時供奉神佛的殿堂。②供桌：此指陳設供奉神佛用的瓜果酒食等的桌子。

想充新娘子

狗熊坐花轎①／黑瞎子②蒙紅頭巾③

〔釋義〕形象不佳，卻想充當好人。比喻自不量力。

〔注釋〕①花轎：指娶親時新娘坐的披紅掛彩的轎子，由人抬著走。②黑瞎子：方言，黑熊，也稱狗熊。③蒙紅頭巾：民間舊習俗，結婚拜堂時，新娘子要蒙紅頭巾。

想充鷹

老母雞攆①兔子／惡老鵰②戴皮帽

〔釋義〕比喻妄想充當有本事的人。

〔注釋〕①攆（ㄋㄧㄢˇ）：方言，追趕。②惡老鵰：鵰，猛禽，嘴呈鉤狀，腿部有羽毛，形狀略似鷹。

想到辦不到

天上架橋／一網打盡天下魚／水底撈月，天上摘星

〔釋義〕比喻幻想容易，但無法實現。

想沾點仙氣

趕著①王母娘娘②叫大姑

〔釋義〕比喻企圖高攀。

〔注釋〕①趕著：追趕。②王母娘娘：西王母，我國古代傳說中的女神。

想高升

蝸牛爬樹／烏龜爬旗杆／鯉魚跳龍門*

〔釋義〕比喻想爬上高位。

〔注釋〕龍門：即禹門口，在山西河津縣西北。它分跨黃河兩岸，形如門闕，故稱龍門。相傳為夏禹導河至此鑿通。據《三秦記》記載：「江海魚集龍門下，登者化龍，不登者點額暴腮。」

想得太早

大姑娘盼閨女

〔釋義〕比喻想法不合時宜。

想得出奇

做夢吃星星／做夢騎老虎

〔釋義〕比喻想法特別。

想得香

夢裡打牙祭①／做夢吃扁食②

〔釋義〕比喻想得美好，實際辦不到。

〔注釋〕①打牙祭：方言。泛指偶爾吃一頓豐盛的飯。②扁食：方言，餃子。

想得倒美；盡想好事

夢中戴花／夢裡看花／天上掉餡餅／雞夢見小米／家雀變鳳凰／夢中看景致①／夢裡搽胭脂／做夢抓俘虜／做夢啃豬頭／做夢娶媳婦②／睡夢撿銀子／光棍③夢見娶媳婦／豬八戒做夢娶妻／猴子下井撈月亮／走路拾饅頭，摔跟頭撿票子④

〔釋義〕比喻光想好事，到頭來難以實現。

〔注釋〕①景致：風景。②媳婦：方言，指妻子。③光棍：此指單身漢。④票子：鈔票，錢。

想得倒甜

夢裡啃甘蔗／做夢吃仙桃／做夢吃蜜糖

〔釋義〕比喻想得很美妙，實際做不到。

想得高；想頭不低

上天繡花／螞蚱[①]跳龍門[②]／家雀學老鷹[③]／夢裡坐飛機／做夢吃星星／一口吞個星星／癩蛤蟆吃櫻桃／癩蛤蟆吞大象

〔釋義〕多比喻想法雖好，但不現實。

〔注釋〕①螞蚱（ㄇㄚˋ ㄓㄚˋ）：方言。蝗蟲。②龍門：即禹門口，在山西河津縣西北。詳見「想高升」。③家雀即麻雀，不能高飛。老鷹是猛禽類，腳強健有力，翼大，善高飛。

想裝鳳凰

烏鴉頭上插雞毛

〔釋義〕比喻自不量力。

想稱王

三平加一豎／猴子爬上糞堆頂／山中無老虎，猴子便瘋狂

〔釋義〕比喻有野心。

想（響）得高

老鷹放屁／駱駝放屁／飛機上吹喇叭／飛機上放大炮／半空中放爆竹／旗杆上放鞭炮／半天雲裡吹嗩吶[①]／電線杆上安喇叭／鴿子尾巴帶竹哨[②]

〔釋義〕同「想得高；想頭不低」。

〔注釋〕①嗩吶：管樂器，俗稱喇叭，發音響亮。②竹哨：用竹子製成的響器，繫在鴿子的尾部，受空氣震動即可發聲。

痴人說夢

《西廂記》*作枕頭

〔釋義〕指說不可能實現的荒唐話。

〔注釋〕《西廂記》：元代著名雜劇。描寫書生張君瑞和相國小姐崔鶯鶯痴情相愛，在紅娘的幫助下，克服重重困難，終成眷屬的故事。

夢想

癩蛤蟆坐金鑾殿*

〔釋義〕指無法實現的想法或打算。

〔注釋〕金鑾殿：泛指皇帝受朝見的殿。

盡做美夢

黑瞎子*冬眠

〔釋義〕比喻總是抱著無法實現的幻想。

〔注釋〕黑瞎子：方言，黑熊，也叫狗熊，吃飽後嗜睡。

盡想高味

蝸牛爬上葡萄樹／癩蛤蟆上櫻桃樹

〔釋義〕比喻奢望或不切實際的幻想。

淫蕩醜陋類

一張臭嘴

狗打呵欠／三年不漱口／屎殼螂打呵欠

〔釋義〕斥責人語言汙穢下流，不堪入耳。

一路騷貨①

黃鼠狼排隊／黃鼠狼和狐狸拜姐妹兒②

〔釋義〕指都是些淫亂放蕩的人。

〔注釋〕①騷（ㄙㄠ）貨：對作風不正、淫亂放蕩人的蔑稱。②拜姐妹兒：指婦女結為異姓姐妹。

一窩不正經

老子納妾①兒姘居②

〔釋義〕指一幫或一夥人沒有一個正派的。

〔注釋〕①納妾：娶小老婆。②姘（ㄆㄧㄣ）居：非夫妻關係而同居。

人不像人，鬼不像鬼

三分人材七分鬼

〔釋義〕比喻陰陽怪氣。

人醜名堂多

豬八戒賣涼粉*

〔釋義〕比喻相貌不好，花招不少。

〔注釋〕豬八戒豬首人身，相貌極醜；賣涼粉要有名目繁多、各種各樣的作料，故稱「人醜名堂多」。

又不要臉，又不要命

光屁股攆*狼／光屁股打老虎

〔釋義〕形容無恥的亡命之徒。

〔注釋〕攆（ㄋㄧㄢˇ）：方言，追趕。

又臊又臭

夜壺*裡拉屎／狐狸掉陰溝／黃鼠狼鑽糞堆／屎殼螂掉進尿盆裡

〔釋義〕指作風下流，惹人厭惡。

〔注釋〕夜壺：便壺。

又醜又惡

老虎變豬玀①／巫婆②扮凶神

〔釋義〕比喻又難看又凶惡。

〔注釋〕①豬玀（ㄌㄨㄛˊ）：方言，豬。②巫婆：以裝神弄鬼替人祈禱為業的女巫。

又蹾①屁股又傷臉

蛤蟆跳門檻②／哈巴狗過門檻

〔釋義〕比喻既吃虧又丟面子的事。

〔注釋〕①蹾（ㄉㄨㄣ）：猛地往下落，著地很重。②門檻（ㄎㄢˇ）：門框下挨地的橫木或石條。

下作（著）

腳底下打火罐*

〔釋義〕此指無恥下流。

〔注釋〕打火罐：拔罐子，一種民俗療法，在小罐內點火燃燒片刻，把罐口扣在皮膚上，造成局部瘀血，達到治療目的。

下賤鬼

陰間當妓女

〔釋義〕比喻卑劣下流的東西。

大丟臉面

賣麵人①的被偷／賣木腦殼②被賊搶

〔釋義〕指極失體面。

〔注釋〕①麵人：用染色的糯米粉捏成的人物形象。②木腦殼：木偶，木製的人像。

不三不四

七被二除／七個人站兩行／七尺布攔腰截／七個制錢*對半分

〔釋義〕比喻不正派或不像樣子。

〔注釋〕制錢：明、清兩代稱由本朝鑄造通行的銅錢。

不知羞恥

後主降魏*

〔釋義〕比喻不害羞。

〔注釋〕《三國演義》故事。後主指三國蜀漢的最後一個君主劉禪（阿斗），他昏庸無能，三國末期把蜀漢江山雙手捧送給魏元帝曹奐。

不知醜

烏鴉笑豬黑／醜八怪*戴花／豬八戒戴花／瞎子照鏡子／叫花子照鏡子／老太婆搽胭脂／豬八戒笑孫猴

〔釋義〕同「不知羞恥」。

〔注釋〕醜八怪：面目醜陋的人。

不知臉紅

關雲長*放屁

〔釋義〕比喻不害羞。

〔注釋〕關雲長：關公，《三國演義》中人物。在小說中關公「面如重棗，脣若塗脂」。在戲曲中關公為紅臉譜人物。民間素有「紅臉關公」之稱。

不要臉

丁丁貓挖眼睛①／割下鼻子換麵②吃／一張紙畫了三個鼻子

〔釋義〕指不知羞恥。

〔注釋〕①丁丁貓，方言，指蜻蜓。蜻蜓的頭部眼睛大而突出，挖去眼睛後所剩無幾。②麵：麵條。

不害臊①；不知臊

狗扯羊皮／狐狸當猴耍／玩猴的②耍狐狸／割下屁股補臉蛋／拿別人的屁股來做臉

〔釋義〕比喻不知羞恥。

〔注釋〕①臊（ㄙㄠˋ）：羞。②玩猴的：舊時以玩猴等雜耍賺錢餬口或招來生意的江湖人。

不堪入耳

夜叉①罵街／老鴉唱山歌／淫婦②唱淫曲③

〔釋義〕指粗俗淫蕩的話語或音樂，非常難聽。

〔注釋〕①夜叉：佛教指惡鬼，後用來比喻相貌難看、凶惡的人。②淫婦：生活放縱淫亂的女人。③淫曲：頹廢淫穢的樂曲。

王八

王七的弟弟

〔釋義〕指妻子有外遇的人。

出洋（羊）相

狗頭長角／牽羊進照相館

〔釋義〕比喻出醜，丟面子或鬧笑話。

出洋相；洋相百出

劉姥姥坐席*／屎殼螂戴禮帽／劉姥姥進大觀園

〔釋義〕同「出洋（羊）相」。

〔注釋〕《紅樓夢》中的故事。劉姥姥進賈府大觀園後，眼花撩亂，洋相百出。一次坐席吃侯門大宴，弄得又醉又瀉，四處亂闖，鬧出許多笑話。

只圖風流不顧家

拆房放風箏

〔釋義〕比喻不顧一切地貪圖淫蕩的生活。

失面子；丟面子

桌子光剩四條腿

〔釋義〕比喻喪失體面。

失（溼）面子

土地爺*洗臉／泥菩薩洗臉

〔釋義〕同「失面子；丟面子」。

〔注釋〕土地爺：傳說中掌管一個小地區的神。

皮厚

三錐子扎不出血／三斤麵包一個餃子／一個包子吃了十八里，還沒吃到餡兒

〔釋義〕形容臉皮厚，不知羞。

丟人不知深淺

坐飛機扔相片／相片扔到大海裡

〔釋義〕比喻丟盡了面子。

丟人打傢伙*

敲鑼找孩子

〔釋義〕指既喪失體面又毀壞東西。

〔注釋〕打傢伙：工具或器物因撞擊而破碎。

丟大人

稻草個子*包老頭

〔釋義〕比喻非常丟臉面。

〔注釋〕稻草個子：成捆的稻草。

光圖闊氣①不嫌醜

光身子穿長衫②

〔釋義〕指不顧羞恥地貪圖奢侈的生活。

〔注釋〕①闊氣：豪華奢侈。②長衫：男子穿的大褂。

好色之徒

養花的把勢*／染坊裡拜師傅

〔釋義〕指貪愛女色的人。

〔注釋〕把勢：指精通某一技術的人。

死不要臉

棺材裡伸頭／吊死鬼①打眼角②／吊死鬼偷漢子③／死人臉上挨耳光／吊死鬼臉上抹黑／臨死挨了一巴掌

〔釋義〕比喻人無恥到了極點。

〔注釋〕①吊死鬼：傳說中形象極為醜陋的鬼。②打眼角：方言，斜眼看人，向對方調情。③偷漢子：方言，指女人背著丈夫和別的男子姘居。

死風流

吊死鬼戴花／棺材裡打粉①／望鄉臺②上

戲牡丹

〔釋義〕比喻人厚顏無恥到了極點。

〔注釋〕①打粉：搽粉。②望鄉臺：舊時傳說，在陰間有一座供鬼魂眺望家鄉的高臺，叫望鄉臺。

老妖豔

王母娘娘*戴花

〔釋義〕比喻老來俏，不莊重。

〔注釋〕王母娘娘：西王母，我國古代神話中的女神。

自己獻醜

光腚[1]鑽草堆／光屁股打燈籠／聖人[2]門前賣經書[3]／關公[4]面前耍大刀／魯班[5]門前弄大斧／黑泥鰍鑽進金魚缸

〔釋義〕比喻自己顯示自己的醜陋。

〔注釋〕①腚（ㄉㄧㄥˋ）：方言，臀部。②聖人：泛指道德、智能極高的人。③經書：儒家經典。④關公：關羽，《三國演義》人物。善使青龍偃月刀。⑤魯班：春秋時魯國人，我國古代著名建築巧匠。

自尋難看

石灰點眼／豬八戒拍照／麻婆照鏡子／疤瘌眼[1]照鏡子／動物園裡找豬圈／把鼻涕往臉上抹／招親招來豬八戒[2]

〔釋義〕指自找不體面、不光彩的事做。

〔注釋〕①疤瘌（ㄅㄚ ˙ㄌㄚ）眼：眼皮上有傷疤的人。②《西遊記》中說，高家莊高員外之女被搶親途中，遇豬八戒搭救。高員外一方面看中豬八戒憨厚能幹，一方面為了回報搭救之恩，便招豬八戒為婿。

色（射）鬼

土地爺拉弓／墳地裡拉弓／城隍*廟裡拉弓

〔釋義〕指專門玩弄女性的歹徒。

〔注釋〕城隍（ㄏㄨㄤˊ）：指傳說中主管某個城的神。

妖氣

狐狸精放屁／白骨精[1]打呵欠／蘇妲己[2]打噴嚏

〔釋義〕指人作風不正派，妖裡妖氣。

〔注釋〕①白骨精：《西遊記》中描寫的由白骨化作的女妖。②蘇妲己：《封神演義》中人物，狐狸精化作的美女，後成為紂王的寵妃。殘忍凶狠，助紂為虐，殺害許多忠臣百姓。

妖（腰）氣

肚臍眼[1]放屁／荷包[2]裡鬧鬼叫

〔釋義〕同「妖氣」。

〔注釋〕①肚臍眼：肚臍。②荷包：隨身攜帶，用來裝零錢和零星東西的小包包。

把自己搞臭了

頂風放屁／衣袖揩屁股

〔釋義〕指自己使自己名譽掃地。

沒臉

四面腦勺子*

〔釋義〕指喪失體面，見不得人。

〔注釋〕頭的四周全是腦勺（頭的後部），則無臉的位置了。

沒臉沒皮

一堆腦瓜骨[1]／垃圾堆裡的靰鞡[2]

〔釋義〕比喻不知羞恥。

〔注釋〕①腦瓜骨：方言，頭骨。②靰鞡（ㄨˋ ㄌㄚ）：也叫烏拉。中國東北地區冬天穿的用皮革製成的鞋，前端多為扇形褶面，裡面墊有烏拉草。

見不得人

大姑娘生的／新娶的媳婦*／夜壺擺在床底下

〔釋義〕比喻由於害羞無臉見人。

〔注釋〕傳統社會裡，剛過門的新媳婦多半靦覥、害羞，不敢見人。

見不得陽光；見不得太陽

白蟻①王后／早晨的露水／雪堆的獅子／三伏天的冰塊／山洞裡的蝙蝠②／大樹底下的小草／草上露水瓦上霜

〔釋義〕比喻不能公之於眾的醜惡之事。

〔注釋〕①白蟻：形狀像螞蟻的昆蟲，群居，吃木材，對森林和土木建築物破壞極大。蟻后終生隱居於穴內，不見天日。②蝙蝠：哺乳動物，視力極弱，只能在夜間靠自身發出的超聲波引導飛行。

走一路，臭一路；走到哪，臭到哪

屎殼螂搬家／拿尿盆當帽子／長疔瘡①的癩皮狗②／拉著大糞車趕廟會③

〔釋義〕比喻名聲不好的人，處處惹人討厭。

〔注釋〕①疔瘡（ㄉㄧㄥ ㄔㄨㄤ）：一種惡性毒瘡，形小根深，狀如釘，故名。②癩（ㄌㄞˋ）皮狗：比喻厚顏無恥的人。③廟會：設在寺廟裡或附近的集市，在節日或規定的日子舉行。

身壞名裂

楚霸王自刎*

〔釋義〕指身分喪失，名譽掃地。

〔注釋〕楚霸王即項羽，秦末起義軍領袖。西元前二〇二年，楚漢交戰中，項羽大敗，困於垓下，陷於四面楚歌的境地，後突圍至烏江邊舉劍自刎。

底子臭；根子不淨

馬桶改水桶／牛糞上插花／陰溝裡栽藕／尿盆裡栽牡丹／糞堆上的靈芝*／掃廁所的當知縣／茅房上邊蓋大廈／拆了茅房蓋樓房

〔釋義〕指本質或基礎不好。

〔注釋〕靈芝：蕈的一種，名貴中藥材。

彼此一樣醜

豬頭和驢臉／塌鼻子①嫁個斜眼②／麻媳婦③拜見歪嘴婆

〔釋義〕形容面貌都很難看。

〔注釋〕①塌鼻子：鼻梁凹下的人。②斜眼：指患斜視眼病的人。③麻媳婦：臉上有麻子的媳婦。

抬不起頭來

落湯雞崽①／床底下鞠躬／鼻子上掛磨盤②／霜打的高粱苗／石崖壓著嫩枝芽

〔釋義〕形容羞愧而難以見人。有時指人受壓制而精神不振。

〔注釋〕①雞崽（ㄗㄞˇ）：即小雞。②磨盤：托著石磨的圓形底盤。

油頭粉面

戲子①沒卸妝②／化了妝的演員

〔釋義〕形容打扮得妖豔輕浮。

〔注釋〕①戲子：舊時對專業戲曲演員的蔑稱。②卸妝：演員除去化妝時穿戴塗抹的東西。

爬一節，臭一節

屎殼螂爬鐵道

〔釋義〕形容每到一處都惹人討厭。

厚（猴）臉皮

孫悟空*照鏡子

〔釋義〕指不顧羞恥。

〔注釋〕孫悟空：孫猴子，《西遊記》中描寫他出生在花果山，是從石頭縫裡蹦出來的石猴。

厚臉皮；臉皮厚

面子*當鞋底／臉皮蒙手鼓／三斧頭砍不入的臉／千層鞋底做腮幫子

〔釋義〕同「厚（猴）臉皮」。

〔注釋〕面子：臉皮。

活丟人

瘸子滑大坡

〔釋義〕比喻非常丟面子。

哪裡臭往哪裡鑽

蒼蠅的世界觀

〔釋義〕比喻臭味相投。

破相

臉上貼膏藥

〔釋義〕指臉部因受傷或其他原因而失去原來的相貌。

破鞋

窮皮匠的家當*

〔釋義〕指亂搞男女關係的人。

〔注釋〕窮皮匠沒有什麼家當，家裡只有一些待修補的破鞋。

神不神，鬼不鬼

閻王①扮觀音②

〔釋義〕形容面目奇特醜陋，怪模怪樣。

〔注釋〕①閻王：佛教稱管地獄的神。②觀音：觀世音，佛教的菩薩之一，佛教徒認為是慈悲的化身，救苦救難之神。

臭貨；骯髒貨

豆豉①口袋／伏天②的爛魚／饃饃③掉糞坑／三伏天的隔夜飯／汙水坑裡的蛆蟲／潘金蓮的裹腳布④／三伏天賣不脫的肉

〔釋義〕指醜惡卑鄙的東西。

〔注釋〕①豆豉（ㄔˇ）：用黃豆或黑豆泡透，蒸熟或煮熟後，經發酵而成的食品。②伏天：即三伏天，一年中天氣最熱的時期。③饃饃（ㄇㄛˊ）：方言，饅頭。④裹腳布：舊時婦女裹腳用的長布條。

馬上丟醜

歪嘴當騎兵

〔釋義〕指很快就出醜丟臉。

混帳

吃了包子開①麵②錢／屎殼螂爬在算盤上

〔釋義〕指無理，無恥。

〔注釋〕①開：支付。②麵：麵條。

現眼

窩窩頭*翻個兒

〔釋義〕比喻丟人、出醜。

〔注釋〕窩窩頭：用玉米麵、高粱麵或別的雜糧麵做的食品，略呈圓錐形，底下有窩。

羞死鬼

城隍爺不穿褲子

〔釋義〕比喻羞恥到了極點。

羞（修）人

照相館改底片*

〔釋義〕指感覺難為情或羞恥。

〔注釋〕指在相片底版上修版，對底版上的人像進行修飾。

羞（修）先人①

給神主②剃頭／神主頭上使剪刀

〔釋義〕比喻做了錯事，連祖先也受恥辱。

〔注釋〕①先人：祖先。②神主：寫著死者名字，供後人供奉和祭祀的小木牌。

貪花不顧生死

捨身崖*上摘牡丹／病床上摘牡丹花

〔釋義〕指貪戀淫蕩的生活而不顧死活。

〔注釋〕捨身崖：泛指高聳陡峻的山崖。

寒磣*

騎兔子拜年

〔釋義〕比喻丟臉，不體面。

〔注釋〕寒磣（ㄔㄣˇ）：醜陋；難看。

惡模樣；惡相

貓吃螃蟹／穿鞋臥人床／豬八戒下凡*

〔釋義〕指樣子可惡，討人嫌。

〔注釋〕豬八戒原是天上神將天蓬元帥，因罪被謫，下凡人間。因錯投豬胎變為豬精，豬首人身，長著一副惡模樣。

無地自容

蚯蚓爬石板／樓上擺盆景

〔釋義〕多形容羞愧到了極點。

無恥（齒）之徒

豁牙子拜師傅

〔釋義〕指不知羞恥的人。

給自己抹黑*

煤灰搽臉

〔釋義〕比喻自我醜化。

〔注釋〕抹黑：本意為塗抹黑色，比喻醜化。

想野味

王母娘娘①盼吃蒿菜②飯

〔釋義〕此指淫亂放蕩的邪念。

〔注釋〕①王母娘娘：西王母。②蒿（ㄏㄠ）菜：泛指野菜，引申為野味。蒿：草名，有青蒿、白蒿多種，可供藥用。

當面出醜

哈哈鏡照人／歪嘴照鏡子

〔釋義〕比喻當場丟臉。

裝賤

銀壺鍍錫／玉盤盛豆渣／玉器塗白漆①／朱砂②當紅土／豆腐渣上船／金碗裡盛稀飯

〔釋義〕指假裝下賤無恥的樣子。

〔注釋〕①玉器是貴重的器物，塗上白漆後反而成了賤貨。②朱砂：煉汞的主要礦物，紅色或棕紅色，中醫用做鎮靜劑，外用可治皮膚病。

賊相難看

強盜拍照片

〔釋義〕比喻面目醜陋，不堪入目。

圖風流

高山砌屋

〔釋義〕多指貪圖放蕩行為。

寧在花下死，做鬼也風流

潘金蓮*的對聯／妓女院門口的對聯

〔釋義〕比喻人厚顏無恥到極點，死不改悔。

〔注釋〕潘金蓮：《水滸傳》中人物，武大郎之妻，是一個風流放蕩的淫婦。

滿嘴噴糞

屎殼螂打噴嚏／屎殼螂打飽嗝兒*

〔釋義〕比喻盡說些髒話。

〔注釋〕打飽嗝（ㄍㄜˊ）兒：吃飽後打的嗝兒。

滿嘴臊

蠍虎子*打噴嚏

〔釋義〕指語言汙穢，盡說下流話。

〔注釋〕蠍虎子：壁虎，有臊味。

賤人

當鋪[1]裡賣孩子／三個錢[2]買個媳婦

〔釋義〕指卑劣下賤的人。

〔注釋〕①當（ㄉㄤˋ）鋪：舊社會專門收取抵押品，放高利貸的店鋪。②三個錢：三個銅錢。

賤皮子

二十錢[1]一雙靰鞡[2]／一毛錢買了一筐蒜殼

〔釋義〕比喻下賤，不知羞恥。

〔注釋〕①二十錢：二十個銅錢。②靰鞡（ㄨˋ ㄌㄚ）：也叫烏拉。中國東北地區冬天穿的用皮革製成的鞋，裡面墊有烏拉草。

賣弄花屁股

啄木鳥[1]上供桌[2]／啄木鳥翻跟頭

〔釋義〕比喻故作醜態。

〔注釋〕①啄木鳥：鳥名。尾羽花麗粗硬，啄木時支撐身體。②供桌：供神佛祖宗時放置供品的桌子。

賣弄風流

見人扯媚眼*

〔釋義〕指有意顯示輕佻、放蕩的行為。

〔注釋〕扯媚眼：以眼神調情。

瞧你那長相

豬八戒照尿水

〔釋義〕形容相貌難看。

膽大不害臊

光腚[1]捉賊／光身子騎老虎／光屁股打鬼子[2]

〔釋義〕指膽大妄為，不知羞恥。

〔注釋〕①光腚（ㄉㄧㄥˋ）：光屁股。②鬼子：對侵略我國的外國人的憎稱。

豁出老臉來了

老母豬和牛打架*

〔釋義〕指下狠心做某件事而不顧及臉面。

〔注釋〕牛打架是用角牴，老母豬和牛打架時，只好豁出去用老臉拚搏。

醜八怪逞能

老母豬擺擂臺*

〔釋義〕比喻賣弄醜態，不知自醜。

〔注釋〕擂（ㄌㄟˋ）臺：古時為比武所搭

的臺子。

醜人醜事

癩頭婆①月夜串門子②

〔釋義〕指使人厭惡的人做不光彩的事。

〔注釋〕①癩（ㄌㄞˋ）頭婆：頭長黃癬的禿頭婆娘。②月夜串門子：本指晚上去別人家閒坐、聊天。此指做見不得人的醜事。

醜名（鳴）在外

貓頭鷹*報喜

〔釋義〕比喻名聲不好，盡人皆知。

〔注釋〕貓頭鷹：常在深夜發出淒厲的叫聲，被視為是一種不吉祥的鳥。

醜鬼耍風流①

猴子跑上涼亭②睡／豬八戒跑上涼亭睡

〔釋義〕指輕佻放蕩的醜惡行為。

〔注釋〕①風流：這裡指有關男女之間的放蕩行為。②涼亭：供人休息乘涼的亭子。

臊氣還在

香水洗狐狸／尿盆裡灑香水／狐狸搽花露水

〔釋義〕指齷齪現象依然存在。

臊（掃）臉

大門上掛掃把／眉毛上吊笤帚*

〔釋義〕比喻丟人、掃興。

〔注釋〕笤（ㄊㄧㄠˊ）帚：除去塵土、垃圾等的用具，用去粒的高粱穗、黍子穗等綁成，比掃帚小。

轉圈丟人

光屁股推磨

〔釋義〕指在周圍一帶名聲壞。

難見人

新娘拜堂①／瞎子接親／瞎子相婆娘②

〔釋義〕指人處境尷尬，難以見人。

〔注釋〕①舊時婚禮習俗，新娘拜堂時要用紅綢巾蒙頭，入洞房後才將蒙頭巾取下。②相（ㄒㄧㄤˋ）婆娘：相媳婦。相：親自觀看（是否合心意）。

難看

大姑娘腫臉／燉熟的豬頭／吊死鬼流鼻血

〔釋義〕比喻相貌醜陋或不體面。

騷貨

羊肉裡的蘿蔔／狐狸尿撒在麻袋上

〔釋義〕指舉止輕佻、作風下流。

顧不得臉面

馬打架用嘴碰／腮幫子上拔火罐*／鼻子生瘡貼膏藥

〔釋義〕比喻不要臉。

〔注釋〕腮上拔火罐，造成局部瘀血，有礙臉面。腮幫子：腮，兩頰的下半部。

壞人壞事類

一包膿

癤子開刀

〔釋義〕比喻一肚子壞東西。

一肚子壞水

霉爛的冬瓜／發了霉的葡萄

〔釋義〕比喻滿腦子的壞主意。

一肚子壞點子

老母雞吃爛豆／娃娃吃了爛石榴／二愣子*抓吃爛芝麻

〔釋義〕同「一肚子壞水」。

〔注釋〕二愣（ㄌㄥˋ）子：魯莽、蠻憨的人。

一個更比一個歪

黃牛腳印水牛踩

〔釋義〕比喻人的心術不正，品行不端，一個比一個更厲害。

一個更比一個壞

黃鼠狼拜狐狸

〔釋義〕指壞的程度一個甚於一個。

一團邪（斜）氣；邪（斜）氣

歪嘴吹燈／歪嘴吹喇叭／歪嘴和尚吹號

〔釋義〕指不正當的行為或作風。

一對壞

妖魔遇鬼怪／黃鼠狼罵狐狸

〔釋義〕比喻兩個都是壞東西。

一輩比一輩壞

老子偷豬兒偷牛／老子偷雞兒摸狗

〔釋義〕比喻越來越壞。

人人憎

老鴰*命／墳頭上的烏鴉

〔釋義〕比喻受大家厭惡。

〔注釋〕老鴰（ㄍㄨㄚ）：即烏鴉，嘴大而直，多群居在樹林或田野，常發出「呱呱」的叫聲，被視為是不祥之鳥，把牠的叫聲當做不祥之兆。

人性狗（苟）

《三字經》橫念*

〔釋義〕比喻人脾氣很壞，像狗一樣翻臉不認人。

〔注釋〕《三字經》是我國流傳甚廣的啟蒙讀物，為三字一句的韻語。開頭的三句是：「人之初，性本善，苟不教……。」舊時書籍為豎排本，橫起來念則是「人性苟」。

小人

酒杯裡洗澡／菜碟裡洗澡／腳盆裡洗澡／

袖子裡翻跟頭／銅錢*眼裡打鞦韆

〔釋義〕比喻人格卑鄙。

〔注釋〕銅錢：古代銅質貨幣，圓形，中間有孔。

小壞蛋

爛馬鈴薯／鵪鶉①蛋瀉黃②

〔釋義〕指品德很壞的小孩。

〔注釋〕①鵪鶉（ㄢ ㄔㄨㄣˊ）：頭小尾巴短的鳥，卵很小，可食。②瀉（ㄒㄧㄝˋ）黃：蛋黃變質，由稠變稀。

不可救藥

石頭蛋生病／石獅子得病／爛透的毒瘡／張天師臥病在床*

〔釋義〕病況重得沒法醫治。比喻人壞到無法挽救的地步。

〔注釋〕傳說張天師法術高明，善於用符水咒法為人治病。凡有求醫者，他都要人稟報所做不善之事，再懺文畫符投入水中，叫病人把符水飲下。不少人拜於門下，求符水治病之術。但張天師自己反倒臥病在床，說明他的辦法失靈。

不走正道

螃蟹拉車①／牽狗玩猴弄猢猻②／從狗洞裡爬出來的新郎

〔釋義〕指行為不端，盡搞歪門邪道。

〔注釋〕①拉車是要順著馬路走正道的，而螃蟹是橫行的，走不了正道。②猢猻（ㄏㄨˊ ㄙㄨㄣ）：此指獮猴。

不是人；不算人

掃把戴帽子／娃娃魚*爬上樹／披著狗皮的東西

〔釋義〕指品質惡劣，喪失了人的品格。

〔注釋〕娃娃魚：大鯢，兩棲動物，身長而扁，四肢短，生活在山谷的溪水中，叫的聲音像嬰兒，故俗稱娃娃魚。

不是正胎子

蘆花*做棉被／稻草彈被絮

〔釋義〕指不是正經人。

〔注釋〕蘆花：蘆葦花軸上密生的白毛。

不是正經材料

麻稈解板①／豆芽菜頂門／荊條②當柱子／樹枝椏蓋房／蘿蔔刻觀音③／蘿蔔掏寶盒④／麻稈子刻人／麻稈做扁擔／麥秸稈⑤做電杆／拆馬桶做祖牌⑥／棒子麵⑦做蛋糕

〔釋義〕多比喻人不正派或不能勝任工作。

〔注釋〕①解板：用鋸拉開做板子。②荊條：荊的枝條，性柔韌，可編器物。③觀音：觀世音，佛教的菩薩之一。④寶盒：裝珍寶的盒子。⑤麥秸（ㄐㄧㄝ）稈：麥子脫粒後剩下的稈莖。⑥祖牌：供祖宗的牌位。⑦棒子麵：方言，玉米麵。

不是正經東西

油勺子打酒

〔釋義〕指不正派的人。

不是正經鳥；不是好鳥

母雞飛上樹／墳地裡的夜貓子①／蛤蟆腚②上插雞毛

〔釋義〕指不是正派的人。

〔注釋〕①夜貓子：方言，貓頭鷹，晝伏夜

出，吃鼠、麻雀等小動物，對人類有益。因常在深夜發出淒厲的叫聲，被視為是不吉祥的鳥。②腚（ㄉㄧㄥˋ）：方言，屁股。

不是好人

天天泡病號[1]／六月天穿棉襖／腿瘸[2]頭歪屁股腫

〔釋義〕指壞人。

〔注釋〕①泡病號：指藉故稱病不上班，或小病大養。②腿瘸（ㄑㄩㄝˊ）：腿有毛病，走起路來身體不平衡。

不是好人（仁）

生蟲的核桃／發霉的花生／漚爛*的花生

〔釋義〕同「不是好人」。

〔注釋〕漚（ㄡˋ）爛：長時間地浸泡，使品質變壞。

不是好官

婁阿鼠[1]當縣令[2]

〔釋義〕比喻不是好頭頭。

〔注釋〕①婁阿鼠：昆劇《十五貫》中人物，是一個圖財害命、嫁禍於人的賭徒。②縣令：舊時稱一個縣的行政長官。

不是好東西；不是好貨

一個爛木橛／豆腐渣上船／一背簍木橛橛[1]／爛紅苕[2]滿街送／破麻袋裝著爛套子／兩分錢買一籃子菜／三分錢買一碗兔子血

〔釋義〕泛指壞東西。有時特指人的品性不好。

〔注釋〕①木橛橛（ㄐㄩㄝˊ）：木頭橛子，短木樁。②紅苕（ㄕㄠˊ）：方言，甘薯。

不是好料[1]

蒺藜[2]拌草／大麻子[3]餵牲口／瓜子皮餵牲口／蒺藜拌麥麩子[4]／抓把兔子草餵駱駝

〔釋義〕比喻不是好東西。

〔注釋〕①料：本指餵牲口的飼料。比喻材料、東西。②蒺藜（ㄐㄧˊ ㄌㄧˊ）：指蒺藜的果實，皮上有刺，且有毒。③大麻子：蓖麻子，榨出的蓖麻油是一種輕瀉藥，不可食用。④麥麩（ㄈㄨ）子：小麥磨成麵，篩過後剩下的麥皮和碎屑。

勾勾搭搭

藕絲炒豆芽／披蓑衣[1]鑽籬笆[2]／樹林裡放風箏

〔釋義〕指互相串通做不正當的事。

〔注釋〕①蓑（ㄙㄨㄛ）衣：用草或棕編成披在身上的防雨用具。②籬笆（ㄌㄧˊ ˙ㄅㄚ）：用竹、葦或樹枝等編成的遮攔物。

勾別人下水

淹死鬼*使計謀

〔釋義〕比喻拉別人做壞事。

〔注釋〕淹死鬼：指溺水而死之人的鬼魂。傳說淹死鬼在陰間要設法勾引別人下水，以便作自己的替死鬼。

天生不是好蘑菇

狗尿苔[1]打鹵子[2]

〔釋義〕指生出來就不是好東西。

〔注釋〕①狗尿苔：方言，鬼筆，真菌的一種，味臭，不可食。②鹵（ㄌㄨˇ）子：用肉類、雞蛋等做湯加澱粉而成的濃汁，用來淋在麵條等食物上。

天生這路種

癩蛤蟆不長毛

〔釋義〕比喻本來就不是好東西。

心腸壞

爛魚肚子／狼心狗肺／冬瓜肚裡生蛆

〔釋義〕比喻心眼變壞了。

光棍

門角裡睡覺／討飯的搬家／廟前的旗杆

〔釋義〕舊時指地痞流氓。泛指不三不四的人。

死了無人哭

眾人的老子／人緣不好的老絕戶*

〔釋義〕比喻人緣太壞、名聲不好的人，得不到人們的同情和憐憫。

〔注釋〕絕戶：沒有後代的人。

死臭

吊死鬼①的裹腳布②

〔釋義〕指名聲壞到極點。

〔注釋〕①吊死鬼：傳說中形象極為醜陋的鬼。②裹腳布：舊時婦女纏腳用的長布條。

自背臭名

不吃羊肉沾羊臊*／打不著狐狸弄身臊

〔釋義〕比喻自討壞名聲。

〔注釋〕臊：像尿或狐狸一樣的臭味。

行善沒有作惡多

磕一個頭放三個屁

〔釋義〕指作惡多端的人做不出什麼好事。

助人為惡

趁水踏沉船

〔釋義〕指幫助別人做壞事。

沒好事；不是好事

豺狼請客／夜貓子報喜／狼崽（ㄗㄞˇ）進羊圈／王婆照應武大郎*

〔釋義〕比喻徵兆不祥，災難即將臨頭。

〔注釋〕《水滸傳》中故事。王婆是武大郎的鄰居，擅於說媒害人，騙取錢財，勾引說合男女搞不正當關係。她名曰照料武大郎，暗中卻引誘潘金蓮與惡霸西門慶勾搭成姦，並施毒計，教西門慶用砒霜害死武大郎。

沒安人心

爛泥菩薩／泥捏的佛像①／小囡②玩的布娃娃

〔釋義〕比喻居心不良，缺乏人性。

〔注釋〕①佛像：佛陀或菩薩的像。②小囡（ㄋㄢ）：方言，小孩。

沒安好心

狐狸進村／狼裝羊笑／野狼扒門／老虎進廟堂／張三①哄孩子／狐狸裝貓叫／夜貓子②進宅／狼給羊獻禮／紅鼻綠眼的鬼③／請小姨子作伴／黃鼠狼鑽雞窩／黃貔子④唱山歌／西門慶請武大郎⑤／歪上軸承斜上軸／黃鼠狼給雞拜年／諸葛亮給周瑜弔孝⑥／黃鼠狼同雞攀親家／黃鼠狼給雞作笑臉

〔釋義〕比喻心懷鬼胎，居心不良。

〔注釋〕①張三：方言，狼的俗稱。②夜貓

子：方言，貓頭鷹，被視為是一種不吉祥的鳥。③泛指惡鬼。④黃貔（ㄆㄧˊ）子：方言，黃鼠狼。⑤西門慶，《水滸傳》中人物，陽谷縣破落戶財主，是一個奸詐、好色、淫亂無恥的惡棍。西門慶與武大郎之妻潘金蓮有姦情，請武大郎必然別有用心，居心不良。⑥《三國演義》中故事。諸葛亮三氣周瑜，把周瑜氣死後，又帶祭禮赴東吳為周瑜弔孝，其目的一是為緩和劉備與孫權之間的矛盾，減輕來自曹操的壓力，二是到江東尋賢訪士以輔佐劉備。

沒有一個好貨；沒有一個好的

山崖上滾雞蛋／挑瓦罐的摔跤／一籃雞蛋打地下／挑缸缽①的斷扁擔／沙鍋②挑子掉到山溝裡

〔釋義〕形容全部都是壞的。

〔注釋〕①缽（ㄅㄛ）：形狀像盆而略小的陶器，用來盛飯、菜等。②沙鍋：用陶土攙沙燒成，質脆易裂。

沒有心肝

石頭人／空肚羅漢①／泥捏的神像／菩薩的胸膛／兔兒爺②拍心口

〔釋義〕比喻沒有良心。

〔注釋〕①羅漢：佛教稱斷絕了一切嗜欲，解脫了煩惱的僧人。②兔兒爺：兔頭人身的泥製玩具，中秋節應景之物。

沒有好貨

誇嘴的奸商①／奸狼開店鋪／落雨天打土坯②／狗窩裡長狗尿苔③

〔釋義〕比喻都是壞東西。

〔注釋〕①奸商：用投機倒把、囤積居奇等不正當手段牟取暴利的商人。②土坯是用黏土按一定形狀做成的，未經焙燒的坯子，雨淋水澆後會損壞。③狗尿苔：方言，鬼筆，真菌的一種，味臭，不可食。

沒良心

過河抽板／念完經打和尚

〔釋義〕比喻心腸不好，缺乏做人的道德。

沒個好心腸

鴿子充雞／泥菩薩裝人樣／爛泥巴捏神像

〔釋義〕比喻心眼很壞。

邪風入內

旋風*吹到嘴裡

〔釋義〕形容歪風邪氣很嚴重，已經侵蝕到肌體了。

〔注釋〕旋風：螺旋狀運動的風，過去稱鬼旋風，被視為是一種邪風。

邪（斜）門歪道；邪（斜）門

牆角開口／歪牆開傍門*／瘸（ㄑㄩㄝˊ）驢的屁股

〔釋義〕比喻不正當的辦法和途徑。

〔注釋〕傍門：方言，邊門。

拉拉扯扯

木匠拉大鋸／笨婆娘打架／沒牙老婆吃麵筋*／披著麻袋進竹林／冬瓜藤纏到茄子地／賣胡琴的碰上賣布的

〔釋義〕比喻互相勾結、拉攏。

〔注釋〕麵筋是麵粉加水拌和，洗去澱粉後，剩下的混合蛋白質，韌性大，難嚼爛。

抬轎的是鬼，坐轎的也是鬼

閻王爺嫁女

〔釋義〕比喻沒有一個好人。

放不出好屁

黃鼠狼的腚*

〔釋義〕指說不出好話，或做不出好事。

〔注釋〕黃鼠狼肛門附近有一對臭腺，當遇到襲擊時會放出奇臭難聞的氣味，以便掩護自己逃跑。

狗不理*

天津的包子

〔釋義〕指人人厭惡，連畜牲都不屑一顧的傢伙。

〔注釋〕雙關語。本指聞名全中國的包子鋪，位於天津南市區，所售三鮮和豬肉餡包子，味道鮮美，香而不膩。此指連狗都不理睬。

長著一副驢心腸

狗吃青草*

〔釋義〕比喻心腸壞。

〔注釋〕狗是肉食性動物，本不吃草。狗吃草說明心腸變壞了，長了一副像驢一樣的肚腸。

苗歪

根子不正

〔釋義〕指人根底不好，從小就壞。

看不見的勾當①

半夜偷雞／吹滅燈擠眼②／黑天做投機生意

〔釋義〕指偷偷地做壞事。

〔注釋〕①勾當：指壞事情。②擠眼：做眼色。

耍壞啦

狗熊挨打

〔釋義〕比喻玩物喪志，逐漸變壞。

要不得

隔夜的餿飯／廠裡開除的二愣子

〔釋義〕表示人或事物很壞，不能容忍。

根底壞

疤上生瘡／癤子上生包包*／瞎子害爛眼病

〔釋義〕比喻本質或基礎不好。

〔注釋〕生包包：泛指生瘡或長癤子。

根骨不正；根子不正

歪脖子樹／牛角裡栽花／歪苗長歪樹／橡樹①上長菌／白蠟樹②接桂花③／狗尾巴④長在牆縫裡

〔釋義〕比喻本源不好。

〔注釋〕①橡樹：櫟樹，落葉灌木，樹皮含有鞣酸，微臭。②白蠟樹：落葉喬木，可放養白蠟蟲，以取白蠟。③桂花：桂花樹。④狗尾巴：狗尾巴草，一年生草本植物，葉細長，穗有毛。

烏煙瘴氣*

小屋裡生爐火／灰堆裡吹喇叭

〔釋義〕形容風氣敗壞或社會黑暗。

〔注釋〕瘴（ㄓㄤˋ）氣：山林中溼熱而有害的空氣。

神憎鬼厭

神臺*上的貓屎

〔釋義〕比喻人卑劣可惡到極點，誰都討厭。

〔注釋〕神臺：放置神像的臺子。

臭一圈

包腳布做領帶／脖子上圍腳布*

〔釋義〕指壞名聲傳四面八方。

〔注釋〕腳布：裹腳布，舊時婦女纏腳用的長條布。

臭不可聞

屎殼螂打哈欠／老太太的裹腳布

〔釋義〕比喻名聲極壞。

臭出頭了

襪子當帽子

〔釋義〕指名聲壞透了。

臭名在外

綢布包狗屎／大門口吊馬桶／包腳布做衣領／屋簷上掛馬桶／堂屋*裡掛糞桶

〔釋義〕比喻在外面的名聲很壞。

〔注釋〕堂屋：指正房居中的一間，多作客房用。

臭名昭著

糞堆上插旗子／茅廁頂上豎大旗

〔釋義〕形容壞名聲盡人皆知。

臭名遠揚

屎殼螂出國／輪船上裝大糞／屎殼螂坐輪船／糞堆上吹喇叭

〔釋義〕比喻壞名聲傳得很遠。

臭名難當

尿脬*打人

〔釋義〕指名聲極壞。

〔注釋〕尿脬（ㄙㄨㄟ　ㄆㄠ）：方言，膀胱。

臭死祖先

香龕*上掛糞桶

〔釋義〕比喻人名聲壞，對不起先人。

〔注釋〕香龕（ㄎㄢ）：舊時燒香供神像或祖宗牌位的小閣子。

臭到家了

屎殼螂叫門

〔釋義〕比喻使人厭惡到了極點。

臭味相投

蒼蠅尋爛肉／糞坑倒馬桶／屎殼螂配臭蟲／屎殼螂嫁椿象*／綠頭蒼蠅叮牛屎／爛豬頭碰到爛腸子／屎殼螂鑽在糞堆裡／屎殼螂和蒼蠅交朋友

〔釋義〕比喻有壞念頭、壞作風的人，彼此迎合，互相結合在一起。

〔注釋〕椿（ㄔㄨㄣ）象：俗稱「臭大姐」或「放屁蟲」，胸部有一對臭腺孔，能分泌臭蟲酸，臭不可聞。

臭味還在

馬桶改水桶

〔釋義〕比喻使人厭惡的東西仍然存在。

臭氣熏天

飛機上裝糞／空中倒馬桶／煙囪裡拉屎／屎殼螂坐飛機／高山上倒馬桶／茅房頂上裝煙囪

〔釋義〕比喻名聲壞極了。

臭趣相投

糞缸蓋上下棋／屎殼螂排隊滾糞球

〔釋義〕比喻壞的興趣、情調一致。

豺[1]狼當道

吃人的東西坐大殿[2]

〔釋義〕比喻壞人掌權、得勢。

〔注釋〕①豺（ㄔㄞˊ）：也叫豺狗，一種凶殘的野獸，似狼而小。②大殿：封建王朝舉行慶典，接見大臣或使臣等的殿。

鬼打鬼

地府[1]裡打冤家[2]／城隍廟裡內訌[3]

〔釋義〕比喻壞人自己打自己。

〔注釋〕①地府：指人死後靈魂所在的地方。②打冤家：因糾紛或舊仇發生械鬥。③內訌（ㄏㄨㄥˊ）：指內部發生衝突或械鬥。

孬種

不出芽的穀子／點*了黃豆不出苗／奸狼下了個賊狐狸／花花貓生了個灰老鼠

〔釋義〕指人根底或本質壞。

〔注釋〕點：種。土法點種豆類是把種子點到刨好的土窩裡，所以種豆俗稱點豆。

偷雞摸蛋

黃鼠狼的脾氣

〔釋義〕指人偷偷摸摸，做損人利己的勾當。

淨是鬼

閻王[1]開會／閻王爺請客／岳廟[2]到城隍廟[3]

〔釋義〕比喻都是不三不四的壞人。

〔注釋〕①閻王：又稱閻王爺，佛教稱管地獄的神。②岳廟：紀念和供奉著名民族英雄岳飛的廟宇。③城隍（ㄏㄨㄤˊ）廟：供奉城隍的廟宇。傳說指主管某個城的神為城隍。

造（灶）孽[1]

灶王爺[2]的仔

〔釋義〕斥責人做壞事。

〔注釋〕①造孽（ㄋㄧㄝˋ）：本為佛教用語，現多比喻做壞事將來要受報應。②灶王爺：灶神。被供奉在鍋灶附近的神，傳說他掌管一家的禍福財氣。

野種

牆上的麥子／房頂上長苗苗／荒山長高粱／羊群裡跑出山兔子

〔釋義〕比喻人根底不正。罵人的話。

頂壞；壞到了頂

頭上長禿瘡[1]／腦殼[2]長癬子／腦靈蓋[3]上流膿

〔釋義〕比喻壞極了。

〔注釋〕①禿瘡：方言，黃癬。②腦殼：方言，頭。③腦靈蓋：天靈蓋，頭頂部分的骨頭。

惡人遇惡人

吃生米的*碰到嗑（ㄎㄜˋ）生穀的

〔釋義〕比喻壞到一塊了。

〔注釋〕吃生米的：昔日江湖隱語，多指江湖專行詐騙的歹徒。

惡名在外

老虎不吃人

〔釋義〕比喻在外面的名聲很壞。

惡習不改

戒了大煙[1]扎嗎啡[2]

〔釋義〕比喻惡習成性，堅持不改。

〔注釋〕①大煙：鴉片，用罌粟果實中的乳狀汁液製成的一種毒品，常吸成癮，會導致死亡。②嗎啡（ㄇㄚˇ ㄈㄟ）：藥品，有機化合物，味苦，有毒，由鴉片提煉製成。連續使用易成癮。

惡貫[1]滿盈

老鼠吃滿了三斗六[2]

〔釋義〕比喻罪大惡極，已到末日。

〔注釋〕①貫：穿物或錢的繩索。②俗話有「老鼠吃不滿三斗六」之說，既吃滿了三斗六，說明肚子再也裝不下了。

越搞越臭

六月的糞缸[1]／剛掏的茅坑[2]／屎殼螂掏大糞／癩蛤蟆掉茅坑

〔釋義〕比喻名聲越來越壞。

〔注釋〕①六月氣溫高，糞水蒸發快，散發到空氣中的臭味會越來越大。②茅坑：廁所裡的糞池。

黑心王八

烏龜吃煤炭

〔釋義〕比喻品行惡劣，心腸很壞。

想偷

強盜做夢／做賊的說夢話

〔釋義〕比喻企圖做偷雞摸狗的壞事。

愛偷

長了三隻手[1]／屢教不改的扒手[2]

〔釋義〕品行惡劣，喜歡做偷雞摸狗的壞事。

〔注釋〕①三隻手：方言，即扒手。②扒手：小偷。

惹祖宗生氣

上墳不帶燒紙*

〔釋義〕指做了壞事，對不起死去的先人。

〔注釋〕燒紙：紙錢的一種，在較大的紙片上刻出或印上錢形。傳說上墳要燒紙錢，以供死者在陰間使用。

裡外孬；裡外都不好

破棉襖／祖傳的皮襖／十年的舊夾襖

〔釋義〕比喻從外表到內心都很壞。

賊心不死

屢教不改的小偷

〔釋義〕指邪惡的念頭沒有打消。

滿肚子壞圈圈

牛吃破草帽

〔釋義〕指全是壞主意。

盡是王八

烏龜請客／螃蟹娶親

〔釋義〕指都是些不三不四的人。

盡是渣滓

爛麻袋濾豆腐*

〔釋義〕指都是些品行惡劣的人。

〔注釋〕做豆腐時，須在豆漿中濾去豆渣。用孔眼大的爛麻袋過濾，豆渣要是漏掉，做出的豆腐盡是渣滓。渣滓（ㄓㄚ ㄗˇ）：雙關語。本指物品提取精華後剩下的部分，比喻品行惡劣危害社會的壞人。

盡做缺德事

挖人牆腳補自己缺口

〔釋義〕指總做損人利己的壞事。

數他壞

樹上的爛杏／筐裡的爛瓜

〔釋義〕指最壞的一個。

蔫壞

蟲蛀的大樹／暗中使絆子*／糠心兒的蘿蔔

〔釋義〕指悄悄地出壞點子或做壞事。

〔注釋〕使絆（ㄅㄢˋ）子：用某種東西擋住或纏住，使人跌倒或行走不便。

學壞了

跟巫婆①學跳神②／跟著巫師③做神漢④／跟著猴子會鑽圈

〔釋義〕比喻變壞了。

〔注釋〕①巫婆：女巫。②跳神：巫師或女巫裝作鬼神附體的樣子，亂說亂舞，傳說能給人驅鬼治病。③巫師：以裝神弄鬼替人祈禱為職業的人。④神漢：男巫師。

遺臭萬年

屎殼螂傳宗接代*

〔釋義〕指臭名一直流傳，永遠受人唾罵。

〔注釋〕傳宗接代：同一父系家族的成員世世代代相傳下去。

斷子絕孫

死了沒人抹眼皮*

〔釋義〕沒有後代。斥責人做缺德事，沒有好報應。

〔注釋〕抹眼皮：有些地方的舊習俗，老人死了如不閉眼，則要由兒子去抹眼皮。

雜種

芝麻地裡的黃豆／茄子棵上結黃瓜／高粱撒在麥子地

〔釋義〕罵人的話。

壞了胎；胎裡壞

雞蛋裡生蛆／爛泥坯子貼金身*

〔釋義〕比喻實質很壞，根子不正。

〔注釋〕指神佛塑像貼上金箔，表面好看，裡面卻是爛泥。

壞心眼

蓮藕生瘡／霉爛了的蓮藕

〔釋義〕比喻心地不好。

壞心腸

爛魚肚子／爛魚剖腹

〔釋義〕同「壞心眼」。

壞肚腸

猴子拉稀／吃餿飯*長大的

〔釋義〕同「壞心眼」。

〔注釋〕餿（ㄙㄡ）飯：變質而發出酸臭味的飯。

壞到一塊了

惡人遇惡人／惡狼和瘋狗作伴／做賊的遇見劫路的*

〔釋義〕指壞人和壞人臭味相投，沆瀣一氣。

〔注釋〕劫路的：攔路搶劫的強盜。

壞孩子

朽木雕石猴*／爛木頭刻娃娃

〔釋義〕指品行不好的人。

〔注釋〕石猴：《西遊記》中說孫悟空是從

石頭縫裡蹦出來的石猴。

壞胚[①]（坯）子

六月天晒裂了瓦[②]

〔釋義〕比喻根底壞。

〔注釋〕①胚（ㄆㄟ）：指初期發育的生物體。②用黏土等做成瓦的形狀、未放在窯裡燒的叫瓦坯。瓦被晒裂，說明瓦坯子的品質不好。

壞蛋

三伏天孵小雞[①]／二十一天不出雞[②]／不出雞的雞子兒[③]

〔釋義〕指品行惡劣、心眼很壞的人。

〔注釋〕①孵（ㄈㄨ）小雞需要一定的溫度條件，母雞多在春季孵小雞，若三伏天孵雞，氣溫太高，雞蛋易變壞。②雞的孵化期為二十一天，如二十一天孵不出雛雞，說明雞蛋壞了。③雞子兒：雞蛋。

壞透了

西瓜淌水／黑心的蘿蔔／黑心爛肚腸／白蟻[①]鑽心的料／冬瓜瓤（ㄖㄤˊ）裡生蛆／穿心的爛冬瓜／頭上長瘡，腳底流膿／胸前害瘡，背後冒膿／後脊梁[②]長瘡，肚臍眼流膿

〔釋義〕形容人或事壞到極點。

〔注釋〕①白蟻：形似螞蟻的昆蟲，群居，吃木材。②脊梁：方言，脊背。

變壞了

夜鶯學烏鴉叫／三伏天的餿豆腐

〔釋義〕指人走下坡路，向壞的方向轉化。

糊塗昏庸類

一世糊塗；糊塗一生

天生的呆子①／豬油蒙②了心／米湯洗腳，糨子③擦臉

〔釋義〕比喻糊裡糊塗地過一輩子。

〔注釋〕①呆子：傻子。②蒙：遮蓋。③糨（ㄐㄧㄤˋ）子：漿糊。

十分糊塗

三分麵加七分水

〔釋義〕比喻極不明事理。

二百五

半吊子*的一半／一千文錢分四處／五百銅板兩下分

〔釋義〕指傻裡傻氣或做事莽撞的人。

〔注釋〕舊時錢幣一般是一千個銅錢為一吊，半吊子的一半為二百五。

上下不分

襪子頭上戴／拿鞋當帽子／腳盆裡洗臉／三歲小孩貼對聯

〔釋義〕比喻頭腦糊塗，顛三倒四。

不分老嫩

半夜吃黃瓜／半夜裡摘絲瓜／黑夜天摘茄子

〔釋義〕比喻昏頭昏腦，對事物缺乏分辨能力。

不分東西

坐南宮守北殿

〔釋義〕比喻暈頭轉向。

不知有鉤

魚吞香餌*

〔釋義〕比喻看不出問題所在。

〔注釋〕香餌：釣魚用的有香味的魚食。

不知冷熱

抱火爐吃西瓜／穿冬衣搖夏扇／圍著火爐吃冰糕

〔釋義〕比喻頭腦不清醒，不識時務。

不解；解不開

狗咬粽子①／猴子套繩子／熊瞎子②吃粽粑③

〔釋義〕比喻弄不清楚。

〔注釋〕①粽子：一種食品，用竹葉或葦葉等把糯米包住，紮成三角錐體或其他形狀，煮熟後食用。②熊瞎子：方言，即黑熊，又叫狗熊。③粽粑（ㄗㄨㄥˋ ㄅㄚ）：粽子。

不識相

打翻測字*攤／叫奶奶生娃娃／少小離家老大回／看見外公叫爺爺

〔釋義〕比喻不識趣。

〔注釋〕測字：把漢字的偏旁筆畫拆開或合併，作出解說，來占吉凶。

目的不明

盲佬*射箭／瞎子放槍／近視眼打靶

〔釋義〕沒有明確的奮鬥目標。

〔注釋〕盲佬（ㄌㄠˇ）：瞎眼漢。含輕視之意。

有理說不清

啞子告狀／秀才遇見兵／啞巴打官司／孫悟空遇唐僧*

〔釋義〕比喻有理也無法申辯。

〔注釋〕孫悟空、唐僧都是《西遊記》中人物。孫悟空蔑視天神，到處降魔除妖，常受仁慈忠厚的唐僧阻撓。孫悟空面對不辨是非、易受愚弄的唐僧，往往講不清道理。

老得發昏

壽星*跌跟頭

〔釋義〕指因年老而頭腦糊塗，神志不清。

〔注釋〕壽星：老人星，常被用作老年的象徵。

老趕

坐汽車拿鞭子／馬不停蹄，鞭不停揮

〔釋義〕指土裡土氣而又蠻憨的人。

自己惡*自己

鏡子裡瞪眼

〔釋義〕比喻自己捉弄作踐自己。

〔注釋〕惡（ㄨˋ）：討厭，憎恨。

自己跟自己過不去

惜錢不醫病／大胖子走窄門／對著鏡子罵人／穿小鞋走窄門／穿高跟鞋上山／自打嘴巴自受痛

〔釋義〕比喻給自己設置障礙、製造麻煩。

自己嚇唬自己

吊死鬼①照鏡子／對鏡子做鬼臉②／抹黑臉照鏡子

〔釋義〕比喻自相驚擾。

〔注釋〕①吊死鬼：傳說中指形象極為醜陋的鬼。②鬼臉：這裡指難看的面部表情。

自打自

門神①揍灶神②／周瑜打黃蓋③／對著鏡子練拳

〔釋義〕指由於誤會而發生內部爭鬥。

〔注釋〕①門神：舊俗在兩扇大門上貼神像。②灶神：被供奉在鍋灶附近的神。③《三國演義》中故事。赤壁之戰中，東吳主帥周瑜和老將黃蓋共商「苦肉計」，讓周瑜假裝打黃蓋，黃蓋到曹營詐降，曹操中計兵敗。

呆子

乾河撒網／上山釣魚／砍倒大樹捉鳥

〔釋義〕指呆頭呆腦的傻子。

忘本

木頭人鋸樹／上朝①不帶奏摺②／劉禪樂不思蜀③／進學堂不帶書／豬八戒吃大肉④／喝了泉水就摔瓢／扔下討飯的籃子打乞丐

〔釋義〕指境遇變好後，忘掉自己原來的狀

況。

〔注釋〕①上朝：舊時文武大臣到朝廷上拜見君主奏事。②奏摺：寫奏章的摺子。③蜀後主劉禪投降司馬昭後，被帶至洛陽，他還是過著荒淫的生活。有一天司馬昭問他：「頗思蜀否？」他回答說：「此間樂，不思蜀。」後用以比喻樂而忘本。④《西遊記》中說豬八戒誤投豬胎，成為豬頭人身的豬精，吃豬肉忘了自己的身分。大肉：豬肉。

往外拐

打斷的胳膊

〔釋義〕比喻說話做事偏向外人。

明白人辦糊塗事

秀才跳井／聖人①喝鹵水②

〔釋義〕比喻聰明人做愚蠢的事。

〔注釋〕①聖人：泛指道德、智能極高的人。②鹵水：即鹽鹵，有毒性，喝多了會致命。

昏了頭

背仔①找仔／騎馬找馬／睜眼打呼嚕／騎著驢找驢／討飯的不要饅頭／騎著駱駝找駱駝／見了丈母娘叫大嫂／拿西瓜當腦瓜子②剃

〔釋義〕比喻神志不清、迷糊。

〔注釋〕①仔（ㄗㄞˇ）：方言，即小孩子。②腦瓜子：方言，頭。

昏（葷）啦

麵粉掉在肉鍋裡／豬油倒進水缸裡

〔釋義〕比喻神志不清，糊裡糊塗。

昏（葷）頭昏（葷）腦

豬腦殼*做枕心

〔釋義〕比喻頭腦迷糊，神志不清。

〔注釋〕豬腦殼：方言，豬頭。

昏（葷）鼕鼕*

肉骨頭打鼓／豬油抹鼓面

〔釋義〕指昏頭昏腦，思路不清。

〔注釋〕鼕鼕：鼓聲。

花了眼

額角上栽牡丹／劉姥姥進了大觀園*

〔釋義〕比喻人的眼睛迷亂，認識模糊。

〔注釋〕《紅樓夢》中描寫賈府的遠親劉姥姥為乞求資助進入賈府大觀園。因劉姥姥由鄉間深入侯門，不免眼花撩亂。

看不清東西南北

敗兵誤入迷魂陣*／原始森林迷了路／蒙在鼓裡聽打雷

〔釋義〕比喻摸不著頭腦，辨不清方向。

〔注釋〕迷魂陣：比喻能使人迷惑的圈套、計謀。

食而不知其味；全不知味

囫圇吞棗／山羊吃薄荷／水牛吃荸薺①／鴨子吞田螺②／老太太吃牛筋／豬八戒吃人參果③

〔釋義〕比喻生吞活剝，食而不化。

〔注釋〕①荸薺（ㄅㄧˊ ㄑㄧˊ）：多年生草本植物，地下莖呈扁圓形，肉白色，可以生食。②田螺（ㄌㄨㄛˊ）：生長在淡水中的軟體動物，有圓錐形外殼。鴨子吃田螺是囫圇吞下去的。③《西遊記》中故事。萬壽山五莊觀長有人參果，人吃了長生不老。唐僧師徒赴西天取經，路過五莊觀，豬八戒見觀內童子吃人參果，垂涎三尺，便與孫悟空一起偷人參果，豬八戒迫不及待地張口就囫圇吞下肚裡，沒有嘗出味道。

哭了半天不知死的是誰

半路上撿個孝帽①進靈棚②

〔釋義〕比喻做事昏庸，糊裡糊塗。

〔注釋〕①孝帽：舊時為尊長服喪時戴的白色的帽子。②靈棚：停放靈柩、骨灰或設置遺像供人弔唁的棚子。

哪壺不開提哪壺

茶館裡開除的夥計*

〔釋義〕比喻人不會做事，老出差錯。

〔注釋〕夥計：舊指店員或長工。

神魂顛倒

喝了迷魂湯①／豬八戒到了女兒國②

〔釋義〕精神恍惚，顛三倒四，失去常態。

〔注釋〕①迷魂湯：傳說地獄中使人靈魂迷失本性的湯藥。②女兒國：《西遊記》裡所說的西梁女國。

迷迷糊糊

大霧裡看天／讀書發了呆／幹活打起瞌睡／半夜裡撒囈掙*／半夜起來喝稀粥

〔釋義〕指頭腦不清醒，做事糊塗。

〔注釋〕撒囈掙：方言，指熟睡時說話或動作。

迷糊（米煳）

飯鍋冒煙

〔釋義〕比喻神志不清。

混蛋

雞蛋炒鴨蛋／灰堆裡燒山藥①／鵝卵石②放雞窩

〔釋義〕責罵不明事理的人。

〔注釋〕①山藥：薯蕷的通稱，呈長卵形，略似鴨蛋，可食。②鵝卵石：呈鵝卵狀的卵石，是天然的建築材料。

混蛋出尖了

米湯鍋裡煮壽桃*

〔釋義〕指極不明事理的人。

〔注釋〕壽桃：祝壽時用的桃，一般用麵粉製作，也有用鮮桃的。神話中，西王母做壽時用蟠桃款待群仙，因有此俗。

混蛋到底

稀飯鍋裡下鐵蛋

〔釋義〕同「混蛋出尖了」。

混①（渾）小子

糨子②鍋裡煮扳不倒③

〔釋義〕指糊裡糊塗，不明事理的小夥子。

〔注釋〕①混（ㄏㄨㄣˊ）：糊塗，不明事理。②糨子：漿糊。③扳不倒：不倒翁。

混（渾）蛋

皮球掉在米湯裡／雞子兒*跌進漿糊盆／稀飯鍋裡煮雞子兒

〔釋義〕同「混蛋」。

〔注釋〕雞子兒：雞蛋。

混（葷）蛋

肉湯裡煮元宵／麵疙瘩掉在肉鍋裡

〔釋義〕同「混蛋」。

處處不明

初一夜裡出門*／初二三的夜晚

〔釋義〕指什麼情況也不清楚。

〔注釋〕農曆每月初一，月球運行到太陽和地球之間，與太陽同時出沒，地球上看不到月光。夜晚出門，到處一片漆黑。

麻木

小孩兒不識葵花秸*

〔釋義〕比喻喪失感覺，反應遲鈍。

〔注釋〕葵花秸：即向日葵的莖，表面不光滑，有麻點。

麻木不仁

隔靴抓癢／穿著靴子搔癢癢

〔釋義〕比喻不敏銳，反應遲鈍。

麻木不仁（人）

花椒木雕孫猴

〔釋義〕同「麻木不仁」。

愣（冷）神

泥菩薩掉冰窟／菩薩眉毛上掛霜

〔釋義〕指發呆。

越吃越糊塗

大鬍子①喝麵湯／蘸著稀飯吃扁食②

〔釋義〕比喻越來越迷糊。

〔注釋〕①大鬍子：指鬍鬚多而長的人。②扁食：方言，餃子。

越弄越糊塗

豆腐拌腐乳*／屎殼螂喝稀飯／鯉魚落在灰堆裡

〔釋義〕同「越吃越糊塗」。

〔注釋〕腐乳：豆腐乳，用小塊豆腐經發酵醃製而成。

亂了班輩*

爺孫不分／見了丈母娘叫大嫂

〔釋義〕比喻不分老少，沒大沒小。

〔注釋〕班輩：行輩，輩分。

亂了朝代

關公①戰秦瓊②／張飛③打岳飛④

〔釋義〕把時代搞亂了。比喻知識貧乏，亂說一通。

〔注釋〕①關公：《三國演義》中人物，蜀國大將。②秦瓊：字叔寶，唐朝名將。③張飛：三國時蜀漢大將。④岳飛：南宋著名愛國英雄，抗金將領。

亂認親

見了和尚叫舅子／衝①著姨夫叫丈人／看見尼姑②喊嫂子

〔釋義〕比喻分辨不明，貿然從事。

〔注釋〕①衝（ㄔㄨㄥˋ）：對著。②尼姑：出家修行的女佛教徒，終生不嫁。

搞不清爽

啞巴哭娘

〔釋義〕指弄不清楚事情的緣由。

暈頭轉向

狗戴沙罐／十字路上迷了道／吃了對門謝隔壁

〔釋義〕形容頭腦昏亂，辨不清方向。

裡外半吊子

一吊錢*放在門檻上

〔釋義〕指不通事理，傻裡傻氣的人。

〔注釋〕一吊錢：舊時幣制，一千個銅錢。

摸不清方向

瞎子當嚮導／山洞裡迷了路／雞蛋殼裡睡覺

〔釋義〕比喻暈頭轉向。

摸不著頭尾

丈二長的扁擔／丈二長的水煙袋*

〔釋義〕形容做事找不到頭緒。

〔注釋〕水煙袋：一種用竹、銅製成的吸煙用具，煙通過水的過濾經煙管吸出。

摸不著頭腦

丈二和尚／丈二金剛*

〔釋義〕比喻莫名其妙，弄不清底細。

〔注釋〕金剛：佛的侍從力士，因手持金剛杵（古代印度兵器）而得名。

盡辦糊塗事

米湯盆裡洗澡／魯肅上了孔明船①／七斤麵粉調②三斤漿糊

〔釋義〕比喻光做傻事、蠢事。

〔注釋〕①《三國演義》中故事。魯肅是三國時東吳謀士，和周瑜同輔劉備。一次周瑜欲害孔明，限令孔明十日內監造十萬支箭。孔明施「草船借箭」之計，暗地請魯肅上船同去取箭，魯肅不知底細，便糊裡糊塗地上了草船。②調：指麵粉加入適量的水使之拌合均勻。

算不清

狗肉帳／兩口子的帳／幾百年的老陳帳／糊塗老闆糊塗帳

〔釋義〕比喻頭腦模糊，算計不清。

說不清，聽不明

聾子打啞巴／聾啞人打官司／啞巴比劃，聾子打岔／聾子打翻了啞巴的油瓶

〔釋義〕比喻彼此都很糊塗。

說他混，他還一肚子氣

麵湯裡煮皮球／癩蛤蟆跌粥鍋／皮球掉進麵茶*裡

〔釋義〕比喻自己糊塗，卻不肯接受批評指責。

〔注釋〕麵茶：用糜子麵等加水煮成糊狀的食品。

說他混蛋，他還一肚子邪火

麵湯裡煮燈泡／電燈泡上抹漿糊

〔釋義〕同「說他混，他還一肚子氣」。

審不清，斷不明

昏官升堂／糊塗官①判無頭案②

〔釋義〕比喻昏庸無能，搞不清事情的來龍去脈。

〔注釋〕①糊塗官：昏庸無能的官吏。②無頭案：沒有線索可找的案件或事情。

瞎了眼

請神請到鬼／蝙蝠*看太陽

〔釋義〕斥責人看不清事物的真相。

〔注釋〕蝙蝠：哺乳動物，視力很弱，白天在陽光下看不清東西，只能在夜間靠本身發出的超聲波來引導飛行。

瞎鬼

沒眼兒的判官①／剜②了眼的判官

〔釋義〕斥責人瞎了眼，不明事理。

〔注釋〕①判官：傳說中稱閻王手下管生死

簿的官。②剜（ㄨㄢ）：用刀子挖。

糊塗不明

黑漆燈籠／鏡子上抹漿糊

〔釋義〕比喻不明事理。

糊塗東西

出東門，往西拐／十字街頭迷了向

〔釋義〕責罵人不明事理。

糊塗到頂

米湯洗頭／頭上刷漿糊／腦門子*抹糨子

〔釋義〕比喻不明事理，昏庸極了。

〔注釋〕腦門子：方言，前額。

糊塗鬼

死的不明不白／判官錯點生死簿

〔釋義〕對不明事理、不辨是非的人的責罵。

糊塗蛋

玉米粥裡煮洋芋*／茶葉水裡煮蛋糕

〔釋義〕同「糊塗鬼」。

〔注釋〕洋芋：方言，馬鈴薯，莖塊肥大，呈卵形。

糊塗蟲

粥鍋裡煮蚯蚓／蛐蟮*掉在漿糊裡

〔釋義〕指不明事理，不辨是非的人。

〔注釋〕蛐蟮（ㄑㄩ ㄕㄢˋ）：蚯蚓。

糊糊塗塗；糊裡糊塗

小米熬紅薯／米湯煮芋頭／蒼蠅落漿盆／肚裡灌漿糊／傻二哥算帳／抓紅土當朱砂①／棒子麵②煮葫蘆／大麥糊煮玉米糊／呆子做帳房先生③／稀飯鍋裡煮餃子

〔釋義〕形容不明事理或對事物的認識模糊不清。

〔注釋〕①朱砂：無機化合物。煉汞的主要礦物。紅色或棕紅色，略似紅土，無毒。可藥用，也可作顏料。②棒子麵：方言，玉米麵。③帳房先生：舊時在企業單位或地主、自營商家中管理銀錢貨物出入的人。

頭昏腦脹

腦袋成了葫蘆／白娘子喝了雄黃酒*

〔釋義〕比喻頭腦膨脹，神志不清。

〔注釋〕《白蛇傳》中的故事。峨嵋山上修煉千年的白蛇精，化作少女白娘子，與許仙相識並結為夫妻。許仙中了惡僧法海的離間計，於端午佳節，強勸白娘子喝下雄黃酒，頓時白娘子頭昏腦脹，化為蛇身，現了原形。雄黃酒：攙有雄黃的燒酒，傳說妖精喝了雄黃酒會現出原形。

頭腦不清

漿糊洗臉

〔釋義〕指神志模糊，思路不清。

顛三倒四

七個人睡兩頭／七根棒槌*堆一堆

〔釋義〕比喻說話或做事錯亂、沒有次序。

〔注釋〕棒槌：捶打用的木棒，舊時多用來洗衣服。

懵①門了

牛犢子叫街②

〔釋義〕比喻摸不著門路，辨不清方向。

〔注釋〕①懵（ㄇㄥˇ）：懵懂，不清楚。②牛犢子一般跟隨老牛活動，當牛犢子離開老牛找不到家門時，便會在街上「哞哞」地叫喚。

願者上鉤

姜太公釣魚*

〔釋義〕比喻心甘情願地上圈套。有時指自覺、自願地做某件事。

〔注釋〕《武王伐紂平話》故事。相傳姜太公（姜子牙）因對紂王不滿，隱居渭水河邊，常用無餌的直鉤在距水面三尺處釣魚，說：「負命者上鉤來。」

愚笨無知類

一孔之見

竹筒裡看天／針眼裡看天／顯微鏡下瞧東西

〔釋義〕比喻片面的見識。

一抹黑

煤灰刷牆壁／煤炭砌臺階

〔釋義〕比喻什麼情況都不了解。

一無所知

睡夢打更*

〔釋義〕指什麼也不知道。

〔注釋〕打更：舊時把一夜分為五更，每到一更，巡夜的人打梆子或敲鑼報時，叫打更。

一竅不通

木棍吹火／扁擔吹火／棒槌吹火／七竅①通六竅／甘蔗當火筒／擀麵杖②吹火／拐杖當吹火筒③／狗屁股塞黃豆／實心竹子吹火／豬八戒聽天書④／齉鼻子⑤吃臭肉／抱著擀麵杖當笙吹／眼瞎耳聾鼻塞嘴啞

〔釋義〕比喻一點兒也不懂。

〔注釋〕①七竅：指兩耳、兩眼、兩鼻孔和口。②擀（ㄍㄢˇ）麵杖：擀麵用的實心木棍。③吹火筒：燒柴灶時用以吹氣助燃的筒子，一般為竹製。④天書：指天上神仙寫的書或信。泛指難懂的文章。⑤齉（ㄋㄤˋ）鼻子：鼻子不通氣，說話鼻音特別重的人。

一竅（翹）不通

彎扁擔吹火

〔釋義〕同「一竅不通」。

一齣①沒有

猴子登臺／猴戴鬍子②

〔釋義〕比喻什麼都不會做。

〔注釋〕①齣：戲曲中一個獨立劇目。②戴鬍子是為了演戲，猴子戴上鬍子則一齣戲也不會演。

七竅不通

菩薩的腦袋／石獅子的腦袋／泥娃娃的腦殼*

〔釋義〕同「一竅不通」。

〔注釋〕腦殼：方言，頭。

上不了架

笨鴨子／瘸腿鴨子*

〔釋義〕比喻人無能，辦不成事。

〔注釋〕鴨子本來難上架，腿有毛病，更上不了架。

大老粗

水泥柱當頂門槓①／電線杆子拉胡琴／百斤重擔能上肩，一兩筆桿提不動②

〔釋義〕指沒有文化的人。

〔注釋〕①頂門槓：舊時夜晚多用較粗的木槓頂門，以防竊賊或壞人入內。②一兩筆桿提不動：形容不會耍筆桿子的大老粗，手握筆桿感到沉重。

小見識

老鼠看天／坐井觀天／螞蟻緣槐誇大國*

〔釋義〕指知識貧乏，見識淺。

〔注釋〕《南柯太守傳》裡的故事。見「南柯一夢」。

不入門

駱駝進羊圈／橫扛竹竿進宅

〔釋義〕指得不到門徑。

不在行

寫字出了格

〔釋義〕比喻外行。

不利索

老大爺幹活／穀糠擦屁股／黏*皮帶骨頭／九十歲老太太做飯

〔釋義〕比喻做事不俐落。

〔注釋〕黏：黏連。

不明

牛皮燈籠*

〔釋義〕比喻不知道事情的真相。有時指不明事理。

〔注釋〕燈籠一般用竹篾或鐵絲做骨架，外糊透明的紙或紗，裡面點燈，用以照明。若糊上不透明的牛皮，則無法照明。

不知長短

窩裡的蛇／筒裡掖*旗杆

〔釋義〕指做事不能掌握分寸和限度。

〔注釋〕掖（ㄧㄝˋ）：塞進。

不知深淺

螞蜗①跳塘／螞蚱②跳塘／黑夜過河／瞎子下嶺／瞎子蹚水③／瞎子染布／無邊的大海／外鄉人過河／旱鴨子④過河／臉盆扎猛子⑤／大海裡下杆子／水碗裡扎猛子／黃毛鴨子⑥下水

〔釋義〕指對某一事物不了解，不知底細。

〔注釋〕①螞蜗（ㄇㄚ ㄍㄨㄞˇ）：方言，青蛙。②螞蚱（ㄇㄚˋ ㄓㄚˋ）：方言，蝗蟲。③蹚（ㄊㄤ）水：從淺水裡走過去。④旱鴨子：陸地上養的鴨子，因沒有下過水，所以過河時不知水的深淺。⑤扎猛子：方言，游泳時頭朝下鑽進水裡。⑥黃毛鴨子：剛孵出不久的鴨子，身上有細而軟的淡黃色毛。

不知貴賤

毛驢養兒／豬八戒吃人參果①／一腳踢死個麒麟②

〔釋義〕比喻分不清事物的好壞。

〔注釋〕①《西遊記》中的豬八戒隨唐僧赴西天取經途中，在五莊觀偷吃人參果的故事。詳見「食而不知其味」。②麒麟（ㄑㄧˊ ㄌㄧㄣˊ）：古代傳說中的一種神獸，形像鹿，全身有鱗甲，有尾，頭上有角，古人以牠象徵祥瑞。

不知賣的啥藥

鐵拐李*的葫蘆

〔釋義〕比喻弄不清事實真相。

〔注釋〕鐵拐李：李鐵拐，古代神話傳說中的八仙之一，蓬首垢面，袒腹跛足，隨身背一葫蘆，神通廣大。

不知頭尾

半夜吃黃瓜／半夜裡摸通火棍

〔釋義〕指不了解事情的來龍去脈。

不能文（聞），也不能武（捂）

被窩裡放屁

〔釋義〕比喻沒有本事的人，什麼也不能做。

不懂買賣經

冬天販冰棒／大年夜*賣年畫

〔釋義〕比喻做事不知訣竅。

〔注釋〕大年夜：方言，農曆除夕之夜。

不懂（撲通）

青蛙跳井／蛤蟆跳井／石頭落水潭／青蛙跳鼓上／秤砣掉井裡

〔釋義〕比喻不明白。

不曉

半夜雞叫*

〔釋義〕指不明白。

〔注釋〕常言「晨雞報曉」，半夜雞叫，實為不曉。

不點不明

屬蠟燭的／桌上的油燈

〔釋義〕比喻不經提醒或點撥就不會明白。

不識大體

蛇吞象／盲人摸象①／老鼠咬象鼻／耗子啃羅漢②／黃鼠狼拉駱駝

〔釋義〕指不懂得有關大局的道理。

〔注釋〕①佛經寓言說，幾個瞎子摸一隻大象，摸到腿的說大象像根柱子，摸到身軀的說大象像堵牆，摸到尾巴的則說大象像條蛇，大家各執一端，爭論不休。②羅漢：佛教稱斷絕一切嗜欲，解脫了煩惱的僧人。

不識貨

指鹿為馬／蘇木①當柴燒／蘿蔔當棒槌②／楠木當柴燒／把珍珠當泥丸／檀香木③當柴燒／抓把紅土當朱砂④

〔釋義〕比喻愚昧無知，不識好壞。

〔注釋〕①蘇木：木質堅硬，木材中心呈紅色，可作顏料或做精緻的家具。②棒槌：捶打的短木棒，形略似蘿蔔。③檀香木：較貴重的木材，木質堅硬，有香氣，可製器物，也可提取藥物或香料。④朱砂：煉汞的主要礦物，紅色或棕紅色，略似紅土。可藥用，也可作顏料。

天生的粗料

苞穀秸*餵牲口

〔釋義〕比喻文化水準低，言行粗俗。

〔注釋〕苞穀秸：方言，玉米稈。

天曉得；天知道

觀音①生崽②／房梁上貼告示③

〔釋義〕表示不知道，也指難以理解或無法分辨。

〔注釋〕①觀音：即觀世音。佛教的菩薩之

一。②崽（ㄗㄞˇ）：方言，即兒子。③告示：布告，機關或團體張貼在外面通告群眾的文件。

心靈身子笨

牛犢子[①]捕家雀[②]

〔釋義〕比喻心裡想得巧，但手腳拙笨，不靈活。

〔注釋〕①牛犢（ㄉㄨˊ）子：小牛。②家雀：方言，麻雀。

文（聞）不能文（聞），武（舞）不能武（舞）

攪屎的棍棒／茅坑裡的關刀*／茅廁裡的糞勺／狗屎做的鋼鞭

〔釋義〕比喻人沒有本事，什麼都做不來。

〔注釋〕關刀：本指《三國演義》中蜀漢大將關雲長的青龍偃月刀，後泛指大刀。

木頭人

柳樹雕的娃娃

〔釋義〕比喻沒有頭腦的人。有時指痴呆、毫無表情的人。

半通不通

傷寒鼻塞[①]／蓮藕吹風／蕹菜[②]當吹火筒

〔釋義〕比喻似懂非懂。有時指對某些問題還沒完全想通。

〔注釋〕①鼻塞：因鼻腔黏膜發炎，分泌物過多而造成鼻子出氣不暢。②蕹（ㄩㄥ）菜：空心菜，一年生草本植物，莖蔓生，中空。

只見碗口大的天

蛤蟆坐井底

〔釋義〕比喻視野狹小，見識不廣。

只看一寸遠

耗子的眼睛[①]／眼睛盯[②]著鼻尖

〔釋義〕比喻目光短淺。

〔注釋〕①常言「鼠目寸光」。老鼠的眼睛小，視力弱。②盯（ㄉㄧㄥ）：注視。

外行

和尚拜堂[①]／城外擺攤／鐵匠繡花／殺豬捅屁股[②]／城外開米市／背集[③]擺攤子／海灘上開店／臘月種小麥／牙縫裡找痔（ㄓˋ）瘡／城外頭開錢莊[④]／剃頭的割耳朵／閹豬[⑤]的割耳朵／田塍[⑥]口邊栽芋頭

〔釋義〕比喻不懂得、不熟悉。

〔注釋〕①拜堂：舊式婚禮，新郎、新娘一起舉行參拜天地的儀式。也指拜天地後拜見父母、公婆。終生不娶的和尚對此是外行。②殺豬一般是用刀子捅喉部，割斷動脈血管，捅屁股是難以致命的。③背集：不舉行集市的日子。④錢莊：舊時由私人經營的以存款、放款、匯兌為業的金融商店。⑤閹（ㄧㄢ）豬：割去豬的睪丸或卵巢。⑥田塍（ㄔㄥˊ）：方言，田埂。

外行（航）

大船離港／國際商船／遠洋輪出海／輪船開向亞非拉

〔釋義〕同「外行」。

外行（黃）

秋天的苞穀粑[①]／莊稼佬[②]不識桂圓[③]

〔釋義〕同「外行」。

〔注釋〕①苞穀粑：方言，玉米麵做的餅類

食物。②莊稼佬（ㄌㄠˇ）：舊時對種莊稼的男子的蔑稱。③桂圓：龍眼，果皮黃褐色，果肉白色，味甜可食，也可入藥。

幼稚得很

說話帶奶氣／吃奶的娃娃當家

〔釋義〕指頭腦十分簡單或經驗很缺乏。

白薯[①]

地瓜去皮[②]

〔釋義〕比喻無能的人。

〔注釋〕①白薯：方言，指人在某一方面低能，技術拙劣。②地瓜：甘薯，去皮後多呈白色。

目光短淺

井底的蛤蟆／耗子的眼睛／山溝裡的田雞*／上眼皮看下眼皮／眼睛只看見鼻子尖／抬頭只見帽沿，低頭只見鞋尖

〔釋義〕比喻眼光狹窄，見識淺薄。

〔注釋〕田雞：青蛙。

吃不多，看不遠

貓兒食，耗子眼／麻雀肚子雞子眼

〔釋義〕比喻目光短淺，缺乏遠見。

有眼不識泰山[①]

狗眼看人／看見岳父不搭腔／當著老丈人唱淫曲[②]

〔釋義〕比喻淺陋無知，認不出有地位有能耐的人。

〔注釋〕①泰山：在山東泰安縣境，我國五嶽之一，為高山的代表，常用來比喻敬仰的人和重大的、有價值的事物。也是岳父的別稱。②淫（ㄧㄣˊ）曲：淫蕩的樂曲。

有眼無珠

石雕的眼睛／廟裡的佛爺*／泥球換眼睛／石菩薩的眼睛／布娃娃的眼睛

〔釋義〕比喻沒有識別事物的能力。

〔注釋〕佛爺：佛教徒對釋迦牟尼的尊稱，泛稱佛教的神。此指佛爺的塑像。

有貨倒不出；肚裡有貨倒不出

糌粑*口袋／茶壺裡煮餃子／水壺裡盛湯圓

〔釋義〕比喻有學識卻表達不出來。

〔注釋〕糌粑（ㄗㄢˊㄅㄚ）：青稞麥炒熟後磨成的麵，是藏族的主食。

死笨

四方棒槌*

〔釋義〕比喻愚笨極了。

〔注釋〕棒槌，捶打用的圓木棒，舊時多用來洗衣服。若作成四方體，則太笨重，不便使用。

呆頭呆腦

木頭雞兒／木頭腦袋／阿二[①]當差[②]／傻瓜伸腦殼

〔釋義〕形容動作和表情遲鈍。

〔注釋〕①阿二：民間傳說中的呆頭呆腦、自作聰明的人。②當差：舊時指做小官吏或當僕人。

沒見過大香火[①]

小廟裡的和尚／小廟裡的神仙／深山小廟的菩薩[②]

〔釋義〕比喻孤陋寡聞，沒見過大世面。

〔注釋〕①香火：供佛敬神時燃點的香燭和

燈火。②深山裡人煙稀少，到小廟求神拜佛的善男信女不多，不會有大的香火。

沒見過大場面

大家閨秀*不出門／戲臺後頭的鑼鼓

〔釋義〕比喻經歷淺，見識不廣。

〔注釋〕大家閨秀：指有錢有勢的大戶人家的女兒。

沒見過世面

小廟的神／小廟的菩薩／井底下的青蛙／水田裡的泥鰍／剛出生的娃娃／關在籠子裡的雞

〔釋義〕比喻經歷淺，沒見過大世面。

沒見過世（十）面

八面找九面

〔釋義〕同「沒見過世面」。

沒見過風浪

池塘裡的麻雀／深山裡的麻雀

〔釋義〕同「沒見過世面」。

沒底兒

打油的漏斗／套袖改襪子／鐵管子當油桶／鐵筒子當筲*使喚

〔釋義〕比喻心中無數，不知底細。

〔注釋〕筲（ㄕㄠ）：水桶。

沒數

向日葵的孩子*

〔釋義〕比喻心裡沒譜，不知底細。

〔注釋〕指向日葵的種子。向日葵為圓盤狀頭狀花序，每一盤上結的葵花子不計其數。

肚裡沒貨

三天沒吃飯／公雞難下蛋

〔釋義〕比喻知識貧乏，沒有真才實學。

兩不頂一

一個吹笛，一個按眼

〔釋義〕比喻人的素質很差。

兩不懂

啞巴說話聾子聽

〔釋義〕比喻雙方都不明白。

兩眼墨黑

文盲讀聖經[1]／老鼠鑽煙囪／屎殼螂哭牠媽／屎殼螂哭舅舅／睜眼瞎[2]看告示

〔釋義〕比喻對周圍的事物一無所知。

〔注釋〕①聖經：係基督教的經典，包括《舊約全書》和《新約全書》。②睜眼瞎：指不識字的人。

空頭空腦

睡覺不枕枕頭／枕著竹筒子睡覺

〔釋義〕比喻頭腦空虛，愚昧無知。

看不出火候來；不識火色[1]

木匠打鐵／呆子學鐵匠／炒栗子崩瞎眼[2]／磨刀師傅打鐵

〔釋義〕比喻不會察言觀色、見機行事。

〔注釋〕①火色：方言，火候。②炒栗子要用文火，並掌握好火候，若火勢過猛，栗子易爆裂，不小心會崩壞眼睛。

看不出道道

霧裡看指紋

〔釋義〕不了解其中的奧祕。

草包

水牛的肚子

〔釋義〕比喻沒有才能的人。

真笨

殺雞用上宰牛的勁

〔釋義〕比喻非常笨拙。

茫然[1]不懂

鴨子聽雷／驢子聽相聲／大老粗聽佛經[2]

〔釋義〕指完全不懂得是怎麼回事。

〔注釋〕①茫然：無所知的樣子。②佛經：佛教的經典。

啥事不懂；不懂事

毛丫頭*／學徒充師傅／十二三歲當家／十二歲作媳婦

〔釋義〕比喻非常無知，不通事理。

〔注釋〕毛丫頭：黃毛丫頭，對年幼女孩子的蔑稱。

眼力差

芝麻黃豆分不清／熟人對面不相識

〔釋義〕比喻不能正確觀察事物。

眼光狹窄

門縫裡看大街／吹火筒當望遠鏡

〔釋義〕比喻眼光短淺，見識不廣。

眼光短，辦法笨

蛤蟆鑽窟窿

〔釋義〕形容人拙笨，沒有見識。

笨蛋

上雞窩摔跟頭／老太太上雞窩／屎殼螂過車轍[1]／懶婆娘[2]上雞窩

〔釋義〕指蠢人。

〔注釋〕①這裡假想屎殼螂過車轍是為滾糞蛋而奔波。屎殼螂：方言，蜣螂。②婆娘：方言，泛指已婚青年婦女。

笨嘴拙舌

黃牛打噴嚏／老母豬打噴嚏

〔釋義〕比喻口才不好，不善言談。

粗細不分

棒槌當針

〔釋義〕比喻愚昧無知，不掌握事物的規律。

閉目塞聽

盲人捂耳朵／聾子瞎了眼／瞎子害耳病

〔釋義〕形容對外界事物全不了解。

無人識貨

楊志賣刀*

〔釋義〕指有價值的東西不為人們所發現或認識。

〔注釋〕楊志，《水滸傳》人物，三代將門之後，楊令公的孫子，因失陷花石崗，被太尉高俅趕出殿帥府，流落東京，生活貧困，他拿祖傳寶刀上市叫賣，但因無人識貨，久久無人問津。

無（悟）能之輩（背）

豬八戒的脊梁*

〔釋義〕比喻沒有本事的庸人。

〔注釋〕豬八戒的法號為悟能，諧音「無能」。脊梁：方言，脊背。

飯桶

水桶沒梁／沒梁的水筲[1]／罐子裡裝扁食[2]

〔釋義〕形容無用的人。

〔注釋〕①水筲（ㄕㄠ）：水桶，多用竹或

木製成，有梁，便於手提或肩挑。無梁水筲可作飯桶用。②扁食：方言，餃子。

愚（魚）人

鯉魚戴斗笠

〔釋義〕指愚蠢的人。

傻幹

二杆子①做活路②／打鐵不看火色／砍倒大樹捉鳥／給個棒槌當針使

〔釋義〕比喻蠻幹，做蠢事。

〔注釋〕①二杆子：方言，指缺少心計、做事魯莽的人。②做活路：從事勞力的工作。

裝熊

水獺*上山

〔釋義〕形容故意擺出軟弱無能的樣子。

〔注釋〕水獺（ㄊㄚˋ）：哺乳動物，尾巴長，四肢短，趾間有蹼，毛密而軟，穴居在河邊，略似狗熊。

摸不著底

木偶①下海／大海裡撈針／通天的深井②

〔釋義〕比喻摸不清底細，情況不明。

〔注釋〕①木偶：木製的人像。②這裡指狹小四合院的天井。天井的「井底」直通天上，自然摸不透底。

熊①到底了

黑瞎子②跳井／掉進陷阱③裡的狗熊

〔釋義〕比喻軟弱、愚笨極了。

〔注釋〕①熊：與「鬆」音近，方言，指怯懦、愚笨、沒出息。②黑瞎子：方言，黑熊，亦稱狗熊，哺乳動物，身體肥大，尾巴短，腳掌大，爪有鉤，會游泳，能爬樹，但動作不靈活，常用來形容愚笨。③陷阱：施以偽裝的坑穴。

熊到家了

黑瞎子叫門

〔釋義〕比喻非常懦弱，愚笨。

熊樣

能字添四點／黑瞎子打花臉①／熊瞎子②上戲臺

〔釋義〕形容人愚笨、懦弱的樣子。

〔注釋〕①花臉：淨，戲曲角色，扮演性格剛烈或粗暴的人物。②熊瞎子：方言，黑熊。

盡是白字

石灰水刷標語／石灰漿寫文章

〔釋義〕比喻文化水準低，盡寫錯別字。

廢物

玻璃棒槌／和尚的梳子／聾子的耳朵／煎過三遍的藥／打壞了的玻璃瓶

〔釋義〕比喻無用的人。

廢物點心

百斤麵蒸壽桃①／一斤霉麵做個饃②

〔釋義〕指無用的人。

〔注釋〕①壽桃：祝壽用的桃，一般用麵粉製成，也有用鮮桃的。②饃（ㄇㄛˊ）：方言，饅頭。

瞧你那笨腦瓜

熊瞎子下棋

〔釋義〕斥責人頭腦愚笨。

識（溼）字不多

螞蟻尿到書本上

〔釋義〕指文化水準不高。

蠢人蠢事

騎驢找驢／騎驢扛布袋／騎驢背磨盤*／給死豬抓癢癢

〔釋義〕指愚蠢的人盡做些蠢事、傻事。

〔注釋〕磨盤：托著磨的圓形底盤。

蠢貨

欄裡關的豬

〔釋義〕比喻人很愚笨。

鑽不進

麻繩穿針／長蟲①爬牛角／石頭上安橛子②／石板上的泥鰍

〔釋義〕比喻學習或工作不深入，沒入門。

〔注釋〕①長蟲：蛇。②橛（ㄐㄩㄝˊ）子：短木樁。

混淆是非類

一溜二抹
腳踩西瓜皮，手裡抓把泥

〔釋義〕比喻逃避爭鬥，調和矛盾。

人云亦云
鸚鵡學舌

〔釋義〕跟著別人說。形容沒有主見。

不明不白
瞎子望天窗／初二三的月亮*

〔釋義〕指態度含糊，不明朗。有時比喻無緣無故，或憑白無故。

〔注釋〕農曆每月初二、三的月亮為朔月，形如鉤，月光微弱。

不知好歹
紗絹當布賣／狗咬屙屎的／燒香砸菩薩①／猴子吃仙桃②／敬酒不吃吃罰酒／錯把洋芋③當天麻／往嘴裡抹蜜還咬指頭

〔釋義〕比喻不明事理，分不清好壞。

〔注釋〕①燒香是表示對菩薩的虔誠，反過來又砸菩薩，實為不知好歹。②仙桃：蟠桃。③洋芋：馬鈴薯，塊莖肥大，形似天麻。

不知香臭；聞不著香臭
廁所裡放屁／舔腚①的料子②／爛鼻子③聞豬頭／捏著鼻子過日子／躺在糞堆上睡覺

〔釋義〕比喻不知好歹，不辨是非。

〔注釋〕①舔腚（ㄉㄧㄥˋ）：方言，舔臀部。②料子：貨色。③爛鼻子：鼻子生瘡的人。

不知黑白
隔山買羊／麻袋裡裝豬／隔布袋買貓

〔釋義〕比喻不了解底細，不知好歹。

不認識好壞人
二郎爺的狗①／唐僧②的眼睛

〔釋義〕比喻分辨不出好人和壞人。

〔注釋〕①二郎爺即二郎神，傳說二郎神的狗名叫「天狗」，凶猛異常，每隨主人出戰，不論對方是好人、壞人，一概狂咬。②唐僧：《西遊記》中人物，是一個仁愛慈善，迂腐懦弱的佛教徒，他常常不辨是非，錯把妖魔當好人，在赴西天取經途中，屢上圈套，險些喪生。

不辨真假
戲臺上打架／紅苕當天麻*／千年的老古董／見到鬍子就是爺

〔釋義〕比喻分不清真的和假的。

〔注釋〕紅苕和天麻都是肉質塊莖，形狀略

相似。紅苕：方言，甘薯。

不識好人心

狗咬呂洞賓*

〔釋義〕比喻把好心誤認為是惡意。

〔注釋〕呂洞賓：神話傳說中八仙之一，又名呂祖。唐京兆人，曾中進士，任縣令，後歸家終南山得道。傳說他成仙之後，好濟世救人。

不識真面目

大霧籠罩山腰／雲海裡觀山景

〔釋義〕指不了解真相。

分不清青紅皂白

色盲看圖紙／茄子炒南瓜／顏料店的抹布

〔釋義〕比喻認識模糊，不辨是非曲直。

左右搖擺；搖擺不定

風吹燈籠／風吹楊柳／拐子*行路／鴨子走路／不倒翁坐車／空中踩鋼絲／腳踩兩隻船／小腳女人走路／秋風中的羽毛

〔釋義〕比喻立場不穩，思想動搖。

〔注釋〕拐子：腿腳瘸的人。

甘受引誘

張天師*被女鬼迷住

〔釋義〕比喻心甘情願被人勾引。

〔注釋〕張天師：東漢末年，張道陵創立道教，後世道教徒奉他為「天師」，俗稱「張天師」。傳說他能施展法術，降鬼捉妖。

立場不穩

陀螺①屁股／柳樹出身／跛子②上臺／腳踩棒槌③／老太太站崗／腳踏擀麵杖④／爛泥巴掉牆角

〔釋義〕比喻思想動搖，猶豫不定。

〔注釋〕①陀螺（ㄊㄨㄛˊ ㄌㄨㄛˊ）：形狀略似海螺的玩具，下端有鐵尖，用繩抽可以直立旋轉，但停放不穩。②跛子：腿或腳有毛病，走起路來搖擺不穩。③棒槌：捶打用的木棒，圓而光滑。④擀（ㄍㄢˇ）麵杖：擀麵用的木棍。

各打五十大板

昏官斷案*

〔釋義〕比喻不分是非曲直，一律對待。

〔注釋〕昏官由於昏庸無能，在審判案件時往往不分青紅皂白，原告和被告各打五十大板了事。

同流①合汙

髒水倒陰溝②／馬桶倒進臭水溝／兩條下水道見面／兩股髒水匯一起

〔釋義〕指與不好的風俗、世道混同。泛指和壞人一起做壞事。

〔注釋〕①流：流俗，不好的風俗。②陰溝：地下的排水溝。

好壞不分；不分好壞

狗吃豬屎／穀子稗子①堆一垛②／一把白糖一把沙

〔釋義〕指分不清好的和壞的。有時指獎罰不明。

〔注釋〕①稗（ㄅㄞˋ）子：一年生草本植物，葉子像稻，果實像黍米，雜生於稻田中。②垛（ㄉㄨㄛˋ）：整齊地堆成的堆。

沒有主心骨

雨傘抽了柄*

〔釋義〕比喻缺乏主見。有時指做事沒有依靠，心裡發虛。

〔注釋〕雨傘的骨架由傘骨和柄組成，抽去傘柄，雨傘失去主心骨就會散架。

含含糊糊；含糊其辭

舌頭打架／舌頭打滾／大舌頭①演講／豁牙子②說話

〔釋義〕形容態度不明朗。有時比喻話說得含糊不清。

〔注釋〕①大舌頭：舌頭不靈活，說話吐詞不清的人。②豁（ㄏㄨㄛ）牙子：脣裂的人。

兩不分明

騎馬放屁／石灰拌白糖

〔釋義〕指雙方的認識和觀點都不明朗。

兩邊倒

風吹牆頭草／牆頭上一棵草

〔釋義〕比喻動搖不定，看風使舵。

兩邊滾

房頂上的冬瓜／屋脊上放西瓜／瓦背上的胡椒子

〔釋義〕比喻立場不穩，容易動搖。

兩邊擺

貨郎鼓*／水中的葫蘆／娃娃盪鞦韆／黃牛的尾巴／小姑娘的辮子

〔釋義〕比喻態度不明朗，猶豫不決。

〔注釋〕走鄉串戶流動販賣日用品的貨郎用的手搖小鼓。

和事佬

和稀泥，抹光牆

〔釋義〕指毫無原則地進行調解的人。

泥沙俱下

大河裡漲大水／沙土岡子發洪水

〔釋義〕比喻好壞混雜在一起。

看不透

木頭眼鏡／五尺深的渾水潭

〔釋義〕比喻不能透徹地了解和認識事物的本質。

紅白不分

瞎子吃西瓜／沒切開的西瓜／胡蘿蔔煮豆腐

〔釋義〕比喻混淆黑白，是非不清。

是非不清

屬唐僧*的

〔釋義〕指混淆黑白，不辨好壞。

〔注釋〕唐僧：《西遊記》中的人物，赴西天取經途中，常心慈手軟，是非不分，屢中妖怪圈套，險些喪生。

香臭不分；香臭難分

馬桶裡倒香水／廁所裡灑香水／屎殼螂掉油缸／拿狗屎當麻花①／檀香木②蓋茅坑③／茅廁裡栽桂花樹④／茅房裡放玫瑰花／桂花樹旁修廁所

〔釋義〕比喻善惡不分，不辨是非。

〔注釋〕①麻花：把兩三股條狀的麵擰在一起，用油炸熟的食品。②檀香木：木質堅硬而有香味的貴重木材。③茅坑：廁所裡的糞坑。④桂花樹：木樨樹，花小，白色或暗黃色，有特殊的香氣。

迷（彌）了眼

豆腐渣炒藕片

〔釋義〕比喻受到迷惑，對事物分辨不清。

混淆黑白；黑白不分

石灰攙墨／湯圓掉煤堆／豬血煮豆腐／牛奶裡倒墨汁／和賣炭的親嘴／屎殼螂掉麵缸／石灰木炭一把抓／石灰倒在煤場裡／煤粉石灰攙一起

〔釋義〕比喻是非不分，黑白顛倒。

唯唯諾諾

王爺①的奴才／奴才見主子②／剛過門的媳婦見公婆

〔釋義〕形容一味順從附和，不敢有異議。

〔注釋〕①王爺：封建社會尊稱有王爵封號的人。②主子：舊時奴僕稱主人。

善惡不分

東郭先生*救狼／把妖精當成菩薩／跪在老虎面前喊恩人

〔釋義〕比喻好壞不分。

〔注釋〕東郭先生：係《中山狼傳》中的人物。因救助被人追逐的中山狼，幾乎被狼吃掉。

禁不住拉

草繩子拔河

〔釋義〕比喻易被別人的引誘或拉攏所動。

睜隻眼，閉隻眼

木匠吊線①／打鳥政策②／一隻眼看報／打靶瞇眼睛／鳥槍打兔子／夜貓子③睡覺／屬大肚羅漢④的／大肚子羅漢戲觀音⑤

〔釋義〕比喻視而不見，姑息遷就。

〔注釋〕①木匠用墨斗吊線時，往往閉上一隻眼，用一隻眼看。②指用鳥槍打鳥的方法、措施，即利用眼睛、瞄準器、獵物三點成一線的原理，用一隻眼瞄準。③夜貓子：即貓頭鷹，睡覺時常常睜一隻眼，閉一隻眼。④羅漢：佛教稱斷絕一切嗜欲，解脫了煩惱的僧人。人們將其塑造成瞇眼含笑的形象。⑤觀音：觀世音，佛教的菩薩之一。

搖搖擺擺

葫蘆落塘／井臺上的轆轤①／扳不倒②坐馬車／扳不倒掉在水缸裡

〔釋義〕形容人的立場不堅定。

〔注釋〕①轆轤（ㄌㄨˋ ㄌㄨˊ）：利用輪軸原理製成的一種起重工具，通常安在井上汲水，轉動時搖搖擺擺。②扳不倒：不倒翁。

愛聽讒言

豆腐耳朵／棉花耳朵

〔釋義〕比喻喜歡聽信誹謗或挑撥離間的話。

滾來滾去

荷葉上的露珠／腳踩彈花槌*

〔釋義〕比喻反來覆去，左右搖擺，做事無主見。

〔注釋〕彈花槌：用彈花弓彈棉花時用的木槌，兩頭粗中間細。

認賊作父

拉著土匪叫爹／見了強盜喊爸爸

〔釋義〕比喻賣身投靠。

敵我不分

唐僧碰見白骨精*

〔釋義〕比喻分不清敵友。

〔注釋〕《西遊記》中的故事。唐僧取經路過白虎嶺，遇由白骨化作的女妖白骨精。白骨精生了一計又一計騙吃唐僧肉，唐僧心慈手軟，敵我不分，險些喪命。

模糊不清；看不清

霧中鮮花／毛玻璃[①]眼鏡／煙霧裡賞花／陰雨天觀景致[②]

〔釋義〕比喻是非混淆，真相不明。

〔注釋〕①毛玻璃：磨砂玻璃，表面粗糙，半透明。②景致：風景。

隨人說話

矮子看戲／八哥*的嘴巴

〔釋義〕形容隨聲附和。

〔注釋〕八哥：也叫鴝鵒（ㄑㄩˊ ㄩˋ），能模仿人說話的某些聲音。

隨大流[①]

鴨子過河／江裡的木偶[②]／春汛[③]的魚蝦／站在河邊撒尿／黃河裡的尿泡／戴孝帽[④]進靈棚[⑤]／正月十五趕廟會[⑥]

〔釋義〕比喻缺乏主見，跟著大多數人說話或行事。

〔注釋〕①大流：河心速度大的水流。②木偶：木頭做的人像。③春汛（ㄒㄩㄣˋ）：桃花汛，桃花盛開時發生的洪水暴漲。④孝帽：舊俗死了尊者而戴的白色布帽。⑤靈棚：停放靈柩、放骨灰或設置遺像靈位，供人弔唁的臨時棚子。⑥廟會：設立在寺廟或附近的集市，在節日裡或規定的日子舉行。

隨波逐流

河裡發水／失舵[①]的小舟／輪船上潑水／密封船下水／發大水放竹排[②]／樹葉落到河裡頭／屎殼螂掉進陰溝裡

〔釋義〕比喻沒有主見，隨大流。

〔注釋〕①失舵（ㄉㄨㄛˋ）：指方向失去控制。②竹排：成排結起放在江河漂流的竹子。

隨風擺

水裡的浮萍*／池塘裡的荷葉／颳風天掛旗子

〔釋義〕比喻隨機應變，附和潮流。

〔注釋〕浮萍：一年生草本植物，浮生在河渠或池塘中，葉子扁平，常隨風在水面上擺動。

隨風轉

風車腦袋*

〔釋義〕同「隨風擺」。

〔注釋〕風車是利用風作動力的機械。由帶有風篷的風輪、支架及轉動裝置等構成。風車腦袋，指可隨風轉動的風輪。

隨聲附和

瞎子叫好／瞎子跟著笑／唱戲的演雙簧*

〔釋義〕別人說什麼就跟著說什麼。比喻沒有主見。

〔注釋〕雙簧（ㄏㄨㄤˊ）：曲藝的一種。一人表演動作，一人藏在後面或說或唱，互相配合。

禪心①不穩

豬八戒西天拜佛②

〔釋義〕比喻缺乏意志，一遇挫折便灰心喪氣，思想動搖。

〔注釋〕①禪心：佛教徒虔誠的信仰。②《西遊記》中說，豬八戒隨唐僧赴西天取經途中，每遇困境或與孫悟空發生爭執時，便思想動搖，嚷著散夥，要回高家莊與媳婦團圓。

轉了向

磨子①上睡覺／江心斷了帆桅②

〔釋義〕轉變方向。多比喻改變立場。

〔注釋〕①磨子：指石磨，通常由兩扇圓石盤組成，人推或牲口拉使其轉動。②帆桅：船上掛帆的杆。

顛倒黑白

照相的底片*／羊頭安在豬身上

〔釋義〕比喻蓄意歪曲事實，混淆是非。

〔注釋〕底片：拍攝過的膠片，物象的黑白明暗和實物相反。

難斷是非；不知誰是誰非

兩個啞巴吵架／夫妻吵架家不和／公說公有理，婆說婆有理

〔釋義〕比喻分不清是非曲直。

觀點不明

瞎子看書／瞎子看鐘

〔釋義〕指對事物的看法模糊，態度不明朗。

膽怯軟弱類

又愛又怕
囡囡①看雜技／小娃娃放爆竹／小狗崽銜熱油粑②

〔釋義〕又喜歡又害怕。

〔注釋〕①囡（ㄋㄢ）囡：方言，對小孩的親熱稱呼。②油粑（ㄅㄚ）：方言，即油餅。

大驚小怪
螢火蟲當月亮／見了蚊子就拔劍／牛鼻子裡爬小蟹／爺倆①看見馬打架／錯把駝峰②當背腫／踩著麻繩當毒蛇

〔釋義〕形容過分驚慌或詫異。

〔注釋〕①爺倆：爺兒兩個。②駝峰：駱駝背部隆起像山峰狀的部分。

小手小腳
初生的娃娃／黃鼠狼泥牆①／黃鼠狼過泥塘／醬油碟當盤子端②／玩具店裡的洋娃娃

〔釋義〕形容不敢放開手腳做事。

〔注釋〕①泥（ㄋㄧˋ）牆：用土、灰等塗抹牆壁。②碟子要比盤子小，把碟子當盤子端，說明手很小。

小心過度（渡）
捂著屁股過河／手捧雞蛋過河／扛著救生圈過河

〔釋義〕比喻謹小慎微，過分小心。

不寒而慄①
三伏天發抖／炎夏天打冷顫／躲在暖房②的小偷

〔釋義〕比喻非常害怕。

〔注釋〕①慄（ㄌㄧˋ）：發抖，哆嗦。②暖房：方言，溫室。

不敢（趕）
車把勢*扔鞭子

〔釋義〕比喻沒有勇氣或膽量。

〔注釋〕車把勢：精通趕車技術的人。

心有餘悸①
驚弓之鳥②／一朝被蛇咬，三年怕井繩

〔釋義〕比喻事情雖然過去，但恐懼感猶在。

〔注釋〕①悸（ㄐㄧˋ）：心跳，害怕。②被弓箭嚇怕了的鳥。

心軟
胸口揣棉花

〔釋義〕指易生憐憫或同情之心。

心裡直撲騰

剛過門[1]的媳婦／小媳婦[2]見了惡婆婆

〔釋義〕比喻擔驚受怕，心神不寧。

〔注釋〕①過門：女子出嫁到婆家。②小媳婦：剛出嫁的年輕女子。

心裡虛

屬竹子的／出鬚的蘿蔔[1]／春天的蘿蔔／大吼大叫的驢／泡桐樹[2]鋸跳板／竹筒子裡塞棉花／從胸膛裡掏走了五臟[3]

〔釋義〕比喻心裡沒底，不踏實。

〔注釋〕①蘿蔔出鬚後，裡面逐漸失去水分而變空。②泡桐樹：落葉喬木，生長迅速，成材快，但因木質鬆軟，不宜作跳板、梁柱等。③五臟：指心、肝、脾、肺、腎五種器官。

心膽俱裂

手榴彈爆炸／胸口安雷管*

〔釋義〕形容極度驚恐的樣子。

〔注釋〕雷管：指彈藥、炸藥包的引火裝置，易爆。

多加一分小心

走路看腳印／放屁捂屁股／捂著錢包捉賊／樹葉掉下來捂腦袋

〔釋義〕指過分小心謹慎。

耳朵軟

母豬耳朵／棉花耳朵

〔釋義〕指愛受別人擺弄。

全身都酥了

油炸麻花／螳螂落油鍋

〔釋義〕比喻害怕得失魂落魄。

吃硬不吃軟

不挨皮鞭挨磚頭

〔釋義〕比喻好說不行，硬來倒能解決問題。

肉頭[1]到家了

壽星佬[2]敲門

〔釋義〕比喻非常軟弱無能，或傻極了。

〔注釋〕①肉頭：方言，軟弱無能、傻。②壽星佬：老人星，民間常把它塑造成老人的樣子，前額突出，高而隆起，像個大肉瘤。

舌頭短一截

唐三藏*撞見牛魔王

〔釋義〕比喻因恐懼而張口咋舌。

〔注釋〕唐三藏：即唐僧，《西遊記》中的人物。他去西天取經途中屢受白骨精、牛魔王等妖魔鬼怪的愚弄，顯得懦弱無能。

伸伸縮縮；伸一下，縮一下

蚯蚓走路／烏龜的腦殼

〔釋義〕比喻猶豫不決，縮手縮腳。

低聲下氣

井裡吹喇叭／床底下吹號／鑽在水道眼裡嘆息

〔釋義〕形容恭順小心，忍受屈辱的樣子。

吞吞吐吐

老牛吃草[1]／葫蘆落水／鯉魚喝水／長蟲[2]吃雞蛋／鴨子吃鱔魚[3]／水缸裡的葫蘆／娃娃吃泡泡糖／含著骨頭露著肉

〔釋義〕形容說話有顧慮，想說又不想說的樣子。

〔注釋〕①牛是反芻動物，吃草時先把草粗

嚼後嚥至瘤胃和蜂巢胃，然後再回到嘴裡咀嚼。②長蟲：蛇。③鱔（ㄕㄢˋ）魚：黃鱔。

忍了

心字頭上一把刀

〔釋義〕比喻懦弱、忍耐，委曲求全。

扶不起的天子

劉阿斗*

〔釋義〕比喻懦弱無能，無法使其振作的人。

〔注釋〕三國蜀漢後主劉禪，昏庸無能，把蜀漢江山雙手捧送魏國。晉王司馬昭封阿斗為安樂公。

沒人敢（趕）；誰敢（趕）

老虎拉車／老虎駕轅

〔釋義〕沒有人敢於做某件事。

沒有膽

蘸水鋼筆

〔釋義〕指缺乏膽量。

沒骨氣

斷了脊梁骨的癩皮狗

〔釋義〕指缺乏氣節。

見了什麼都怕

膽小鬼的眼睛

〔釋義〕比喻膽小怕事。

兩面怕；兩擔怕

狗攆狼／狗咬刺蝟／爛柴打狗／麻秸打狼*／高粱稈打狼

〔釋義〕形容彼此都有畏懼心理。有時比喻怕這怕那，顧慮重重。

〔注釋〕麻秸是麻類植物的莖，質地很脆，狼見麻秸誤為棍棒而畏懼；人知道麻秸無用，恐被狼傷，因而彼此都有畏懼心理。

直不起腰；伸不起腰

床底下打拳／床底下拜年／蚯蚓翻跟頭／石板底下的苦筍／罈子裡的豆芽菜

〔釋義〕比喻理虧心虛，腰桿不硬。

直打顫

小毛驢馱磨盤

〔釋義〕指因力不能支而發抖。

怎敢不低頭

人在矮簷下

〔釋義〕形容人不得志時，只好忍氣吞聲。

張口咋舌

舌頭上抹膠／喉嚨裡灌鉛／雞骨頭卡在喉嚨眼裡

〔釋義〕比喻由於緊張而說不出話來。

望而生畏

山羊見了老虎皮／小鬼①看見鍾馗②像

〔釋義〕形容使人一見就怕。

〔注釋〕①小鬼：指神鬼的差役。②鍾馗（ㄎㄨㄟˊ）：民間傳說中專捉鬼怪的神。舊時民間有懸掛鍾馗像以驅除邪惡的風俗。

軟了下來；硬不起來

下了鍋的麵條／皮球上扎一刀／豆漿裡的油條

〔釋義〕比喻軟弱無力。

軟胎子

西瓜門墩*／新棉花網被絮

〔釋義〕指軟弱怕事的無能之輩。

〔注釋〕門墩：托住門扇轉軸的墩子，一般用木頭或石頭製成。

軟弱無力

燈草打人／茅草棍打狗／稻草稈打人

〔釋義〕比喻缺乏力氣或不堅強。

軟骨頭

母豬的耳朵／螞蟥*的身子／黃鼠狼的脊梁／熟芭蕉捏的

〔釋義〕比喻沒有氣節的人。

〔注釋〕螞蟥（ㄇㄚˇ ㄏㄨㄤˊ）：水蛭。

軟貨

稀泥蛋子／糯米糍粑[1]／火裡烤糌粑[2]／爛柿子上船／豆腐店的買賣

〔釋義〕指膽小怕事、缺乏氣節的人。

〔注釋〕①糍粑（ㄘˊ ㄅㄚ）：把糯米蒸熟搗碎後做成的一種食品。②糌粑（ㄗㄢˊ ㄅㄚ）：青稞麥炒熟後磨成的麵。

軟癱了；軟作一堆

油條泡湯／泥菩薩洗澡／爛柿子落地／土地佬[1]下池塘／出鍋的熱糍粑／過了勁的發麵[2]／泥娃娃遭雨淋

〔釋義〕比喻因驚恐而渾身癱軟。

〔注釋〕①土地佬：即土地爺，其像多為泥塑。②發麵：發酵後的麵糰。麵發酵時間過長，則軟得難以收拾。

喪膽

暖水瓶爆裂

〔釋義〕形容非常恐懼。

惴惴[1]不安；忐忑[2]不安

懷揣兔子／膽小鬼偷東西／找不到窩的螞蟻／屁股坐在針氈上

〔釋義〕形容因害怕或擔心而深感不安的樣子。

〔注釋〕①惴惴（ㄓㄨㄟˋ）：發愁、恐懼的樣子。②忐忑（ㄊㄢˇ ㄊㄜˋ）：心神不定。

提心弔膽

攆山驚了虎／瞎子過索道[1]／大街上提雜碎[2]／門背後掛死人／膽小鬼走夜路／下雪天過獨木橋／端著雞蛋走冰路

〔釋義〕形容擔心、害怕。

〔注釋〕①索道：用鋼索在兩地之間架設的空中通道。②雜碎：泛指牛、羊、豬等的內臟。

渾身打哆嗦

黃鼠狼抽了筋／長蟲吃了煙袋油／剪了毛的山羊遭雨淋

〔釋義〕形容膽戰心驚的樣子。

渾身酥軟

毒蛇見硫磺／耗子見了貓

〔釋義〕形容因驚恐而嚇得渾身發軟。

無處藏身；無地容身

旱地的烏龜／河邊放岩炮[1]／石板上的泥鰍／平壩頭[2]躲壯丁[3]／操場上捉迷藏／老鼠碰到火燒山／癩痢頭[4]上的蝨子

〔釋義〕沒有地方讓自己藏身。比喻惶恐或羞愧極了。

〔注釋〕①指在河兩邊的山岩上放炮炸石。②平壩頭：方言。指平地、平原。③躲壯丁：舊時官府常差人到鄉間抓壯丁去當兵或服勞役，青壯年男子為逃避被抓，常常躲起來。壯丁：指青壯年男子。④瘌痢（ㄌㄚˋㄌㄧˋ）頭：方言，長黃癬的腦袋。

給自己壯膽

過墳場吹口哨／夜行人吹哨子

〔釋義〕指自造聲勢以壯膽量。

虛驚一場

做夢跳井／做夢碰見狼／打響雷，不下雨／夢裡失火喊救命／耗子偷油喊捉賊／做夢被老虎咬傷

〔釋義〕比喻不必要的驚慌。

禁不住兩頭壓

蟲蛀的扁擔

〔釋義〕比喻不堅定，禁受不住外界的壓力。

禁不住推，也擱不住拉

秫秸稈[1]當門閂[2]

〔釋義〕指軟弱怕事，沒有志氣。

〔注釋〕①秫秸（ㄕㄨˊ ㄐㄧㄝ）稈：去掉穗的高粱稈。②門閂（ㄕㄨㄢ）：門關上後，插在門內使推不開的棍。

禁不起風雨

屬蒲公英*的／屋簷下的麻雀／溫室裡的花朵

〔釋義〕比喻軟弱，禁受不了風吹雨打。

〔注釋〕蒲公英：多年生草本植物，花黃色，排列成頭狀花序，結瘦果，有白色軟毛。

禁不起搖擺

狗尾巴上的水珠

〔釋義〕比喻受不了折騰和反覆。

禁不起摔打

豆腐身子／鞭梢上的蛤蟆／螞蚱爬在鞭梢上

〔釋義〕比喻禁受不住折騰或打擊。

禁不起敲打

玻璃做鼓／屬玻璃的／紙糊的大鼓

〔釋義〕比喻力量薄弱，禁受不了打擊。

腰桿子不硬

稻草人跌跤／打斷脊梁骨的癩皮狗

〔釋義〕比喻軟弱無力，縮手縮腳。有時指人沒有靠山。

躲躲閃閃

窮債戶過年

〔釋義〕比喻遇事膽怯，掩飾迴避矛盾。

窩脖貨

口袋裡裝王八

〔釋義〕指軟弱無能、非常窩囊的人。

窩囊[1]一輩子

老太太的金蓮[2]／老太婆的腳趾頭／老婆婆的破包袱

〔釋義〕比喻一貫懦弱無能，膽小怕事。

〔注釋〕①窩囊（ㄨㄛ ˙ㄋㄤ）：無能，怯懦。②金蓮：舊時纏足婦女的腳。

窩囊肺

褲兜裡裝五臟*

〔釋義〕形容怯懦、無能的人。

〔注釋〕肺是五臟之一，裝在褲袋裡實屬窩囊之舉，故喻為「窩囊肺」。

戰戰兢兢；膽戰心驚

鷂鷹①叮雞／薄冰上邁步／雞窩裡的蚱蜢②／穿木屐③上高牆／雞婆遇到黃鼠狼／綿羊走到狼群裡

〔釋義〕形容因害怕而發抖的樣子。

〔注釋〕①鷂（ㄧㄠˋ）鷹：雀鷹，比鷹小的猛禽，善捕小雞。②蚱蜢（ㄓㄚˋ ㄇㄥˇ）：形似蝗蟲的昆蟲。③木屐：木板拖鞋。

嚇人一跳

打呼嚕聽見放炮

〔釋義〕指使人感到害怕。

嚇（下）熊了

黑瞎子①坐月子②

〔釋義〕比喻膽小害怕。

〔注釋〕①黑瞎子：方言，即狗熊。②坐月子：指生孩子和產後一個月裡調養身體。說狗熊坐月子是把動物擬人化。

嚇死人

老虎進棺材／棺材裡打銃①／棺材上畫老虎／棺材頭上放炮仗②

〔釋義〕比喻使人驚怕到了極點。

〔注釋〕①銃（ㄔㄨㄥˋ）：舊式火槍。②炮仗：爆竹。

嚇（下）死人

生了個孩子沒有氣

〔釋義〕同「嚇死人」。

嚇破了膽

老鼠見了貓／網套裡的麂子①／槍頭上的雀兒／炮臺上的老鴰／鐘樓②上的麻雀

〔釋義〕比喻失魂落魄，非常恐懼。

〔注釋〕①麂（ㄐㄧˇ）子：小型的鹿，腿細而有力，善跳。②鐘樓：舊時城市中設置大鐘的樓，樓內按時敲鐘報時。

嚇（黑）人一跳

包公打飛腳①／煤黑子②打飛腳

〔釋義〕指對人進行恫嚇，使人受驚。

〔注釋〕①打飛腳：跳起來作踢腳動作。②煤黑子：舊時對煤礦工人的蔑稱。

縮頭縮腦

屬烏龜的／上市的烏龜／烏龜看青天／烏龜遭牛踩／烏龜遭棒打／王八上岸遇雹子

〔釋義〕比喻做事不大膽，縮手縮腳。

膽子小

屬老鼠的／屬兔子的／受驚的麻雀

〔釋義〕指膽量很小。

膽小如鼠

聽見貓叫身子抖

〔釋義〕形容膽量很小。

膽小鬼

樹葉掉下來怕打破頭

〔釋義〕指膽量很小的人。

謹小慎微

數著步子走／林黛玉進賈府*

〔釋義〕比喻過於小心謹慎。

〔注釋〕林黛玉是《紅樓夢》中的主要人物之一。她出身於「清貴之家」，從小聰慧而任性。因父母亡故而進賈府後，處於孤苦伶仃的境地，過著寄人籬下的生活，形成了多愁善感、抑鬱猜疑的性格，處處謹小慎微。

頑固守舊類

一成不變

三十三顆蕎麥*九十九道棱

〔釋義〕指一經形成，永不改變。

〔注釋〕蕎（ㄑㄧㄠˊ）麥：一種糧食作物，瘦果呈三角形，每顆有三道棱。

一貫到底

過河卒子做生意

〔釋義〕比喻始終是老一套，無新花樣。

又臭又硬

石頭落糞坑／秤砣掉糞坑／墳頭上的狗屎／茅坑裡的石頭／屎坑裡的磚頭／廁所裡的鵝卵石

〔釋義〕比喻名聲不好，態度頑固。

不知春秋

久居監獄／六月的斑鳩／冬天搖蒲扇／穿棉衣打扇／穿冬衣戴夏帽／穿汗衫戴棉帽／籠子裡的斑鳩／臘月裡賣鐮刀①／刺笆林②裡的斑鳩

〔釋義〕比喻不識時務。

〔注釋〕①鐮刀多在春秋收割莊稼用，臘月賣鐮刀不合時宜。②刺笆（ㄅㄚ）林：長滿刺像籬笆一樣的小樹林。

不進油鹽；油鹽不進

石子下菜鍋／鐵丸子打湯*／鐵鍋炒石頭／隔年的黃豆／醬菜缸裡的秤砣／炒菜鍋裡的四季豆／帶殼的核桃鍋裡炒

〔釋義〕比喻聽不進勸告或不通情達理。

〔注釋〕打湯：做湯。

不開竅

洋灰①腦殼／榆木疙瘩／上鏽的鐵鎖／心眼裡灌鉛／石頭打的鎖／石頭腦瓜子／石獅子的鼻子／石磙子②腦袋／肚皮裡橫門閂

〔釋義〕比喻思想頑固，打不開思路。

〔注釋〕①洋灰：水泥。②石磙（ㄍㄨㄣˇ）子：石製圓柱形農具，多用來軋穀物或平場地。

不碰不回頭

瞎子奔南牆

〔釋義〕比喻固執，不碰釘子不悔悟。

不識時務

六月戴棉帽／冬天賣涼粉／過年借禮帽／臘月買紙扇／暑天借扇子／三伏天穿皮襖／大年初一借袍子①／過了黃梅②販蓑衣③／爛了的番茄滿街送

〔釋義〕比喻不認識當前形勢，不合時代潮

流。

〔注釋〕①袍子：中式的長衣。②黃梅：黃梅季，春末夏初梅子黃熟的一段時期。這段時期中國南方長江中下游一帶常連續下雨。③蓑（ㄙㄨㄛ）衣：用草或棕製成的披在身上的防雨用具。

充耳不聞

聾子打鈴／聾子放鞭炮／聾子戴耳機

〔釋義〕形容存心不聽別人的話。

本性難改；本性難移

狗叼骨頭／偷嘴的貓兒／狗走千里吃屎／狼行千里吃肉／潘金蓮偷漢子①／生薑脫不了辣氣／給狗戴上人面具②／狼崽③送到羊窩裡／吃屎狗難斷吃屎路／豹子臨死還想撲人

〔釋義〕比喻壞品行很難改變。

〔注釋〕①潘金蓮，《水滸傳》中人物，武大郎之妻，是個不守婦道的淫蕩婦女。她見武大郎身材短矮，面目醜陋，不會風流，自嘆命薄，暗地裡愛偷漢子，惹得清河縣一班奸詐的浮浪子弟常去調戲糾纏。②面具：假面具。仿照人物臉形製成的紙殼，現多用做玩具。③崽（ㄗㄞˇ）：方言，幼小動物。

生吞活剝

大蟒吃活豬

〔釋義〕比喻生硬地抄襲、模仿。

生搬硬套

鄭人買履①／馬籠頭②給牛戴

〔釋義〕指脫離實際，生硬地搬用別人的經驗，照抄別人的辦法。

〔注釋〕①《韓非子・外儲說左上》中講的鄭人上市買鞋，不信其腳，返家取鞋樣的故事。鄭：春秋時諸侯國名。履：鞋。②馬籠頭：套在馬頭上用來繫韁繩的東西。

光看過去的好

九斤老太*的眼光

〔釋義〕比喻懷舊，認為今不如昔。

〔注釋〕九斤老太：魯迅小說《風波》中的人物。她厭世嫉俗，對現實不滿，總認為過去的好。「一代不如一代」是她的口頭禪。

全盤照搬

依樣畫葫蘆／依著葫蘆畫瓢

〔釋義〕比喻按照現成的樣子模仿照抄。

吃老本*

老鼠鑽書箱／秏子進書房／古書堆裡的蛀蟲／秏子鑽進古書堆

〔釋義〕比喻單憑過去的功勞和成績混日子。

〔注釋〕老本：原指最初做生意的本錢。引申為把過去的功勞、成績當作資本。

因循守舊

穿新鞋走老路

〔釋義〕指按老一套做事，不求革新。

回頭難；難回頭

長蟲吞筷子／長蟲鑽竹筒／小巷子裡跑馬／木桶裡扎猛子*／水溝裡放木排／扛竹竿進小巷／騎馬過獨木橋／碼頭工人扛麻

包

〔釋義〕比喻難於悔悟。

〔注釋〕扎猛子：方言，游泳時頭朝下鑽到水裡。

多一步不走

炕頭前下轎

〔釋義〕比喻墨守成規，不肯大步前進。

多餘的框框*

窗外有窗／瞎子戴眼鏡

〔釋義〕指不必要的清規戒律。

〔注釋〕框框（ㄎㄨㄤ ˙ㄎㄨㄤ）：這裡指固有的格式，或傳統的做法，原意指框子。

年年都一樣

花開花落／秋去冬來／大年初一吃餃子／大年初一沒月光／正月十五打燈籠

〔釋義〕比喻老一套，沒有變化。

曲性在

蛇入筒中

〔釋義〕比喻本性難移。

死不回頭

卒子過河*／一條犁溝走到底／耗子鑽進竹筒

〔釋義〕比喻固執己見，至死轉不過彎子。

〔注釋〕下象棋時，卒子過了河界，只能向前或橫走，但不能往回走。

死不開口

暑天的瘟豬

〔釋義〕指做了壞事，至死不肯承認。

死不開竅

豬腦殼*

〔釋義〕比喻思想僵化，始終搞不通。

〔注釋〕豬是愚笨的象徵，人們常用「笨豬」或「蠢豬」來諷刺蠢笨的人。豬腦殼：方言，豬頭。

死心眼

石頭人／爛泥菩薩／大姑娘討飯／一條道走到黑／拔了塞子不淌水

〔釋義〕比喻固執，遇事想不開。

死心塌地

隔牆扔五臟／隔牆撂*肝腸

〔釋義〕形容主意已定，絕不改變。有時指頑固透頂。

〔注釋〕撂（ㄌㄧㄠˋ）：拋。

死頂；死撐

烏龜抬轎子／烏龜墊床腳／冬天的臘鴨*／蛤蟆墊桌腿／撐歪牆的木頭

〔釋義〕比喻態度生硬，思想固執。

〔注釋〕臘鴨：醃製的鴨子。

死硬

擂槌*鏟鍋巴／鏟不掉的鍋巴／榆木疙瘩腦袋／泥鰍喝了石灰水

〔釋義〕比喻思想頑固而執拗。有時指待人處事呆板生硬，不靈活。

〔注釋〕擂（ㄌㄟˊ）槌：研磨用的槌子，圓柱形，多為木製。

老一套

和尚念經／和尚打光光①／和尚打梆梆②／和尚敲木魚③／猢猻④耍把戲⑤／猴子耍把戲／先吃皮，後吃餡／長袍馬褂瓜

皮帽[6]／六十甲子輪流轉[7]／孫子穿爺爺的鞋／爺爺棉襖孫子穿／八十歲婆婆穿襪子／腳上穿襪，頭上戴帽

〔釋義〕比喻沿襲原來的辦法、經驗，沒有新的改進。

〔注釋〕①打光光：打光頭，不戴帽子。②打梆梆：指敲木魚。③木魚：打擊樂器。原為僧尼念經、化緣時敲打的響器，木製中空。④猢猻（ㄏㄨˊ ㄙㄨㄣ）：獼猴的一種。⑤耍把戲：玩雜技。⑥長袍是男子穿的中式長衣，馬褂一般指棉背心或夾背心，瓜皮帽是形似半個西瓜皮狀的舊式便帽，這些都是代代相傳的老式服裝。⑦這是我國傳統的干支記時法。即以十干和十二支兩兩循環相配，剛好配成「甲子、乙丑、丙寅……癸亥」等六十組，俗稱「六十甲子」。我國古代不但用它來記年，也用它記月、日和時辰，周而復始，循環使用。

老牛筋

三錐子扎不出一滴血

〔釋義〕比喻脾氣倔強，思想頑固。

老古詞（瓷）

唐朝的茶杯／古董店裡的罈子

〔釋義〕指陳詞濫調。

老古董

出土的文物／老奶奶的嫁妝／博物館的陳列品

〔釋義〕比喻頑固守舊的人。有時指陳舊過時的東西。

老生常談（彈）

孔明練琴*／壽星佬彈琵琶／八十歲老翁練琵琶

〔釋義〕指聽慣聽厭了的老話。

〔注釋〕孔明，諸葛亮。《三國演義》中人物，是忠貞和智慧的代表。善操琴，在巧設「空城計」中，孔明彈琴退仲達成為千古佳話。

老套子

壽星的棉襖／蓋了三年的破被

〔釋義〕指陳舊的辦法和習俗。

老掉牙

八十歲奶奶的嘴

〔釋義〕比喻陳舊過時。

老樣子

奶奶的鞋子／爺爺的長相／閨女穿她娘的鞋

〔釋義〕比喻事物沒有變化。

老調子；盡是老調

壽星佬唱歌／饒舌[1]的烏鴉／八十歲學吹笙／土地爺[2]吹笛子／壽星公唱曲子

〔釋義〕比喻老生常談。

〔注釋〕①饒舌：多嘴。②土地爺：傳說中掌管一個小地區的神。

老調重彈

古曲演奏

〔釋義〕又彈起陳舊的調子。比喻把陳舊過時的理論、主張重新搬出來。

身子爛了嘴還硬

清蒸鴨子／醋煮鴨子／燙死的鴨子

〔釋義〕指至死不變，頑固到底。

改不了；更改不掉

生來的劣相*／白紙寫黑字／娘胎裡帶來的／生米做成了熟飯／生成的眉毛，長成的痣／長成的鬍子，生就的相貌

〔釋義〕比喻本性難移。

〔注釋〕劣相：不好的長相。

走老路

驢子拉磨／螞蟻回窩／石匠鍛磨子* ／下山順著上山道

〔釋義〕比喻墨守成規。

〔注釋〕鍛磨子：此指修復舊磨，用鑿子沿著石磨原有的磨槽鑿，使磨槽加深。

拉不回頭

脫韁的野馬①／過河的牛拽②尾巴

〔釋義〕比喻固執任性，很難回心轉意。

〔注釋〕①馬脫韁後，亂跑亂闖，無法控制。韁：牽牲口的繩子。②拽（ㄓㄨㄞˋ）：方言，拉。

拉倒車

轅馬套在車後頭

〔釋義〕指開倒車，退步。

食古不化

一本經書讀到老

〔釋義〕指機械地學習古代知識，不能融會貫通，結合實際加以運用。

看他硬到幾時

秤砣砸核桃

〔釋義〕指堅持不了多久。

保守（手）

冷天戴手套／六月天戴手套

〔釋義〕比喻保持原狀，不求改進。

倒退

腳跟朝前走／駕著轅杆*開倒車

〔釋義〕比喻走回頭路。

〔注釋〕轅（ㄩㄢˊ）杆：車前駕牲畜的兩根直木。

原打原

米湯泡飯

〔釋義〕比喻和原來一樣，沒有什麼變化。

原地打轉

老牛拉碾①／娃娃玩陀螺②

〔釋義〕比喻沒有長進，還是老樣子。

〔注釋〕①碾（ㄋㄧㄢˇ）：軋碎穀物或去穀物皮的石製工具，由圓柱形的碾砣和碾盤組成。②陀螺（ㄊㄨㄛˊ ㄌㄨㄛˊ）：兒童玩具，形狀略似海螺，一般為木製，下面有鐵尖，玩時用繩子纏繞，用力抽繩，並不停抽打，使其不停地直立旋轉。

拿搪（糖）

灶王爺伸手*

〔釋義〕比喻保守、端架子，不願把技術傳給別人。

〔注釋〕農曆臘月二十三，灶王爺要上天向玉皇大帝稟報一家的情況，一般人家要供糖果，祭祀灶神，讓他吃了黏住嘴，上天不說壞話。

書呆（袋）子

孔夫子的褡褳*

〔釋義〕指不切實際只知死讀書的人。

〔注釋〕褡褳（ㄉㄚ ㄌㄧㄢˊ）：長方形的小袋，中間開口，兩端各成一個小袋，用以裝錢物。

框框套套

做磚的模[1]，插刀的鞘[2]

〔釋義〕指條條框框，清規戒律。

〔注釋〕①模：此指做磚坯的模子。②鞘（ㄑㄧㄠˋ）：裝刀劍的套子。

留一手

王佐斷臂[1]／貓教老虎[2]／貓教徒弟／拳師[3]教徒弟

〔釋義〕比喻有所保留。

〔注釋〕①《說岳全傳》中的故事。宋將陸登幼子陸文龍被金兵掠去，成為金兀朮義子，陸長大後武藝超群，勇冠三軍，成為岳飛破金的障礙。岳飛部將王佐，砍去左臂詐降金兵，借機向陸文龍說破實情，使他毅然歸宋，為破金兵做出了貢獻。②民間故事。傳說老虎向貓學本領，老虎學會後要吃貓，貓上了樹，老虎奈何不得。因為貓教老虎時留了一手，沒有教上樹的本領。③拳師：打拳師傅。打拳是我國一種自衛和健身的傳統武術。舊時拳師教徒弟往往不教最拿手的一招。

站就站一生，坐就坐一世

城隍廟裡的菩薩

〔釋義〕比喻事情一成不變，總是老樣子。

停止不前

懸崖邊止步／船到碼頭車到站／火車到站，輪船靠岸

〔釋義〕比喻停留在原來的水準上，不思進取。

執迷不悟

臨刑不告饒

〔釋義〕比喻堅持錯誤而不覺悟。

執迷（謎）不悟

手拿謎語猜不出

〔釋義〕同「執迷不悟」。

條條框框多

舊式窗戶

〔釋義〕比喻清規戒律多，工作受束縛。

陳詞濫調

演古戲打破鑼／老大爺拉破二胡

〔釋義〕指陳舊的言詞和空泛的論調。

硬往一面扭

歪脖騎牛

〔釋義〕比喻思想固執。

朝後看

申公豹的眼睛[1]／後腦勺[2]戴眼鏡／張果老倒騎驢[3]／拉旱船[4]的瞧活／眼睛生在後腦

〔釋義〕指盤算過去的得失。

〔注釋〕①申公豹，《封神演義》中的人物，人稱「歪頭申公豹」。由於腦袋反了，所以眼睛長在後面。詳見「人前一面，人後一面」。②後腦勺：方言，腦袋後面的突出部分。③張果老，神話傳說中八仙之一。常倒騎小毛驢，日行數百里。④旱船：民間遊藝「跑旱船」所用的船形道具。

搖不響也撞不動
戴著木頭鈴的石獅子

〔釋義〕比喻態度頑固，他人奈何不得。

照本宣科①
道士②念經／太監③讀聖旨④

〔釋義〕比喻死板地照書本或現成的文稿宣讀。

〔注釋〕①宣科：道士念經，宣讀科條。②道士：道教徒。③太監：宦官。④聖旨：封建社會皇帝的命令。

照舊
老牛走老路

〔釋義〕比喻照老規矩做事。

照舊（舅）
外甥打燈籠

〔釋義〕同「照舊」。

腦袋早軟了嘴還硬
鹵水煮鴨頭／沙鍋裡煮羊頭

〔釋義〕比喻人很固執，強詞奪理，心服口不服。

腦筋生鏽
磨刀水洗頭

〔釋義〕比喻思想陳舊，不開竅。

落後
烏龜賽跑／卡車的拖斗／老牛追駿馬／起個五更①，趕個晚集②

〔釋義〕比喻趕不上形勢的發展，落在後面。

〔注釋〕①五更：指拂曉。②晚集：快散了的集市。

落後（烙厚）
一斤麵糰擀*張餅

〔釋義〕同「落後」。

〔注釋〕擀（ㄍㄢˇ）：用棍棒來回碾壓。

過時貨
冬月①賣扇子／人老還穿兒時衣／五月初六賣菖蒲②／正月初一賣門神③

〔釋義〕比喻事物陳舊，不合時宜。

〔注釋〕①冬月：農曆十一月。②舊俗農曆五月初五端午節，人們將菖蒲懸掛門旁或放置屋內，認為可驅穢避邪。民間有「蒲劍斬百邪，鬼魅入虎口」的諺謠。菖蒲（ㄔㄤ ㄆㄨˊ）：多年生草本植物，葉如劍，有香味，根莖可做香料，中醫可入藥。③門神：舊俗門上貼的神像，一般在春節前夕和春聯一起貼。

頑固不化
石膏做冰糕／北極的冰川①／花崗岩②腦袋／吃石頭拉硬屎

〔釋義〕形容思想極端保守，不可救藥。

〔注釋〕①冰川：在高山或兩極地區，積雪由於自身的壓力而變成冰塊，又因重力作用沿地面傾斜方向移動，這種移動的大冰塊叫冰川。②花崗岩：火成岩的一種，主要成分是石英、長石和雲母。質地堅硬，色澤美麗，是很好的建築材料。

頑固到底
不見棺材不落淚／不到黃河心不死／不撞南牆不回頭

〔釋義〕形容堅持錯誤，至死不變。

趕不上

騎牛追馬／烏龜攆兔子／老牛追汽車／駱駝追摩托／騎驢趕火車／乘火車誤了點／瘸腳驢跟馬跑／跛腳驢子追兔子

〔釋義〕比喻落後，跟不上形勢的發展。有時指來不及。

說不通

木頭耳朵／電話斷了線／耳朵塞驢毛

〔釋義〕比喻思想固執，聽不進別人的話。

滴水不進

石獅子灌米湯／擀麵杖①灌米湯／實心棒槌②灌米湯

〔釋義〕比喻固執己見，聽不進勸告。

〔注釋〕①擀（ㄍㄢˇ）麵杖：擀麵用的實心木棒。②棒槌：捶打用的木棍，舊時多用來洗衣服。

腐朽

山上的枯藤／躺倒的枯樹

〔釋義〕比喻思想陳腐，生活墮落，或制度敗壞。

盡咬詞（瓷）

老鼠啃茶壺／耗子進碗櫃

〔釋義〕比喻摳字眼，在詞句上兜圈子。

屢教不改

講課又是老一套

〔釋義〕指多次教育，仍不悔改。

熟套子

開水煮棉絮／滾水鍋裡撈出的棉花

〔釋義〕比喻老一套。

嘴硬；好硬的嘴

狗咬秤砣／毛驢啃石磨／死了的鴨子／狗咬石獅子／建昌的鴨子／蚊子咬秤砣／野豬刨紅薯／豬八戒犁地／老母豬吃鐵餅／老母豬啃磚頭／老母豬遛（ㄌㄧㄡˋ）馬鈴薯／死了的啄木鳥／一口咬斷鐵釘子

〔釋義〕這裡比喻固執己見，不願改正錯誤或承認錯誤。

橫豎聽不進

東西耳朵南北聽

〔釋義〕比喻任何意見都不接受。

轉不過彎來

水牛過小巷／死人抬棺材①／城頭上跑馬／耗子爬鐵絲／鴨子吞筷子／鑽了牛角尖／船頭上跑馬／小巷子趕馬車／小胡同扛毛竹／長竹竿進城門／九曲橋上扛竹竿／長蟲鑽到鳥銃②裡／衝鋒槍上的通條／扛進弄堂③的木頭／牯牛④掉在水井裡／大卡車開進小胡同

〔釋義〕比喻想不通或很難改變態度。

〔注釋〕①舊時說法，認為死人只走直路，不會拐彎。②鳥銃（ㄔㄨㄥˋ）：舊式鳥槍。③弄堂：方言，小巷或胡同。④牯（ㄍㄨˇ）牛：公牛。

翻來覆去就那麼一套

猴子耍把戲①／熊瞎子②耍扁擔

〔釋義〕比喻老一套，沒有新招。

〔注釋〕①耍把戲：玩雜技。②熊瞎子：方言，黑熊，又叫狗熊，後肢發達，可直立。

舊病復發

老馬不死／關節炎遇到陰雨天*

〔釋義〕形容老毛病又犯了。

〔注釋〕關節炎是關節發炎、紅腫疼痛的病，最忌潮溼氣候，遇陰雨天易發作或病情加重。

難劈

硬節柴／榆木疙瘩／棗木做燒柴

〔釋義〕比喻思想頑固不化，不易開竅。

聽不進

耳朵漏風／牆上耳朵／三斗芝麻不入耳

〔釋義〕指聽不得勸告。

襲用老譜

司馬炎廢魏主*

〔釋義〕指沿襲過去的老辦法，沒有新花樣。

〔注釋〕《三國演義》中的故事。西元二六五年（咸熙二年），司馬昭長子司馬炎襲用曹丕篡漢的辦法，廢魏主曹奐。曹奐也仿照漢獻帝禪讓的作法，重修受禪臺，行禪讓大禮，親捧國寶玉璽交司馬炎，下臺稱臣。

怠惰懶饞類

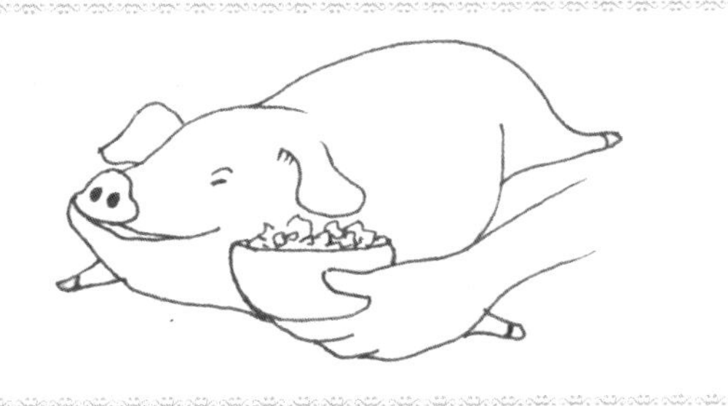

一嘴油；一張油嘴

倒吊臘鴨*

〔釋義〕形容貪吃貪喝或油腔滑調。

〔注釋〕臘月醃製的鴨子倒吊著熏乾，因鴨嘴朝下，所以滿嘴流油。

二流子

三流子哥大流子弟

〔釋義〕指不務正業、遊手好閒的人。

又饞又猾

山上的狐狸

〔釋義〕比喻又貪嘴又狡猾。

大吃大喝

餓漢下館子①／兄弟哥們請客／擀麵杖②作筷盆當杯

〔釋義〕比喻猛吃猛喝沒有節制。含有揮霍浪費的意思。

〔注釋〕①下館子：指進飯館吃飯。②擀（ㄍㄢˇ）麵杖：擀麵用的木棍。

下作

吃一看二眼觀三／吃著碗裡看著鍋裡

〔釋義〕這裡指吃東西又貪又饞。有時比喻人下流無恥。

五穀①不分

看見麥子叫韭菜②

〔釋義〕諷笑人分不清常見的農作物。常用以形容脫離實際，缺乏常識的人。

〔注釋〕①五穀：多指稻、黍、稷、麥、豆。泛指糧食作物。②麥子和韭菜的葉形、色相似，脫離實際、缺乏基本常識的人難以分清。

只圖吃；光講吃

娃娃過年／叫花子嫁女／老婆婆嫁屠夫*／八十歲婆婆嫁到飯館裡

〔釋義〕比喻一切為了貪嘴。

〔注釋〕屠夫：舊時指以宰殺牲畜為業的人。

四體不勤，五穀不分

孔夫子的弟子／大觀園*裡的閨秀／侯門的小姐，王府的少爺

〔釋義〕形容脫離現實，不事生產。

〔注釋〕大觀園：《紅樓夢》中描寫的賈府的大花園。

白吃

和尚化緣①／驢子吞灰麵②／嘴上抹石灰／帶著碗趕現成飯

〔釋義〕比喻光吃不做。

〔注釋〕①化緣：此指僧人向人求施捨。②灰麵：方言，白麵。

白吃乾飯

更夫打瞌睡／當和尚不撞鐘

〔釋義〕同「白吃」。

光等吃

奶娃娃張口／兩個肩膀抬個嘴／嘴巴擱在鍋臺上

〔釋義〕指坐享現成飯。

光顧遊湖（壺）逛景

小老鼠鑽進油壺裡

〔釋義〕比喻貪玩，不好好做事。

全是懶漢

大懶差小懶

〔釋義〕指都是懶惰的人。

吊兒郎當

二流子打鼓／阿二滿街串

〔釋義〕形容儀容不整、作風散漫、態度不嚴肅的樣子。

吃光用光

耗子不留隔夜糧

〔釋義〕比喻只顧貪嘴，不瞻前顧後。

吃自來食

屬蜘蛛①的／癩蛤蟆張口／鰱魚吃草魚糞②

〔釋義〕比喻過著不勞而獲的生活。

〔注釋〕①蜘蛛：蜘蛛從肛門周圍的突起處分泌黏液，黏液在空氣中凝成細絲，用以結網，捕食昆蟲。②草魚生活在淡水上層，吃水草；鰱魚生活在下層，常吃草魚的糞便。

吃吃喝喝

酒肉朋友的交情

〔釋義〕指只顧吃喝。

吃客

店鋪裡的蚊子／旅店裡的臭蟲

〔釋義〕比喻人貪吃。

吃腥嘴了

饞貓鼻子尖*

〔釋義〕比喻吃饞了嘴，更加貪得無厭。

〔注釋〕指饞貓鼻子嗅覺靈敏，善聞香味。

好吃懶做

牙長手短①／寒號蟲兒②／屬豬八戒的

〔釋義〕指貪吃不愛工作。

〔注釋〕①牙長，便於咀嚼，比喻好吃；手短，搭不上手，比喻懶惰。②哺乳動物，形狀和習性似蝙蝠，體長尺餘，吃甘蔗、芭蕉等的液汁，有冬眠習性，睡時倒懸在樹枝上。

沒你這麼懶（漤）

夾（ㄍㄚ）肢窩夾柿子*

〔釋義〕比喻懶得出奇，或懶得太過分。

〔注釋〕漤（ㄌㄢˇ）柿子是把柿子放在熱水或石灰水裡浸泡，以去澀味。這裡把夾肢窩夾柿子比作漤柿子。夾（ㄍㄚ）肢窩：腋下。

坐享其成

賈府的後代*／不栽果樹吃桃子／狗叼來的肉貓吃了／飯來張口，衣來伸手

〔釋義〕指不出心力，而平白享受別人努力

的成果。

〔注釋〕賈府是指《紅樓夢》中所描寫的榮寧二府。府中幾輩人都是揮金如土、坐享清福的紈袴子弟。

拈輕怕重

扔下鐵錘拿燈草*／鐵匠改行學彈花

〔釋義〕比喻只揀輕活做，怕挑重擔子。

〔注釋〕燈草：燈心草的莖的中心部分，白色、極輕，用做油燈的燈心。

爭嘴

狗搶肉團子／餓漢搶豬頭

〔釋義〕指在吃東西上爭多論少。

屎尿多；不屙就尿

懶牛上套／老母牛上場*

〔釋義〕比喻藉故偷懶。

〔注釋〕場：此指莊稼脫粒、晒乾的場地，如打麥場等。

能吃不能拿

鷹嘴鴨子爪／鷹嘴鴨巴掌

〔釋義〕比喻人白吃飯，不工作。

能吃不能幹

草包豎大漢*

〔釋義〕同「能吃不能拿」。

〔注釋〕指用草包豎起一個身材高大的男子。草包：用稻草等編成的草袋子。

能吃能睡；吃飽就睡

屬老母豬的／屬黑瞎子*的

〔釋義〕比喻人又饞又懶，光吃不做。

〔注釋〕黑瞎子：方言，即狗熊，貪吃，嗜睡。

偷吃偷喝

屬耗子的／孫大聖赴蟠桃宴*

〔釋義〕比喻嘴饞不擇手段。

〔注釋〕《西遊記》中的故事。孫大聖（悟空）聽說王母娘娘舉行「蟠桃盛會」沒有請他赴宴，便直奔瑤池，偷仙丹、喝仙酒，臨行還偷了一些玉液瓊漿、珍饈佳果，帶回花果山，分給眾猴吃了。

貪吃貪喝

貪婪鬼*赴宴／豬八戒的嘴

〔釋義〕指嘴饞而貪，吃喝無度。

〔注釋〕貪婪鬼：對貪得無厭的人的鄙稱。

啥事不管

甩手掌櫃*／吃飯館，住旅店

〔釋義〕指飽食終日，無所事事。

〔注釋〕指不管事的家長或負責人。

乾饞撈不著

鼻頭上抹蜂糖

〔釋義〕指貪嘴的欲望得不到滿足。

詐（炸）吃詐（炸）喝

抱著地雷進飯館

〔釋義〕指用詐騙的手段白吃白喝。

閒員（鹹圓）

鹽罐裡裝鱉

〔釋義〕指無事可做的人。

閒著沒事幹

大河裡洗煤炭／陰雨天打孩子

〔釋義〕比喻閒人無事可做。

閒（賢）人

孔夫子的徒弟*

〔釋義〕比喻無事可做的人。

〔注釋〕相傳孔夫子有弟子三千，賢者七十。

閒（鹹）人

鹽罐露頭／鹽店的老闆／醬坊①裡開除的夥計②

〔釋義〕同「閒（賢）人」。

〔注釋〕①醬坊：製造及出售醬、醬油、醬菜等食品的作坊。②夥計：舊指店員或長工。

閒（鹹）得發慌

鹽場裡罷工／從鹽店裡鬧出來的夥計

〔釋義〕比喻清閒無事，心裡難受。

飲食菩薩

蘿蔔雕觀音①／紅蘿蔔雕神像②

〔釋義〕指不勞而獲、會吃會喝的人。

〔注釋〕①觀音：觀世音。佛教的菩薩之一。②神像：指神佛的塑像，特指菩薩。

填不飽肚子

屬鴨子的／刨嘴吃刨花①／黃貔子②吃雞毛

〔釋義〕比喻人的胃口大，貪得無厭。

〔注釋〕①指木工刨（ㄅㄠˋ）子刨木料時的情況，刨木料可形象地看作刨嘴在吞食刨花。②黃貔（ㄆㄧˊ）子：黃鼠狼。

遊（油）手好閒（弦）

賣油條的拉胡琴

〔釋義〕指什麼事也不做，成天遊蕩閒逛。

遊（油）手好閒（鹹）

梳頭姑娘吃火腿／梳頭姑娘偷鯗*吃

〔釋義〕同「遊（油）手好閒（弦）」。

〔注釋〕鯗（ㄒㄧㄤˇ）：剖開晾乾的鹹魚。

飽餐一頓

母雞跌米缸／餓狗下茅坑①／屎殼螂跌糞坑／母豬掉進泔水②缸／哈巴狗掉進茅坑裡／豬八戒跌進酒甕裡③

〔釋義〕大吃一場。比喻饑餓或貪嘴。

〔注釋〕①茅坑：指廁所裡的糞池。②泔（ㄍㄢ）水：淘米、洗菜、刷鍋碗等用過的水。③豬八戒好吃懶做，跌進酒罈裡正好飽喝一頓。酒甕（ㄨㄥˋ）：口小腹大的盛酒容器。

福享盡了

坐轎子喊丫鬟／睡懶覺還要個墊背的

〔釋義〕指享福享得過分。

賙①吃賙喝

寄生蟲②享福／肚子裡的蛔蟲

〔釋義〕比喻坐享其成。

〔注釋〕①賙（ㄑㄧㄥˊ）：承受（財產等）。②寄生蟲：寄生在別的生物體上的蟲類，從寄主取得養分。比喻依靠剝削別人的勞力為生的人。

養尊處優

戴著烏紗帽①不上朝②

〔釋義〕指處在尊貴的地位，過著優裕的生活。

〔注釋〕①烏紗帽：用烏紗做成的朝帽。舊時官吏上朝議事或升堂審案時所戴。②上朝：臣子到朝廷上拜見君主奏事、議事。

嘴饞

夢中聚餐／夢裡喝酒

〔釋義〕比喻貪嘴，光想吃好的。

懶人

日頭晒屁股①／坐等旱禾黃②

〔釋義〕指懶惰、不勤快的人。

〔注釋〕①太陽升起，陽光照到屁股上，說明人還未穿衣起床。日頭：方言，太陽。②旱禾黃：乾旱的禾苗逐漸枯萎。

懶死了

抄著手*過日子／枕著烙餅挨餓

〔釋義〕指懶惰到了極點。

〔注釋〕抄著手：兩手插在袖筒裡。

懶到家了

倒了油瓶不扶／帽子掉地都不撿

〔釋義〕同「懶死了」。

懶鬼

地府裡屙屎／廟臺上拉屎

〔釋義〕對懶人的鄙稱。

懶得刮

四兩豬頭*

〔釋義〕比喻輕微之事，不願去做。

〔注釋〕豬頭一般都有好幾斤重，豬頭太小，則不值得刮毛了。

懶婆娘*

吃死老公睡塌床

〔釋義〕泛指不勤快的婦女。

〔注釋〕婆娘：方言，泛指已婚青年婦女。

懶對懶

鷹飽不抓兔，兔飽不出窩

〔釋義〕指都很懶惰或懶到一塊了。

攮①到賊肚裡

半夜裡不見槍頭子②

〔釋義〕比喻偷吃了東西。

〔注釋〕①攮（ㄋㄤˇ）：（用刀或槍）刺。此處比喻吞吃。②槍頭子：裝在槍矛前端的尖銳的金屬頭。

顧吃不顧吹

吹鼓手*坐宴席

〔釋義〕比喻只顧貪嘴，顧不得做正經事。

〔注釋〕吹鼓手：舊式婚禮或喪禮中吹奏樂器的人。

顧嘴不顧身

陰溝裡的鴨子／賣褲子打酒喝／當了衣裳打牙祭①／懷娃婆②吃老母豬肉③

〔釋義〕比喻貪嘴不計後果。

〔注釋〕①打牙祭：方言，指偶爾吃一頓較豐盛的飯菜。②懷娃婆：方言，孕婦。③老母豬肉：多次生崽的老母豬，不但肉不好吃，而且吃後容易引起舊病復發，或產生某些疾患，對孕婦更為不利。

饞鬼

閻王爺①啃豬頭／望鄉臺②上搶骨頭

〔釋義〕對貪嘴的人的戲稱或蔑稱。

〔注釋〕①閻王爺：佛教稱管地獄的神。②望鄉臺：傳說在陰間有一座供鬼魂眺望家鄉的高臺，叫做望鄉臺。

胡攪蠻橫類

一手遮天
黑瞎子*打立正

〔釋義〕比喻倚仗權勢，欺上壓下。

〔注釋〕黑瞎子：方言，黑熊，又稱狗熊，後肢發達，可以直立。

又頂又撞
羊牴角／兩牛相鬥／好鬥的山羊

〔釋義〕指用強硬的話反駁別人。

大發雷霆
陰雨天的霹靂／暴雨前的閃電

〔釋義〕比喻大發脾氣，高聲訓斥。

小刺兒頭
蒺藜果①／菠菜②籽兒／一朵月季花開路邊

〔釋義〕指不好對付的小人物。

〔注釋〕①蒺藜（ㄐㄧˊ ㄌㄧˊ）果：一年生草本植物蒺藜的果實，果皮有尖刺。②菠菜：營養價值較高的蔬菜，種子呈三角形，有小刺兒。

小鬼難纏
閻王爺好見

〔釋義〕比喻刁鑽的小人物不好對付。

不由分說
沒等開口三巴掌

〔釋義〕不容別人把話講清楚。比喻蠻橫，不講道理。

不知死活
鹹魚落塘／掐（ㄑㄧㄚ）頭蒼蠅／釜①中游魚／買乾魚放生②／狐狸入虎穴／娃娃掉井裡／火盆裡栽牡丹／守著老虎睡覺／望鄉臺③上吹口哨／脫了鱗的黃花魚④

〔釋義〕形容不知道厲害，冒昧從事。有時指不知是凶是吉。

〔注釋〕①釜（ㄈㄨˇ）：古代炊事用具，相當於現在的鍋。②放生：把捉住的小動物放掉。信佛的人常花錢買魚、鳥等放生。③望鄉臺：舊時傳說在陰間有一座供鬼魂眺望家鄉的高臺，叫望鄉臺。④黃花魚：黃魚。

不要王法（髮）
萬歲爺*剃頭／皇帝剃光頭

〔釋義〕比喻無法無天。

〔注釋〕萬歲爺：舊指皇帝。

不講道理
教堂①關門／耶穌堂②關門／歪嘴婆娘罵街

〔釋義〕指蠻橫無理。

〔注釋〕①教堂：天主教徒舉行宗教儀式的

處所。②耶穌堂：耶穌教堂。即基督教教會。

反咬一口

直巷趕狗／救了落水狗

〔釋義〕比喻被人誣衊陷害。

以大欺小

雷公①劈螞蟻／大魚吃小魚，小魚吃蝦米②

〔釋義〕比喻仗勢欺人，以強凌弱。

〔注釋〕①雷公：神話傳說中掌管打雷的神。②蝦米：方言，小蝦。

以強欺弱

幫好漢打瘸子*／惡狼專咬瘸腿豬／黃鼠狼咬病鴨子

〔釋義〕同「以大欺小」。

〔注釋〕瘸（ㄑㄩㄝˊ）子：腿或腳有毛病的人，走起路來身體不平衡。

仗勢欺人

衙門裡的狗／衙門裡的酷吏，宅門裡的狗

〔釋義〕比喻倚仗勢力欺壓別人。

出口傷人

嘴巴生刺／嘴巴含匕首

〔釋義〕指用惡言惡語辱罵別人。

叼住不放

老鱉咬人／瘋狗咬人

〔釋義〕比喻耍無賴，死糾纏。

只講打

鐵匠出身／鐵匠做官／鐵匠教徒弟

〔釋義〕比喻只強調用強硬的方式解決。

打你個牛角朝天

孫猴子鬥魔王*

〔釋義〕比喻欺人太甚。

〔注釋〕指《西遊記》中講的唐僧師徒赴西天取經途經火焰山時，孫悟空與大力牛魔王廝殺格鬥的故事。

吆①五喝六

大老爺坐堂②

〔釋義〕大聲叫喊斥責。形容逞威風、嚇唬人的樣子。

〔注釋〕①吆（ㄧㄠ）：吆喝。②坐堂：舊社會官吏升堂審訊、辦事。

好大的膽子；膽子不小

白日做賊／虎口拔牙／吃了豹子膽／聾子不怕雷／大象嘴裡拔牙／太歲頭上動土／老虎頭上拉屎／老虎嘴裡討食／老鼠騎在貓身上／吃了虎豹的心肝／洞庭湖裡的麻雀／獅子頭上捕蒼蠅／餓狼口裡奪脆骨

〔釋義〕這裡比喻狂妄，不自量。有時指膽量很大，無所畏懼。

好大的膽（撣）子；膽（撣）子不小

旗杆上紮雞毛／電線杆上綁雞毛／雞毛插在桅杆上

〔釋義〕同「好大的膽子；膽子不小」。

好鬥

屬公雞的／屬鵪鶉*的

〔釋義〕比喻熱中於打鬧、爭鬥。

〔注釋〕鵪鶉（ㄢ ㄔㄨㄣˊ）：頭小、尾短的鳥，雄性愛鬥，舊時有人常以鬥鵪鶉取樂。

好衝①

桂林三花酒[2]／開了瓶的啤酒

〔釋義〕比喻性情粗暴。有時指言詞過激，說話尖刻。

〔注釋〕①衝（ㄔㄨㄥˋ）：本指酒味濃烈。此指勁頭足，厲害。②三花酒：桂林名酒之一，酒味濃烈。

好厲害

鑽子頭上加鋼針

〔釋義〕比喻尖刻激烈。

成心起哄

掃地打跟頭／娶媳婦打幡*

〔釋義〕指有意聚眾鬧事，進行搗亂。

〔注釋〕幡（ㄈㄢ）：一種窄長的旗子，垂直懸掛。舊時喪家出殯，常由死者長子舉著紙幡。

有意搗亂

叫你上坡，你偏下河／要你抓雞，你偏捉鵝

〔釋義〕指存心擾亂或故意找麻煩。

死糾纏

藤攀枯樹／吃歪藤長大的／老松樹上的藤蘿

〔釋義〕比喻胡攪蠻纏，抓住不放。

吹毛求疵[1]（刺）

頭髮裡找粉刺[2]／皮襖裡尋骨頭

〔釋義〕比喻故意挑剔別人的缺點、錯誤。

〔注釋〕①疵（ㄘ）：小毛病。②粉刺：痤瘡，皮膚病，通常是圓錐形的小紅疙瘩。

抖威風

貓披虎皮／扯著老虎尾巴／快馬左兜右旋

〔釋義〕形容依仗權勢，盛氣凌人。

找碴子[1]；專找碴子

小爐匠戴眼鏡／鋦碗的[2]戴眼鏡

〔釋義〕比喻故意挑剔毛病。

〔注釋〕①碴（ㄔㄚˊ）子：器物上的破口。比喻毛病。②鋦（ㄐㄩ）碗的：以鋦陶瓷器為業的人。鋦：用扁平的兩腳釘連接破裂的陶瓷器具。

扯皮

活剝兔子／秋天剝黃麻*／老婆婆吃臘肉

〔釋義〕比喻做事互相推諉，或無原則地爭吵、爭論。

〔注釋〕黃麻：一年生草本植物，莖皮纖維可供編織或作他用。

沒人敢惹

母老虎[1]罵街／瘋婆娘[2]出門／腰間別雷管[3]／崖縫裡的馬蜂／老虎身上的蝨子

〔釋義〕比喻沒有人敢於觸犯。

〔注釋〕①母老虎：指蠻橫凶狠的婦女。②瘋婆娘：方言，泛指瘋瘋癲癲的女人。③雷管：用雷汞等化學藥品製成的引火裝置，受衝擊或摩擦時易爆。

沒天沒地

船上打傘

〔釋義〕指忘乎所以，不知天高地厚。

沒公理*

婆婆一個說了算

〔釋義〕指做事缺乏準則或有理沒處評說。

〔注釋〕雙關語。本意指婆婆有理，公公無理。此指缺乏社會上多數人公認的正確道理。

見人就咬

瘋狗的脾氣

〔釋義〕比喻隨意連累無辜的人。

赤膊上陣

光膀子打架／許褚戰馬超*／光膀子扛機槍

〔釋義〕不穿鎧甲出陣交戰，形容拚命廝殺。也指不講策略，不顧一切地蠻幹。有時指毫無準備或無掩飾地從事。

〔注釋〕《三國演義》中的故事。東漢末年，馬超為報父仇率兵攻打曹軍。曹營許褚迎戰馬超，許褚殺得性起，回陣卸去盔甲，又與馬超決戰。最後身負箭傷，只得撥馬回營。

刻薄

牛毛上解鋸①／牛皮紙上雕花／三合板上雕花／佛像②臉上刮金子

〔釋義〕比喻冷酷苛刻。有時指言語尖酸。

〔注釋〕①解鋸：用鋸拉開。②佛像：佛或菩薩的像。

刺兒頭；不是好剃的頭

刺蝟的腦袋／腦門上長蒺藜①／腦袋瓜兒②長禿瘡③

〔釋義〕指刁鑽固執、不好對付的人。

〔注釋〕①蒺藜（ㄐㄧˊ ㄌㄧˊ）：一年生草本植物，果皮有尖刺。②腦袋瓜兒：方言，頭。③禿瘡：方言，黃癬。

刺對刺

箭豬①鑽刺籬笆②／箭豬碰上刺蝟

〔釋義〕指難對付的人之間針鋒相對，互不相讓。

〔注釋〕①箭豬：豪豬，全身黑色，自肩部以後長著許多長而硬的刺。②刺籬笆：用帶刺的東西編成的籬笆。

到處橫行

腰裡別扁擔／睡夢別扁擔／螃蟹滿地爬／翻了簍的螃蟹

〔釋義〕比喻蠻不講理，一意孤行。

怯大欺小

打狗不贏咬雞／打蛇不死打蚯蚓

〔釋義〕指不敢惹強大的就欺侮弱小的。

拚啦；要拚命

老鼠咬貓／老綿羊攆（ㄋㄧㄢˇ）狼／抬著棺材赴戰場／背著靈牌①上火線②

〔釋義〕比喻置死於不顧，硬拚一場。

〔注釋〕①靈牌：舊時供奉死者暫設的牌位。②火線：作戰雙方對峙的前沿陣地。

抬槓的好手

四十里地不換肩*

〔釋義〕指善於爭辯或狡辯的人。

〔注釋〕用肩膀抬東西時，為使雙肩輪流休息，抬槓需經常在左右肩上輪換。

糾纏不清

線團打架／髮菜①炒豆芽／冬瓜藤牽豆棚／南瓜秧攀葫蘆藤／藤蘿②爬上葡萄架

〔釋義〕比喻繁雜纏繞，很難弄清。

〔注釋〕①髮菜：寄生在喬木上的低等植物，細如髮絲，味道鮮美。②藤蘿（ㄊㄥˊ

ㄌㄨㄛˊ）：紫藤，開紫色花，莖多纏繞。

咬死人

老鼠進棺材

〔釋義〕指連累無辜，連死人也不放過。

咬住不放

瞎貓啃骨頭／瞎貓抓住死老鼠

〔釋義〕比喻糾纏不已。

耍無賴[1]

出賣屍體／潑婦[2]罵街

〔釋義〕指施展刁鑽潑辣的手段。

〔注釋〕①無賴：刁鑽潑辣，不講道理。②潑婦：蠻橫不講道理的婦女。

胡作（鑿）

棒槌鑹*磨

〔釋義〕指胡作非為，任意亂來。

〔注釋〕鑹（ㄘㄨㄢˋ）：鑿。

胡來

大腿上把脈[1]／穿孝衣[2]道喜／黃狗當馬騎／野牛闖廟堂[3]／向死人討東西／用煤油燈炒豆子／剃頭師傅用錐子

〔釋義〕同「胡作（鑿）」。

〔注釋〕①把脈：切脈。②孝衣：舊俗在死了長輩後的一段時間穿的白色布衣或麻衣。③廟堂：廟宇裡供神佛或祖宗的殿堂。

胡勒

狗戴嚼子*／馬籠頭套在牛嘴上

〔釋義〕比喻胡鬧，亂說。

〔注釋〕嚼子：為便於駕馭，橫放在牲口嘴裡的小鐵鏈，兩端繫在籠頭上。

胡掄[1]

猴子耍棒槌[2]／熊瞎子耍棒子[3]

〔釋義〕同「胡作（鑿）」。

〔注釋〕①掄（ㄌㄨㄣ）：用力揮動。②棒槌：捶打用的木棍，舊時多用來洗衣服。③棒子：短而粗的棍子。

胡（壺）來

茶館裡伸手／茶鋪裡招手／喝酒不拿盅子

〔釋義〕同「胡作（鑿）」。

胡（壺）鬧

酒壺裡吵架／水壺裡翻跟頭／暖水瓶裡打跟頭

〔釋義〕比喻無理取鬧。

胡（壺）攪

酒壺裡插棒棒[1]／壺裡伸進燒火棍[2]／筷子伸到茶壺裡

〔釋義〕指瞎搗亂，擾亂秩序。

〔注釋〕①棒棒：短小的木棍。②燒火棍：燒火做飯時，通爐火的棍子。

胡鬧臺

小丑[1]打擂[2]／二愣子[3]當演員／唱戲的沒主角

〔釋義〕比喻做事不講規矩，瞎起哄。

〔注釋〕①小丑：指戲曲中的丑角，或在雜技中做滑稽表演的人。小丑一般只能逗樂、起哄。②打擂（ㄌㄟˋ）：上擂臺比武。③二愣子：魯莽、蠻憨的人。

胡攪（壺腳）

茶壺安爪兒

〔釋義〕同「胡（壺）攪」。

胡攪蠻纏

菟絲子[1]爬秧／竹林裡放紙鳶[2]／舌頭繞到牛樁[3]上／兩只風箏一塊飛／刺笆林裡放風箏

〔釋義〕形容不講道理，胡亂糾纏。

〔注釋〕①菟絲子：一年生草本植物，莖很細，呈絲狀，莖上有吸取別的植物體養料的器官，多寄生在豆科植物上。②紙鳶（ㄩㄢ）：風箏。③牛樁：拴牛的木樁。

要叮人

臭蚊子／蔫肚[1]蚊子／癟肚臭蟲[2]／蚊子唱小曲兒[3]

〔釋義〕比喻牽扯無辜。

〔注釋〕①蔫（ㄋㄧㄢ）肚：肚腹因饑餓而萎縮。②餓著肚子的臭蟲。癟（ㄅㄧㄝˇ）：不飽滿。③雌蚊叮人、畜前，邊飛邊發出「哼哼」的叫聲。

要圓就圓，要扁就扁

手上的粑粑[1]／手裡的泥丸[2]／手掌裡的麵糰

〔釋義〕比喻隨心所欲，胡作非為。

〔注釋〕①粑粑（ㄅㄚ）：方言，一種餅類食物。②泥丸：小泥球。

借機（饑）鬧事

餓肚漢打冤家*／餓著肚子造反

〔釋義〕指尋找藉口，搗亂破壞。

〔注釋〕打冤家：因糾紛或舊仇而發生械鬥。

倒打一耙

賊喊捉賊／豬八戒敗陣／豬八戒的釘耙[1]／豬八戒的武藝／豬八戒爬牆頭／豬八戒耍把勢／豬八戒栽跟頭／孫悟空打豬八戒／豬八戒過火焰山[2]

〔釋義〕比喻明知理屈，反而倒咬一口，指責別人。

〔注釋〕①豬八戒，《西遊記》中人物。曾與孫悟空、沙僧同保唐僧赴西天取經。使用九齒釘耙為武器，常以「倒打一耙」的戰術打敗對手。②唐僧師徒赴西天取經途經火焰山時，豬八戒曾揮動九齒釘耙協助孫悟空大戰牛魔王。當玉面公主派眾妖為牛魔王助戰時，豬八戒「措手不及，倒拽著耙，敗陣而去」。「倒打一耙」是習慣說法。

拿別人出氣

狗生氣，咬豬腿／挨打的狗去咬雞

〔釋義〕比喻連累中傷他人，以洩私憤。

拿捏[1]人

正骨[2]大夫

〔釋義〕指刁難、要脅人。

〔注釋〕①拿捏：方言，刁難，要脅。②正骨：以揉捏推拿等醫術治療骨折等。

砸人飯碗

木匠手裡奪斧子*／秤砣掉在櫥櫃裡

〔釋義〕指迫使別人失業，使人無法生活下去。

〔注釋〕把斧子強行奪走，使木匠無法幹活，掙錢餬口，等於砸了飯碗。

豈有此理

小偷逮警察／尼姑養兒子／和尚娶老婆／

兩口子認親家／打煞[1]爺討娘喜歡／狗打石頭人咬狗／酒肉和尚菜道士[2]

〔釋義〕哪有這樣的道理。對不合理的事表示反對和憤慨。

〔注釋〕①煞：表示程度深。②和尚吃酒肉，道士吃素菜，不合道理。因為和尚是佛教徒，不吃腥葷，道士是道教徒，無此禁忌。

乾蹦乾跳

上岸的魚蝦／泥鰍落旱田／活魚丟在沙灘上

〔釋義〕比喻無理取鬧。

動（凍）手動（凍）腳

三九天出門／臘八兒*出生／臘月裡生孩子

〔釋義〕比喻行為不規矩，不莊重。有時指動武打架。

〔注釋〕臘八兒：農曆臘月（十二月）初八，這時為寒冬季節，天氣較冷。

專找碴

瞳人*裡挑刺／豆腐裡尋排骨／雞蛋裡挑骨頭

〔釋義〕比喻故意挑毛病。

〔注釋〕瞳（ㄊㄨㄥˊ）人：瞳孔。

專找碴（茬）

春秋望田頭*／收了莊稼到田間

〔釋義〕同「專找碴」。

〔注釋〕春天或秋天都是農作物的收割季節，這時望田頭，到處是莊稼收割後留在田裡的茬子。

專挑沒角的整

野馬[1]鬥獐子[2]

〔釋義〕比喻專門欺侮軟弱的。

〔注釋〕①野馬：哺乳動物，體形似家馬，群棲於沙漠、草原一帶。②獐（ㄓㄤ）子：哺乳動物，形似鹿而略小，毛較粗，頭上不長角。

張牙舞爪

龍王發怒／龍王爺亮相／衙門口的獅子／獅子*龍燈一起耍

〔釋義〕多比喻凶惡的樣子。

〔注釋〕獅子：指民間舞蹈獅子舞裡的道具。

強人所難

叫啞巴唱歌／叫跛子[1]攆狼／打著公雞生蛋／逼著牯牛[2]生子／跟和尚借梳子／叫林黛玉掄板斧[3]

〔釋義〕比喻勉強別人做不能做或不願做的事。

〔注釋〕①跛子：腿或腳有毛病的人，走起路來身體不平衡。②牯（ㄍㄨˇ）牛：公牛。③林黛玉是《紅樓夢》中的主要人物，她是四體不勤的大家閨秀，做不了粗重的工作，不可能掄板斧。板斧：刃平而寬的大斧子。

強者有理

李逵斷案*

〔釋義〕比喻有權有勢的人把無理也說成有理。

〔注釋〕《水滸傳》中故事。黑旋風李逵為

配合梁山好漢大鬧泰安州，到壽張縣衙內，打扮成知縣模樣，升堂斷案。他不問青紅皂白，將被告打人者當作好漢釋放，而原告反而被枷，押在縣衙內。

強詞奪理

臉醜怪鏡歪／手不溜*怨襖袖

〔釋義〕指用言詞強辯，把無理硬說成有理。

〔注釋〕手不溜：方言，手不靈活，動作不利索。

強詞奪理（鯉）

強盜搶鯉魚

〔釋義〕同「強詞奪理」。

連打帶刺

機關槍上刺刀

〔釋義〕比喻刺激和打擊對方。

尋著打

鐵匠下鄉

〔釋義〕比喻故意找人的彆扭。

愣闖

看到紅燈踩油門

〔釋義〕比喻行動魯莽，不計後果。

揀小的欺

雷打芝麻／鞭子抽螞蟻

〔釋義〕比喻專門欺負弱小的人。

揀老實的欺（騎）

不上籠頭就騎*

〔釋義〕指專門欺侮老實人。

〔注釋〕騾馬一般要上籠頭，只有馴順老實的騾馬才能不上籠頭就騎。籠頭：套在騾馬頭上用以繫韁繩的東西。

揀軟的捏

半夜吃柿子／摸黑*吃桃子／老太太吃桃子

〔釋義〕比喻專門要脅和刁難軟弱的人。

〔注釋〕摸黑：在黑夜裡摸索。

揀軟的欺

八哥①啄②柿子／雷公打豆腐

〔釋義〕同「揀軟的捏」。

〔注釋〕①八哥：又名鴝鵒，翼羽有白斑，飛時顯露，呈八字形，故稱八哥。能模仿人說話的某些聲音。②啄：鳥用嘴取食。

揪住不放；抓住不放

瞎子打架／瞎子打婆娘／丈母娘拉女婿／螞蟥①叮住螺螄腳／淹死鬼②拽住崖邊草

〔釋義〕比喻糾纏不休。

〔注釋〕①螞蟥（ㄇㄚˇ ㄏㄨㄤˊ）：水蛭。②淹死鬼：指人被溺死後的鬼魂。

渾身是刺

花椒樹／屬豪豬①的／無花的薔薇②／高山毛栗子③／漫山的野薔薇

〔釋義〕比喻厲害難纏，不好招惹。

〔注釋〕①豪豬：箭豬。②薔薇：又叫野薔薇，莖細長，蔓生，枝上密生小刺。③毛栗子：帶殼斗的栗子。栗子樹的果實為堅果，包在多刺的殼斗內。

無法無天

老鼠咬貓／兒子打老子／牛吃趕車人／公堂①裡造反／孫猴甩掉緊箍咒②

〔釋義〕比喻人的肆無忌憚，橫行霸道。

〔注釋〕①公堂：舊時指官吏審理案件的地方。②緊箍咒：《西遊記》裡唐僧用來制服孫悟空的咒語。能使孫悟空頭上套的金箍縮緊，使他頭痛，因此叫緊箍咒。

無法（髮）無天

禿子打傘／和尚打傘／禿子戴斗笠／癩痢頭①撐傘／癩頭婆②死老公③

〔釋義〕同「無法無天」。

〔注釋〕①癩痢（ㄌㄞˋ ㄌㄧˋ）頭：方言，長黃癬的頭，不生毛髮。②癩頭婆：方言，頭髮稀少的婦人。③老公：指丈夫。舊禮教有「夫者，妻之天也」的說法。

無理取鬧

無賴①打路人②／醉漢撒酒瘋③／歪頭看戲怪臺斜

〔釋義〕指無理吵鬧、搗亂。

〔注釋〕①無賴：指刁鑽潑辣、不講道理的人。②路人：不相干的人。③撒酒瘋：喝酒過量後，藉酒勁任性胡鬧。

硬搗

鐵杵①對銅臼②／一個指頭和麵

〔釋義〕指執意折騰搗亂。

〔注釋〕①鐵杵（ㄔㄨˇ）：一頭粗一頭細的鐵棒，多用來在臼裡搗碎東西。②銅臼（ㄐㄧㄡˋ）：用銅製的臼，中間凹下，多用來搗碎中藥等。

越鬧越臭

糞勺子攪茅缸①／髒水灌到茅屎坑②

〔釋義〕比喻事情越弄越糟。

〔注釋〕①茅缸：方言，廁所裡的糞池，多用陶缸埋入土中。②茅屎坑：廁所裡的糞坑。

亂打一通

李逵升堂判案①／有棗無棗三杆子②

〔釋義〕比喻處理問題缺乏原則，隨便整人。

〔注釋〕①《水滸傳》中講的李逵裝扮知縣升堂判案亂打一通的故事。②指不管棗樹上有沒有棗，先用杆子打了再說。

亂扣帽子

草帽當鍋蓋／腦殼上頂鍋／拿鍋蓋戴頭上／買帽子不量尺寸／螞蟻頭上戴斗笠

〔釋義〕比喻輕率地給人加上罪名。

亂咬人

屬瘋狗的

〔釋義〕比喻隨意攀人擔禍或諉過於人。

亂頂撞

牛犢子①撒嬌②

〔釋義〕指用強硬的話任意反駁別人。

〔注釋〕①牛犢（ㄉㄨˊ）子：小牛。②撒嬌：仗著受人寵愛故意作態。

亂彈琴

瞎抓琵琶／小雞踩鍵盤／貓兒扒琵琶／六指頭撥琵琶

〔釋義〕比喻胡鬧或胡扯。

亂纏；纏住了

老太太包腳／樹林裡放風箏／山羊拴在竹園裡／風箏落在刺笆林*

〔釋義〕比喻糾纏不清，攪亂是非。

〔注釋〕刺笆林：長滿刺像籬笆一樣叢生的小樹林。

嗆人

辣椒麵吃進鼻眼裡

〔釋義〕比喻言詞激烈，使人難以忍受。

惹不起

毛辣蟲／瘋婆娘①／母夜叉②撒潑③／窩裡的馬蜂／馬蜂針，蠍子尾／母老虎④，地頭蛇⑤

〔釋義〕指不能觸動招惹，否則會引起麻煩。

〔注釋〕①婆娘：方言，指已婚的年輕婦女。②母夜叉：指相貌醜陋而凶惡的女人。③撒潑：大哭大鬧，不講道理。④母老虎：指蠻橫凶惡的婦女。⑤地頭蛇：地方上橫行霸道，為非作歹的人。

惹是生非

逗貓惹狗／閒人生閒氣／捅爛大腿充瘡／傳閒話，落不是

〔釋義〕指本來沒有事，故意挑起事端。

搗蛋

竹竿伸雞窩／雞窩裡放棒槌／秤砣掉雞窩／麻雀啄雞子兒①／碓窩②裡放雞子兒

〔釋義〕指有意攪亂，惹是生非。

〔注釋〕①雞子兒：雞蛋。②碓（ㄉㄨㄟˋ）窩：石臼，舂米用具。

搗（倒）蛋

賣雞子兒的跌跤／賣雞子兒的換筐籃

〔釋義〕同「搗蛋」。

碰不得

三腳板凳／豆腐架子／屬雷管①的／馬蜂的屁股②／蕁（ㄒㄩㄣˊ）麻的葉子③／佛爺④的桌子／蠍子的尾巴／古董店裡的老鼠／瓷器店裡的老鼠

〔釋義〕比喻人很厲害，觸動不得。

〔注釋〕①雷管：用雷汞等化學藥品製成的引火裝置，受衝擊或摩擦時易爆。②馬蜂，即胡蜂，尾有毒刺。③蕁麻莖和葉子都有細毛，皮膚接觸會引起刺痛。④佛爺：佛教徒對釋迦牟尼的尊稱，泛指佛教的神。

裝瘋（風）

桅杆上吊布袋／飛機後面掛口袋／半天雲裡*吊口袋

〔釋義〕形容裝瘋賣傻。

〔注釋〕半天雲裡：半空中。

裝瘋（蜂）

蒼蠅飛進花園裡

〔釋義〕同「裝瘋（風）」。

奪人所好

貓嘴裡掏泥鰍

〔釋義〕強取他人的心愛之物。比喻做事霸道。

摸不得

老虎的尾巴／老虎的屁股／老虎的鬍子／帶刺的藤子／燒紅的烙鐵*／大姑娘的臉蛋／冒煙的手榴彈

〔釋義〕比喻不能觸犯。

〔注釋〕烙（ㄌㄠˋ）鐵：燒熱後可以燙平衣服的鐵器。

盡挑眼；專挑眼

一枝筷子吃藕／一根筷子吃蓮菜*

〔釋義〕比喻故意找彆扭，挑毛病。

〔注釋〕蓮菜：用藕做成的菜肴。

盡講歪道理

扭頭脖子*想問題

〔釋義〕指總是強詞奪理，說些不合情理的話。

〔注釋〕扭頭脖子：方言，歪脖子。

稱王稱霸

關門起年號①／戲臺上起年號／孫悟空上了花果山②

〔釋義〕比喻蠻橫無理，欺侮別人。

〔注釋〕①年號：多指帝王用的記年的名稱。起年號說明已稱王稱帝。②《西遊記》中故事。孫悟空在花果山水簾洞中，眾猴已拜他為王，坐了小天下。後來他奉旨上天庭後，玉帝封他為「弼馬溫」，當他發現是個騙局時，便打出南天門，回到花果山，自封「齊天大聖」，與天庭抗衡。

窩裡橫

耗子扛槍／狐狸洞裡扛扁擔

〔釋義〕指在自家人面前耍蠻。

說不出好話來

歪嘴爛舌頭／舌頭上生疥瘡*／喉嚨長刺口生瘡

〔釋義〕比喻盡說壞話。

〔注釋〕疥瘡（ㄐㄧㄝˋ ㄔㄨㄤ）：傳染性皮膚病，局部起丘疹，非常刺癢。

說話帶刺

口裡吞蒺藜*果／喉嚨裡卡骨頭

〔釋義〕指語言尖刻，出口傷人。

〔注釋〕蒺藜：一年生草本植物，果皮有尖刺。

說話帶辣味

嘴裡嚼大蔥／吃著海椒*訓人

〔釋義〕形容語言尖刻、難聽。

〔注釋〕海椒：方言，辣椒。

說話衝

嘴裡吃了鳥槍藥

〔釋義〕指言詞過激，說話尖刻。

厲害（離海）

龍王爺搬家*

〔釋義〕此指人的性情凶猛蠻橫。

〔注釋〕龍王爺是傳說中住在海裡統領水族的王，搬家意味著要離開大海。

嘴巴厲害

山中的野豬／毛驢啃石磨／牛角裡的蛀蟲*

〔釋義〕比喻為人厲害，嘴不饒人。

〔注釋〕牛角質地堅硬，蛀牛角的蟲必然長有厲害的嘴。此為假想之說。

嘴尖牙利

田間的老鼠

〔釋義〕形容嘴厲害，話語尖刻。

嘴尖毛長

老公雞披蓑衣

〔釋義〕形容嘴巴厲害，胡攪蠻纏。

嘴硬；好硬的嘴

狗咬秤砣／毛驢啃石磨／死了的鴨子／鹵水[①]煮鴨子／狗咬石獅子／建昌[②]的鴨子／蚊子咬秤砣／野豬刨紅薯／豬八戒犁地／煮熟的鴨子／老母豬吃鐵餅／老母豬啃磚頭／死了的啄木鳥[③]／一口咬斷鐵釘子

〔釋義〕指自知理虧卻不肯服輸。有時比喻固執己見。

〔注釋〕①鹵水：指用鹽水加五香調味料製成的，用以煮雞、鴨等的水。②建昌：縣名，在遼寧省西南部，所產建昌鴨，久負盛名。③啄木鳥：嘴尖而直，能啄開木頭。

撕扯不清

狗吃豬腸／狗拉皮襖／狗咬爛羊皮／貓抓糯米粑[①]／大鬍子吃糖稀[②]

〔釋義〕比喻事情複雜，很難弄清。

〔注釋〕①糯（ㄋㄨㄛˋ）米粑：用黏性大的江米做成的餅類食物。②糖稀：含水分較多的麥芽糖，呈膠狀，黏性大。

潑婦

打煞[①]男人[②]，嚇跑公婆／扳倒碓窩[③]，嚇跑婆婆

〔釋義〕指蠻橫不講道理的婦女。

〔注釋〕①打煞：打得很厲害。②男人：此指丈夫。③碓（ㄉㄨㄟˋ）窩：石臼，舂米工具。

瞎打一陣

盲人鬥拳／盲人敲鼓／暗地裡耍拳

〔釋義〕比喻貿然從事，胡整亂搞。

瞎扯皮

盲人剝蒜／盲佬剝黃麻

〔釋義〕比喻無原則地爭論、爭吵。

瞎咋呼[①]

敲山鎮虎[②]

〔釋義〕比喻不明情況，亂吆喝。

〔注釋〕①咋呼（ㄓㄚ ˙ㄏㄨ）：方言，吆喝。②山是搖不動、敲不響的，更鎮不了老虎。敲山鎮虎不過是瞎咋呼而已。

瞎咋呼（炸糊）

盲人做油條

〔釋義〕同「瞎咋呼」。

瞎胡鬧

娶媳婦戴孝帽[①]／套馬杆子[②]逮兔子／穿著孝衣去道喜

〔釋義〕比喻無理取鬧。

〔注釋〕①孝帽：服喪時死者的晚輩或平輩所戴的白色帽子。②套馬杆子：在野外套馬時用的帶套索的長杆。

瞎撲打

盲人救火／狗熊捉麻雀／近視眼捉螞蚱

〔釋義〕指毫無目的亂折騰。

瞎纏

黑洞裡裹腳

〔釋義〕指毫無來由地亂糾纏。

窮橫

要飯的打狗／叫花子打架

〔釋義〕形容極端粗暴，蠻不講理。

調（挑）皮

和尚別髮卡*／禿子頭上插花

〔釋義〕指人不馴服，不好對付。

〔注釋〕髮卡（ㄑㄧㄚˇ）：髮夾。

調（跳）皮
麻雀打鼓

〔釋義〕同「調（挑）皮」。

鬧個不停
油鍋裡撒鹽／三個醉漢撒酒瘋

〔釋義〕指無休止地擾亂，鬧騰。

鬧得天翻地覆
火星子遇汽油庫

〔釋義〕指鬧騰得極其厲害。

橫行霸道
屬螃蟹*的／螃蟹過街／馬路上的螃蟹／托著扁擔過馬路

〔釋義〕形容胡作非為，蠻不講理。

〔注釋〕螃蟹：節肢動物，有五對足，前面一對呈鉗狀，橫著爬行。

橫扯筋
老太太啃雞腳①／豁牙子②啃豬蹄

〔釋義〕比喻蠻橫無理，胡拉亂扯。

〔注釋〕①雞腳：雞爪。②豁（ㄏㄨㄛ）牙子：牙齒不全的人。

橫衝直撞
老虎下山／張飛上陣①／野馬脫韁②／螃蟹造反／決了堤的水／過了河的卒子③

〔釋義〕形容不受約束，蠻不講理。

〔注釋〕①張飛環眼虎鬚，威勇粗豪，素有「猛張飛」之稱。他每上戰場，衝鋒陷陣，衝闖拚殺，所向無敵。②脫韁：牽牲口的繩子脫落，失去控制。③象棋中的卒子過了河界，可直走，也可橫行。

激起公憤（糞）
茅坑裡丟炸彈

〔釋義〕指因蠻橫而引起大家的憤怒。

獨斷專行
慈禧太后聽政*

〔釋義〕指做事專斷，不考慮別人的意見。

〔注釋〕慈禧太后在同治、光緒兩朝垂簾聽政四十餘年，為人奸詐狡猾，獨斷專行。

獨霸一方
戴斗笠*坐席子

〔釋義〕指獨自稱霸。

〔注釋〕斗笠：一種帽沿很寬，用來遮陽光和防雨的帽子。

聲勢凶
張飛①討債／雷公②劈螞蟻

〔釋義〕指聲威大，氣勢凶。

〔注釋〕①張飛：《三國演義》中人物，蜀漢大將，環眼虎鬚，手持一丈八尺長的蛇矛，以威勇粗豪著稱。當陽橋獨擋曹軍，曾大喝三聲，響聲如雷。②雷公：神話中指管打雷的神。

糟蹋神像
廟門上篩灰／神龕*上掛糞桶／菩薩頭上拉屎

〔釋義〕比喻任意肆虐，藐視一切。

〔注釋〕神龕（ㄎㄢ）：舊時供神像或祖宗牌位的小閣子。

難纏
李逵裹腳／馬尾拴雞蛋／斗大的線團子／帶刺的鐵絲／雞蛋殼作線板①／刺拐棒②

作線板／絲線麻線混一團／玻璃球上拴麻線

〔釋義〕比喻不好對付。

〔注釋〕①線板：指纏線用的長條形小木板。②刺拐棒：彎曲帶刺的木棍。

難纏（南蟾）

江南的蛤蟆*／蘇州的蛤蟆

〔釋義〕同「難纏」。

〔注釋〕蛤蟆是蟾蜍的通稱。這裡把江南的蛤蟆簡稱「南蟾」。

攪死人

墳頭上捅杆子／棺材裡插棍子

〔釋義〕攪得人難以忍受。

蠻不講理

硬要麻雀生鵝蛋／娃兒要媽媽摘星星

〔釋義〕指蠻橫無理。

蠻勁十足

魯智深*倒拔垂楊柳

〔釋義〕指粗野蠻橫的勁頭很大。

〔注釋〕魯智深：《水滸傳》中人物，綽號花和尚，梁山好漢。為人豪爽剛直，粗中有細，見義勇為，英勇不屈。使一枝重六十二斤的水磨禪杖，力大過人。

招事惹禍類

一步三分險

跛子[①]爬山／駱駝過獨木橋[②]

〔釋義〕比喻每前進一步都要擔風險。

〔注釋〕①跛子：腿或腳有毛病，走路身體不平衡。②駱駝，哺乳動物，背上有駝峰，蹄扁平，適於在沙漠中行走。身體高大，動作不靈敏。

一輩子挨打

木魚[①]命／棗木做梆子[②]

〔釋義〕比喻受不完的打擊和懲罰。

〔注釋〕①木魚：打擊樂器，原為僧尼念經、化緣時敲打的響器，用木頭做成，中間鏤空。②梆子：打擊樂器，用兩根長短不同的棗木製成。

刀下找食

鍘[①]下伸驢頭／砧板[②]上的螞蟻

〔釋義〕比喻為了餬口或獲取某種利益而不顧生命危險。

〔注釋〕①鍘：鍘刀。②砧（ㄓㄣ）板：切菜用的木板。

凡人*遭殃

神仙打架

〔釋義〕指無辜受災。

〔注釋〕凡人：指塵世間的人。泛指平常的人。

三長兩短

五個指頭兩邊矮

〔釋義〕指意外的災禍或事故。

大難[①]臨頭；災禍臨頭

白虎[②]進門／腦門[③]上長角／晴天下雹子[④]／腦門上放鞭炮／太陽落在腦袋上

〔釋義〕比喻大的災難就要來臨。

〔注釋〕①難（ㄋㄢˋ）：災難。②白虎：舊時傳說中的凶神。③腦門：方言，前額。④雹（ㄅㄠˊ）子：冰雹，空中降下來的冰塊，多在夏季伴雷雨出現，對農作物及人、畜、建築物等會造成危害。

不是好苗頭

眼睛上出芽子／菜園裡長狗尿苔*

〔釋義〕指預感到不祥的徵兆。

〔注釋〕狗尿苔：方言，鬼筆，真菌的一種，生長在潮溼的地方，味臭，不能吃。

不挨打，就挨敲

洪爐的料*，食堂的鐘

〔釋義〕比喻不管如何都要遭受懲罰。

〔注釋〕料：這裡指的是放在煉鐵爐裡準備

鍛打的鐵件。

不救自危

頭上著火／鄰居失火

〔釋義〕指不採取挽救措施，災禍就要危及自身。

凶多吉少

瞎子跳高／武大郎娶妻①／瞎子掉下岩／屎殼螂跌爐灶／洞庭湖上踩鋼絲／唐三藏過火焰山②／高飛的鳥兒遇老鷹

〔釋義〕指凶險兆頭多，吉祥兆頭少。

〔注釋〕①武大郎身材矮小，其貌不揚，娶淫亂放蕩的潘金蓮為妻，後遭凶禍，被潘金蓮及其姦夫害死。②唐三藏師徒上西天取經途中，至火焰山遇險，山火猛烈，難於接近，若強行通過，則凶多吉少。

反被害了性命

武大郎捉姦*

〔釋義〕比喻辦不成事，反受其害。

〔注釋〕《水滸傳》中故事。破落戶財主西門慶與武大郎之妻潘金蓮勾搭成姦。武大郎捉姦不成，反被姦夫倒踢一腳，臥病在床。西門慶、潘金蓮和王婆合謀在藥中下砒霜，毒死武大郎。

反惹一身臭

糞桶裡洗蘿蔔

〔釋義〕比喻不但沒撈到便宜，反而惹人厭惡。

引火燒身

燈蛾撲火／披蔴救火／逆風放火／羽毛扇撲火／披蓑衣救火／背油桶救火／稻草人救火／頂著被子玩火

〔釋義〕這裡比喻自討苦吃或自取毀滅。有時指主動暴露自己的缺點錯誤，爭取別人批評幫助。

引狼入室

牽著張三*回家

〔釋義〕比喻自己把壞人引進來。

〔注釋〕張三：方言，狼的俗稱。

出事（寺）了

和尚去雲遊*／和尚拖木頭

〔釋義〕指發生事故或出問題了。

〔注釋〕雲遊：到處遨遊，行蹤無定（多指和尚、道士）。

先挨砸

出頭的釘子

〔釋義〕比喻出頭露面的人先遭受打擊。

先爛

出頭的椽子*

〔釋義〕比喻出頭露面的人先遭到攻擊。

〔注釋〕椽（ㄔㄨㄢˊ）子：放在房屋檁上架著屋面板和瓦的木條。椽子出了頭，常受風吹雨淋，容易爛掉。

危在旦夕

風前燭，瓦上霜／快要倒塌的房子

〔釋義〕比喻危險就在眼前。

危險；冒險；好險

刀口舔糖／牆頭跑馬／刀尖上抹手／手掌當砧板①／手榴彈搗蒜／切菜刀剃頭／肚皮上磨刀／枕鍘刀②睡覺／樹上擱油瓶／砍柴刀刮臉／刀刃上踩高蹺③／舌頭磨剃

頭刀／剃頭刀擦屁股／扁擔上擱雞蛋／脖子上掛鐮刀

〔釋義〕指有遭到損害或失敗的可能。有時指對將要發生的險情表示驚訝。

〔注釋〕①砧（ㄓㄣ）板：切菜用的木板。②鍘刀：專門切草或其他東西的器具，在底槽上安刀，刀的一頭固定，操作時，手握把柄，上下活動。③高蹺（ㄑㄧㄠ）：民間舞蹈，表演者踩著有腳踏裝置的木棍，邊走邊表演。此種舞蹈一般在平坦的場地上表演。

吃了嘴的虧；全壞在嘴上

蚊蟲遭扇打／貪食拉肚子／豬八戒不成仙[1]／倒閒話[2]，惹是非／啄木鳥死在樹窟窿裡／歪嘴騾子賣了驢價錢

〔釋義〕比喻因說話隨便而身受其害。

〔注釋〕①豬八戒性情憨厚單純，很能幹活，但又好吃懶做，愛搬弄是非。他所以不能成為神仙，原因之一是吃了嘴的虧。這是一種假想的說法。②倒（ㄉㄠˇ）閒話：倒騰搬弄與正事無關的話。

回頭一口

直巷趕狗／娃娃逗狗*

〔釋義〕指人突然受到損害。

〔注釋〕狗性情怪癖，小孩在狗身上摸打耍逗，狗若發起怒來會回頭咬人。

多事

月亮下點油燈／賣了餛飩買麵吃*

〔釋義〕比喻沒事找事，自添麻煩。

〔注釋〕餛飩是用薄麵皮包餡做成的麵食。麵，指麵條。賣了餛飩再買麵條吃是多費事。

死挨揍

關門打狗

〔釋義〕比喻遭受毒打。

百姓遭難[1]；四方遭災

瘟神[2]下界[3]／龍王爺發怒／龍王爺打盹[4]／蛟龍[5]翻大海／官老爺[6]出告示

〔釋義〕指平民百姓遭受災難。

〔注釋〕①難（ㄋㄢˋ）：災難。②瘟（ㄨㄣ）神：傳說中能傳播瘟疫的惡神。③下界：指瘟神下凡來到人間。④打盹（ㄉㄨㄣˇ）：打瞌睡。⑤蛟（ㄐㄧㄠ）龍：古代傳說中所說興風作浪，能發洪水的龍。⑥官老爺：這裡特指舊社會的官府衙門。

自作自受

鐵匠被鎖／被窩放屁／木匠戴枷板[1]／老母豬尿窩[2]／玩水淹自己／鬼作老巫婆[3]／鐵匠戴手銬[4]／手掌心放鐵水／癩蛤蟆吞魚鉤／爆竹鋪裡失火／鐵匠死在寶劍[5]下／搬石頭砸自己的腳

〔釋義〕比喻自己做了錯事，自己承擔後果。

〔注釋〕①枷（ㄐㄧㄚ）板：舊時套在罪犯脖子上的木製刑具。②尿窩：在自己睡覺的地方撒尿。③巫婆：舊時以裝神弄鬼，替人祈禱為職業的女人。④手銬：束縛犯人兩手的刑具。⑤寶劍：原指稀有而珍貴的劍，現泛指一般的劍。

自找釘子碰

半夜叫城門*

〔釋義〕比喻自討沒趣。

〔注釋〕舊時城市實行宵禁，晚上要關閉城門。城門上一般有許多大鉚釘，夜半天黑，容易碰在釘子上。

自找麻煩

拔草引蛇／放蚊入帳／雇賊看門／頭上撒蟣子①／吸煙燒枕頭／背石頭上山／撓出來的瘡②／捉蝨子上頭／騎驢扛麻袋／葫蘆殼③掛頸上／棉花套上晒穀子

〔釋義〕同「自找釘子碰」。

〔注釋〕①蟣（ㄐㄧˇ）子：蝨子的卵。②無毒無菌一般不會生瘡，如皮膚抓破則易感染生瘡。③葫蘆殼：葫蘆的外殼。葫蘆中間細，像兩個球連在一起，外殼可做器皿，也可供玩賞。

自找罪受；自找難受

六月穿皮襖／吃刺穿嗓子／沒事找枷板①／打腫臉蛋充胖子／背起磨盤②唱大戲

〔釋義〕比喻自找苦吃。

〔注釋〕①枷（ㄐㄧㄚ）板：舊時套在罪犯脖子上的木製刑具。②磨盤：托著磨的圓形底盤，很重，一般背不起。

自投羅網

飛蛾攆蜘蛛①／蚊子找蜘蛛／小鬼拜見張天師②／雞給黃鼠狼拜年

〔釋義〕比喻自上圈套。

〔注釋〕①蜘蛛分泌出來的黏液在空氣中能凝成細絲，用來結網捕食昆蟲，飛蛾追趕蜘蛛，必然要落網被吞噬。攆（ㄋㄧㄢˇ）：方言，追趕。②張天師：東漢末年，張道陵創立道教，後世信奉道教的人奉他為天師，俗稱張天師。傳說張天師能施展法術，擒拿鬼怪。

自取滅亡

飛蛾①撲燈／飲鴆②止渴／鯉魚織網／雞蛋碰石頭／稻草人點火

〔釋義〕指自尋死路。

〔注釋〕①飛蛾：燈蛾。②鴆（ㄓㄣˋ）：鴆酒，用鴆的羽毛泡成，有劇毒。

自招禍患

引狼入室／解衣包火／引水入牆／開門揖盜*

〔釋義〕比喻自己招惹災難。

〔注釋〕打開大門迎進強盜。揖：拱手行禮。

自咬自

貓啃尾巴／牙齒咬嘴唇／蜻蜓吃尾巴／大拇指捲煎餅*吃／嚼爛舌頭當肉吃

〔釋義〕比喻自己害自己。

〔注釋〕煎餅：用麵粉加水拌成糊狀，在鏊子上攤勻烙熟的餅。

自食其果

孫猴子守桃園*

〔釋義〕自己吃下自己種出來的果子。比喻自作自受。

〔注釋〕《西遊記》中的故事。見「監守自盜」。

自討的

叫花子吃餿*飯／叫花子背不動三升米

〔釋義〕比喻自己招惹麻煩。

〔注釋〕餿（ㄙㄡ）：飯、菜等變質而發出酸臭味。

自討苦吃

沒病抓藥／瞎子紉針①／上山採黃連②／石頭做枕頭／光頭鑽刺蓬③／殺雞割破膽／蛀蟲④咬黃連／笨豬拱刺蓬／猴子偷黃連／搬石頭砸腳／土地爺⑤刨黃連／叫花子要黃連／買豬頭討個膽／頂著磨盤唱戲／頂碓窩⑥跳加官⑦／黃連豆用嘴嚼／做賊的偷黃連／搬石頭打腦殼⑧／糖包子蘸鹼水／平地不走爬大坡／讓了香瓜尋苦瓜／扛著棍子去挨打／金鑾殿⑨上告王子／糕點不吃吃黃連／老母雞跳進藥材店

〔釋義〕比喻自己找苦頭吃。有時含活該的意思。

〔注釋〕①紉（ㄖㄣˋ）針：引線穿過針鼻。②黃連：多年生草本植物，根莖味苦。③刺蓬：長刺的小樹叢或草叢。④蛀蟲：專門咬食東西的小蟲，如天牛、衣蛾、米象等。⑤土地爺：傳說中掌管一個小地區的神。⑥碓（ㄉㄨㄟˋ）窩：石臼，舂米用具。⑦跳加官：舊時戲曲開場時加演的舞蹈節目，由一個演員戴假面具，穿紅袍，手持「天官賜福」等字樣向臺下展示，以表慶賀。⑧腦殼：方言，頭。⑨金鑾殿：泛指皇帝受朝見的殿。

自討辱

楚王拿晏子開心*

〔釋義〕比喻自找沒趣。

〔注釋〕《東周列國志》故事。春秋時代，齊國大夫晏子出使楚國，驕橫自恃的楚靈王有意侮辱戲弄個子矮小的晏子，拿晏子開心，結果弄巧成拙，反被晏子戲弄。

自討晦氣

飯店門前擺粥攤／人家的棺材抬自家

〔釋義〕比喻自找倒霉。

自該煨*

紅薯落灶／毛蟲鑽灶

〔釋義〕比喻該倒霉。

〔注釋〕煨（ㄨㄟ）：本指把生的食物放在帶火的灰裡慢慢燒熟。引申為受懲罰，倒霉。

自纏身

春蠶吐絲／蠶寶寶作繭／篾條捆竹子

〔釋義〕比喻自作自受。

找氣惹

沒事打娃娃／對著張飛罵劉備①／衝②著和尚罵禿子

〔釋義〕比喻自找氣受。

〔注釋〕①張飛、劉備同是《三國演義》中的人物，與關羽桃園結義，成為結拜兄弟。當著張飛的面罵劉備，張飛不會答應。②衝（ㄔㄨㄥˋ）：向著或對著。

找累（淚）吃

蒼蠅飛進牛眼*裡

〔釋義〕比喻自討苦吃。

〔注釋〕牛眼：牛眼的淚液分泌量較多，眼角裡常有淚液流出。

找著吃棒子①

母豬鑽進玉茭地②

〔釋義〕比喻尋著挨揍，自找罪受。

〔注釋〕①棒子：雙關語。本指玉米的穗，此指棍棒。②玉茭地：種有玉米的田地。玉茭（ㄐㄧㄠ）：玉米，有的地方叫棒子。

找著挨揍

老母豬逛花園／二愣子①上擂臺②

〔釋義〕同「找著吃棒子」。

〔注釋〕①二愣子：指魯莽、蠻憨的人。②擂（ㄌㄟˋ）臺：為比武所搭的臺子。

找著挨摔

馴馬騎屁股*

〔釋義〕指做蠢事，自找罪受。

〔注釋〕未經馴服的馬性情暴烈，不易駕馭。馴馬人騎在馬屁股上，肯定要挨摔。

找著挨錘；找錘

狗咬石匠①／背鼓進廟／狗咬鍛磨的②／脊背上背鼓

〔釋義〕同「找著吃棒子」。

〔注釋〕①錘子是石匠的必備工具，狗咬石匠免不了要挨錘。②鍛（ㄉㄨㄢˋ）磨的：指鑿製或修理石磨的人。

沒事找事

老鼠逗貓／吹鼓手①趕集／背嗩吶②上街／兔子逗老鷹／清水洗煤炭／出衙門罵大街／吹喇叭的③下鄉／翻起麻枯④打油／吹著喇叭找買賣／喝了涼水剔牙縫

〔釋義〕這裡比喻自找麻煩，自尋煩惱。有時指主動找工作做。

〔注釋〕①吹鼓手：舊俗婚禮或喪禮中吹奏樂器的人。②嗩吶（ㄙㄨㄛˇ ㄋㄚˋ）：管樂器，俗稱喇叭。③吹喇叭的：泛指吹鼓手。④麻枯：芝麻榨過油後所剩的殘渣。

沒病找病

王麻子貼膏藥*／爛膏藥貼好肉

〔釋義〕比喻自找麻煩或自尋煩惱。

〔注釋〕麻子是人出天花後留下的疤痕，不算疾病，沒有必要貼膏藥。王麻子：泛指臉上有麻點的人。

來者不善

野狼扒門／董卓進京①／強盜敲門／鱷魚②上岸／狐狸進宅院／狗腿子③下鄉／鬼子兵④進村／貓給耗子拜年／黃鼠狼給雞拜年

〔釋義〕指來者不友好，要提高警覺。

〔注釋〕①指董卓率兵進洛陽企圖篡位的故事。詳見「不懷好意」。②鱷魚：爬行動物。善游泳，性凶惡，捕食魚、蛙和鳥類，有的也吃人、畜。③狗腿子：給有勢力的壞人奔走幫凶的人。④鬼子兵：對侵略我國的外國士兵的憎稱。

招惹蒼蠅

有縫的雞蛋

〔釋義〕比喻招引惹人厭惡的東西。

放到哪，爛到哪

硝酸加鹽酸*／蟲蛀的蘋果

〔釋義〕比喻品行不好的人，每到一處都會給周圍帶來損害。

〔注釋〕一份濃硝酸加上三份濃鹽酸混合起來，就成了王水。王水腐蝕性極強，能溶解金、鉑和某些在一般酸類中不能溶解的金屬。

玩命；不要命了

醉漢開車／刀尖上翻跟頭／刀尖上耍把戲①／老太太盪鞦韆／房簷上玩把戲／煙囪上翻跟頭／獨木橋上唱猴戲②

〔釋義〕拿性命開玩笑。比喻做冒險的事。

〔注釋〕①耍把戲：玩雜技。②猴戲：用猴子耍的把戲，猴子穿衣服、戴假面具，模仿人的某些動作，進行表演。

盲目冒險

閉著眼睛跳崖／瞎子踩高蹺*

〔釋義〕比喻不顧危險地瞎胡搞。

〔注釋〕瞎子走路都不方便，再去踩高蹺是冒險的事。高蹺：民間舞蹈，表演者裝扮成戲劇或傳說中的人物，踩著有腳踏裝置的木棍，邊走邊表演。

知法犯法

和尚吃葷①／和尚背枷②／警察當小偷

〔釋義〕指明知故犯。

〔注釋〕①和尚為出家修行的佛教徒。按照教規，和尚嚴禁吃腥葷之物。②枷（ㄐㄧㄚ）：舊時套在犯人脖子上的刑具。

空惹一身膻*

羊肉不曾吃

〔釋義〕比喻好處沒得到，反而落不是。

〔注釋〕膻（ㄕㄢ）：似羊肉之味。

空惹一身臊*

狐狸打不著

〔釋義〕同「空惹一身膻」。

〔注釋〕臊（ㄙㄠ）：像尿一樣難聞的腥臭味。

後患無窮

打蛇不死／關門養虎①／沙子築壩②／放虎歸山

〔釋義〕指事後帶來無盡的禍患。

〔注釋〕①俗話說，「緊門養虎，虎大傷人」，關起門來養老虎，老虎長大了會給人帶來很大的禍患。②壩：堤壩。沙子築壩，水沖即垮。

背時

秦瓊賣馬①／賣豬肉遇到封齋②／賣鹽逢雨，賣麵遇風

〔釋義〕比喻倒霉，運氣不好。

〔注釋〕①秦瓊是唐初名將，字叔寶，據《說唐》中說，他武藝高強，但一度窮困潦倒，連自己的瘦馬都賣掉了。後跟隨李世民打天下，成了開國元勛之一。②封齋（ㄓㄞ）：伊斯蘭教奉行的一種齋戒，在伊斯蘭教曆的九月裡白天不進飲食。此泛指一般的齋戒，即不食腥葷。

背時（溼）

駝子打傘／弓起腰桿子*淋大雨

〔釋義〕同「背時」。

〔注釋〕腰桿子：指腰部。

風頭不順

下水船走不動

〔釋義〕比喻形勢的發展不順利。

倒咬一口

拍馬屁*／拍到馬嘴上

〔釋義〕比喻反而受到非難和指責。

〔注釋〕本指拍馬的屁股，比喻諂媚奉承。

倒挨

鬼打道士*／小偷打警察

〔釋義〕比喻反而遭受損害。

〔注釋〕舊時道士以做法事為生，專施降妖、驅鬼法術。驅鬼的道士反被鬼打，故稱「倒挨」。

倒挨一腳

馬屁精*拍了馬腿／拍馬屁拍到蹄子上

〔釋義〕比喻反而吃了虧，受到傷害。

〔注釋〕馬屁精：善於拍馬屁的人。

倒挨一錐

蛤蟆吃黃蜂／猴子捅馬蜂窩

〔釋義〕比喻反而遭到攻擊，吃虧上當。

倒霉透了

放屁扭著腰／曹操遇蔣幹①／賣灰麵②遇大風／爛眼睛招蒼蠅／喝涼水塞牙縫／放屁砸著腳後跟／喝西北風堵嗓子／黃鼠狼專咬病鴨子／炒豆大家吃，砸鍋一人兜③／閉眼聽見烏鴉叫④，睜眼看見掃帚星⑤

〔釋義〕比喻運氣壞極了。

〔注釋〕①據《三國演義》描寫，曹操的謀士蔣幹，第一次過江到東吳盜書，中了周瑜的「反間計」，使曹操誤殺兩名水軍都督。第二次過江當說客，又中了龐統的「連環計」，使得周瑜火燒赤壁計成，曹軍大敗。②灰麵：麵粉。③兜（ㄉㄡ）：此指承擔。④烏鴉叫：烏鴉叫被視為不好的兆頭。⑤掃帚星：彗星。舊時人們把它視為不祥的星，認為出現掃帚星就會有災禍。

倒霉（煤）

煤球搬家／小爐灶翻身／唐山的火車①／駱駝打前失②

〔釋義〕指遇事不利或遭遇不好。

〔注釋〕①河北省唐山市煤藏豐富，有著名的開灤煤礦。過去唐山的火車多用以倒運煤炭。②過去中國北方某些地區多用駱駝運煤，駱駝前蹄站不穩跌倒時，煤即倒下來。

倒霉（搗煤）

拄拐棍上煤堆／木棍插進炭簍子①／拄著拐杖下煤窯②

〔釋義〕同「倒霉（煤）」。

〔注釋〕①炭簍子：方言，盛放煤炭的竹簍。②煤窯：土法生產的煤礦。

害了自身

鐵人生鏽／蠟人①玩火／關門打財神②

〔釋義〕比喻自己害自己。

〔注釋〕①蠟人：用蠟製成的人像。②財神：傳說可以使人發財致富的神仙。

害己又害人

把妖魔①當成菩薩②拜

〔釋義〕比喻不但危及自身，還連累別人。

〔注釋〕①妖魔：神話傳說中所說奇怪可怕、有妖術、常常害人的精靈。②菩薩：佛教指修行到了一定程度、地位僅次於佛的人。常用來比喻心腸慈善的人。

害死（亥時）人

半夜*生的娃娃

〔釋義〕指使人受到極大的傷害。

〔注釋〕半夜：此指前半夜，舊時記時法為「亥時」，指夜間九點鐘到十一點鐘。

拿著腦袋瓜子*玩

鍘刀剃禿頭

〔釋義〕比喻做事冒險，把生命視為兒戲。

〔注釋〕腦袋瓜子：方言，頭。

挨刀的貨

肥豬上屠場／案板上的魚

〔釋義〕比喻受懲罰的人。

挨敲的貨；挨敲打的貨

棗木梆子①／和尚的木魚②／賣油的梆子③／鐵匠鋪的料／中藥鋪的銅臼④

〔釋義〕指被指責痛斥的對象。

〔注釋〕①梆子：打擊樂器，用兩根長短不同的棗木製成。②木魚：打擊樂器，原為僧尼念經、化緣時敲的響器，中空，木製。③過去走鄉串戶的賣油郎常常敲梆子叫賣，以招攬顧客。④銅臼：用銅杵搗碎堅硬藥物的器具，形似缸罐。

挨鞭子的日子到了

懶牛上套／牛犢子①上套／小馬駒備鞍韉②／剛備鞍的馬駒

〔釋義〕比喻苦難臨頭。

〔注釋〕①牛犢（ㄉㄨˊ）子：小牛，一般都沒有上過套。②鞍韉（ㄢ ㄐㄧㄢ）：鞍韂，馬鞍子和墊在馬鞍子下面的東西。

送上門的肉

肥豬跑進屠戶*家／獵人家闖進一隻黃羊

〔釋義〕比喻自尋死路。

〔注釋〕屠戶：以宰殺牲畜為業的人家。

送死；找死；自找死

刀擱脖子／池魚追火／耗子嫁貓／蛇進竹筒／小雞吃黃豆／口渴喝鹵水①／老鼠進口袋／老鼠舔貓鼻／進網的魚蝦／呆子②吃砒霜③／雞逗黃鼠狼／夜叫鬼門關④／蚱蜢⑤鬥公雞／野兔叼槍口／蝌蚪攆鴨子／小草魚趕鴨子／老虎頭上搔癢／老虎嘴裡拔牙／老鼠給貓揩臉／吃蜂蜜蘸大蒜／伸脖子套絞索／背著棺材走路／虎頭上捉蝨子／耗子舔貓屁股／秦始皇修墳墓⑥／懸崖上翻跟頭／癩蛤蟆跳油鍋／冬天躺在雪地裡／老虎背上捕蒼蠅／老虎背上翻跟頭／老虎鑽進人群裡／老虎嘴上拔鬍子／老鼠給貓捋鬍子⑦／自己挖坑埋自己／魚兒貪吃糌粑糰⑧／冠心病⑨人跳樓梯／活人跳進滾水鍋／腦袋繫在風車上／閻王桌⑩上抓供果／暖酒不喝喝鹵水／蛤蟆跳進蟒蛇嘴裡／躺在危牆根下睡覺／扯著老虎尾喊救命

〔釋義〕比喻自找罪受，陷入絕境。

〔注釋〕①鹵水：從鹽井裡取出供熬製井鹽的液體，人喝了會致命。②呆子：傻子。③砒（ㄆㄧ）霜：一種毒性很強的無機化合物。④鬼門關：傳說陽間和陰間交界的關口稱為鬼門關。進了鬼門關，人就死去，到陰間見閻王了。⑤蚱蜢：蝗蟲的一類，常生活在一個地區，是危害植物的害蟲。⑥秦始皇為戰國末秦國國君，秦王朝的建立者。十三歲就開始為自己修築陵墓，歷時近三十九年，動用了大量人力，耗費了巨額資財。位於西安東北驪山腳下的秦始皇陵墓，中心堆土高 46 公尺，陵區分為內、外二城，外圍還有從葬區，總面積達 56.25 平方公里。⑦捋（ㄌㄩˇ）鬍子：用手順著抹，使鬍子順溜、乾淨。⑧糌粑（ㄗㄢˊㄅㄚ）糰：將青稞麥炒熟後磨成的麵，拌以酥油或青稞酒捏成的小糰，是藏族的主食。⑨冠心病：心臟病的一種，係由冠狀動脈病變引起心肌血液供應不足，使心臟發生病變。患者不可作劇烈活動。⑩閻王桌：放置供奉閻王供品的桌子。

送來一口肉

羊闖虎口／兔子叫門／耗子睡貓窩／老鼠給貓祝壽

〔釋義〕比喻自己找死。

鬥氣

對門吹笛子*／兩口子對著吹喇叭

〔釋義〕比喻無端尋鬧，招惹生氣。

〔注釋〕吹笛要用嘴吹氣入笛孔，笛子才能發音。門口對門口、面對面地對著吹，好像鬥氣的樣子。

兜*著

吃不了

〔釋義〕比喻要承擔一切後果（多指不好的結果）。

〔注釋〕兜（ㄉㄡ）：此指承擔。

晦氣

出門見狐狸①／出門碰上送殯的②／抬頭望見掃帚星③

〔釋義〕比喻倒霉，不吉利。

〔注釋〕①因神話傳說中多有狐狸成精之說，人們認為碰見狐狸是不吉利的。②送殯（ㄅㄧㄣˋ）的：出殯時陪送靈柩的人。③掃帚星：彗星。人們視之為不祥的星，認為出現掃帚星就會有災禍。

脫不了手

溼手扒石灰／溼手抓灰麵①／又抓糍粑②又抓麵

〔釋義〕比喻陷入某種困境，難於擺脫。

〔注釋〕①灰麵：即麵粉。②糍粑（ㄘˊㄅㄚ）：糯米蒸熟搗碎做成的食品，黏性極大。

脫不了爪

貓抓糍粑／公雞刨①亂麻／老鷹抓蓑衣②

〔釋義〕同「脫不了手」。

〔注釋〕①刨（ㄆㄠˊ）：挖掘；扒。②蓑（ㄙㄨㄛ）衣：用草或棕製成的，披在身上的防雨用具。

脫不了身；難脫身

落網的魚／老鴰叮蚌殼①／老鼠掉油缸／一腳踏進刺笆林②／蒼蠅碰上蜘蛛網／溼身滾進石灰堆／螞蟥③叮住鷺鷥④的腳

〔釋義〕比喻陷入無法擺脫的困境。有時指事務繁忙。

〔注釋〕①蚌是軟體動物，有兩個橢圓形介殼，可以開閉。當老鴰叮蚌殼時，蚌殼緊閉，把老鴰的嘴鉗住，使之不能脫身。②

刺笆林：長滿刺像籬笆一樣叢生的小樹林。③螞蟥（ㄇㄚˇ ㄏㄨㄤˊ）：水蛭。④鷺鷥（ㄌㄨˋ ㄙ）：白鷺，羽毛白色，腿較長，能涉水捕食魚蝦。

處處挨打

小偷被抓／五更天的梆子①／焦贊與楊排風比武②

〔釋義〕比喻事事被動，處處受責難。

〔注釋〕①舊時把一夜分作五更，每到一更，各處巡夜的人同時打梆子或敲鑼報時。②楊排風是《楊家將》中天波府的燒火丫頭，武藝高強，善使燒火棍，衝鋒陷陣，屢建戰功。起初武將焦贊看不起她，並與她比武較量，結果招架不住，處處挨打，成了楊排風的手下敗將。

連挨兩下子

糞夾子*敲腦袋

〔釋義〕比喻受到雙重打擊或一次又一次挨整。

〔注釋〕糞夾子：舊時夾取糞便用的夾子，一般用劈開的竹子彎曲而成。因夾子由兩片竹子組成，所以用其敲東西時，敲一下頂兩下。

開口是禍

老虎近身／烏鴉落房頭①／密封船②下水

〔釋義〕比喻說話招禍惹災。

〔注釋〕①傳說中把烏鴉比作不祥之鳥，烏鴉在房頭上叫，預示著災禍臨頭。②密封船：船體密封，不透水，多用於漂流探險或執行特殊任務。

尋死（屎）

餓狗下茅房①／屎殼螂爬糞堆／提著燈籠拾糞／端瓜瓢②進廁所／背著糞筐滿街串

〔釋義〕比喻自尋死路。

〔注釋〕①茅房：簡陋的廁所。②瓜瓢：用對半剖開的匏瓜做成的器具。

無事不來

山貍子①進寨／夜貓子②進宅／餓狼竄進羊廄③

〔釋義〕指來者不善，應予警惕。

〔注釋〕①山貍子：豹貓，也叫貍貓。性凶猛，吃鳥、鼠、蛇、蛙等小動物。②夜貓子：方言，貓頭鷹，常在深夜發出淒厲的叫聲，舊時認為是不吉祥的鳥。③羊廄（ㄐㄧㄡˋ）：羊圈。

硬往苦裡鑽

鐵釘釘①黃連／黃連樹上的蛀蟲②

〔釋義〕比喻執意要討苦頭吃。

〔注釋〕①釘（ㄉㄧㄥˋ）：把釘子捶打進別的東西。②蛀蟲：咬樹幹、衣服、書籍等的小蟲。

越陷越深

甲蟲跌糞坑／屁股上插針／爛泥裡搖樁／黃牛落泥塘／腳踩沼澤地①／泥潭裡滾石頭／爛田裡翻碌碡②／爛泥裡的柱子／爛泥路上拉車／水牛滾凼③裡洗澡

〔釋義〕形容景況越來越糟。

〔注釋〕①沼澤地：水草茂密的泥濘地帶，腳踩下去，不易拔出，往往越陷越深。②碌碡（ㄌㄧㄡˋ ˙ㄓㄡ）：石磙。石製的圓柱形農具。③凼（ㄉㄤˋ）：方言，水坑。

等著挨刀

鵝伸脖子／圈裡的肥豬／案板上的肉，籃子裡的魚

〔釋義〕比喻束手待斃，等著受懲罰。

想惹禍

超車不鳴號／手癢去捅馬蜂窩

〔釋義〕指企圖挑起禍端。

惹天禍

狗咬雷公*

〔釋義〕比喻闖了大禍。

〔注釋〕雷公：神話中掌管打雷的神，惹不得。

惹禍大王①

猴子戴金冠②

〔釋義〕指最能招惹禍端、闖亂子的人。

〔注釋〕①大（ㄉㄞˋ）王：戲曲、舊小說中對帝王或大幫強盜首領的稱呼。②金冠：皇帝戴的帽子。

惹禍上身；自取其禍

耗子逗貓／兔子逗老鷹／養蛇咬自己／跟狐狸結親／太歲頭上動土①／老虎頭上拍蒼蠅／光著腳丫子②走刀刃／老虎屁股上抓癢癢

〔釋義〕比喻自招禍災，危及自身。

〔注釋〕①太歲是傳說中神名。舊時人們認為太歲之神在地，與天上歲星相應而行，掘土要躲避太歲的方位，否則就要遭殃。②腳丫子：方言，腳。

碰一鼻子灰

小豬鑽灶／貓鑽煤爐／老鼠跌香爐*／沒事鑽煙囪／抱木炭親嘴／耗子跌灰堆／對著鍋底親嘴／灰堆裡打噴嚏／抱香爐打噴嚏／癩蛤蟆爬香爐

〔釋義〕比喻碰釘子，遭受冷淡對待，落得沒趣。

〔注釋〕香爐：舊時燒香用的器具，陶瓷或金屬製作，下有底盤，常積存有香燒化的灰。

罪名莫須有

秦檜殺岳飛*

〔釋義〕指憑空捏造罪名，致人於死地。

〔注釋〕秦檜（ㄎㄨㄞˋ），南宋奸臣，北宋末年任御史中丞，後被金人俘虜，叛宋，三年後返南宋充當內奸，任宰相。執政十九年，一意主和，摧毀抗金力量，向金稱臣納貢，割地劃界，並依金所提要求，解除南宋抗金將領岳飛的兵權，用「莫須有」的罪名殺害岳飛父子。

落到哪，壞到哪

白露*天下連陰雨

〔釋義〕比喻壞人走到哪裡都會帶來災難。

〔注釋〕白露：農曆二十四節氣之一。在九月七、八或九日。白露前後我國大部分地區的農作物進入收穫季節，連續下雨，易引起農作物的霉爛。

躲了一災又一災

剛離虎口，又入狼窩／逃出火坑，又入苦海*

〔釋義〕比喻災難接二連三地到來，躲也躲

不及。

〔注釋〕苦海：原為佛教用語，後來比喻困苦環境。

盡見鬼

旱魃①拜夜叉②／躲雨躲到城隍廟③

〔釋義〕比喻總是遇到一些離奇古怪的事。

〔注釋〕①旱魃（ㄅㄚˊ）：傳說中能引起旱災的怪物。②夜叉：佛教指惡鬼。③城隍廟：供城隍的廟宇。城隍是傳說中主管某個城的神。

盡挨錘

石匠的鋼釺／生鐵進了鐵匠鋪

〔釋義〕比喻屢遭打擊，吃盡苦頭。

福禍莫測

地頭蛇①請客／呂太后②的筵席

〔釋義〕比喻是吉是凶難以預料。

〔注釋〕①地頭蛇：舊時指當地的強橫無賴、欺壓人民的壞人。②呂太后：呂后，漢高祖皇后。漢高祖劉邦死後，太子劉盈（惠帝）即位，她「臨朝稱制」，掌握朝政大權，殘殺戚夫人及其子趙王如意，打擊劉邦的功臣宿將，手段極為陰險毒辣。

禍不單行

牛死日也落／拉痢打擺子①／送喪路上遇旋風②／躲過棒槌③挨榔頭／剛出火坑，又落陷阱／屋漏偏遭連陰雨，船破又遇頂頭風

〔釋義〕指不幸的事接二連三地來臨。

〔注釋〕①打擺子：方言，患瘧疾。②舊時人們稱旋風為鬼風，認為遇到旋風是不吉利的。③棒槌（ㄔㄨㄟˊ）：捶打用的木棒。

禍在眼前

火燒鬍子／火燒眉毛／眉毛上拴炮仗①／鼻子上安雷管②

〔釋義〕比喻將要遭受不幸。

〔注釋〕①炮仗：爆竹。②雷管：彈藥、炸藥包等的引火裝置，易燃易爆。

禍從口出

時遷偷雞*

〔釋義〕指言語不慎而惹事招禍。

〔注釋〕據《水滸傳》描寫，楊雄、石秀、時遷三人同奔梁山，途中在祝家莊酒店住宿。時遷偷店家公雞與兄弟下酒，被店主捉拿，並擬當作梁山反賊押送官府。

徵兆不祥

烏鴉的叫聲*／雀屎掉在頭頂上

〔釋義〕指有不吉利的跡象。

〔注釋〕舊時人們認為烏鴉叫不是好徵兆。

霉到頂了

餿飯*抹腦殼／西瓜皮做帽子／爛瓜皮當帽子

〔釋義〕比喻運氣不好，倒霉透了。

〔注釋〕餿（ㄙㄡ）飯：變質發霉、發出酸臭味的飯。

撞鬼

出門遇城隍①／七月十五進廟②

〔釋義〕指遇見倒霉事。有時指遇到了離奇古怪的事情。

〔注釋〕①城隍：指傳說中主管某個城的

神。②舊時習俗，農曆七月十五日為鬼節，這一天，大家要進廟祭鬼。

鬧鬼

亂墳岡上唱戲／棺材裡打鑼鼓／亂葬墳*裡放鞭炮

〔釋義〕比喻碰上倒霉事或發生了離奇古怪的事情。

〔注釋〕亂葬墳：任人埋葬屍首的墓地。

鋌（挺）而走險

大肚子走懸崖／大肚子踩鋼絲／孕婦過獨木橋

〔釋義〕比喻無路可走而採取冒險行動。

險乎；險乎得很

電杆上打把勢①／拽②著樹葉打滴溜③

〔釋義〕差一點出事。比喻情況或處境危險。

〔注釋〕①打把勢：練武。②拽（ㄓㄨㄞˋ）：拉。③打滴溜：手抓著東西使身體旋轉晃動。

興風作浪

龍王發脾氣／龍王爺出海

〔釋義〕比喻挑起事端。

還是挨敲的貨

木魚改梆子

〔釋義〕比喻終究逃不脫被打擊的下場。

臊氣①

黃鼠狼②放屁

〔釋義〕比喻倒霉。

〔注釋〕①臊氣：原指像尿一樣的腥臭氣味，此指倒霉。②黃鼠狼：黃鼬，身體細長，尾蓬鬆，能放出臊氣味。

懸乎

沙灘上蓋樓／高崖上搭長梯／脖子上掛雷管*／小孩爬在井臺上／揪著馬尾巴賽跑

〔釋義〕比喻靠不住，很危險。

〔注釋〕雷管：彈藥或炸藥包上的引火裝置，易燃易爆。

懸乎（壺）

茶壺吊在屋梁上

〔釋義〕同「懸乎」。

懸蛋

房梁上掛雞子兒*

〔釋義〕比喻情況危險。

〔注釋〕雞子兒：雞蛋。

懸（喧①）乎

鋼絲床上鋪海綿②

〔釋義〕同「懸乎」。

〔注釋〕①喧（ㄒㄩㄢ）：方言，物體內部空隙多而鬆軟。②海綿：此指用塑料或橡膠製成的多孔材料，鬆軟而有彈性。

高傲自誇類

人家不誇自己誇

王婆婆賣香瓜／饅頭裡包豆渣／老婆子戴刺梨花①／苜蓿地裡刺金花②／瞎娘抱著禿娃娃

〔釋義〕比喻人愛表現自己，吹噓自己。

〔注釋〕①刺梨花：即棠梨花，一種白色小花。②刺金花：又稱黃花苜蓿。二年生草本植物，開黃色蝶形花，果實為莢果，有刺。

口氣不小

吹氣滅火／一口吃個旋風①／一口吞個豬頭／吹糖人②的出身／一口吹滅火焰山

〔釋義〕比喻說話氣勢大，吹牛皮。

〔注釋〕①旋風：螺旋狀運動的風。②吹糖人：舊時小商販用麥芽糖稀，插入一根細管，邊吹氣邊捏成各式各樣的人物形狀或其他小玩藝。

大搖大擺

鴨子走路／跛子①跑步／府官②進縣衙③／鴨子逛大街／四大金剛④搖船

〔釋義〕比喻架子和派頭很大。

〔注釋〕①跛子：腿腳有毛病的人，走起路來身體不平衡。②府官：比縣官高一級的官。③縣衙（ㄧㄚˊ）：舊時縣府官員辦公的地方。④四大金剛：即四天王。佛教宣稱四天王各護一天下。

大搖（腰）大擺

丈二寬的長袍①／丈二寬的蟒袍②

〔釋義〕同「大搖大擺」。

〔注釋〕①長袍有丈二寬，說明人的腰很粗，袍子的下襬尺寸很大。②蟒袍：明清兩代大臣所穿的禮服，上面繡有金黃色的蟒。

大模大樣

門框脫坯子*

〔釋義〕形容態度傲慢，滿不在乎。

〔注釋〕坯（ㄆㄟ）子：指磚坯。用黏土在模子裡做成的未經焙燒的磚。

不可一世

霸王項羽①／希特勒②上臺

〔釋義〕形容極其狂妄自大，自以為同時代沒有能比得上的。

〔注釋〕①項羽：秦末起義軍領袖。率兵抗秦，所向披靡。秦亡後，自立為西楚霸王，大封諸侯王。在秦漢戰爭中，被劉邦打敗，自刎而死。②希特勒：德國法西斯領袖，一九三四年自稱德國元首，上臺後殘酷迫害和屠殺人民，實行法西斯專政。

不知自己有多少斤兩

癩蛤蟆跳戥盤*

〔釋義〕比喻沒有自知之明。

〔注釋〕戥（ㄉㄥˇ）子是用來稱貴重物品或藥品的，戥盤很小，最大單位是兩，小到分或釐。癩蛤蟆不可能也不值得用戥子稱。

不知官大官小

孫猴子封了弼馬溫*

〔釋義〕比喻妄自尊大，缺乏自知之明。

〔注釋〕《西遊記》中的故事。孫悟空（孫猴子）上天後，被玉皇大帝封為弼馬溫，非常得意。弼（ㄅㄧˋ）馬溫：管理天庭中御馬的官名。

出風頭；大出風頭

頭上插扇子／腦殼上安電扇／坐飛機攆西北風

〔釋義〕比喻出頭露面以彰顯和表現自己。

出臭風頭

城牆上拉屎／茅坑裡安電扇

〔釋義〕指彰顯和賣弄自己。

只見人家黑，不見自己黑

烏鴉笑豬／老鴰落在豬身上／鍋底笑話缸底黑

〔釋義〕比喻只看見別人的缺點毛病，看不見自己的。

只照別人，不照自己；照見別人，照不見自己

手拿電筒／屬電棒①的／盲公②打燈籠／丈八③高的燈臺④／機車頭上的燈／後腦勺⑤掛鏡子／屁股上掛鏡子

〔釋義〕同「只見人家黑，不見自己黑」。

〔注釋〕①電棒：手電筒。②盲公：瞎子老頭。③丈八：舊制一丈八尺，折合六公尺。④燈臺：燈盞的底座。⑤後腦勺：方言，腦袋後面的突出部分。

目中無人

瞎子坐上席／瞎子逛大街／盲人的眼珠子／天靈蓋*上長眼睛

〔釋義〕形容非常驕傲自大。

〔注釋〕天靈蓋：指人頭頂部的骨頭。

目（木）中無人

空棺材出殯*／鋪子裡的棺材

〔釋義〕同「目中無人」。

〔注釋〕出殯（ㄅㄧㄣˋ）：把靈柩運到安葬或寄放的地點。

目空一切

瞎子趕集／瞎子逛商店／頭頂上長眼睛

〔釋義〕什麼都不放在眼裡。比喻極其高傲。

光看見自己

梳頭照鏡子／眼鏡上貼相片

〔釋義〕比喻目中無人。

好了不起

好鬥的公雞／貓兒披虎皮／掃把①成精，螞蚜②咬人

〔釋義〕比喻自以為神氣，實際上沒有什麼了不起。

〔注釋〕①掃把：即掃帚。②螞蚂（ㄇㄚ ㄍㄨㄞˇ）：方言，青蛙。

好大的口氣

螞蟻打呵欠／螞蚱打噴嚏／蚊子打呵欠／癩蛤蟆打呵欠

〔釋義〕比喻說大話，吹牛皮。

好大的架子；架子不小

扛牌坊①賣肉／梁頭上賣肉／城門樓②掛豬頭／鼓樓③上掛狗肉／電線杆上晒衣服／賣香煙的敲床腿／拉著拖車賣豆腐／城門樓上搭腳手④／麻雀站在房梁上／麻雀落在牌坊上／牽牛花攀到鑽塔上

〔釋義〕形容裝腔作勢，非常傲慢。

〔注釋〕①牌坊（ㄈㄤ）：形狀像牌樓的建築物，舊時用來宣揚所謂忠孝節義的人物。②城門樓：城門洞上蓋的樓。③鼓樓：舊時設置大鼓的樓，樓內按時敲鼓報時。④腳手：指腳手架，為建築工人在高處操作而搭的架子。

好大的威風

衣角掃死人／八十個人抬轎子

〔釋義〕比喻故意顯示聲勢，或擺架子，使人敬而生畏。

好高騖①遠

螞蟻爬樹梢／爬上馬背想飛天／登上泰山想升天／天文臺②上的望遠鏡

〔釋義〕比喻不切實際地追求過高或過遠的目標。

〔注釋〕①騖（ㄨˋ）：馬快跑之意，引申為追求。②天文臺：從事天文觀測和研究的機構。

有吹的了

半道上撿個喇叭

〔釋義〕指有吹噓誇耀之處。

自大；自我膨脹

水泡豆子／開水泡黃豆／蒸籠裡的饅頭／茶杯裡的膨大海*

〔釋義〕比喻自以為了不起，自己宣揚或彰顯自己。

〔注釋〕膨大海：一種可治喉病的中藥，皮黑褐色，有皺紋，浸在水中，即膨脹呈海綿狀。

自以為大

老鼠爬到牛角上／癩蛤蟆跳到牛背上

〔釋義〕比喻自稱老大，高人一等。

自以為是

瞎子摸象*

〔釋義〕總認為自己正確。

〔注釋〕傳說有幾個瞎子誰也不知道象是什麼樣子，他們同去摸一隻大象，每個人都把自己摸著的一部分當作整個大象，自以為是，爭論不休。

自以為美

豬八戒搽粉／醜八怪①搽胭脂／老鴰身上插花翎②

〔釋義〕總認為自己漂亮。

〔注釋〕①醜八怪：指長得很醜的人。②花翎（ㄌㄧㄥˊ）：鳥翅膀或尾巴上長而硬的美麗羽毛，可做裝飾品。

自吹

街上賣笛子／吹鼓手[①]辦喜事／喇叭佬[②]娶老婆

〔釋義〕比喻自我吹噓。

〔注釋〕①吹鼓手：舊式婚禮或喪禮中吹奏樂器的人。②喇叭佬：吹喇叭的人，泛指吹鼓手。

自吹自擂

司號員[①]打鼓／司鼓[②]兼吹號／唱戲的喝彩[③]／舞臺上叫好／吹喇叭的打鼓／癩蛤蟆敲大鼓

〔釋義〕自己吹喇叭，自己擂鼓。比喻自我吹噓。

〔注釋〕①司號員：軍隊中負責用軍號進行通訊聯絡的戰士。②司鼓：專管打鼓的人。③喝（ㄏㄜˋ）彩：大聲叫好。

自我吹噓（鬚）

張飛[①]哈氣／關公打噴嚏／美髯公[②]哈氣／鯰魚[③]打噴嚏

〔釋義〕指炫耀自己。

〔注釋〕①張飛：《三國演義》中人物，蜀漢大將，鬍鬚濃黑而長。②美髯（ㄖㄢˊ）公：關羽，《三國演義》中人物，兩腮的鬍鬚又多又長，諸葛亮稱他為「美髯公」。③鯰（ㄋㄧㄢˊ）魚：頭平扁，口寬大，體無鱗，多黏液，有兩對長鬚。

自我欣賞

關門唱山歌／豬八戒照像／搽粉照鏡子／帳子[①]裡唱小曲／俏媳婦照鏡子／對著鏡子說漂亮／自家[②]演戲自家看

〔釋義〕形容自以為美，洋洋自得的樣子。

〔注釋〕①帳子：蚊帳。②自家：方言，自己。

自看自高

關門踩高蹺[①]／腳面上長眼睛／斜陽[②]下照身影

〔釋義〕比喻自以為高明、了不起。

〔注釋〕①高蹺（ㄑㄧㄠ）：民間舞蹈，表演者踩著有腳踏裝置的木棍，邊走邊表演。②斜陽：傍晚時西斜的太陽。

自高自大

門裡金剛[①]／矮子穿木屐[②]／矮子踩高蹺[③]／牛鼻子上的跳蚤

〔釋義〕比喻自己吹噓自己。

〔注釋〕①金剛：佛教稱佛的侍從力士，因手持金剛杵（古印度兵器）而得名。②木屐（ㄐㄧ）：木板拖鞋。③高蹺（ㄑㄧㄠ）：民間舞蹈，表演者踩著有腳踏裝置的木棍，邊走邊表演。

自個兒稱王；自封為王

在家做皇帝／哈巴狗上糞堆／孫悟空當齊天大聖*

〔釋義〕自命為最高首領。比喻狂妄自大，忘乎所以。

〔注釋〕《西遊記》故事，見「稱王稱霸」。

自尊自貴

家裡當皇上／關起門來做皇帝

〔釋義〕比喻自以為比別人高貴。

自尊自敬；自己恭維自己

對鏡子作揖*

〔釋義〕比喻自己稱讚自己，自我欣賞。

〔注釋〕作揖：兩手抱拳高拱，身子略彎，向人敬禮。

自稱自

老鼠爬秤鉤／腰裡插杆秤／烏龜落在秤盤裡／田雞①跳到戥②盤上／秤鉤吊在屁股上

〔釋義〕自己稱讚自己。

〔注釋〕①田雞：青蛙。②戥（ㄉㄥˇ）：戥子，稱貴重物品或藥品重量的器具。盛物體的部分是一個小盤子。

自滿自足

竹筒沉水*

〔釋義〕比喻自滿。

〔注釋〕竹筒沉入水中，自己會灌滿水。沉（ㄔㄣˊ）水：落入水中。

自賣自誇

王婆賣瓜／老王賣瓜／賣瓜的誇瓜甜，賣魚的誇魚鮮／賣花人說花香，賣菜人講菜嫩

〔釋義〕比喻自我吹噓，炫耀自己。

自騎自誇

三個錢買條毛驢／三兩銀子買匹馬

〔釋義〕比喻自我欣賞，自我吹噓。

忘了自己姓名

班門弄斧①／豬八戒吃豬肉／孔子面前講《論語》②／魯班門前賣手藝／關夫子③門前耍大刀

〔釋義〕比喻因驕傲自大而忘乎所以。

〔注釋〕①班，魯班，春秋時魯國著名巧匠。②《論語》：記載孔子主要思想言論的書，是儒家的主要經典之一。③關夫子：關羽。《三國演義》中人物，蜀漢大將，善使青龍偃月刀。

尾巴翹上天

飛機的屁股／噴氣式飛機

〔釋義〕比喻驕傲自大極了。

狂妄（汪）

狗咬日頭*／瘋狗咬月亮

〔釋義〕比喻極端自高自大。

〔注釋〕日頭：方言，太陽。

身高氣傲

羊群裡的駱駝／雞群裡的仙鶴*／動物園裡的長頸鹿

〔釋義〕形容自命不凡的樣子。

〔注釋〕仙鶴：白鶴，羽毛白色，翅膀大，能高飛，頸和腿很長。

盲目樂觀

瞎子跳舞／瞎子打哈哈①／瞎子哼曲子／瞎子跳加官②

〔釋義〕比喻盲目地充滿信心。

〔注釋〕①打哈哈：開玩笑。②跳加官：見「自討苦吃」。

官（冠）不大，架子不小

公雞戴眼鏡

〔釋義〕比喻職位雖不高，卻裝腔作勢。

夜郎自大*

月亮底下看影子

〔釋義〕比喻見識少，眼光淺，而又妄自尊大。

〔注釋〕據《漢書・西南夷傳》記載，夜郎是漢代西南部的一個小國，卻自以為是大

國。後來用以比喻妄自尊大。

兩頭翹

駝子進棺材／駝子翻跟頭／駱駒的脊背

〔釋義〕比喻雙方都自以為很高貴。

架子不倒

泥牛掉在河裡／紙糊燈籠被雨澆／童男童女*跌河裡

〔釋義〕形容硬擺架子，裝腔作勢。

〔注釋〕童男童女：舊時出殯、殉葬用的紙男紙女。

威風凜凜①

元帥升帳②／官老爺升堂③／穆桂英④出征

〔釋義〕形容威嚴的聲勢氣派，使人敬畏。

〔注釋〕①凜凜：可敬畏的樣子。②升帳：指元帥在帳中召集將士議事或發令。③升堂：舊社會官老爺在公堂審判案件時的儀式。④穆桂英：《楊家將》故事中的人物，智勇雙全，武藝超群，自招楊宗保為婿，後大破天門鎮，五十歲後又掛帥出征，是中國古代女英雄的典型。

倚老賣老

壽星佬①賣媽媽／張果老②賣壽星／壽星佬插草標兒③

〔釋義〕指仗著年紀大、資格老，要別人尊重、恭順自己。

〔注釋〕①壽星佬（ㄌㄠˇ）：指老人星，自古以來，用作長壽的象徵。民間常把它畫成老人的樣子。②張果老：神話傳說中的八仙之一。③插草標兒：舊時在集市上販售東西的人在欲售之物上插草桿作為待售標誌。

個個想出頭

荷葉包釘子／麻袋裝牛角／口袋裡裝釘子／麻袋裡裝菱角

〔釋義〕比喻都想出頭露面，彰顯自己。

神氣

龍王爺①放屁／龍王吹喇叭／灶王爺②吹燈／土地爺③打呵欠／如來佛出虛恭④

〔釋義〕形容得意或傲慢的樣子。

〔注釋〕①龍王爺：龍王，神話中住在水裡統領水族的王。②灶王爺：灶神。舊時人們在鍋灶附近供的神，認為他掌管一家的禍福財氣。③土地爺：土地，傳說掌管一個小地區的神，也叫土地佬。④虛恭：放屁。

神氣十足

八仙①吹喇叭／二郎神②出虛恭／鬥贏了的公雞／黃鼠狼戴纓帽③

〔釋義〕形容十分得意和傲慢的樣子。

〔注釋〕①八仙：古代神話傳說中的八位神仙。②二郎神：神話傳說中的人物，他生有三隻眼，會七十三變，神通廣大。③纓帽：清朝官吏所戴的帽子，帽頂上有帽帶。

神氣來了

土地佬騰空／灶王爺上天

〔釋義〕比喻得意忘形，非常傲慢。

神氣鼓鼓（咕咕）

土地爺玩公雞*

〔釋義〕形容非常傲慢、神氣。

〔注釋〕公雞被耍逗時常發出「咕咕」的叫聲。

能到頂了

鞋幫做帽沿／包腳布當孝帽*

〔釋義〕比喻逞能極了。

〔注釋〕孝帽：長輩死後，服喪時所戴的白色布帽。

能蛋蛋

驢糞蛋上天

〔釋義〕比喻過分逞能。

臭架子；擺臭架子

茅房裡搭鋪①／茅廁紮牌樓②／屎棍搭戲臺／糞車掉輪子／糞坑搭木柵／糞桶破了底／茅廁裡擺攤子／三根屎棍支桌子／三根屎棍撐個瘦肩膀

〔釋義〕形容妄自尊大，裝模作樣。

〔注釋〕①鋪（ㄆㄨˋ）：指床鋪。②牌樓：做裝飾用的建築物，由兩根或四根並列的柱子構成，上面有簷。

高傲

知了*爬樹梢

〔釋義〕比喻自以為了不起，看不起人。

〔注釋〕知了：蟬，雄的腹部有發音器，常爬在樹上發出尖銳的聲音，因叫聲像「知了」而得名。

高傲（鏊①）

柳樹上打餅②／塔尖烙大餅

〔釋義〕同「高傲」。

〔注釋〕①鏊（ㄠˋ）：鏊子，烙餅的鐵器，圓形，中心稍凸。②打餅：指烙餅，要用鏊子。

唯我高明

頭上點燈／腦殼上掛燈籠／手舉燈籠上山頂

〔釋義〕指看不起任何人，唯獨自己比別人高超。

唯我獨尊

田螺①爬在旗杆上／花貓蹲在屋脊上／蝸牛②爬上電杆頂

〔釋義〕形容目空一切，妄自尊大。

〔注釋〕①田螺：軟體動物，殼圓錐形，觸角長，生長在淡水中。②蝸牛：軟體動物，頭部有兩對觸角，腹面有扁平的腳，爬行很慢。

帶尾巴的能豆兒

豆芽子上天

〔釋義〕比喻故意逞能的人。

趾（枝）高氣揚

司令上樹／樹頂奏嗩吶／樹梢吹喇叭

〔釋義〕形容驕傲自滿，得意忘形的樣子。

越摸越翹

屬狗尾巴的／貓尾巴，狗尾巴

〔釋義〕比喻越誇獎越驕傲。

買賣不大，架子不小

城樓上賣肉／搭戲臺賣針／戲臺上賣螃蟹／賣豆腐的扛戲臺／搭起牌樓①賣酸棗②

〔釋義〕指人地位不高或本領不大，卻官氣十足，裝腔作勢。

〔注釋〕①牌樓：做裝飾用的建築物，由兩個或四個並列的柱子構成，上面有簷。②

酸棗：一種味酸的小棗，長圓形，肉質薄，果肉可食，核仁可入藥。

誇大手

袖筒裡伸出一隻腳

〔釋義〕比喻炫耀自己的本事大。

愛翹

屬孔雀的／鴨子的屁股／喜鵲的尾巴

〔釋義〕比喻愛炫耀自己。

數你大

羊圈裡的驢糞蛋／羊圈蹦出個驢來／芝麻地裡的爛西瓜

〔釋義〕指彰顯自己了不起，高人一等。

樣子神氣

爛泥菩薩／廟裡的菩薩／戲臺上的玉帝爺*

〔釋義〕指看起來很得意、傲慢。

〔注釋〕玉帝爺：指玉皇大帝。

瞎鬼

剜①眼的判官②

〔釋義〕指沒有效果地耍小聰明。

〔注釋〕①剜（ㄨㄢ）：用刀子挖。②判官：閻王手下管生死簿的官。

瞎逞能

盲人學繡花／盲人耍把戲①／麻雀生鵝蛋／瘦驢拉硬屎／刀尖上耍雜技／豹子頭上拔毛／田鼠要走家鼠步②

〔釋義〕比喻毫無成效地炫耀和表現自己能幹。

〔注釋〕①把戲：指雜技。②田鼠也叫地老鼠，生活在樹林、草地和田野。家鼠多群居於住家的牆壁或陰溝中。

諸神退位

姜太公在此*

〔釋義〕比喻以壓倒一切優勢獨占鰲頭。

〔注釋〕姜太公，姜子牙，《封神演義》中人物。民間傳說，他足智多謀，法術無邊，只要姜太公在場，別的神祇道家只能靠邊站。

賣弄自己

孔雀展翅／鸚哥①唱大曲／啄木鳥上供桌②

〔釋義〕比喻有意地表現、炫耀自己。

〔注釋〕①鸚（ㄧㄥ）哥：鸚鵡。上嘴大，呈鉤狀，下嘴短小，能模仿人說話的聲音。②供桌：供奉神佛祖宗時，擺設供品的桌子。

鋒芒*畢露

口袋裡裝錐子／布袋裡的菱角

〔釋義〕比喻人有傲氣，愛表現自己。有時用為褒詞，指把才華都顯現出來。

〔注釋〕鋒芒：刀劍的刃口或尖端。比喻人的才幹。

燒包

口袋裡冒煙／駝子背火球／煙頭掉口袋／鹽店遭火災／棉花店失火

〔釋義〕比喻得意忘形，到處吹噓和表現自己。

頭揚得高

空心穀子①／長頸鹿的腦袋／癟②粒兒的麥穗／旗杆上掛豬腦殼

〔釋義〕比喻高傲自大，趾高氣揚。

〔注釋〕①空心穀子即秕穀，因沒有籽粒，所以分量輕，穀穗不下垂。②癟（ㄅㄧㄝˇ）：不飽滿。

臉上貼金

聞太師回朝*

〔釋義〕比喻有意美化、炫耀自己。

〔注釋〕傳說商朝老臣聞太師為商朝統一天下立下汗馬功勞。有一次商君對大臣說：「聞太師功高如山，當臉上貼金。」聞太師班師回朝時，商君帝乙率文武百官相迎。帝乙見聞太師威風凜凜、紅光滿面，便對他說：「愛卿赤膽忠心，面如赤金，這才真是臉上貼金。」

翹得高

狗尾巴①／公雞尾巴／一杆無砣秤／飛機的尾巴／孔雀開了屏②／孔雀的尾巴／空殼的麥穗

〔釋義〕比喻非常驕傲自大。

〔注釋〕①狗尾巴：狗在得意時，尾巴常常翹得很高。②孔雀頭上有羽冠，雄的尾巴羽毛很長，展開時，高高翹起，形似扇子。

露一小手

袖筒裡伸爪爪①／蠍虎子②掀門簾

〔釋義〕比喻本事不大，也要彰顯一下。

〔注釋〕①鳥獸的腳從袖筒裡伸出，彷彿是小手。②蠍虎子：壁虎。

露一手①

藏民穿皮襖／獨臂老人打躬②／熊瞎子③耍馬槍④

〔釋義〕比喻彰顯或賣弄本事給人看。

〔注釋〕①一手：指一種技能或本領。②打躬：彎身行禮。③熊瞎子：方言，黑熊，也叫狗熊。四肢短而粗，腳掌大，可以直立。④馬槍：騎兵用的一種槍，跟步槍相似，短而輕便，射程較近。

露一鼻子

王八出水

〔釋義〕同「露一手」。

露兩手

穿坎肩①打躬②／穿背心作揖③／蠍虎子④作揖

〔釋義〕同「露一手」。

〔注釋〕①坎肩：穿在衣服外面的上衣，沒有袖子。②打躬：彎身行禮。③作揖：舊時的一種禮節，兩手抱拳高拱，身子略彎，向人行禮。④蠍虎子：壁虎。

顯大眼

張飛①戴口罩／窩窩頭②翻個兒

〔釋義〕比喻故意表現自己，以引人注目。

〔注釋〕①張飛：生得濃眉大眼，「環眼虎鬚」。②窩窩頭：窩頭。略呈圓錐形，底下有個窩兒。

高談闊論類

一派胡（狐）言

狐狸吵架

〔釋義〕指全是胡言亂語。

一個比一個會吹

風箱換上鼓風機

〔釋義〕比喻一個比一個更會吹噓，說大話。

一張巧嘴

老鼠嗑瓜子／草原上的百靈鳥*

〔釋義〕比喻能說會道。

〔注釋〕百靈鳥：比麻雀大的鳥，嘴巧，能發出多種叫聲。

又臭又長

龍船①裝狗屎／懶婆娘的裹腳②／老太婆的裹腳布

〔釋義〕比喻說話或寫文章冗長、空洞，廢話連篇。

〔注釋〕①龍船：裝飾成龍形的船，船身較長。②裹腳：此指裹腳布，舊時婦女用來纏腳的長布條。

口口是詞（瓷）；滿嘴詞（瓷）

狗啃碗片／老鼠進碗櫃／耗子啃碟子／老母豬啃碗碴

〔釋義〕比喻講起話來頭頭是道。

大吹

水桶當喇叭*／喇叭裡安鼓風機

〔釋義〕比喻誇海口。

〔注釋〕喇叭：管樂器。上細下粗，最下端口向四周擴張，可擴大聲音。

大吹大擂

花轎①前的樂隊／桶當喇叭床當鼓／鑼鼓響器②一起上

〔釋義〕比喻大肆宣揚，過分誇耀。

〔注釋〕①花轎：舊時新娘坐的轎子。②響器：方言，特指嗩吶。

大話

掃把①寫詩／掃帚寫家書②

〔釋義〕指不著邊際、無法實現的空話。

〔注釋〕①掃把：掃帚。②家書：家信。

大話（畫）

掃帚寫生*／半空中掛地皮

〔釋義〕同「大話」。

〔注釋〕寫生：對著實物或風景繪畫。用掃帚當筆寫生，畫的必然是大畫。

大嘴說大話

老虎誇海口①／豬八戒②講演／豬八戒吹牛

〔釋義〕比喻說不著邊際、無法實現的空話。

〔注釋〕①誇海口：漫無邊際地說大話。②豬八戒：《西遊記》中人物。豬首人身，長著大嘴巴，貪吃懶做，喜進讒言，好說大話。

天花亂墜

仙女散花／麻子跳傘①／麻子跳舞／媒婆說話／娃娃放煙火②／大年午夜③的鞭炮

〔釋義〕比喻說話有聲有色。有時指誇大其詞，不切實際。

〔注釋〕①麻子指得過天花急性傳染病的人，麻子跳傘在空中飛舞墜落，可比喻為「天花亂墜」。②煙火：燃放時能發出各種顏色供人觀賞的火花。種類很多，常在節日燃放。③大年午夜：農曆除夕之夜十二點前後。

叫得凶

進站的火車／六月天的老鴉

〔釋義〕比喻喊得響。

出嘴不出身

臭蟲咬人／牆縫裡的蛇咬人

〔釋義〕比喻光說不練。

光啼不下蛋

屬公雞的

〔釋義〕比喻只說不做。

光剩嘴

夜壺①打掉把／茶壺沒肚兒／高山摔茶壺／沒有把的茶壺／死了三年的老鴰②

〔釋義〕比喻光耍嘴皮子。

〔注釋〕①夜壺：指舊式便壺，有把。②老鴰（ㄍㄨㄚ）：烏鴉。嘴大而直，角質，不易腐爛。

光說不練

嘴巴子戲／天橋①的把勢②／街頭耍把戲③

〔釋義〕比喻只停留在口頭上，而沒有實際行動。

〔注釋〕①天橋：在北京市永定門內，舊時有許多民間藝人在此賣藝。②把勢：此指會武術靠賣藝為生的人。③耍把戲：玩雜技。

光磨嘴皮

鴨子改雞*

〔釋義〕指盡耍嘴皮子，說漂亮話。

〔注釋〕鴨子嘴扁而長，若變為雞，要磨掉鴨子大而突出的嘴巴。此為假想之說。

全憑一張嘴；全仗嘴

馬抓癢／狗掀門簾／母豬遛土豆①／老母豬打架／老母豬耕地／宜興的茶壺②／啄木鳥③找吃／野豬刨紅薯／七里渡船喊得來

〔釋義〕比喻能說會道，全靠耍嘴皮子。

〔注釋〕①遛（ㄌㄧㄡˋ）土豆：在收完土豆的田裡，刨土尋找殘留的土豆。土豆：馬鈴薯。②宜興在江蘇省南部，盛產茶壺等陶器，馳名中外。③啄木鳥：腳趾有銳利的爪，善攀樹木，嘴尖而直，能啄開木頭，用細長而尖端有鉤的舌頭捕食樹洞裡的蟲。

好大的口

一嘴吞個豬頭／一嘴吞了仨*饅頭／上嘴脣頂天，下嘴脣貼地

〔釋義〕比喻人說大話，誇海口。

〔注釋〕仨（ㄙㄚ）：三個。

吹上天了

坐火箭①背喇叭／背著嗩吶②坐飛機

〔釋義〕比喻漫無邊際地誇口。

〔注釋〕①火箭：利用反衝力推進的高速飛行器。②嗩吶（ㄙㄨㄛˇ ㄋㄚˋ）：管樂器，俗稱喇叭，吹起來聲音響亮。

吹牛皮

鼓上安電扇／鼓裡安風機

〔釋義〕比喻吹牛，說大話。

吹牛皮大王

皮坊*的老闆

〔釋義〕指誇口很厲害的人。

〔注釋〕皮坊：加工製作皮革的手工業作坊。

吹（催）牛

耕地甩鞭子

〔釋義〕同「吹牛皮」。

坐著喊

跛子①打圍②／瘸子③趕山／癱子④造反／癱子捉壞蛋／癱子遇到賊打劫

〔釋義〕比喻光說不練。

〔注釋〕①跛子：腿或腳有毛病，走起路來身體不平衡。②打圍：許多打獵的人從四面八方圍捕野獸。③瘸（ㄑㄩㄝˊ）子：跛子。④癱子：癱瘓的人。

扯淡（蛋）

雞屁股拴繩

〔釋義〕比喻胡扯或閒扯。

言過其實

馬謖*用兵／蚊子說成大象

〔釋義〕指說話誇張，與實際不符。

〔注釋〕馬謖（ㄙㄨˋ）：三國時代襄陽人，在蜀漢軍中任參軍之職，常誇誇言兵。劉備臨死時，囑咐丞相孔明說：「馬謖言過其實，不可大用。」後馬謖在陣守街亭時，由於麻痹大意，過度高估自己的力量，結果打了敗仗，丟失街亭，孔明揮淚問斬。

放空炮

炮彈脫靶*／飛機上打仗／雲頭上打靶

〔釋義〕比喻光說不做，或只許諾不兌現。

〔注釋〕脫靶：打靶時沒有打中。

東拉西扯

披蓑衣穿籬笆／披著麻袋進竹林／挑著棉花過刺林

〔釋義〕比喻說話沒有重點，故意亂扯，或有意擴大牽涉範圍。

空叫喊

晴天打雷／飛機上裝喇叭／半空中響喇叭

〔釋義〕比喻叫得凶，做不到。

空話一句

燕雀*叫三年

〔釋義〕指不能兌現的話。

〔注釋〕燕雀：雀的一種。體形小，發聲器官發達，嘴呈圓錐形，叫聲好聽。

空談

飛機上聊天／飛機上打電話／太陽和月亮講話／玉皇大帝①講天書②／半天雲裡拉家常

〔釋義〕比喻只說不做，或發表不合實際的言論。

〔注釋〕①玉皇大帝：道教稱天上最高的神。②天書：此指天上神仙寫的書。

空頭支票*

銀行裡發白紙條

〔釋義〕比喻不能兑現的諾言。

〔注釋〕支票：向銀行支取款項的一種票證。

耍舌頭

狗喝涼水*

〔釋義〕比喻能言善道，光說不練。

〔注釋〕狗喝水全靠舌頭舔。

耍（刷）嘴

眼毛上掛炊帚①／鼻頭②上掛炊帚

〔釋義〕同「耍舌頭」。

〔注釋〕①炊帚：刷鍋用的炊具。②鼻頭：方言，鼻子。

耍嘴；全憑一張嘴

過端午的龍頭①／豬八戒吞大刀／光說不練的把勢／走江湖的②賣假藥

〔釋義〕同「耍舌頭」。

〔注釋〕①民間習俗，每年五月初五端午節耍龍燈。龍燈的頭部最突出的是一張大嘴巴。②走江湖的：舊時指四方奔走，靠武藝雜技或醫卜星相謀生的人。

胡扯

狗撕皮襖／賣布不帶尺／聾子拉胡琴／拉著耳朵擤（ㄒㄧㄥˇ）鼻涕

〔釋義〕比喻閒談或瞎說。

胡吹；胡吹一氣

風揚石磙①／老虎吃香煙／說嘴郎中②賣膏藥

〔釋義〕指隨意誇口，亂吹噓。

〔注釋〕①石磙：又叫碌碡。石製圓柱形農具，用來軋穀物、平場地。②說嘴郎中：指能說會道而醫術不高的中醫醫生。

胡言亂語；胡說八道

痴人說夢①／瞎子算命②／睡夢裡演講／醉漢說夢話／醉漢撒酒瘋③

〔釋義〕指說胡話。

〔注釋〕①本指對痴呆的人說夢話，而痴呆的人信以為真。後用以諷刺不能實現的荒唐話。②算命：憑人的生辰八字，用陰陽五行推算人的命運，斷定人的吉凶禍福。③撒酒瘋：喝酒過量後，借酒勁胡鬧。

胡拉亂扯

牛頭不對馬嘴／東扯葫蘆西扯瓢

〔釋義〕比喻胡說八道。

胡說

發高燒不出汗／發高燒打擺子*／冤枉和尚偷魚吃

〔釋義〕比喻毫無根據的或沒有道理的話。

〔注釋〕打擺子：方言，患瘧疾。

胡（糊）云（雲）

裱糊匠①上天／半空中抹糨子②

〔釋義〕比喻胡言亂語。

〔注釋〕①裱（ㄅㄧㄠˇ）糊匠：以裱糊字畫或牆壁、頂棚等為業的工人師傅。②糨（ㄐㄧㄤˋ）子：漿糊。

真能嚼

綿羊的口，黃牛的嘴

〔釋義〕比喻能說善辯。

神聊

八仙①聚會／姜太公②說書③／姜太公說相聲

〔釋義〕比喻漫無邊際地閒談。

〔注釋〕①八仙：道教傳說中的八位神仙。②姜太公：姜子牙，《封神演義》中人物。曾助武王伐紂，足智多謀。滅殷興周後，奉命發榜封神。③說書：表演評書、評話、彈詞等。

神聊（繚①）

二郎神②縫皮襖

〔釋義〕同「神聊」。

〔注釋〕①繚（ㄌㄧㄠˊ）：縫紉方法，用針斜著縫。②二郎神：即楊二郎，神話傳說中人物。

神話

菩薩講聖經①／玉皇爺②出告示／呂洞賓③講故事

〔釋義〕指荒誕的無稽之談。

〔注釋〕①聖經：基督教的經典，包括《舊約全書》和《新約全書》。②玉皇爺：玉皇大帝，道教指天上最高的神。③呂洞賓：古代神話傳說中的八仙之一。

紙上談兵

軍棋比賽／象棋鬥勝／小孩子下軍棋／趙括徒讀父書*／棋盤上的英雄

〔釋義〕比喻只會空談理論，不能解決實際問題。

〔注釋〕趙括是戰國時代趙國名將趙奢之子，他好學兵法，善談兵卻不善用兵。趙括的母親聽說趙王要命趙括為大將，便奏本趙王說：「趙括徒讀父書，不知通變，不是個將才。」趙王未予採納。西元前二六〇年，趙括率軍與秦軍交戰，趙國全軍覆滅。

能吹噓（催虛）

發酵粉子*

〔釋義〕比喻誇大地或大肆宣揚優點。

〔注釋〕發酵粉子用來發麵、釀酒等。如發麵，麵粉在微生物作用下，體積膨脹，麵糰鬆軟、發虛。

能說不能行

坐而論道①／鐵嘴豆腐腳／瘸②和尚說法③／老和尚丟了棍／瘸和尚登寶座

〔釋義〕比喻會說不會做。

〔注釋〕①原指大臣輔佐帝王謀劃政事。後指空談理論，不身體力行。②瘸（ㄑㄩㄝˊ）：跛。③說法：講解佛法。

能說會道

三片子嘴／媒婆的嘴

〔釋義〕比喻嘴巴厲害，講得頭頭是道。

臭吹

茅坑裡響笛子／屎殼螂捏喇叭

〔釋義〕比喻竭力吹噓誇口，使人厭惡。

起高調

吹喇叭揚場①／吹鼓手②仰脖／吹嗩吶的仰脖／旗杆頂上拉胡琴

〔釋義〕比喻脫離實際的高談闊論。

〔注釋〕①揚場：把打下來的穀物等用木鍁等揚起，借風力吹去殼和塵土，分離出乾淨的籽粒。②吹鼓手：舊式婚禮或喪禮中吹奏樂器的人。

高調

山頂上唱歌／飛機上彈琴／月宮裡唱戲／飛機上吹喇叭／坐飛機拉胡琴／桅杆*上拉二胡／爬上塔頂吹口琴／珠穆朗瑪峰上聽雞叫

〔釋義〕比喻脫離實際的議論，或不能兌現的漂亮話。

〔注釋〕桅（ㄨㄟˊ）杆：指船上掛帆的杆子，或輪船上懸掛信號、裝設天線等的高杆。

高談闊論

飛機上講演／坐飛機講哲學

〔釋義〕形容漫無邊際地大發議論。

乾叫喚

小車不抹油*

〔釋義〕比喻毫無意義地空喊。

〔注釋〕小車，泛指獨輪車，一種用硬木製造的手推單輪小車。車軸與車耳的接觸部分要常塗潤滑油，否則車輪轉動時因摩擦常發出「吱吱嘎嘎」的叫聲。

乾吹

光颳風不下雨／旱天颳西北風

〔釋義〕指白誇口。

唱高調

嶺頭上對歌①／山頂上練嗓子／雲頭上吊嗓子②／公雞飛到屋頂上／南天門③上搭戲臺

〔釋義〕比喻說不切實際的漂亮話。

〔注釋〕①對歌：雙方一問一答地唱歌。②吊嗓子：指戲曲或歌唱演員練嗓子。③南天門：神話傳說中天的正門。

喋喋*（碟碟）不休

酒桌上的小盤子

〔釋義〕形容說話嘮叨，沒完沒了。

〔注釋〕喋喋（ㄉㄧㄝˊ）：說話沒完沒了。

無稽*（雞）之談

鴨子開會

〔釋義〕指沒有根據無從查考的言論。

〔注釋〕稽（ㄐㄧ）：考核。

開黃腔

滿嘴金牙齒／邊吃苞米①邊拉呱②

〔釋義〕不切實際地亂說，或說些語帶色情的言語。

〔注釋〕①苞米：方言，即玉米。②拉呱（ㄍㄨㄚˇ）：方言，閒談。

閒（弦）扯淡（蛋）

小娃娃不識電燈泡

〔釋義〕比喻漫無邊際地胡說一氣。

閒話多

寡婦家的男傭人

〔釋義〕比喻流言很多。

閒（鹹）話多

鹽店裡談天／鹽堆上安喇叭／口含鹽巴①拉家常②／鹽堆裡爬出來的人

〔釋義〕同「閒話多」。

〔注釋〕①鹽巴：方言，食鹽。②拉家常：談論有關日常生活方面的話題。

亂放炮

瞎子打飛機／書房裡燃炮仗①／麥秸②堆裡裝炸藥／垃圾堆裡安雷管③

〔釋義〕比喻亂講亂說或直率莽撞。

〔注釋〕①炮仗：爆竹。②麥秸（ㄐㄧㄝ）：小麥脫粒後剩下的莖。③雷管：彈藥、炸藥包等的引火裝置，易燃易爆。

亂談（彈）

泥鰍打鼓／棒槌①彈棉花／老鼠跳到鋼琴上／驢子掉進陰溝②裡

〔釋義〕指不負責任地亂說。

〔注釋〕①棒槌：捶打用的木棒，舊時多用來洗衣服。②陰溝：地下的排水溝。

搖脣鼓舌

結巴學話

〔釋義〕形容賣弄口才，進行遊說或爭辯。

會說不會做

鸚鵡的嘴巴

〔釋義〕比喻能說會道，但不能身體力行。

漫無邊際

海上泛舟／大海裡行船／草原上放牧*

〔釋義〕形容十分廣闊，無邊無際。多指說話、寫文章內容空泛，沒有重點。

〔注釋〕放牧：把牲畜放到草地上吃草、活動。

盡是嘴

雀頭擺碟子／麻雀頭包餃子／三分錢買個鴨頭／百隻麻雀炒盤菜

〔釋義〕比喻光會耍嘴皮，說空話。

盡揀大的講

有駱駝不說羊／有西瓜不說芝麻／光講駱駝，不講螞蟻

〔釋義〕比喻總講大話。

說的比唱的好聽

不聽曲子聽評書

〔釋義〕指嘴上說得漂亮。

說空話

牛屁股後面念祭文*

〔釋義〕比喻說話空洞無物，或說話不兌現。

〔注釋〕祭文：祭祀或祭奠時對神或死者朗讀的文章。

說得輕巧

口吃燈草①／嘴裡銜燈草／叫人拿韁繩②當汗毛揪

〔釋義〕比喻誇口，光說漂亮話。

〔注釋〕①燈草：燈心草莖的中心部分，色白而輕，用做油燈的燈心。②韁（ㄐㄧㄤ）繩：牽牲口的繩子。

說得像仙女

媒婆誇姑娘

〔釋義〕比喻言過其實，光說好聽的。

嘮叨（撈刀）

海裡打落劍

〔釋義〕比喻說起來沒完沒了，囉囉唆唆。

嘮嘮叨叨

碎嘴婆子[1]／老太婆的嘴／數[2]冬瓜道茄子／老太太開了話匣子[3]

〔釋義〕同「嘮叨（撈刀）」。

〔注釋〕①指說話囉唆的老太婆。②數：指數落，不住嘴地列舉著說。③話匣子：方言，原指留聲機。打開話匣子，比喻說起了話。

嘴上一套

衛生口罩

〔釋義〕比喻光說漂亮話而無實際行動。

嘴上功夫；憑嘴勁

口技[1]表演／驢嚼豌豆／燕子做窩[2]／啄木鳥治樹／一口咬斷鋼絲繩

〔釋義〕比喻光會耍嘴皮子。

〔注釋〕①口技：雜技的一種，運用口部發音技巧來模仿各種聲音。②燕銜泥築巢做窩，全靠嘴上功夫。

嘴上前

鴨子下水

〔釋義〕比喻還沒有做事，就先說大話。

嘴勁不小

扯著鬍子打滴溜[1]／七十歲老翁叼九十斤重的旱煙袋[2]

〔釋義〕形容人說話口氣大，實際辦不到。

〔注釋〕①打滴溜：指手拽著東西使身體旋轉。②旱煙袋：吸旱煙的工具。在細竹管的一端安煙袋鍋，一端安嘴，可以銜在嘴裡吸。

嘴裡漂亮

牙縫裡插花／滿口鑲金牙／舌頭上搽胭脂

〔釋義〕指嘴上說得好聽。

廢話（畫）

過時的掛曆／垃圾堆裡的仕女圖*

〔釋義〕指沒有用的話。

〔注釋〕仕女圖：以美女為題材的中國畫。

瞎吹

盲人熄燈／盲人提喇叭

〔釋義〕比喻毫無根據地誇口。

瞎扯

盲人撕布／盲人買日曆／盲人拉二胡／閉著眼睛賣布／盲人給盲人帶路

〔釋義〕比喻沒有重點或沒有根據地亂說。

瞎崩

閉著眼睛放炮

〔釋義〕比喻沒有根據地亂說。

瞎說

半夜聊天／吹燈講故事／吹燈念鼓詞[1]／神婆子[2]念咒

〔釋義〕同「瞎扯」。

〔注釋〕①鼓詞：大鼓的唱詞。大鼓是曲藝的一種，用韻文演唱故事。②神婆子：方言，舊社會裝神弄鬼替人祈禱的女巫。

窮扯

叫花子買布／叫花子拉二胡

〔釋義〕指沒完沒了地說閒話。

輪（掄）著吹

喇叭拴繩*

〔釋義〕比喻不斷地吹牛。

〔注釋〕喇叭拴上繩子，可以把喇叭掄起來吹。「掄著吹」是一種假想。

講大話；大話多

麻雀下鵝蛋／麻雀屙屎大過籮

〔釋義〕指說話虛誇，不切實際。

講天話

頭頂長嘴／腦瓜*頂上開口／對著月亮攀談

〔釋義〕指說些玄虛費解的話。

〔注釋〕腦瓜：方言，頭。

吹拍奉承類

一個吹，一個捧；你吹我捧

兩個人奏笙／韓湘子[1]拉著鐵拐李[2]

〔釋義〕比喻吹噓捧場，一唱一和。

〔注釋〕①韓湘子：傳說中的八仙之一，善吹簫、吟詠。②鐵拐李：傳說中的八仙之一，神通廣大，常手捧寶葫蘆。

一副奴才相

梅香[1]照鏡子／頂禮[2]膜拜[3]的小人

〔釋義〕形容奴才諂媚的面目。

〔注釋〕①梅香：在古典戲劇小說中，丫鬟多叫梅香，後來梅香成了婢女的代稱。②頂禮：兩手伏在地上，頭頂著所尊敬的人的腳，是古代印度佛教徒拜佛時最高的敬禮。③膜拜：兩手放額上，跪下叩頭，是古代印度佛教徒對神佛的一種敬禮。現在多用以形容對人崇拜得五體投地。

八面光

平光鏡*

〔釋義〕比喻處事圓滑。

〔注釋〕指屈光度等於零的眼鏡，光滑平整。因為一只鏡片的上下左右四面都是光，所以一副平光鏡是八面光。

八面玲瓏

珠寶商店

〔釋義〕同「八面光」。

巴結高枝

烏龜爬樹／螞蟻爬樹梢

〔釋義〕指趨炎附勢。

巴結過分

給大老爺舔痔瘡

〔釋義〕比喻趨炎附勢，極力奉承到了令人作嘔的程度。

加一[1]奉承

六指頭上菜[2]／六個指頭擦背／六指頭抓癢癢

〔釋義〕比喻格外地討好別人。

〔注釋〕①加一：更加一等。②上菜：端菜上席。

加倍奉承

十個指頭搔癢

〔釋義〕同「加一奉承」。

奴顏[1]媚骨

挨了巴掌賠不是[2]／熱臉蛋貼人家冷屁股

〔釋義〕比喻像奴僕般的向人巴結討好。

〔注釋〕①奴顏：奴才諂媚相。②賠不是：賠禮道歉。

百依百順

王府*的奴才／奴才見主子

〔釋義〕比喻一切都順從對方。

〔注釋〕王府：封建社會有王爵封號的人的住宅。

好登高枝

屬喜鵲的

〔釋義〕比喻喜歡巴結，或喜歡出風頭。

有錢大三輩

玉皇大帝①拜財神②

〔釋義〕指崇拜錢財，把有錢人看得很高。

〔注釋〕①玉皇大帝：道教稱天上最高的神。②財神：指可以使人發財致富的神仙。

低三下四

王府的丫鬟／七個人通陰溝①／老爺家裡當差的②

〔釋義〕形容卑躬屈膝，毫無骨氣。

〔注釋〕①陰溝：地下的排水溝。②當差的：官吏或有權勢人家的僕人。

吹吹拍拍；又吹又拍

吃烤山芋①／奏著嗩吶②趕毛驢／托著手鼓③提著竹笛／灶裡扒出個燒饃饃④／灰堆裡扒出個燒紅薯／一手拿喇叭，一手托皮球

〔釋義〕指極力諂媚奉承。

〔注釋〕①山芋：即甘薯，通稱紅薯、白薯，有的地區叫地瓜、紅苕等。②嗩吶（ㄙㄨㄛˇ ㄋㄚˋ）：吹奏樂器，俗稱喇叭。③手鼓：維吾爾、哈薩克等少數民族跳舞時伴奏的樂器，扁圓形，一面蒙鼓皮，周圍有活動的環或金屬片，用手拍打時發聲。④饃饃：方言，饅頭。

吹起來的

氣球上天／玻璃燈罩／娃娃玩肥皂泡／娃娃玩的糖人兒*

〔釋義〕比喻是靠別人吹捧的，並非名副其實。

〔注釋〕糖人兒：舊時吹糖人的小商販用麥芽糖稀吹成的各式各樣的人物形狀。

孝子多

和尚無兒*

〔釋義〕指孝敬、巴結的人不少。

〔注釋〕舊時和尚住在寺廟裡，雖無子孫，但常有善男信女到廟裡來供奉，燒香拜佛。

投其所好

爛肉餵蒼蠅／狗面前扔骨頭／貓嘴裡塞鯉魚／見桀①紂②動干戈③，遇文公④施禮樂⑤／吃辣的送海椒⑥，吃甜的送蛋糕

〔釋義〕指迎合別人的愛好。

〔注釋〕①桀（ㄐㄧㄝˊ）：相傳是在夏朝的暴君，被商族首領湯起兵攻伐，出奔南方而死。②紂（ㄓㄡˋ）：商朝最後一個君主，對我國古代的統一雖有一定貢獻，但多次發動掠奪戰爭，殘酷壓迫人民，激起奴隸和平民的反抗。在殷、周最後一次戰爭中，戰敗自焚。③干戈：泛指武器，比喻戰爭。④文公：晉文公，春秋前期晉國君主，春秋五霸之一，繼齊桓公之後成為

春秋時期的中原霸主。他任用賢才，改革內政，安定政局，使晉出現一派新氣象。⑤施禮樂：行禮奏樂。⑥海椒：方言，辣椒。

兩面光

刀切酥油①／快刀切豆腐／楊樹的葉子②

〔釋義〕比喻處世圓滑，兩面討好。

〔注釋〕①酥（ㄙㄨ）油：從牛奶或羊奶中提煉出來的脂肪。②楊樹為落葉喬木，葉子互生，兩面光滑。

兩頭光

赤腳的和尚／禿子打赤腳

〔釋義〕同「兩面光」。

卑躬（背弓）屈膝

癩子駝背／出鍋的大蝦／駝子壞了腿／笸籮*裡睡覺

〔釋義〕指諂媚奉承。

〔注釋〕笸（ㄆㄛˇ）籮：用篾條或柳條編成的圓形或長方形器具，幫較淺。

拍馬屁

趕車①不拿鞭／騎馬不帶鞭子／馬屁股上掛蒲扇②

〔釋義〕指巴結奉承，向人討好。

〔注釋〕①趕車：指駕馭牲畜拉的車，一般都用鞭子驅趕牲畜使其快走。②蒲扇：用香蒲葉做的扇。

拚命巴結

老鼠舔貓鼻／耗子舔貓屁股／雞給黃鼠狼拜年

〔釋義〕比喻極力奉承和依附有權勢的人。

抱粗腿

武大郎跳舞①／蒼蠅飛到驢胯②上

〔釋義〕指巴結、依仗有錢有勢的人。

〔注釋〕①武大郎是《水滸傳》中人物，個子極矮小，如跳交際舞，只好抱著別人的大腿跳。②胯（ㄎㄨㄚˋ）：腰的兩側和大腿之間的部分。

盲目崇拜

瞎子作揖*／瞎子敬神

〔釋義〕比喻主觀盲從地尊敬、欽佩別人。

〔注釋〕作揖：兩手抱拳高拱，身子略彎，向人敬禮。

看人下菜碟

王小二開飯店

〔釋義〕比喻看人行事。

看風使舵

老艄公撐船／撐船的老闆／船老大坐後艄

〔釋義〕比喻看人的眼色隨機應變。

討好鬼

死人拍馬屁*／棺材上畫花

〔釋義〕說明低三下四到了極點。

〔注釋〕指死人在陰間對閻王或小鬼拍馬屁。

都是奴才

梅香①拜把子②

〔釋義〕指全是甘心供人驅使的人。

〔注釋〕①梅香：婢女的代稱。②拜把子：又稱拜盟，指朋友結為異姓兄弟。

眼朝上；眼向上看

仰面朝天／駱駝觀天／下眼泡①腫大／鴨

子吃田螺②／鯨魚③的鼻子／比目魚④的眼睛／腦門上長眼睛

〔釋義〕比喻只知道巴結上司和有權勢的人。

〔注釋〕①下眼泡（ㄆㄠ）：下眼皮。②田螺：軟體動物，圓錐形外殼，觸角長，生長在淡水中。鴨子在池塘和水田裡常以田螺為食。③鯨魚：鯨，海洋中的哺乳動物，是現在世界上最大的動物。鼻孔在頭的上部，用肺呼吸，肉可食，脂肪可製油。④比目魚：又稱偏口魚，身體扁平，成長中兩眼逐漸移到頭部的一側。

捧場*作戲

手心裡搭舞臺

〔釋義〕指故意奉承和吹噓別人。

〔注釋〕捧場：原指特意到劇場去讚賞演員的表演，以助聲威。這裡泛指故意奉承別人，替別人吹噓。

專靠巴結人（仁）

絲瓜秧攀上核桃樹

〔釋義〕指專靠奉承和依附有權勢的人往上爬。

順杆爬

長蟲①吃高粱／老鼠吃稻穗／螞蟻上枯樹②／猴子上旗杆／猴子摘瓷瓶③／螃蟹吃秫秫④／老鼠啃玉米棒／老母豬吃高粱⑤

〔釋義〕借助別人的勢力向上爬。

〔注釋〕①長蟲：蛇。②枯樹：乾枯的樹。這裡把枯樹的樹幹比作「杆」。③瓷瓶在電杆的頂端，猴子要順著電杆向上爬才能摘到。④秫秫（ㄕㄨˊ ˙ㄕㄨ）：方言，高粱。⑤高粱的果實長在高粱稈的頂端，老母豬是爬不上去的。這是一種假想。

勢利眼

打狗看主人／狗咬叫花子／看人下菜碟①／看衣裳行事／專往肥肉上貼膘②／見高就拜，見低就踩

〔釋義〕形容根據財產、地位而區別待人。

〔注釋〕①根據人的身分、地位，決定飯菜的好壞，或招待的規格。②膘（ㄅㄧㄠ）：肥肉。

圓滑；又圓又滑

皮球打蠟／西瓜抹油／河裡摸魚／鴨子屁股／鬮泥鰍的／雞蛋掉魚缸／乒乓球上擦油／油簍裡的西瓜／溜冰場上打球／河灘裡的鵝卵石

〔釋義〕比喻為人世故、滑頭。

想充吹鼓手①

夾著蠟扦②追花轎／捧著喇叭花③送殯④

〔釋義〕指企圖扮演吹捧者的身分。

〔注釋〕①吹鼓手：原指舊俗婚禮或喪禮中吹奏樂器的人。這裡比喻鼓吹某事或吹捧某人的人。②蠟扦：上有尖頂，下有底座可以插蠟燭的器物，略似喇叭狀。③喇叭花：牽牛花，有長柄，花冠喇叭形。④送殯（ㄅㄧㄣˋ）：出殯時陪送靈柩。舊時送殯常請吹鼓手奏樂。

想高攀；高攀

舌頭舔鼻尖／老母豬爬樓梯／靴子夢見帽子／見了官老爺叫舅／遇見王母娘娘*叫大姑

〔釋義〕指企圖投靠權貴以往上爬。

〔注釋〕王母娘娘：西王母，我國古代神話中的女神。

搖尾乞憐

哈巴狗見主人／餓狗見了吃飯的

〔釋義〕形容卑躬屈膝地向別人諂媚討好。

溜溝子

貓舐[1]鍋臺／狗鑽下水道[2]／狗舔娃娃屁股

〔釋義〕指溜鬚拍馬，阿諛奉承。

〔注釋〕①舐（ㄕˋ）：舔。②下水道：排除雨水或汙水的管道。

溜鬚[1]不要命

耗子給貓捋[2]鬍子／野貓[3]給老虎舔下巴

〔釋義〕比喻拚命阿諛奉承。

〔注釋〕①溜鬚：此比喻阿諛奉承。②捋（ㄌㄩˇ）：這裡指順著抹鬍子，使其順溜。③野貓：方言，野兔。也指無主的貓。

盡走上風

屁股上吊蒲扇*／爬上山頂納涼

〔釋義〕比喻只看上級的眼色行事。

〔注釋〕蒲扇：用香蒲葉做的扇子。

對著吹

天冷偏烤溼柴火*／兩口子床上奏喇叭

〔釋義〕指互相吹捧。

〔注釋〕溼柴含水分多，不易燃，用嘴對著吹氣，加速氣體流動，可助燃。

蜷[1]腿弓腰

龍蝦[2]炒雞爪／雞爪炒大蝦

〔釋義〕形容低三下四、卑躬屈膝的樣子。

〔注釋〕①蜷（ㄑㄩㄢˊ）：拳曲。②龍蝦：節肢動物，身體長一尺左右，生活在海底，肉味鮮美。

窮盡忠

窩窩頭[1]進貢[2]／披著破被子上朝[3]

〔釋義〕多比喻竭盡全力對主子盡忠誠。

〔注釋〕①窩窩頭：用玉米麵、高粱麵，或其他雜糧麵做的食物，略作圓錐形，底下有個窩兒。②進貢：指臣民對君主呈獻禮物。③上朝：臣子到朝廷上拜見君主奏事、議事。

隨方就圓；隨得方就得圓

背方桌下井／八仙桌[1]當井蓋／小案板[2]當鍋蓋

〔釋義〕比喻看風使舵。有時指人處事隨和，適應性強。

〔注釋〕①八仙桌：較大的方桌，一般可坐八個人。②小案板：切菜用的小木板，一般為長方形。

親得不是地方

哈巴狗舔腳後跟

〔釋義〕比喻想巴結人，卻摸不著門道。

戴高帽[1]

套馬杆子[2]頂雨傘

〔釋義〕指吹捧恭維別人。

〔注釋〕①高帽：舊時的一種官帽。②套馬杆子：套馬用的帶有套索的長杆。草原牧場常用它來套烈馬。

雙膝跪地

羊羔吃奶

〔釋義〕比喻卑躬屈膝。

空虛漂浮類

一包草

繡花枕頭

〔釋義〕比喻空虛無能。

一肚子泥

觀音菩薩①的五臟②／觀音堂裡的羅漢③

〔釋義〕比喻徒有其表而無真才實學。

〔注釋〕①觀音菩薩：泛指佛像和某些神像。②五臟：指心、肝、脾、肺、腎五種器官。③羅漢：佛教稱斷絕了一切嗜欲，解脫了煩惱，受人敬仰崇拜的僧人。

人強貨不硬

關公①賣豆腐／張飛②賣豆腐／關老爺③賣涼粉

〔釋義〕比喻人雖厲害，實際沒有施展出來。

〔注釋〕①關公：關羽，《三國演義》中人物，蜀漢大將。他驍勇善戰，是忠勇的化身。②張飛：《三國演義》中人物，蜀漢大將，人稱「猛張飛」，是一個勇猛、剛直的武將。③關老爺：關公。

上不著天，下不著地

梁上君子①／空中掛燈籠／梁上吊死人／半空中的氣球／武大郎②攀槓子／屋頂上的王八／斷了線的紙鳶③／一顆心懸在半天雲裡④

〔釋義〕比喻漂浮空虛，兩頭沒有著落。

〔注釋〕①後漢陳寔稱藏在他家房梁上打算偷東西的賊為「梁上君子」。後多用「梁上君子」做竊賊的代稱。②武大郎：《水滸傳》中人物，身材短小，高不滿五尺。③紙鳶（ㄩㄢ）：風箏。④半天雲裡：半空中。

不深入；深不下去

走馬觀花／大胖子跳井／馬勺①掏耳屎②／指頭挖耳朵／湯罐裡煮牛頭

〔釋義〕指工作不深入、不細緻。

〔注釋〕①馬勺：盛粥、飯用的大勺。②耳屎：耳垢，外耳道內皮脂腺分泌的蠟狀物質，有溼潤耳內細毛和防止昆蟲進入耳內的作用。

不著實地

空中樓閣／四大金剛①騰空／半空中翻跟頭／半天雲裡吊帳子②

〔釋義〕比喻不踏實。

〔注釋〕①四大金剛：四天王。②帳子：用布、紗、綢等做成的，張在床上或屋子裡的東西。

不著邊際

老虎吃天／隔靴搔（ㄙㄠ）癢／舌頭伸到水缸裡／大眼賊①掉到昆明湖②

〔釋義〕比喻不切實際，或說話空泛，離題太遠。

〔注釋〕①大眼賊：方言，黃鼠，哺乳動物，身體細長，毛灰黃色，眼大而突出，穴居於鬆土中。②昆明湖：在北京頤和園內。

不踏實

腳踩棉花堆／棉花堆上散步

〔釋義〕指浮躁而不扎實。

中看不中用

玻璃棒槌①／銀樣鑞槍頭②／玩具店裡的刀槍／空心蘿蔔繡花袍③

〔釋義〕形容外表好看，實際無多大用處。

〔注釋〕①棒槌：捶打用的木棒，舊時多用來洗衣。②表面像銀其實是焊錫做的槍頭。比喻外表好看卻不中用。鑞（ㄌㄚˋ）：鉛錫合金，通常叫焊錫。③空心蘿蔔外表看還好，實際上不能吃不能用；繡花袍雖好看，但太花俏，平時無法穿用。

中看不中吃；好看不好吃

山裡紅①／細糠做餅／豬血李子②／紅蘿蔔雕花／畫上的仙桃③／牆上畫燒餅／蠟製的蘋果／鏡子裡的油餅

〔釋義〕比喻外表好看，但沒有實用價值。

〔注釋〕①山裡紅：山裡紅樹的果實，圓形，深紅色，可以吃，但味酸。②顏色像豬血一樣的李子，樣子好看而不好吃。③仙桃：神話傳說中的蟠桃。古代神話傳說西王母在園子裡種有蟠桃，吃了可長生不老。

戶大家虛

叫花子住破寺廟

〔釋義〕比喻徒有其表，實則空虛。

扎不下根

牆上栽蔥／沙灘裡栽花／罈子裡種豆子／水泥地上種莊稼／青石板上種花生

〔釋義〕比喻處事漂浮，不深入。

四腳無靠

牆上掛王八／鼻子上掛甲魚*

〔釋義〕比喻沒有依託，落不到實處。

〔注釋〕甲魚：鱉，俗稱王八。

外光裡不光；外面光

驢糞蛋①／石灰泥牆②／驢糞蛋下霜／竹笆牆抹石灰／花枕頭裝秕糠③／穿綢緞吃粗糠／馬糞球，羊屎蛋／繡花枕頭一包糠

〔釋義〕表面上好看，裡面空虛。比喻虛有其表。

〔注釋〕①驢糞蛋裡面都是食物殘渣，很粗糙，但外面有一層膜，很光滑。②泥牆：此指用石灰塗抹牆壁。③秕（ㄅㄧˇ）糠：秕子和糠。秕：不飽滿。

外面好看裡面空

花綢子蓋鳥籠／羽絨被蓋雞籠／花裡胡哨①的燈籠／描金②箱子白銅鎖

〔釋義〕同「外光裡不光；外面光」。

〔注釋〕①花裡胡哨：方言，顏色過於鮮豔

複雜。②描金：用金銀粉在器物或牆柱圖案上鉤勒描畫，作為裝飾。

外強中乾[1]

紙糊的老虎／空心的大樹／打腫臉充胖子／老槐樹枯了心／賈府的大觀園[2]／披著虎皮的驢子／鼓著肚子充胖子

〔釋義〕指外表很強盛，實際上很空虛。

〔注釋〕①乾：空虛。②據《紅樓夢》裡描寫，賈府的大觀園裡表面上光怪陸離、轟轟烈烈，實際上背後矛盾與鬥爭激烈，充滿了荒淫與腐朽，內部空虛得很。

外強裡虛

老虎皮，兔子膽／身披虎皮心發抖

〔釋義〕同「外強中乾」。

玄乎

白日見鬼／屎殼螂爬樹／眉毛上盪鞦韆*

〔釋義〕比喻玄虛而不可捉摸。

〔注釋〕鞦韆：運動和遊戲器具。在木架上懸掛拴有橫板的兩根繩，人在踏板上，前後擺動。

好大的牌子

胸前掛門板／賣油的敲鍋蓋[1]／店鋪前吊門板／腦殼[2]上頂門板／敲鍋蓋賣燒餅

〔釋義〕比喻虛張聲勢，空有其名。

〔注釋〕①過去走鄉串戶的賣油郎常敲梆為號，以招來顧客。敲鍋蓋是顯示牌子大，有派頭。②腦殼：方言，頭。

有名無實

阿斗[1]當官／金字招牌[2]／空心湯圓／戲臺上的夫妻／雷聲大，雨點小／掛羊頭，賣狗肉／給狗起個獅子名

〔釋義〕比喻徒有虛名。

〔注釋〕①阿斗：三國蜀漢後主劉禪的小名。阿斗為人庸碌，後用以比喻昏庸無能的人。②用金粉塗字的商店招牌，現多比喻有意向人炫耀的名義或稱號。

光圖表面

包公[1]搽粉／八級油漆工／戲子[2]搽臉蛋／泥水匠的瓦刀

〔釋義〕比喻注重外表，不求實際。

〔注釋〕①包公：古代文學和戲劇中人物。名拯，曾任龍圖閣直學士，為官清廉正直，鐵面無私，是封建社會中清官的典型。②戲子：舊時對職業戲曲演員的蔑稱。

坐不住；坐不穩

火上屋頂／火燒屁股／陀螺屁股／橄欖屁股／猴子的屁股／三隻腳的凳子／屁股上扎蒺藜（ㄐㄧˊ ㄌㄧˊ）／板凳上擱蒺藜／孫大聖坐金鑾殿

〔釋義〕這裡比喻漂浮，不扎實。有時比喻心緒不定，坐立不安。

忍痛圖好看

挖肉補臉蛋／額頭上插牡丹／和尚頭上別金簪*

〔釋義〕比喻愛虛榮。

〔注釋〕金簪（ㄗㄢ）：別住髮髻的金質簪子。

沉不下去

塘裡漂葫蘆／水缸裡的葫蘆瓢／戴著涼帽扎猛子*

〔釋義〕比喻漂浮，不深入。

〔注釋〕扎猛子：方言，游泳時頭朝下鑽進水裡。

沒後勁

烏龜①拉車／王八尥蹶子②／兔子尥蹶子

〔釋義〕比喻幹勁不能持久。

〔注釋〕①烏龜：爬行動物，主要靠前肢爬行，後肢無力。②尥蹶（ㄌㄧㄠˋ ㄐㄩㄝˇ）子：騾馬等跳起來用後腿向後踢。

沒著落

迷途的信鴿①／麻雀飛大海／飛機上吊螃蟹／塌鼻子②戴眼鏡／棉花堆裡找跳蚤

〔釋義〕指事情不落實，或沒有指望。

〔注釋〕①信鴿：能傳遞書信的家鴿，有識別方向的特殊能力。②塌鼻子：鼻梁凹下的人。

兩頭不著實

駝子仰面睡／駝子跌跟頭／彎扁擔打蛇／駱駝翻跟頭①／一跤跌在門檻②上

〔釋義〕比喻計畫、措施等各方面都不落實。

〔注釋〕①駱駝身體高大，背上有駝峰，翻跟頭時兩頭不著實地。②門檻（ㄎㄢˇ）：門框下部挨著地面的橫木或長條石。

底子空

床上起塔／屁股坐竹凳／橋上搭碉樓①／城頭上蓋城樓②

〔釋義〕指基礎不扎實。

〔注釋〕①碉（ㄉㄧㄠ）樓：舊時防守和瞭望用的較高建築物。②城樓：建築在城門洞上的樓。

底子差；底子不行

蔴袋繡花／蓑衣*上繡花／沙灘上蓋房子／泥人禁不住雨打

〔釋義〕比喻基礎不行，或條件太差。

〔注釋〕蓑（ㄙㄨㄛ）衣：用草或棕製成，披在身上的防雨用具。

空好看

花木瓜①／三月的桃花②／鏡子裡的鮮花／鏡中花，水中月／月亮地裡點彩燈

〔釋義〕比喻外表好看而不實用。

〔注釋〕①有花紋的木瓜，外表很好看。②桃花三月盛開，鮮豔奪目，但花期很短。

空的；空了

竹枕頭／翻過來的仁丹*袋

〔釋義〕形容空虛，無實際內容。

〔注釋〕仁丹：常用中成藥，清涼劑，多用紙袋包裝。

空架子

秋天的黃瓜棚①／高粱稈做眼鏡／老墳頭裡的屍骨／沒張雨布的傘骨②／展覽會上的豬標本③

〔釋義〕比喻只有形式，沒有實際內容。

〔注釋〕①秋天架上的黃瓜早已成熟收摘，瓜秧也已枯萎，剩下的僅為空架子。②傘骨為中間有柄的傘形骨架，未張雨布、塑料布或油紙前是個空架子。③標本：供學習或研究用的動物、植物、礦物等實物樣本。

空洞；空空洞洞

無蜜的蜂窩／穿山甲①過路／晚期肺結核②／臘月的馬蜂窩

〔釋義〕形容言之無物，沒有實際內容。

〔注釋〕①穿山甲：哺乳動物，全身有角質鱗甲，沒有牙齒，爪銳利，善於挖土掘洞。②肺結核：慢性傳染病，到了晚期，肺葉上滿是孔洞。

空背虛名；枉擔虛名

酒糟鼻*不吃酒

〔釋義〕比喻徒有虛名，實際並非如此。

〔注釋〕酒糟鼻：又叫紅鼻子，慢性皮膚病，鼻尖和兩側出現紅色斑點，與喝酒過量時面部發紅的現象相似。

空掛名

月下提燈籠／桅杆*頂上安燈／旗杆上吊紅燈

〔釋義〕比喻空有其名。

〔注釋〕桅（ㄨㄟˊ）杆：指船上掛帆的杆子，或輪船上懸掛信號、裝設天線、支持觀測臺的高杆。

空虛

老絲瓜瓤子*／鏡子裡的影子／抱緊肚子裝飽漢

〔釋義〕比喻不充實。

〔注釋〕絲瓜的果實嫩時可食，成熟時瓜瓤多呈網絡狀纖維，逐漸空虛。

空對空

天上打仗／皮球敲鼓／尿脬①打鼓／油瓶打鼓／蔥葉炒藕／飛機打飛機／蘆葦塞竹筒／半天雲裡②打麻雀

〔釋義〕比喻目標、計畫不落實，而措施又空泛不得力。

〔注釋〕①尿脬（ㄙㄨㄟ ㄆㄠ）：方言，即膀胱。②半天雲裡：半空中。

表面文章

臉上寫字

〔釋義〕比喻只在外表上下工夫。

面上人

鼻頭①上耍木偶②／扳不倒③坐到燒餅上

〔釋義〕指愛做表面文章的人。

〔注釋〕①鼻頭：方言，鼻子。②木偶：木頭做的人像。③扳不倒：不倒翁。

故弄玄虛

巫婆跳神①／諸葛亮焚香操琴②

〔釋義〕指故意玩弄花招，以迷惑、欺騙別人。

〔注釋〕①跳神：巫婆裝出鬼神附體的樣子，亂說亂舞，舊時人們認為能給人驅鬼治病。②《三國演義》中的故事。蜀將馬謖失守街亭後，魏將司馬懿率兵直逼西城，諸葛亮無兵迎戰，在危急關頭，巧設「空城計」，他鎮定自若，大開城門，靜坐城樓焚香彈琴。司馬懿怕中埋伏，引兵退去。

看得見，摸不著

水中月，鏡中人／峨嵋山上的佛光①／天上的彩雲，地下的幻影②

〔釋義〕比喻虛幻而不實在。

〔注釋〕①登上峨嵋山金頂，每當下午三、四點鐘，人背日而立，在山間的層雲上看到以自己頭影為中心的七色光環，即為佛光，又稱「寶光」。②幻影：幻想中的景象。

後梢裡虛*

禿尾巴驢

〔釋義〕比喻沒有後勁。

〔注釋〕後頭空虛。梢：樹枝的末端，引申為末端。

屋裡凶

灶前的老虎

〔釋義〕指對外沒有真本事，只能對內耍威風。

根子軟

棉花耳朵／豆腐扎基腳*

〔釋義〕比喻基礎不扎實、不牢靠。

〔注釋〕扎基腳：打基礎，做建築物的根腳。

根底淺

嫩苗苗／盤子裡生豆芽／碟子裡栽牡丹

〔釋義〕比喻底子薄，基礎差。

根基不穩；基礎不牢

豆腐做牆腳／沙灘上的樓閣／鵝卵石壘牆腳*

〔釋義〕比喻人的功底不深，基礎不扎實。

〔注釋〕單用鵝卵石壘牆腳，基礎不穩定。鵝卵石：較大的一種卵石，天然的建築材料。

浮在面上

蜻蜓①點水／水裡的浮萍②

〔釋義〕指做事不深入，不扎實。

〔注釋〕①蜻蜓：昆蟲，胸部的背面有兩對膜狀的翅，生活在水邊，雌的用尾點水而產卵於水中。②浮萍：一年生草本植物，浮生在河渠、池塘中。

翅膀不硬

才出窩的麻雀／剛出殼的仔雞／關在籠子裡的鳥

〔釋義〕比喻幼稚，不能獨立生活。

假威風

紙老虎／狸貓①披虎皮／演戲扮司令／戲臺上的皇帝／衙門②口的獅子

〔釋義〕指樣子威嚴神氣，實際上很空虛。

〔注釋〕①狸貓：豹貓。哺乳動物，形似家貓，性凶猛。②衙門：舊時官員辦公的機關。

眼高手低

大象抓鳳凰／頭頂生目，腳下長手／抬頭望鷹，低頭抓雞

〔釋義〕指眼光高而能力低。

淺薄

佛爺臉上刮金子*

〔釋義〕比喻缺乏學識或修養。

〔注釋〕佛像臉上塗有金箔，從上面只能刮取到極薄的金子。佛爺：泛稱佛教的神。

華而（花兒）不實

開水碗裡的蔥花*

〔釋義〕形容外表好看，內裡空虛。

〔注釋〕蔥花：切碎用來調味的蔥，名為蔥花，實際上並無「花」形。

虛的虛，空的空

海市蜃樓*，天涯彩虹

〔釋義〕比喻空虛。

〔注釋〕海市蜃（ㄕㄣˋ）樓：一種大氣光學的現象。光線經過不同密度的空氣層，發生顯著折射或全反射時，把遠處景物顯示在半空中或地面的奇異幻景，古時傳說這種幻景是海裡的蜃吐氣所形成，故名。

虛度

貧家過節

〔釋義〕比喻白白度過時日。

虛度（渡）

半天雲裡*撐船

〔釋義〕同「虛度」。

〔注釋〕半天雲裡：半空中。

虛度年華

年過花甲[①]不成材／傻子活了九十八／嘻嘻哈哈[②]，年過花甲

〔釋義〕同「虛度」。

〔注釋〕①花甲：六十歲。②嘻嘻哈哈：此指嬉笑玩耍，不思進取。

虛胖

煮熟的紅棗／藥罐子裡的棗子

〔釋義〕比喻空虛，不實在。

虛透了

稻草肚子棉花心

〔釋義〕比喻空虛極了。

虛張聲勢

放炮[①]嚇鬼／敲山鎮虎／開弓不放箭／打貓兒嚇賊／鴿子帶風鈴[②]／走夜路吹口哨／乾打雷不下雨

〔釋義〕比喻假裝出強大的聲勢。

〔注釋〕①炮：此指鞭炮。舊時有放炮驅鬼的習俗。②風鈴：風吹時能搖動發聲的鈴。多懸掛在佛殿、寶塔等的簷下。

腹內空；肚裡空空

紙元寶／出鬚的蘿蔔*／紙糊的燈籠／蟲蛀的老榆樹／紙糊的洋娃娃

〔釋義〕比喻虛有其表，而無真才實學。

〔注釋〕蘿蔔生長到一定時期，頂端會出鬚開花，根莖逐漸失水，變得乾而空。

圖表面好看

馬桶上插荷花／油漆馬桶鑲金邊／破夾襖上繡牡丹

〔釋義〕比喻光講外表，不注重內在。

圖熱鬧

呆子看戲／傻子上街／喝米湯划拳*／戲臺下開店鋪

〔釋義〕比喻貪圖熱鬧，不講實效。

〔注釋〕划拳：在喝酒時猜拳行令，輸者罰喝酒。

漂浮

秋葉落塘／鵝毛落水／落水的油滴[①]／水面上的油花／腦袋瓜[②]不夠二兩重

〔釋義〕比喻不踏實，不深入。

〔注釋〕①油的比重小於水，故油滴總漂浮在水面上。②腦袋瓜：方言，頭。

漂浮不定

風吹雲朵／無根的水草／升空的風箏

〔釋義〕同「漂浮」。

窩裡逞能

老鼠扛大槍／關門做皇帝

〔釋義〕比喻只能對內部耍威風的無能之人。

輕狂

燈草灰／雞毛上天

〔釋義〕比喻輕浮而不穩重。

樣子貨

商店櫥窗的擺設／展覽會上的陳列品

〔釋義〕指只是擺擺樣子，並不實用。

靠不住；不可靠

低欄杆／羊看菜園／燈草拐杖／燈草欄杆／麻稈手杖①／木排②上捎信／牛欄裡關豬／石頭上栽花／生蟲的拐杖／紙糊的欄杆／紙糊的牆壁／酒醉靠門簾／癱子靠跛子③／開春的冰雪堆／草甸④上的葦子⑤／貓窩裡藏乾魚／茶杯蓋上放雞蛋／斷了背兒的椅子／蜘蛛在枯葉上拉網

〔釋義〕比喻不可靠，不實在。

〔注釋〕①麻稈細而不堅，不可能做手杖。②木排：放在江河裡的成排地連結起來的木材。為了從林場外運的方便，有水道的地方，常把木材結成木排，使其順流而下。③癱（ㄊㄢ）子身體某一部分癱瘓，喪失活動能力；跛子腿腳有毛病。各人自顧不暇，誰也靠不了誰。④草甸：方言，長滿野草的低溼地。⑤葦子：蘆葦，多年生草本植物，莖細長而中空。

嘴尖皮厚腹中空

山間竹筍

〔釋義〕形容誇誇其談而無真才實學。

頭重腳輕

牆上蘆葦①／藤長根短／籬笆②吊南瓜

〔釋義〕比喻頭腦膨脹，四肢軟弱無力。

〔注釋〕①蘆葦：多年生草本植物，莖細長而中空。②籬笆：用竹子或樹枝等編成的遮攔物。

聲大肚裡空

廟裡的鐘／牛皮蒙鼓

〔釋義〕比喻徒有虛名。

擺設

小貓長鬍子／聾子的耳朵／輪船上裝櫓*／講臺上放花盆

〔釋義〕比喻做樣子，裝門面。

〔注釋〕櫓（ㄌㄨˇ）：撥水使船前進的工具，比槳長且大。

願上不願下

小娃騎木馬／懶婆娘上轎

〔釋義〕比喻只喜歡高高在上，不願意深入基層。

龐然大物

羊群裡一隻象

〔釋義〕形容表面上很強大。

飄飄然

仙女下凡①／上天的氣球／飛機上跳傘／燈草②燒的灰／屬蒲公英③的

〔釋義〕輕飄飄的，好像浮在空中。形容得意忘形的樣子。

〔注釋〕①指年輕的女仙人來到塵世間。②燈草：燈心草莖的中心部分，極輕，多用以做油燈燈心。③蒲公英：指多年生草本植物蒲公英結的瘦果，有白色軟毛，極輕，常隨風飄飛。

顧面不顧裡

拆襪子補鞋／繡花枕頭塞糠殼

〔釋義〕比喻只圖表面，不顧實際品質。

徒勞無功類

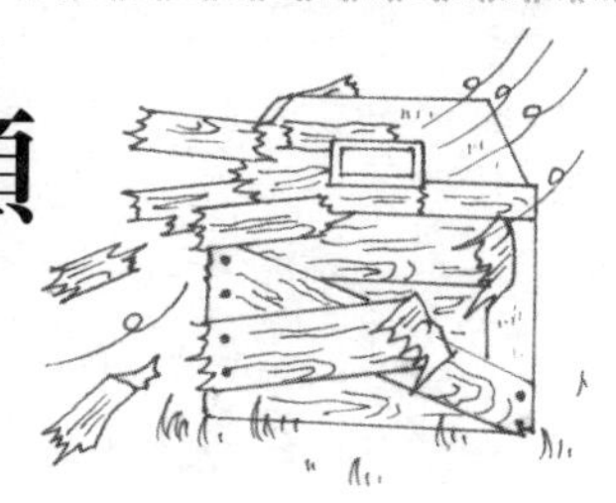

一刀兩空
快刀切蔥
〔釋義〕比喻做事無結果，兩頭落空。

一時光
皮鞋打蠟／冷水梳頭①／天上的流星②
〔釋義〕指好景不長，轉瞬即逝。
〔注釋〕①指用冷水灑在頭上，再去梳頭，一時顯得很光亮。②流星：流星體飛進地球的大氣層，與大氣摩擦發生光和熱的現象。

一場空
大海尋針／水中撈月／雞飛蛋打／狗咬尿脬*／望風撲影／篩子盛水／竹籃子打水／做夢當皇帝／猴子撈月亮／柳條籃子打水
〔釋義〕比喻全部落空。
〔注釋〕尿脬（ㄙㄨㄟ ㄆㄠ）：方言，膀胱。

一無所獲
爛網打魚／瞎子看啞劇*／十個指頭捉跳蚤／聾子參加賽歌會／漏斗盛水網兜風／聾子聽戲，瞎子觀燈
〔釋義〕比喻一點好處都沒有得到。
〔注釋〕啞劇：不用臺詞、唱歌，只用動作和表情演出的戲劇。

一溜淨光
禿子的腦袋／收割了的莊稼地
〔釋義〕比喻什麼也沒有。

十有九空
雞毛點燈／稻草點燈／瞎子撲螞蚱
〔釋義〕比喻事情不落實，大部分都落空。

不成正果*
歪脖子樹上結歪梨
〔釋義〕指難以取得滿意的成就。
〔注釋〕正果：佛教稱修行得道為正果。後多比喻事業上的成就。

不頂事；不頂用
短板搭橋／手槍打飛機／甘蔗支危房／打蚊子餵象／豆腐墊鞋底／樹葉遮屁股／床底下躲雷公／月亮地裡晒穀子
〔釋義〕比喻於事無補。

不濟事；無濟於事
茅草補柱子／蚊蟲叮牛角／用茶杯飲駱駝／用秕糠*壘水壩／茉莉花餵駱駝／抱著蠟燭取暖／瀉肚子吃補藥／挖耳勺舀米湯／打破腦袋用扇搧／蒼蠅給牛抓癢癢
〔釋義〕比喻不頂用，解決不了問題。

〔注釋〕秕糠：秕子和糠。秕：不飽滿。

毛也沒摸到

瞎子抓雞

〔釋義〕指什麼也沒得到。

半途而廢

紮鞋[1]不拴繩結／扛棺材不下泥潭[2]

〔釋義〕比喻事情做到中途就停止了。

〔注釋〕①紮鞋：繫鞋帶。②抬棺材的人必須送柩入墓穴，不然是做事不徹底，半途而廢。泥潭：方言，土穴，此指墓穴。

白忙活

雞孵鴨子／禿子頭上盤辮子

〔釋義〕比喻毫無結果地忙碌了一陣。

白抓撓

猴子捉跳蚤

〔釋義〕同「白忙活」。

白送

骨頭打狗／阿斗的江山*

〔釋義〕指無代價地喪失某種利益。

〔注釋〕三國末期，蜀國後主劉禪（阿斗）昏庸無能，朝政日趨腐敗。西元二六三年，魏國進攻蜀國，阿斗驚恐萬狀，聽信佞臣譙周的話，決定投降。他帶著群臣，個個把雙手捆在背後，向魏軍舉行投降儀式。蜀國的江山被阿斗白白送給了魏國。

白疼一場

兒子不養娘／閨女出嫁不想娘／娶了媳婦忘了娘

〔釋義〕指對人的疼愛和關切未獲得回報。

白提（啼）

天亮公雞叫

〔釋義〕指談也無用。

白費工夫；白費勁；枉費工

對牛彈琴／燈草架屋／燈草搓繩／狂犬吠日／拉直牛角／擔沙填海／沙子壘壩／挑雪填井／火盆裡栽花／石頭上種瓜／石頭上種蔥／石臼裡搗水／守公雞下蛋／雞啄閉口蚌／螞蟻啃骨頭／給死人醫病／給聾子吹笛／黃鼠狼拖豬／教菩薩認字／聾子聽山歌／隔山打斑鳩／大頭蛆拱磨盤／丈母娘管外甥／烏龜殼上找毛／半路上接新娘／豆腐裡尋骨頭／豆腐渣貼對聯／雞蛋殼上找縫／枯樹根上澆水／砍倒樹做籮簍／推著車子上牆／騎駱駝攆[1]兔子／蜜蜂叮鏡中花／瞎子看西洋景[2]／七尺缸[3]裡撈芝麻／和尚頭上放豆子／鐵匠鋪裡打金鎖／臘月天裡釣田雞[4]

〔釋義〕比喻白辛苦，沒有結果。

〔注釋〕①攆（ㄋㄧㄢˇ）：方言，追趕。②西洋景：匣子裡裝畫片，觀眾可由放大鏡裡看畫面。因為最初畫片多為西洋畫，故稱西洋景，也叫西洋鏡。③七尺缸：泛指大水缸。④田雞：青蛙。

白費牙

老鼠啃石灰／老鼠啃擀麵杖

〔釋義〕比喻空費口舌。

白費心；空費心

燈盞無油／蠟臺上無油

〔釋義〕比喻白白耗費精力。

白費唾沫

好經念給聾施主*
〔釋義〕比喻白費口舌。
〔注釋〕施主：和尚、道士等稱施捨財物給佛寺或道觀的人。

白費蠟

瞎子點燈／盲人打燈籠
〔釋義〕比喻不起作用，白費力氣。

白跑

啞巴上公堂*／腳踩石灰路／腳底下抹石灰／跟著汽車拾糞／屎殼螂碰到拉稀的
〔釋義〕比喻空走一趟，毫無收穫。
〔注釋〕公堂：指官吏審理案件的地方。

白跑（袍）

土地爺穿素服[①]／城隍老爺戴孝[②]
〔釋義〕同「白跑」。
〔注釋〕①素服：白色衣服。②戴孝：死者的親屬或親戚在一定時期內穿白色孝服（或戴黑紗），表示哀悼。

白搭[①]

對驢彈琴／燈草架橋／岸上撈月／聾子聽戲／用力吹網兜／白天打燈籠／豆腐墊床腳／沙灘上澆油／炒韭菜擱蔥／爛板子架橋／騎馬扛布袋／對著聾子罵人／吃餡兒餅抹油[②]／月亮底下晒被子／雜燴湯裡的豆腐／賣布的給塞棉花
〔釋義〕比喻白費力氣，沒有用處。
〔注釋〕①白搭：沒有用處，不起作用。②餡兒餅一般裡面包有肉餡，烙餅時鍋裡還要抹油，吃時再抹油是多餘的。

白說

嘴上抹石灰
〔釋義〕比喻說而無用。

白熬夜

耗子充蝙蝠／麻雀跟著蝙蝠飛
〔釋義〕指枉費心力。

白磨嘴皮

老鷹啄田埂／沒牙老婆嚼牛筋
〔釋義〕比喻枉費口舌。

光對光

禿子照鏡子／禿子瞧和尚
〔釋義〕比喻一無所有。

全吹了

風掃落葉／十八支嗩吶齊奏
〔釋義〕比喻全部落空。

全落空

炭篩子篩芝麻／竹籃子打水網攔風
〔釋義〕比喻一無所獲。

成了泡影

肥皂沫當鏡子
〔釋義〕比喻事情或希望落空。

吹了

小喇叭／大風捲小雪／風口上點油燈／灶門前拿竹筒／大風地裡點油燈
〔釋義〕這裡比喻事情沒有成功。有時指關係或感情破裂。

走過場[①]

馬戲團的小丑／戲臺上的小卒／戲臺上跑龍套[②]／唱戲的轉圈圈／演員臺上打轉
〔釋義〕比喻做事圖形式，敷衍了事。
〔注釋〕①過場：指戲曲中的角色上臺後，

不多停留，穿過舞臺從另一側下場。②跑龍套：在戲曲中扮演隨從或兵卒，隨主要演員上下場走動，或站立臺上。

兩落空；兩頭空

竹筐挑水／天平沒砝碼／竹筒做枕頭／飛了鴨子打了蛋

〔釋義〕比喻兩方面都不落實，一無所獲。

兩頭不落一頭

害腳氣長禿瘡／瘌痢（ㄌㄚˋ　ㄌㄧˋ）頭害腳癬／頭長疔（ㄉㄧㄥ）瘡，腳爛趾頭

〔釋義〕這裡比喻一無所得。有時比喻兩方面都不討好。

兩頭失塌[①]；兩頭滑脫

扁擔無紮[②]／扁擔無釘／尖扁擔挑柴／扁擔挑缸缽[③]

〔釋義〕比喻兩頭落空。

〔注釋〕①失塌：滑落下來。②紮：扁擔兩頭絆繩索的栓。扁擔無紮，挑起擔子，兩頭的東西會滑脫出去。③缽（ㄅㄛ）：陶製的器具，形狀像盆而略小，用來盛飯、菜等。

兩頭脫空

羅鍋*仰面睡／羅鍋進棺材／羅鍋翻跟頭／河心擱跳板／麻繩吊雞蛋

〔釋義〕同「兩落空；兩頭空」。

〔注釋〕羅鍋：駝背的人。

枉張口；枉張嘴

對聾子說話／老虎吃蚊子／雞啄閉口蚶*／臨死打呵欠

〔釋義〕比喻說話不起作用，白張口。

〔注釋〕蚶（ㄏㄢ）：蚶子，軟體動物，介殼厚而堅硬，兩介殼緊閉，很難啄開。

枉費心機

燈草織布／夢中捉賊／瞎子摸魚／水豆腐[①]搭橋／空梭子織布／敲鑼捉麻雀／老媽子[②]奶孩子／紗線板搭牌樓／山要崩拿繩子箍／燈草搓繩，爛板搭橋

〔釋義〕比喻白費心思。

〔注釋〕①水豆腐：嫩豆腐。②老媽子：女僕。

泡湯*了

洪水淹糧倉／爆米花沏茶／罈子裡醃鹹菜

〔釋義〕指事情落空了。

〔注釋〕泡湯：方言，落空。

空來往

飛機通航／鴻雁[①]傳書[②]／燕子做窩／牛頭刨（ㄅㄠˋ）[③]／開車不幹活／織布機的梭子沒有線

〔釋義〕比喻來去空空，沒有實際意義。

〔注釋〕①鴻雁：大雁，冬候鳥，飛時排列成行，春向北來，秋返南方。②傳書：傳遞書信。③機床刀架像牛頭的刨床，由往返運動的刀具來切削固定在機床工作臺上的工件。

空捕一場

稻場撒網／上樹捉魚蝦／睡夢裡逮鳥／打麥場上打網*

〔釋義〕比喻白費力氣，一無所獲。

〔注釋〕打網：撒網捕魚。

空過一場

清水染白布

〔釋義〕比喻走過場，白費工夫。

空轉

人造衛星

〔釋義〕指沒有結果地行動。

空轉一遭

狗舔磨臺*／沒上套的磨道驢／磨道驢子斷了套

〔釋義〕比喻辦事無結果。

〔注釋〕磨臺是安放石磨的圓形臺子，不磨麵時上面是空的，狗舔磨臺只是空轉一圈，吃不到東西。

徒勞無益

為人作嫁*／口渴喝鹽湯／山頂上打井／買鹹魚放生／枯井裡打水／端起水缸潑水

〔釋義〕比喻白費力氣，毫無用處。

〔注釋〕唐秦韜玉《貧女》詩：「苦恨年年壓金線，為他人作嫁衣裳。」指貧女無錢置辦嫁衣，卻年年替別人縫嫁衣。

乾扯

河壩*釣魚

〔釋義〕比喻毫無意義地閒談。

〔注釋〕河壩（ㄅㄚˋ）：方言，河邊的沙灘。

勞而無功

老鼠搬生薑①／吹氣入竹籠／背石頭上山／鴨背上潑水②／薛仁貴征東③／油甕④裡捉鯰魚⑤／螃蟹打洞老鼠住／把肥料澆到莠草⑥上

〔釋義〕形容花了力氣卻完全沒有功效。

〔注釋〕①生薑辣味濃，老鼠不吃，搬了無用。②鴨背上的羽毛含油脂多，光滑，所以不沾水。往鴨背上潑水是勞而無功。③薛仁貴因家境貧寒，發憤投軍。曾「保駕征東」，衝鋒陷陣，屢建戰功。最後，功勞卻被主帥張士貴父子冒認。④甕：一種口小腹大的陶器。⑤鯰（ㄋㄧㄢˊ）魚：體表多黏液，無鱗，生活在河湖池沼處，不容易捕捉。⑥莠（ㄧㄡˇ）草：狗尾草，田間雜草。葉子細長，穗有毛。

無用；沒用處

馬後炮／老鼠搬金／玻璃棒槌①／脫把鋤頭／牛皮上打針／冬天的扇子／過時的曆書／禿子撿梳子／夏天的烘籠②／蚊子叮石臼③／聾子的耳朵／喝水拿筷子／過了年的桃符④／背地裡罵知縣／船老大⑤的犁頭／脫了把的斧頭／路旁的甘蔗渣／死人身上貼膏藥／算盤珠子脫了框／民國十三年的毫子⑥

〔釋義〕指責辦不成事，或指東西沒有用處。

〔注釋〕①棒槌：捶打用的木棒，舊時多用來洗衣服。②烘籠：用竹子、柳條等編成的籠子，罩在爐子或火盆上，用來取暖或烘乾衣物。③石臼（ㄐㄧㄡˋ）：石頭製成的舂米用具，中間凹下。④桃符：古代掛在大門上的兩塊畫著門神或題著門神名字的桃木板。後來在上面貼春聯，因此借指春聯。⑤船老大：方言，泛指船夫。⑥毫子：舊時中國局部地區使用的一角、二角、五角的銀幣。當時政府發行的貨幣過時無用，這是習慣的說法。實際上，作為銀幣，過時還是有價值的。

無（吳）用①

梁山的軍師②

〔釋義〕同「無用；沒用處」。

〔注釋〕①吳用：梁山義軍中的軍師，足智多謀，綽號智多星。②軍師：舊時小說、戲曲中稱在軍隊中幫助主帥出主意的人。

無的①放矢②

盲人放槍／瞎子打靶／射箭沒靶子／沒有目標亂射箭

〔釋義〕比喻說話做事缺乏明確的目的。

〔注釋〕①的（ㄉㄧˋ）：靶心。②矢（ㄕˇ）：箭。

無結果

楊樹開花／柳樹開花*

〔釋義〕比喻得不到結果，沒有收穫。

〔注釋〕柳樹開花結的是蒴果，種子小而極不顯眼。因插條繁殖，種子顯得無用，人們誤以為柳樹只開花不結果。

無補

瀉肚吃人參*／入了棺材吃人參

〔釋義〕指沒有什麼用處。

〔注釋〕人參是強壯、興奮藥，能大補元氣，瀉肚時吃人參不但無補，反而有害。

等於零

三加二減五

〔釋義〕比喻沒有效果，白費力氣。

費力不小，收穫不大

蚯蚓刨地／蝸牛耕田

〔釋義〕比喻事倍功半，收效甚微。

閒磨牙

無事嗑瓜子／耗子啃床腿

〔釋義〕比喻因空虛而空談、爭吵。

黃了

大秋的莊稼／秋後的樹葉／綠葉著火烤／喇嘛*的帽子

〔釋義〕指事情沒辦成，或計畫不能實現。

〔注釋〕喇嘛（ㄌㄚˇ・ㄇㄚ）：信奉喇嘛教的僧人。他們在重大節日多穿黃袍，戴黃帽。

節節空

筍子變竹／南山的毛竹

〔釋義〕比喻計畫的各個環節都落空了。

對牛彈琴

抱琵琶進磨坊

〔釋義〕比喻對蠢人講道理是白費口舌。有時指說話不看對象。

遠兜①遠轉

繞道上山／城頭上出殯②／城牆上跑馬

〔釋義〕指說話辦事兜圈子，不接觸實際問題。

〔注釋〕①兜：繞。②出殯：把靈柩運到安葬或寄放的地點。

撈起也是坐

癱子掉井裡

〔釋義〕比喻怎麼做都於事無補。

瞎張羅

乾河撒網／森林裡撒網

〔釋義〕比喻毫無目的地料理操勞。

瞎轉圈

老驢拉磨／盲人推磨子

〔釋義〕比喻毫無意義地兜圈子。

雞飛蛋打

扁擔搗雞籠／秤砣掉在雞窩裡

〔釋義〕比喻全部落空，一無所得。

消極敷衍類

一拖再拖

淺灘上放木排

〔釋義〕指做事拖拉，一再拖延。

七拼八湊

十五塊布縫衣服／十五塊板子做桌面

〔釋義〕指把零碎的東西勉強湊合起來。

小打小鬧

老鼠嫁女／兔子打架／耗子做壽／麻雀嫁女／屎殼螂鬥架／黃鼠狼打洞／黃鼠狼娶媳婦

〔釋義〕比喻將就湊合。有時比喻做事無魄力或施展不開。

不打不走；打一鞭走一步

懶牛拉磨／懶驢子駕轅①／牛犢子②拖犁耙

〔釋義〕比喻消極疲沓，做事被動。

〔注釋〕①駕轅（ㄩㄢˊ）：駕著車轅拉車。②牛犢（ㄉㄨˊ）子：小牛。

不打不轉

下賤陀螺*／小娃娃玩陀螺

〔釋義〕比喻消極疲沓，被動挨打。

〔注釋〕陀螺（ㄊㄨㄛˊ ㄌㄨㄛˊ）：兒童玩具，形狀略似海螺，通常用木頭製成，下面有鐵尖，玩時用繩子纏繞，用力抽繩，使直立旋轉。

不打不響

棗木梆子①／和尚的木魚②／牛皮鼓，青銅鑼

〔釋義〕比喻做事被動，需要經常提醒督促。

〔注釋〕①梆子：打擊樂器，用兩根長短不同的棗木製成。②木魚：此指僧尼念經、化緣時敲打的樂器，木製中空。

不由自主；身不由己

木偶跳舞／雞毛遭風吹／錦雞進鐵籠／上了套的野牛／牛鼻繩落人手／拴著的牛犢子／站在大風地裡／推小車扭屁股／斷了線的風箏／騎在老虎背上／籠中鳥，網中魚／臨老得了搖頭病／繩索套在馬頸上

〔釋義〕指由不得自己作主，或控制不了自己。比喻完全聽任客觀力量的支配。

不在乎

九牛失一毛／牛身上拔根毛

〔釋義〕比喻不介意。有時指工作不計得失。

不在乎（湖）

打魚的回家

〔釋義〕同「不在乎」。

不前不後

元帥的帳篷

〔釋義〕不突出、不落後，處於中間狀態。比喻平庸。

不起作用

肚子疼擦紅藥水／牛屁股後面打燈籠

〔釋義〕比喻解決不了問題。

不務正業

樵夫賣柴／捉蛇打螞蚂*

〔釋義〕指不從事正當的職業。

〔注釋〕螞蚂（ㄇㄚ ㄍㄨㄞˇ）：方言，青蛙。

不爽快

鈍刀割肉

〔釋義〕比喻不乾脆，不痛快。

不乾脆

水泡米花糖／受潮的麻花／泡軟的麻花

〔釋義〕比喻拖泥帶水，不爽快。

不幹了

木匠收家什*／豬八戒甩耙子／豬八戒散夥／廚子解圍裙／吃了飯就砸鍋

〔釋義〕比喻撂擔子。

〔注釋〕家什：此指工具。

不想高飛

黃昏時的燕子

〔釋義〕比喻不思進取。

不想做人

吹糖人的改行

〔釋義〕指缺乏做人應有的品質或勇氣。

不聞不問

聾子拜客／聾子見啞巴

〔釋義〕指對有關的事情不關心、不過問。

互相推託（托）；推來推去

排球比賽／打了乒乓玩排球

〔釋義〕比喻做事不負責任，只知相互爭吵推諉。

今年不幹明年幹

年三十晒衣服

〔釋義〕比喻做事拖拉，得過且過。

心不在焉

老木中空／騎驢找驢／看戲瞧玩猴／戲園子裡看《論語》

〔釋義〕指思想不集中。

比上不足，比下有餘

騎驢望著坐轎的／人家騎馬我騎驢，後面還有推車的

〔釋義〕指處於中間狀態，或表示安於現狀的思想。

充數

老婆婆當兵／光頭跑進和尚廟／戲班子裡的啞子

〔釋義〕指用不能勝任的人擔負某項工作。有時指用不合格的東西來湊數。

只圖眼前快活

趕腳*的騎驢

〔釋義〕比喻目光短淺，只圖一時痛快，不顧後果。

〔注釋〕趕腳：指趕著驢或騾子供人雇用。

只顧眼前；光顧眼前

火燒眉毛／猢猻掃地／各人自掃門前雪／近視眼過獨木橋

〔釋義〕形容目光短淺，沒有長遠打算。

失神

菩薩挨偷／廟裡丟菩薩

〔釋義〕指精神恍惚，注意力不集中。

皮了

受潮的米花糖／陰雨天的花生米

〔釋義〕比喻因屢受斥責或懲罰而變得麻木不仁。

光顧養神

土地爺坐軟椅／王母娘娘坐月子

〔釋義〕比喻只圖過平靜安逸的生活。

吃一節算一節

甘蔗命／娃娃啃甘蔗

〔釋義〕比喻得過且過。

有始無終

半路開小差／大蟲*頭，耗子尾

〔釋義〕比喻做事有頭無尾。

〔注釋〕大蟲：老虎。

有頭無尾

禿尾巴驢／斷尾巴蜻蜓

〔釋義〕同「有始無終」。

灰心

火燒燈草／九月的茭白*

〔釋義〕指因遭到困難、失敗而意志消沉。

〔注釋〕茭（ㄐㄧㄠ）白：又稱菰。嫩莖經黑粉菌寄生後，基部膨大形成茭白。九月茭白長老，裡面呈黑灰色。

灰溜溜的

五月的駱駝／灶膛裡的老鼠

〔釋義〕形容懊喪或消沉的樣子。

耳旁風

左耳朵進，右耳朵出

〔釋義〕指聽了以後不放在心上的話。

冷冰冰

菩薩的心／吃了西瓜喝涼水

〔釋義〕形容態度冷漠。

吹冷風

電風扇的腦袋

〔釋義〕指散布消極情緒。

囫圇[1]吞

蛇吃老鼠／雞蛋餵老虎／沒牙婆[2]吃湯圓／豬八戒吃湯圓／豬八戒吃棗子／豬八戒吃人參果[3]

〔釋義〕整個兒吞下去。多比喻讀書學習不求甚解，不加分析地籠統接受。

〔注釋〕①囫圇（ㄏㄨˊ ㄌㄨㄣˊ）：整個兒。②沒牙婆：沒有牙齒的老太婆。③指《西遊記》中講的唐僧師徒取經途中，豬八戒囫圇吞食偷來的人參果。

坐等

癱子請客／老漁翁釣魚

〔釋義〕指消極等待。

快活一時是一時；高興一時算一時

關門做皇帝／夢中看煙火／夢裡坐朝廷[1]／夢裡娶媳婦[2]／唱戲的扮新郎／蛤蟆跳到熱鏊[3]上／胡敲梆子亂擊磬

〔釋義〕比喻只顧眼前痛快，不計長遠。

〔注釋〕①坐朝廷：即當皇帝。②媳婦：妻

子。③鏊（ㄠˋ）：鏊子，鐵製的烙餅器具，三足。

沒有神

火燒寺廟／拆了的破廟／拆廟趕菩薩

〔釋義〕形容無精打彩的樣子。

沒完沒了

西瓜皮搓澡／吳剛砍桂樹*／螃蟹吐唾沫／小媳婦哭爹媽／滴水崖上滴水

〔釋義〕比喻事情老是沒有結果。有時含有厭倦的意思。

〔注釋〕古代神話故事中說吳剛原是漢朝河西人，因學道時犯了過失，被罰到月宮砍桂樹，樹幹隨砍隨合，始終砍不斷。

沒勁兒

久病初癒／冷水發麵／躺著拉屎／挑擔的鬆腰帶／鬆了腰帶抬石頭

〔釋義〕比喻沒有精力，情緒不高。

沒期啦；沒日子了

火燒日曆／臘月底看農曆／大年三十看皇曆

〔釋義〕比喻事情要無限期地拖下去。有時比喻事情到了不解決不行的時候，再也不能拖了。

沒精神

老母雞爬窩*

〔釋義〕形容無精打彩。

〔注釋〕爬窩：方言，抱窩。

沒衝勁[①]兒

攙水的老白乾[②]

〔釋義〕指做事缺乏勁頭。

〔注釋〕①衝勁：勁頭兒足。②白乾：白酒。

沒頭沒尾

繩子纏雞蛋／瞎子摸城牆／磨道[①]裡走路／驢拉磨轉圈圈／擀麵杖[②]，驢肘棍[③]

〔釋義〕比喻做事缺頭少尾，或說話不把前因後果交代清楚。

〔注釋〕①磨道：方言，磨坊。②擀（ㄍㄢˇ）麵杖：擀麵用的木棍，兩頭一樣粗，不分頭尾。③驢肘（ㄓㄡˇ）棍：驢馱運東西時的一種裝具，置於驢尾下，橫擔在腿肘上，兩端與鞍相連，木製，兩頭粗細一樣。

沒歡勢勁兒

水缸裡釣魚／生病的娃娃

〔釋義〕比喻不活躍，不起勁。

走馬觀花

騎馬逛公園

〔釋義〕多比喻粗略地觀察事物。

走著看，到了算

騎驢瞧帳本

〔釋義〕比喻行事沒有明確目標，走一步算一步。

兩湊合；兩將就[①]

老牛套破車／歪鍋配扁灶／歪嘴吹海螺[②]／瞎子嫁瘸子[③]／瘸驢配破磨／呆子娶個禿老婆

〔釋義〕比喻兩方面都勉強湊合。

〔注釋〕①將就：勉強適應。②海螺：海裡產的螺，殼可以做號角。③瘸（ㄑㄩㄝˊ）

子：腿或腳有毛病，走路時身體不平衡。

到處洩氣

笛子吹火／破皮球，爛輪胎／補了又補的破輪胎

〔釋義〕指缺乏信心，處處洩勁。

官腔官調

司令哼曲子／縣太爺①出文告②／縣太爺唱小曲

〔釋義〕指以規章、手續為由，打官腔推託、敷衍。

〔注釋〕①縣太爺：舊時指縣長。②文告：機關或團體發布的文件。

抵擋一陣

麵疙瘩補鍋／扛著鳥槍①上疆場②

〔釋義〕比喻臨時湊合一下。

〔注釋〕①鳥槍：指打鳥用的火槍。②疆場：戰場。

拖拖拉拉

螞蟻搬家／仙女的裙子／老太太紡線／帶拖斗的卡車／矬子*穿長袍

〔釋義〕比喻做事遲緩、拖延。

〔注釋〕矬（ㄘㄨㄛˊ）子：方言，身材短小的人。

拖泥帶水

水牛踩漿／池中撈藕／下雨天走路／母豬的尾巴／泥瓦匠幹活／黃鼠狼過水田／稻田裡拉犁耙／泥水塘裡洗蘿蔔

〔釋義〕比喻動作不利索，或做事不乾脆俐落。

拖得長

黃牛的口水*

〔釋義〕比喻工作非常拖拉。

〔注釋〕牛為反芻動物，食物嚥下後再由胃返回口裡細嚼。因口中消化液較多，常常邊咀嚼邊流口水。

東拼西湊

老太太補衣服／和尚披的袈裟①／老和尚的百衲衣②

〔釋義〕比喻勉強湊合。

〔注釋〕①袈裟（ㄐㄧㄚ ㄕㄚ）：和尚穿的外衣。②百衲（ㄋㄚˋ）衣：即袈裟。

東遊西蕩

斷線的紙鳶*／無家可歸的流浪漢

〔釋義〕比喻遊手好閒，不務正業。

〔注釋〕紙鳶（ㄩㄢ）：風箏。

泡病號

溫泉①裡洗疥瘡②

〔釋義〕比喻藉故稱病不上班，小病大養，消磨時間。

〔注釋〕①溫泉：溫度在當地年平均氣溫以上的泉水。溫泉水含氟、鹼等多種化學元素，常洗溫泉浴，可治療各種皮膚病。②疥（ㄐㄧㄝˋ）瘡：傳染性皮膚病，局部起丘疹而不變顏色，非常刺癢。

泡①著吧

冷水沏茶／過冬的鹹菜缸／蘿蔔掉進醃菜罈②

〔釋義〕比喻故意拖延時間。

〔注釋〕①泡：本意為在液體中浸泡，此指故意消磨時間。②醃（ㄧㄢ）菜罈：醃製

鹹菜、醬菜、泡菜的罈子。

虎頭蛇尾

大蟲[①]頭，長蟲[②]尾／程咬金的三斧頭[③]

〔釋義〕比喻做事有始無終。

〔注釋〕①大蟲：方言，即老虎。②長蟲：蛇。③程咬金原是江湖流浪漢，隋末隨李密參加瓦崗軍，後歸順唐高祖李淵。據《說唐》中說，程咬金一次在睡夢中遇一老翁教他騎馬弄斧，醒後即按夢中學到的斧法練習，結果只學得三十六路，後面的路數沒有學到。所以程咬金的斧頭頭三下厲害，後面就沒有勁了。

洩氣

破籠屜[①]／皮球穿眼／汽車放炮[②]／皮球上磨刀／皮球挨[③]錐子／氣球上扎窟窿／踩癟（ㄅㄧㄝˇ）了的魚泡／吹圓的豬尿脬[④]戳一刀

〔釋義〕指洩勁或缺乏本領，失去信心。

〔注釋〕①籠屜（ㄊㄧˋ）：用竹、木、鐵等製成的蒸食物的器具。②指汽車輪子的內胎爆裂，響聲如炮。③挨（ㄞˊ）：遭受。④尿脬（ㄙㄨㄟ ㄆㄠ）：方言，膀胱。

前緊後鬆

小腳穿大鞋

〔釋義〕比喻做事開始抓得緊，後來放鬆。

胡應付

貓兒蓋屎[①]／懶人做活路[②]

〔釋義〕指隨意亂來，敷衍了事。

〔注釋〕①貓拉屎後，一般都要用爪扒土灰稍加遮蓋。②活路：泛指各種體力勞動。

鬼混（婚）

鍾馗*嫁妹

〔釋義〕比喻糊裡糊塗混日子。

〔注釋〕鍾馗（ㄎㄨㄟˊ）：民間傳說中專捉鬼怪的神。

能滑就滑，能推就推

踩著西瓜打排球

〔釋義〕比喻不負責任，得過且過。

做事不當事

打更[①]人睏覺[②]／過路客餵馬／提著嗩吶[③]打瞌睡

〔釋義〕指做事不負責任，視工作為兒戲。

〔注釋〕①打更：舊時把一夜分為五更，每到一更，巡夜人就打梆子或敲鑼報時，叫做打更。②睏覺：方言，即睡覺。③嗩吶（ㄙㄨㄛˇ ㄋㄚˋ）：管樂器，俗稱喇叭，發聲響亮。

將就材料

木魚改梆子[①]／禿子做和尚[②]／襪筒改護腕[③]／矮子裡拔將軍

〔釋義〕比喻湊合著做。

〔注釋〕①木魚和梆子都是木製打擊樂器，有相似之處。②和尚是出家修行的佛教徒。不蓄髮是佛教教規，禿子無頭髮，當和尚不用削髮。③護腕：運動員保護腕部的用具，用棉線和橡皮筋製成。

將就使（屎）

茅廁裡栽蔥／茅坑邊上種菜

〔釋義〕比喻湊合著用，不過高苛求。

將就著過

小港灣沒有橋／兩口子不稱心／頭痛醫頭，腳痛醫腳

〔釋義〕指勉強過著不很舒心的日子。

得過且過

黃頭鳥①搭窩／屬寒號鳥②的／懶鳥不搭窩／自行車走田坎③／寒號鳥晒太陽／當一天和尚撞一天鐘／爛泥甘蔗揞一段吃一段

〔釋義〕比喻混日子，過一天算一天，敷衍了事。

〔注釋〕①黃頭鳥：黃鳥，金絲鳥的通稱。②寒號鳥：又稱寒號蟲，形狀、習性與蝙蝠相似，善鳴叫，有冬眠習慣，睡覺時倒懸於樹枝上。傳說寒號鳥雨天唱「晴天搭窩」，晴天唱「得過且過」。③田坎：方言，田埂，田間用來分界或蓄水的埂子。

推一下，動一下

三角木／作坊*裡的磨子

〔釋義〕比喻工作不積極主動。

〔注釋〕作坊：手工業工廠。

混①日子

二流子②學徒／三天賣九根黃瓜／長工只望月月滿，短工只望太陽落③

〔釋義〕比喻苟且生活，過一天算一天。

〔注釋〕①混（ㄏㄨㄣˋ）：苟且地生活。②二流子：遊手好閒不務正業的人。③長工是舊時長年出賣勞力的貧苦農民，指望月月出滿勤，多拿工錢。短工是臨時的雇工，只盼太陽早落山，早收工。

混著幹

麵條裡拌疙瘩*

〔釋義〕比喻不好好做事，混日子。

〔注釋〕疙瘩：指麵疙瘩。麵粉加水拌成的疙瘩食物，煮熟後食用。

混著過

醜姑娘嫁俊女婿

〔釋義〕比喻苟且地生活，得過且過。

混飯吃

飯勺上的蒼蠅／狗熊練玩藝兒①／蒼蠅爬在馬槽②上

〔釋義〕比喻混日子。

〔注釋〕①玩藝兒：此指雜耍。②馬槽：馬食槽，餵馬的器具。

粗枝大葉

百年松樹，五月芭蕉*

〔釋義〕比喻做事粗心大意。

〔注釋〕百年的老松樹，枝很粗；五月的芭蕉生長旺盛，葉子很大。

袖手旁觀

秀才*看熱鬧／倒了油瓶不扶／站在高處看打架

〔釋義〕形容置身事外，不參與，不過問。

〔注釋〕秀才：明清兩代生員的通稱，泛指讀書人。

軟不拉耷（ㄉㄚ）

九月的柿子*／霜打的茄子／霜後的大蔥／見了火的蠟燭

〔釋義〕形容沒有勁頭，無精打彩的樣子。

〔注釋〕農曆九月時柿子早已熟透，如不收摘，要逐漸變軟。

軟磨硬頂

老太太吃蠶豆／老太婆啃骨頭

〔釋義〕比喻軟硬兼施，用各種手段消極對抗。

量人不量己；不量自己，光量別人

裁縫的尺子／提著尺子滿街跑

〔釋義〕比喻只要求別人，不要求自己。

幾分鐘的熱勁

菜碟裡的開水

〔釋義〕指熱情與幹勁不能持久。

視而不見

頂著笸籮*望天／眼睛上貼膏藥

〔釋義〕儘管睜著眼睛看，卻什麼也看不見。表示不重視或不注意。

〔注釋〕笸籮（ㄆㄛˇ ㄌㄨㄛˊ）：用柳條或篾條編成的器物，幫較淺。有圓形也有方形。

等著挨敲

木魚*張嘴／牛皮蒙鼓／兩手架鼓

〔釋義〕比喻坐等挨批評或受敲詐。

〔注釋〕木魚：打擊樂器，原為僧尼念經、化緣時敲打的響器，木製，中空。

搖頭晃腦

醉漢騎驢

〔釋義〕形容漫不經心，或洋洋得意的樣子。

歇夠了再幹

駱駝打架*

〔釋義〕比喻人惰性大，工作不積極。

〔注釋〕駱駝身體高大、笨重，性溫順，不善鬥。

滑到哪裡算哪裡

腳踩西瓜皮

〔釋義〕比喻敷衍了事，混一天算一天。

碰運氣

瞎子摸魚／瞎眼雞叼蟲／瞎貓遇到死耗子

〔釋義〕比喻不思進取，存有僥倖心理。

置之腦後

床上放枕頭／後腦勺①掛笊籬②

〔釋義〕指不把事情放在心上。

〔注釋〕①後腦勺：方言，頭部後面的突出部分。②笊籬（ㄓㄠˋ ㄌㄧˊ）：用金屬絲或竹篾、柳條等製成的能漏水的用具，有長柄，用來撈東西。

裝聾

耳朵塞驢毛／耳朵塞套子／雞毛堵住耳朵

〔釋義〕假裝聽不見。

裝聾作啞

耳塞棉花，口貼封條

〔釋義〕假裝耳聾口啞。比喻置身事外，不聞不問。

過一天算一天

老和尚撞鐘／貪吃不留種／捆綁的夫妻／肚子餓了喝西風

〔釋義〕比喻得過且過，缺乏長遠打算。

慢慢熬

驢皮煮膠①／童養媳②當婆婆／一鍋米飯煮三天

〔釋義〕比喻耐心忍受，消極等待。

〔注釋〕①驢皮加水熬成的膠叫阿膠，也叫

驢皮膠。原產山東省東阿縣，是一種滋補中藥。②童養媳：見「有苦難言」。

慢慢磨

官工活／老牛拉車／老太太吃硬餅

〔釋義〕比喻磨磨蹭蹭，拖延時間。

慢慢蹭①；磨蹭

鵝行鴨步／大閨女上轎／京戲走臺步②

〔釋義〕比喻動作遲緩。

〔注釋〕①蹭（ㄘㄥˋ）：慢吞吞地行動。②臺步：戲曲演員在舞臺上表演時所走的步法。除了武打或快節奏動作之外，京戲臺步多為小碎步。

慢騰騰

蝸牛上樹／老牛拉破車／小腳女人走路

〔釋義〕比喻行動遲緩。

滿不在乎（壺）

尿鱉子*打酒／用醋罈子打酒

〔釋義〕比喻很不介意，不把事情放在心上。

〔注釋〕尿鱉（ㄅㄧㄝ）子：夜壺。

趕到哪天算哪天

老牛趕山

〔釋義〕比喻做事缺乏目標，過一天算一天。

撥撥動動；不撥不動

屬算盤的／算盤珠子／懶漢學徒

〔釋義〕形容不積極主動地工作或付出勞力。

瞎鬼混

瞎子進賭場／沒眼判官*進賭場

〔釋義〕比喻糊裡糊塗地生活。

〔注釋〕判官：傳說中稱閻王手下管生死簿的官。

瞎轉悠

狗舔磨臺①／蒙上眼睛拉磨②／磨道驢子沒上套

〔釋義〕毫無目的地閒逛。

〔注釋〕①磨臺：磨坊裡放置石磨的圓形臺子。②拉磨的驢子一般要蒙上眼睛，一則避免驢子因長時間轉圈而頭暈，二則避免驢子嘴饞吞食磨上的糧食。

蔫了

久旱的莊稼／好花離了枝／秋後的茄子／晒乾的蘿蔔／霜打的黃瓜／霜打的辣椒／抽了架的絲瓜①／卸架的黃煙葉②／霜降後的紅薯葉

〔釋義〕比喻人情緒低落，精神不振。

〔注釋〕①絲瓜是莖蔓生草本植物，常攀附於架上生長。收穫季節過後，要拆架拔秧，這時絲瓜秧會因缺乏水分和養料而枯萎。②指把已晒過或烤過的煙葉從架上取下。

賭（堵）氣*

暖水瓶的塞子／喉嚨管裡長疙瘩

〔釋義〕比喻因不滿意或受指責而任性（行動）。

踢一踢，動一動

四方木頭／地上的磚頭

〔釋義〕比喻處於被動地位。

靠天吃飯

桅杆[1]頂上的海螺[2]

〔釋義〕比喻靠別人或自然界的恩賜生活。

〔注釋〕①桅（ㄨㄟˊ）杆：船上掛帆的杆子，或指輪船上懸掛信號、裝設天線、支持觀測臺的高杆。②海螺：海產螺。

靠天（添）

小碗吃飯

〔釋義〕比喻聽天由命。

磨洋工

長工*幹活／三天打魚，兩天晒網

〔釋義〕比喻工作消極疲沓。

〔注釋〕長工：舊時長年出賣勞力。受財主剝削的貧苦農民。

講風涼話

亭子裡談心／嘴裡含冰棍／吊扇下面拉家常

〔釋義〕指散布冷言冷語。

癟（ㄅㄧㄝˇ）了

車胎放炮[1]／洩氣的皮球／皮球上戳眼眼／挨踩的豬尿脬[2]

〔釋義〕比喻洩氣，無精打彩的樣子。

〔注釋〕①放炮：車輪的內胎爆裂，響聲如炮，因有此說。②尿脬（ㄙㄨㄟ ㄆㄠ）：方言，膀胱。

聽而不聞

聾子放炮／聾子戴耳機

〔釋義〕雖然在聽，卻沒有聽見。形容不重視，不注意。

聽喝的

磨道*的驢子／上了套的牲口／馬房裡的騾子

〔釋義〕比喻甘受指使。

〔注釋〕磨道：磨坊。

渙散離心類

一吹就散
晨霧炊煙／天上的浮雲／彩虹和白雲談情

〔釋義〕比喻一遇波折極易散夥。

一哄（轟）而散
火炮打群狼／炮打林中鳥

〔釋義〕比喻吵吵嚷嚷，一下子就散了。

一家分兩家
屋裡築籬笆*

〔釋義〕指分離、分割。

〔注釋〕籬笆：用竹子、葦子、樹枝等編成的遮攔物。

一個向東，一個向西
臘月貼門神①／板門②上貼門神

〔釋義〕指意見不合，各行其是。

〔注釋〕①門神：舊俗門上貼的神像，一般為秦叔寶和尉遲敬德的畫像，貼在大門左右兩邊。②板門：指簡易的木板門。

七拱八翹
雞爪子炒菜／口袋裡裝牛角／駝子跛子*睡一床／十五個駝子睡一炕

〔釋義〕比喻人多心不齊，彼此鬧意見。

〔注釋〕跛子：腳腿有毛病，走起路來身體不平衡。

七零八落
斷了線的珠子／十五個銅錢丟地上

〔釋義〕形容零散不集中的樣子。

人在心不在
強拉媳婦成親／吃曹操的飯，幹劉備的事*

〔釋義〕比喻工作不安心，或學習不專心。

〔注釋〕《三國演義》故事。漢獻帝建安五年，曹操攻打徐州，劉備兵敗逃散。關羽為了保護劉備眷屬，暫屈曹營，雖身在漢室，仍念念不忘劉備。

力量單
二人抬轎*／孤身扛大梁

〔釋義〕指勢單力薄。

〔注釋〕轎是舊時交通工具，方形，外套帷子，兩邊各有一根杆子，一般由四人或八人抬著走，二人抬轎則太吃力。

三心二意
寡婦的心／腳踩兩隻船／五個人住兩地

〔釋義〕形容拿不定主意。有時指意志不堅定。

小廣播
喇叭的兒子

〔釋義〕指私下傳播的非正式消息。

不入調

七鼓八鈸[1]／老鴉唱山歌／二百五[2]拉二胡／樂隊裡敲破鑼

〔釋義〕指配合不融洽，步調不統一。

〔注釋〕①鈸（ㄅㄚˊ）：打擊樂器，銅製，圓形，中部隆起如半球狀，以兩片為一副，相擊發聲。②二百五：原指一封銀子（五百兩）的一半，即半封，諧音為「半瘋」。後比喻不通事理，做事魯莽的人。

不合股；合不了股

馬尾搓繩[1]／頭髮紡紗／頭髮捻[2]繩子

〔釋義〕指性情不合，意見不一致。

〔注釋〕①馬尾及其他毛髮光滑而欠柔韌，不易合股搓繩。②捻（ㄋㄧㄢˇ）：用手指搓。

不合套

兔子駕轅／馬拉車牛駕轅*／老水牛拉馬車

〔釋義〕比喻各行其是。有時指工作安排不當，做起來不順手。

〔注釋〕馬拉車要合套方能協力前進，一般要擇良馬駕轅，以掌握車子的平衡。牛駕轅、馬拉車，顯然不合套。駕轅：駕著車轅拉車。

不合群

屬熊貓的*／剛買來的馬／山羊野馬在一起

〔釋義〕比喻性情孤僻，喜歡獨處。

〔注釋〕熊貓生活在高山中，喜食竹類，善於爬行，性孤獨，不群棲。

不合轍

閉門造車[1]／馬路上跑火車／車道溝裡寫詩文[2]

〔釋義〕比喻不合法式、規章，或行動不一致。

〔注釋〕①指關上門造車，因脫離實際，憑主觀做事，難求合轍。②車道溝是車輪走過的轍印，寫詩文也要有轍韻，但二者截然不同，不可能合轍。

不成人馬

猴子騎羊

〔釋義〕比喻力量單薄，缺少人手。

不知下落；下落不明

風掃楊花／夜裡的雨雪／野鴿子起飛

〔釋義〕比喻不知道人的去向。

不歡而散

開會罵仗[1]／宴席上吵架／憶苦會[2]開完了

〔釋義〕很不愉快地分開。

〔注釋〕①罵仗：罵架，吵嘴。②憶苦會：回憶講述舊時苦難生活的會。

心野了

仙姑*思凡

〔釋義〕比喻心緒不定，或欲望過高。

〔注釋〕仙姑：神話中指長生不老，且有神通的女仙人。

另有所圖

醉翁之意不在酒*

〔釋義〕比喻另有二心，有別的圖謀。

〔注釋〕這裡借用歐陽修《醉翁亭記》中的

一句話，比喻表面上做這件事，但真正的目的不在這裡，而是另有所圖。

另有新歡

薄情郎休妻*

〔釋義〕比喻喜新厭舊，愛情不專。

〔注釋〕休妻：指舊社會中，丈夫把妻子趕回娘家，斷絕夫妻關係。

另搞一套

木偶的服裝①／畸形人②做衣服

〔釋義〕比喻不合作，重新搞一套。

〔注釋〕①木偶是木頭做的人像，不能穿人的服裝，必須另搞一套。②畸（ㄐㄧ）形人：發育不正常的人。

四分五裂

石灰遭雨淋／打了①的魚缸／炸響了的炮仗②／一個碟子摔九塊

〔釋義〕形容分崩離析。

〔注釋〕①打了：因撞擊而破碎。②炮仗：爆竹。

生了外心

胸口長瘤子①／脊梁骨②上長茄子

〔釋義〕比喻有背離之心。

〔注釋〕①瘤（ㄌㄧㄡˊ）子：腫瘤。②脊梁骨：方言，脊柱。

光杆司令

講話沒人聽，下令沒人行

〔釋義〕指沒有助手或失去群眾的領導人。

光棍一條

楊樹剝皮／毛筆掉了頭／高粱稈剝皮／新栽的楊柳／冬天的泡桐樹①／廟門前的旗杆／南天門②的旗杆／校場③上的旗杆

〔釋義〕比喻孤身一人。

〔注釋〕①泡桐樹：落葉喬木，冬天落葉後剩下光禿禿的樹幹。②南天門：神話傳說南天門為天宮的正門。③校（ㄐㄧㄠˋ）場：舊時操練或比武的場地。

全散了；散了

晚上趕集／霸王的兵①／米花糖泡水／豆腐渣下水／聾子放爆竹②／豆腐渣蒸饅頭／沒框的算盤珠／珠子串斷了線

〔釋義〕比喻因心不齊而走散。

〔注釋〕①霸王，楚霸王項羽。此指項羽的軍隊被劉邦圍困在垓下，形成四面楚歌的局面，其士兵見大勢已去，紛紛逃散。②聾子放爆竹時，聽不到響聲，只能看到爆竹炸裂時「散了」的樣子。

各人享各人福

牛吃草，鴨吃穀／你吃雞鴨肉，我啃窩窩頭*

〔釋義〕比喻各人顧各人，互不照應。

〔注釋〕窩窩頭：窩頭。用玉米麵、高粱麵或別種雜糧麵做的食物，略呈圓錐形，底下有個窩兒。

各不相干

風馬牛①／車走車道，馬走馬道／行車有車道，行船有航道／你走你的陽關道②，我走我的獨木橋

〔釋義〕指彼此無關係。

〔注釋〕①指馬、牛發情追逐，各不相干。風：雌雄相引誘、追逐。②陽關道：泛指

通暢寬廣的大道。比喻有光明前途的道路。

各打各的

聾子擂鼓，瞎子敲鑼

〔釋義〕比喻各做各的。

各自打散

雞蛋炒鴨蛋

〔釋義〕比喻各管各的，湊不到一塊。

各自為政

諸侯*稱王

〔釋義〕指各人按自己的主張做事，互不配合。

〔注釋〕諸侯：古代帝王統轄下的列國君主的統稱。

各走各的道；各走各的路

姐倆①找婆家／狐狸金錢豹／兩股道上的車／黃鼠狼鑽陰溝②／驢子拉磨牛耕田／老大坐車，老二騎馬／鷹飛藍天，狐走夜路③

〔釋義〕比喻各做各的事情，互不相干。

〔注釋〕①姐倆：方言，姐妹兩個。②陰溝：地下的排水溝。③狐走夜路：狐通稱狐狸，性狡猾多疑，晝伏夜出。

各吹各的調

一人一把號／一支喇叭一把號*／你吹喇叭我吹號

〔釋義〕比喻各行其是，互不照應。

〔注釋〕喇叭是管樂器的一種，上細下粗，最下端的口部向四周擴散，可以擴大聲音。號是軍隊或樂隊裡所用的西式喇叭。二者音調不同。

各奔東西

拆廟散和尚／背靠背走路／哥上關東①，弟下西洋②

〔釋義〕比喻各走各的路，互不相干。

〔注釋〕①關東：指山海關以東一帶地區，泛指東北各省。②西洋：泛指歐、美各國。

各散四方

羊群遇惡狼／沒王的蜜蜂①／魚苗放大海／傾巢②的黃蜂

〔釋義〕比喻各奔前程。

〔注釋〕①蜜蜂群居，每群都有一隻母蜂為王。沒王的蜜蜂要散群。②傾巢：全部出動。

各管各的

牛王爺*不管驢的事／井水不犯河水，南山不靠北山／各人自掃門前雪，休管他人瓦上霜

〔釋義〕比喻互不相干。

〔注釋〕牛王爺：舊時人們在飼養牛的地方供牛王爺，求神靈保佑牲畜平安，槽頭興旺。

各顧各；各人管各人

另起鍋灶／狗趕秧雞①／哥倆分家／黃牛落水②／麻雀搭窩／自掃門前雪／爹死娘嫁人

〔釋義〕比喻自己顧自己。

〔注釋〕①秧雞：方言，錦雞，一種野雞。②黃牛落水時，需要全力泅水，自顧不

暇，無力顧及其他。

各顧各（咯咕咯）

母雞帶崽*／趕鴨子上坡

〔釋義〕同「各顧各；各人管各人」。

〔注釋〕母雞帶小雞時常發出「咯咕咯」的叫聲。

合不到一塊；合不攏

方底圓蓋／牛蹄子兩瓣[1]／清水拌鐵砂／牆上的裂縫／豆油滴在水裡[2]／大口瓶配個小蓋子

〔釋義〕比喻不能協作共事。

〔注釋〕①牛為偶蹄動物，四肢各有四趾，趾有蹄，蹄子分為兩瓣。②油和水的比重不同，且油的黏度大，內聚力強，油與水不融合。

多心

三色原子筆／蘿蔔長了杈／三條腿的蘿蔔／出了芽的蒜頭／胸脯上掛茄子

〔釋義〕比喻亂起疑心。

多疑（姨）

媽媽的眾姐妹

〔釋義〕指疑心很重。

有二心

雙黃蛋*／同床異夢／雙色原子筆／胸口照鏡子

〔釋義〕比喻不專心或不同心。

〔注釋〕有兩個蛋黃的鳥卵。

自顧自（吱咕吱）

二愣子[1]拉胡琴／傻小子[2]拉二胡

〔釋義〕比喻各人管各人的事。

〔注釋〕①二愣子：泛指言行魯莽的年輕人。②傻小子：呆頭呆腦的小夥子。

走人

腿上貼郵票[1]／唱戲的拿馬鞭子[2]

〔釋義〕比喻人離開了。

〔注釋〕①信貼上郵票，可以寄走。由此假想，腿上貼郵票也可走人。②演戲時演員手持催馬鞭子，往往要在戲臺上走過場，示意走馬上路或出征。

你不靠我，我不靠你

開水煮鍋巴

〔釋義〕比喻誰也不依賴誰。

沒去向

斷了線的風箏

〔釋義〕指不知去處或下落不明。

身在曹營心在漢

關羽降曹操*

〔釋義〕比喻人在這裡，心念別處，另有所圖。

〔注釋〕指《三國演義》中關羽暫屈曹營，仍懷念劉備的故事。詳見「人在心不在」。

使偏勁

三根纜繩*拴兩邊／拉車拉到路邊邊

〔釋義〕比喻力量沒有用到正經地方。

〔注釋〕纜（ㄌㄢˇ）繩：拴船用的粗繩，一般用很多股棕、麻、金屬絲等擰成。

兩分離

油裡攙水*／棒打鴛鴦／水缸裡灑油滴

〔釋義〕指不能團聚。

〔注釋〕油的比重比水小，只能浮在水的上面。

孤孤單單

離群的馬／失群的大雁／離群的羊羔／百里草原一家人

〔釋義〕形容隻身一人，無依無靠。

孤家寡人

三年沒人登門檻／死了丈夫沒了兒

〔釋義〕比喻脫離群眾，十分孤立的人。

放任自流

大河決堤／無纜[①]綯[②]船／水閘失修／壟溝[③]決口／水龍頭失靈／打水不關龍頭／決了口的水渠／缺口碗盛米湯／豁嘴罐子[④]打水

〔釋義〕比喻任其發展，不加過問。

〔注釋〕①纜（ㄌㄢˇ）：纜繩，拴船用的粗繩。②綯（ㄊㄠˊ）：方言，繫，拴。③壟（ㄌㄨㄥˇ）溝：壟和壟之間的溝，用以灌溉、排水或施肥。④豁（ㄏㄨㄛ）嘴罐子：有缺口的罐子。

背道而馳

張果老倒騎驢*

〔釋義〕比喻彼此的方向或目的完全相反。

〔注釋〕張果老，神話傳說中的八仙之一。相傳他成仙之前是一個窮趕腳，因他和他的驢子誤吃了別人煮好的人參果而成仙得道。他隱居深山，常倒騎一頭小毛驢，日行數百里。

挑撥

一根筷子揀花生米

〔釋義〕比喻搬弄是非，引起糾紛。

挖牆腳

石敢當*搬家

〔釋義〕比喻拆臺。

〔注釋〕石敢當：舊時人家的正門一側，正對橋梁、巷口的牆腳處，常立一塊小石碑，上刻「石敢當」三字，以為可以禁壓不祥。

起了心；另有心

二月的菜薹[①]／三月間的芥菜[②]

〔釋義〕比喻產生外心，另有所圖。

〔注釋〕①菜薹（ㄊㄞˊ）：油菜的嫩芽，可食用。油菜在我國南方大多農曆正、二月間開花起心。②芥菜：二年生草本植物，頭年冬天播種，次年農曆二、三月間開花起心。

捏不攏[①]；難捏合

一盤散沙／穀糠蒸窩頭／隔夜的剩飯／乾壩[②]裡的沙子／風乾[③]的抄手[④]皮／豆腐渣包包子／苞穀麵[⑤]做元宵

〔釋義〕比喻無法調解和好。

〔注釋〕①攏（ㄌㄨㄥˇ）：合在一起。②乾壩（ㄅㄚˋ）：無水淹沒的河灘。③風乾：借風力吹乾。④抄手：方言，餛飩。⑤苞（ㄅㄠ）穀麵：方言，玉米麵。

悄悄地溜走

長蟲蛻皮*

〔釋義〕指不聲不響地偷偷走開。

〔注釋〕長蟲，蛇。在生長期舊的表皮脫落，由新長出的皮代替，通常每蛻一次皮就長大一些。

唱反調

鈸子*翻轉敲

〔釋義〕比喻故意提出相反的意見，或採取相反的行動。

〔注釋〕鈸（ㄅㄚˊ）子：鈸，打擊樂器。

野慣了

沒籠頭*的牲口／滿山的兔子不回窩

〔釋義〕比喻放縱成性，自由散漫慣了。

〔注釋〕籠頭：套在騾馬等頭上用來繫轠繩的東西，牲口戴籠頭繫轠繩後便於駕馭。

喜新厭舊

走路換草鞋／陳世美①當駙馬②／娶了老婆討小婆③

〔釋義〕喜歡新的，厭棄舊的。

〔注釋〕①陳世美：戲劇故事人物。考中狀元後，拋棄前妻秦香蓮，受招為駙馬。②駙（ㄈㄨˋ）馬：皇帝的女婿。③小婆：即妾。

單幹

光棍兒*分田／弟兄們分家

〔釋義〕指不與他人合作，單獨行動。

〔注釋〕光棍兒：此指單身漢。

散了心

白菜地裡耍鐮刀*

〔釋義〕指思想渙散或精力不集中。

〔注釋〕指在白菜地裡揮舞鐮刀，損傷白菜，使其散心。

散了架

破車當柴燒

〔釋義〕指鬆散，缺乏約束力。

散板了

掉了箍①的木桶／船到江中觸暗礁②

〔釋義〕比喻不受約束，散了攤子。

〔注釋〕①箍（ㄍㄨ）：緊緊套在東西外面的圈兒。②暗礁（ㄐㄧㄠ）：海洋、江河中不露出水面的礁石，是航行的障礙。

散夥（火）

大師傅*拆灶／孟良甩葫蘆／鐵匠拆爐子／一腳踢翻煤油爐

〔釋義〕指團體或組織解散。

〔注釋〕大師傅：此指廚師。

散壇*

老和尚吹燈

〔釋義〕比喻散夥，告一段落。

〔注釋〕壇：和尚舉行祭祀用的臺子。出壇念經，做法事結束，叫散壇。

散攤子

兔兒爺*打架

〔釋義〕指解散、分手。

〔注釋〕兔兒爺：兔頭人身的泥塑玩具。

稀稀拉拉

山羊拉屎／麻雀屙屎／小夥子的鬍鬚／山溝裡的住戶／泥地上摔豆腐／鹽鹼地的秧苗

〔釋義〕稀疏的樣子。

跑的跑，溜的溜

樹倒猢猻①散／菜筐子裝泥鰍／大眼篩子裝鱔魚②

〔釋義〕比喻各自逃散。

〔注釋〕①猢猻（ㄏㄨˊ ㄙㄨㄣ）：此指猴子。②鱔（ㄕㄢˋ）魚：黃鱔，體表有黏液，很滑溜。

想（響）的不一樣

鑼鼓兩叉／鐵鍋碰茶缸／笛子配嗩吶*／笛子配銅鑼／嗩吶裡吹出笛子調

〔釋義〕比喻想法不一致。

〔注釋〕嗩吶（ㄙㄨㄛˇ ㄋㄚˋ）：管樂器，俗稱喇叭，發音響亮。

滑的滑，溜的溜

腳踩西瓜皮，手抓兩把泥

〔釋義〕有的耍滑，有的偷偷走開。比喻人心渙散。

溜啦

屬黃鱔的／螃蟹脫殼／冷鍋貼餅子①／拔腳花狸貓②／油手攥（ㄗㄨㄢˋ）泥鰍／荷葉包鱔魚／腳底下抹油／腳踩西瓜皮／鞋底子打蠟／西瓜皮打鞋掌／爛糞箕③撈泥鰍／腳後跟擦黃油／光光頭④上放豆子

〔釋義〕指偷偷地走開。

〔注釋〕①用玉米麵等做成的餅子，一般貼於熱鍋壁烤熟。在冷鍋上貼餅子，黏不住，餅子會溜到鍋底。②狸貓：豹貓。似貓，性凶猛。③箕（ㄐㄧ）：簸箕，用竹篾或柳條編成的器具。④光光頭：光頭。

溜得快

耗子滑冰／屬兔子的／冰上的爬犁*

〔釋義〕比喻不聲不響地很快逃走。

〔注釋〕爬犁：方言，雪橇。用狗、馬等拉著在冰雪上滑行，沒有輪子的交通工具。

溜邊了

破餃子①／屬黃花魚②的

〔釋義〕指為避免牽連或推卸責任而悄悄離開。

〔注釋〕①餃子破皮後，餡流失，重量變輕，在沸騰滾動的水中漂向鍋邊。②黃花魚：黃魚，生活在海中，冬天在深海過冬，春天向岸邊回游，三至六月間產卵後，常在近海附近尋找食物。

疑心重

曹操①轉胎②

〔釋義〕指懷疑之心很重。

〔注釋〕①曹操：《三國演義》中的人物。工於心計，擅於謀略，但卻凶狠粗暴，奸詐狡猾，且性極多疑。他在舞臺上是一個白臉奸臣的形象。②轉胎：轉世，佛教認為人死後，靈魂依因果報應而投胎，成為另一個人。

管不著

小碗蓋大碗／天高皇帝遠／天要下雨，娘要嫁人

〔釋義〕指無法約束和管教。

撥弄是非；搬弄是非

傳言過語／申公豹的嘴*

〔釋義〕比喻傳播流言，蓄意挑起糾紛。

〔注釋〕申公豹是《封神演義》中人物。他心地狹窄，善於搬弄是非，處處與師兄姜子牙作對，誘使殷郊、殷洪棄正歸邪，助紂為虐。

蔫[1]退（煺）

殺豬不吹[2]

〔釋義〕形容悄悄地溜開。

〔注釋〕①蔫（ㄋㄧㄢ）：悄悄。②殺豬煺毛，通常的辦法是向豬的體內吹氣，使豬皮鼓脹，便於用刀子刮毛。否則豬皮又軟又癟，只好「蔫煺」。

遲早要散

二心*的夫妻／雲霧裡的愛情

〔釋義〕指一定會散夥。

〔注釋〕二心：三心二意，不忠實。

難見面

菖蒲[1]花兒／後腦殼[2]上的頭髮

〔釋義〕指不易相會。

〔注釋〕①菖蒲（ㄔㄤ ㄆㄨˊ）：多年生草本植物，生長在水邊，葉似劍，肉穗花序，根莖可做香料，也可入藥。②後腦殼：方言，頭的後部。

貧病潦倒類

一個子兒①也沒有

天花板上掛棋盤／囊空如洗②的窮漢

〔釋義〕比喻窮得分文沒有。

〔注釋〕①子兒：此指銅子兒（舊時的貨幣）。②囊（ㄋㄤˊ）空如洗：口袋裡空得像洗過一樣。

一個更比一個苦

苦豆子煮黃連①／苦瓜樹上結黃連②

〔釋義〕比喻痛苦一個比一個更甚。

〔注釋〕①黃連：多年生草本植物，根莖味苦，是健胃消炎藥。②苦瓜果實味苦，結在藤蔓上，苦瓜樹上結黃連是一種假想。

一貧如洗

當家神*賣土地／嘴巴一張，看得見肚腸

〔釋義〕比喻窮得一無所有。

〔注釋〕家神：指灶神。人們供在灶旁，認為可以主宰一家禍福的神，人稱「一家之主」。

一推便倒；一碰就倒

三腳板凳／尖底甕*兒／沙子壘牆／積木搭屋

〔釋義〕比喻禁不起一點挫折和風浪。

〔注釋〕甕（ㄨㄥˋ）：一種盛東西的陶器，腹大口小。

一無所有

叫花子①嫁女／叫花子搬家／翻白眼看青天②／家裡房子著了火

〔釋義〕形容什麼都沒有。

〔注釋〕①叫花子：乞丐。②黑眼珠斜視，兩眼瞪著空曠的藍天，什麼也看不到。

一碰就跌

椿頭上的烏龜

〔釋義〕比喻身體病弱，禁不住挫折。

一對窮

叫花子嫁長工／討飯的娶老婆／討飯的遇見叫花子

〔釋義〕指窮到一塊了。

一窮二白

叫花子吃豆腐／叫花子燒石灰

〔釋義〕形容基礎差，底子薄。

入不敷出

叫花子泄肚／拉屎吃瓜子

〔釋義〕指收入不夠支出。

又冷又餓

窮人掉雪窟／三九天的叫花子

〔釋義〕指挨餓受凍，困苦極了。

人財兩空

門神店裡失火①／杜十娘怒沉百寶箱②

〔釋義〕指連人帶財都受了損失。

〔注釋〕①門神是舊時在門上貼的神像，多為秦叔寶和尉遲敬德的畫像。賣門神的店鋪失火，既燒人像又賠錢，造成人財兩空。②《警世通言》中的故事。北京名妓杜十娘棄妓從良，與在京太學生李甲完婚。浮浪子弟孫富從中離間，李甲負義薄情，將十娘轉賣孫富。杜十娘悲憤交加，將價值萬金的百寶箱怒沉江中，投江自盡。

千孔百瘡

沒沿的破篩子／破篩子貼膏藥／破魚網，爛篩子／狗皮膏藥*補魚網

〔釋義〕比喻破壞嚴重，或毛病很多。

〔注釋〕狗皮膏藥：藥膏塗在小塊狗皮上的一種膏藥，療效比一般膏藥好，走江湖的人常假造此藥騙錢。

上氣不接下氣

三伏天的狗①／老漢學吹打②／八十老人吹燈／老母豬追兔子／害喘病③爬高山／七十老翁學吹笙

〔釋義〕形容少氣無力，或極端疲勞的樣子。

〔注釋〕①三伏天是一年中最熱的時期，狗在熱時往往張口吐舌，呼吸急促。②吹打：用管樂器和打擊樂器演奏。③喘病：泛指肺部的疾患，症狀多為氣喘、呼吸困難。

大窟窿*套小窟窿

使了一輩子的破菜籃

〔釋義〕多比喻入不敷出，虧空越來越大。

〔注釋〕窟窿（ㄎㄨ ˙ㄌㄨㄥ）：洞，比喻虧空、負債。

不知死活

鹹魚落塘／掐頭蒼蠅／釜中游魚／買乾魚放生／狐狸入虎穴／娃娃掉井裡／火盆裡栽牡丹／守著老虎睡覺／望鄉臺上吹哨／脫了鱗的黃花魚

〔釋義〕比喻不知吉凶好歹。有時指不知利害，冒昧從事。

不夠餬（糊）嘴

老虎舔漿糊

〔釋義〕指不能勉強維持生活。

分文沒有

討飯的趕場*

〔釋義〕指窮得一無所有。

〔注釋〕趕場：方言，趕集。

少氣無力

久病初癒／大煙鬼*拉車／冬天的蟒蛇／病人拍皮球

〔釋義〕形容氣力衰竭、精神疲憊的樣子。

〔注釋〕大煙鬼：對吸鴉片成癮的人的鄙稱。

手緊

抽風*攥（ㄗㄨㄢˋ）拳頭

〔釋義〕比喻經濟拮据。有時指不隨便花錢。

〔注釋〕抽風：手腳痙攣、口眼歪斜的症狀。

支撐不住

秫秸①做床腿／蔴稈頂磨扇②／蛋殼墊桌腳

〔釋義〕形容支持或維持不下去。

〔注釋〕①秫秸（ㄕㄨˊ ㄐㄧㄝ）：去穗的高粱稈。②磨扇：磨盤托著的圓形石磨。

日子難過；歲月難熬

緊著褲子數日月／勒緊褲帶過日子／叫花子沒有隔夜米

〔釋義〕比喻生活拮据，難以維持。

日月難過

天上裂了縫

〔釋義〕同「日子難過；歲月難熬」。

水深火熱

鐵鍋裡的螺螄*

〔釋義〕比喻生活極端艱難或指災難深重。

〔注釋〕螺螄（ㄌㄨㄛˊ ㄙ）：即田螺，肉可食。

爪乾毛淨

耗子跳火坑／黃鼠狼鑽灶／黃鼠狼烤火

〔釋義〕這裡比喻一點錢也沒有。有時指消滅乾淨，一點不留。

外頭體面裡頭苦

黃柏①木作磬②槌子

〔釋義〕比喻外面顯得不錯，實際卻很困苦、拮据。

〔注釋〕①黃柏：落葉喬木，木質堅硬，樹皮可做軟木，也可入藥，味苦。②磬（ㄑㄧㄥˋ）：古代打擊樂器，形似曲尺，多用玉、石或銅製成。

死不死，活不活；要死不活

井裡打撲騰／灶坑插楊柳／鹽鹼地的莊稼

〔釋義〕比喻求生不得、欲死不能的艱難處境。

光打光

赤手打屁股／禿子揍和尚

〔釋義〕比喻窮得精光，一無所有。

吃盡了苦頭

藥王爺*的嘴

〔釋義〕指受盡了痛苦的折磨。

〔注釋〕藥王爺：指神農。

年關難過

三十晚上①借債／大年三十②晚上熬稀粥

〔釋義〕比喻過年如過關，日子過不下去。

〔注釋〕①三十晚上：指農曆臘月三十晚上，即除夕之夜。②大年三十：農曆臘月三十，即除夕。

沒過一天好日子

拜罷天地*去討飯

〔釋義〕指生活一直貧困。

〔注釋〕拜罷天地：舉行結婚儀式以後。

沒錢

財神爺①擺手／《百家姓》少了第二姓②

〔釋義〕指缺錢花。

〔注釋〕①財神爺：傳說可以使人發財致富的神仙，現把掌管金錢的人也俗稱財神爺。②《百家姓》是集姓氏而編成的韻語識字讀本，四字一句，開頭一句是「趙錢孫李」，「錢」列為第二姓。

肚裡空，兜*裡光

窮漢下飯館

〔釋義〕形容窮苦人缺吃少花的情景。

〔注釋〕兜（ㄉㄡ）：衣服上的口袋。

兩手空

叫花子走人戶①／叫花子看外婆／吝嗇鬼②串親戚

〔釋義〕比喻人窮手空，拿不出東西。

〔注釋〕①走人戶：方言，走親戚。②吝嗇（ㄌㄧㄣˋ ㄙㄜˋ）鬼：對過分惜財、當用不用的人的蔑稱。

東倒西歪

酒鬼走路／醉漢上街／醉漢騎驢／瘸子*走山路／兩個醉漢睡覺／破廟裡的菩薩

〔釋義〕形容力不能支，站立不住。

〔注釋〕瘸（ㄑㄩㄝˊ）子：腿或腳有毛病的人，走起路來身體不平衡。

青黃不接

二八月的莊稼*

〔釋義〕比喻人力、物力暫難以接續。

〔注釋〕農曆二月和八月陳糧多已吃完，莊稼還沒有成熟，造成暫時的虧空。

受盡了熬煎

鍋蓋上的米花子

〔釋義〕比喻什麼折磨都受了。

周轉不開

一分錢開當鋪

〔釋義〕比喻經濟緊張，支配不開，難以應付。

勉強度（渡）日

大船載太陽

〔釋義〕比喻處境困難，只能勉強維持過日子。

穿沒穿個啥，吃沒吃個啥

披著蓑衣*啃紅薯

〔釋義〕指缺吃少穿，窮困極了。

〔注釋〕蓑（ㄙㄨㄛ）衣：用草或棕製成的，披在身上的雨具。

苦了大嘴的①

黃連燉豬頭／苣麻②菜餵鴨子／豬八戒吃黃連

〔釋義〕比喻飯量大的人因吃不飽而受委屈。

〔注釋〕①大嘴的：指嘴巴大的人。中國人的觀念裡，認為嘴巴大的人吃得多。②苣（ㄐㄩˋ）麻：一種野菜，嫩時可吃，味略苦。

苦人（仁）兒

土杏*核兒／黃連泡瓜子／苦水裡泡大的杏核兒

〔釋義〕比喻貧困受苦的人。

〔注釋〕土杏：苦杏，又叫山杏，其核甚苦，可供藥用或食用。

苦上加苦

膽汁①拌黃連／黃連拌苦瓜／土杏仁拌苦瓜／豬苦膽泡黃連／黃連樹②下種苦瓜

〔釋義〕形容已經很痛苦了，又增加痛苦。

〔注釋〕①膽汁：膽臟產生的消化液，儲於膽囊，味極苦。②黃連樹：黃連為多年生草本植物，莖高僅十幾到三十幾公分。所謂「黃連樹」是假想的說法。

苦水多

藥王爺的肚子*

〔釋義〕指有許多苦處。

〔注釋〕藥王爺嘗百草，故想像其肚裡有很多苦水。

苦水裡泡大的

膨大海*掉進黃連水

〔釋義〕指從小就過苦日子。

〔注釋〕膨大海：一種中藥，浸在水中即膨大呈海綿狀。

苦在眼前

眉毛上掛豬膽／鼻尖上抹黃連

〔釋義〕指苦難的日子即將到來。

苦孩子

黃連木雕娃娃

〔釋義〕指出身或家庭貧苦的孩子。

苦苗苗

剛出土的黃連／黃連樹下一棵草

〔釋義〕指苦孩子。

苦相連

苦瓜攀苦藤／苦瓜纏黃連樹／黃連樹上掛苦膽／一根藤上結的苦瓜

〔釋義〕比喻日子困苦，同命相連。

苦茬子

黃連地裡種穀子

〔釋義〕指底子窮，從小受苦。

苦透了

藥店的抹布／黃連水裡泡竹筍／黃檗*汁裡泡三年

〔釋義〕比喻貧苦到了極點。

〔注釋〕黃檗（ㄅㄛˋ）：黃柏。落葉喬木，木質堅硬，樹皮可入藥，味苦。

苦得深

井底栽黃連／豬膽扔井裡

〔釋義〕比喻苦難深重。

苦慣了

苦水裡泡大的／苦水裡泡苦瓜

〔釋義〕比喻貧困的生活過慣了。

要一樣沒一樣

叫花子炒三鮮

〔釋義〕比喻窮困，要啥沒啥。

要人沒人，要貨沒貨

武大郎*賣糠／武大郎賣豆渣／豬八戒背稻草／豬八戒背爛棉絮

〔釋義〕形容既無人力，又無錢財，處境十分困難。

〔注釋〕武大郎：《水滸傳》中人物。身材矮小，面貌醜陋。

要人沒人，要錢沒錢

王寡婦當當①／窮寡婦趕集／寡婦進當鋪②／窮大奶奶逛廟會③

〔釋義〕同「要人沒人，要貨沒貨」。

〔注釋〕①當當（ㄉㄤˋ）：指拿實物作抵押向當鋪借錢。②當鋪：舊時專門收取抵押品，放高利貸的店鋪。③廟會：設在寺廟裡或附近的集市。

拿不出手

泥匠送禮*／染坊送禮

〔釋義〕形容人窮禮輕，不好意思拿出來。

〔注釋〕指泥匠幹活時雙手沾滿泥土，無法拿東西送人。

弱不禁風

林黛玉的身子／富貴人家的小姐／拉著眼睫毛也會倒／大門不出二門不踩的閨秀*

〔釋義〕形容身體嬌弱得禁不起風吹。

〔注釋〕閨秀：舊時稱有錢有勢人家的女兒。

缺長少短

八個油瓶七個蓋

〔釋義〕比喻缺這少那。

堵不完的窟窿

借錢還錢①／扯褲子補補釘②／拆東牆補西壁／借新債還陳帳

〔釋義〕比喻經濟困難，周轉不開。

〔注釋〕①還錢填補了舊窟窿（虧空），但借錢又造成新的窟窿（虧空）。②補釘：補在破衣服或其他物件上的東西。

寅吃卯糧

兔子宴請老虎*

〔釋義〕寅年吃了卯年的糧。比喻入不敷出，靠挪用借支生活。

〔注釋〕舊俗用十二種動物代表十二地支，用來記人的出生年。如虎為寅年，兔為卯年。寅、卯分別為地支的第三、四位。老虎赴宴吃兔子的飯，即寅吃卯糧。

貧病交迫

長工①害癆病②／討飯的打擺子③

〔釋義〕指貧困和疾病一齊壓在身上。

〔注釋〕①長工：舊時長年出賣勞力，受財主剝削的貧苦農民。②癆（ㄌㄠˊ）病：中醫指結核病。③打擺子：方言，患瘧疾。

強掙扎

小毛驢拉轅①／牛犢子②拉大車

〔釋義〕比喻勉強支撐。有時指生活艱辛，勉強維持。

〔注釋〕①拉轅（ㄩㄢˊ）：駕轅，駕著車轅拉車。②牛犢（ㄉㄨˊ）子：小牛。

夠嗆

雞吃胡豆／狗吞辣椒／鼻孔喝水／小雞吃黃豆／小貓喝燒酒①／火燒辣椒殼／老鼠鑽煙筒／耗子啃海椒／鐵拐李②走獨木橋／辣椒粉吹進鼻眼裡

〔釋義〕指達到或超過所能忍受的最大限度。

〔注釋〕①燒酒：白酒。②鐵拐李：李鐵拐，神話傳說中的八仙之一，跛腳。

喘不上氣

木頭杈卡嗓子／嗓子裡塞棉花

〔釋義〕形容病弱體虛、少氣無力的樣子。

湊合著吃

一家人一碗飯／燒焦了的米飯

〔釋義〕指勉強餬口，將就著過。

渾身是病

螞蟻身上長癬子／蛤蟆蝌蚪子*害頭痛

〔釋義〕指疾病纏身。

〔注釋〕蛤蟆蝌蚪子：蝌蚪，青蛙或蟾蜍的幼體。

渾身是債

借票子①做衣服／流水簿②做袍子③

〔釋義〕比喻虧空太多，負債累累。

〔注釋〕①票子：鈔票，錢。②流水簿：流水帳本，每天記載財務出入，不分類別的舊式帳簿。③袍子：中式長衣。

渾身苦

黃連水洗澡

〔釋義〕比喻苦極了。

無依無靠

無根的浮萍／平地搭梯子／瞎子丟拐杖／半天雲裡*吊銅鈴／浮在面上的水草

〔釋義〕形容孤苦伶仃，沒有依靠。

〔注釋〕半天雲裡：半空中。

無家可歸

街上的流浪漢[①]／燒了廟的土地爺[②]

〔釋義〕指無依無靠，沒有地方可以落腳。

〔注釋〕①流浪漢：生活無著落，到處轉移，隨地謀生的人。②土地爺：傳說中掌管一個小地區的神。

訴苦

說話吃黃連

〔釋義〕指向人訴說苦難。

越掏越空

耗子打洞／老鼠挖牆洞／穿山甲*扒窩

〔釋義〕比喻底子越來越空，越折騰越窮。

〔注釋〕穿山甲：哺乳動物，全身有角質鱗甲，爪銳利，善掘土挖洞。

睜眼淨窟窿*

雞籠裡睡覺／籠子裡過日子

〔釋義〕指虧空太多，日子難過。

〔注釋〕窟窿：雙關語。此用籠子上的孔洞比喻經濟上的虧空。

窟窿套窟窿

借債買藕吃*／借錢買篩子

〔釋義〕比喻虧空一個接一個，入不敷出。

〔注釋〕借債是經濟上的窟窿，再去買有孔眼的藕吃，比喻為窟窿套窟窿。

精打光[①]

妖怪揍和尚／白娘子鬥法海[②]／女妖痛打唐僧[③]

〔釋義〕比喻一無所有。

〔注釋〕①精打光為雙關語，原意為妖精打了光頭和尚，借指一無所有。②白娘子、法海都是傳統戲曲劇目《白蛇傳》中人物。白娘子是峨嵋山上千年修煉的白蛇精，法海是金山寺的和尚。法海一再破壞白娘子和許仙的愛情，白娘子屢冒生命危險救護許仙，與法海打鬥。③此為假想的說法，借以比喻妖精打了光頭。

滿身是窟窿

身上背篩子／窗紗做衣裳

〔釋義〕比喻負債累累。

緊顧嘴

螞蚱[①]打食[②]

〔釋義〕比喻生活緊張，僅僅夠吃，沒有剩餘。

〔注釋〕①螞蚱（ㄇㄚˋ ㄓㄚˋ）：方言，蝗蟲。口器堅硬，主要吃禾本科植物，餓了尋食顧嘴。②打食：找食。

窮相

要飯的拍照／叫花子照鏡子

〔釋義〕指一副窮樣子。

窮相畢露

叫花子亮相*／吃飯舔碗邊／桌子縫裡舔芝麻

〔釋義〕指貧窮可憐的樣子完全顯露出來。

〔注釋〕亮相：本為戲曲表演中塑造人物形象的一種手段。借指形象明顯地顯露出來。

窮胎

呂蒙正*的帽子

〔釋義〕斥責人生就一副窮相。

〔注釋〕呂蒙正：宋朝洛陽人，字聖功，未登仕途之前是個窮書生。

窮鬼

判官①討飯／城隍爺躲債／城隍廟裡打饑荒②

〔釋義〕對窮苦人的蔑稱。

〔注釋〕①判官：指傳說中閻王手下管生死簿的官。②打饑荒：方言，比喻經濟困難，生活無著。

窮得叮噹響

馬勺①當鑼打／繩子拴石頭／鍋蓋當鑼打／拿鐵鍋當鐘敲／屁股後面掛鈴鐺／敲著飯碗討吃的／王小二②敲鑼又打鼓

〔釋義〕形容非常貧窮。

〔注釋〕①馬勺：盛飯或粥用的大勺。②王小二：舊時泛指窮人。

窮棍

叫花子的打狗棒

〔釋義〕指窮無賴。

窮湊；窮湊合

小爐匠補鍋／叫花子請客／養濟院①請客／老太太打補釘②／長工兌份子③打牙祭④／兩個叫花子拜天地⑤

〔釋義〕指因陋就簡，或辦事將就。

〔注釋〕①養濟院：舊時的慈善機構。②打補釘：在破損的衣物上補補釘。③兌份子：集體湊錢送禮或辦事。④打牙祭：方言，指偶爾吃一頓較豐盛的飯菜。⑤拜天地：拜堂，舊式婚禮新娘、新郎一起參拜天地的儀式。

窮極了

關門打財神／拿著鐵鍬當鍋使

〔釋義〕指窮困到了極點。

窮瘋啦

呂蒙正栽跟頭

〔釋義〕形容窮困已極，失去常態。

餓極了

豬八戒吃大糞①／半夜起來吃黃瓜／肚皮貼在脊梁②上

〔釋義〕比喻忍饑挨餓。

〔注釋〕①豬八戒好吃懶做，嘴饞，說其「吃大糞」是戲言。②脊梁：方言，即脊背。

錢（前）缺

羅鍋子*上樹／羅鍋腰上山／閨女穿姥姥的鞋

〔釋義〕形容經濟不寬裕。

〔注釋〕羅鍋子：羅鍋或羅鍋腰，駝背的人。

錢（前）緊

大腳穿小鞋

〔釋義〕同「錢（前）缺」。

餬（糊）嘴

老鼠喝米湯／老鼠舔糖稀①／狐狸偷蜂蜜／娃娃吃糖瓜②／耗子偷糨子③／麻雀啄米湯／灶王爺吃糖瓜④

〔釋義〕比喻生活拮据，只能勉強維持生活。

〔注釋〕①糖稀：含水分較多的麥芽糖，呈膠狀。②糖瓜：用麥芽糖製成的瓜狀食品，黏性很大。③糨（ㄐㄧㄤˋ）子：漿糊。④指農曆臘月二十三用糖瓜祭灶神。

翻白眼

魚兒上岸／小姑娘生氣／耗子吃砒霜*／猴子吃大蒜／老鼠掉進麵缸裡

〔釋義〕指生命垂危、奄奄一息時的形態。也指心中為難、失望或不滿時，眼睛的表情。

〔注釋〕砒（ㄆㄧ）霜：一種劇毒藥。

難過

獨木橋／木炭搭橋／絲線搭橋／朽木架橋／香籤搭橋／麻稈架橋／筷子搭橋／泥菩薩擺渡／爛板子搭橋／煙袋杆搭橋／黑屋裡紉針／暗室裡穿針／筷子穿針眼／熊貓鑽煙囪／一根竹子架橋／牽牛上獨木橋／繡花針納鞋底／老太太走獨木橋／繡花針戳烏龜殼／勒緊腰帶數日月

〔釋義〕比喻生活艱難困苦。有時形容心裡不好受。

難端

東家*的飯碗

〔釋義〕比喻靠施捨難以過活。

〔注釋〕東家：舊時受人雇用或聘請的人稱其主人為東家。

難養活

鹹菜缸裡養田螺*／金魚缸裡的大鯉魚

〔釋義〕指生活艱辛，難以養家餬口。有時指生命力不強，難以餵養長大。

〔注釋〕田螺（ㄌㄨㄛˊ）：淡水螺，軟體動物，生活在淡水中。

悲傷苦悶類

一片傷心說不出；說不出的傷心

崔鶯鶯送郎*

〔釋義〕形容胸中痛苦多而又難以表達。

〔注釋〕《西廂記》中說，崔相國女兒崔鶯鶯與書生張生相愛，崔夫人提出張生必須中狀元才能成親。崔鶯鶯在十里長亭安排宴席，送張生赴京。一對情人愁離傷感之情，難以言狀。

一夜愁白了頭

伍子胥過昭關*

〔釋義〕形容過度憂愁。

〔注釋〕伍子胥，春秋時楚國人，後為吳國大夫。相傳途經昭關時，官府有令緝拿伍子胥，他非常氣憤，一夜之間愁白了頭。第二天守門人已認不出他，因而蒙混過了昭關。

一看就煩

頁旁加火字

〔釋義〕比喻心裡厭煩，看什麼都不順眼。

一對孤寡

土地公*和土地婆／孤老頭對老寡婦

〔釋義〕形容孤獨無靠，處境淒涼。

〔注釋〕土地公：指土地爺，傳說掌管一個小地區的神。

十分孤單

光棍兒過日子／和影子交朋友／拆散了的鴛鴦

〔釋義〕比喻單身無靠，非常寂寞。

又刺又痛

手抓刺蝟／光身子鑽刺蓬*／麥芒戳到眼睛裡

〔釋義〕比喻心裡難受。

〔注釋〕刺蓬：長刺的小樹叢或草叢。

大失所望

買牛得羊／養子不成材

〔釋義〕指極為失望。

大嘆（炭）

火燒棺材

〔釋義〕比喻因不痛快而大聲嘆息。

不快意

鈍刀切肉／破帆使風／樹蔭遮景致

〔釋義〕比喻不舒心、不如意。

不忍聞

老子哭兒／落榜聽見喜鵲叫

〔釋義〕比喻景況淒慘，耳不忍聞。

不是滋味

猴子吃八角①／猴子吃橡子②／猴舔蒜罈子／心裡撒辣椒麵／甜酒裡攙醬油／喝了一肚子海水／喝了碗壞酸奶子

〔釋義〕比喻心裡感到不好受。

〔注釋〕①八角：調味香料，呈八角形，又叫大茴香。②橡子：櫟樹的果實，含澱粉和少量鞣酸，有異味。

不順心

貴妃娘娘嘆氣

〔釋義〕比喻不稱心如意。

切膚之痛

一頭跌到菜刀上／一屁股坐在鍘刀上

〔釋義〕比喻感受的痛苦極為深切。

心事重重

遊子*還家

〔釋義〕指心情沉重，感慨萬千。

〔注釋〕遊子：離家在外或久居外鄉的人。

心焦

點燃的蠟燭

〔釋義〕指因遲遲不能實現願望而煩悶急躁。

心碎

花骨朵*碰在屠刀上

〔釋義〕比喻悲痛至極。

〔注釋〕花骨（ㄍㄨ）朵：花蕾。

心裡沉重

肚裡吞金／胸口掛秤砣／肚子裡塞石頭／棉花裡包石頭

〔釋義〕指思想負擔重。

心裡苦

口嚙黃連／吃了豬苦膽

〔釋義〕比喻內心非常痛苦。

心裡痛；肚裡痛

火燒烏龜／牛踩烏龜背

〔釋義〕同「心裡苦」。

心酸

吃了一筐爛杏／喝了兩斤老陳醋／冰霜打過的甘蔗梢

〔釋義〕指心裡悲痛。

扎心

口吞繡花針／吃了蒺藜豆*／囫圇吞刺蝟

〔釋義〕比喻因受刺激而非常難受。

〔注釋〕蒺藜（ㄐㄧˊ ㄌㄧˊ）豆：一年生草本植物蒺藜的果實，果皮有刺。

叫天天不應，喚地地不靈

下了十八層地獄／深山密林迷了路

〔釋義〕比喻人處於孤立無援的境地。

包袱*多

相聲演員

〔釋義〕比喻思想負擔重。

〔注釋〕包袱：雙關語。本指相聲、快書等曲藝中的噱頭、笑料，此指思想上的包袱。

各有各的傷心處

大觀園裡哭賈母*

〔釋義〕比喻處境和遭遇不同，心中各有苦衷。

〔注釋〕《紅樓夢》中描寫賈政的母親去世後，大觀園裡哀聲陣陣，由於賈府處在沒落衰敗之中，各層人物的遭遇不同，因此各人都有各人的傷心之處。

多愁善感

林黛玉的性子

〔釋義〕形容感情脆弱，容易發愁或傷感。

好煩（礬）

阿二①吃冰糖②

〔釋義〕比喻非常煩躁不安。

〔注釋〕①阿二：民間傳說中呆頭呆腦，自作聰明的人物。②冰糖：色白，透明，很像明礬。

有苦難言；有苦說不出

啞巴挨打／床板夾屁股／啞巴吃黃連／啞巴被驢踢／黃蜂①錐褲襠／嘴裡塞黃連／童養媳②哭老公

〔釋義〕指有某種苦衷或難處，而不便或不敢說出來。

〔注釋〕①黃蜂：馬蜂。尾有毒刺，能螫人。②童養媳：領養人家的小女孩作兒媳婦，等兒子長大後再結婚，這樣的小女孩叫童養媳。

死去活來

冷鍋炒韭菜／做夢見閻王*／九死一生的幸運兒

〔釋義〕形容極度的哀傷和痛苦。

〔注釋〕閻王：又稱閻羅，佛教稱管地獄的神。

老來苦

寡婦無兒／八十歲無兒／黃連木刻壽星*

〔釋義〕指老年生活悲苦。

〔注釋〕壽星：指老人星，自古以來是長壽的象徵，民間常把它畫成老人的樣子，頭部長而隆起，也叫壽星佬兒。

自尋煩惱

作繭自縛／沒罪找枷*戴／捉蝨子上頭

〔釋義〕比喻自找煩悶和苦惱。

〔注釋〕枷（ㄐㄧㄚ）：舊時套在罪犯脖子上的刑具，木製。

自嘆命薄

林黛玉葬花*

〔釋義〕比喻自我怨嘆命運不好。

〔注釋〕《紅樓夢》故事。林黛玉到大觀園中葬花，以花自喻，暗嘆命薄。

至死不開腔

啞巴挨冤枉

〔釋義〕指人有難言之苦。

沒心思玩

大年初一做花圈

〔釋義〕比喻心情不好，無心玩樂。

冷冷清清

深山裡的小廟／廟堂裡的旗杆

〔釋義〕形容冷落、寂寞和淒涼的樣子。

低頭走

喪家狗

〔釋義〕形容垂頭喪氣的樣子。

兩頭受罪；兩頭難受

劁*豬割耳朵／吃辣椒屙不下

〔釋義〕比喻兩方面都感到有難處，不好受。

〔注釋〕劁（ㄑㄧㄠˊ）：閹割。

受不了

眼裡插棒槌／猴子扛大梁／瘦驢拉重載／手掌裡擱火炭／指甲肉裡扎刺

〔釋義〕比喻忍受不下去。

受不完的勾頭罪

茶壺裡泡豆芽／罈子裡的豆芽菜

〔釋義〕比喻遭受沒完沒了的折磨。

孤的孤，苦的苦

老寡婦遇見老絕戶*

〔釋義〕形容有的孤單，有的痛苦，一片淒慘景象。

〔注釋〕老絕戶：此指沒有後代的老人。

物傷其類

兔死狐悲

〔釋義〕指為同類的死亡或不幸而悲傷。

空嘆（炭）

火燒竹子／火燒筆筒

〔釋義〕比喻白白地為某件憾事嘆息。

長嘆（炭）

火燒桅杆*／火燒旗杆／火燒套馬杆子

〔釋義〕因心裡不痛快而嘆息。

〔注釋〕桅杆：船上掛帆的杆子，或輪船懸掛信號、裝設天線、支持觀測臺的高杆。

垂了頭；不抬頭

老牛啃地皮／老母豬啃槽①／成熟的麥穗／霜打的蕎麥②

〔釋義〕比喻做了錯事或傷了臉面而心裡沉重，精神不振。

〔注釋〕①槽：餵養動物裝飼料的木槽。②蕎（ㄑㄧㄠˊ）麥：一年生草本植物，子實可磨粉供食用。

垂頭喪氣

輸了的賭徒／打敗仗的士兵／高粱稈上拴個破皮球

〔釋義〕形容灰心失望的樣子。

活受罪

十二歲出嫁／大腳穿小鞋／走路穿小鞋／打破腦瓜①充硬漢／要死不活的癱子②

〔釋義〕指活著遭受苦難，含有抱怨和憐憫的意思。

〔注釋〕①腦瓜：方言，即頭。②癱（ㄊㄢ）子：癱瘓的人。

活受（獸）

屋脊上蹲個貓*

〔釋義〕指活受罪或活受苦。

〔注釋〕舊式廟宇、宮殿的屋脊上，有燒製的陶獸，有的遠看像貓。

活得不耐煩；活夠了

請狼作客／老壽星上吊／老婆婆吊頸①／露水盼陽光／壽星佬吃砒霜②／壽星佬尋短見③／麻雀和鷹鬥嘴

〔釋義〕比喻對生活失去信心。有時用以斥責人闖禍，自己找死。

〔注釋〕①吊頸：即上吊自殺。②砒（ㄆㄧ）霜：一種劇毒藥。③尋短見：自殺。

盼誰誰不來，想誰誰不到

崇禎皇帝上吊*

〔釋義〕形容陷入眾叛親離、孤家寡人的悲慘境地。

〔注釋〕見「走投無路」。

耷拉①著腦袋

送殯②的臉／後脖子抽筋／家裡死了人／鬥輸的公雞

〔釋義〕形容遇到傷心事或受到挫折而表現出精神不振，垂頭喪氣的樣子。

〔注釋〕①耷（ㄉㄚ）拉：下垂。②送殯：出殯時陪送靈柩。

苦衷難訴

公公調①媳婦／啞巴見了媽／窮寡婦回娘家／童養媳回娘家／進門挨了婆婆罵，上床又遭男人②打

〔釋義〕比喻難言的痛苦。

〔注釋〕①調（ㄊㄧㄠˊ）：指調戲。②男人：此指丈夫。

苦惱（腦）

黃連水洗頭／豬頭抹黃連

〔釋義〕比喻人痛苦煩惱。

苦悶（燜）

飯甑①裡蒸黃連／小豆乾飯攙苦瓜②

〔釋義〕比喻苦惱煩悶。

〔注釋〕①甑（ㄗㄥˋ）：甑子，蒸米飯等的用具，略像木桶，有屜子而無底。②苦瓜：帶苦味的瓜類蔬菜。

苦辣酸甜鹹樣樣全

打翻了五味①瓶／打爛了的調味罐／炸煳②的辣椒拌醋糖

〔釋義〕什麼滋味都有。有時含有百感交集的意思。

〔注釋〕①五味：指酸、辣、苦、甜、鹹，泛指各種味道。②煳（ㄏㄨˊ）：食品經火變焦發黑，有苦味。

哭得好傷心

小寡婦上墳／賈寶玉哭靈*／寡婦死了兒／膝蓋頭抹眼淚

〔釋義〕比喻由於遭受不幸或不如意的事而痛哭流涕。

〔注釋〕《紅樓夢》故事。賈寶玉與林黛玉自幼相愛，當賈府用高壓與欺騙手段，強迫寶玉與觀念與趣都格格不入的薛寶釵結合時，病入膏肓的林黛玉在血淚控訴中死去。賈寶玉在林黛玉靈前痛哭不已，悲傷至極。

啞了口

吞了火炭／秋蟬落地*／喉嚨長瘡／嘴上貼封條

〔釋義〕形容悶不作聲的樣子。

〔注釋〕雄的蟬腹部有發聲器，常在樹上連聲尖叫，一旦落地，就停止鳴叫。

從頭涼到腳

額頭上倒冰水／落雪天過冰大阪*

〔釋義〕比喻灰心失望到極點。

〔注釋〕冰大阪（ㄅㄢˇ）：冰雪覆蓋的大山坡。

涼了半截

冷水澆頭／腳踩三尺雪／棉褲沒有腿／裸體穿皮襖／穿皮襖打赤腳／十冬臘月掉水缸／冰雪埋到肚皮上

〔釋義〕比喻遇到挫折灰心或失望。

涼到底

光腳丫進冰窖

〔釋義〕指灰心失望到了極點。

涼啦

黃瓜菜*

〔釋義〕比喻灰心或失望。

〔注釋〕此指用黃瓜拌成的涼菜。

涼透心

褡褳*背水／懷揣冰棍／冰凌掛胸口／六月裡吃薄荷／心裡頭結冰塊

〔釋義〕形容灰心失望極了。

〔注釋〕褡褳（ㄉㄚ ㄌㄧㄢˊ）：長方形的口袋，中間開口，兩端各成一個袋子裝東西。

淒（妻）涼

老公打扇／丈夫搧扇子／老婆子落水

〔釋義〕形容境況淒慘悲涼。

淒涼（妻量）又淒涼（妻量）

大婆①量米二婆②稱

〔釋義〕同「淒（妻）涼」。

〔注釋〕①大婆：舊社會中，有妾的人的妻子。②二婆：舊社會中，男子在妻子以外娶的排行第二的女子。

割心腸

肚裡藏鐮刀／鋼刀吞肚裡

〔釋義〕比喻心如刀割，難受極了。

寒心

懷揣雪人／胸口抱冰／三九天吃冰棍／六月間喝冰水

〔釋義〕比喻失望而痛心。

悲觀失望

眼睛生在鼻子下

〔釋義〕比喻精神頹喪，對事物的發展缺乏信心。

悶口

兔子吃年糕／糌粑①糊了嘴／老太太吃年糕／老太婆吃芋頭②／老太婆吃炒麵

〔釋義〕比喻悶不作聲。

〔注釋〕①糌粑（ㄗㄢˊ ㄅㄚ）：用青稞麥炒熟後磨成的麵，吃時加酥油茶或青稞酒拌和捏成小團。②芋（ㄩˋ）頭：多年生草本植物，塊莖含澱粉很多，供食用。有時也指馬鈴薯、甘薯。

悶死了

三年不開窗戶／封了窯口的磚／腦袋藏在褲襠裡

〔釋義〕比喻煩悶極了。

悶（燜）起來了

小豆乾飯①／文火②蒸糕／溼煤壓火／塌鍋乾飯／打火③不吸煙／大米乾飯不熟／高粱米塌飯鍋／煮熟的飯不吃

〔釋義〕比喻因心情不暢而沉默不語。

〔注釋〕①做小豆乾飯時，豆難熟，需要燜在鍋裡，用文火加熱燜熟。②文火：燜飯菜或煮東西時所用的比較微弱的火。③打火：舊時用火鐮敲打火石取火。

悶聲不響

沙堆裡放炮仗*／船底下放鞭炮

〔釋義〕比喻心裡煩悶，沉默不語。

〔注釋〕炮仗：爆竹。

痛上加痛

刀口遭滾水燙／傷口上灑鹽巴／癤子上面生包包

〔釋義〕比喻痛苦難忍，非常難受。

痛不可言

火燒褲襠／指甲離肉①／馬蜂叮屁股／啞巴吃蠍子／啞巴被蜈蚣咬／喉頭上長疔瘡②

〔釋義〕指疼痛難受得無法形容，或有某種痛苦不便說出。

〔注釋〕①指甲與肉分離，極為疼痛。②疔（ㄉㄧㄥ）瘡：一種毒瘡，形小根深，狀如釘，故名。

傷透心肝

痴情碰冷遇*

〔釋義〕比喻因遭受不幸或不如意的事而非常悲傷。

〔注釋〕冷遇：冷淡的待遇。

傷（墒）透了

犁地淹死牛*

〔釋義〕比喻傷心到極點。也指非常傷腦筋。

〔注釋〕牛在耕田時淹死，說明雨下得很大，土壤的溼度達到飽和，墒肯定是透了。

想不開

司機鬧情緒／駕駛員罷工

〔釋義〕比喻不如意的事情存在心中，擺脫不了。

想不過

走到渡口打轉身

〔釋義〕比喻對某些問題或事物有意見，想不通。

想死

夢裡吊頸／做夢進棺材／脖子裡套繩子

〔釋義〕比喻對生活失去信心，厭世輕生。

愁（稠）上加愁（稠）

糯米粥①裡拌芡粉②

〔釋義〕比喻憂愁極了。

〔注釋〕①糯（ㄋㄨㄛˋ）米粥：也叫做江米粥，用富於黏性的米煮成的稀飯。②芡（ㄑㄧㄢˋ）粉：用芡實做成的粉。現多用其他澱粉代替芡粉。

睹物傷情

賣香囊*掉淚

〔釋義〕比喻看到眼前景物而引起內心悲傷。

〔注釋〕香囊（ㄋㄤˊ）：古代婦女隨身繫戴的香粉包。

嘗盡了酸甜苦辣

灶上的炒勺／灶上的抹布／炒菜的鏟子／中藥鋪的抹布／飯桌上的抹布

〔釋義〕比喻經歷了各種各樣的磨難，嘗遍了人生辛酸。

嘗盡辛酸

咬口生薑喝口醋／醋罈子裡泡胡椒／醬菜店裡的抹桌布

〔釋義〕比喻受盡了艱難困苦。

說不出的苦

啞巴夢見媽／滿嘴塞黃連／眼淚往肚裡流

〔釋義〕指有某種苦衷不便說出。

獨自悲傷

被窩裡抹眼淚／對著牆壁流眼淚

〔釋義〕指人暗暗傷心難過。

難受

貓兒挖心／半天打不出噴嚏來

〔釋義〕比喻心裡不愉快、不好受。

難開口；口難張；不好開口

狗吃糯粑[①]／壺裡煮蚌／兒看見娘醜／大姑娘想郎／上鏽的剪刀／沒嘴的葫蘆／拉屎吃香瓜／鐵打的葫蘆／蛤蟆跌糞坑／媒婆子爛嘴／新打的剪刀／嘴上貼封條／嘴上貼膏藥／嘴巴抹漿糊／大風天吃炒麵[②]／牛嘴上套篾簍[③]／旱地裡的螺螄[④]／廁所裡吃燒餅／黃花女[⑤]想嫁人／落雨天的芝麻／下巴底下支磚頭

〔釋義〕這裡指有苦衷難以訴說。也指有難言之隱，不願或不便說出。

〔注釋〕①糯粑（ㄋㄨㄛˋ ㄅㄚ）：糯米做成的一種食品。②炒麵：炒熟的麵粉，可做乾糧。③篾簍（ㄇㄧㄝˋ ㄌㄡˇ）：用竹、葦等劈成的篾條所編製的簍子。④螺螄（ㄌㄨㄛˊ ㄙ）：軟體動物，體外有螺旋形的殼，多生活在潮溼地。⑤黃花女：指處女。

難過

獨木橋／木炭搭橋／絲線搭橋／朽木搭橋／麻稈搭橋／筷子搭橋／泥菩薩擺渡／香籤棍[①]搭橋／爛板子架橋／煙袋[②]杆搭橋／黑屋裡紉針／暗室裡穿針／筷子穿針眼／熊貓鑽煙囪／一根竹子架橋／牽牛上獨木橋／繡花針納鞋底／老太太走獨木橋／繡花針戳烏龜殼／勒緊腰帶數日月[③]

〔釋義〕這裡比喻心裡不好受，很悲傷。有時比喻生活艱難，日子不好打發。

〔注釋〕①香籤棍：棒香燃完後剩下的細棍。②煙袋：指旱煙袋，有長杆。③指過著食不飽腹的生活。

難熬

水煮石頭／禿雞過冬／牛骨頭煮膠／長工的歲月／水煮驢皮膠[①]／窮人的日子／老牛頭進湯鍋／掛著臘肉吃齋[②]／一百斤米做稀飯／一鍋米飯煮三年

〔釋義〕指艱苦的生活和環境難以忍受。

〔注釋〕①驢皮膠：阿膠。用驢皮加水熬成的膠，為滋補中藥。②吃齋（ㄓㄞ）：吃素。

鑽心痛

蠍子螫胸口／金剛鑽兒*包餃子／蜈蚣爬進肚子裡

〔釋義〕比喻疼痛難忍。

〔注釋〕金剛鑽兒：指用金剛石做成的鑽頭，強度極硬，可鑽很硬的物質。

窩火受氣類

一肚子氣
低頭吹火／勒腰蛤蟆／隔夜豆角①／打脹的皮球／河豚②撞船尾／茶壺裡燒炭／小娃娃玩的皮球

〔釋義〕比喻非常生氣。

〔注釋〕①隔夜的豆角菜要變餿，發出難聞的餿酸氣味。②河豚（ㄊㄨㄣˊ）：魚，頭圓形，口小，肉味鮮美，卵巢、血液和肝臟有劇毒，中國沿海和某些內陸河有出產。

一碰就發火
火柴遇火藥／火鐮對火石*／粗石頭性子

〔釋義〕指稍被觸犯就發脾氣。

〔注釋〕舊時用火鐮取火。火鐮打在火石上，發出火星，點燃火絨。

一點就炸
生鐵地雷／爆竹的脾氣／敞*了蓋的汽油桶

〔釋義〕比喻一觸即發。

〔注釋〕敞：打開。

一點就著；點火就著
紙燈添油／硫磺①腦袋／屬刨花的／乾柴遇烈火／火絨子②腦袋／焊槍③的噴嘴／炮仗捻④的脾氣／火種掉進乾柴堆／柴火堆上倒汽油／蘸了汽油的稻草

〔釋義〕比喻人稍被觸犯就發脾氣。有時指某件事情醞釀已久，人心所向，稍經指點和發動，就會群起響應。

〔注釋〕①硫磺：淺黃色結晶體，易燃。②火絨子：引火取燃的東西。③焊槍：氣焊用的帶活門的工具，形狀似槍，前有噴嘴，可噴射火焰。④炮仗捻（ㄋㄧㄢˇ）：爆竹的引火線。

一觸即發
箭在弦上／上膛的子彈／炮筒子脾氣／眼前埋地雷／大海裡的水雷*

〔釋義〕形容事態發展到嚴重地步，稍被觸犯就要發作。

〔注釋〕水雷：水中爆炸武器，用來炸毀敵方的艦艇。

大發雷火
甩出去的手榴彈

〔釋義〕比喻脾氣暴躁，大發雷霆。

上擠下壓
大豆榨油／屬豆餅的／木夾裡的油枯*

〔釋義〕比喻受到來自各方面的壓力，難以

忍受。

〔注釋〕油枯：油餅。油料作物種子榨油後所剩的渣滓。土法榨油是將原料放入木夾，用專用工具進行擠壓，油流出，木夾裡剩下的是油枯。

不偷也是偷

賊娃子拾東西／黃鼠狼躲雞棚

〔釋義〕比喻蒙受不白之冤。有時指壞人的形象很難改變。

不得不低頭

身居屋簷下／細高挑兒*進矮門／高個子走到矮簷下

〔釋義〕指人處於不利的環境，不得已而低聲下氣地生活。

〔注釋〕細高挑兒：身材瘦長的人。

心裡有火

臘月打赤腳／寒天吃冰棍／三九天搧扇子／燒紅的煤炭吞下肚

〔釋義〕比喻心中窩火，很氣憤。

火氣衝天

草場著火／火車鳴汽笛

〔釋義〕比喻脾氣非常暴躁或怒氣很大。

由人擺弄

鳥入籠中／屬算盤珠的／綿羊綁在案板上

〔釋義〕比喻身不由己，隨人操縱或捉弄。

以上壓下

天牌壓地牌①／雷公②劈城隍③／土地爺管龍王

〔釋義〕指依勢壓人。

〔注釋〕①牌九分天、地、人等牌，出牌時同樣的點數，天牌為大。②雷公：神話中掌管打雷的神。③城隍：指傳說中主管某個城的神。

平白無故

石灰遭毒打／豆腐坐班房*

〔釋義〕指無緣無故受連累。

〔注釋〕班房：監獄或拘留所的俗稱。

白挨①

豆腐墊床腳／凳子上抹石灰／君子②不犯法坐班房

〔釋義〕比喻平白無故地遭受責備或處罰。含有委屈不值得的意思。

〔注釋〕①挨（ㄞˊ）：遭受。②君子：舊指人格高尚的人。

生閒（鹹）氣

醬缸裡冒泡

〔釋義〕指生與己無關的氣。

任人千刀萬剮

棕樹①的一生／園裡的橡膠樹②

〔釋義〕指隨人宰割，任人欺凌。

〔注釋〕①棕（ㄗㄨㄥ）樹：常綠喬木，包在樹幹外面的棕毛，可以割取，用以製蓑衣、繩索等。②橡膠樹：常綠喬木，成熟後可以在樹幹上割取膠乳。

任人捏

稻草灰／軟麵包餃子／手心裡的小蟲／雕塑匠手裡的泥巴

〔釋義〕指聽任別人的驅使或欺侮。

任人宰割；隨人宰割

老牛死了／刀下的綿羊／砧板①上的魚／

案板②上的肉

〔釋義〕比喻聽任別人的擺布，沒有自主的權力，毫無反抗精神。

〔注釋〕①砧板：切菜用的木板。②案板：做麵食或切菜用的長方形木板，比砧板大。

任人敲打

寺廟的木魚*／樂隊裡的鑼鼓

〔釋義〕比喻聽任別人挖苦和欺凌。

〔注釋〕木魚：此指僧尼念經、化緣時敲打的響器，木製，中空。

任人踩

路邊的小草

〔釋義〕指由人糟蹋、擺布。

任人撕扯

叼羊遊戲中的小羊羔

〔釋義〕同「任人踩」。

任人擺布；由人擺布

木偶表演／驢子拉磨／井裡的吊桶／染坊的大缸／籠中的老虎／新媳婦下轎／染房裡的衣料／菜園裡的轆轤*／櫥窗裡的展品

〔釋義〕指任憑別人操縱、支配自己的行動。

〔注釋〕轆轤（ㄌㄨˋ ㄌㄨˊ）：安裝在水井上的一種汲水工具。

吃力不討好；出力不落好

用針掘井／和尚賣肉／公公背兒媳／頂石臼①做戲／駝子翻跟頭／背石頭上山／背媳婦燒香／黃漿②做年糕／推磨挨磨棍／笨賊偷石臼／頂起磨子跳舞／背鼎鍋跳加官③／豬八戒背媳婦／豬八戒端盤子④／戴著碓窩⑤拜年／戴著碓窩唱戲／戴碓窩打官司／大伯背兄弟媳婦／頂著磨盤耍獅子／老公公背兒媳婦過河／公公背上兒媳婦朝華山⑥

〔釋義〕比喻費了力氣，卻收不到好效果。

〔注釋〕①石臼（ㄐㄧㄡˋ）：石頭鑿成的舂米工具。②黃漿：黃泥巴。③跳加官：舊時戲曲開場加演的舞蹈節目。詳見「自討苦吃」。④豬八戒豬首人身，面目醜陋，端盤子上菜，不但不落好，反而使人厭惡。⑤碓（ㄉㄨㄟˋ）窩：石臼。⑥朝華山：到華山的寺廟裡向神、佛禮拜。華山：五嶽中的西嶽，在陝西東部，為遊覽勝地。

吃的脹氣飯

吹鼓手*赴宴／天天當吹鼓手

〔釋義〕指日子不舒心，很憋氣。

〔注釋〕吹鼓手：舊式婚禮或喪禮中吹奏樂器的人。

多股子氣

三個鼻孔眼兒

〔釋義〕比喻氣上加氣。

好大的火氣；火氣大

孟良摔葫蘆*

〔釋義〕比喻大發脾氣。

〔注釋〕《楊家將》中講的，孟良隨焦贊到穆柯寨，用寶葫蘆放火燒山，以取降龍木的故事。

好大的氣

冷水倒火爐／拖拉機爆胎*／冬天進豆腐房／熱鍋上的蒸籠／踏死蛤蟆肚子脹

〔釋義〕比喻生氣極了。

〔注釋〕爆胎：輪胎爆裂。

好心不得好報

聖人*遭雷擊／過河打船工／黃泥巴打黑灶／老虎頭上捉蝨子

〔釋義〕指善良的人反而遭到不好的報應。

〔注釋〕聖人：泛指道德、智能極高的人。

好心成惡意

公公給兒媳婦揩鼻涕

〔釋義〕指由於方法不當，善心被曲解為不懷好意。

有口難辯

啞巴伸冤／啞巴上公堂*

〔釋義〕比喻有話不敢說，或有理難以申辯。

〔注釋〕公堂：舊指官吏審理案件的地方。

有火發不出；有火沒處發

溼灶燒溼柴／牛皮燈籠點蠟*／罐子裡燃木炭

〔釋義〕比喻滿腔怒火，無處發洩。

〔注釋〕牛皮不透明，燈籠裡的蠟光透不出來，有火發不出。

有氣

六月的豬肉／隔夜的豬下水*／鼓囊囊的皮球

〔釋義〕比喻生氣或發脾氣。

〔注釋〕下水：泛指可供食用的牲畜內臟。

有氣難出

上等輪胎／蓋嚴了的籠屜*

〔釋義〕比喻生氣或惱怒無處發洩。

〔注釋〕籠屜（ㄊㄧˋ）：竹木、鐵等製的器具，用來蒸食物。

死不瞑目

鯉魚下油鍋／螃蟹的眼睛／癩蛤蟆剝了皮

〔釋義〕多形容生有冤情，死不甘心。有時指心裡有事放不下，臨死不閉眼睛。

死得屈來鬧得凶

吊死鬼*耍大刀

〔釋義〕指鳴冤叫屈，鬧得很厲害。

〔注釋〕吊死鬼：傳說中形象極為醜陋的鬼。

忍氣吞聲

自己碰釘子／夾著尾巴做人／捏鼻子吹螺號*／鼓肚蛤蟆鑽喇叭／打掉門牙往肚裡嚥

〔釋義〕比喻受了委屈強作忍耐，不敢或不願公開表露。

〔注釋〕螺號：用大的海螺殼做的號角。

忍辱負重

鞭打快牛／好馬遭鞭打／駱駝挨鞭子

〔釋義〕指忍受屈辱，承擔重任。

兩受屈

南瓜菜就窩頭

〔釋義〕指雙方都受到委屈。

兩頭不落一頭

害腳氣長禿瘡①／瘌痢頭②長腳癬／頭長疔瘡③腳爛趾頭

〔釋義〕這裡比喻兩方面都不落好。有時指兩頭落空，一無所獲。

〔注釋〕①禿瘡：方言，黃癬。②瘌痢（ㄌㄚˋ ㄌㄧˋ）頭：方言，長黃癬的腦袋。③疔（ㄉㄧㄥ）瘡：惡性小瘡。常發於顏面及手足等處，腫硬疼痛，常伴有寒熱、頭暈等症。

兩頭受氣

吹火筒子／老鼠鑽風箱／風箱裡的老鼠／颳大風吹牛角*／一頭鑽進風箱裡／搧著扇子拉風箱

〔釋義〕比喻受到多方抱怨和責難。

〔注釋〕颳大風吹牛角時，牛角的一端人在吹，另一端風在吹，故稱「兩頭受氣」。

兩頭受擠；兩頭受夾

骨縫裡的肉／野貓①鑽籬笆②／石縫裡的山藥③／石頭縫裡長青藤

〔釋義〕比喻兩方面挨批評，受指責，處境困難。

〔注釋〕①野貓：方言，野兔。②籬笆：用竹子或樹枝等編成的遮攔物。③山藥：薯蕷的通稱，多年生草本植物。野生山藥常生長在山崖間。

兩頭冒火

火箭筒射擊*

〔釋義〕指對什麼都生氣、發脾氣。

〔注釋〕火箭筒，圓筒形的輕型武器，發射裝有彈頭的火箭。發射時尾部噴火，命中目標時彈頭爆炸，兩頭都冒火。

兩頭挨削

紅藍鉛筆

〔釋義〕比喻受到多方責難或打擊。

受了冷氣受熱氣

風車①板做蒸籠／風箱②板做鍋蓋／擋風板當鍋蓋

〔釋義〕比喻遭到冷嘲熱諷，接連不斷地受氣。

〔注釋〕①風車：利用風力作動力的機械裝置，也指扇車。②風箱：壓縮空氣而產生氣流的裝置。

受不完的氣

竹子做笛／蒸籠蓋子／一輩子賣蒸饃

〔釋義〕比喻接二連三地出現不順心的事，心裡老憋氣。

受狗欺

叫花子丟棍子

〔釋義〕比喻受到小人或壞人的欺侮。

受壓

豆芽的一生／石板下的筍子

〔釋義〕比喻因受壓而無法施展才能。

委屈一輩子

老太婆的金蓮*／老太太的腳趾頭

〔釋義〕指長期受到不應有的指責，或不公正的待遇。

〔注釋〕金蓮：舊時纏足婦女的腳。

屈打成招

楊乃武坐牢*

〔釋義〕指用嚴刑拷打迫使無辜的人招認犯罪。

〔注釋〕楊乃武是清末光緒年間舉人，被人

誣陷與小白菜通姦，遭受嚴刑拷打，被迫招認，成為牢囚。後來真相大白，平冤出獄。

抱屈

白布染黑／珍珠攙著綠豆賣

〔釋義〕比喻因受委屈而心裡難受。

抱屈（蛆）

綠頭蒼蠅坐月子

〔釋義〕同「抱屈」。

冒火

焊條碰鋼板*／戳破了的燈籠

〔釋義〕比喻動怒，發脾氣。

〔注釋〕進行電焊作業時，電焊條和作為焊件的鋼板等金屬物相碰撞即發生電火花。

拱火兒

屎殼螂鑽灶膛／屎殼螂飛到煙袋鍋上

〔釋義〕比喻故意激人惱火。

洗不清

煤炭下水／白布掉靛缸*／白布跌油桶／豆腐掉灰堆／黃河裡洗澡／染缸裡落白布／湯圓落在灶坑裡

〔釋義〕比喻蒙受某種誣陷、恥辱，無法洗刷清楚。

〔注釋〕靛（ㄉㄧㄢˋ）缸：深藍色的染缸。

苦打成招（糟）

黃連釀酒

〔釋義〕指用殘酷拷打的辦法強行要人招認犯罪。

英雄無用武之地

武松看鴨子／林沖看守草料場*

〔釋義〕比喻才能無處發揮或沒有機會發揮。

〔注釋〕林沖，《水滸傳》中人物。原為東京八十萬禁軍教頭，因被高俅陷害，發配滄州，分派看守軍隊草料場。

冤屈（圓曲）死了

罈子裡頭栽花／罈子裡的豆芽菜／鰻魚*死在湯罐裡

〔釋義〕指受到極不公正的待遇，非常冤枉。

〔注釋〕鰻魚：鰻鱺的簡稱。身體長形，體表多黏液，前部呈圓筒形。

冤枉好人

惡人告狀／張驢兒告狀*

〔釋義〕比喻平白無故地給人加上罪名。

〔注釋〕元代雜劇《竇娥冤》裡的故事。地痞無賴張驢兒在湯裡投毒，欲毒死竇娥婆婆，霸占竇娥，不料反而毒死了饞嘴的父親。張驢兒惡人告狀，買通官吏，編造謊言，誣陷竇娥毒死公爹。竇娥有理難訴，含冤被斬。

冤枉死人

打開棺材喊捉賊

〔釋義〕比喻被加上莫須有的罪名，受到極不公正的待遇。

氣不打一處來；渾身出氣

篩子當鍋蓋／破蒸籠蒸饅頭／打飽嗝兒帶放屁

〔釋義〕比喻處處使人生氣。

氣不可言

啞巴挨罵

〔釋義〕氣得說不出話來。比喻非常生氣。

氣不消

雞叮蟾蜍*／蛤蟆當鼓敲

〔釋義〕比喻心裡一直有氣，很難平息。

〔注釋〕蟾蜍（ㄔㄢˊ ㄔㄨˊ）：癩蛤蟆。當其受到攻擊時，肚子就氣鼓鼓的。

氣不順

鼻孔裡長瘤子／煙袋杆裡插席篾兒*

〔釋義〕比喻憋氣，心情不舒暢。

〔注釋〕旱煙抽多了，煙袋杆中間的孔被煙油堵塞，要插席篾或別的東西去通煙袋杆，使其通氣。席篾（ㄇㄧㄝˋ）兒：席子上的小篾片，通常為竹子、高粱稈，或葦子的薄片。

氣死人

風箱*板做棺材／鍋爐上放屍首

〔釋義〕指把人氣壞了。

〔注釋〕風箱：壓縮空氣而產生氣流的裝置。

氣昏了

澡塘裡的油燈／夜霧籠罩的路燈／鍋爐房裡的燈籠

〔釋義〕比喻氣極了。

氣炸了；氣崩了

車軲轆放炮／自行車爆胎／燒乾的鍋爐

〔釋義〕比喻生氣和惱怒過度，使人無法忍受。

氣急敗壞

皇帝打獵狗／挨了棒的狗

〔釋義〕形容非常惱怒或慌張，上氣不接下氣的樣子。

氣脹人

胳肢窩①裡夾皮球／豬尿脬②打不死人

〔釋義〕比喻受到窩囊氣，使人非常氣憤。

〔注釋〕①胳（ㄍㄜ）肢窩：腋的通稱，因呈窩狀，故名。②豬尿脬（ㄙㄨㄟ ㄆㄠ）：方言，豬的膀胱。

氣煞

周瑜病倒在蘆花蕩*

〔釋義〕比喻憤怒、生氣到了極點。

〔注釋〕《三國演義》故事。周瑜是東吳水軍都督，他雖有軍事才能，但驕而好勝，心胸狹窄。諸葛亮三氣周瑜，最後周瑜被氣死在蘆花蕩。

氣鼓氣脹；氣鼓鼓

借米還糖／癩蛤蟆上蒸籠／河豚魚浮在水裡

〔釋義〕比喻生氣極了，憋得難受。

真冤枉

無罪戴枷板①／好心遭雷打／十年冤案無處伸／不犯王法②坐牢／黃狗偷食打黑狗／跳到黃河洗不清／未婚妻做了望門寡③／許了身子④還挨嘴巴

〔釋義〕比喻蒙受不白之冤，或受到不公正的待遇。

〔注釋〕①枷板：枷。舊時套在罪犯脖子上的刑具，木製。②王法：封建時代稱國家法律為王法，現泛指政策法令。③望門寡：指女子訂婚未嫁而死了未婚夫。④許了身子：以身許人。

真（針）氣人

納鞋底戳了手

〔釋義〕比喻使人非常生氣。

鬼火直冒

閻王爺抽煙／城隍奶奶燒柴灶

〔釋義〕比喻莫名其妙地亂發脾氣。

乾[1]挨

磨米不放水[2]

〔釋義〕比喻無緣無故遭受責難或打擊。

〔注釋〕①乾：徒然，平白無故。②磨米不放水，磨出的是乾粉，因上下磨扇之間有米無水，故稱「乾挨」。

乾鼓肚

癩蛤蟆生氣／旱地裡的蛤蟆

〔釋義〕指遇到不順心的事，光生悶氣而無能為力。

情理難容

兒子打老子／外甥打舅舅／尿脬*打人不疼

〔釋義〕指從人情和事理兩方面都難以寬容。

〔注釋〕尿脬（ㄙㄨㄟ ㄆㄠ）：方言，膀胱。

掃興

酒杯裡落蒼蠅／八月十五雲遮月／拜堂聽見烏鴉叫[1]／娶親碰上送殯[2]的

〔釋義〕指高興時遇到倒霉事而興致低落。

〔注釋〕①傳說烏鴉是不祥之鳥，在結婚拜天地的喜慶時刻，聽見烏鴉叫是不吉利的。②送殯（ㄅㄧㄣˋ）：出殯時陪送靈柩。

掃興（杏）

拿笤（ㄊㄧㄠˊ）帚上杏樹

〔釋義〕同「掃興」。

盛（聖）怒

皇上拍桌子

〔釋義〕指憤怒到了極點。

欺人太甚

頭上拉屎／人頭上砸核桃／騎著脖子拉屎／踩著鼻子上臉／往別人臉上吐口水／屁股坐在別人的腦袋上

〔釋義〕指把人欺負得太過分了。

越看越惹氣

丈人瞧見傻女婿

〔釋義〕比喻越來越惹人生氣。

無辜受累[1]

老貓犯罪狗戴枷[2]／貓兒偷食狗挨打／沒頭髮卻要辮子稅

〔釋義〕指沒有罪過而白受牽連。

〔注釋〕①累：牽連。②枷（ㄐㄧㄚ）：舊時套在罪犯脖子上的木製刑具。

惱（腦）火

頭髮冒煙／肩膀上搭爐灶／炭火盆扛肩上

〔釋義〕比喻因不順心而生氣發火。有時指心裡煩悶，不痛快。

幾（雞）頭受氣

雞腦殼上磕煙灰

〔釋義〕比喻受到多方面的欺侮或責難。

惹氣

燒乾的鍋爐添涼水

〔釋義〕比喻自找氣受。

暗中出氣；偷偷消氣

關門放屁／吹燈打哈欠／被窩裡嘆息

〔釋義〕比喻心中有氣，隱而不露，悄悄地發洩。

裡外不是人

豬八戒照鏡子

〔釋義〕比喻各方面都沒落好，夾在中間受氣。也指處境困難，處處受到指責和埋怨。

裡外受氣

輪胎上的氣門心

〔釋義〕比喻受到來自各方面的責難和抱怨。

裡外發火

六月天穿皮襖／穿皮襖喝燒酒*

〔釋義〕比喻憤怒極了，或到處發脾氣。

〔注釋〕燒酒：白酒。

滿肚子委屈（曲）

吃了一包迴紋針

〔釋義〕指受到不應有的指責或待遇，非常難過。

盡遇到敗興事

出門逢債主／熱鬧處賣瘟豬*／癩蛤蟆上餐桌

〔釋義〕比喻處處碰上使人不愉快的事。

〔注釋〕瘟（ㄨㄣ）豬：泛指病豬。

窩火又洩氣

進站的火車頭

〔釋義〕指既憋氣又洩勁。

窩脖

王八翻跟頭／口袋裡裝王八／熱鍋裡的鴨子

〔釋義〕比喻憋氣煩悶，不舒心。

窩著脖子彆著腿

德州扒雞*／出鍋的燒雞

〔釋義〕比喻人受到壓抑，不舒暢，很難受。

〔注釋〕山東省德州市所產扒雞，享有盛名。扒雞：一種煨得熟爛的滷雞。

說不出心裡恨

啞巴咬牙／啞巴瞪眼睛

〔釋義〕指心中憤恨，難以言狀。

鳴冤叫屈

屈死鬼進衙門*

〔釋義〕指喊冤屈，鳴不平。

〔注釋〕衙（ㄧㄚˊ）門：舊時官員辦公的機關。

憋氣①又窩火②

王八鑽灶坑③／耗子掉灰堆／堵塞的煙囪／溼柴禾燒鍋／往爐灶裡潑水

〔釋義〕比喻受壓抑，或有委屈，心情很不舒暢。

〔注釋〕①憋（ㄅㄧㄝ）氣：有委屈或煩惱而不能發洩。②窩火：煩悶，不舒暢。③灶坑：即爐膛下面存爐灰、通火的地方。

憋氣；憋得難受

老頭兒痰喘①／嘴裡塞棉花／心裡塞了團棉花／捂著鼻子閉著嘴／棉花塞住了鼻孔／攥②著拳頭過日子

〔釋義〕指有煩惱或受委屈而不能發洩。

〔注釋〕①痰喘：指由氣管積痰而引起的呼吸困難、出汗、心跳加遽等症狀。②攥（ㄗㄨㄢˋ）：握。

窮人好欺負

披蓑衣的*被狗咬／看家狗專咬叫花子

〔釋義〕指舊時無錢無勢的人易受欺侮。

〔注釋〕披蓑衣的：泛指窮人。蓑（ㄙㄨㄛ）衣：用草或棕製成的，披在身上的防雨用具。

誰愛騎誰騎

大道邊的驢

〔釋義〕比喻任人欺凌和擺布。

踢進踢出

門檻下的磚頭／城門洞裡的磚頭

〔釋義〕比喻受人欺侮，任人擺布。

隨人耍；由人玩耍

上套的猴子／龍燈①的腦殼／木偶戲的腦殼／廟會②上舞獅子／正月十五的龍燈

〔釋義〕比喻自己沒有主見，完全聽別人的擺布、玩弄。

〔注釋〕①龍燈：民間舞蹈用的道具，龍形，由許多節組成，每節下面連結一根棍棒，表演時，每人手握棍棒同時揮舞，龍頭則隨著舞動。②廟會：設在寺廟裡或附近的集市。

橫也不是，豎也不是

橄欖*核墊臺腳

〔釋義〕比喻不管怎麼做都不恰當，不落好。有時含有左右為難的意思。

〔注釋〕橄欖（ㄍㄢˇ ㄌㄢˇ）：又稱青果。其核兩頭尖，用它墊臺腳，不管怎麼放都墊不穩當。

總受排擠

屬牙膏的／奶牛的咂兒頭*

〔釋義〕比喻老是受人的排斥。

〔注釋〕咂（ㄗㄚ）兒頭：方言，奶頭。

爆發了

炸彈冒煙

〔釋義〕比喻事情突然變化，或某種情緒忽然發作。

難嚥

小雞吃黃豆／蘋果囫圇吞／一口吞下熱紅薯

〔釋義〕比喻心中有氣，難以忍受。

讓人牽著鼻子走

老牛出工／牛鼻子穿環／牛犢子*學耕田／鼻梁上套繩索

〔釋義〕比喻受人牽制、指使，聽人擺布。

〔注釋〕牛犢（ㄉㄨˊ）子：小牛。

冤家對頭類

一刀兩斷

利刀砍黃鱔／快刀斬亂麻／門檻上切蘿蔔／石板上斬狗腸／虎頭鍘下服刑①／包老爺怒鍘陳世美②

〔釋義〕比喻堅決而又果斷地斷絕關係。

〔注釋〕①舊時處死刑犯用的鍘刀，根據犯人的身分地位不同，分別用龍頭鍘、虎頭鍘和狗頭鍘。②包老爺，包公，宋朝除暴安良的清官。他對陳世美拋棄前妻秦香蓮一事忠告無效，陳世美招為駙馬後，更加有恃無恐，包公為嚴明法紀，下令鍘死陳世美。

一吹就了

鬍子上掛霜

〔釋義〕比喻關係不好，造成破裂的結局。

一嘴毛

狗咬狗

〔釋義〕比喻壞人或敵人內部之間互相攻擊、爭鬥，兩敗俱傷。

一談（彈）就崩

燈草①作琴弦／喉嚨裡安雷管②

〔釋義〕比喻意見分歧很大，無法談攏。

〔注釋〕①燈草：燈心草莖的中心部分，多用做油燈的燈心。②雷管：彈藥、炸藥包的引火裝置，易燃易爆。

不見空得慌，見面就叮噹

一對鈴鐺

〔釋義〕指親友之間意見不合，或夫妻不和睦，見面就鬥嘴。

不走就攆（碾）

屎殼螂掉車轍*

〔釋義〕指趕人走開。

〔注釋〕車轍（ㄔㄜˋ）：車輪經過時壓在道路上凹下的痕跡。

不近人情

月子婆娘挨打／往瘸（ㄑㄩㄝˊ）子腿上踢腳／叫花子籃裡搶冷飯

〔釋義〕比喻不合乎人之常情。多指性情、行為怪僻。

不是你死，就是我亡

孫龐鬥智*／兩個獅子打架／戰場上拚刺刀

〔釋義〕比喻雙方爭鬥非常激烈，決定著雙方的命運。

〔注釋〕據《東周列國志》載，戰國時期，魏國人龐涓執掌魏國兵權，但兵法不如孫臏，便設計排擠暗害。後齊國拜孫臏為軍師，魏國攻打趙國和韓國時，孫臏分別採用「圍魏救趙」、「添兵減灶」等戰術，均使魏兵失利，龐涓自知智窮兵敗，拔劍自刎。

不是虎死，就是人傷

武松景陽岡上遇大蟲*

〔釋義〕指與凶猛殘忍的敵人相鬥，你不消滅他，他就消滅你，二者必居其一。

〔注釋〕大蟲：方言，老虎。

不理

剃頭鋪關門／懶人的鋪蓋／剃頭師傅罷工

〔釋義〕比喻關係不融洽，互不理睬。

不對臉

反貼門神*

〔釋義〕比喻意見不投合，互相沒有交往。

〔注釋〕門神：舊俗兩扇大門上貼的神像。相傳唐太宗生病時，聽到門外有鬼魅哭嚎，後由秦叔寶、尉遲敬德戎裝守候門外，即安然無事。於是就畫二人像貼在宮門。後世則將二人的畫像沿襲為門神，用以驅鬼祛邪。門神正貼，臉面相對，貼反了，則不對臉。

六親不認

房頂開門／甲魚吃甲蟲／包老爺審案子／灶坑挖井，屋脊開門／魚吃魚，蝦吃蝦，烏龜吃王八

〔釋義〕所有親戚，一概不認。這裡比喻不通人情世故。有時指鐵面無私，不徇私情。

分外眼紅

仇人相見／冤家狹路相逢／花皮蛇遇見蛤蟆

〔釋義〕形容面對仇敵格外憤怒的表情。

勾心鬥角①

水牛打架／牯牛②拚命／吃了魚鉤的牛打架

〔釋義〕指相互之間明爭暗鬥。

〔注釋〕①原形容建築群參差布列，彼此回環掩抱，飛簷接連交錯。後多用以形容人與人之間的關係。②牯（ㄍㄨˇ）牛：公牛。

反臉

錯貼的門神

〔釋義〕比喻一反常態。

少情（晴）

十天九雨／一天下了三次雨

〔釋義〕比喻缺乏情意。

心腹之患

肚裡長瘤子／孫猴鑽進鐵扇公主肚子裡*

〔釋義〕指藏在內部的或危害極大的禍害。

〔注釋〕《西遊記》故事。唐僧赴西天取經，途遇火焰山受阻，大力牛魔王的妻子鐵扇公主有一芭蕉扇可以滅火，但她不肯借扇。孫悟空使用鑽心戰術，變作蟭蟟蟲鑽到鐵扇公主的肚子裡，終於制服鐵扇公主。

斤對斤，兩對兩

一碗醬油一碗醋

〔釋義〕比喻針鋒相對。

他不叫我露面，我不叫他露頭

一天三刮落腮鬍*

〔釋義〕比喻互相壓制，或排擠牽制，各不相讓。

〔注釋〕落腮（ㄌㄠˋ ㄙㄞ）鬍：連著鬢角的鬍子。

世代冤家

貓狗打架

〔釋義〕指世世代代都是仇人。

必有一傷

二虎相爭

〔釋義〕比喻兩個人或兩種勢力爭鬥，必然有一方受傷害。

各不相讓

針尖對麥芒*／砍刀遇斧頭／兩隻公雞打架／一根椿拴兩頭牛／銅盤碰上鐵掃帚

〔釋義〕比喻誰也不讓誰。

〔注釋〕麥芒（ㄇㄤˊ）：麥穗上的芒，細而長。

尖對棱

菱角碰粽子①／粽子裡包蒺藜②／蕎麥③堆裡扎錐子

〔釋義〕比喻針鋒相對，互不相讓。

〔注釋〕①粽子：一種食品，用竹葉或葦葉等把糯米包住，煮熟後食用。多紮成三角錐體。②蒺藜（ㄐㄧˊ ㄌㄧˊ）：指蒺藜果，果皮有尖刺。③蕎（ㄑㄧㄠˊ）麥：瘦果呈三角形，有棱。

成心叫人難堪

當著矬子*說短話

〔釋義〕比喻故意使人難為情。

〔注釋〕矬（ㄘㄨㄛˊ）子：方言，身材短小的人。

有你無我

仇人打擂*／不共戴天的仇人

〔釋義〕比喻仇恨很深，誓不兩立。

〔注釋〕打擂（ㄌㄟˋ）：即上擂臺參加比武。

有意為難

趕鴨子上架／逼公雞下蛋／跟瞎子要眼／衝（ㄔㄨㄥˋ）著柳樹要棗吃／蚊子肚裡找肝膽／半道上拔氣門心兒

〔釋義〕比喻故意作對或刁難，要人去做不會做或不可能做到的事情。

有意彆扭

火神爺①和龍王爺②／叫你上坡，你偏下河／叫你捉鴨，你偏逮鵝／人急上路，毛驢急了趴下／叫你管籮裡米，你偏管籮外糠

〔釋義〕指故意鬧意見，製造不和。

〔注釋〕①火神爺：傳說稱管人間煙火的神。②龍王爺：神話傳說住在水裡統領水族的王，掌管興雲降雨。

死對頭

兩小鬼作仇①／雞碰到蜈蚣②／豺狼恨獵人／棺材裡打架／地府③裡打冤家④／城隍廟裡打官司⑤

〔釋義〕比喻誓不兩立、不可調和的仇敵。

〔注釋〕①作仇：做仇人。②蜈蚣：節肢動物，前端一對足有毒腺，能分泌毒液。但

雞見蜈蚣要啄而食之。③地府：傳說中，人死後靈魂所在的地方。④打冤家：因糾紛或舊仇而發生械鬥。⑤城隍廟是供奉城隍的廟宇，鬼找城隍打官司，必然是死對頭。

老對（碓）頭

八十年的碓*嘴巴

〔釋義〕比喻仇恨很深，由來已久。

〔注釋〕碓（ㄉㄨㄟˋ）：舂米用具，中間凹下。

你咬我，我咬你

倆狗打架

〔釋義〕比喻互相牽制，各不相讓。

冷冰冰，硬梆梆

冬天的枯樹枝／哈爾濱的冰雕*／三九天的豆腐乾

〔釋義〕比喻態度冷淡，說話生硬固執。

〔注釋〕哈爾濱素有「冰城」之稱，各式冰雕，尤具特色，堪稱一絕。

吹了

小喇叭／大風捲小雪／風口上點油燈／灶門前拿竹筒／大風地裡的燈盞*

〔釋義〕這裡比喻雙方感情破裂。有時指事情沒有辦成。

〔注釋〕燈盞（ㄓㄢˇ）：沒有燈罩的油燈。

吵死人

棺材裡打鑼／火葬場裡鬥口角

〔釋義〕指吵鬧得很厲害。

吵（炒）個稀巴爛

酒糟①炒雞蛋／水豆腐②炒豆渣

〔釋義〕比喻爭吵得難解難分。

〔注釋〕①酒糟：釀酒剩下的渣滓。②水豆腐：嫩豆腐。

吵（炒）翻了天

半天雲裡*使鍋鏟

〔釋義〕形容吵鬧得很凶。

〔注釋〕半天雲裡：半空中。

吵鬧不休

青蛙鬧塘／青蛙談戀愛／蛤蟆掛鈴鐺

〔釋義〕比喻沒完沒了地爭吵、鬧騰。

忘了舊情

張飛戰關公①／生了娃娃休妻②

〔釋義〕比喻負心忘情，背棄了過去的情誼。

〔注釋〕①《三國演義》故事。漢獻帝建安五年，曹操攻打徐州，劉備兵敗。關公為保護劉備家眷暫屈曹營，後關公護送劉備家眷尋找劉備，途經張飛駐地古城。失散已久的張飛錯以為關公投奔曹操，便率人馬出城，揮長矛直刺關公。②休妻：舊社會中，丈夫把妻子趕回娘家，斷絕夫妻關係。

忘恩負義

過河拆橋／得魚丟鉤／下山丟拐棍／王魁負桂英*／過河打船工／肥狗咬主人／狗吃主人心肝／拉完磨子殺驢子／往喝過水的井裡吐唾沫

〔釋義〕指忘記別人對自己的恩德，做出對不起別人的事。

〔注釋〕宋代民間傳說，妓女敫桂英資助書

生王魁赴考，王魁中狀元，棄桂英另娶，桂英憤而自殺，死後鬼魂活捉王魁。

找人算帳

手拿算盤串門子*／掂著算盤滿街跑

〔釋義〕比喻尋找對手，爭執較量。

〔注釋〕串門子：到別人家閒坐、聊天。

沒處躲

火見火

〔釋義〕比喻火氣大的人碰在一起就免不了要發生爭吵。

兩敗俱傷

老虎咬銃*／挖肉補瘡

〔釋義〕比喻爭鬥的雙方都受到損傷。

〔注釋〕銃（ㄔㄨㄥˋ）：一種舊式火器，常做打獵用。老虎咬壞了銃，銃也打傷了老虎，雙方都有損傷。

兩頭不通

擀（ㄍㄢˇ）麵杖吹火／竹子當吹火筒

〔釋義〕比喻雙方不融洽，互不通氣。有時指兩方都有意見，想法不通。

兩瓣兒

牛蹄子

〔釋義〕比喻彼此不和。有時指分離、破裂。

疙疙瘩瘩

風吹梨樹／臉蛋上的痤瘡*

〔釋義〕形容思想上有隔閡。有時也指辦事遇到麻煩。

〔注釋〕痤（ㄘㄨㄛˊ）瘡：皮膚病，通稱粉刺。通常是圓錐形的小紅疙瘩。

指桑罵槐

對著桑樹咒槐樹

〔釋義〕比喻明指這個而暗罵那個。

思（絲）盡情斷

蓮梗打人*

〔釋義〕指斷絕一切感情。

〔注釋〕蓮生長在淺水中，地下莖為藕，折斷後有絲。用蓮梗打人，雖梗被折斷但無絲。

鬼吵（炒）

閻王吃栗子／閻王爺吃胡豆

〔釋義〕比喻莫名其妙地瞎吵鬧。

格格不入

下棋走子兒[1]／象棋子走在線路上[2]

〔釋義〕比喻互相牴觸，不能結合在一起。

〔注釋〕①子兒：指棋子兒。②下中國象棋時，雙方棋子只能按規定走在線路交叉點上，不能進入方格內。

哪個怕哪個

各米下各鍋*／人各吃得半升米

〔釋義〕比喻誰也不害怕誰。多為爭吵時用語。

〔注釋〕各人吃各人的糧，各人做各人的飯，因此誰也不依賴誰，誰也不害怕誰。

恩將仇報；以怨報德

卸磨殺驢[1]／狗咬屙屎人／爛灶燒好柴／病好打郎中[2]／貓頭鷹[3]吃狼／念完經打和尚／狼吃東郭先生[4]／好心走一遭，回轉被狗咬

〔釋義〕比喻用仇恨來報答恩惠。

〔注釋〕①指磨完麵，卸了套，殺掉拉磨的驢子。②郎中：方言，中醫醫生。③貓頭鷹：多在夜間吃鼠、麻雀等小動物，有時也撿食狼吃剩下的獵物。④《中山狼傳》中的故事。見「凶相畢露」。

針鋒相對

棗核搭牌樓[1]／繡花姑娘打架／縫衣針對鑽頭／刺蝟鑽進蒺藜窩[2]／錐子遇上棗骨子[3]

〔釋義〕針尖對針尖。比喻雙方意見或利益尖銳對立，互不相讓。

〔注釋〕①牌樓：做裝飾用的建築物，由兩根或四根並列的柱子構成，上面有簷。②蒺藜（ㄐㄧˊ ㄌㄧˊ）窩：長滿蒺藜的草叢。③棗骨子：方言，棗樹的棘針。

崩了

沙鍋炒豆子／門檻角軋核桃

〔釋義〕比喻發生分歧，關係破裂。有時指談不攏，不歡而散。

混打內戰

京戲三岔口*

〔釋義〕比喻內部爭鬥，亂打一氣。

〔注釋〕三岔口：京劇傳統節目。宋將焦贊充軍，途經三岔口，夜宿黑店，店主欲加殺害，適逢任堂惠趕到，將焦贊救出。由於黑夜中搏鬥廝殺，敵友難分，常鬧誤會，亂打一氣。

唱對臺戲

一個壩子*倆戲臺

〔釋義〕比喻同行之間或同一工作中雙方競爭。有時指專門作對。

〔注釋〕壩（ㄅㄚˋ）子：方言，平坦的場地。

無情

熱面孔碰到冷手巾

〔釋義〕比喻人與人之間關係冷淡，缺乏情誼。

無情無義

露水夫妻*／搶來的媳婦／戲臺上的夫妻／娶了媳婦忘了娘

〔釋義〕形容冷酷無情。

〔注釋〕指萍水相逢，暫時結合在一起的夫妻。

無話可說

啞巴伸冤／啞巴見了面／啞巴看見娘／倆啞巴睡一頭／嘴上貼封條／賣牛賣地娶回個啞巴

〔釋義〕指因意見分歧或鬧彆扭而缺乏共識。

硬將軍[1]

雙車吃士[2]／車馬炮臨門

〔釋義〕指執意給人出難題，使人為難。

〔注釋〕①將軍：下象棋時攻擊對方的「將」或「帥」。②下象棋時，雙車吃士或車馬炮臨門，都直接威脅「將」、「帥」，形成將軍的局勢。

硬對硬

牙咬秤砣／烏龜打架／石頭上磨刀／石匠會*鐵匠／石碑上釘釘／鐵匠女兒嫁石匠

〔釋義〕比喻用強硬的態度對付強硬的態

度，互不相讓。

〔注釋〕會：此指會見、比試。

絕情（晴）

落了三年黃梅雨*

〔釋義〕指無情無義，斷絕一切感情。

〔注釋〕黃梅雨：中國長江中、下游，在春末夏初梅子黃熟的一段時期，常連續下雨，叫黃梅雨。

越吵（炒）越冷淡

冷鍋炒熱豆子

〔釋義〕指越爭吵關係越疏遠。

搓不圓

乾泥巴做元宵／乾粉子搓湯圓

〔釋義〕比喻不能促成人或事物的圓滿結合。

語言不通

雞鴨共一籠／啞巴打電話

〔釋義〕比喻沒有共同語言。

盡吵（草）

三分錢買個牛肚子*

〔釋義〕比喻總是吵嘴。

〔注釋〕牛肚（ㄉㄨˇ）子：牛的胃。牛為反芻動物，胃裡常儲存有草料。

窩裡戰

老鼠打擺子*／耗子洞裡打架

〔釋義〕比喻內部爭吵，互相攻擊。

〔注釋〕打擺子：患瘧疾。急性傳染病，周期性發作，犯病時忽冷忽熱，冷起來渾身打顫。

彆彆扭扭

左手寫字／左撇子[1]使筷子／左撇子做活路[2]

〔釋義〕指意見不相投。

〔注釋〕①左撇（ㄆㄧㄝˇ）子：習慣於使用左手的人。②活路：泛指各種體力勞動。

對頭[1]

公雞相鬥／倆山羊牴角[2]／鑽子碰銼子[3]／兩個羊羔打架／鐵鍋遇著銅炊帚[4]

〔釋義〕比喻敵對的狀態。有時指對手。

〔注釋〕①對頭：仇敵或敵對的狀態。②牴角：角鬥，打架。③銼（ㄘㄨㄛˋ）子：銼刀，手工切削工具，條形，多刃。④炊帚：刷洗鍋、碗等的炊事用具。

熟了就崩

熱鍋裡的黃豆／鐵板上炒豆子

〔釋義〕指人熟悉了，關係反而破裂。含有翻臉不認人的意思。

談（彈）不得；無法談（彈）

破琵琶／溼水棉花／無弦的琵琶／紙糊的琵琶／棉花鋪失火／蠍子當琵琶／紙糊的三弦兒[1]／二兩棉花十張弓[2]／三股弦斷了兩根

〔釋義〕指由於某種原因，無法交談下去。

〔注釋〕①三弦兒：弦樂器，有三根弦，用作鼓書或昆曲的伴奏樂器。②弓：此指彈棉花用的繃弓。

談（彈）崩了；談（彈）不下去

琵琶*斷了弦

〔釋義〕比喻意見分歧，缺乏共識。

〔注釋〕琵琶：傳統木製弦樂器，有四根

弦，下部有盤，上部為長柄。

翻臉不認人

屬狗的／臺上擺手，臺下踢腳

〔釋義〕比喻稍有矛盾，態度立刻變壞。

懷恨在心

胸口長牙齒／瞪著眼睛咬著牙

〔釋義〕把對人的怨恨牢記在心中。

難交（澆）

房頂上栽花／牆頭上種白菜

〔釋義〕比喻為人性情孤僻，不善交往，很難結交。

難成雙；成不了對

拆散的鴛鴦①／捆綁的夫妻／筷子配抵門槓②

〔釋義〕比喻難以圓滿結合。多指男女雙方不能婚配。

〔注釋〕①鴛鴦（ㄩㄢ ㄧㄤ）：雌雄多成對生活在水邊，多用來比喻夫妻。②抵門槓：抵擋房門的木槓，又粗又長。

難相識

人心隔肚樹隔皮

〔釋義〕指很難做到彼此真正認識。

難解難分

青藤纏枯樹／黏糖的豆子／水桶上安鐵箍／老鷹抓住鷂（ㄧㄠˋ）子腳／九股繩扭成死疙瘩／長青藤搭在牆頭上／冬瓜秧爬上葡萄架／葫蘆蔓纏上南瓜藤

〔釋義〕這裡比喻矛盾和糾葛很深，或爭鬥激烈，不易解決和處理。有時比喻雙方關係十分親密，不易分開。

忙亂繁雜類

一團混亂
猛虎闖羊群／羊群裡鑽進一隻狼
〔釋義〕比喻亂七八糟，沒有條理。

一團糟
爛麻堆／爛麻裡攙豬毛／打翻了的田雞*籠
〔釋義〕形容局面或情況異常混亂，不可收拾。
〔注釋〕田雞：青蛙。

一窩蜂
螞蟻抬土／集體逃難／鬼子兵*敗陣
〔釋義〕形容亂糟糟的局面或景象。有時指許多人亂哄哄地同時行動。
〔注釋〕鬼子兵：對侵略我國的外國士兵的鄙稱。

七上八下
十五個吊桶*打水／十五把鍘刀鍘草／懷揣十五隻小兔
〔釋義〕形容忐忑不安。
〔注釋〕吊桶：桶梁上拴著繩子或竹竿的桶子。

七大八小
武大郎*的燒餅
〔釋義〕比喻大小不一，多而雜亂。
〔注釋〕武大郎：《水滸傳》中人物，靠賣燒餅為生。

七手八腳
螃蟹過河／螃蟹過門檻／十五個人抬木頭
〔釋義〕形容人多手雜，或動作緊張忙亂。

七抓八扯
十五隻老鼠打架
〔釋義〕形容忙亂繁雜。

七枝八杈
一堆亂樹枝／山腰的枯樹
〔釋義〕形容混亂不堪，沒有條理。

七喊八叫
十五個聾子問路
〔釋義〕形容亂喊亂嚷、混亂不堪的樣子。

七顛八倒
十五個人睡兩頭
〔釋義〕形容紛亂而無條理。

大動盪
鞦韆打成一字平*
〔釋義〕比喻情況動亂起伏，局勢非常不穩定。
〔注釋〕鞦韆是運動和遊戲用具。盪鞦韆打

成一字平，說明動盪得很厲害。

千頭萬緒

一團亂麻／抹牆的麻刀①／織布機上的經緯線②

〔釋義〕頭緒很多。形容紛繁複雜。

〔注釋〕①麻刀：與石灰混合在一起，抹牆用的碎麻。②經緯線：織布機上的線，縱向的叫經線，橫向的叫緯線。

中間不急兩頭忙

懶大嫂趕場

〔釋義〕比喻不會安排時間，沒有忙到關鍵點上。

六神①無主

小偷被抓／耗子遇見貓／刑場上的囚犯／掐了頭的蒼蠅／兔子坐上虎皮椅②

〔釋義〕形容心慌意亂，不知所措。

〔注釋〕①六神：道教的說法，指心、肺、肝、腎、脾、膽六臟之神。②兔子膽子很小，坐在虎皮椅上，看到老虎皮，自然害怕得很。

分不清，理不明

豆芽韭菜堆一堆／葫蘆架子一齊倒

〔釋義〕比喻事物雜亂無章，沒有條理。

心急火燎

拉石灰車遇到傾盆雨

〔釋義〕形容非常著急的樣子。

心慌（荒）

胸脯長草／胸口外面生雜草

〔釋義〕指心裡驚慌。

手忙腳亂

落湯的螃蟹／落雨收柴草／新娘子織布／臨拉屎挖茅坑

〔釋義〕比喻因無準備而做事慌張，沒有條理。

毛手毛腳

獼猴偷桃／石猴坐天下／猴戴皮巴掌①／穿皮襪子戴皮手套／孫悟空登上金鑾殿②

〔釋義〕比喻做事粗心，慌張，不仔細。

〔注釋〕①皮巴掌：方言，四指不分開的皮手套，有的毛在外面。②金鑾（ㄌㄨㄢˊ）殿：舊時皇帝受朝拜的殿，借指帝位。

火上澆油

滅火踢倒油罐子／救火踢倒煤油罐

〔釋義〕比喻使人更加憤怒，或使事態更加嚴重。

火燒心

口吞火炭／火炭下肚／燈盞無油

〔釋義〕比喻心急如焚。

火燒火燎

點著的樺樹①皮／黃鼠狼鑽灶膛②／火炭掉在頭髮上

〔釋義〕比喻心中焦急，或身上熱得難受。

〔注釋〕①樺樹：落葉喬木，樹皮多呈白色，易燃。②灶膛：爐子中間燒火的地方。

丟三落四

一二五六七／打獵忘了帶獵槍／砍柴忘帶刀，刨地不帶鎬

〔釋義〕形容因馬虎或記憶力不好而顧此失彼。

百爪撓心

生吞蜈蚣*

〔釋義〕比喻心裡煩躁難受，極度不安。

〔注釋〕蜈蚣（ㄨˊ ㄍㄨㄥ）：節肢動物，軀幹由許多環節構成，每個環節有一對足。

自顧不暇

水推龍王走／姑娘做媒人／童養媳當媒人

〔釋義〕連自己照顧自己都來不及。

坐不住；坐不穩

火上屋頂／火燒屁股／陀螺①屁股／猴子屁股／橄欖②屁股／三隻腳的凳子／屁股上扎蒺藜③／板凳上擱蒺藜／孫大聖坐金鑾殿④

〔釋義〕這裡比喻心緒不安，坐立不安。有時比喻工作飄浮，不扎實。

〔注釋〕①陀螺（ㄊㄨㄛˊ ㄌㄨㄛˊ）：形略似海螺的玩具，下有鐵尖。②橄欖（ㄍㄢˇ ㄌㄢˇ）：指橄欖樹的果實，長橢圓形，兩頭稍尖。③蒺藜（ㄐㄧˊ ㄌㄧˊ）：莖平鋪於地，果皮有尖刺。④金鑾殿：舊時皇帝受朝見的殿，借指帝位。

坐立不安

猴屁股扎蒺藜／竹刺扎進猴屁股／屁股長瘡腳扎刺／腳長雞眼*臀生瘡

〔釋義〕坐著、站著都不安寧。形容心情煩躁或緊張驚慌的樣子。

〔注釋〕雞眼：腳掌或腳趾上長的小圓硬塊，樣子像雞的眼睛，壓會痛。

坐臥不安

青蛙進網／屁股上長疔瘡／三腳凳子鋪床睡／屁股長瘡背流膿

〔釋義〕坐著、躺著都生不安。形容煩躁慌亂，心緒不寧。

抓耳撓腮

猴吃辣椒／猴子吃胡椒

〔釋義〕亂抓耳朵和腮幫子。形容焦急、忙亂，或煩躁而又無法解脫的樣子。

抓瞎（蝦）

河裡撈不到魚／賣蝦米①不拿秤／罐子裡掏海米②

〔釋義〕比喻事前沒有準備，臨時手忙腳亂乾著急。

〔注釋〕①蝦米：晒乾的去頭去殼的蝦。②海米：海產的小蝦，去頭去殼後晒乾而成的食品。

冒失鬼

判官跌跤子／城隍丟斗笠／燒香碰倒菩薩／一頭撞倒閻王爺

〔釋義〕指說話、做事魯莽的人。

冒（帽）失

斗笠丟了

〔釋義〕比喻做事、說話魯莽，不穩重。

急上加急

急救車碰上了救火車

〔釋義〕比喻萬分緊急。

急不可待

饞狗等骨頭／三月栽薯四月挖／大槐樹底下等情人／上午栽樹，下午乘涼

〔釋義〕急得不能等待。形容心情急切或形勢緊迫。

急在眼前

火燒眉毛／額頭著火／鼻頭上冒煙／眉毛上掛炮仗[1]／鼻子上掛雷管[2]

〔釋義〕比喻情況緊急，事情十分緊迫。

〔注釋〕①炮仗：爆竹。②雷管：彈藥、炸藥包的引火裝置，易燃、易爆。

迫在眉睫

火燎額頭／鼻尖上著火／近視眼看告示

〔釋義〕比喻十分急迫。

茫[1]（芒）無頭緒

大麥[2]掉在亂麻上／爛麻堆裡掉麥穗

〔釋義〕指事情繁雜，摸不著一點線索，不知從何入手。

〔注釋〕①茫：模糊，紛亂。②大麥：指糧食作物大麥的子實，外殼有長芒。

唧唧喳喳[1]

麻雀吵架／麻雀嫁女／麻雀搬家／半籃子喜鵲／樹林裡炸窩[2]的喜鵲

〔釋義〕形容雜亂細碎的聲音。有時指議論紛紛。

〔注釋〕①形容雜亂細碎的聲音。②炸窩：方言，因受驚而四處亂逃。

陣腳大亂

麻雀炸窩*／塌了窩的螞蟻

〔釋義〕比喻秩序特別混亂，無法控制。

〔注釋〕指麻雀因受驚慌而離窩四處亂逃。

措手不及

茅草裡殺出個李逵[1]／半路上殺出個程咬金[2]

〔釋義〕形容事情突然發生，來不及應付。

〔注釋〕①李逵：《水滸傳》人物，綽號黑旋風，參加起義軍成為重要將領。他善使板斧，勇猛無畏。②程咬金：《說唐》人物。他出身貧苦，憨直粗野，闖蕩江湖，剛烈好鬥，曾大反山東，並以三板斧取下瓦崗寨。民間傳說他身經百戰而未受寸傷。

理不清

一團亂麻／頭髮鬍子一把抓／亂麻團纏皂角樹*

〔釋義〕比喻事物繁雜，理不出頭緒。

〔注釋〕皂（ㄗㄠˋ）角樹：枝上有刺，結莢果，可用來洗衣服。

莽（盲）撞

瞎子敲鐘

〔釋義〕比喻魯莽冒失。

莽（蟒）撞

長蟲*碰壁

〔釋義〕同「莽（盲）撞」。

〔注釋〕長蟲：蛇、蟒。

麻了爪兒

屎殼螂爬上花椒樹

〔釋義〕比喻遇事驚慌，不知如何是好。

掰一個，丟一個

狗熊掰棒子[1]／猴子扳苞穀[2]／黑瞎子[3]掰苞米

〔釋義〕比喻顧此失彼，丟三落四。

〔注釋〕①棒子：方言，玉米。②苞（ㄅㄠ）穀：方言，玉米。③黑瞎子：方言，黑熊，也叫狗熊。

焦人

鍋巴①做燈影子②

〔釋義〕令人焦急。

〔注釋〕①鍋巴：燜飯時緊貼鍋底的一層焦飯。②燈影子：皮影戲裡的木偶。

越等越急

急驚風①碰上慢郎中②

〔釋義〕指期待的事遲遲不能實現，心中越發著急。

〔注釋〕①急驚風：中醫指小兒由於發高燒兩眼直視或上轉、牙關緊閉、手足痙攣的急性病。②郎中：方言，中醫醫生。

越整越亂

硬棒棒彈棉花／傻小子理亂麻／蒺藜樹*上彈棉花

〔釋義〕比喻由於思維或方法不對，越搞越沒有條理。

〔注釋〕蒺藜（ㄐㄧˊ ㄌㄧˊ）樹：蒺藜是一年生草本植物，莖平鋪在地上。所謂「蒺藜樹」是一種假想。

越幫越忙

呆子幫工／瞎子打下手*

〔釋義〕比喻幫倒忙，添麻煩。

〔注釋〕打下手：指做些次要的、輔助性的工作。

越纏越亂

絲線纏麻線／二愣子*纏線團

〔釋義〕同「越整越亂」。

〔注釋〕二愣（ㄌㄥˋ）子：泛指性格魯莽的人。

亂七八糟

蛐蟮①跳舞／牛毛炒茴香②／豆芽炒韭菜／雞毛拌豆芽／隔牆扔稻草／烏拉草③炒粉絲／龍鬚菜④炒韭菜／頭髮絲炒韭菜／二大娘⑤的針線筐／懶婆娘的針線筐

〔釋義〕形容非常混亂，不堪收拾。有時指事情不正當、不合法。

〔注釋〕①蛐蟮（ㄑㄩ ㄕㄢˋ）：蚯蚓。②茴（ㄏㄨㄟˊ）香：多年生草本植物，葉子分裂成絲狀，嫩葉可供食用。③烏拉草：產於中國東北地區的多年生草本植物，葉子細長，莖和葉晒乾後，墊在鞋或靴子裡，可保暖。不可食用。④龍鬚菜：麒麟菜，海中藻類植物，形如樹枝狀，多枝杈，可食用。⑤二大娘：泛指年長的婦女。

亂了時辰*

半夜雞叫／大白天打更／吃了早飯睡午覺

〔釋義〕比喻忙得暈頭轉向，不分晝夜。

〔注釋〕時辰：舊時計時單位。把一晝夜平分為十二段，每段為一個時辰。

亂了套；亂套了

大水灌蟻穴／牛犢子①拉車／六月戴氈帽／串馬②尥蹶子③／兔子當牛使／瞎騾子打裡④／馬拉車尥蹶子／先穿靴後穿褲／竹竿捅馬蜂窩／放羊的去圈馬⑤／一百隻兔子拉車／雞捉耗子狗打鳴⑥／兔子駕轅⑦牛打套⑧／駕轅的馬駒尥蹶子

〔釋義〕比喻不按客觀規律做事，亂了次序，造成混亂。

〔注釋〕①牛犢（ㄉㄨˊ）子：小牛。②串

馬：在中間拉車的馬，也叫「套馬」。③尥蹶子（ㄌㄧㄠˋ ㄐㄩㄝˇ ˙ㄗ）：騾、馬等跳起來用後腿向後踢。④打裡：拉裡套。牲口拉大車，有駕轅和拉套之分。拉套又分為裡套和外套，拉裡套要掌握和調整前進的方向。⑤圈（ㄐㄩㄢ）馬：用繩索將選中的馬套住，放羊的不會圈馬只好亂套。⑥打鳴：公雞叫。⑦駕轅：駕著車轅拉車。⑧打套：拉套。

亂了群

頭雁中彈／無王的蜜蜂

〔釋義〕比喻組織渙散。

亂抓

賣花生不用秤稱／賣豆芽的不帶秤

〔釋義〕比喻做事無計畫，抓到什麼做什麼。或指心中沒有數，做工作缺乏條理。

亂耍叉

半夜摸燒火棍*

〔釋義〕比喻做事手忙腳亂。

〔注釋〕燒火棍：通火棍。農村燒柴草做飯時，往爐膛裡送柴草或通火的木棍。燒火棍前邊多有叉。

亂哄哄

一窩出巢的蜂子

〔釋義〕形容聲音嘈雜，嚷成一片。

亂糟糟

心裡塞團麻／胸口塞羊毛／大風吹翻麥草垛（ㄉㄨㄛˋ）／嘴裡吃了爛豬毛

〔釋義〕形容事物雜亂無章。有時指心裡煩亂。

亂竄

猴子爬樹／挨打的鴨子

〔釋義〕形容驚慌失措，亂跑亂逃的樣子。

亂闖；亂闖亂碰

綠頭蒼蠅①／脫韁的馬②／無頭的蒼蠅／水缸裡的魚／盲人騎瞎馬／扣在籠子裡的兔子

〔釋義〕形容冒失、莽撞、胡來。有時比喻對沒有把握的事試試看。

〔注釋〕①頭呈暗綠色的蒼蠅。飛行速度快，視覺差，到處亂闖亂碰。②馬脫韁後失去控制，亂闖亂跳。韁（ㄐㄧㄤ）：牽牲口的繩子。

亂攙和

兩麵拌斤鹽*／白麵裡加石灰／芝麻裡加蝨子

〔釋義〕比喻胡攪一氣，越搞越亂。

〔注釋〕一兩白麵拌和一斤食鹽。

亂嚷嚷

傻子哭媽／家雀抬槓*

〔釋義〕比喻毫無意義地亂吵亂叫。

〔注釋〕抬槓：爭辯；有意用話激惹對方。

亂轟

無目的放炮／沒準星*的炮

〔釋義〕比喻沒有目標地隨意攻擊，或亂發議論，無的放矢。

〔注釋〕準星：槍炮等武器用以瞄準目標的器具。炮沒有準星則打不中目標，只能亂打一氣。

想起一條是一條

半夜裡扯裹腳*

〔釋義〕比喻心中沒有數或缺乏計畫，想起什麼抓什麼。

〔注釋〕裹（ㄍㄨㄛˇ）腳：指裹腳布，舊時婦女纏腳用的長布條。

想起一齣*是一齣

猴子戴帽唱戲

〔釋義〕比喻做事沒有計畫，想起什麼做什麼。

〔注釋〕齣：此指戲曲的一個獨立劇目。

慌了手腳

小娃娃拾炮仗／進網的魚蝦／跳上岸的大蝦

〔釋義〕比喻手忙腳亂，驚慌失措。

慌了神

小廟著火／土地爺①逃難／土地爺娶親／龍宮②裡造反／寺廟裡失火／土地爺撲螞蚱／城隍爺③撲蝴蝶／孫悟空大鬧天宮④／孫悟空到南天門⑤

〔釋義〕比喻心慌意亂，六神無主。

〔注釋〕①土地爺：傳說掌管一個小地區的神。②龍宮：神話傳說中龍王的宮殿。③城隍（ㄏㄨㄤˊ）爺：指傳說中主管某個城的神。④《西遊記》故事。孫悟空掄起金箍棒，橫衝直闖，一路廝殺，天宮大亂，天宮諸神個個束手無策。⑤南天門：神話傳說中天宮的正門。

慌（荒）了神

廟臺上長草／泥菩薩身上長草

〔釋義〕同「慌了神」。

慌（荒）了腳

鞋裡長草／腳板上長草／腳趾縫裡長茅草

〔釋義〕比喻驚慌失措的樣子。

慌裡慌張

二愣子報喪①／被獵人追趕的金鹿②

〔釋義〕形容不沉著，動作忙亂。

〔注釋〕①報喪：把去世的消息通知死者親友。②金鹿：指鹿。毛皮金黃色，故名。

碰到什麼抓什麼

東拉葫蘆西扯瓢

〔釋義〕形容心中沒有數，做事毫無計畫。

團團轉

馬達心子／驢子拉磨／狗咬尾巴／筒車①打水／小孩抽陀螺②／火燒猴屁股／熱鍋上的螞蟻／熱鍋上的蚰蜒③／關進籠裡的狗熊／圍著墳堆兜圈子／猴子捧個燙瓦盆／滑了牙的螺絲帽

〔釋義〕形容工作繁雜忙亂，或遇事無策，十分焦急的樣子。

〔注釋〕①筒車：古時灌溉用的一種水車。②陀螺（ㄊㄨㄛˊ ㄌㄨㄛˊ）：兒童玩具，形似海螺，木製，下面有鐵尖，玩時用繩纏繞，用力抽繩，使其直立旋轉。③蚰蜒（ㄧㄡˊ ㄧㄢˊ）：像蜈蚣而略小，觸角和腳都很細，喜陰溼。

撓著屁股轉

猴子吃了蒜

〔釋義〕比喻心情煩躁，急得團團轉。

瞎抓

阿二*吃肉／隔布袋買貓／盲人賣豆芽／

小娃娃吃麵條

〔釋義〕比喻工作忙亂，沒有條理，或做事心中沒有數，缺乏計畫。

〔注釋〕阿二：民間傳說中呆頭呆腦，自作聰明的人。

瞎湊熱鬧

盲人趕廟會*／八歲娃娃耍新娘

〔釋義〕比喻亂攙和，增添麻煩。

〔注釋〕廟會：舊時設在寺廟裡邊或附近的集市。

瞎鼓搗

盲人拉風箱

〔釋義〕比喻亂擺弄，胡折騰。

瞎碰；瞎撞

狗戴沙鍋／無頭的蒼蠅／盲人不問路／水罐裡的王八／網包裡的田雞*／閉眼睛捉麻雀／狗頭上戴瓦罐／閉著眼睛走南牆／沒眼先生上鐘樓

〔釋義〕比喻盲目行動，亂碰亂撞。

〔注釋〕田雞：青蛙。

瞎摸

盲人看書／上炕不點燈／吹燈抓蝨子／盲人找失物／腳脖子上把脈*

〔釋義〕比喻做事無目的。

〔注釋〕把脈：方言，診脈。中醫用手按在病人手腕動脈上，依脈搏的變化來診斷病情。

窮忙

叫花子幹大活／叫花子起五更①／餓肚漢開夜車②

〔釋義〕比喻瞎忙一氣。

〔注釋〕①起五更：五更天就起床幹活。②開夜車：比喻為了趕時間，在夜間繼續幹活。

窮張羅

孤兒院請客／二分錢開店鋪／叫花子娶老婆

〔釋義〕比喻忙忙碌碌，疲於應酬。

橫七豎八

十五條扁擔扔一地

〔釋義〕形容縱橫雜亂，沒有條理。

橫三豎四

七根竹竿掉豬圈／七根扁擔丟一旁

〔釋義〕形容縱橫交錯，雜亂無章。

燒著屁股燎著心

床上失火／椅子底下著火

〔釋義〕比喻心急如火，坐臥不寧。

頭痛醫頭，腳痛醫腳

蹩腳郎中*

〔釋義〕比喻忙於應付或就事論事，缺乏通盤考慮，未從根本上解決問題。

〔注釋〕指醫術不高的中醫醫生。蹩（ㄅㄧㄝˊ）腳：方言，本領不強。

臨時忙

臨上轎才纏腳①／上轎現扎耳朵眼兒②

〔釋義〕指事前不準備，事到臨頭，手忙腳亂。

〔注釋〕①舊時婦女時興纏腳，臨上轎才纏腳就來不及了。上轎：指姑娘出嫁時坐花轎到婆家。②扎耳朵眼兒：舊時姑娘從小就時興在耳根扎一小眼兒，以備日後戴耳環。

翻上倒下

開水鍋裡的湯圓／攪拌機裡的石子

〔釋義〕比喻心裡不安寧，不平靜。有時指局勢動盪，變化無常。

穩不住身

大風吹柳樹／風吹嫩竹竿／老太太過鐵索橋

〔釋義〕比喻心慌意亂，惶惶不安。

顧了這頭丟那頭

按著葫蘆起了瓢／脫下氈帽補爛鞋

〔釋義〕比喻顧此失彼。

顧不上

手長袖短

〔釋義〕比喻照應不過來。

顧此失彼

挖肉補瘡／猴子抱西瓜／猴子掰苞米[1]／扯東籬補西壁／拆東牆補西牆／顧了翻鍋[2]忘了燒火／關了水龍頭，忘了關電燈

〔釋義〕顧了這個，丟了那個。比喻無法全面照顧。

〔注釋〕①苞米：方言，玉米。②翻鍋：翻動放在鍋裡烙、烤的食物。

顧前不顧後

蛇鑽窟窿／上山背毛竹／老虎進山洞／光腚[1]繫圍裙／貪吃不留神／光著身子繫圍裙／汽車前的大眼睛[2]／捨了脊梁護胸膛

〔釋義〕同「顧此失彼」。

〔注釋〕①腚（ㄉㄧㄥˋ）：方言，臀部。②指汽車前面的車燈。

顧（雇）不得

老頭牽瘦驢／老掉牙[1]的驢／瞎眼跛腳驢[2]／瘸子[3]牽著跛腳驢

〔釋義〕比喻事物繁忙，對某些工作照顧不到。

〔注釋〕①老掉牙：指陳舊過時，比喻非常老。②跛（ㄅㄛˇ）腳驢：腿或腳有毛病的驢子。③瘸（ㄑㄩㄝˊ）子：腿或腳有毛病的人。

顧頭不顧尾；顧頭不顧腚

黃鱔鑽洞／野雞藏身／屬駝鳥的／屬野雞的／田裡的秧雞／駝鳥鑽沙堆*／野雞鑽草窩／沙漠裡的駝鳥

〔釋義〕比喻顧此失彼。

〔注釋〕駝（ㄊㄨㄛˊ）鳥：現代鳥類中最大的鳥，高可達三公尺。據說駝鳥被追急時，就把頭鑽進沙裡，自以為平安無事。

顧頭不顧腳

三尺長的被單／戴棉帽穿涼鞋／賣了鞋子買帽子

〔釋義〕比喻顧此失彼。

渺小輕蔑類

一小撮

三錢[1]辣椒麵／一個銅板[2]買韭菜／三分錢的胡椒粉／五個指頭伸菜罈

〔釋義〕多指被人瞧不起或不做好事的極少數人。

〔注釋〕①錢：舊制重量單位，十錢等於一兩。②銅板：銅元。

又酸又賤

二分錢的醋

〔釋義〕比喻人迂腐得很，一文不值。

上不了陣勢

膽小鬼當兵／繡樓[1]裡的閨秀[2]／打敗的鵪鶉[3]鬥敗的雞

〔釋義〕比喻不是能打、能拚的人，做不了大事業。

〔注釋〕①繡樓：舊時青年女子住的樓房。②閨秀：稱有錢有勢人家未出嫁的女兒。③鵪鶉（ㄢ ㄔㄨㄣˊ）：鳥，頭小尾巴短，雄性好鬥。

上不了臺盤；擺不上桌

山裡紅[1]／毛腳雞[2]／王八敬神／狗肉包子／胡蘿蔔疙瘩／鍋裡的狗肉[3]／痰盂當湯盆／案板上的狗肉

〔釋義〕比喻派不上用場，或不宜在公共場合出頭露面。

〔注釋〕①也叫紅果、山楂，深紅色，味酸。②此指雛雞。③俗話說：「狗肉不上桌。」狗肉上不得宴席。

上不去

烏龜爬樹／老熊爬杆／癩蛤蟆爬樓梯／桌子底下放風箏／高粱稈做梯子

〔釋義〕比喻沒有什麼可追求的希望，或沒有發展前途。

小事（柹）一宗

軟棗樹*上結柹子／軟棗樹下摸一把

〔釋義〕指區區小事，不值一提。

〔注釋〕軟棗樹：黑棗樹，落葉喬木，果實球形或橢圓形，略像小柿子，味甜，可食。

小看仙人[1]

隔門縫瞧呂洞賓[2]／針鼻眼裡瞧韓湘子[3]

〔釋義〕比喻輕視神通廣大的人。

〔注釋〕①仙人：泛指有種種神通的人。②呂洞賓：神話傳說中八仙之一。③韓湘子：神話傳說中八仙之一。

小架式

猴兒拳*／兔子打槌／猴子打拳／鳥籠裡拉弓／狗窩裡耍拳／雞窩裡練氣功／轎子裡練武術

〔釋義〕比喻人姿態不高，做事不大方。有時比喻做事縮手縮腳，氣勢不大。

〔注釋〕拳術的一種，屬短拳。

小菜兒①

老虎吃螞蚱②／張飛吃豆芽／駱駝吃豆芽兒

〔釋義〕比喻無足輕重的人或事。

〔注釋〕①本意為就酒飯吃的小碟醃菜之類，此指微不足道的小事。②螞蚱（ㄇㄚˋ ㄓㄚˋ）：蝗蟲。

小買賣

三分錢開店鋪

〔釋義〕比喻不顯眼，小打小鬧。

小鼓搗①

挖耳勺②裡炒芝麻

〔釋義〕摸索湊合著擺弄東西，比喻小動作。

〔注釋〕①鼓搗：方言，反覆擺弄。②挖耳勺：掏耳垢的器具，勺狀，很小。

小瞧

老鼠眼看天／針眼裡看人／麥秸（ㄐㄧㄝ）稈裡瞧人／拿空心草看人／望遠鏡倒著看／窟窿眼裡看人／打針鼻眼裡往外看

〔釋義〕比喻看不起人，或對別人估計過低。

不成方圓

半個銅錢／沒有規矩*

〔釋義〕比喻成不了什麼氣候。

〔注釋〕規矩：規是畫圓的工具，矩是畫直角或方形用的曲尺。

不成材；成不了材

一蓬刺棵①／歪脖子樹／牆頭上植樹／花盆裡栽松樹／青棡②木做屋梁

〔釋義〕比喻沒出息，不能成為人材。

〔注釋〕①刺棵：長滿刺的矮小灌木。②青棡（ㄍㄤ）：槲櫟，落葉喬木，莖高十公尺左右，性脆質重，不宜作屋梁。

不成東西

南北大道／爛泥巴下窯／有北屋，有南牆

〔釋義〕比喻不成器，沒有出息。

不成器（盛氣）

破蒸籠／破皮球縫帽子／垃圾堆裡的救生衣*

〔釋義〕同「不成材；成不了材」。

〔注釋〕救生衣是穿在身上的水上救生用具，可以充氣。扔在垃圾堆裡的破爛救生衣，盛不了氣。

不足齒數

孔夫子門前賣《三字經》

〔釋義〕比喻數不上，不值一提。含有極端輕蔑的意思。

不受人尊重

箢篼*抬狗

〔釋義〕比喻被人瞧不起。

〔注釋〕箢篼（ㄨㄢˇ ㄉㄡ）：方言，有的地方叫箢箕，用竹篾等編成的盛東西的器具。

不受重用
轅馬拉套*
〔釋義〕比喻沒有被安置在重要的工作崗位上。
〔注釋〕轅（ㄩㄢˊ）馬：兩匹馬拉車時，一匹馬駕轅，一匹馬拉套。轅馬即駕轅的馬。

不是這塊料
肥皂刻手戳①／爛木頭刻戳／蔴袋做龍袍／西瓜皮打掌子②／抹桌布做衣服／鐵疙瘩當焊條／蔴布片做大褂／榆木疙瘩刻玉璽③
〔釋義〕指不能勝任。
〔注釋〕①手戳（ㄔㄨㄛ）：圖章。②打掌子：補鞋底。掌子：鞋底。③玉璽：君主的玉印。

不值一文（聞）
屎殼螂放屁／屁股上抹香水／路邊上的狗屎
〔釋義〕比喻一錢不值，毫無價值。

不值一提
大吊車吊燈草*／起重機吊竹籃
〔釋義〕這裡形容無談論價值。有時含有謙虛或客氣的意思。
〔注釋〕燈草：燈心草的莖髓，多用作油燈的燈心，極輕。

不值一談（彈）
馬尾做弦①／狗尾草②做琴弦／燈心草做琴弦
〔釋義〕同「不值一提」。
〔注釋〕①弦：樂器上能發音的線，一般用絲線或銅絲等製成。不可能用馬尾巴上的毛做弦。②狗尾草：也叫莠，一年生草本植物，葉子細長。

不值錢的貨
豆渣①上船／一車破棉胎②
〔釋義〕指東西沒有多大價值。也比喻人格低下。
〔注釋〕①豆渣：豆腐渣。②棉胎：方言，棉絮。

不配；配不上
丫鬟①戴鳳冠②／木槌敲金鐘／毛驢備銀鞍／草房上安獸頭③／胖嫂騎瘦驢／野豬置金鞍／廁所裡掛繡球／蔴布手巾繡牡丹／鮮花插在牛屎上
〔釋義〕比喻不相當，不夠格。有時指男女雙方條件懸殊，婚配不相稱。
〔注釋〕①丫鬟（ㄏㄨㄢˊ）：婢女。②鳳冠：古代后妃所戴的帽子，上有貴金屬或寶石等做成的鳳凰狀裝飾。舊時婦女出嫁時也用作禮帽。③獸頭：形如獸頭的陶製品，多嵌裝在屋脊上。

不夠尺寸
武大郎的身子*
〔釋義〕比喻不合規格，不成材。
〔注釋〕武大郎，《水滸傳》中人物，個子矮小，身不滿五尺。

不夠格
瞎子看電影／稿子寫到邊／豬八戒逛公園
〔釋義〕多指水準低，達不到要求。有時指

沒有資格做某項事。

不夠樣

二兩鐵打把刀

〔釋義〕同「不夠格」。

不夠嚼；不夠塞牙縫

大象吃豆芽／老虎吃螞蚱①／老虎吃蚊子／蒼蠅進虎口／張飛嗑瓜子／鯊（ㄕㄚ）魚吃麻蝦②

〔釋義〕比喻不過癮、不夠勁，或無濟於事。

〔注釋〕①螞蚱（ㄇㄚˋ ㄓㄚˋ）：方言，蝗蟲。②麻蝦：方言，小蝦。

不睬（踩）

自行車下坡

〔釋義〕指對人不理會、不答理。含有不屑一顧的意思。

不像個莊稼人

拿禾苗當草鋤／麥苗韭菜分不清

〔釋義〕指不老實、不本分。

不像樣

老旦唱小生*／新衣服打補釘／鵝頭裝在鴨頸上

〔釋義〕比喻不成樣子。

〔注釋〕老旦與小生都是戲曲角色，前者扮演老婦人，後者扮演青年男子。

不響

牛皮鼓溼水／棉條*打鼓／溼水的炮仗

〔釋義〕比喻做事、說話不靈，不被人重視。

〔注釋〕棉條：棉花搓成的長條。

不顯眼

氈子上拔毛／耗子打瞌睡／瞎子打瞌睡／大海裡吐唾沫／牛身上爬螞蟻／挖耳勺舀海水／萬頃黃沙一棵草

〔釋義〕比喻不引人注目，不被重視。

分文不值

爛掃帚上市／一文錢買十一個

〔釋義〕指沒有任何價值。

比不上

孔雀遇鳳凰／簸箕*比天，叫花子遇神仙

〔釋義〕這裡比喻差得遠，不能相比。有時用作謙詞。

〔注釋〕簸箕（ㄅㄛˋ ㄐㄧ）：用竹篾或柳條編成的器具，可簸糧食或臨時存放東西。

水平太低

旱天的井／二層樓上跳傘／洗臉盆裡游泳／高射炮打坦克

〔釋義〕指在某一方面達到的程度不高。

甩了

破罐子／半截破磚頭／傷風流鼻涕／穀子裡的石子

〔釋義〕指不屑一顧。

出不了如來佛的手心

孫悟空翻跟頭

〔釋義〕比喻本領大的人也奈何不得，難以避免某種命運。

乏味

白乾①兌涼水／炒菜不放鹽巴②／喝涼水就生薑

〔釋義〕比喻引不起興趣。多指說話或寫文

章內容空洞，語言貧乏。

〔注釋〕①白乾：白酒。②鹽巴：方言，食鹽。

白眼看人

耗子跌麵缸／石灰堆裡的耗子

〔釋義〕形容對人蔑視或不滿意。

成不了氣候

琉璃猴子／雲朵裡的雨／飯店門前賣大餅

〔釋義〕指不像樣子，成不了事。

成不了龍

天生的黃鱔／地裡的蛐蟮①／陰溝②裡的蚯蚓

〔釋義〕比喻不會有什麼大的作為。

〔注釋〕①蛐蟮（ㄑㄩ　ㄕㄢˋ）：蚯蚓。②陰溝：地下的排水溝。

成（盛）不了人

沒底的棺材

〔釋義〕比喻不成器或不成材。

有天地之別

飛機與坦克／青蛙望玉兔①／城隍②與玉皇③

〔釋義〕比喻差別非常大。

〔注釋〕①玉兔：指月亮。傳說月宮裡有兔子。②城隍（ㄏㄨㄤˊ）：指傳說中主管某個城的神。③玉皇：玉皇大帝，道教稱天上最高的神。

有他過年，無他也過年

年三十晚上打兔子

〔釋義〕比喻有沒有某種東西無關大局，照樣生活。

有你不多，無你不少

糧倉裡一粒穀／一斗芝麻拈①一顆／大江大海一泡尿／大森林裡一片葉／天山②頂上一棵草

〔釋義〕指無關緊要，可有可無。

〔注釋〕①拈：用兩三個指頭夾。②天山：中國西北邊疆的一條大山脈，連綿幾千里，把廣闊的新疆分為南北兩半。

你能結什麼繭

屎殼螂爬到繭棚*上

〔釋義〕斥責人做不成事，沒有什麼出息。

〔注釋〕繭棚：蠶成熟後吐絲結繭的棚架。

你算老幾

有大哥有二弟／自個兒①拜把子②

〔釋義〕指責人數不上、不夠格。

〔注釋〕①自個兒：自己。②拜把子：指朋友結為異姓兄弟。

你算哪一蔸*

園中的韭菜

〔釋義〕斥責人地位低下，算不了什麼。

〔注釋〕蔸（ㄉㄡ）：方言，指某些植物的根和靠近根的莖。

扶不上牆

死狗爛泥巴／抽了脊梁骨*的癩皮狗

〔釋義〕比喻提攜不得，成不了氣候。

〔注釋〕脊梁骨：方言，脊柱。

把人看扁了；看扁了人

從門縫裡看人／隔著門縫瞧人

〔釋義〕比喻看不起人。有時指不能正確評價別人，看不到別人的長處。

把人看矮了

桅杆①頂上看人／黃鶴樓②上看行人

〔釋義〕同「把人看扁了；看扁了人」。

〔注釋〕①桅杆：船上掛帆的杆子，或輪船上懸掛信號、裝設天線、支持觀測臺的高杆。②黃鶴樓：在湖北省武漢市武昌蛇山黃鵠磯上。

把人看輕了

天平上秤體重

〔釋義〕比喻瞧不起人。

沒人抬舉

黑瞎子*坐轎

〔釋義〕比喻不受人推崇，或沒有人看重和提拔。

〔注釋〕黑瞎子：方言，狗熊。

沒人理

龍燈的鬍鬚①／老虎的頭髮／剃頭鋪②關門／秋後的扇子／鯰魚③的鬍鬚／三九天的冰棍

〔釋義〕比喻不被人重視，無人理睬。

〔注釋〕①龍燈，民間舞蹈用具，用彩布或紙做成龍形，龍頭有鬍鬚。②剃頭鋪：理髮店。③鯰（ㄋㄧㄢˊ）魚：體表多黏液，無鱗，頭扁口闊，上下頜有四根鬚。

沒人理會

耳後的疙瘩／隔黃河送秋波①／隔著長江扯媚眼②

〔釋義〕比喻沒有人注意和理睬。含有不被人重視的意思。

〔注釋〕①秋波：比喻美女的眼睛。②扯媚眼：眉來眼去，用眼神調情。

沒人睬（採）

十月間的桑葉①／刺笆林②中的苦蒿③／萬丈懸崖上的鮮桃

〔釋義〕同「沒人理會」。

〔注釋〕①農曆十月的桑葉，已經枯黃，而且養蠶的季節已過，沒有人再採摘。②刺笆林：長滿刺像籬笆一樣的叢林。③苦蒿（ㄏㄠ）：草本植物，味苦，可供藥用。

沒多大一點

沙裡淘金／雞腸刮油／鬍子上的飯，牙縫裡的肉

〔釋義〕比喻微乎其微，算不得什麼。

沒多大奔頭

屢教不改的後生*／土埋了大半截的人

〔釋義〕比喻出息不大。

〔注釋〕後生：年輕人。

沒多大發頭

雞蛋殼裡和麵

〔釋義〕比喻受客觀條件限制，事情不會有大的發展。

沒多少斤兩

雞毛與蒜皮／棉花做秤砣／篩子底下的糠皮

〔釋義〕比喻事物輕微，分量不大。有時指說話沒有分量。

沒有分量

雞毛擱秤盤／戥子①裡的燈草／燈草灰②過大秤

〔釋義〕比喻價值不大，不值得重視。

〔注釋〕①戥（ㄉㄥˇ）子：測貴重物品或藥品重量之器具。②燈草：燈心草的莖髓，多用作燈盞的燈心。極輕，燃後剩下的灰更輕。

沒有多少膿水

老鼠尾巴害癤子*／耗子尾巴上長瘡

〔釋義〕比喻可取之處不多。有時指人沒有多大能耐。

〔注釋〕癤（ㄐㄧㄝˊ）子：皮膚病，充血紅腫後化膿。

沒有你的份

三個老爺兩頂轎／三個菩薩兩炷①香／四個菩薩仨②豬頭

〔釋義〕比喻被人看不起，好處得不到。

〔注釋〕①炷（ㄓㄨˋ）：量詞，用於點著的香。②仨（ㄙㄚ）：三個。

沒有你的位置

姜太公①在此／八仙桌②旁的老九

〔釋義〕比喻不受重用。

〔注釋〕①姜太公：姜子牙，《封神演義》中人物。詳見「諸神退位」。②八仙桌：大的方桌，可圍坐八個人。

沒把你看在眼裡

紅蘿蔔菜放辣椒／井裡的蛤蟆，醬裡的蛆

〔釋義〕比喻看不起，不重視。

沒個人模樣

豬八戒下凡*／猴子照鏡子／泥人兒掉在河裡

〔釋義〕缺乏做人的氣質與風度。比喻很不像樣。

〔注釋〕豬八戒下凡投了豬胎，長相醜陋。

油水不大；沒多大油水

癟①芝麻／苞穀麵糊②／和尚的肚腹／雞骨頭熬湯／山羊額頭的肉／老鼠尾巴熬湯／雞爪子燴豆腐／雞腸子上刮膏／啃淨了的羊頭／剔光了肉的排骨／蚊子腹中刳③脂油

〔釋義〕比喻好處不多，價值不大。

〔注釋〕①癟（ㄅㄧㄝˇ）：籽粒不飽滿。②玉米粥。③刳（ㄎㄨ）：挖。

門頭不高

水道眼①貼對子②

〔釋義〕指地位低下，沒有名望。

〔注釋〕①水道眼：為水流經牆壁等障礙物預留的孔眼。②對子：對聯。

相差十萬八千里

同孫悟空比跟頭*

〔釋義〕比喻差別很大。

〔注釋〕《西遊記》中說，孫悟空神通廣大，一個跟頭可以打出十萬八千里。

看不上眼

大雞不吃碎米／相①媳婦的扭頭／瞧戲的打瞌睡／大鯊魚不吃小蝦／光問價錢不成交／臺上唱戲臺下打鼾②

〔釋義〕指瞧不起。

〔注釋〕①相（ㄒㄧㄤˋ）：親自觀看。②打鼾（ㄏㄢ）：睡著時打呼嚕。

胎毛*還沒退

秋天的嫩冬瓜

〔釋義〕比喻人很幼稚。

〔注釋〕胎毛：指初生的哺乳動物身上的毛。

要人無人，要才（財）無才（財）

豬八戒背稻草

〔釋義〕指人既無好人品，又缺乏本事。

飛不了；飛不起來

籠中小鳥／麻雀入籠／煮熟的鴨子／拔了毛的鴿子／斷了翅膀的野雞①／縛著雙翼的雛②鷹

〔釋義〕比喻沒有出路或沒有出息。

〔注釋〕①野雞：雉的通稱，形狀像雞的鳥。②雛（ㄔㄨˊ）：幼小的。

飛不高

床底放風箏／斷了翅膀的鳥

〔釋義〕比喻出息不大。

差一截子

竹竿頂天／舌頭舔鼻子／泥鰍比黃鱔①／短褲著短襪／戴斗笠親嘴／戴草帽親嘴／吹火筒②做晾竿③

〔釋義〕比喻相差很遠。

〔注釋〕①泥鰍（ㄑㄧㄡ）和黃鱔（ㄕㄢˋ）都屬魚類。黃鱔體長像蛇；泥鰍身體呈圓柱形，比黃鱔短得多。②吹火筒：往火裡吹氣以助燃的筒子。③晾（ㄌㄧㄤˋ）竿：風乾或晒東西用的長竿。

差天遠

雷公①打架／夢裡吃仙桃／半空中掛帳子／雷公和土地婆②親嘴

〔釋義〕比喻差距非常大，極不相稱。

〔注釋〕①雷公：神話傳說中管打雷的神。②土地婆：假想的土地爺的老婆。

差得遠；差遠了

狗咬雲雀①／狗咬老鷹／飛機上釣魚／馬鞭當帳杆／月亮比太陽／汽槍打飛機／高個子跌跤②／鴨子趕駱駝／騎牛攆③火車／彈弓打飛機／蛤蟆追兔子／隔山摘李子／隔黃河握手／上梯子摘星星／踩凳子鉤月亮／大拇指頭比大腿／長江大橋上釣魚／爬上梯子摘月亮／晾衣竿子鉤月亮

〔釋義〕同「差天遠」。有時用作謙詞。

〔注釋〕①雲雀：嘴小而尖，叫聲好聽，翅膀大，飛得很高。②個子高的人跌倒後，頭部與腳跟站立的地方相差較遠。③攆（ㄋㄧㄢˇ）：方言，追趕。

拿人不當人

皮娃娃砸狗／抱木偶打狗／抱孩子進當鋪*／當鋪裡抛出的孩子

〔釋義〕比喻把人不當人看待。

〔注釋〕當鋪：專門收取抵押品，放高利貸的店鋪。

窄看了

三十斤的扁魚*

〔釋義〕比喻看不起別人，低估了別人的作用。

〔注釋〕扁魚：鯿魚。身體側扁，頭小而尖，鱗較細，生活在淡水中。

起手不高；出手不高

駝子作揖①／矮子放風箏／床底下放紙鳶②／武大郎放風箏③／桌子底下打拳

〔釋義〕指開始做事就顯得本領不高強。

〔注釋〕①作揖：兩手抱拳高拱，彎身施禮。②紙鳶（ㄩㄢ）：風箏。③武大郎身材矮小，放風箏必然起手不高。

高也有限

床下起塔／矮子穿高跟鞋／站在草席上比高低

〔釋義〕比喻不怎麼高明。

高不了

床底下種樹／生成的矬子*／茅屋裡栽樹

〔釋義〕比喻不會有大的作為。有時指人不高明，本領不大。

〔注釋〕矬（ㄘㄨㄛˊ）子：方言，身材短小的人。

就那麼幾下子

猴攀槓子／狗熊耍扁擔／猴子翻跟頭／程咬金的斧頭*

〔釋義〕比喻本領不強，沒有幾招。

〔注釋〕程咬金是《說唐》中人物，他的斧頭就頭幾下厲害。

提不得；別提了；沒法提

馬尾穿豆腐／馬尾穿酥油①／沒幫的破鞋／沒梁的水桶／豬鬃拴豆腐／馬尾拴菜團子／王小二②的拖鞋／頭髮絲穿豆腐／沒有後跟的鞋／提花機③斷了弦／拉屎拉到腳後跟／油罐子打了耳子

〔釋義〕比喻事微言輕或水準不高，不值一提。有時指事情已過或有某種難處，不願或不好再說。

〔注釋〕①酥（ㄙㄨ）油：從牛奶或羊奶內提煉出來的脂肪。②王小二：舊時泛指窮小子。③提花機：用經、緯線錯綜地在織物上織出凸起圖案的機器。

提（啼）不得

公雞害嗓子／閹了的公雞／五更天閹公雞*

〔釋義〕同「提不得；別提了；沒法提」。

〔注釋〕閹（ㄧㄢ）公雞：割掉雄雞的睪丸。

渺小

大江大海一浪花／大江河裡的水泡／洞庭湖*裡漂棵草

〔釋義〕比喻微不足道。

〔注釋〕洞庭湖：位於湖南北部，水面極寬。

無人過問

冬天賣扇子／五月初六賣菖蒲*／正月初一賣門神

〔釋義〕指無人關心。

〔注釋〕農曆五月初五端午節，人們有掛菖蒲（ㄔㄤ ㄆㄨˊ）去穢避邪的舊俗。五月初六賣菖蒲已經過時。

無用之材

朽木作梁柱／枯樹爛木頭／麻稈做屋梁／深山老林的枯樹

〔釋義〕比喻沒有用的東西。

無足輕重

雞尿溼柴／九牛失一毛／老鼠吃海水／駱駝身上拔根毛／鷯哥*落在牛背上

〔釋義〕比喻無關緊要，不值得重視。

〔注釋〕鷯（ㄌㄧㄠˊ）哥：鷦鷯。鳥，體長約十公分。

稀鬆平常（長）

王胖子的褲帶

〔釋義〕比喻事物很一般，無關緊要。

微不足道

九牛一毛／雞毛蒜皮／針尖上落灰

〔釋義〕比喻非常渺小，不值一談。

矮一截子；矮半截

小巫見大巫／小鬼見佛陀*／高粱地裡栽蔥／扁擔靠在電杆上

〔釋義〕形容比別人低下，自卑的樣子。

〔注釋〕佛陀：佛教徒對釋迦牟尼的尊稱。

矮了一頭

肩上戴帽子／水牛走到象群裡

〔釋義〕指有差距，低人一等。

解不了饞

牙縫裡剔肉／餓漢啃雞爪／餓肚漢嗑瓜子

〔釋義〕比喻不過癮，解決不了問題。

跳不了多高

瘸*腿兔子／斷了腿的蛤蟆

〔釋義〕比喻無多大能耐，出息不大。

〔注釋〕瘸（ㄑㄩㄝˊ）：腿或腳有毛病，走起路來身體不平衡。

對不上眼

瞎子紉針①／雞爪瘋②紉針／小軸承安大滾珠／花眼③的婆婆紉針

〔釋義〕比喻做事不順暢，很難達到預想的結果。

〔注釋〕①紉（ㄖㄣˋ）針：引線穿過針鼻。②雞爪瘋：中醫指手指或腳趾痙攣，不能伸展的病。③花眼：眼花，看東西模糊不清。

稱不得裡手

殺雞做豆腐

〔釋義〕指算不上行家。

嫩得很

才出殼的雞娃／剛出土的幼芽

〔釋義〕這裡比喻年輕人很嬌嫩，不成熟。有時指某些蔬菜很鮮嫩。

說話沒分量

嘴吃燈草灰

〔釋義〕比喻人微言輕，說話沒勁。

窮小子

孤兒院的娃娃

〔釋義〕指被人瞧不起的窮孩子。含嘲諷意。

誰向你

六月的火爐

〔釋義〕指受到蔑視，無人願接近。

誰顧得數你

忙中拾得一包針

〔釋義〕比喻輕微之事，不被重視。

銷①聲匿②跡

秋後的青蛙／秋後的蚊蟲

〔釋義〕指不聲不響隱蔽起來，不露蹤跡。

〔注釋〕①銷：消失。②匿（ㄋㄧˋ）：隱藏。

靠邊站

汽車按喇叭①／馬路旁的電杆／田塍②上種黃豆／鐵路上的車站

〔釋義〕比喻退居一邊。

〔注釋〕①汽車司機按喇叭是示意行人靠邊站立或行走。②田塍（ㄔㄥˊ）：方言，田埂。

擔不起重擔；難挑擔

嫩竹扁擔／肩膀頭生瘡／麻稈做扁擔

〔釋義〕指承擔不了繁重的任務。

橫豎不夠料

手帕做床單／口袋布做大衣

〔釋義〕指不管怎樣總是不成材。

瞧扁了英雄

隔門縫瞧諸葛亮*

〔釋義〕比喻小看了有本事的人。

〔注釋〕諸葛亮：《三國演義》中人物。足智多謀，勇敢沉著，是忠貞和智慧的代表。

縱變不高

蚯蚓變蛟*

〔釋義〕比喻變化不大，沒有長進。

〔注釋〕蛟（ㄐㄧㄠ）：蛟龍，古代傳說能興風作浪，發洪水的龍。

翻不了大浪；掀不起大浪

缺尾巴蝦／水凼[1]裡的魚／池塘的泥鰍／牛蹄窩裡的水／水溝裡的泥鰍／臉盆裡的鯉魚／車道溝[2]裡的泥鰍／玻璃缸裡的金魚

〔釋義〕比喻勢力單薄，成不了大氣候。

〔注釋〕①水凼（ㄉㄤˋ）：方言，水坑。②車道溝：車輪壓出的小溝。

難登大雅之堂

披麻袋上朝[1]／床底下的夜壺[2]

〔釋義〕比喻庸俗粗魯的人難以進入高尚優雅之所。

〔注釋〕①上朝：臣子到朝廷上拜見君主奏事議事。②夜壺：便壺。

嘲諷戲謔類

一色貨

黃杏熬北瓜①／黃鼠狼產崽②／一個染缸的布／一窯燒的磚瓦／南瓜花③炒雞蛋／青磚青瓦共窯燒／一個核桃兩個仁兒／樹上的烏鴉，圈裡的肥豬

〔釋義〕指一樣的貨色。含譏諷意。

〔注釋〕①北瓜：方言，南瓜，成熟時與黃杏顏色相似。②崽（ㄗㄞˇ）：幼小的動物。③南瓜花：淡黃色，和雞蛋炒熟的顏色相似。

一步登天

高俅①當太尉②／屎殼螂坐飛機／屎殼螂變知了／叫花子坐金鑾殿③

〔釋義〕比喻小人得志，突然發跡。

〔注釋〕①高俅：據《水滸傳》描寫，高俅本是破落戶子弟，因善踢球，博得宋哲宗御弟端王的賞識，後端王做皇帝，推舉高俅做殿帥府太尉。②太尉：古代掌管軍事的最高官職。③金鑾殿：舊時泛指皇帝受朝見的殿，借指帝位。

一步（布）登天

包腳布①當孝帽②／裹腳布兒補陽傘

〔釋義〕同「一步登天」。

〔注釋〕①包腳布：裹腳布，舊時用來纏腳的長布條。②孝帽：舊俗在死了長輩後的一段時間內戴的白色布帽。

一陣香，一陣臭

桂花樹旁搭茅坑*／屎殼螂飛進桂花園

〔釋義〕比喻香香臭臭，不是滋味。

〔注釋〕茅坑：方言，簡易的廁所。

一路貨

婊子①罵娼／烏龜找甲魚②／青秫秸③打箔④／大眼賊⑤哭兔子／燒窯的賣瓦的／黃鼠狼生鼬子⑥／瓦罐子和土坯子／強盜遇見賊娃子

〔釋義〕指全屬同一類。含輕蔑意。

〔注釋〕①婊子：妓女。②甲魚：鱉。③秫秸（ㄕㄨˊ ㄐㄧㄝ）：去穗的高粱稈。④箔（ㄅㄛˊ）：用秫秸或葦子編成的簾子。⑤大眼賊：方言，黃鼠。⑥鼬（ㄧㄡˋ）子：哺乳動物，身體細長，四肢短，尾較粗。

一溜黑貨

烏鴉排隊飛／柳條穿王八／屎殼螂排隊

〔釋義〕比喻都不是好東西。

人屣*貨軟

武大郎賣豆腐／武大郎開豆腐店

〔釋義〕指人懦弱無能，東西也不景氣。

〔注釋〕㞞（ㄙㄨㄥˊ）：此指軟弱無能。

又高又貴

賣菜的上了香椿樹①／喜馬拉雅山上賣牛黃②

〔釋義〕指地位特殊，生活享受優越。多含蔑視意。

〔注釋〕①香椿（ㄔㄨㄣ）樹：椿樹的一種。落葉喬木，嫩枝葉有香味，可食。②牛黃：貴重的中藥。

又麻又瞎

花椒樹下種苞穀

〔釋義〕比喻情況很糟。

又黑又瘦

屎殼螂拉稀

〔釋義〕多形容人長相不好。

三天香；三日香

新開的茅房／新箍（ㄍㄨ）的馬桶

〔釋義〕指一時受歡迎，但為時不長。含貶義。

三年出臭味

鐵褲子裡放屁

〔釋義〕比喻醜事遲早要暴露，難以掩蓋日久。

上了洋（羊）

猴兒不騎馬

〔釋義〕指洋氣起來了。

土包子

墳頭兒不叫墳頭兒

〔釋義〕指沒見過世面的人。有時用作自我戲稱。

土裡土氣；土氣大

蚯蚓放屁／鄉巴佬刨地／瓦罐裡冒煙／雨澆泥菩薩／蚯蚓打呵欠／滿頭稻花子*

〔釋義〕指不合潮流，不時髦的風格、式樣。

〔注釋〕指莊稼人的樣子。稻子揚花時，莊稼人躬身在稻田裡幹活，弄得滿頭稻花。

大小是個官（冠）

公雞頭上肉疙瘩

〔釋義〕指不管官大官小，總算是個頭頭。

大小是個頭

電線杆上插土豆*

〔釋義〕比喻雖然職位不高，但畢竟是個頭目。

〔注釋〕土豆：馬鈴薯。

大小是個爵*（橛）

牆上釘木棍／棗核兒釘牆上

〔釋義〕比喻不管大小是個當官的。含譏諷意。

〔注釋〕爵（ㄐㄩㄝˊ）：爵位，泛指當官的。

大煙鬼

閻王爺吸鴉片

〔釋義〕對煙癮極大的人的蔑稱。

小人得志

娃娃當家／小鬼升城隍①／姨太太②當家

〔釋義〕比喻卑鄙的人被重用高升或欲望實現。

〔注釋〕①城隍：指傳說中主管某個城的神。②姨太太：妾，小老婆。

小人得志（之）

爛襪改背心*

〔釋義〕同「小人得志」。

〔注釋〕爛襪只能改做極小的背心，小人得到方有用處。

不土不洋；半土半洋

披起西裝穿草鞋

〔釋義〕形容不倫不類，很不協調的樣子。

不吃香

三年不知肉味／一天到晚淡茶飯

〔釋義〕比喻吃不開，不受歡迎。

不成體統

穿破襖戴禮帽／歪戴帽子歪穿襖／麻布鞋上鑲綢子

〔釋義〕指沒有規矩，不成樣子。

不忠不孝

又咒*天子又罵娘／罵了皇帝罵祖先

〔釋義〕斥責人既不忠誠又不孝順。

〔注釋〕咒（ㄓㄡˋ）：說希望人不順利的話。

不知趣

飯館門前賣瘟豬*

〔釋義〕指不知好歹，惹人討厭。

〔注釋〕瘟（ㄨㄣ）豬：罹患急性傳染病的豬，泛指病豬。

不是東西

南來北往

〔釋義〕指人不正經，討人嫌。

不是玩藝

娃娃玩菜刀／拿著刀子逗小孩

〔釋義〕指不是好東西。

不是個傢伙

馬蹄刀①劈柴／八仙桌②上擺夜壺③／寫字臺上擺痰盂

〔釋義〕斥責人不是東西。

〔注釋〕①馬蹄刀：一種小彎刀，形似馬蹄。②八仙桌：可圍坐八個人的大方桌。③夜壺：便壺。

不倫不類

兔兒頭，老鼠尾／螞蚱*胸膛黃蜂腰／褲子套著裙子穿／小夥子頭上紮辮子

〔釋義〕不像這一類，也不像那一類。形容不正派，不規範。

〔注釋〕螞蚱（ㄇㄚˋ ㄓㄚˋ）：方言，即蝗蟲。

不敢受這個禮

熊瞎子*拜年／狐狸給雞祝壽

〔釋義〕指不願接受非分之得。

〔注釋〕熊瞎子：方言，狗熊。

不像話

潑婦罵街／老和尚罵街

〔釋義〕比喻說話不中聽，不講道理。有時指糟得很，不像樣子。

不像話（畫）

驢皮貼牆上／狗皮上南牆／堂房掛獸皮／牆上掛口袋／牆上貼草紙①／壁上掛簾子／牆壁上的人影／粉白牆上掛草荐②

〔釋義〕同「不像話」。

〔注釋〕①草紙：以稻草等為原料造的紙，質地粗糙。②草荐（ㄐㄧㄢˋ）：鋪床用的草墊子。

不識抬舉[1]

坐轎嚎喪[2]／狗坐笤箕[3]／狗坐筦箢[4]／坐轎子罵人／坐轎打瞌睡／哈巴狗上轎／轎子裡打拳／家狗上鍋臺／毛驢馱不起金鞍子／坐在轎子裡翻跟頭

〔釋義〕比喻不理解或不珍視別人對自己的稱讚和提拔。

〔注釋〕①抬舉：稱讚，提拔。②嚎喪：號喪，舊俗家中有喪事，來弔唁的人大聲乾哭。③笤箕（ㄕㄠ ㄐㄧ）：淘米用的竹器，形似簸箕。④筦箢（ㄨㄢˇ ㄉㄡ）：筦箕，用竹篾等編成的盛東西的器具。

文氣衝天

孔夫子打呵欠

〔釋義〕比喻咬文嚼字，故作斯文，迂腐十足。

文謅謅

孔夫子的面孔

〔釋義〕形容人談吐舉止文雅清高的樣子。多含貶義。

文謅謅（紋皺皺）

老太太的臉蛋

〔釋義〕同「文謅謅」。

欠捶（錘）

鐵匠死了不閉眼

〔釋義〕比喻該罰。

四不像[1]

馬長鹿角／驢頭插龍角／老壽星的坐騎／姜子牙的坐騎[2]／牛角安在驢頭上

〔釋義〕不像這，也不像那。比喻不倫不類。

〔注釋〕①本指一種哺乳動物，雄的有角，角像鹿，尾像驢，蹄像牛，頸像駱駝。②《封神演義》中說，姜子牙會施展各種法術，他胯下坐騎，非驢非馬，形象奇特。

吃不開

狗咬門板／狗咬碗櫥

〔釋義〕比喻人不受歡迎，或辦法行不通。

吃香

老鼠偷芝麻／耗子鑽油坊／芝麻地裡的老鼠

〔釋義〕比喻被人尊重，受人歡迎。多用於戲謔的話。

好大的面（麵）皮[1]

三斤肉包個包子／半斤麵包個扁食[2]

〔釋義〕比喻臉面大，吃得開。含譏諷意。

〔注釋〕①面皮：臉面，情面。②扁食：方言，餃子。

好大的臉皮[1]

虼蚤[2]臉兒／芝麻臉兒[3]／蒼蠅包網子[4]／螞蟻戴穀殼／螞蟻戴眼鏡／蛤蟆戴籠頭

〔釋義〕比喻沒有那麼大的面子。

〔注釋〕①臉皮：面子，情面。②虼（ㄍㄜˋ）蚤：跳蚤。③對臉蛋很小的人的戲稱。④蒼蠅頭小，頭上既能包網，說明臉面很大。網子：婦女罩頭髮的小網。

好偉（尾）大

屁股上吊掃帚／胯底下夾掃把／麻雀尾巴上綁雞毛

〔釋義〕比喻瞎逞能，實際上沒有什麼了不起。

好戲在後頭

孫猴子跳出水簾洞

〔釋義〕比喻熱鬧的、麻煩的事還在後面。有時指精彩的部分還在後面。

成精作怪

掃帚打跟頭／公雞長牙咬狐狸

〔釋義〕指出了極不尋常的怪事。

早晚有他的好看

瘸（ㄑㄩㄝˊ）子踩高蹺①／光膀子玩刀山②

〔釋義〕指人終究要倒霉，出洋相。

〔注釋〕①高蹺（ㄑㄧㄠ）：民間舞蹈。表演者踩著有腳踏裝置的木棍，邊走邊表演。②玩刀山：舊時雜技節目，在高架上綁很多大刀，演員在刀叢中表演各種動作。

有點土

王字少一横

〔釋義〕指有些土氣，不合潮流。

有點酸

六月的梨疙瘩*

〔釋義〕比喻人迂腐。

〔注釋〕梨疙瘩：未成熟的小梨，味酸。

有職不愁無權

鐵打的衙門，流水的縣官

〔釋義〕指只要有職位就能撈到權勢，此為權欲心切的人的哲理。

死（屎）裡求生

屎殼螂鑽糞坑／茅坑裡的大糞蛆

〔釋義〕形容經過極其危險的境遇，才倖免於死。多諷喻壞人。

老來俏

婆婆戴花／四季豆翻花*／王母娘娘戴花／人到古稀穿花衣／八十歲奶奶搽胭脂

〔釋義〕形容年事已高卻喜歡打扮的人。多含譏諷意。

〔注釋〕翻花：開二道花。

自己沒出息

叫花子誇祖業*

〔釋義〕指自己沒志氣，不思進取。

〔注釋〕祖業：祖宗傳下來的產業。

自來紅

棗木棍子／猴子的屁股／熟透的大棗

〔釋義〕比喻自認為生下來就比別人優越。含貶義。

自討沒趣

逗啞巴挨口水／傳閒話，落罵名

〔釋義〕比喻自找難堪。

你吃我看

清水下雜麵*

〔釋義〕你吃苦頭，我冷眼旁觀。含有難為人、走著瞧的意思。

〔注釋〕這裡所說的雜麵是用綠豆、小豆等雜糧粉做成的麵條。清水鍋裡煮出來的雜麵條，缺少油鹽佐料，極為難吃。

冷言冷語

寒潮消息／三九天講故事／冰天雪地發牢騷

〔釋義〕指從側面或反面說含有諷刺意味的話。

冷笑

冰窖裡打哈哈*

〔釋義〕指含有諷刺、不滿意、無可奈何等心情的笑。

〔注釋〕打哈哈：開玩笑。

快活不多久

戲臺上的官／夢裡做皇帝／做夢觀煙火／做夢學吹打[1]／漏盆裡洗澡／蛤蟆跳到熱鏊[2]上

〔釋義〕比喻享樂、痛快、高興之時不久長。

〔注釋〕①吹打：指用管樂器和打擊樂器演奏。②鏊（ㄠˋ）：鏊子，鐵製烙餅器具。

抖[1]不起來

破風箏／破空竹[2]

〔釋義〕比喻得意、神氣不了。

〔注釋〕①抖：此為諷刺人富貴得意。②空竹：竹或木製玩具。在圓柱的一端或兩端安周圍有孔的圓盒，用繩子抖動圓柱，圓盒迅速轉動，並發出嗡嗡聲響。

抖不起威風

老虎離山林／三九天穿短衫／老虎離山落平陽／蛟龍困在沙灘上

〔釋義〕比喻顯現不了威風。

抖起來了

鳥槍換炮／小孩兒放風箏／老太太摸電門*／老太婆坐飛機／三九天掉冰窟窿／雜技團裡的空竹／數九寒天穿裙子

〔釋義〕比喻得意忘形，飄飄然的樣子。

〔注釋〕電門：電燈、電器等開關的通稱。

沒大沒小

掃帚顛倒豎／狗皮襪頭兒[1]／孿生[2]的娃娃／戲臺上的父子／過了篩子的黃豆／遇著老翁叫大哥

〔釋義〕比喻不分尊卑長幼，不懂規矩和禮貌。

〔注釋〕①過去中國東北的一些人在嚴寒季節所穿的用狗皮縫製的襪子，往往不分大小和反正。②孿（ㄌㄩㄢˊ）生：同胎出生。

沒出息

爺倆抓個耗子賣／泔水*桶裡撈食吃／南瓜長在瓦盆裡

〔釋義〕比喻缺乏志氣，沒有發展前途。

〔注釋〕泔（ㄍㄢ）水：淘米、洗菜、洗鍋碗等用過的水。

沒眼色

哪壺不開提哪壺

〔釋義〕比喻不知趣，不會看情況辦事。

走哪家的親戚

黑瞎子*提包袱

〔釋義〕比喻出洋相，瞎逞能。

〔注釋〕黑瞎子：方言，黑熊，又稱狗熊。

享天福

叫花子晒太陽

〔釋義〕指享受意外的福分。戲謔的話。

到哪裡哪裡嫌（鹹）
大海裡的水／鹽場的下水／鹽溝裡的水
〔釋義〕比喻人緣不好，處處受嫌棄，惹人厭煩。

官（冠）上加官（冠）
公雞戴帽子／孔雀戴鳳冠
〔釋義〕比喻官運亨通，連連晉升。多含嘲諷意。

官氣臭人
縣太爺放屁
〔釋義〕指官僚主義作風使人厭惡。

怪物
手藝不好怨工具／手不麻利*怨袖子
〔釋義〕比喻性情古怪的人。
〔注釋〕麻利：方言，敏捷，動作利索。

怪物（屋）
房間裡鬧鬼／瓦房上蓋蒿草／三間瓦房不開門
〔釋義〕同「怪物」。

怪胎
羊懷狗崽／哪吒出世*／駱駝生驢／母豬懷狗崽
〔釋義〕指怪物。
〔注釋〕《封神演義》中講，哪吒出世時是一個肉球，後破球而出。

非驢非馬
雜交的騾子
〔釋義〕不是驢也不是馬。比喻什麼也不像。

咬文嚼字
口吃報紙／秀才念書／耗子啃書／老鼠鑽書箱／孔夫子念文章／耗子跌進書箱裡
〔釋義〕比喻玩弄詞藻，賣弄自己的學識。有時形容過分地斟酌字句。

挖苦
針挑黃連／拿鋤頭刨黃連
〔釋義〕指用尖酸刻薄的話語譏笑人。

指手畫腳
一群啞巴在一起
〔釋義〕比喻輕率地批評、指點，胡亂發號施令。

歪對歪
歪嘴吃螺螄①／歪嘴吹螺號②
〔釋義〕指用不正當的辦法對付不正當的人。
〔注釋〕①螺螄（ㄌㄨㄛˊㄙ）：淡水螺，軟體動物，外包硬殼，個體較小。②螺號：用大的海螺殼做成的號角。

活該
死人欠帳／死鬼要帳
〔釋義〕比喻自作自受。

活寶
夜明珠喘氣／八十歲老奶奶跳皮筋
〔釋義〕指滑稽可笑的人。多用於戲謔。

看你往哪鑽
火盆裡放泥鰍／死胡同裡截驢
〔釋義〕比喻無路可走，躲藏不住。

看你怎樣擺布*
染匠提小桶／洗腳盆做染缸／染匠來到糞池邊

〔釋義〕靜觀別人如何安排下一步的行動。比喻置身事外，冷眼旁觀。

〔注釋〕擺布：安排，處置。

紅人

扳不倒*掉進血盆裡

〔釋義〕指受寵愛、受讚賞的人。

〔注釋〕扳不倒：不倒翁。

紅人（仁）

花生去了殼

〔釋義〕同「紅人」。

紅上加紅

關公*流鼻血／關老爺搽胭脂

〔釋義〕比喻人很吃香，非常受人賞識和重用。常含蔑視意。

〔注釋〕關公：據《三國演義》描寫，關公「面如重棗，脣若塗脂」。在舞臺上關公為紅臉譜，民間素有「紅臉關公」之稱。

紅到頂了

頭上插辣椒／秋天的高粱／高山上的辣椒／戴紅纓帽上樹／百丈高竿掛紅燈

〔釋義〕比喻受賞識、重用到了極點。多表示戲謔。

紅得發紫

熟透的蘋果／熟透的桑葚*

〔釋義〕形容人走運，受重用到了過分的程度。

〔注釋〕桑葚（ㄕㄣˋ）：桑樹的果穗，成熟時為黑紫色，味甜，可食。

音不正

歪嘴和尚念經／歌唱家害嗓子*

〔釋義〕比喻說話陰陽怪氣，話語不對頭。

〔注釋〕害嗓（ㄙㄤˇ）子：喉嚨有毛病，嗓音不正。

風氣不正

歪嘴吹燈／歪嘴婆娘吹火

〔釋義〕指思想作風不正派，或社會風氣不良。

飛不了你，跑不了他

雞腿上拴王八／鷺鷥①腳上拴螞蚱②／癩蛤蟆綁在雞腿上

〔釋義〕指互相牽制，誰也逃脫不了。

〔注釋〕①鷺鷥（ㄌㄨˋ ㄙ）：白鷺。②螞蚱（ㄇㄚˋ ㄓㄚˋ）：方言，蝗蟲。

香三臭四

七個仙女爭面脂

〔釋義〕比喻香香臭臭，反覆無常，使人厭惡。

香香臭臭

茅廁裡桂花開／一把芝麻一把屎／廚房旁邊蓋茅房

〔釋義〕同「香三臭四」。

差對差

歪鍋配扁灶／壞笤（ㄊㄧㄠˊ）帚對爛畚箕①／爛靰鞡②套沒底襪

〔釋義〕比喻都有缺欠，差到一塊了。

〔注釋〕①畚箕（ㄅㄣˇ ㄐㄧ）：方言，簸箕。②靰鞡（ㄨˋ ㄌㄚ）：一種皮製靴子，裡面墊烏拉草。

拿窮人開心

關門打叫花子／養濟院*裡行刺／圍著叫

花子逗樂兒

〔釋義〕指戲弄窮人，使自己高興。

〔注釋〕養濟院：救濟孤兒或窮人的慈善機構。

氣味相投

一窩老鼠不嫌臊／黃鼠狼聞不出屁臭／魚找魚，蝦找蝦，烏龜愛王八

〔釋義〕指脾氣性格合得來。多含嘲諷意。

真是不怕死（屎）

大糞池裡練游泳

〔釋義〕比喻魯莽和冒險行為。含諷刺意。

神氣一時

做夢當司令／演戲扮皇帝／戲臺上的將軍

〔釋義〕指得意或傲慢的樣子。

神氣不了

落了毛的鷹／斷了翅膀的鳳凰

〔釋義〕指再也驕傲、得意不起來了。

笑話連篇

相聲表演／說牛馬下蛋

〔釋義〕指供人當作笑料的事情很多。

能出腳來了

頭上穿襪子

〔釋義〕比喻人因耍小聰明逞能而出洋相。

臭秀才

廁所題詩

〔釋義〕對迂腐文人的鄙稱。

臭美

糞筐插花／放屁哼曲子／屎殼螂搽粉／屎殼螂戴花／廁所裡照鏡子／廁所門口掛繡球

〔釋義〕比喻人過分講究，打扮得使人厭惡。

臭講究

油漆馬桶／茅房裡磕頭／紅漆刷屎坑板／尿鱉子①鑲金邊／茅廁裡鋪地毯／茅房裡念四書②

〔釋義〕斥責人過分講究，惹人討厭。

〔注釋〕①尿鱉子：方言，尿壺。②四書：儒家的主要經典。

討人嫌

臭狗屎／說是道非／茅廁裡的蛆

〔釋義〕指惹人厭煩。

討厭（煙）

叫花子過煙癮

〔釋義〕指惹人厭煩。

高升了

臭襪子改短褲／蛤蟆跳到腳面上

〔釋義〕比喻飛黃騰達。含譏諷意。

高升到頂了

包腳布當頭巾／鞋面布做帽子／鞋幫子做帽沿

〔釋義〕比喻官運亨通。

高興得太早

夜半歌聲／五更天唱曲子／花轎沒到就放炮*

〔釋義〕指事情未見分曉就盲目樂觀。

〔注釋〕舊時婚禮習俗，男方要備花轎接新娘子，花轎到了門口要燃放禮炮。

鬼才要

閻王爺嫁女

〔釋義〕指誰也不要。

鬼不上門

鍾馗①開飯店／閻王爺②開店／姜子牙③開飯館

〔釋義〕指誰都不願交往。

〔注釋〕①鍾馗（ㄎㄨㄟˊ）：傳說中能捉鬼怪的神。②閻王爺：佛教稱管地獄的神。③姜子牙：姜太公，傳說他有降妖除邪的神通。

鬼打扮

判官*娶媳婦／城隍老爺嫁女兒

〔釋義〕指人裝扮得妖裡妖氣。

〔注釋〕判官：指傳說中閻王手下管生死簿的官。

乾巴巴

隔年的臘肉／燒焦了的饃饃*

〔釋義〕多指語言或文章內容貧乏，不生動。

〔注釋〕饃饃（ㄇㄛˊ）：方言，饅頭。

啥事也顯著你

家狗上酒席

〔釋義〕比喻人愛出風頭。

婆婆媽媽

丈母娘遇親（ㄑㄧㄥˋ）家母

〔釋義〕形容人行動緩慢，言語囉嗦。

得意忘形

猴子照鏡子／開了鎖的猴子／胡敲梆子亂擊磬（ㄑㄧㄥˋ）／高興得四腳爬地

〔釋義〕形容人高興得失去常態。

掄的哪一槌

擀麵杖敲鼓

〔釋義〕斥責人盲目從事，亂來一氣。

連諷（風）帶刺

西北風颳蒺藜*

〔釋義〕指用冷嘲熱諷的尖刻語言譏刺別人。

〔注釋〕蒺藜（ㄐㄧˊ ㄌㄧˊ）：果皮有尖刺，刺人痛癢。

陰不陰來陽不陽

下雨天出太陽／樹蔭底下使羅盤*

〔釋義〕比喻不倫不類，陰陽怪氣。

〔注釋〕羅盤：測定方向的儀器。

陰陽怪氣

陰間秀才

〔釋義〕形容脾氣古怪，不冷不熱，怪裡怪氣的樣子。

傀儡

木偶不叫木偶*／人家叫往東不敢往西

〔釋義〕指受人操縱的人或組織。

〔注釋〕木偶戲裡的木頭人叫傀儡（ㄎㄨㄟˇ ㄌㄟˇ），木偶戲也叫傀儡戲。

寒酸

三九天吃醋／冬天吃梅子／冬天吃葡萄／冰塊掉進醋缸裡

〔釋義〕形容不大方。

就你脖子長

公園裡的長頸鹿／雞群闖進一隻鵝

〔釋義〕形容人長相奇特，與眾不同，顯得很難看。

就看此一遭

烏龜爬門檻

〔釋義〕比喻好壞在此一舉。多含貶義。

斯文①掃地

秀才偷書／秀才拿笤帚②

〔釋義〕指文人不受尊重，或自甘墮落。

〔注釋〕①斯文：舊指文化或文人。②笤（ㄊㄧㄠˊ）帚：除去塵土、垃圾等的用具，用去粒的高粱穗、黍子穗等綁成，比掃帚小。

欺軟怕硬

降*不住豬肉降豆腐

〔釋義〕指欺負軟弱的，害怕強硬的。

〔注釋〕降（ㄒㄧㄤˊ）：降伏。

發不了大財

三分錢的買賣／一把黑豆數著賣

〔釋義〕賺不了大錢。比喻沒有大出息。

硬要敲敲打打

鐵匠鋪裡的鐵錘

〔釋義〕指必須刺激、提醒一下。

絕後

焦了尾巴梢子*／屁股後頭光禿禿／無兒無女的老寡婦

〔釋義〕指沒有後代。

〔注釋〕尾巴梢子：尾巴尖。

腌臢①菜

夜壺②裡燉蘿蔔／糞坑裡泡豆芽

〔釋義〕指髒東西。有時比喻不愛乾淨的人。

〔注釋〕①腌臢（ㄤ ㄗㄤ）：方言，髒。②夜壺：尿壺。

貴人吃貴物

狀元①府內吃蟠桃②

〔釋義〕比喻尊貴的人可以盡情享受。含譏諷意。

〔注釋〕①狀元：科舉考試中，殿試錄取一甲第一名。②蟠（ㄆㄢˊ）桃：仙桃。

黑對黑

李逵賣煤／張飛遇李逵*／烏鴉落在豬身上

〔釋義〕比喻彼此差不多，都很難看。常用於戲謔。

〔注釋〕李逵是「一個黑凜凜大漢」，綽號黑旋風。張飛身高八尺，也是面孔黝黑的彪形大漢。

暗中作樂

半夜吹笛子／黑燈瞎火跳舞

〔釋義〕指偷偷尋歡作樂。

過分講究

腿肚子搽粉／鞋子裡灑香水

〔釋義〕指非常注重外表，講求漂亮，出乎尋常。

該打

鐵匠爐裡的鐵／洪爐*裡的料，寺廟裡的鐘

〔釋義〕指人做了錯事，應該懲罰。

〔注釋〕洪爐：煉鐵爐子。

惹猴笑

拔了毛的獅子

〔釋義〕指招人譏笑。

對上眼了

王八看綠豆*

〔釋義〕比喻彼此心領神會，互相看中，或對某一事物彼此的眼光想法一致。多用於戲謔的話。

〔注釋〕王八的眼球圓而突出，形似綠豆。

滾了

冬瓜下山／雞蛋走路／芋頭葉上的水珠

〔釋義〕責罵人已經離開。

滾蛋

土豆下山／土豆子①搬家／羊糞蛋下山／雞子兒②下坡／屎殼螂推車／屎殼螂搬家／耗子拉雞子兒／簸箕裡搖元宵／柳條籃子搖元宵

〔釋義〕指離開、走開。罵人的話。

〔注釋〕①土豆子：馬鈴薯。②雞子兒：雞蛋。

滾開

茶鋪子的水／蹺蹺板*上放雞蛋

〔釋義〕走開。責罵人的話。

〔注釋〕蹺蹺（ㄑㄧㄠ）板：兒童遊戲器具，長板中間有支點，這頭兒壓，那頭兒蹺。

瘋瘋癲癲

屬濟公*的

〔釋義〕形容人的精神失常，言行輕狂。

〔注釋〕濟公：又稱濟顛僧，宋朝和尚，有異術，嗜狗肉。

說他混蛋，他還心裡甜

元宵掉進肉鍋裡

〔釋義〕比喻人不知好歹、不明事理。譏諷的話。

酸氣十足；酸得很

不熟的葡萄／楊梅子加醋／打翻了的醋瓶子

〔釋義〕比喻說話迂腐。有時形容高傲、擺臭架子。

酸氣衝天

醋瓶子打飛機／煙囪裡放醋罈

〔釋義〕比喻人迂腐、高傲。

酸溜溜的

鼻子裡灌醋／打翻的醋瓶子／肚裡喝了二斤醋

〔釋義〕形容言談迂腐。有時指嫉妒、心裡不舒服。

嘴賤

三分錢買個鴨頭

〔釋義〕比喻貧嘴薄舌，言語尖酸刻薄。

噁心

蒼蠅不咬人／蒼蠅藥不死人／茶盤裡落蒼蠅／屎殼螂上飯桌／癩蛤蟆爬腳面／蒼蠅掉進飯碗裡

〔釋義〕指某些行為使人厭惡。

樂得不顧命

馬刀底下跳神*

〔釋義〕指高興得忘乎所以。

〔注釋〕跳神：女巫或巫師裝出鬼神附體的樣子，亂說亂舞，舊時人們認為能驅鬼治病。

熱鬧在後頭

獅子尾巴搖銅鈴

〔釋義〕好看的還在後頭。多含貶義。

瞎笑

盲人看滑稽戲*

〔釋義〕比喻盲目樂觀。

〔注釋〕滑稽（ㄍㄨˇ ㄐㄧ）戲：一種專門以滑稽手段來表現人物的劇種，流行於上海、江浙一帶。

瞎哼哼

沒眼兒豬叫

〔釋義〕指私下嘀咕，起不了作用。

瞎寶貝

珍珠沒有眼兒*

〔釋義〕指無能之人逞能。

〔注釋〕珍珠不長眼睛，成了瞎寶貝。此為假想說法。

窮快活；窮作樂

叫花子*過年／叫花子扭秧歌／叫花子唱山歌／討飯的吹喇叭／破鼓配上破鑼

〔釋義〕比喻苦中作樂。

〔注釋〕叫花子：乞丐。

窮孝順

要飯的看丈母娘／討來的饃饃*敬祖先

〔釋義〕指強作孝敬。多含貶義。

〔注釋〕饃饃：方言，饅頭。

窮開心

叫花子看戲／叫花子醉酒／叫花子擂鼓／叫花子玩龍燈／叫花子擺堂戲①／討飯的看滑稽②／餓肚漢跳加官③／討飯的哼梆子腔／勒緊褲帶拉二胡／敲著空碗唱大戲

〔釋義〕比喻強尋快活。

〔注釋〕①堂戲：舊時逢喜慶事邀請藝人來家裡唱戲。②滑稽（ㄍㄨˇ ㄐㄧ）：也叫獨角戲，曲藝的一種，流行於上海、江浙一帶，生動滑稽，與相聲相近。③跳加官：見「自討苦吃」。

窮酸

叫花子賣醋／叫花子掉醋罈／吃生葡萄討飯／背著醋罐子討飯／漿水*調到醋裡頭

〔釋義〕比喻窮而迂腐，不合時宜。舊時常用以譏諷文人。

〔注釋〕漿水：此指豆腐漿。

窮講究

叫花子拜年／叫花子搽粉／光身捆皮帶／當*了衣裳買粉搽／賣了褲子換鐲子

〔釋義〕指沒有條件而勉強做華而不實的事。含有圖虛榮的意思。

〔注釋〕當（ㄉㄤˋ）：用實物作抵押向當鋪借錢。

蝦兵蟹將

龍王爺的幫手／東海龍王的軍隊

〔釋義〕比喻大大小小不中用的頭目和幫手。

誰也跑不了

一根樁上拴倆①驢／一個繩拴倆螞蚱②／打完豺狗③抓兔子

〔釋義〕比喻都難以逃脫。

〔注釋〕①倆：兩個。②螞蚱（ㄇㄚˋ ㄓㄚˋ）：方言，蝗蟲。③豺狗：豺。

賤骨頭

扶不上樹的鴨子／神仙不做做凡人／剔了肉的豬蹄兒

〔釋義〕指不尊重自己、不知好歹的人。

踢出來的

大門外的磚頭／城門口的磚頭

〔釋義〕比喻被遺棄的人或物。

鬧了個大紅臉

胭脂當粉搽／大蝦掉進油鍋裡

〔釋義〕形容人由於害羞、膽怯或緊張而滿臉通紅。

獨眼

半邊豬頭

〔釋義〕斥責人瞎了眼，看不清東西。

膩[1]透了

炒菜的鐵鍋／吃油條蘸（ㄓㄢˋ）大油[2]／就著豬肉吃油條

〔釋義〕比喻使人厭煩極了。

〔注釋〕①膩（ㄋㄧˋ）：本指油膩，此指厭煩。②大油：豬油。

橫豎不成話

打字機上的字盤

〔釋義〕指不管怎麼說都不像話。

瞧你那個酸相

搖著腦袋吃梅子*

〔釋義〕形容人迂腐的樣子。

〔注釋〕梅子：梅樹的果實，可食，味酸。

臉上尷尬[1]

滿面棗疙瘩[2]／鼻子上抹雞屎／滿面雞蝨子[3]亂爬

〔釋義〕形容神色不自然，難為情的樣子。

〔注釋〕①尷尬（ㄍㄢ ㄍㄚˋ）：神色、態度不自然。②棗疙瘩：方言，痣。③雞蝨子：昆蟲，身體扁小，口器發達，多寄生在雞的羽毛中。

臉面不小

澡盆洗臉／屁股上畫眉毛／三張紙畫個驢頭／三張紙畫個鼻子／三張紙糊個腦袋

〔釋義〕比喻人的情面大，吃得開。含嘲諷意。

虧他張得開嘴

猴子吃大象／茅廁裡吃油餅

〔釋義〕比喻不知好歹，說出了難於啟齒的事。

虧你做得出

廁所裡拾片紙／臭襪子當手帕

〔釋義〕指做了不該做的事情。

黏糊糊

糯米糰糰

〔釋義〕形容行動緩慢，精神不振。

翹不起來

瘋狗的尾巴／倒掛的狐狸／病貓的尾巴／老綿羊的尾巴

〔釋義〕指本領不強，沒有值得驕傲的地方。

蹩腳

木排上跑馬／大路上推竹竿／門檻上擱糞叉

〔釋義〕比喻人的本領不強，或東西的品質不好。

邋遢*兵

豬八戒挎腰刀／癩蛤蟆挎大刀

〔釋義〕比喻衣冠不整、不修邊幅的人。

〔注釋〕邋遢（ㄌㄚ˙ㄊㄚ）：不整潔、不俐落。

顯顯你的漂亮

花公雞上舞臺／猴子穿花衣裳／黑泥鰍鑽金魚缸

〔釋義〕譏諷人愛出風頭、表現自己。

靈得很

兔子的耳朵／獵狗的鼻子／蒼蠅嘴巴狗鼻子

〔釋義〕比喻嗅覺靈敏，聞風而動。多用於戲謔的話。

錯謬失誤類

一切顛倒

水坑裡照影子／拿大頂*看世界／頭穿襪子腳戴帽

〔釋義〕比喻次序全亂了，一切都和原來相反。

〔注釋〕拿大頂：用手撐地而倒立。

一面砍

木匠的斧子

〔釋義〕比喻偏心，不公正。

一家人不認一家人；自家人不識自家人

癩蛤蟆吃青蛙／大水沖倒龍王廟／龍王發兵討河神／洪水淹了龍王廟

〔釋義〕這裡指自己人發生誤會。有時含有翻臉不認人的意思。

一個也捉不住

十個手指按跳蚤

〔釋義〕比喻由於方法不當而一事無成。

十有八九要失敗

小舢板*過海

〔釋義〕比喻失敗的可能性很大。

〔注釋〕小舢（ㄕㄢ）板：近海或江河上用槳划的小船。

人浮於事

牽隻羊全家動手

〔釋義〕指人員過多，超過實際需要。

上了圈套

牛拉犁頭／驢拉磨子

〔釋義〕比喻中了別人的計謀。

上當一回

東吳招親①／娃娃吃海椒／咬住苦瓜當芒果②

〔釋義〕指受騙吃虧只此一回。

〔注釋〕①《三國演義》故事。孫權採納周瑜的「美人計」，以將孫權的妹妹嫁給劉備為名，讓劉備來東吳招親，想乘機扣留劉備，要脅交還荊州。諸葛亮將計就計，對劉備的東吳之行，作了周密安排，最後由孫權的母親吳國太作主，使招親弄假成真，成為事實。②芒果：果實略呈腎臟形，熟時黃色，果肉可食，味美多汁。

上當受騙

蔣幹盜書①／呂布戲貂嬋②／老母雞啄癟（ㄅㄧㄝˇ）穀／豬八戒背媳婦③／林沖誤入白虎堂④

〔釋義〕比喻被欺騙，吃了虧。

〔注釋〕①《三國演義》故事。曹操手下謀

士蔣幹，在赤壁之戰中，受曹操之命，赴東吳找周瑜勸降，周瑜設下反間計，讓蔣幹偷看假書信，曹操受騙，除掉了部下首領。②《三國演義》故事。司徒王允為除掉董卓，設下美人計，把自己收養的美貌歌女貂嬋先後送給呂布和董卓，以挑撥他們的關係。呂、董二人爭風吃醋，反目為仇，董卓終被呂布殺死。③《西遊記》講，孫悟空曾扮作豬八戒的妻子，叫豬八戒背在身上，對其百般戲弄。④《水滸傳》故事。高太尉的乾兒子高衙內企圖霸占林沖的妻子，以高太尉與林沖比刀為藉口，把林沖騙入軍機要地「白虎節堂」，遂將林沖投進監牢，刺配滄州。

上錯了墳

丈夫墳前哭爹媽

〔釋義〕比喻看錯了對象。

上錯下錯

歪嘴婆娘摔跤

〔釋義〕比喻從上到下都不對。有時指上面錯了，下面也跟著錯。

大手大腳

大少爺種田／樂山的大佛①／香山的臥佛②／抓住魚船當鞋穿／手像蒲扇③腳像釘耙

〔釋義〕形容花錢用東西沒有節制。

〔注釋〕①座落在四川省樂山市凌雲山西壁，岷江、青衣江、大渡河會合處，為世界上最大的石刻佛像。大佛坐像由整個山峰鑿成，通高71公尺，肩寬28公尺，腳背寬8.5公尺。在腳背上可以圍坐一百餘人。②在「十方普覺寺」的臥佛殿內，銅臥佛長十餘公尺，相傳是佛祖釋迦牟尼涅槃像。③蒲扇：用香蒲葉做成的扇子。

大材小用

牛鼎①烹雞／大炮打麻雀／大梁做牙籤／大理石鋪路／張飛剁肉餡／龐統當知縣②／屋梁做钁③把／原子彈炸鳥／被面補襪子／大木料劈筷子／丈二金剛④掃地／千里馬拉犁耙／馬褂⑤改褲衩兒／電線杆刻手戳⑥／電線杆做筷子／頂門槓做牙籤／抵門槓當針使／起重機吊雞毛／高射炮打蚊子／檀香⑦木當柴燒／電線杆當火柴棍／花綢被面當抹布／破梁做根燒火棍／劈開房梁做火把

〔釋義〕比喻使用不當，造成浪費。多指人事安排。

〔注釋〕①牛鼎（ㄉㄧㄥˇ）：古代能容納全牛的大型烹煮容器。②龐統，三國襄陽人，才智過人，但形象古怪，其貌不揚。劉備原先以貌取人，派他到耒（ㄌㄟˇ）陽做縣令。後劉備發現自己錯了，即拜龐統為副軍師中郎將。③钁（ㄐㄩㄝˊ）：刨土用的一種農具，類似鎬。④金剛：佛教稱佛的侍從力士。⑤馬褂：舊時男子穿在長袍外面的對襟短褂。⑥手戳（ㄔㄨㄛ）：方言，刻有姓名的圖章。⑦檀香：常綠喬木，木質堅硬，有香氣，可製器物，熏東西，亦可提取藥物或香料。

大處不算小處算

捨得買馬捨不得置鞍／整筐丟西瓜，滿地撿芝麻

〔釋義〕比喻抓不住主要矛盾，在枝節問題上斤斤計較。

大頭

過城門刮耳朵

〔釋義〕指冤大頭，枉費錢財的人。

小毛病

螞蟻生瘡／耗子尾巴長癬

〔釋義〕指小差錯。

小題大作

大炮打跳蚤／殺雞用牛刀／孩子考媽媽／滅蝨子燒棉襖／拿雞毛當令箭①／鐵耙子撓癢癢／高射炮打蚊子／繡花針當棒槌②／撬槓③打蟈蟈兒④／看見蚊子就拔劍／宰個鵪鶉⑤也要請屠夫操刀

〔釋義〕比喻把小事當作大事來做。含有不值得的意思。

〔注釋〕①令箭：古代軍隊中發布命令時用作憑據的東西，形似箭。②棒槌：捶打用的木棒，舊時多用來洗衣服。③撬（ㄑㄧㄠˋ）槓：一端鍛成扁平狀的鐵棍，用來撬起或移動重物。④蟈蟈兒：昆蟲，善跳躍，雄的前翅有發音器，能發出清脆的聲音。⑤鵪鶉（ㄢ ㄔㄨㄣˊ）：小鳥。

不打自招

賊娃子說夢話／此地無銀三百兩

〔釋義〕比喻不自覺地透露出自己的過失或計畫。

不合算；不上算

殺牛取腸／大刀砍蝨子／大象換老鼠／烏龜賣鱉價／肋條*換豬爪／燒襖滅蝨子／燒屋趕老鼠

〔釋義〕指算起來吃虧。含有不值得的意思。

〔注釋〕肋（ㄌㄜˋ）條：方言，肋骨。

不成功

石臼子砌煙囪

〔釋義〕比喻事情沒有辦成或辦糟了。

不成功（宮）

僵蠶作硬繭*

〔釋義〕同「不成功」。

〔注釋〕蠶成熟後，即吐絲作繭，有的地方把蠶繭叫做「蠶宮」。僵死的蠶是做不出繭來的。

不攻自破

肥皂泡／氣球升天

〔釋義〕多指謬論或謠言站不住腳，不值一駁。

不沾弦

棒槌彈花

〔釋義〕比喻做事說話不著邊際，或文不對題。

不沾板

豆渣貼對聯／蕎麥皮打糨子*

〔釋義〕同「不沾弦」。

〔注釋〕糨（ㄐㄧㄤˋ）子：漿糊。

不知輕重

頭頂磨盤①／瞎子過秤／毛猴子說話／沒有砣的秤／一杆沒星的秤／論個賣的東西

／腦殼[2]上戴碓窩[3]／摘葫蘆當瓜吃／拿了秤杆忘秤砣／拿著碾盤打月亮

〔釋義〕形容說話做事缺乏縝密考慮，沒掌握適當的限度。

〔注釋〕①磨盤：托著石磨的圓形底盤。②腦殼：方言，頭。③碓（ㄉㄨㄟˋ）窩：石臼，舂米用具。

不是時候

陰天晒褥子／夏天送木炭／臘月賣涼粉／三九天種小麥／大熱天穿棉襖／現代人穿古裝／三十晚上借蒸籠

〔釋義〕比喻不合時宜，或時機不成熟。

不看對象

對牛彈琴／瘋狗咬人／攆*汽車拾糞／找和尚借梳子／教小娃娃讀聖經

〔釋義〕比喻做事不結合具體情況。

〔注釋〕攆（ㄋㄧㄢˇ）：方言，追趕。

不留後路；斷了後路

過江燒船／過河拆橋／上房拆梯子

〔釋義〕比喻做事太絕，不考慮後果。

不夠本錢

燈草燒窯／大炮轟蒼蠅／沙灘上撿小米／金針菜[1]餵駱駝／檀香[2]木鏇棒槌／一槍打死個耗子

〔釋義〕得到的不如花掉的錢財多。比喻得不償失。

〔注釋〕①金針菜：黃花菜。②檀香：常綠喬木，木質堅硬，有香氣，可製器物，熏東西，也可提取藥物或香料。

不對口徑

喇叭當煙嘴／機關槍打炮彈／大管子套小管子／雞頭安在鵝頸上

〔釋義〕比喻情況有差錯，對不上。

不對茬口

砍一斧頭鋸一鋸

〔釋義〕比喻不妥當。有時指事情跟原來的情況不符。

不對路數

頭痛醫腳／大腿上把脈*／席辮子上走棋／圍棋盤裡下象棋／扯著耳朵擤（ㄒㄧㄥˇ）鼻涕／象棋盤裡下跳棋

〔釋義〕比喻做事的方法、步驟或手段不對。

〔注釋〕把脈：方言，診脈。

不對頭

隔牆撂[1]帽子／買帽子當鞋穿／龍珠跟著龍尾轉[2]／順風行船船不動

〔釋義〕比喻不正常或不正確。

〔注釋〕①撂（ㄌㄧㄠˋ）：拋。②龍珠只能跟著龍頭轉，跟龍尾轉則對不了頭。

不趕趟

乘火車誤了點／騎毛驢追火車／吃過晌午*搭早車

〔釋義〕比喻趕不上或來不及。

〔注釋〕晌（ㄕㄤˇ）午：方言，中午。此指午飯。

不顧後患

引狼入室／螳螂捕蟬*／脊梁長瘡，胸口貼膏藥

〔釋義〕比喻顧忌不到以後的禍患。

〔注釋〕《吳越春秋》：「螳螂捕蟬，志在有利，不知黃雀在後啄之。」

不顧根本

放火燒山林／砍樹吃桔子

〔釋義〕比喻做事捨本求末。

中了詭計

林沖買寶刀*

〔釋義〕指遭到暗算。

〔注釋〕《水滸傳》中講的林沖被騙誤入白虎堂的故事。

反禮

背後作揖*

〔釋義〕比喻違反禮儀常情。

〔注釋〕作揖：雙拳高拱，彎身施禮。

太過分了

罵娘挖祖墳／踩死螞蟻也要驗屍／打人嘴巴還要吐口水

〔釋義〕指說話做事超過一定的程度或限度。

少禮

一分錢的份子*

〔釋義〕指待人接物缺少禮貌。

〔注釋〕份（ㄈㄣˋ）子：集體送禮時各人分攤的錢。

文不對題

茅廁門上貼對子

〔釋義〕內容跟題目不相關。泛指談話發言離開了主題。

毛病

母雞生瘡／鬍子長瘡／頭髮打擺子*／頭髮上貼膏藥

〔釋義〕缺點或謬誤。

〔注釋〕打擺子：方言，患瘧疾。

主次不分；不分主次

眉毛鬍子一把抓／撒了穀子拾稻草

〔釋義〕比喻工作分不清主次。

主觀片面

只見一面鑼，不見兩面鼓

〔釋義〕指單憑自己的偏見看待問題或處理事情。

以歪就歪

跛子①划船／歪嘴吹牛角號／歪嘴和尚吃螺螄②

〔釋義〕比喻本來就不好，又錯誤地任其發展下去。含有將錯就錯的意思。

〔注釋〕①跛（ㄅㄛˇ）子：腿或腳有毛病的人。②螺螄（ㄌㄨㄛˊㄙ）：田螺，軟體動物，體外包有硬殼，上有旋紋，口歪向一邊。

出了岔

半路上殺出程咬金*

〔釋義〕指發生了差錯，出了問題。

〔注釋〕程咬金：《說唐》中人物。見「措手不及」。

出了邪岔（斜杈）

當腰裡長枝條

〔釋義〕比喻發生了不該發生的事。

出不了好主意

狗頭軍師①／二不愣②當家／吃餿③飯長大的

〔釋義〕指盡想些不高明的辦法。有時指盡出壞點子。

〔注釋〕①指愛給人出主意，而主意並不高明的人。②二不愣（ㄌㄥˋ）：二愣子。指魯莽、蠻憨的人。③餿：飯、菜等變質而發出酸臭味。

出軌

火車碰火車

〔釋義〕比喻言語或行動出乎常規之外。

出格

寫字不在行／腦袋上長角／腦袋上長牛角

〔釋義〕多比喻與眾不同。有時指言行越軌。

出爾反爾

反轉葫蘆，倒轉蒲扇*／翻手為雲，覆手為雨

〔釋義〕表示前後自相矛盾，反覆無常。

〔注釋〕蒲（ㄆㄨˊ）扇：用香蒲葉做成的扇子。

包輸（書）

書店買紙／秀才的手巾／孔夫子的手帕

〔釋義〕比喻肯定要失敗。

只圖多

狗吃牛屎／叫花子討飯

〔釋義〕比喻貪多而不顧其他。

四腳朝天

板凳倒立／騾子打滾／甲魚[1]翻跟頭／凳子翻了個／吃了蠍子草[2]的駱駝

〔釋義〕比喻辦事失誤，栽了跟頭。

〔注釋〕①甲魚：鱉。②蠍子草：多年生草本植物，葉子對生，花粉紅色。可用這種草的莖或葉的汁來治療蠍子螫傷。

失（十）格

九格加一格

〔釋義〕比喻喪失原則或人格。

失效了

過期的藥／過期的車票

〔釋義〕比喻因過時而失去使用價值。

打不響

光有鼓槌子／燈草敲鼓／絨球敲鑼／紙糊的大炮／卡殼的卡賓槍*／通火棍當槍使／浸了水的大鼓／掉進水裡的手鼓

〔釋義〕比喻無人支持響應。有時指工作推不動，難以成功。

〔注釋〕卡賓槍：舊時馬槍的一種，槍身較短，能自動退殼和連續射擊。

打爛仗

破銅爛鐵當武器

〔釋義〕比喻人因不得已而採取各種方式謀生餬口。

本末倒置

擦蹬時間多，騎馬時間少

〔釋義〕比喻把主次的位置顛倒了。

犯不著

挖肉補瘡／井水管河水／拚死吃河豚*

〔釋義〕比喻不值得。

〔注釋〕河豚：魚，肉味鮮美，卵巢、血液和肝臟有劇毒。

犯（飯）不著

麵條點燈

〔釋義〕同「犯不著」。

用人不當

拐子①當差役／盲人當警察／二杆子②當帳房先生

〔釋義〕指對人的使用安排不恰當。

〔注釋〕①拐（ㄍㄨㄞˇ）子：腿腳瘸的人。②二杆子：方言，做事魯莽而又不懂裝懂的人。

用材不當

棺材當馬槽／楠木①做馬桶／大門板做棺材／沉香②木當柴燒／檀香③木當犁轅／檀香木做鍋蓋／電線杆當套馬杆

〔釋義〕多比喻對人的安排使用不恰當，不合適。

〔注釋〕①楠（ㄋㄢˊ）木：常綠大喬木，木材是貴重的建築材料。②沉香：常綠喬木，莖很高，木材堅硬而重，黃色，有香味，中醫可入藥。③檀香：常綠喬木，木質堅硬，有香氣，可製器物，熏東西，亦可提取藥物或香料。

用錯餡了

豆腐渣包餃子

〔釋義〕比喻把事情搞錯了。

白花錢

瞎子看洋片*

〔釋義〕指毫無效益地破費錢財。

〔注釋〕洋片：方言，西洋景。

白糟蹋

死人穿緞鞋／新鞋踏臭屎／絲綢口袋裝狗屎／穿力士鞋踩牛屎／有油添不到軸承上

〔釋義〕比喻白白浪費或損壞掉。有時指平白無故受到侮辱。

划不來

金魚餵貓／竹竿撐艦艇／糯米換番薯①／茉莉花餵牲口／豆腐盤成肉價錢②／拆了房子搭雞窩／藥了老鼠毒死貓

〔釋義〕比喻不合算。

〔注釋〕①番薯：方言，甘薯。②指豆腐反覆搗騰，成本提高，變成了肉的價錢。

同樣毛病

一個單方吃藥

〔釋義〕指一樣的缺點或差錯。

各執一端

瞎子摸象*

〔釋義〕比喻看問題主觀片面，各持己見。

〔注釋〕見「不識大體」。

吃啞巴虧

賊被狗咬／打爛門牙嚥肚裡／膀子折斷了往袖裡塞

〔釋義〕吃了虧不便說出或不敢聲張。

吃虧全在大意

關公走麥城①／關雲長失荊州②

〔釋義〕指吃虧上當都是由於疏忽。

〔注釋〕①《三國演義》講關公攻打樊城失利敗走麥城的故事。詳見「末日來臨」。②《三國演義》故事。關羽原留重兵守荊州，後中呂蒙之計，抽調荊州人馬進攻樊城，東吳趁荊州空虛，一舉猛攻，荊州終於失守。

吃虧是自己

生氣踢石頭／拳頭打跳蚤／拿舌頭磨剃刀*
〔釋義〕指使自己處於不利地位，蒙受損失。
〔注釋〕剃刀：剃頭刀。

因小失大

殺雞取蛋／撕衣補褲子／金彈子打麻雀／燒房揀釘子／摳眼屎弄瞎了眼／贏得貓兒輸了牛／撿了芝麻丟了西瓜／摳到黃鱔，掉了笆簍*／打鼠不著反摔碎罐罐
〔釋義〕比喻因貪圖小利而造成重大的損失。
〔注釋〕笆簍（ㄅㄚ ㄌㄡˊ）：用竹篾等編成的簍子，腹大口小，可用以裝魚蟲或養鳥等。

多一道子

六個指頭抓癢
〔釋義〕比喻多餘的或不必要的舉動。

多一道手續

脫褲子放屁／上山砍柴賣，下山買柴燒
〔釋義〕比喻多餘的程序或辦法。

多此一舉

白天點燈／外婆送親／江邊賣水／畫蛇添足／雨天澆地／晴天送傘／井臺上賣水／死牛用刀殺／陰天打陽傘／兩口子拜年／頂石頭上山／聾子打電話／脫褲子放屁／騎驢拿拐杖／新衣打補釘／戴斗笠打傘／吃鹹魚蘸醬油／頂著娃娃騎驢／喝涼水拿筷子／撐陽傘戴涼帽／瓦房頂上蓋草席／殺雞用榔頭幫忙／騎著驢子背磨盤／下雨灑街，颳風掃地
〔釋義〕比喻某種舉動是多餘的、不必要的。

多管閒事

狗逮老鼠／狗攆*耗子／母雞孵小鴨／灶王爺掃院子
〔釋義〕比喻干涉、過問與己無關的事。
〔注釋〕攆（ㄋㄧㄢˇ）：方言，追趕。

多嘴多舌

一百個人相罵／大樹上的鷚鵡／螞蚱*頭炒碟菜／一千隻麻雀炒一鍋／馬槽裡伸出個驢頭／炒了一盤麻雀腦袋
〔釋義〕比喻話多，說了不該說的話。
〔注釋〕螞蚱（ㄇㄚˋ ㄓㄚˋ）：方言，即蝗蟲。

多餘

脫衣烤火／玉石塗白漆／兩公婆拜年／禿子爭木梳／教猴子爬樹／新鞋打掌子①／瞎子戴眼鏡／太陽底下點燈／吃麵條找頭子／吃稀飯泡米湯／月亮地裡打電筒／瘸子上面生包包／擔心手臂比腿粗／背著腳扣②上梯子
〔釋義〕比喻沒有必要。
〔注釋〕①打掌子：釘鞋掌。②腳扣：套在鞋上爬電杆用的一種弧形鐵製用具。

多餘（魚）

兩個盤子三條魚
〔釋義〕同「多餘」。

收不回來

嫁出去的女子／射出的箭，潑出的水
〔釋義〕指說出的話或承諾，不好反悔。

早晚是病

喝涼酒，拿贓錢*

〔釋義〕比喻遲早要出事。

〔注釋〕贓（ㄗㄤ）錢：貪汙、受賄或盜竊得來的錢。

有了把柄

手拿刀把子／斷柄鋤頭安了把

〔釋義〕指有可被人用來進行要脅的過失。

老毛病

六十歲尿床／壽星佬氣喘／壽星看太醫*

〔釋義〕指固有的、難改正的缺點或習慣。

〔注釋〕太醫：醫生。

老毛病又犯了

關節炎遇上連陰雨

〔釋義〕比喻舊病復發，重犯過去的錯誤。

自上圈套

懶驢躲進磨道①／老鼠被夾魚上鉤／豬八戒調戲白骨精②

〔釋義〕比喻自己中了對方安排好的計謀。

〔注釋〕①磨道：磨坊。②《西遊記》說，豬八戒貪圖女色，妄圖調戲由女妖白骨精化作的美女，險些上了圈套。

自塞門路

老鼠拉秤砣

〔釋義〕比喻自己堵住了自己的出路。

何（河）苦

河邊洗黃連

〔釋義〕何必自尋苦惱。表示不值得的意思。

弄巧成拙

畫虎不成反類犬

〔釋義〕指本想耍聰明，結果卻做了蠢事。

忘了國家大事

衛懿公養仙鶴*

〔釋義〕比喻玩物喪志，連國家大事都不放在心上。

〔注釋〕《東周列國志》說，衛懿公好玩仙鶴，國家大事全不放在心上，後國滅身亡。

把人往苦處引

藥鋪裡招手

〔釋義〕指有意致人於苦難之中。

找錯了人

上梁①請鐵匠／向瞎子問路／找木匠補鍋／蚊子叮菩薩／箍桶請石匠／向土地爺借錢／拉和尚認親（ㄑㄧㄥˋ）家／蓋房請箍桶匠／衝②著姑娘叫姑爺

〔釋義〕比喻用人不當。

〔注釋〕①上梁：在柱子上安放大梁。②衝（ㄔㄨㄥˋ）：對，向著。

找錯了地方

往襪子上釘鞋掌／喜鵲窩裡掏鳳凰／頭痛往脊梁上貼膏藥

〔釋義〕門路沒有找對。

找錯了門；走錯了門

火神廟求雨①／老爺廟求子／關帝廟求子②／豬八戒投胎③／窗戶上伸腳／打醋的進當鋪④／提著豬頭進廟⑤／石灰店裡買眼藥／和尚廟裡借梳子／城隍廟裡朝觀音⑥／拜佛走進呂祖⑦廟

〔釋義〕比喻做事走錯了路子，達不到預期的目的。

〔注釋〕①火神廟是供火神的廟，求雨要到

龍王廟。②關帝廟是供關羽的廟，求子只能到娘娘廟。③《西遊記》講，豬八戒本是天上的天蓬元帥，因調戲嫦娥，被玉帝貶謫下凡，誤投豬胎成妖。④當鋪：專門收取抵押品，放高利貸的店鋪。⑤廟裡和尚吃齋行善，提豬頭進廟是犯忌的。⑥城隍廟是供奉一城之神的廟宇，沒有觀音像。⑦呂祖：即呂洞賓，神話傳說八仙之一，信奉道教。

找錯了對象

狗咬汽車／蚊子叮木偶／蚊子叮牛角／小鬼面前告閻王／買肉找到賣菜的

〔釋義〕比喻認錯了目標。

抓不到癢處；抓不到實處

隔靴搔癢／隔著棉襖抓癢癢

〔釋義〕比喻抓不住實質，觸動不了要害。

沒有分寸

一錛①兩斧頭／木匠丟了折尺②

〔釋義〕比喻不知輕重，不能恰如其分。

〔注釋〕①錛（ㄅㄣ）：削平木料的工具，刀刃扁而寬，只能對木料粗加工。②折尺：木工量長度的木尺，可以折疊。

沒理（裡）

破大褂

〔釋義〕指缺乏道理。

走錯了道

火車開上爛泥路／汽車開進死胡同

〔釋義〕走上錯誤的道路。

走彎路

蚯蚓找媽媽／九曲橋上散步／沿江道上開車／沿著盤山道上山

〔釋義〕比喻因工作失誤而無法順利完成任務。

來不及

馬後炮／臨渴挖井／遠水救近火／臨時抱佛腳／屎急找茅廁／大年三十餵年豬／進了地府*才後悔

〔釋義〕比喻時間緊迫，追補不上。

〔注釋〕地府：傳說中人死後靈魂所在的地方。

兩岔

機關槍伸腿／褲襠裡放屁／燕子的尾巴

〔釋義〕比喻鬧誤會。

兩頭誤；兩下耽擱

擺渡不成翻了船／和尚沒當上，老婆沒娶上

〔釋義〕比喻兩方面的事都耽誤了。

兩頭輸（書）

孔夫子的褡褳*

〔釋義〕比喻雙方或一個人在兩方面遭到失敗。

〔注釋〕褡褳（ㄉㄚ ㄌㄧㄢˊ）：長方形的口袋，中央開口，兩端各成一個袋子，用以裝東西。

屈才（財）

金子當成黃銅賣／夜明珠埋在糞坑裡／珍珠攙到綠豆裡賣

〔釋義〕指不重用人材。

幸災樂禍

隔岸觀火／替喪家*鼓掌／看到山火笑哈

哈／黃鶴樓上看翻船

〔釋義〕對別人遇到的挫折或不幸感到高興。

〔注釋〕喪家：有喪事的人家。

忽左忽右

汽車司機扳舵輪*

〔釋義〕比喻忽冷忽熱，搖擺不定。

〔注釋〕舵輪：汽車或輪船等的方向盤。

念不了好經

歪嘴和尚

〔釋義〕比喻好的辦法不能正確地採用。

明吃虧

瞎子付了油燈錢／出了燈火錢，坐在暗地裡

〔釋義〕指明顯地吃了虧。

明知故犯

睜著眼睛尿床

〔釋義〕明知不對而故意去做。

門路不對

趕牛進雞舍／駱駝進牛棚／跳窗戶進屋

〔釋義〕指做事的途徑、方法不對。

非（飛）禮

隔牆扔蒲包*

〔釋義〕指做事不合禮節。

〔注釋〕蒲（ㄆㄨˊ）包：用香蒲葉編成的包包，常用來裝水果、點心等送禮。

前吃後虧空

寅吃卯糧*／初一吃十五的飯

〔釋義〕比喻不會過日子，造成超支、虧空。

〔注釋〕寅、卯是地支順序的第三、四位，寅吃卯糧指寅年吃了卯年的糧食。

勁用得不是地方

屙屎攥（ㄗㄨㄢˋ）拳頭／捏著眼皮擤（ㄒㄧㄥˇ）鼻涕

〔釋義〕比喻做事不得要領，抓不住關鍵。

客少主人多

羅漢請觀音*

〔釋義〕比喻本末倒置。

〔注釋〕羅漢是佛教對「得道者」的稱呼。羅漢很多，而作為救苦救難之神的觀音菩薩只有一個。

後悔已晚；悔之莫及

丈母娘跺腳①／口渴喝鹽水／捶胸不到心／王麻子②種牛痘／監獄門上的匾／一失足成千古恨／酒醒不見烤鴨子

〔釋義〕指事情已經過去，後悔也來不及。

〔注釋〕①丈母娘對女婿不滿意，但閨女既嫁出，後悔也來不及了。②王麻子：泛指患過天花的人，這種人不必再種牛痘。

思（絲）路不對

近視眼看斜紋布／瞇縫①著眼看斜布／墨斗②彈出兩條線

〔釋義〕比喻思考的線索與事實不符。

〔注釋〕①瞇（ㄇㄧ）縫：眼皮合攏而不全閉。②墨斗：木工用來打直線的工具，從墨斗中拉出墨線，用彈力在木料上打線。

派錯了用場

鳥槍當炮用／鳥銃*轟蚊子／機關槍打飛機／旱煙袋當槍使

〔釋義〕比喻安排使用不當。

〔注釋〕鳥銃（ㄔㄨㄥˋ）：一種打鳥用的舊式火器。

胡批（劈）

醉雷公*／雷公喝了酒

〔釋義〕指瞎指責，亂批評。

〔注釋〕雷公：古代神話中管打雷的神。

胡擺治

牙痛貼膏藥／拉肚子吃瀉藥／腳長雞眼拔火罐*

〔釋義〕指亂整治。

〔注釋〕拔火罐：方言，一種治療方法。在小罐內點火燃燒片刻，把罐口扣在皮膚上，達到治療目的。

值不得；不值得

糞叉上鑲寶石／打爛罐子作瓦片／買炮仗給別人放

〔釋義〕比喻不合算。有時指做某件事沒有意義，做下去不會有好結果。

值（直）不得

歪脖子樹／長就的牛角／半山坡上彎腰樹

〔釋義〕同「值不得；不值得」。

倒了個精光

礦車過翻籠*／翻斗車卸貨／打爛了的醋瓶

〔釋義〕比喻損失得一乾二淨。有時指把心中的話都說出來了。

〔注釋〕翻籠：又叫翻斗，礦山使用的可倒卸礦物的機械。

倒貼

盲佬黏符①／娃娃黏對子②／瞎子貼布告

〔釋義〕比喻得不償失。

〔注釋〕①符：舊時道士畫的用來驅鬼避邪的圖形或線條，傳說貼在牆上可驅鬼鎮妖。②對子：對聯。

倒貼（盜鐵）

老鼠偷秤砣／小偷進了鐵匠鋪

〔釋義〕同「倒貼」。

埋沒人才

秀才落陷阱／狀元*關在門背後

〔釋義〕指有德有才的人沒有被發現和任用。

〔注釋〕狀元：科舉時代的一種稱號。元代以後稱殿試一甲（第一等）第一名。

埋沒英才

沙漠裡野花開

〔釋義〕指才智過人的人沒有被發現或任用。

差點誤大事

曹操背時遇蔣幹*

〔釋義〕比喻幾乎造成影響全局的後果。

〔注釋〕《三國演義》故事。見「倒霉透了」。背時：方言，倒霉。

浪費人才

孔夫子教《三字經》*

〔釋義〕指不珍惜有才德的人。

〔注釋〕《三字經》：舊時流行的一種韻語啟蒙讀物，每句話三個字，合轍押韻，便於背誦。

真可惜

玉器失手／好花插在牛糞上／成熟的莊稼遭冰打

〔釋義〕比喻非常惋惜和遺憾。

站不住腳

刀尖上打拳／冰凌上跑馬／兩條腿的板凳／腳丫子上長蒺藜*

〔釋義〕比喻無法堅定立場。

〔注釋〕蒺藜（ㄐㄧˊ ㄌㄧˊ）：果皮有尖刺，刺人疼痛。

紕（皮）漏

膠鞋滲水

〔釋義〕比喻因疏忽而產生的差錯。

荒唐

公雞下蛋／頭上長角／老虎爬樹／買死魚放生／滾水鍋裡撈活魚

〔釋義〕指錯誤嚴重。有時指行為放蕩，沒有節制。

荒唐（塘）

水池裡長草

〔釋義〕同「荒唐」。

記吃不記打

屬狗的／屬耗子的／小豬拱糧囤／廚房裡的貓

〔釋義〕比喻總不接受教訓。

晚了半月

正月十五才拜年／正月十五貼門神*

〔釋義〕指事情耽擱很久，時機早已過去。

〔注釋〕門神一般在春節前夕與春聯一起張貼。

粗心

草把子作燈

〔釋義〕指工作疏忽。

得不償失

挖肉補瘡／膠黏石頭／燒屋滅鼠／飛機運泥巴／拆房逮耗子／珍珠彈麻雀／加農炮①打兔子／丟金碗揀木勺／恨蝨子燒棉襖／一槍打死個蒼蠅／打著兔子跑了馬／丟了西瓜撿芝麻／偷雞不著蝕把米／殺雞取蛋，打鹿取茸／大簍灑香油，滿地拾芝麻／外頭拾塊鋪襯②，屋裡丟件皮襖／外面得了一塊板，屋裡丟了雙扇門

〔釋義〕指得到的利益抵不了所受的損失。

〔注釋〕①加農炮：一種炮身長、彈道低、初速大的火炮。②鋪襯：碎的布頭或舊布，用來做補釘或袼褙用。

捨近求遠

見鐘不打鑄鐘敲／丟下灶王拜山神

〔釋義〕丟下近的去尋求遠的。

張冠李戴

張三帽子給李四／張和尚的帽子李和尚戴

〔釋義〕比喻弄錯了對象。

眼前就是毛病

鼻子上生瘡／臉蛋上貼膏藥

〔釋義〕比喻明擺著的缺點或差錯。

麻痹（皮）

花椒水洗臉

〔釋義〕指疏忽大意，失去警惕。

淨幹失著事

蔣幹過江*

〔釋義〕比喻由於方法不對或考慮不周，光做錯事。

〔注釋〕《三國演義》故事。見「倒霉透了」。

從頭錯到底

剃頭洗腳面

〔釋義〕比喻全不對，都錯了。

偏聽偏信

長一隻耳朵的人／隔著窗戶咬耳朵*

〔釋義〕指只聽信一方面的話。

〔注釋〕咬耳朵：湊近人耳朵邊低聲說話，不使別人聽見。

喧賓奪主

遊僧①攆②住僧③／燒香趕走和尚／野貓攆走家貓／野雀同鴿子爭食

〔釋義〕比喻客人占了主人的地位，或外來的、次要的事物占了主導地位，壓倒了原有的、主要的事物。

〔注釋〕①遊僧：又稱行腳僧，行蹤無定。②攆（ㄋㄧㄢˇ）：方言，驅逐。③住僧：久住寺廟的和尚。

場場輸

王八打官司／強盜打官司／賊娃子進公堂*

〔釋義〕比喻屢遭失敗。

〔注釋〕公堂：官吏審理案件的地方。

渾身都是毛病

仨①錢買頭老叫驢②

〔釋義〕比喻缺陷很多。

〔注釋〕①仨（ㄙㄚ）：三個。②叫驢：公驢。

越看越光

老鼠看倉／水獺（ㄊㄚˋ）看漁場／螞蚱*看禾苗

〔釋義〕比喻因用人不當造成的損失越來越大。

〔注釋〕螞蚱（ㄇㄚˋ ㄓㄚˋ）：方言，蝗蟲。

越看越稀

黃鼠娘看雞

〔釋義〕同「越看越光」。

越換越差

金瓜換銀瓜

〔釋義〕比喻越折騰越糟。

越補越爛

紙補褲襠

〔釋義〕比喻由於措施不當，弄巧成拙。

越選越差

園裡挑瓜／筐裡選瓜

〔釋義〕比喻越挑剔越糟。

幹不得

肚皮上割肉打牙祭*

〔釋義〕指某些事情不能做或不值得做。

〔注釋〕打牙祭：方言，泛指偶爾吃一頓較豐盛的飯。

想偏心了

做夢討老婆／做夢挖元寶

〔釋義〕比喻心術不正，盡想歪點子。

想轉①了

做夢推磨子／碾盤上打盹／磨子上睡覺／玩著滾輪②打主意

〔釋義〕比喻想得不對，把原來的意思弄反了。有時比喻回心轉意，想通了。

〔注釋〕①轉：偏差、錯誤，又作轉動。②滾輪：運動器械，人在輪裡手攀腳蹬，使其滾動。

愛上鉤

貪嘴魚兒

〔釋義〕比喻容易上當。

惹人多心

禿子跟前講理髮／矮子面前說短話

〔釋義〕比喻引起別人疑心。

照料不到

暗中染布

〔釋義〕比喻關心不夠，照顧不周。

照遠不照近

丈八高的燈臺*／竹竿上掛燈籠／旗杆上掛紅燈

〔釋義〕比喻只觀察或評論遠處的、過去的事物，而不著眼於當前。

〔注釋〕燈臺：燈盞的底座。

煞風景

西湖邊搭草棚／花架下養雞鴨／戲園子門前堆垃圾

〔釋義〕比喻在興高采烈的場合，突然使人掃興。

碰到什麼抓什麼

瞎子摸魚／瞎子撿破爛

〔釋義〕比喻做事無計畫，不分輕重緩急地瞎搞一氣。

禁不起推敲

麻秸[①]抵門／麥稈門栓玻璃鼓／高粱稈當頂門槓／漏洞百出的文告[②]

〔釋義〕禁受不住反覆琢磨。比喻有問題或站不住腳。

〔注釋〕①麻秸：剝掉皮的麻稈，很脆，易斷。②文告：機關或團體發布的文件。

裡面大有文章

作家的書包

〔釋義〕指裡面暗含機密，很值得深究。

路線錯了

麻線上拉電燈

〔釋義〕指所遵循的根本方針不對。

過分（糞）

秤杆子安在茅坑裡*

〔釋義〕指超過一定限度。

〔注釋〕茅坑裡安秤杆是用來稱糞的重量，即「過糞」。

對不上號

大腳穿小鞋／狗蹄子上釘馬掌／馬鞍套在驢背上／拿著車票進戲館子*

〔釋義〕指情況不符。有時指兩種不同的事物不相吻合。

〔注釋〕戲館子：劇場的舊稱。

摸錯了廟門

瞎子燒香

〔釋義〕比喻門路不對。

敲不到點子上

瞎子打銅鑼／釘釘子捶了手

〔釋義〕比喻做事抓不住要害。

漏洞

瓦上的窟窿／房頂的窟窿

〔釋義〕指不周密，有破綻。

漏洞百出

篩子簸麵／竹篩子盛水／射擊場上的靶子

／魯班*門前耍大斧

〔釋義〕破綻很多。

〔注釋〕魯班：春秋時魯國人，我國古代著名建築巧匠。

漏風

電扇吹魚網／豁牙子*吹火／豁牙子吹簫

〔釋義〕指走漏風聲。

〔注釋〕豁（ㄏㄨㄛ）牙子：牙齒殘缺的人。

滿擰*

猴吃麻花

〔釋義〕比喻把事情弄顛倒了。

〔注釋〕擰：方言。相反，差錯。

盡出岔子

小樹掐尖／竹枝掃帚／掃帚頂門／南瓜苗掐頭／六指頭抓腦門／六指頭挖鼻孔

〔釋義〕指經常發生事故、錯謬。

盡出餿主意*

吃剩飯長大的

〔釋義〕比喻盡想壞點子或不高明的辦法。

〔注釋〕餿（ㄙㄡ）主意：壞的或不高明的主意。

盡是缺點

一張竹席子／一張麥篩子／篩沙的篩子／放下篩子拿起籮筐

〔釋義〕比喻到處都是毛病。

盡是問題

祕書的皮包／指導員的背包

〔釋義〕指全是需要解決的矛盾。有時指需要回答和解釋的問題很多。

盡管閒（鹹）事

多吃了鹽巴／鹽場的夥計*／鹽店的老闆／鹽庫裡的管理員／吃的鹹鹽不少／醬油鋪裡的夥計

〔釋義〕指總是做些與己不相干或無關緊要的事。

〔注釋〕夥計：舊時指店員或長工。

盡輸（書）

孔子搬家／聖人的箱子／資料室搬家／圖書館的家當

〔釋義〕比喻總是失敗。

管得寬

鍘刀鋤地／十八里地保①／天上選縣長／和尚打喇嘛②／和尚訓道士／狗攬八堆屎／三岔口的地保／土地爺打城隍③／龍王爺管土地爺／吃河水長大的／吃海水長大的／灶王爺上操場／南天門④的土地⑤／宛平縣⑥的知縣／校場⑦裡的土地／太平洋上的警察／喝松花江⑧水長大的

〔釋義〕比喻管了不該管的事。

〔注釋〕①地保：清朝和民國初年在地方上為官府辦差、壓迫人民的人。②喇嘛（ㄌㄚˇ ·ㄇㄚ）：喇嘛教的僧人，原為一種尊稱。中國西藏、內蒙古等地區多信奉喇嘛教。③土地爺是管一個小地區的神，城隍是管一個城的神，二者互不相干。④南天門：傳說中天宮的正門。⑤土地：指土地爺。⑥宛平縣：舊縣名，遼開泰元年（一〇一二年）改幽都縣置，治所在今北京西南，後幾經變遷，所管轄範圍較大。一九五二年併入北京市，屬豐臺區。⑦校

（ㄐㄧㄠˋ）場：舊時操練或比武的場地，一般很寬敞。⑧松花江：黑龍江最大的支流，發源於長白山，流域很寬，是東北主要水運幹線。

算錯帳

九九八十二

〔釋義〕盤算得不對。

蝕把米

偷雞不著

〔釋義〕比喻便宜沒撈到，反而吃了虧。

蝕（食）本

耗子進書箱／圖書館的耗子

〔釋義〕賠了本錢。比喻受損失。

誤入迷津

賈寶玉遊魂*

〔釋義〕比喻不小心走上錯誤的道路。

〔注釋〕《紅樓夢》故事。賈寶玉在秦可卿的床上夢遊太虛幻境，墮入「深有萬丈，遙亙千里，中無舟楫可通」的迷津。

誤會

牙齒咬舌頭

〔釋義〕指誤解了對方的意思。

寬大無邊

娃娃穿道袍

〔釋義〕指寬容得沒有限度。

撒手不管

張了網就走

〔釋義〕比喻讓別人去做，不加過問。

瞎折騰；胡折騰

門板支羅鍋*／汽車爬大樹／井裡打水往河裡倒

〔釋義〕比喻盲目從事，胡整亂搞。

〔注釋〕羅鍋：駝背的人。

瞎指揮

盲人帶路／盲人當司令／雙目失明當警察

〔釋義〕形容脫離實際地發號施令。

瞎指點

盲人的拐杖

〔釋義〕指毫無根據地說三道四。

瞎幹

黑屋裡做活／半夜裡收玉米

〔釋義〕比喻無目的地亂搞一通。

窮折騰

舊襖做成破褂／折了東牆補西牆／叫花子婆娘翻跟頭

〔釋義〕指翻過來、倒過去地做某一件事，徒勞無益。

賠了夫人又折兵

孫權定下招親計①／周郎妙計安天下②

〔釋義〕比喻便宜沒撈到，反而遭受雙重損失。

〔注釋〕①《三國演義》中「東吳招親」的故事。見「上當一回」。②《三國演義》故事。東吳招劉備為婿後，第二年當劉備帶著夫人逃出吳國時，周瑜領兵追趕，又被諸葛亮的伏軍打敗。劉備的軍士大喊：「周郎妙計安天下，賠了夫人又折兵！」詳見「上當一回」。

賠本買賣；折了本錢

石頭上栽花／姜子牙賣麵*／石板灘地種

瓜／高價買來低價賣

〔釋義〕比喻做事吃虧，經濟上受損失。

〔注釋〕《封神演義》故事。姜子牙生活拮据，挑了一擔麵粉到城裡去賣，走東串西，無人問津，最後正在做一文錢的買賣時，擔子被驚馬拖翻，麵粉全撒在地上，不巧又遇一陣狂風吹過，把地上的麵粉吹得乾乾淨淨。

操閒（鹹）心

鹽缸裡找蛆

〔釋義〕指多餘地考慮或不必要地費心。

輸定了

窮人告狀／下棋丟了帥／小偷打官司／羊羔跟水牛頂角／叫花子同龍王比寶

〔釋義〕指失敗無疑。

輸（梳）定了

大姑娘的辮子／老奶奶的髮髻（ㄐㄧˋ）

〔釋義〕同「輸定了」。

輸（梳）得光

俏大姐的頭髮／新娘子的頭髮

〔釋義〕比喻失敗慘重。

辦事不牢

嘴上沒毛

〔釋義〕指年輕人因缺乏經驗，辦事不穩妥。

遲了；晚了

夏至插秧／八十歲學吹打／人死了才抓藥／賊走了才關門／大年三十買門神／牛過河才拽尾巴／水淹田園再築壩／轎子進門才放炮／船到江心才補漏／強盜過後安弓箭／端午節後布穀[①]叫／潮水退了才下網／過了黃梅天買蓑衣[②]／跛腳[③]趕到，會場散掉

〔釋義〕比喻時機已過，來不及了。

〔注釋〕①布穀：杜鵑，初夏時常晝夜不停地叫，吃毛蟲，是益鳥。②蓑（ㄙㄨㄛ）衣：用草或棕製成的，披在身上的防雨用具。③跛（ㄅㄛˇ）腳：腳有毛病，走起路來身體不平衡。

遲早要栽跟頭

烏龜爬門檻

〔釋義〕指終究要失敗或出醜。

錯了

吃了對門謝隔壁／黑狗偷油打白狗／把味精當成糖精用／魯肅上了孔明的船*

〔釋義〕指不正確或有過錯。

〔注釋〕《三國演義》講孔明施計「草船借箭」，東吳謀士魯肅不知底細，糊裡糊塗跟孔明上了草船的故事。

錯打了算盤

三下五去四

〔釋義〕比喻打錯了主意。

錯怪

肚痛怨灶神／睡不著，怨床腳／小姑打碗怨媳婦／老貓偷嘴狗挨打／肚痛埋怨帽子單／袖短怪罪胳膊長／不恨繩短，只怨井深

〔釋義〕指因誤會而錯誤地責備或抱怨別人。

錯過時機

鳥過才拉弓／大白天看曇花*／開了船才

買票／天黑想起趕集

〔釋義〕指失去機會。

〔注釋〕曇（ㄊㄢˊ）花：供觀賞的花。花大，白色，開花的時間極短，多在夜間開放。

濫用人才

讓張飛繡花，黛玉領兵

〔釋義〕比喻胡亂安排使用人。

幫倒忙

潑油救火／呆子打下手*

〔釋義〕比喻幫了忙反而添麻煩。

〔注釋〕打下手：方言，做幫手。

離板了

灶王爺打飛腳①／灶王爺打前失②／臘月二十三的灶王爺③

〔釋義〕比喻說話做事離開了主題和宗旨。有時指言行喪失原則。

〔注釋〕①灶王爺的神像多貼在木板上，打飛腳必然離板。打飛腳：跳起來作踢腳的激烈動作。②打前失：向前跌倒。③傳說農曆臘月二十三灶王爺要上天，向玉帝稟報一家的情況。

離題（蹄）太遠；不貼題（蹄）

馬屁股釘掌／膝蓋上釘掌／釘掌的敲耳朵／撿來的馬掌鐵／胳膊肘兒釘鐵掌

〔釋義〕比喻不得要領，抓不住中心。

顛倒著做

囚犯解解差*／沒買馬先置鞍／爺爺給孫子做壽／賣了兒子招女婿

〔釋義〕比喻工作亂了次序，本末倒置。

〔注釋〕囚犯本來是被解差押送的，卻反過來押送解差，是把事情弄顛倒了。解差：舊時押送財物或犯人的差役。

辮子多

維吾爾族的姑娘

〔釋義〕指可供人抓的把柄不少。

露了尾巴

狐狸鑽灶／孫猴子變山神廟①／妲己的子孫赴宴②

〔釋義〕比喻隱瞞的真相或破綻暴露出來了。

〔注釋〕①《西遊記》中的故事。見「假的」。②《封神演義》中的故事。見「現了原形」。

露底

破鞋幫／破箱子爛麻袋

〔釋義〕比喻洩漏了底細。

露馬腳①

空中跑馬／雲端裡出轡②／劣馬裝麒麟／半天雲裡③跑牲口

〔釋義〕比喻暴露了真相。

〔注釋〕①馬腳：馬的腿腳，比喻破綻。②轡（ㄆㄟˋ）：駕馭牲口用的嚼子和韁繩。③半天雲裡：半空中。

露蹄

竹籠抬豬／網兜裝豬娃

〔釋義〕比喻露了馬腳。

露餡

狗咬包子／肉包子開口／餃子破了皮／騎馬吃豆包／煮壞的餃子／裂嘴的包子／熱包子流糖汁

〔釋義〕比喻不願讓人知道的事暴露出去了。

變種

毛驢下騾子／茄子棵上結黃瓜

〔釋義〕比喻事物蛻變。

攬得太多

橫著扁擔推麥秸

〔釋義〕比喻過多地包攬或承擔與自己無關的事。

蠻幹

大炮上刺刀／開刀不上麻藥／赤膊捅馬蜂窩

〔釋義〕比喻不按客觀規律做事，亂來一氣。

觀點不正

歪脖子看錶／乜斜眼①打麻將／斜愣眼②看手錶

〔釋義〕指觀察事物的立場不對。

〔注釋〕①乜（ㄇㄧㄝ）斜眼：眼睛略瞇而斜著看。②斜愣眼：眼睛總斜向一邊。

棘手難辦類

一步一個檻；步步有檻

小二姐上樓梯／推小車上臺階／橫壟臺①拉石磙②／火車道上推小車

〔釋義〕比喻每前進一步都會遇到困難或受到挫折。

〔注釋〕①壟（ㄌㄨㄥˇ）臺：在耕地上培成的一行一行的土埂，凹陷的為壟溝，凸起的叫壟臺。②石磙：碌碡，圓柱形石製農具。

一處拐腿，處處拐腿

跛子*打鞦韆

〔釋義〕比喻一個地方發生麻煩，處處都會有麻煩。

〔注釋〕跛子：腿或腳有毛病，走起路來身體不平衡。

一塌糊塗

腳踩牛屎／西瓜皮揩屁股／屁股坐在雞蛋上

〔釋義〕形容非常糟，不可收拾。

力不從心；心有餘而力不足

張飛①繡花／大力士繡花／武大郎捉姦②／兔子拉犁耙／螞蟻拖秤子／秤子偷秤砣／跳蚤頂被窩／蜜蜂採花朵／八十老翁娶親／小毛驢套大車／壽星佬打飛腳③／臨老學吹鼓手／八十老漢挑擔子／九十老翁學打鐵／瘦牛想吃高山草

〔釋義〕比喻心裡想做而力量不夠。

〔注釋〕①張飛：三國時蜀漢大將。②見「反被害了性命」。③打飛腳：跳起來作踢腿的激烈動作。

人生面（麵）不熟

新媳婦和麵／新娘子咬生饅頭

〔釋義〕指不熟悉。

下不了手；難下手；無法下手

生剝刺蝟①／手抓刺蝟／大海裡撈針／開水裡和麵／火鉗子②修錶／刺窩③裡摘花／刀刃上抹鼻涕／開水鍋裡撿錢／圪針④上擦鼻涕／古董店裡逮老鼠／螞蚱⑤腿上刮精肉／滾油鍋裡撿金子／鷹嘴裡奪兔，貓嘴裡奪魚

〔釋義〕指事情棘手，不知從何做起。

〔注釋〕①刺蝟（ㄨㄟˋ）：哺乳動物，身上有硬刺。②火鉗子：生火時夾煤炭、柴火的用具，形似剪而較長。③刺窩：長滿刺的草叢或小樹叢。④圪（ㄍㄜ）針：方言，係指某些植物枝梗上的刺。⑤螞蚱

（ㄇㄚˋ ㄓㄚˋ）：方言，蝗蟲。

下不了臺；難下臺

老虎演戲／瘸子*演戲／戲臺上的狗／跛子唱戲文

〔釋義〕比喻擺脫不了困難窘迫的處境。

〔注釋〕瘸子：跛子，腿腳有毛病，走起路來身體不平衡。

上下兩難；上下為難

馬高鐙*短／電梯失靈／娃娃爬樓梯／矮子騎大馬／山半腰遭雨淋／老太婆住高樓／一腳踩在橋眼裡

〔釋義〕形容不管怎樣做都有難處。

〔注釋〕鐙（ㄉㄥˋ）：拴在鞍子兩旁供腳登的東西。

上下夠不著

矮子坐高凳／武大郎*攀槓子

〔釋義〕比喻兩頭為難。

〔注釋〕武大郎：《水滸傳》中人物，個子極矮小。

上不上，下不下

電梯拋錨①／梁上君子②／頭上穿套褲／篩眼裡的米／吊死鬼打飛腳③／武大郎爬牆頭／梯子中間止步／一隻腳跨上馬背／一腳踏在馬鐙④上／嗓子眼裡卡魚刺

〔釋義〕比喻處境尷尬，進退兩難。

〔注釋〕①拋錨（ㄇㄠˊ）：車、船等中途發生故障而停止行駛。②見「上不著天，下不著地」。③打飛腳：跳起來作踢腳的激烈動作。④馬鐙：拴在馬鞍兩旁供人踏腳的東西。

大眼瞪小眼

張飛①紉針②／張飛玩刺蝟／張飛拿耗子／花和尚③穿針鼻／張飛看地老鼠

〔釋義〕比喻有了困難或問題，驚訝詫異，目瞪口呆。

〔注釋〕①張飛：三國時蜀漢大將，在古典小說和戲曲中張飛的形象是連毛鬍，大眼睛。②紉（ㄖㄣˋ）針：引線穿過針鼻。③花和尚：魯智深的綽號，《水滸傳》中人物，英勇豪爽，力大過人。

寸步難行

竹林試犁／腳上拖磨盤／腳上戴鐐子*／腳板上釘釘／腿肚子抽筋／瞎子丟拐棍／拋了錨的汽車／煙囪頂上走路／腳板上長雞眼／小腳女人爬大坡／離了水晶宮的龍／落在陷阱裡的駿馬／兩隻腳塞進一隻靴子

〔釋義〕形容走路困難。多用來比喻處境艱難。

〔注釋〕鐐（ㄌㄧㄠˋ）子：腳鐐。

不好打

一面官司／湖底的魚

〔釋義〕比喻很難對付。

不好捉弄

水牛吃麻雀／房簷上逮雞

〔釋義〕比喻難辦。

不好開（揩）口

茅廁裡撿到的手帕

〔釋義〕指有話不願或不便說出。

不來氣

冷水燙豬／煤氣灶滅火

〔釋義〕比喻辦事不得力，不順手。

不是好吃的

受賄的酒宴

〔釋義〕比喻貪小便宜或收受不正當的利益會惹上麻煩。

不是門

人急跳窗戶／房頂上扒窟窿

〔釋義〕比喻門路不對，行不通。

不能自拔

一腳踏進稀泥凼*／羊娃踩進稀泥凼／羊羔踩到水田裡／癱子掉進爛泥塘

〔釋義〕比喻自己無法擺脫困境。

〔注釋〕凼（ㄉㄤˋ）：方言，水坑。

不順手

豬八戒耍大刀*

〔釋義〕指做事遇到阻礙，辦得不順利。

〔注釋〕豬八戒，《西遊記》中人物，善使九齒釘耙，耍大刀並不在行。

內外交困

國難當頭／房子燒了又挨大雨／出門逢債主，回屋難揭鍋*

〔釋義〕比喻內部、外部都遇到困難。

〔注釋〕難揭鍋：因斷炊而揭不開鍋。

天下難找

麒麟*角，蛤蟆毛

〔釋義〕比喻珍貴的東西極難得到。

〔注釋〕麒麟（ㄑㄧˊ ㄌㄧㄣˊ）：古代傳說中的動物，頭上有角。

扎手

刺槐做棒槌／花匠捧仙人球／耍把勢*的玩刺蝟

〔釋義〕比喻事情難辦，不好下手。

〔注釋〕耍把勢：玩雜技。

支撐不住

燈草①拐杖／麻稈抵門／要垮的房子／麻稈做床腿／蘆柴稈做門閂／雞蛋殼墊床腳／高粱稈當柱子／高粱稈頂磨扇②

〔釋義〕比喻招架不住，抵擋不了。

〔注釋〕①燈草：燈心草的莖髓，多作油燈的燈心，極輕。②磨扇：磨盤托著的圓形石磨。

支撐不開

沒骨子*的傘／颳大風打傘／散了架的南瓜棚

〔釋義〕比喻工作有阻力，進行不下去。

〔注釋〕骨子：此指傘骨，支撐傘的架子。

出師不利

行軍遇伏兵／大風颳倒了帥旗／剛扯帆就遇頂頭風

〔釋義〕比喻工作一開始就不順利。

卡住了；卡殼了

狗吞乾魚／鵝吞雞頭／餓漢啃雞頭／不聽使喚的套筒槍

〔釋義〕比喻辦事不順當，中途停頓下來。

四下無門

井裡撐船／呆子吃蓋杯*／傻小子爬城牆

〔釋義〕比喻完全沒有辦法和門路。

〔注釋〕蓋杯：有蓋的茶杯。吃蓋杯：用有蓋的茶杯喝茶。

左也難（藍），右也難（藍）

雙手插進靛*缸裡

〔釋義〕指左右為難。

〔注釋〕靛（ㄉㄧㄢˋ）：深藍色。

左右為難

反貼門神／公要抄手*婆要麵／寵了媳婦得罪娘／牽瘸驢上窟窿橋／婆媳吵架兒子勸

〔釋義〕比喻不管怎麼做都有困難。

〔注釋〕抄手：方言，餛飩。

打不開場面

床上耍花槍／竹林裡耍大刀／螺螄殼裡賽跑／雞蛋殼裡舞刀槍／螺螄殼裡做道場*

〔釋義〕比喻工作施展不開，打不開局面。

〔注釋〕道場：舊時和尚或道士做法事的場所。

打啞謎

張飛跟曹操對酒*

〔釋義〕比喻說隱晦的話，或提出令人難以猜透的問題。

〔注釋〕民間故事說，曹操宴請劉備，張飛代為赴宴，席間曹操為戲弄張飛，用手勢打啞謎，張飛一一對答，雙方各猜各的，曹操自以為吃了啞巴虧，只好認輸。

扔了心痛，不扔手痛

燙手的粥盆

〔釋義〕形容左右為難。

扒拉不開

猴子吃麻糖／沙罐裡炒胡豆／板凳上玩麻將／袖筒裡打麻將／挖耳勺裡炒芝麻

〔釋義〕比喻事務繁雜，應付不了。

甩不掉；甩不脫

手抓漿糊／蠍子尾巴／筷子穿糯粑①／牛尾巴上的螞蟥②

〔釋義〕比喻事有牽連，擺脫不了。

〔注釋〕①糯粑（ㄋㄨㄛˋㄅㄚ）：用糯米做成的餅類食品，黏性大。②螞蟥（ㄇㄚˇㄏㄨㄤˊ）：水蛭。身上有吸盤，一旦叮上則很難甩掉。

吃不住勁

絲線捆柴／樺木扁擔／螞蚱①馱磚頭／爛麻搓纜繩②／嫩竹扁擔挑擔子

〔釋義〕指承受不起壓力，支持不住。

〔注釋〕①螞蚱（ㄇㄚˋㄓㄚˋ）：方言，蝗蟲。②纜繩：由多股麻、棕等擰成的粗繩。

吃不消

老虎吞石獅／耗子啃木頭／蜜餞石頭子／吃砂礓*拉石子／一口吞一隻燒雞

〔釋義〕比喻受不了。

〔注釋〕砂礓（ㄐㄧㄤ）：呈塊狀或顆粒狀的石頭，堅硬，不透水。

好進難出

長蟲①鑽竹竿／老鼠鑽瓶子／耗子跌米缸／孤軍誤入口袋陣②／葫蘆裡裝糯米飯

〔釋義〕比喻一旦參與某件事情，很難再退出來。

〔注釋〕①長蟲：蛇。②口袋陣：軍事上的一種陣法，利用險要縱深的地理環境，設下埋伏，誘敵深入。

收不了場；難收場

開河塌堤／老虎演戲／下雨天打麥子

〔釋義〕指局面難以收拾。

早晚要碰壁

蒼蠅害眼病／瞎子走南牆／屎殼螂跟著蝙蝠飛*

〔釋義〕指事情或辦法行不通，遲早要受到阻礙。

〔注釋〕蝙蝠靠本身發出的超聲波引導飛行。屎殼螂沒有這種功能，黑夜跟蝙蝠飛，肯定碰壁。

有口難言

啞巴作證／啞巴捉賊／大姑娘說媒

〔釋義〕指有話不敢說或不便說。

有法難使；無法可使

老君爺①叫蛇咬／張天師抄了手②／張天師被娘打／孫猴子戴上緊箍③／孫悟空遇到如來佛④／張天師被鬼降住了

〔釋義〕比喻雖有辦法，但行不通，或毫無辦法。

〔注釋〕①老君爺：道教對老子李聃的尊稱。②張天師神通廣大，可降妖捉鬼，抄了手說明符法用盡，束手無策。③《西遊記》描寫，孫猴子戴上花帽（緊箍）後，一聽見唐僧念緊箍咒就頭痛難忍，無法可使。④《西遊記》中說，孫悟空一個跟頭可以打出十萬八千里，可還出不了如來佛的手心。

有勁使不上；有力無處使

水牛落井／蛐蟮①上牆／牆角打拳／大馬拉小車／大象逮老鼠／水牛吃活蟹／水牛抓跳蚤／火車頭拉磨／火車追兔子／老牛捉螞蚱②／老牛捉麻雀／老牛攆兔子／老虎抓跳蚤／老虎落陷阱／老虎逮耗子／張飛捉螞蚱／犛牛③掉冰窟／駱駝拉飛機／拳頭打跳蚤／撬槓④打跳蚤／大力士扔雞毛／大拇指挖耳朵／拖拉機追兔子／玻璃店掄大斧／推土機進隧道／騎老牛攆兔子／汽車陷進泥窩裡／騎著駱駝攆兔子／牛犢子⑤陷進稀泥凼⑥／失落陷阱裡的大象

〔釋義〕形容在困難的環境和條件下，人的能力、才幹無法發揮出來。

〔注釋〕①蛐蟮（ㄑㄩ ㄕㄢˋ）：蚯蚓。②螞蚱（ㄇㄚˋ ㄓㄚˋ）：方言，蝗蟲。③犛（ㄇㄠˊ）牛：牛的一種，全身有長毛，腿短，是青康藏高原的主要力畜。④撬（ㄑㄧㄠˋ）槓：一端為扁平狀的鐵棍，用來撬起或移動重物。⑤牛犢（ㄉㄨˊ）子：小牛。⑥凼（ㄉㄤˋ）：方言，水坑。

有翅難飛

籠子裡的鳥／麻雀進鐵籠／竹籠裡的鳳凰／魚網裡的山雞／蜻蜓闖著蜘蛛網

〔釋義〕比喻由於受到限制，有本領也無法施展。

行不通

隔牆拉車／山澗裡坐船／手掌穿靴子／老鼠鑽牛角／拉牛入鼠洞／牯牛①鑽鼠洞／冰山上跑火車／死胡同裡趕大車／趕場②走進死胡同

〔釋義〕比喻有阻力，開展不下去。

〔注釋〕①牯（ㄍㄨˇ）牛：即公牛。②趕

場：方言，趕集。

吞不下去

小雞吃胡豆[1]／土地爺吃湯圓／癩蛤蟆吃雞子兒[2]

〔釋義〕比喻事情難辦，無法接受或承擔。

〔注釋〕①胡豆：蠶豆。②雞子兒：雞蛋。

吞不下，吐不出

喉嚨卡骨頭／鯉魚咬釣鉤／骨頭鯁[1]在喉嚨裡／鐮刀卡在喉嚨裡／糯米糍粑[2]黏了喉／狗咬熱紅薯燙喉嚨

〔釋義〕比喻處境尷尬，進退兩難。

〔注釋〕①鯁（ㄍㄥˇ）：卡喉嚨。②糍粑（ㄘˊ ㄅㄚ）：糯米蒸熟搗碎後做成的食品。

吹也吹不得，打也打不得

燒紅了的煤球／煤堆裡落湯圓／豆腐掉在灰堆裡

〔釋義〕讚揚也不行，批評斥責也不行。比喻左右為難，無可奈何。

困難得很

沙灘上尋針／粗麻繩紉針[1]／大雪天找蹄印[2]／戈壁灘[3]上找泉水／粗瓷茶碗雕細花

〔釋義〕比喻很難辦到。有時指生活拮据，日子不好過。

〔注釋〕①紉（ㄖㄣˋ）針：引線穿過針鼻。②大雪天動物的蹄印被雪埋沒，很難尋找。③戈壁灘：指沙漠地區。

坐也難，站也難

太師椅著了火

〔釋義〕比喻左右為難。

抖落不了

袖子裡著火

〔釋義〕比喻無法擺脫。

扶不上去

癩狗上牆／稀泥巴糊牆

〔釋義〕指基礎太差，難以扶持。

找不到頭

一團亂麻／狗咬烏龜／老鼠拉王八／扯亂了的線團

〔釋義〕比喻事物複雜，沒有頭緒，或指找不到解決問題的辦法。

步步難

瘸子爬山／小腳女人上樓梯

〔釋義〕指前進的道路上困難重重。

沒咒[1]念

唐僧害嘴病／弄把戲的作揖／玩戲法的下跪／唐三藏過火焰山[2]／唐僧轟走孫行者[3]／跳大神[4]的翻白眼[5]

〔釋義〕形容無法可想。

〔注釋〕①咒：信某些宗教的人以為念著可以驅鬼降妖、除災降災的口訣。②唐三藏（唐僧）取經途經火焰山受阻，無計可施。③孫悟空隨唐僧赴西天取經，途中曾一度被唐僧趕走。④跳大神：跳神。女巫或巫師裝出鬼神附體的昏迷樣子，亂說亂舞，舊時人們認為可驅鬼治病。⑤翻白眼：此指為難、失望時眼睛的表情。

沒法；沒辦法

鬼打覡公[1]／狐狸遇上地老鼠／張天師失去了五雷印[2]

〔釋義〕比喻奈何不得，無計可施。

〔注釋〕①覡（ㄒㄧ）公：行妖術、跳大神的人。②五雷印：張天師手中的武器，能發雷鎮妖。

沒法收拾；難收拾

一碗水潑在地／一碗粥被打翻／年糕掉進石灰坑／豆渣撒在灰堆上／亂麻韭菜纏一起／棉花攤在蒺藜窩①／糯米粑粑②掉地上

〔釋義〕比喻事情不好處理。

〔注釋〕①蒺藜（ㄐㄧˊ ㄌㄧˊ）窩：蒺藜叢生的地方。蒺藜果皮有刺，與棉花攪在一起不好收拾。②糯米粑粑（ㄅㄚ）：用糯米做成的餅類食品。

沒法擺布*

染匠提小桶／染匠端豆腐

〔釋義〕指事情不好安排。

〔注釋〕擺布：雙關語。本意為染好的布在水裡擺動漂洗，此指安排、布置。

沒門；無門

一座影壁*／圓頂帳子／瞎子摸牆／進門跳窗戶／駱駝進雞窩／牆上掛簾子／石獅子的屁股／城頭上吊簾子／走路碰在牆壁上／狗嘴巴上貼對聯

〔釋義〕比喻沒有門路，不得要領。

〔注釋〕影壁：大門內或屏門內做屏蔽用的牆壁。

沒戲唱了

臺子上收鑼鼓／一槍扎死楊六郎*

〔釋義〕比喻難以繼續進行，或沒有其他辦法可想。

〔注釋〕楊六郎：《楊家將》中人物，楊業的兒子楊延昭，排行第六。

沒轍①

油漆馬路／飛機離跑道／火車上公路／電車上便道／新修的馬路／戈壁灘②上開車／趕著大車下河／火車扎進高粱地／水泥馬路跑汽車／自行車走水泥馬路

〔釋義〕比喻沒有辦法。

〔注釋〕①轍：車輪壓出的痕跡。此指辦法、主意。②戈壁灘：指沙漠地區。

走不出圈套

牛拉磨子／磨道裡的驢子

〔釋義〕指上當受騙，擺脫不了別人設下的計謀。

走險

欄杆上跑馬／牆頭上跑馬／刀刃上踩高蹺①／獨木橋上散步／瞎子過獨木橋／鐵拐李②過獨木橋／穿木屐③上摩天嶺④／光著腳丫⑤踩玻璃碴

〔釋義〕比喻前進的道路崎嶇艱辛，困難重重。

〔注釋〕①高蹺（ㄑㄧㄠ）：民間舞蹈。表演者裝扮成戲劇或傳說中的人物，踩著有踏腳裝置的木棍，邊走邊演。②鐵拐李：神話傳說中八仙之一，跛腳。③木屐：木板拖鞋。④摩天嶺：很高的山嶺。摩天：跟天接觸。⑤光著腳丫：方言，赤著腳。

兩頭吃苦

松板夾駱駝

〔釋義〕比喻處境艱難，兩頭遭罪。

兩頭扯不來

大腳穿小鞋

〔釋義〕比喻兩頭顧不上。

兩頭受制

豆角抽筋

〔釋義〕指兩個方面受牽制。

兩頭夠不著

棉襖改被子／穿短襪著（ㄓㄨㄛˊ）短褲

〔釋義〕指雙方都顧及不到。

兩難（籃）

一籃韭菜一籃蔥

〔釋義〕比喻兩下為難。

到處碰壁

井底行船／水缸裡打拳／甕①中的烏龜／摸黑兒②打耗子／井底下打太極拳／瞎子鑽進小胡同

〔釋義〕指受阻或遭到拒絕，處處行不通。

〔注釋〕①甕（ㄨㄥˋ）：一種腹大口小的陶器，用以盛東西。②摸黑兒：在黑夜裡摸索著。

招架不住

豆腐擋刀／秀才打擂①／二姑娘②架老鷹／暴漲的山洪

〔釋義〕指抵擋不了，難以對付。

〔注釋〕①打擂（ㄌㄟˋ）：上擂臺比武。②二姑娘：泛指年輕女子。

招數①不多

熊瞎子②跌陷坑

〔釋義〕比喻辦法少。

〔注釋〕①招數：也叫著數，原指下棋的步子或武術的動作。比喻手段、計策。②熊瞎子：方言，黑熊，也叫狗熊。

抱著扎手，丟又不捨

懷揣刺蝟／餓漢抱著胖刺蝟

〔釋義〕比喻左右為難，無所適從。

明看不成器，丟了捨不得

絕戶頭*得個敗家子

〔釋義〕比喻左右為難，無所適從。

〔注釋〕絕戶頭：沒有後代的人。

玩不轉

猴子推磨／鏽壞的軲轆①／轆轤②沒有軸／小孩抽磨臍兒③

〔釋義〕比喻工作受阻或指揮不靈。

〔注釋〕①軲轆（ㄍㄨ ㄌㄨˋ）：車輪子。②轆轤（ㄌㄨˋ ㄌㄨˊ）：利用機械原理製成的一種起重工具，通常安在井上汲水。機械上的絞盤有的叫轆轤。③磨臍兒：方言，磨軸。

迫不得已

忍痛灼艾①／窮人賣兒女／半夜三更上茅坑②／諸葛亮用空城計③

〔釋義〕比喻出於無奈。

〔注釋〕①灼艾：也稱炙艾，一種中醫治療方法，用燃燒的艾絨熏烤一定的穴位。②茅坑：方言，廁所。③見「故弄玄虛」。

食之無味，棄之可惜

曹操吃雞肋*

〔釋義〕比喻棄、取兩難。

〔注釋〕《三國演義》故事。西元二一九

年，曹軍攻打蜀軍受阻，進退兩難，曹操下達以「雞肋」為口令。行軍主簿楊修，便叫士兵收拾行裝，並對部下說：「雞肋，食之無味，棄之可惜，現在我們進不能勝，退又怕人譏笑，在此無益，不如早歸。」果然，不久曹操即下令退兵。

看到光明無出路

玻璃瓶裡的蛤蟆／玻璃罩裡的蒼蠅／蜜蜂叮在玻璃窗

〔釋義〕比喻雖然看到一線希望，但沒有發展前途。

前後為難（籃）

篾匠[1]趕場[2]擔一擔

〔釋義〕比喻各方面都難以應付。

〔注釋〕①篾匠：用竹篾編製器物的小手工業者。②趕場：方言，趕集。

施展不開

陰溝[1]裡撐船／森林裡跑馬／泥水溝裡游泳／酒盅裡拌黃瓜／蒙古包[2]裡唱大戲

〔釋義〕比喻能力發揮不出來，工作施展不開。

〔注釋〕①陰溝：地下的排水溝。②蒙古包：蒙古族居住的，用氈子做成的圓頂帳篷。

負擔太重

小毛驢馱磨盤[1]／背鼎鍋上山／三歲娃娃挑挑子[2]／千斤擔子肩上擱／挑著磨盤背著碾[3]

〔釋義〕指壓力大，責任重，難以承受。

〔注釋〕①磨盤：托著石磨的圓形底盤。②挑子：擔子。③碾（ㄋㄧㄢˇ）：碾子，碾東西的器具。

哭笑不得

娶媳婦死老娘／紅白喜事一起辦

〔釋義〕比喻處境尷尬。

起頭難；開頭難

礱糠*搓繩／石頭上繡花／青石板上雕花

〔釋義〕指剛開始難度大。

〔注釋〕礱（ㄌㄨㄥˊ）糠：稻穀礱過後脫下的外殼。

乾吃力

泥溝裡撥船

〔釋義〕比喻費勁而不能解決問題。

乾著急

狗等骨頭／救火沒水／臨渴才掘井／沙漠裡盼水喝／啞巴有理說不清／消防龍頭打不開／急驚風[1]碰著個慢郎中[2]

〔釋義〕比喻情況嚴重，心急而毫無辦法。

〔注釋〕①急驚風：中醫指小兒由於高燒兩眼直視或上轉、牙關緊閉、手足痙攣的病。②郎中：方言，中醫醫生。

乾[1]瞪眼；白瞪眼

畫上的貓／猴子看戲／猴吃芥末[2]／啞巴看失火／瞎子吃芥末／隔河看見雞吃穀

〔釋義〕形容乾著急而無能為力。

〔注釋〕①乾：白白地。②芥末：芥子研成的調味品，味很辣。

動彈不得

吃了蒙汗藥*／烏龜肚子朝天

〔釋義〕比喻受到束縛和限制。

〔注釋〕蒙汗藥：戲曲小說中指能使人暫時失去知覺的藥。

啃不動；難啃

老牛筋／硬骨頭／鐵打的饅頭／老太太吃排骨／跳蚤跳到牛背上

〔釋義〕比喻辦事吃力，工作無進展。

推不動

大象的屁股／鐵牛*的屁股

〔釋義〕比喻事情開展不起來或進行不下去。

〔注釋〕鐵牛：此指拖拉機。

望洋興嘆

站在海邊打咳聲

〔釋義〕比喻力不能及，感到無可奈何。

欲罷不能

騎在老虎背上

〔釋義〕比喻已經做了的棘手事，非做到底不可。

淘神

抱菩薩洗澡／筲箕①裝土地②

〔釋義〕比喻問題棘手，使人耗費精神。

〔注釋〕①筲箕（ㄕㄠ ㄐㄧ）：淘米洗菜用的竹器，形狀像簸箕。②土地：土地神。

符法*用盡

道士佬嫁女

〔釋義〕主意辦法都用完了。比喻再也沒有辦法了。

〔注釋〕符法：舊時道士驅鬼神畫的圖形符號叫「符」，所用的法術叫「符法」。

累贅

小毛驢戴耳環／屁股上拴石頭／背石頭遊華山

〔釋義〕比喻多餘或麻煩的事物。

頂當不起

石臼①做帽子／燈籠做枕頭／麻稈搭架子／碓窩②當帽戴／高粱稈當柱子／鼎鍋頭做帽子

〔釋義〕比喻支持不住。

〔注釋〕①石臼：石製舂米器具，中間凹下。②碓（ㄉㄨㄟˋ）窩：石臼。

頂當（叮噹）不起

黃鼠狼戴牛鈴

〔釋義〕同「頂當不起」。

麻煩（飯）

花椒掉在大米裡

〔釋義〕指煩瑣，費事。

棘手

手捧蒺藜*／兩手托刺蝟

〔釋義〕比喻事情難辦，不好下手。

〔注釋〕蒺藜（ㄐㄧˊ ㄌㄧˊ）：果皮有尖刺，手觸後疼痛。

無可奈何；奈何不得

霸王別姬①／狗熊見了刺蝟／公主娘娘嫁花子②／天要下雨，娘要嫁人／老天爺不下雨，當家的③不說理

〔釋義〕指毫無辦法。

〔注釋〕①據《史記》記載，楚霸王項羽在和劉邦爭奪統治權的爭鬥中，屢遭失敗，最後困於垓下，陷入四面楚歌的境地，不得不和虞姬訣別。②花子：乞丐。③當家

的：主持家務的人，過去多指男主人。

無法（髮）

禿子摸頭皮／和尚的腦殼／癩子*的腦殼／尼姑頭上插花／癩子姑娘梳頭

〔釋義〕比喻沒有辦法。

〔注釋〕癩（ㄌㄞˋ）子：方言，頭上長黃癬的人。

無計（髻）

和尚留頭髮

〔釋義〕比喻缺少計謀。

登打不開

癩蛤蟆穿套褲／上了籠頭的騾子／兩條腿穿到一條褲管裡

〔釋義〕形容工作進展不順利，打不開局面。

硬撐

老狗爬牆／烏龜墊床腳／千斤頂墊機器／頂風頂水行船／棉襖上套布衫

〔釋義〕比喻勉強支持。

越拖越重

屎殼螂拖糞／陰雨天拉稻草

〔釋義〕比喻越做下去越吃力。

越背越重

下雨天扛稻草／陰雨天披蓑衣*／落雨天扛棉花套

〔釋義〕比喻負擔越來越重。

〔注釋〕蓑衣：用草或棕製成的，披在身上的防雨用具。

進退兩難

羊撞籬笆[1]／沙灘行船／母豬鑽籬笆／堂屋裡推車／腳跟拴石頭／腳踏兩隻船／老母豬進夾道／老母豬鑽柵欄／夾道裡推車子／吃雞蛋噎[2]脖子／前有虎後有狼／刺蝟鑽進蒺藜窩[3]／碌碡[4]拴在半坡上／光腳丫[5]走進蒺藜窩

〔釋義〕前進不得，又後退不得。比喻左右為難。

〔注釋〕①籬笆（ㄌㄧˊ•ㄅㄚ）：用竹子或樹枝等編成的遮攔的東西。②噎（ㄧㄝ）：食物堵塞住食道。③蒺藜（ㄐㄧˊㄌㄧˊ）窩：指蒺藜叢生的地方。④碌碡（ㄌㄧㄡˋ•ㄓㄡ）：石磙。⑤光腳丫：方言，赤腳。

傻了眼

洋鬼子[1]看戲／耗子碰見貓／老毛子[2]聽說書

〔釋義〕比喻因不懂而目瞪口呆。

〔注釋〕①洋鬼子：舊時對侵略我國的西洋人的憎稱。②老毛子：舊時東北地區對帝俄份子的鄙稱。

遇上棘手事

狗熊捧刺蝟／猴子爬皂角樹*

〔釋義〕指碰上難辦的事，不好下手。

〔注釋〕皂角樹：皂莢。落葉喬木，枝上有刺。

跳不高，爬不快

癩蛤蟆拴在鱉腳上

〔釋義〕比喻互相牽制，施展不開。

節外生枝；橫生枝節

竹子長杈／手長六指頭／嫁接的果樹／向陽坡的竹子／手掌裡捏出巴掌來／腰子上

長出條腿

〔釋義〕比喻意外地產生一些麻煩。

逼的；逼出來的

狗急跳牆／鴨子上架／好漢上梁山／宋江怒殺閻婆惜①／林沖雪夜上梁山②／娃娃當了童養媳

〔釋義〕比喻被迫做出違心的事。

〔注釋〕①《水滸傳》故事。閻婆惜偷了宋江裝有梁山泊頭領晁蓋的密信及黃金的袋子，乘機要脅宋江。宋江怕洩漏軍機，盛怒之下殺死閻婆惜。②《水滸傳》故事。林沖原是東京八十萬禁軍教頭，後屢受太尉高俅等人欺侮陷害，搞得家破人亡，最後在一個風雪之夜投奔梁山。

摸不著門道

夜裡進城／瞎子上轎／瞎子爬窗戶

〔釋義〕比喻找不到門路。

摸不著邊

夜裡行船／瞎子過河／大海裡行船

〔釋義〕比喻摸不清底細。

管不攏

小碗蓋大碗

〔釋義〕管不住。

辣手

拳頭搗蒜／拳頭舂海椒／罈子裡抓辣豆瓣

〔釋義〕比喻事情棘手，不好對付。

僵了局

車馬炮臨門*

〔釋義〕形容陷入僵持的局面。

〔注釋〕下象棋時，車馬炮臨門即形成「將軍」的僵局。

撞大板

床底劈柴／床底下打拳

〔釋義〕比喻碰壁，不順手，或遭到拒絕。

撲不著邊

兔子掉海／大海大洋裡的小舟／麻雀掉進洞庭湖裡

〔釋義〕比喻漫無邊際的事，無從著手。

撲騰不開

夜壺裡洗澡／洗腳盆裡游泳／蒼蠅掉進奶桶裡

〔釋義〕比喻人活動能力差，工作打不開局面。

談何容易

雞毛想上天／挑石頭登泰山

〔釋義〕指事情做起來並不像嘴上說的那麼容易。

燙手

燒紅的烙鐵／窯裡的磚頭／開水鍋裡抓湯圓

〔釋義〕比喻難辦，不好下手。

磨牙

耗子啃床腿

〔釋義〕比喻費口舌。

辦不到

隔河握手／叫牛坐板凳／拉鼻子進嘴／按牛頭喝水／趕鴨子上樹／逼公雞下蛋／筷子穿針眼／瘦子割肥膘／小爐匠打鍘刀／羊身上取駝毛／一口吃個大胖子／尼姑庵裡借梳子／黃鱔毛毛做棉絮／白水鍋裡揭

豆腐皮／提著自己頭髮上天

〔釋義〕比喻無法做到，實現不了。

頭痛

腦袋生瘡／馬蜂螫腦殼／腦門子[1]長疔瘡／孫悟空聽見緊箍咒[2]

〔釋義〕比喻感到為難或討厭。

〔注釋〕①腦門子：方言，指前額。②緊箍咒：指觀音菩薩傳授給唐僧，用以制服孫悟空的咒語。

擔當不起

癱子挑水／老鼠抬轎子／肩膀上生瘡／高粱稈挑水／高粱稈搭橋／麻稈做大梁／麻稈做扁擔／八個麻雀抬轎／橋孔裡伸扁擔／牛馱子*擱在羊背上

〔釋義〕比喻責任重大，勝任不了。有時用作謙詞。

〔注釋〕牛馱（ㄉㄨㄛˋ）子：牛馱（ㄊㄨㄛˊ）著的貨物。

黏人；沾上了

松樹流油／兩手抹漿糊／溼手捏乾麵／靴子裡抹膠／三個錢[1]的膏藥／糯米粉就糍粑[2]

〔釋義〕比喻問題棘手，不好處理。

〔注釋〕①三個錢：舊時貨幣三個銅錢。②糍粑（ㄘˊ ㄅㄚ）：糯米蒸熟搗碎製成的食品。

壓趴[1]了

肩膀頭扛大梁／娃娃頂碾盤[2]／千斤重擔一肩挑

〔釋義〕比喻負擔重，勝任不了。

〔注釋〕①趴（ㄆㄚ）：胸腹朝下臥倒。②碾（ㄋㄧㄢˇ）盤：托著碾砣的底盤。

擱淺

航船遇沙灘／大船開到小河裡／小水溝裡撐大船

〔釋義〕比喻事情遇到阻礙，不能進行。

擺不開架式

門角裡耍拳／雞窩裡打太極／蛋殼裡做道場*

〔釋義〕比喻工作施展不開。

〔注釋〕道場：舊時和尚或道士做法事的場所。

鞭長莫及

隔著黃河趕車／站在山頂趕大車

〔釋義〕比喻力量達不到。

礙上礙下；碰上碰下

床底下使斧頭／床底下翻跟頭／桌子底下揚場

〔釋義〕比喻不能放開手腳工作。

礙眼

上眼皮長瘤子

〔釋義〕比喻耽誤事情。

難下刀

石板上砍魚

〔釋義〕比喻不好下手。

難下口；無法下口

牛啃西瓜／狗咬刺蝟／狗啃南瓜／貓咬刺蝟／大象吃蚊子／斗大的饅頭／老虎吃田螺*／老鼠啃大象／老鼠啃鴨蛋／蚊子叮汽車／蛤蟆吞西瓜／癩蛤蟆吃天／電線杆

當筷子／黃鼠狼吃刺蝟

〔釋義〕比喻不好對付，不知從何入手。

〔注釋〕田螺（ㄌㄨㄛˊ）：軟體動物，有圓錐形外殼，生活在淡水中。

難下爪

老虎吃天／惡狼吃天／狼吃天鵝／天狗吃月亮*

〔釋義〕比喻事情難辦，不好動手。

〔注釋〕民間傳說把月蝕說成是天狗吃月亮。

難上難；難上加難

米少飯焦／穀糠榨油／沙子築壩／拉牛上樹／螞蟻拖秤砣／趕鴨子上架／強盜發善心／搬梯子上天／瞎子跑夜路／大拇指掏耳朵／頂磨盤踩高蹺*／八十歲學吹鼓手／大水缸裡撈芝麻／兩副重擔一肩挑

〔釋義〕比喻事情的難度大。

〔注釋〕高蹺（ㄑㄧㄠ）：民間舞蹈。表演者裝扮成戲劇或傳說中的人物，踩著有踏腳裝置的木棍，邊走邊演。

難出口

賊被狗咬／外貿商品不合格

〔釋義〕指有難言之隱。

難[1]兄難弟

青蛙遇田雞／苦鬼遇餓鬼／哥倆坐班房[2]／癩蛤蟆遇田雞[3]／跛腳馬碰到瞎眼騾

〔釋義〕比喻彼此都處於同樣或類似的困境。

〔注釋〕①難（ㄋㄢˋ）：不幸的遭遇。②班房：監獄和拘留所的俗稱。③田雞即青蛙，青蛙和癩蛤蟆同屬兩棲動物，生活習性及景遇相似。

難字當頭

趙五娘*寫家書

〔釋義〕指強調困難，把困難擺在第一位。

〔注釋〕趙五娘：《琵琶記》女主人翁，丈夫赴京趕考，她在家中辛勤侍奉公婆，吃糠嚥菜，受盡窮苦折磨，處境極為困難。

難周全

八個油瓶七個蓋／三頂帽子四人戴／打了的破鏡不重圓

〔釋義〕指難以圓滿。

難近身；近不得身

油庫著火／手榴彈冒煙／沒乾的生漆*／短棍兒打蛇／野地裡遇瘋狗

〔釋義〕比喻人很厲害，或情況危險，難於接近。

〔注釋〕生漆：漆樹樹幹皮割開後流出的樹脂，可做塗料或油漆的原料。未乾之前有毒性，皮膚過敏的人接觸後會引起不良反應。

難到岸

短木搭橋

〔釋義〕比喻難以達到預期的目標。

難（南）上難（南）

從河南到湖南

〔釋義〕同「難上難；難上加難」。

難為人

各人自掃門前雪

〔釋義〕指使人為難。

難為聖人

秀才推磨／強拉秀才成親

〔釋義〕比喻故意讓人做力不能及的事，使之難堪。

難拿

夜壺①沒有把／燒紅的火箸②

〔釋義〕指不易得到，或不好下手。

〔注釋〕①夜壺：尿壺。②火箸（ㄓㄨˋ）：方言，火筷子。

難消化；消化不了

囫圇吞棗／啃生瓜吃生棗

〔釋義〕多指不好理解，難以吸收。

難校正

變形的鋼板

〔釋義〕指不易改正。

難做

無米之炊／眾人的飯／爛田的活路

〔釋義〕指不好做。

難控制

小孩的屁股，醉漢的嘴巴*

〔釋義〕指約束或掌握不了。

〔注釋〕小孩兒大小便無定時，醉漢往往信口胡言亂語，都很難控制。

難得兩全

針無兩頭尖／依了媳婦得罪娘／順了哥心失嫂意

〔釋義〕比喻不能使各方面滿意。

難理會

打啞謎①／夜裡說夢話／啞子打手勢／醉漢說囈語②

〔釋義〕比喻事情難於理解。

〔注釋〕①啞謎：使人難以猜透的隱晦話。②囈（ㄧˋ）語：夢話。

難通過；通不過

禾稈穿針／粗繩紉針①／老牛鑽狗洞／矬子②跳欄杆／筷子穿針眼／大風天過獨木橋／麻繩穿繡花針／繡花針戳烏龜殼／縫衣針當錐子使

〔釋義〕指不容易得到有關方面的同意或准許。

〔注釋〕①紉（ㄖㄣˋ）針：引線穿過針鼻。②矬（ㄘㄨㄛˊ）子：方言，身材短小的人。

難進

大腳穿小鞋／貓鑽耗子洞／丈二高的門檻／大胖子過窄門

〔釋義〕比喻不易入門，或難以介入某些事情。

難開口；口難張；不好開口

上鏽的剪刀／沒嘴的葫蘆／嘴上抹漿糊／嘴巴貼封條／大風天吃炒麵／大姑娘想婆家／狗吃糯米粑粑／落雨天的芝麻／媒婆子嘴長瘡

〔釋義〕比喻有難言之隱。

難發芽

石板上種瓜／陳穀做種子／斷根的香椿

〔釋義〕比喻有抱負難以實現。

難尋；無處尋

水中撈月／草坪丟針／墨裡藏針／大海裡丟針／上山捉螃蟹／四棱子雞蛋／黑屋裡找東西／煤堆裡找芝麻／棉花堆裡爬跳蚤

／掉進草窩的繡花針

〔釋義〕指不易找到，或沒有地方可以尋找。

難當

小媳婦／王府的差事／惡婆婆的媳婦

〔釋義〕比喻工作不好做，難以勝任。

難裝

魚大籠子小／小魚簍盛刺蝟／衣服口袋塞豬頭

〔釋義〕比喻難於裝腔作勢，喬裝打扮。

難解脫

螞蟥*鑽進牛鼻孔

〔釋義〕比喻某種困境難以擺脫。

〔注釋〕螞蟥（ㄇㄚˇ ㄏㄨㄤˊ）：水蛭。

難解；解不開

狗咬粽子／絲線打結巴／狗熊吃粽子

〔釋義〕比喻無法理解。有時指某種糾葛難以解決。

難摸哪一調（吊）

八百錢掉井裡*

〔釋義〕指某種觀點或作法不好理解，很難摸清。

〔注釋〕舊時錢幣一般是一千個制錢為一吊。八百錢掉在井裡摸不成一吊（調）。

難說清

黃河裡的水／兩口子的帳／八輩子的老陳帳

〔釋義〕比喻說不清。

難鋪排*

船頭辦酒席

〔釋義〕指不好安排。

〔注釋〕鋪（ㄆㄨ）排：布置，安排。

難辦

李逵裹腳*／海底撈針／用竹竿測天／大象嘴裡拔牙／沙灘上種水稻／猴嘴裡掏棗，狗嘴裡奪食

〔釋義〕指事情棘手，不好辦。

〔注釋〕李逵是《水滸傳》中人物，是「一個黑凜凜大漢」，大手大腳的，如像小腳女人一樣的裹腳是困難的。

難辦（拌）

凍豆腐／大蒜調凍豆腐

〔釋義〕同「難辦」。

難題（剃）

大鬍子／瘌痢頭*理髮／學理髮碰上大鬍子

〔釋義〕比喻不好辦的事。

〔注釋〕瘌痢（ㄌㄚˋ ㄌㄧˋ）頭：方言，長黃癬的腦袋。

難嚼難嚥

口含亂麻團／老太婆啃雞筋／豁牙子*咬牛筋

〔釋義〕比喻事情棘手，難以對付。有時指受人欺侮，苦果難吞氣難嚥。

〔注釋〕豁（ㄏㄨㄛ）牙子：牙齒殘缺的人。

難攤

一文錢的醬／二兩羊毛絮*床褥子

〔釋義〕指為難的事不易辦到。

〔注釋〕絮（ㄒㄩˋ）：在衣服、被褥裡鋪棉花、羊毛等。

排斥否定類

不入耳

對牛吟詩／潑婦說髒話／樹頭烏鴉叫／唱歌走了調／破鑼嗓子唱山歌

〔釋義〕不中聽。

不上鉤

阿二*釣黃鱔

〔釋義〕比喻不上圈套。

〔注釋〕阿二：民間傳說中呆頭呆腦，自作聰明的人物。

不公平

天平上亂加碼子*／炒豆大夥吃，砸鍋一人兜

〔釋義〕指做事不公道。

〔注釋〕碼子：砝碼。

不公開

武則天的面首*

〔釋義〕指做事保密，不外傳。

〔注釋〕面首：舊時供貴婦人玩弄的美男子。

不分勝負

張飛戰馬超*

〔釋義〕比喻較量的雙方勢均力敵。

〔注釋〕張飛、馬超都是《三國演義》中的人物，二人都是勇猛善戰，武藝高強的武將。馬超被曹操戰敗後，偷襲葭萌關，張飛在關下迎戰馬超，大戰百餘回後，仍不分勝負。

不去根

地皮上割草

〔釋義〕比喻不解決根本問題。

不可言狀

瞎子說鬼／啞巴說大象

〔釋義〕比喻沒法用言語來形容。

不可思議

公雞下蛋貓咬狗／西方日出水倒流／高粱稈上結茄子

〔釋義〕比喻不可想像或難於理解。

不好捉摸①；難捉摸

行雲流水／姑娘的心／房梁上逮鳥／禁止撈魚蝦／六月的雲，八月的風②

〔釋義〕比喻不容易猜測或很難預料。

〔注釋〕①捉摸：猜測，預料。②六月氣溫高，天上雲易聚易散，變化莫測；八月乍寒，秋風陣起，難以捉摸。

不好聲張

屁股被蜂咬／賊娃子被狗咬／齋公*丟了

一塊肉

〔釋義〕比喻不便宣揚。

〔注釋〕齋（ㄓㄞ）公：泛指吃齋忌腥葷的人。

不成

開水沖牛紅*／強求的婚配／沙窩裡種蕎麥

〔釋義〕比喻辦不到，不可以或不成功。

〔注釋〕牛血用開水沖和則不能凝成塊。牛紅：牛血。

不成（沉）

木偶跳塘／木頭人投河／燈草①掉水裡／葫蘆掉下井／木頭骷髏②過海

〔釋義〕同「不成」。

〔注釋〕①燈草：燈心草的莖髓，極輕。②骷髏（ㄎㄨ ㄌㄡˊ）：沒有皮肉毛髮的屍體或頭骨。

不成調

烏鴉高歌／青蛙鼓噪*

〔釋義〕比喻聲音或言辭難聽。

〔注釋〕鼓噪：古代指出戰時擂鼓吶喊，以張聲勢。現泛指喧嚷。

不成調（吊）

八百個銅錢穿一串*

〔釋義〕同「不成調」。

〔注釋〕舊時錢幣單位，一般是一千個銅錢為一吊。八百個銅錢成不了一吊。

不妙（補廟）

土地堂*裡填窟窿

〔釋義〕比喻事情辦糟了。

〔注釋〕土地堂：供土地爺的廟堂。

不（步）行

官老爺下轎／船上人上岸

〔釋義〕表示否定。

不牢靠

豆腐架子／絲繩繫駱駝／光頭頂橄欖／坐三腳板凳／爛柱子搭橋／沙灘上蓋樓房／紙糊的椅子背／秫秫秸*做欄杆／蘆葦牆上釘釘子

〔釋義〕比喻靠不住，或不可信賴。

〔注釋〕秫秫秸：去穗的高粱稈。

不見起

破風箏／瞎子放風箏／被窩裡踢皮球

〔釋義〕不見得或不一定。

不見起（騎）

城隍菩薩的馬

〔釋義〕同「不見起」。

不見得有

戲臺上喝酒

〔釋義〕不一定有。

不足為奇

黑毛烏鴉／地上跳到席上／稻田裡的稗子①／山上的石頭，田裡的莠草②

〔釋義〕指很一般，很平常。

〔注釋〕①稗（ㄅㄞˋ）子：田裡的害草，葉子像稻。②莠（ㄧㄡˇ）草：狗尾草。

不侍候（猴）

豬八戒摔耙子

〔釋義〕比喻不願供人使喚。

不協調

手長袖短／披蓑衣①戴禮帽／穿汗衫戴棉帽／著②古裝穿皮鞋

〔釋義〕比喻不合適、不恰當。

〔注釋〕①蓑（ㄙㄨㄛ）衣：用草或棕製成的，披在身上的防雨用具。②著：穿。

不定

沙丘的家

〔釋義〕指不確定、不固定。

不拘（鍋）

破罐子甩了*

〔釋義〕比喻不拘泥或不計較。

〔注釋〕舊時罐子破了口，有的要由鍋鍋匠修補後再用，如果甩掉說明不鍋了。鍋（ㄐㄩ）：用鍋子連合破裂的陶瓷器等。

不放心；放心不下

馬虎①看孩子／三隻手②管糧倉／傻小子看娃娃／牽著腸子掛著肚

〔釋義〕指心有牽掛和憂慮。

〔注釋〕①馬虎：民間傳說中形象醜陋，吞食小孩的怪物。②三隻手：方言，小偷。

不沾（粘）

豆腐渣糊牆／鴨背上潑水／豆腐渣當漿糊

〔釋義〕不可以。有時比喻不挨邊。

不知酸甜

蜜糖罐子打醋

〔釋義〕不辨滋味。比喻人不懂事。

不知窮人苦不苦

三十晚上敲鑼鼓

〔釋義〕比喻不了解別人的疾苦。

不肯（啃）

懷裡揣著老玉米

〔釋義〕指不同意或不樂意。

不客氣

外甥赴外公的宴席／外甥拿姥姥的東西

〔釋義〕指不必謙讓。有時指不禮貌。

不是正經地方

廁所掛門牌

〔釋義〕比喻不是好地方。

不是味兒；不對味

甜酒攙豆油①／餿飯②霉饅頭／茅坑裡啃香瓜／炒菜放錯了佐料／尿盆裡炒出來的雞蛋

〔釋義〕比喻心裡不好受或事物不正常。

〔注釋〕①豆油：方言，指醬油。②餿飯：變質而有酸臭味的飯。

不是對手

貓撂①黃狗／雞蛋碰石頭／狐狸同虎鬥／蛐蛐②鬥雞公／麻雀想和鷹打架／老母雞跟黃鼠狼打架

〔釋義〕比喻力量懸殊。

〔注釋〕①撂（ㄌㄧㄠˋ）：弄倒。②蛐蛐（ㄑㄩ ˙ㄑㄩ）：方言，蟋蟀。

不相上下

棋逢對手／半斤對八兩*

〔釋義〕分不出高低。形容程度相等。

〔注釋〕舊制一市斤為十六兩，半斤等於八兩。

不相稱

狗尾續貂（ㄉㄧㄠ）①／屠家念經／強盜扮君子／大胖子騎瘦驢／茅屋上安獸頭／乞

食②身，皇帝嘴／爛筐子上拴絲穗子

〔釋義〕比喻搭配得不合適，不協調。

〔注釋〕①拿狗尾巴代替貂尾。貂是一種毛皮珍貴的動物，古代皇帝的侍從用貂的尾巴作帽子的裝飾。官封得太濫，貂尾不夠，只好用狗尾來代替。後用以比喻拿不好的東西續在好東西的後面，前後極不相稱。②乞食：乞丐。

不相識

打翻測字*攤

〔釋義〕比喻互不認識。

〔注釋〕測字：把漢字偏旁筆畫拆開或合併，作出解說來占吉凶。

不香甜

回爐的燒餅／強扭的瓜兒

〔釋義〕比喻不美滿。

不留神

磕完頭撤供*

〔釋義〕指粗心。

〔注釋〕供：此指供品。

不消（硝*）

耗子皮／臭羊皮

〔釋義〕比喻不需要、不必。

〔注釋〕硝：用樸硝或芒硝加黃米麵等對毛皮進行處理使之柔軟的過程。耗子皮和臭羊皮等均屬無用之物，所以不硝。

不乾不淨

屙零星屎／土塊揩屁股／西瓜皮擦屁股／髒拖布擦地板

〔釋義〕比喻髒。

不得空*

年三十的案板

〔釋義〕比喻事務繁雜，沒有空閒。

〔注釋〕空（ㄎㄨㄥˋ）：空閒。

不惜代價

大炮轟麻雀／綢子揩屁股／麻油*炒豆渣／掏乾油罐子煎豆腐

〔釋義〕指即使付出的代價再高，也在所不惜。

〔注釋〕麻油：芝麻油。

不惜血本*

赤膊捅馬蜂窩

〔釋義〕比喻願付出一切代價，毫不顧惜。

〔注釋〕血本：舊指經營的老本兒。

不通

甘蔗當吹火筒／實心竹子吹火

〔釋義〕比喻心裡想不開，或說話做事不合乎情理。

不痛不癢

用刺錐牛／絨球打臉／馬蹄長瘤子／木頭人生瘡／牛蠅①叮牛蹄／爛蒲扇②打人／棉花槌打驢／羽毛扇打孩子

〔釋義〕比喻不觸及實質，不切中要害。

〔注釋〕①牛蠅：形似蜂，身上有絨毛，口器退化，幼蟲寄生在牛體內。②蒲（ㄆㄨˊ）扇：用香蒲葉做成的扇子。

不過癮

老虎吃螞蚱／餓漢嗑瓜子／酒鬼喝汽水／隔外套搔癢／牙縫裡剔肉吃

〔釋義〕比喻極不滿足。

不認帳

財神爺翻臉／趙公元帥*翻臉

〔釋義〕比喻對某些說法給予否認。

〔注釋〕趙公元帥：趙公明，指財神。

不像腔（槍）

旱煙袋打鳥

〔釋義〕比喻不像話。

不管閒（鹹）事

賣油的不打鹽／鹽店的老闆轉行／鹽店的夥計鬧情緒

〔釋義〕指不過問與己無關或無關緊要的事。

不談（彈）了

俞伯牙摔琴①／彈花匠掛弓／棉花店打烊②／棉花店失火／棉花店關門／棉花溼了水／牆上掛琵琶／俞伯牙不遇鍾子期／說書的收了三弦琴

〔釋義〕指不必說了，沒有必要再談論下去。

〔注釋〕①《警世通言》故事。俞伯牙，楚國人，任晉國上大夫，善操琴。中秋之夜在回故里的船上遇知音鍾子期，並相約次年重逢。第二年伯牙如期赴約，不料鍾子期因積勞成疾已病逝，俞伯牙悲痛已極，在祭臺上把琴摔碎。②打烊（ㄧㄤˊ）：方言，晚上關門停止營業。

不穩當；不穩

朽木搭樓房／腳登擀麵杖／騎馬背著缸／三隻腳的板凳／三條腿的桌子／不倒翁坐汽車／腳底下踩棒槌*

〔釋義〕比喻不穩妥，不牢靠。

〔注釋〕棒槌：捶打用的木棒，圓而光滑。

不露頭

冬天的螞蟻／遭牛踩的烏龜

〔釋義〕指不出頭露面。

不露臉

花轎裡的新娘／正月十五雲遮月

〔釋義〕同「不露頭」。

不聽那一套

山羊駕轅／老虎拉車／猴子拉磨／老虎拉碾子*

〔釋義〕比喻不相信或不接受別人的意見，不管別人怎麼說，都置之不理。

〔注釋〕碾（ㄋㄧㄢˇ）子：軋碎穀物或去掉穀物皮的石製工具。

方向不明

衝*瞎子問路／夜行人迷了路／瞎子牽著盲人走

〔釋義〕指目標不明確。

〔注釋〕衝（ㄔㄨㄥˋ）：對著。

包不住

紙裡裹火／野豬的獠牙／麝香的味兒／山豬嘴裡的暴牙*

〔釋義〕比喻遮蓋不了或隱瞞不住。

〔注釋〕暴牙：又叫獠牙，露在嘴外面的牙齒。

打不起來

湖底的魚／沒氣的籃球

〔釋義〕指不會發生毆打或爭鬥。

打不得；莫打

玻璃棒槌*／偷來的鑼鼓／古董店裡的耗子／爛泥田裡的木樁／瓷器店裡的老鼠

〔釋義〕比喻惹不起，不要觸犯。

〔注釋〕棒槌：捶打用的木棒。如用玻璃做，則不堪一擊。

好歹不像

豬八戒扮新娘

〔釋義〕指無論如何都不像。

吃不倒

老鼠咬旗杆

〔釋義〕比喻整不垮。

免不得

皇糧①國稅②

〔釋義〕比喻難免。

〔注釋〕①皇糧：皇帝或皇室向百姓徵收的錢糧。②國稅：國家按規定徵收的稅款。

吹不得；別吹了

肥皂泡／號筒塞棉花／紙糊的喇叭／偷來的喇叭／麻秸做笛子／號嘴上貼封條／吹鼓手丟嗩吶

〔釋義〕比喻值不得誇口。有時指關係不可破裂，或事情不能半途而廢。

吹不響

破喇叭／沒眼的笛子／實心竹竿做笛子

〔釋義〕比喻事情吹噓不起來，宣揚不出去。

坐不得

紙糊的椅子／板凳上撒蒺藜／凳子上抹狗屎

〔釋義〕比喻人忙亂或心煩不安。

快不了

蝸牛爬樹／風化石磨刀①／老牛拉破車／燈心上煨②牛筋

〔釋義〕比喻事情進展不順利，進度緩慢。

〔注釋〕①風化石是由於長期受風吹日晒等作用而遭到破壞或發生變化的岩石，質地鬆軟，不宜磨刀。②煨（ㄨㄟ）：用微火慢慢地煮。

扯不得

門上的封條／銀行的支票

〔釋義〕指不能撕毀。有時指不值得爭執或沒有必要鬧扯。

抓不住

瞎子撲螞蚱／飛進林裡的鳥

〔釋義〕比喻沒有掌握在手。

沒人敢保①

武大郎坐天下②／窩囊廢③坐天下

〔釋義〕比喻風險大的事，無人擔保。

〔注釋〕①保：做保人，擔保。②坐天下：當皇帝。③窩囊廢：怯懦無能的人。

沒人領情

吹燈作揖①／背後施一禮／黑地裡打躬②／屁股後頭作揖／隔黃河送秋波③

〔釋義〕比喻好心好意沒人理會，得不到感激。

〔注釋〕①作揖：兩手抱拳高拱，彎身施禮。②打躬：躬身施禮。③秋波：比喻美女的眼睛。

沒反正

狗皮襪子／狗皮帽子／老太婆的裹腳／左

右都能穿的靴子

〔釋義〕正面和反面沒有區別。比喻怎麼著都一樣。

沒心眼

石頭娃子／石頭鎖子／娃娃玩具／擀麵杖當簫吹／拿著鞭杆當笛吹／皇宮門口的石獅子

〔釋義〕比喻缺乏心計和考慮。

沒什麼好看的

夫妻吵架／瞎子進花園

〔釋義〕比喻不值得看。

沒功（公）夫

兩代寡婦／婆媳兩個雙守寡／婆媳兩個睡一頭

〔釋義〕沒有空閒時間。

沒目標

盲人打靶／瞎子打鳥／瞎子放炮

〔釋義〕指對想要達到的境地或標準，心中沒有數。

沒好藥

誇嘴的郎中*

〔釋義〕泛指沒有像樣的東西。

〔注釋〕郎中：方言，中醫醫生。

沒有份（糞）

神仙的茅坑／新挖的茅坑

〔釋義〕指排不上號。

沒有回頭的餘地

長蟲鑽竹筒／夾道裡截驢／前有埋伏，後有追兵

〔釋義〕比喻事已定局，絲毫不能反悔。

沒有好聲

破鑼嗓子／豁（ㄏㄨㄛ）嘴吹簫

〔釋義〕比喻說不出好話。

沒有那個事（寺）

報國寺裡賣駱駝

〔釋義〕指不存在那回事。

沒有定弦

放著的琴

〔釋義〕指沒有打定主意，或指沒有固定的主意。

沒有的事

小鬼打架／和尚打崽①／螞蟻長毛／扁擔開花／蛤蟆長毛／車溝②裡翻船／肚臍眼放屁／和尚拜丈人／鐵公雞下蛋／豬把驢踢了／石板上生蚯蚓／牛長鱗，馬長角／冷鑊子③裡熱栗子／梧桐樹上長蒜薹／和尚打架扯脫辮子

〔釋義〕不可能發生的事。表示對某些說法的否定。

〔注釋〕①崽（ㄗㄞˇ）：方言，兒子。②車溝：車道溝，車輪壓出的小溝。③鑊（ㄏㄨㄛˋ）子：方言，鍋。

沒有音

草帽當鈸①／火絨子②敲鼓／棉花卷打鑼／棉花球敲鐘

〔釋義〕比喻無聲無息。

〔注釋〕①鈸（ㄅㄚˊ）：打擊樂器。②火絨子：用火鐮和火石取火時引火的東西，用艾草等蘸硝做成。

沒血肉

螞蟻頭上砍一刀

〔釋義〕形容缺乏情感，或文章寫得乾巴巴的，沒內容。

沒把握

斷柄鋤頭／無柄的菜刀／十個指頭伸開／手裡提個禿鎬頭

〔釋義〕比喻心中沒有底。

沒見過

雞撒尿／母雞下鵝蛋／老虎吃鼻煙*／炕上種西瓜／醋罈子裡生蛆／葡萄架上結冬瓜

〔釋義〕比喻稀奇或不可能有的事。

〔注釋〕鼻煙：由鼻孔裡吸進的粉末狀的煙。

沒事

夫妻倆吵架／戲臺上打架

〔釋義〕表示不會出什麼問題，不用擔心。

沒事（寺）

和尚住崖洞／和尚住在露天壩

〔釋義〕同「沒事」。

沒事（絲）

爛屁股蜘蛛*／蜘蛛害尾巴

〔釋義〕同「沒事」。

〔注釋〕蜘蛛肛門尖端的突起處能分泌黏液，凝成細絲。如果蜘蛛的屁股出了毛病，便喪失這種功能。

沒到時辰

十冬臘月撈紅魚／九月初八過重陽*／正月盼著桃花開

〔釋義〕不到時候。比喻時機不成熟。

〔注釋〕重陽：我國傳統節日，農曆九月初九。

沒根沒據；何憑何據

隔山估大豬／袖裡來，袖裡去*／摸不到把柄，抓不著辮子

〔釋義〕做事或說話缺乏依據。

〔注釋〕舊時經紀人往往在買賣人的袖筒裡用伸手指的動作示意價格，從中撮合，進行討價還價的交易。

沒得推啦

王婆賣了磨／家裡丟了磨／豆腐房掉磨子

〔釋義〕指事情推託不得，非承擔不可。

沒痕跡；無傷痕

螞蟥過水／水面打一棒／水面砍一刀／石板上跑馬／橡皮棍打人

〔釋義〕比喻沒有留下什麼印記或跡象。

沒處鑽了

臉盆裡的泥鰍／青石板上的蛐蟮①／泥鰍跌進碓窩②裡

〔釋義〕比喻無地容身。

〔注釋〕①蛐蟮（ㄑㄩ ㄕㄢˋ）：蚯蚓。②碓（ㄉㄨㄟˋ）窩：石臼，舂米用具。

沒準兒

破錶／直尺量曲線／三眼槍打兔子①／打槍不看準星②

〔釋義〕比喻不一定或辦事不牢靠。有時指經常改變主意。

〔注釋〕①三眼槍為舊式火槍，命中率低，加上兔子跑得快，所以用三眼槍打兔子很難擊中目標。②準星：槍上瞄準裝置的一

部分，在槍口上端。

沒（煤）的事

開灤[1]打官司／門頭溝[2]打官司

〔釋義〕指沒有那回事。

〔注釋〕①開灤（ㄌㄨㄢˊ）：指開灤煤礦，在河北省。②門頭溝：指門頭溝煤礦，在北京市。

沒想（響）

開山放瞎炮[1]／爆竹掉進河裡／火藥悶在銃[2]膛裡

〔釋義〕比喻沒有想頭，或沒有想到。

〔注釋〕①瞎炮：爆破中由於發生故障而沒有爆炸的炮。②銃（ㄔㄨㄥˋ）：一種舊式火器。

沒寬裕

可頭*做帽子／可著屁股裁尿布

〔釋義〕比喻沒有一點富裕。

〔注釋〕可頭：盡著頭部。

沒影子

黑天行路／三十晚上走路／月亮地裡走路／拍照片不上卷

〔釋義〕比喻沒有頭緒或跡象。

沒影的事

白天捉鬼／瞎子捉鬼／小鬼晒太陽／雪地裡照臉／正晌午*向南走／對著硯臺梳妝

〔釋義〕比喻根本不存在的或十分遙遠的事物。

〔注釋〕晌（ㄕㄤˇ）午：中午。

沒靠頭

椅子斷了背／搬梯子上天／瞎子丟了棍

〔釋義〕指沒有可依賴的東西。

沒頭了

理髮店關門／剃頭的收攤子

〔釋義〕指事情沒人負責。

沒譜

亂彈琴／土地爺的寶／小娃娃唱歌／呆子哼曲子／拉琴的丟唱本

〔釋義〕比喻心中沒數，或說話太玄。

直不了

生成的牛角／生就的駝子

〔釋義〕指無法校正過來。

拔不得

老虎的鬍子

〔釋義〕比喻不能惹凶悍的人。

拍不得

老虎的屁股／老虎的肩膀／蠍子的屁股

〔釋義〕多指吹拍的作風要不得。

非親非故

陌路相逢／路邊撿私生子

〔釋義〕表示彼此沒有關係。

急不來

拿棍子叫狗

〔釋義〕指越著急越得不到。

拽[1]不動

馬拉九鼎[2]／螞蟻拉車／牛犢子[3]拉大車／過河的牛尾巴

〔釋義〕比喻對已認定的事情毫不動搖。含有執拗，不回頭的意思。

〔注釋〕①拽（ㄓㄨㄞˋ）：拉。②九鼎：傳說夏禹鑄九鼎象徵九州。後喻分量重。③

牛犢（ㄉㄨˊ）子：小牛。

看不得

老虎演戲／電焊的火花

〔釋義〕指沒有什麼好看的。

看不清

毛玻璃眼鏡／陰雨天觀景／煙霧裡賞花／花了眼的婆婆繡花

〔釋義〕不能正確地觀察和了解事物的真相。

耍不起來

石獅子跳舞／玩猴的丟了鑼

〔釋義〕比喻做不下去。

挨不上

關公戰秦瓊*／彈弓打飛機／隔著玻璃親嘴

〔釋義〕比喻不沾邊。

〔注釋〕關公是蜀國大將，秦瓊是唐初名將。二者不是同時代人。

捂不住

眾人的嘴／鑽出土的筍／拿烏龜殼當鍋蓋／孫悟空跳出老君爐*

〔釋義〕比喻事實真相遮蓋不了。

〔注釋〕《西遊記》故事。孫悟空大鬧天宮，激怒了玉皇大帝，被太上老君推入八卦爐（老君爐）中熔煉。結果孫悟空不但沒有被燒死，反而煉出一雙「火眼金睛」，孫悟空跳出老君爐後，用金箍棒把老君爐打得粉碎，弄得太上老君措手不及。

拿不定主意

舉著棋子放不下／夾在兩捆草料中的驢子

〔釋義〕比喻三心二意，缺乏主見。

借不得

六月的扇子／大年三十的砧板／大年初一的袍子

〔釋義〕比喻借東西的時機不對。

捅不得

馬蜂窩

〔釋義〕觸動不得。

容不得半點

眼睛裡的灰塵

〔釋義〕比喻心眼小，容不下任何東西。

缺乏生氣

布娃娃，塑料花／玻璃夾裡的標本

〔釋義〕比喻沒有生氣。

做不了主（拄）

燈草拐杖／橡皮棍子／生蟲的拐棍

〔釋義〕比喻對某件事不能做出決定。

動不得

地腳螺絲①／枯樹盤根／燈草②套牯牛③／佛爺④的眼珠／菩薩的眼睛／石獅子的眼睛／釘在十字架⑤上的囚徒

〔釋義〕比喻不能更動或觸犯。有時指行動受到限制，沒有活動餘地。

〔注釋〕①把機器緊固在地面基礎上的螺絲。②燈草：燈心草的莖髓，細而易斷。③牯（ㄍㄨˇ）牛：公牛。④佛爺：佛教徒對釋迦牟尼的尊稱，泛稱佛教的神。⑤十字架：羅馬帝國時代的一種刑具。

夠不著

嘴咬肚臍／鋤頭鉤月亮／矬子*攀槓子／搬石頭砸天／上梯子摘星星／樹上搭梯摘月亮／萬丈崖上的野葡萄

〔釋義〕比喻攀不上或達不到。

〔注釋〕矬（ㄘㄨㄛˊ）子：方言，身材短小的人。

接不上

砍斷的竹子／氣焊槍*焊玻璃／打碎的玻璃管

〔釋義〕比喻連貫不起來。

〔注釋〕氣焊槍：氣焊用的工具，只能焊接金屬構件。

掩蓋不住；難遮蓋

額頭生瘡／荷葉做雨傘／魚網擋太陽／七個和尚打一把傘

〔釋義〕比喻隱瞞不住。

盛不下

廟小菩薩大／羊廄裡圈駱駝／沙鍋裡煮牛頭／天鵝落在雞窩裡

〔釋義〕指容納不了。

莫扯

燈草*打圈圈

〔釋義〕指不要漫無邊際地閒談。有時指要人不要爭吵。

〔注釋〕燈草：燈心草的莖髓，細而易斷。

莫（摸）怪

張天師下海*

〔釋義〕指不必責備和埋怨。

〔注釋〕相傳張天師善使法術，驅鬼降妖，他下海是專門捉拿鬼怪的。

莫（摸）管

瞎子吹簫

〔釋義〕表示不要過問。

插不上嘴；難插嘴

鴨子下凍田*／驢頭伸進馬食槽

〔釋義〕比喻很難加入別人的談話。

〔注釋〕凍田：土壤凍結的耕地。

無人知

蛇鑽草窩

〔釋義〕比喻行蹤詭密。

無人管

洞庭湖裡的野鴨／家雀兒吵嘴雞打架

〔釋義〕指沒有人負責和管理。

無回音

石沉大海／雞毛掉井裡／秤砣落棉被／石頭掉在棉花堆／鐵錘砸在被窩裡

〔釋義〕比喻事情無著落或得不到明確的回答。

無利可圖

財神爺①放帳②

〔釋義〕比喻沒有便宜可占。

〔注釋〕①財神爺：指傳說中可以使人發財致富的神仙。②放帳：放債。

無消息

泥牛入海

〔釋義〕指沒有音信。

無影無蹤

風中鵝毛／繡花針沉海底／天上的浮雲，地下的風

〔釋義〕形容消失得乾乾淨淨或不知去向。

無緣（圓）

花盆裡種龍眼*

〔釋義〕指沒有緣分。

〔注釋〕龍眼也叫桂圓，為常綠喬木，在花盆裡栽培，無法生長，也結不出果實。

無聲無息；不聲不響

用斗量糠①／雞毛打鼓／房頂落雪／聾子聽戲／浸水的炮仗②／雪花落水裡／斷線的喇叭／聾子聽蚊子叫／鐵錘掉在橡皮上／秤砣跌落棉花堆

〔釋義〕比喻沒有反響或默無聲息。

〔注釋〕①糠很鬆軟，用斗量時聽不到響聲。②炮仗：爆竹。

跑不了

水甕①裡的鱉／兩個月的囡②／斷腿的螃蟹

〔釋義〕指不會逃跑。

〔注釋〕①甕（ㄨㄥˋ）：腹大口小的陶器。②囡（ㄋㄢ）：方言，小孩。

搭不上手

穀糠搓繩

〔釋義〕比喻幫不上忙。

搭不上言（簷）

三尺長的梯子

〔釋義〕比喻湊不上去說話、交談。

搭不上幫*

癩蛤蟆攆輪船／蛤蟆蝌蚪子攆船

〔釋義〕比喻高攀不上。

〔注釋〕搭幫：方言，許多人結伴。

裝不得

娃娃生病

〔釋義〕指不能假裝。

解不了渴

口乾望海水／口乾舔露水／口渴的牛犢望井底

〔釋義〕比喻解決不了當務之急。

跳不出去

死牢裡的囚犯／如來佛掌上翻跟頭

〔釋義〕比喻跳不脫。

摸不透

海底的坑窪／大姑娘的心事／龍王爺的脾氣

〔釋義〕比喻弄不清底細。

摸不著

瞎子尋針／呆子把脈*／半夜捉蝨子

〔釋義〕指尋找不到。

〔注釋〕把脈：方言。按脈，診脈。

說不得

火燒褲襠／啞巴做夢／蠍子螫屁股／舌頭嚥到肚子裡

〔釋義〕比喻有難言之隱。有時指人傲氣，不便勸說。

遮不了醜

豬八戒搽粉

〔釋義〕指醜陋的東西總會暴露，無法掩蓋。

撞不上

兩股道上的車／天上的飛機，地下的火車

〔釋義〕比喻互不干擾，不會發生衝突。

撈不著

大海裡尋針／喝水用筷子／空中的雁，湖

底的魚

〔釋義〕比喻撈取不到某種好處，或得不到某種機會。

輪（淋）不著

下雨天打傘／房簷下的石頭／落雨躲進山神廟

〔釋義〕比喻輪不上。

擋不住

決堤的河水／草原上的勁風／洪水沖跑的樹木／南來的燕，北來的風

〔釋義〕指阻止不了。

樹（豎）不起來

筷子頂豆腐／橡皮棍子作旗杆

〔釋義〕多指人的威信或某種典型樹立不起來。

擺①不起來

龍門陣②缺人／蛤蟆盪鞦韆

〔釋義〕多指談論不下去。

〔注釋〕①擺：方言，談。②龍門陣：指擺龍門陣。方言，談天或講故事。

翻不了

陰溝裡行船

〔釋義〕比喻不會推翻。有時也指雙方關係不會鬧翻。

翻不得

老皇曆／去年的皇曆／多年的老帳／三十年的老陳帳

〔釋義〕比喻過時的東西，沒有用了。有時指過去的事不要再提起。

藏不住

狐狸的尾巴／雪裡埋死人／禿子頭上的蝨子／砍倒苞穀露野豬

〔釋義〕比喻事情遮蓋不住。

壞不了

醋泡的蘑菇

〔釋義〕指不會變壞。

識不透

人心隔肚皮

〔釋義〕指認識或辨別不清。

離不得又見不得

床底下的夜壺*

〔釋義〕既離不開又不想看見。

〔注釋〕夜壺：尿壺。

勸不得

老虎打架／潑婦打架

〔釋義〕指不便勸解說服，以免招惹麻煩。

驚不了

敲山鎮虎／廟裡的泥馬

〔釋義〕指不受驚擾。

中
編

頌揚讚賞類

一個賽一個

銀錘對金鑼／楊令公①的兒子／銅羅漢②，鐵金剛③

〔釋義〕指一個比一個好。

〔注釋〕①楊令公：指北宋名將楊繼業。他有八個兒子，個個武藝高強。②羅漢：佛教所說的斷絕了一切欲望，解脫了煩惱的僧人。③金剛：佛教稱佛的侍從力士，因手持金剛杵（古印度兵器）而得名。

一眼看中①

獨眼相②親

〔釋義〕指一下子就看上了。

〔注釋〕①中（ㄓㄨㄥˋ）：正對上。②相（ㄒㄧㄤˋ）：親自觀看。

人人喜愛

麻油拌小菜／三伏天的冰棍／冬天的火爐，夏天的扇

〔釋義〕指大家都很喜歡、都感興趣。

人材好

金鑄的孩童

〔釋義〕指人的相貌端正美麗或才德兼備。

人強貨扎手

張飛賣刺蝟／武松賣刺蝟／關老爺賣箭豬*

〔釋義〕比喻本領高的人做事是別人難以對付的。

〔注釋〕箭豬：豪豬。

人強貨硬

張飛賣秤錘／李逵開鐵匠鋪

〔釋義〕指各方面都好。

十全十美

才子配佳人／獅子配老虎

〔釋義〕形容各方面都很完美。

十全（拳）十美

五雙手拿花

〔釋義〕同「十全十美」。

又甜又香

奶皮蘸（ㄓㄢˋ）糖／蜜裡調油／糌粑*拌白糖／蜂糖蒸核桃仁

〔釋義〕比喻日子很美滿。

〔注釋〕糌粑（ㄗㄢˊㄅㄚ）：青稞麥炒熟後磨成的麵。

又濃又香

滾水泡茶

〔釋義〕比喻味道好。

大方

包單布洗臉／包袱皮當手巾／床單做洗臉巾

〔釋義〕比喻舉止自然，或指在財物方面不計較、不吝嗇。

大有名（明）頭*；名（明）頭大

煤油燈換汽燈／山頂上的探照燈

〔釋義〕比喻很有名氣。

〔注釋〕名頭：方言，名氣、聲譽。

不可多得

筷子夾豌豆

〔釋義〕比喻難得。

不同凡響

雷公動怒①／原子彈爆炸／韓湘子②吹簫

〔釋義〕比喻不平凡。

〔注釋〕①雷公是神話傳說中管打雷的神，動怒後要發雷霆。②韓湘子：神話傳說中八仙之一，善吹簫。

不是凡人

上嘴唇頂天，下嘴唇挨地

〔釋義〕指與眾不同或不平凡的人。

不簡單（撿蛋）

老母雞抱窩／老太婆餵公雞／背著手奔雞窩

〔釋義〕比喻不平凡或不同於一般。

五體投地①

魯肅服孔明②

〔釋義〕比喻敬佩、崇拜到了極點。

〔注釋〕①原指佛教徒行最虔誠的敬禮時，兩肘、雙膝和頭部都著地。②《三國演義》故事。魯肅是東吳孫權的謀士，他對孔明（諸葛亮）的足智多謀、料事如神，十分敬佩。

分外出色

染缸裡的白布／白布掉進靛*缸裡

〔釋義〕指格外好。

〔注釋〕靛（ㄉㄧㄢˋ）：深藍色。

天下太平

馬放南山，刀槍入庫

〔釋義〕指國家平靜，社會安定。

天大的好事

玉帝*下請帖／財神爺叫門

〔釋義〕比喻事情好得不得了。

〔注釋〕玉帝：玉皇大帝，道教稱天上最高的神。

太妙（廟）

皇帝的祠堂*

〔釋義〕比喻好極了，或非常美妙。

〔注釋〕皇帝為祭祀祖先而建的祠堂叫太廟。祠堂：舊時為祭祀祖先或某個人物而修建的房屋。

引人入勝

導遊帶路

〔釋義〕指非常吸引人。

四方有名（明）

山頂上點燈／南天門點汽燈／大槐樹上掛燈籠

〔釋義〕比喻名氣大。

四方聞名（鳴）

十字路口敲鑼／高山頂上打鑼／桅杆頂上吹嗩吶

〔釋義〕同「四方有名（明）」。

四通八達

火車站的軌道／菜園裡的壟溝*／輪船開往亞非拉

〔釋義〕形容交通非常便利。

〔注釋〕壟溝：壟和壟之間的溝，用來灌溉、排水或施肥。

外賤內貴

玉器塗白漆／稻草蓋珍珠／包腳布裹金條

〔釋義〕比喻內裡有可貴之處。

打得好

鐵匠誇徒弟

〔釋義〕多比喻打仗、打球很出色。

正合心意

口渴遇甘泉／瞌睡遇見枕頭／肚子餓趕上吃晌午*

〔釋義〕比喻事情恰好合乎自己的想法。

〔注釋〕吃晌午：方言，吃午飯。晌午：中午。

正合適

夜鶯[1]配鸚鵡／筍殼套牛角／籬笆配柵欄[2]／口渴碰到清泉水／彎刀遇見瓢切菜／買金的遇見賣金的

〔釋義〕比喻正好符合實際情況和客觀要求。

〔注釋〕①夜鶯：文學上指歌鴝（ㄑㄩˊ）一類叫聲清脆婉轉的鳥。②籬笆用竹子、樹枝等編成，柵欄用木條、鋼筋等做成，兩者都是用來作遮擋用的同類東西，正相配。

正合適（鄭何氏）

何家姑娘嫁鄭家*

〔釋義〕同「正合適」。

〔注釋〕舊時女子出嫁後，把夫家和娘家的姓氏合稱為「某某氏」。何家姑娘嫁鄭家，即夫家姓鄭，娘家姓何，稱「鄭何氏」。

正好

餓漢遇糯粑*／老太太吃豆腐／老奶奶吃軟柿子

〔釋義〕比喻很合適。

〔注釋〕糯粑（ㄋㄨㄛˋ ㄅㄚ）：用糯米做成的餅類食品。

正適時

旱天逢甘霖[1]／正月初二拜丈母娘[2]／雪裡送炭，雨中送傘

〔釋義〕指合乎時宜。

〔注釋〕①甘霖：久旱後所下的雨。②中國習俗，春節過後的幾天裡，人們多有走親訪友拜節的習慣。

用場大

楊排風的燒火棍*

〔釋義〕指用途很廣。

〔注釋〕《楊家將》中說，天波府中的燒火丫頭楊排風武藝高強，善使一枝燒火棍，衝鋒陷陣，屢建戰功。

名不虛傳

華佗[1]行醫／王麻子的刀剪[2]

〔釋義〕指名聲與實際相符。

〔注釋〕①華佗（ㄊㄨㄛˊ）：後漢名醫，醫

術高明，精通內、外、婦、兒、針灸各科。②北京前門外打磨廠有王麻子剪刀鋪，是中國有名的專營刀剪的商店，其刀剪刀口鋒利，貨真價實，在國內外享有盛名。

名（明）角

電燈照在轉彎處

〔釋義〕有名氣的角色。

名（明）頭*在外

禿子枕著門檻睡

〔釋義〕比喻很有名望。

〔注釋〕名頭：方言，名氣、聲望。

名（鳴）聲在外

關門打鑼／深山裡敲鐘／家裡請吹鼓手①／窗戶眼吹喇叭／隔門縫吹喇叭／騎在屋脊上吹螺號②

〔釋義〕比喻名氣大，四處傳揚。

〔注釋〕①吹鼓手：舊時婚禮或喪禮中吹奏樂器的人。②螺號：用大的海螺殼做成的號角，吹起來聲音可傳很遠。

回回勝

趙子龍出兵*

〔釋義〕比喻處處勝過別人。

〔注釋〕《三國演義》故事。趙子龍在單騎救主、拱江奪鬥、大戰長阪坡等戰役中，英勇頑強，每戰必勝，人們把他譽為「常勝將軍」。

好上加好

錦①上繡花／俏媳婦戴鳳冠②／鳳凰頭上戴牡丹

〔釋義〕形容極好。

〔注釋〕①錦：有彩色花紋的絲織品。②鳳冠：古代后妃所戴的帽子，帽上有用貴重金屬和寶石等做成鳳凰形狀的裝飾，舊時婦女出嫁也用作禮帽。

好的在裡面

蚌裡藏珍珠／爛麻袋裝珍珠／破被子裹元寶

〔釋義〕比喻表面不好，裡面卻很寶貴。

好看

男兒的田邊，女兒的鞋邊*

〔釋義〕比喻看起來感到舒服。

〔注釋〕舊時男耕女織。男人把田邊打整得整齊俐落，女人把衣帽鞋襪縫製得美觀得體。

好料子

大麥芽做飴糖*

〔釋義〕比喻好人才。

〔注釋〕飴（ㄧˊ）糖：麥芽糖，用麥芽熬製而成。

好得很

丈母娘誇姑爺／挖井碰上噴泉

〔釋義〕指好極了。

好漢一個

千里投軍，志在衛國

〔釋義〕指勇敢堅強的男子漢。

好樣子

金鑄的鞋模

〔釋義〕指模樣很好。

尖上拔尖①

囤②頂插旗杆／鑽頭上綁針婆③／橄欖④頭上插針

〔釋義〕比喻非常出眾。

〔注釋〕①拔尖：出眾，超出一般。②囤（ㄉㄨㄣˋ）：盛糧食的器具，多用竹篾、荊條或席箔圍成。③針婆：方言，縫衣針。④橄欖：此指橄欖果，長橢圓形，兩頭稍尖。

年年十八

觀音菩薩*

〔釋義〕比喻人青春常在。

〔注釋〕佛教的菩薩之一。其塑像或畫像多為年輕女子的形象，雖經年累月，容顏依舊。

成全好事

紅娘*挨打

〔釋義〕比喻成人之美，使人如願以償。

〔注釋〕紅娘：《西廂記》中人物。崔鶯鶯的婢女，她熱心撮合張君瑞和崔鶯鶯相愛。

有斤兩

秤杆打人

〔釋義〕比喻說話觸及問題的要害，有見地，有分量。

有功（弓）之臣

彈花匠上殿／彈棉胎①的進宮／戴著紗帽②彈棉花

〔釋義〕指有功勞的人。有時用於戲謔。

〔注釋〕①棉胎：方言，棉絮。②紗帽：烏紗帽，古代文官戴的一種帽子。

有棱有角

青芭蕉①／蕎麥②粒兒／端午節包粽子③

〔釋義〕比喻人鋒芒顯露，初露頭角。

〔注釋〕①芭蕉：多年生草本植物，果實與香蕉相似，成熟前棱角明顯。②蕎麥：瘦果呈三角形，有棱。③粽子：一種食品，用竹葉或葦葉等把糯米包住，紮成三角錐體或其他形狀，煮熟後食用。

有聲有色

畫筆敲鼓／花棒棒打鑼／染房裡吹笛子

〔釋義〕形容十分生動。有時特指表演精彩、生動。

至高無上

普寧寺的菩薩*

〔釋義〕比喻再沒有比他更高的了。

〔注釋〕普寧寺位於河北省承德避暑山莊附近，廟內有千手千眼觀世音菩薩，像高二十二公尺餘，腰圍十五公尺，重約一百一十噸，為世界上最大木質佛像。

別具一格

王羲之的字帖*

〔釋義〕指風格獨特。

〔注釋〕王羲之是東晉著名書法家，書法造詣很深，有「書聖」之稱。其書法拓本甚多，最著名的有《蘭亭序》、《十七帖》等。

妙不可言

啞巴觀燈／啞巴吃仙桃／啞子受獎賞

〔釋義〕美妙得難以用言語表達。

妙哉（廟災）

寺裡起火／火燒寶光寺[1]／觀音堂[2]裡著火

〔釋義〕指對美好事物的讚嘆。

〔注釋〕①寶光寺：在四川成都市新都縣，是四川著名佛教寺院，始建於東漢，毀於明代戰火，清康熙九年重建。②觀音堂：泛指供觀音菩薩的廟宇。

妙（廟）

老道[1]的房子／和尚到了家／和尚的住處／庵堂不叫庵堂[2]

〔釋義〕神奇或美妙。

〔注釋〕①老道：道士。②庵堂：方言，尼姑庵。

妙（廟）妙（廟）妙（廟）

三個土地堂*

〔釋義〕形容非常非常美好。

〔注釋〕土地堂：供土地爺的廟。

妙（廟）透了

廟背後看神／神龕*上戳窟窿

〔釋義〕比喻好極了。

〔注釋〕神龕（ㄎㄢ）：供奉神的小閣子。

更好

打兔子捉到黃羊／跑了蝦公*捉到鯉魚

〔釋義〕指更加美好。

〔注釋〕蝦公：方言，蝦。

沒治*

看戲的拍手又叫好

〔釋義〕比喻再好不過了。

〔注釋〕沒治：（人或事）好得不得了。

沒挑的

叫花子娶媳婦／貨郎*背包串鄉

〔釋義〕比喻無可挑剔。

〔注釋〕貨郎：舊時在農村、城鎮的小街僻巷，挑著擔子流動販賣日用品的人。有的也兼營收購。

沒說的

啞巴開會／啞巴找到媽／倆啞巴見面／嘴上貼封條

〔釋義〕指沒有什麼可挑剔的。

肚量大

宰相肚裡撐船／一頓能吃三升米

〔釋義〕指待人寬宏大量。

走到哪，響到哪

腳上帶鞭炮／腿上掛鈴鐺／大腿上掛銅鑼／開汽車按喇叭／腳底板上綁大鑼

〔釋義〕比喻有本事的人到哪裡都可以做得很出色。

身價百倍

鯉魚跳龍門*

〔釋義〕比喻名譽、地位大大提高了。

〔注釋〕龍門：即禹門口，在山西河津縣西北。鯉魚跳龍門的故事見「想高升」。

底子好

牛瘦骨不瘦／穿不破的鞋／青石板上搭窩棚*

〔釋義〕比喻基礎扎實。

〔注釋〕窩棚：簡陋的小屋。

金不換

浪子回頭

〔釋義〕比喻迷途知返、改過自新比什麼都可貴。

拔尖

上山採竹筍／破土的春筍

〔釋義〕比喻人才出眾。

呱呱①叫

母雞生蛋／狗攆②鴨子／鴨子下水／鴨子喊伴／棒打鴨子／老鴰③站樹梢

〔釋義〕形容非常好。

〔注釋〕①呱呱：形容鴨子、青蛙等響亮的叫聲。②攆（ㄋㄧㄢˇ）：方言，追趕。③老鴰（ㄍㄨㄚ）：烏鴉，多群居樹林或田野，發出呱呱的叫聲。

命根子

賈寶玉的通靈玉*

〔釋義〕比喻倍受人珍視的事物。

〔注釋〕《紅樓夢》裡說，賈寶玉出生時口銜一塊玉石，此玉是賈寶玉的命根子，玉一旦失落，賈寶玉就失魂落魄，神智不清。

兩頭美

扁擔挑彩燈

〔釋義〕比喻兩全其美。

抬舉人

頭頂轎子／腦殼上頂娃娃

〔釋義〕指看重某人而加以稱讚或提拔。

前簇後擁

眾星捧月／包老爺*升堂

〔釋義〕前後都有許多人緊緊圍著。

〔注釋〕包老爺：包公。

恰到好處

可著頭做帽子／打靶射中靶心／打蛇打到七寸*上

〔釋義〕比喻達到最合適的地步。

〔注釋〕七寸：蛇的頭部要害處。

突出

蛤蟆的眼睛／蜜蜂的眼睛／長頸鹿的腦袋／羊群裡的駱駝／腦勺子長瘤子／豬圈裡養駱駝／白鶴站在雞群裡／穀子地裡長玉茭*

〔釋義〕多指才能或成績顯著，超過一般。

〔注釋〕玉茭（ㄐㄧㄠ）：方言，玉米。

突（禿）出

和尚開門／和尚枕著門檻睡

〔釋義〕同「突出」。

紅透了

紫心蘿蔔／冬月的柿子／盛開的木棉*花

〔釋義〕比喻人非常受賞識。有時用於戲謔。

〔注釋〕木棉：落葉喬木，花盛開時，一片火紅。

美上天了

坐飛機搽胭脂／俏大姐坐飛機

〔釋義〕指得意極了。

美名在外

大門上貼畫兒／牆裡開花牆外紅

〔釋義〕指好名聲已傳揚出去。

美名（明）在外

大門口掛紅燈

〔釋義〕同「美名在外」。

美麗又動（凍）人

三九天穿裙子

〔釋義〕指好看而又使人感動。

個個好；隻隻好

叫花子吃鮮桃／正月初一捧元宵

〔釋義〕比喻都好。

格外珍貴

剖魚得珠／十畝竹園一根筍／戈壁灘上的泉水

〔釋義〕指出乎尋常的寶貴。

真乖

乘字底下丟了人

〔釋義〕多比喻小孩伶俐、機警，或聽話、溫順。

真帥

師字去了橫／小蝦米熬菠菜

〔釋義〕比喻人長得英俊，或事情做得漂亮。

真（針）好

裁縫的本事／上鞋①不用錐子／皮匠不帶錐子／繡花姑娘的家什②

〔釋義〕比喻確實不錯。

〔注釋〕①上鞋：把鞋底、鞋幫縫在一起。②家什：用具。

真棒

扳手敲輪胎*

〔釋義〕比喻非常好。

〔注釋〕扳手是扭動螺絲的工具，用其敲輪胎是當作「棒」使用的。

真（蒸）神

觀音進飯籠／灶王爺跌落鍋裡／菩薩跌進蒸籠裡

〔釋義〕比喻非常神奇或靈驗。

神妙莫測

諸葛亮的鵝毛扇*

〔釋義〕比喻非常奇異巧妙，不平凡。

〔注釋〕諸葛亮不管春夏秋冬，常手執鵝毛扇，指揮從容，料事如神。

高名在外

山頭上打虎

〔釋義〕比喻名聲很大。

帶路人

瞎子的拐杖

〔釋義〕指引路子、指方向的人。

強人三分

門裡出身*

〔釋義〕比喻本領高人一籌。

〔注釋〕指出身於具有某種專業或技術傳統的家庭或行業。

從頭甜到腳

甘蔗林裡種香瓜／甜瓜地裡長甘蔗

〔釋義〕比喻渾身都很舒適愉快。

救苦救難

觀音大士*下凡

〔釋義〕指拯救苦難。

〔注釋〕觀音大士：觀世音，佛教的菩薩之一，佛教徒認為是慈悲的化身，救苦救難之神。

清秀

盆子裡擺山水*

〔釋義〕指美麗而不俗氣。

〔注釋〕擺山水：用假山水製作盆景。

深刻

井底雕花

〔釋義〕比喻感受很深。

眾人共賞

六月的荷花／公園裡的猴子

〔釋義〕比喻對美好的事物，大家都很讚賞。

眾望所歸

程咬金拜大旗*

〔釋義〕有很高的威望，受到人們的敬仰。

〔注釋〕《說唐》故事。程咬金隻身探地穴，取出黃龍袍、碧玉帶，拜升大旗，成為瓦崗寨一寨之主，眾將個個封官晉升，皆大歡喜。

頂好

爛邊禮帽／沒有邊的草帽／琉璃瓦①蓋寺廟／維吾爾族的朵帕②

〔釋義〕特別好。表示讚美。

〔注釋〕①琉璃瓦：內層用較好的黏土，表面用琉璃燒製成的瓦。②朵帕：繡花的小帕子。

掌上明珠

手心裡的玻璃球

〔釋義〕比喻極受父母寵愛的女兒。有時比喻為人所珍愛的物品。

牌子硬

大理石做門匾①／花崗岩②做招牌／烏龜殼上貼廣告

〔釋義〕比喻東西貨真價實，或人的身分高。

〔注釋〕①門匾（ㄅㄧㄢˇ）：門上掛的題有作為標誌或表示讚揚文字的長方形木牌。②花崗岩：火成岩的一種，質地堅硬，色澤美麗，是優良的建築材料。

貴如油

春天的毛毛雨

〔釋義〕比喻非常寶貴。

絕妙（廟）

水推菩薩／土地爺死崽／大水沖了菩薩

〔釋義〕比喻美妙極了。多用於戲謔。

詞（瓷）好

景德鎮的茶壺

〔釋義〕比喻說話或寫文章言詞不錯。

順應民心

李世民*登基

〔釋義〕指所作所為符合人民的心願。

〔注釋〕李世民：唐太宗，唐高祖李淵次子，年號貞觀。即位後，抑制豪強士族，採取了一系列順應民心的作法，使初唐的政治、經濟都有所發展，史稱「貞觀之治」。

塊塊好

瞎子吃羊肉／叫花子吃狗肉

〔釋義〕比喻到處都不錯。

慈善心腸

觀音的肚腹

〔釋義〕指心地善良，富於同情心。

慈悲為懷

唐僧*的肚皮

〔釋義〕指滿懷慈善和憐憫之心。

〔注釋〕唐僧：《西遊記》中的唐僧善良仁慈，富於憐憫，處處以慈悲為懷，是一個虔誠的佛教徒的形象。

碰巧；湊巧；正巧

瞎子開鎖／過河遇渡船／線頭落針眼／中秋節找月亮／牛尾巴拍蒼蠅／麥芒掉進針鼻裡／芝麻落到針眼裡／過河遇著擺渡人／瞎貓遇上死老鼠／一滴水落在香頭上

〔釋義〕比喻恰恰遇到好機會。

節節響

火燒毛竹

〔釋義〕比喻工作順利，每件事都做得漂亮。

落地有聲

秤砣跌鋼板／重錘掉在鋼板上

〔釋義〕比喻說話很有分量。

落到哪裡都響噹噹

飛機上扔鈴鐺／半天雲中吊銅鑼

〔釋義〕比喻在任何情況下都能有所作為。

裡外響

門洞裡敲鑼鼓／麥克風前吹喇叭

〔釋義〕比喻名聲高，影響大。

對口味

口渴吃酸梅／嘴裡沒味嚼鹹魚／愛吃香的有臘腸，愛吃甜的有蜜糖

〔釋義〕比喻符合自己的興趣、愛好。

輕巧

牛角掛稻草／大吊車吊燈草

〔釋義〕比喻事情簡單或動作靈巧。

遠近聞名（鳴）；名（鳴）聲遠揚

山頂上敲鑼／南天門敲鼓／桅杆上吹螺號*／鑽塔頂吹螺號／高山上吹喇叭／火車頭上響汽笛／半天雲裡響鑼鼓／高音喇叭上山頭／喜馬拉雅山上雞兒叫

〔釋義〕比喻很有名氣，到處都知道。

〔注釋〕螺號：用大的海螺殼做成的號角，吹起來聲音可傳很遠。

精神可佳

老翁吹喇叭／老婆婆賽跑

〔釋義〕比喻人的精神狀態好。

數他大

羊圈裡的駱駝／芝麻地裡的西瓜

〔釋義〕指同類中的突出者。

德（得）高望重

選了尺碼又挑斤頭*

〔釋義〕比喻品德高尚，名望很高。多用於諷刺語。

〔注釋〕挑斤頭：方言，挑揀重量重的。

橫豎都好

王羲之*寫字

〔釋義〕指一切都不錯。

〔注釋〕王羲之：東晉著名書法家。

獨一無二

趙匡胤*下棋／古廟裡的旗杆／三畝竹園出棵筍／舉世無雙的珍寶／只此一家，別無分店

〔釋義〕唯一的。含有珍奇的意思。

〔注釋〕趙匡胤（ㄧㄣˋ）：宋太祖，宋朝建立者。西元九六〇年發動陳橋兵變，即帝位，國號宋。

錦上添花

花綢上繡牡丹／金戒指上鑲寶石／綠綢衫上繡牡丹／月月紅裏在綢緞裡

〔釋義〕比喻美上加美，好上加好。

頭名（明）

礦工下井*／和尚摘帽子／腦袋上點燈／剃頭剃個光腦殼

〔釋義〕第一名。比喻名列前茅。

〔注釋〕礦工下井作業時，一般頭上都戴有礦燈。

頭名（鳴）

帽子裡藏知了*

〔釋義〕同「頭名（明）」。

〔注釋〕知了：蟬，叫聲像「知了」。

頭挑

腦瓜子上頂扁擔／額頭角*上擱扁擔

〔釋義〕指頭號、名列前茅。

〔注釋〕額頭角：額頭。

聲震遠方

坐著飛機吹軍號

〔釋義〕比喻名聲傳得很遠。

難得

乾潭子摸魚／麥芒穿針眼／西山出太陽／百歲養兒子／針尖上削鐵／乾塘裡抓鯉魚／大海裡撈到針／水塘裡撈芝麻／如來佛的經文／針尖上落芝麻／臘月天找楊梅／煤堆上尋芝麻／千年鐵樹①開了花／長白山的野人參②

〔釋義〕比喻稀少，或難能可貴。

〔注釋〕①鐵樹：常綠灌木，觀賞植物，往往多年才開一次花。②長白山所產野人參，二、三十年方能成熟，極為難得。

難得的好處

長工吃犒勞／傻子中狀元／黎明的覺，半道的妻，羊肉餃子清燉雞

〔釋義〕比喻很不容易得到的好機會。

寶貝疙瘩

天然牛黃①／出土文物／玉皇爺②的帽子／老壽星的腦袋③

〔釋義〕比喻心愛之人（多指幼小者），或指難得的珍物。

〔注釋〕①牛黃：老牛膽囊裡的結石，極為罕見，是珍貴的中藥。②玉皇爺：玉皇大帝，道教稱其為天上最高的神。③民間把壽星的頭部塑造得長而隆起，呈疙瘩狀。

寶貝蛋

玉石娃娃／神堂①裡的雞子兒②

〔釋義〕比喻心愛的、珍貴的東西，有時是對小孩兒的親暱稱呼。

〔注釋〕①神堂：供神的廟堂。②雞子兒：雞蛋。

響噹噹；噹噹響

重錘打鑼／鐵錘敲鐘／飯勺敲鐵鍋／汽錘砸鋼板／珍珠落玉盤／秤砣敲鋼板／銀錘敲金鼓／鴨腿上拴鈴鐺／馬脖子上的銅鈴／銀元①落在石頭上／二十四磅②榔頭敲鋼板

〔釋義〕比喻本領高，工作出色。

〔注釋〕①銀元：舊時使用的圓形硬幣，價值相當七錢二分白銀。②磅：英制重量單位，一磅合 0.4536 公斤。

歡樂喜慶類

人人喜歡

久旱逢甘雨／洛陽的牡丹*／夏天的扇子／數九寒天一盆火

〔釋義〕指大家都很高興。

〔注釋〕河南省洛陽的牡丹聞名全國，品種多，花型美，譽稱「洛陽牡丹甲天下」。

又說又笑

八仙*聚會／小兩口觀燈／夫妻倆看熱鬧

〔釋義〕形容高興愉快的樣子。

〔注釋〕八仙：神話傳說中的八位仙人。

大喜

新媳婦過門*／老太太得孫子

〔釋義〕比喻非常高興。

〔注釋〕將新媳婦由娘家娶到婆家叫過門。過門這天是大喜的日子。

五光十色

雨後的彩虹

〔釋義〕形容色彩鮮豔。

心上甜滋滋，身上暖烘烘

圍著火爐吃西瓜／冷天吞了熱湯圓

〔釋義〕形容幸福愉快，十分溫暖。

心裡美

綠皮蘿蔔／八里莊的蘿蔔①／蛤蟆吃花骨朵②

〔釋義〕比喻幸福美滿。

〔注釋〕①八里莊在北京郊區，所產的蘿蔔青皮紅心，生吃清甜可口，俗稱「心裡美」。②花骨（ㄍㄨ）朵：花蕾。

以苦為樂

黃連木做笛子／吃著黃連唱著歌

〔釋義〕指把苦當作快樂，也就不覺得苦了。

各有一喜

綠豆換米

〔釋義〕指各人都有值得高興的事。有時指各有各的愛好。

合不攏嘴；咧開了嘴

和尚的木魚／秋天的棉桃／熟透了的石榴／淋了雨的熟石榴／嘴巴咧到耳朵上

〔釋義〕樂不可支的樣子。

好事成雙

兒子成親父做壽／才子佳人結鴛鴦①／中了狀元招駙馬②

〔釋義〕比喻好事情雙雙而至。

〔注釋〕①鴛鴦（ㄩㄢ ㄧㄤ）：鳥，像野鴨，雌雄多成對生活在水邊。多用來比喻夫妻。②駙（ㄈㄨˋ）馬：皇帝的女婿。

好事臨頭

財神招手／財神爺叫門／房頭喜鵲叫喳喳

〔釋義〕好事情已經來到。

安居樂業

十年無戰事／喜鵲回窩鳳還巢／三十畝地一頭牛，老婆孩子熱炕頭

〔釋義〕比喻工作稱心，生活安定。

老來喜

七十歲討老婆／年過花甲[1]得子／姜子牙娶媳婦[2]

〔釋義〕指晚年遇到使人高興的事。

〔注釋〕①花甲：指六十歲。②《封神演義》故事。姜子牙在崑崙山修行四十年，由結義仁兄宋異人撮合，七十二歲的姜子牙與馬氏洞房花燭，結為夫妻。

自得其樂

烏鴉高歌／百靈鳥唱歌

〔釋義〕比喻自己能體會到其中的快樂。

吹吹打打

鼓樂齊鳴／擂鼓奏嗩吶／鑼鼓喇叭一齊上

〔釋義〕形容氣氛熱烈、場面活躍。

快活無邊；真快活

娃娃過年／炎夏天洗冷水澡

〔釋義〕比喻快活極了。

周身火熱

吃秦椒[1]烤火／喝酒晒太陽／吃了燒酒穿襖／穿皮襖吃醪糟[2]／圍著火爐喝白乾[3]

〔釋義〕形容溫暖舒適，熱情滿懷的樣子。

〔注釋〕①秦椒：即辣椒。②醪（ㄌㄠˊ）糟：江米酒。③白乾：燒酒。

沸騰起來

開了水的鍋／鍋爐裡的水

〔釋義〕比喻情緒十分高漲，或事物蓬勃發展起來。

紅火[1]；一片紅火

三月的櫻桃／剛出的太陽／向陽的石榴／漫山的杜鵑[2]／五月的石榴花／盛開的木棉[3]花／陽春三月的桃花

〔釋義〕形容日子過得興旺豐盛，或事情辦得熱烈活躍。

〔注釋〕①紅火：方言，旺盛、熱鬧。②杜鵑：指杜鵑花。③木棉：落葉喬木，花紅色，結蒴果。

美滋滋的

三伏天喝冰汽水／口渴喝了酸梅湯

〔釋義〕形容十分得意的樣子。

要辦喜事

蒸酒[1]打豆腐[2]

〔釋義〕指操辦值得慶賀的事。有時特指辦婚事。

〔注釋〕①蒸酒：指釀酒。②打豆腐：做豆腐。

破涕為笑

絕路逢生／哭孩子得了個洋娃娃

〔釋義〕比喻轉悲為喜。

笑瞇瞇

彌勒*佛的臉蛋

〔釋義〕形容喜笑顏開的高興勁兒。

〔注釋〕彌勒：印度佛經傳說中的人物，寺

廟中的塑像常常是袒胸露腹，笑容滿面。

陡①增歡喜

遠地得家書②

〔釋義〕指突然增加的高興事。

〔注釋〕①陡：突然。②家書：家信。

甜上加甜；甜透了

冰糖蘸（ㄓㄢˋ）蜜／紅苕①熬成糖／冰糖蒸荔枝②／糖葫蘆蘸蜜／霜打的柿子／吐魯番③的葡萄／砂糖熬蜂蜜／哈密瓜泡糖水／打開蜜罐又撒糖

〔釋義〕形容生活美好，非常幸福。

〔注釋〕①紅苕（ㄕㄠˊ）：方言，甘薯。②荔（ㄌㄧˋ）枝：果實成熟時呈紫紅色，果肉白色，多汁，味道很甜。③吐魯番：新疆維吾爾自治區天山東部的山間盆地，所產無核葡萄馳名全國。

甜透心；甜到心上

冬月①裡的甘蔗／五臟②六腑③抹蜜糖／西瓜瓤裡加糖精／沙瓤西瓜吃到嘴

〔釋義〕比喻心裡愉快、舒服極了。

〔注釋〕①冬月：農曆十一月。②五臟：指心、肝、脾、肺、腎五種器官。③六腑（ㄈㄨˇ）：中醫稱胃、膽、三焦、膀胱、大腸、小腸為六腑。

甜蜜（篾）

甘蔗皮編席子*／竹席上晒甘蔗

〔釋義〕形容感到幸福、愉快和舒適。

〔注釋〕由甘蔗皮編成的席子，用的是甜篾。此為假想的說法。

連蹦帶跳

青蛙走路／兔子拉車／出水的蝦子／熱鍋上的黃豆／熱鍋裡爆蝦米

〔釋義〕形容活潑歡快的樣子。多指小孩。

喜之不盡

漁夫趕上漁汛*，獵手趕上獸群

〔釋義〕比喻高興極了。

〔注釋〕漁汛：魚類由於產卵、越冬等原因，在一定時期內成群地出現在一定海域，這個時期叫漁汛。

喜不可言

啞子受獎／啞巴拾金條／啞巴娶老婆

〔釋義〕高興得沒法說。比喻快樂極了。

喜氣盈盈

新郎迎親／花轎到了家門口

〔釋義〕充滿了喜悅之情。

喜笑顏開

娃娃見了娘／打圍*碰到金錢豹

〔釋義〕形容滿面笑容，非常高興的樣子。

〔注釋〕打圍：許多打獵的人從四面圍捕野獸。

喜從天降；喜出望外

剖魚得珠／空中掉餡餅／討飯的撿黃金

〔釋義〕比喻意料不到的喜事。

無喜樂三分

喜鵲登枝喳喳叫

〔釋義〕形容人在舒適、美好的環境中，心情很愉快。

舒（梳）心

懷裡揣篦子①／懷揣小攏子②

〔釋義〕形容心情舒展，適意。

〔注釋〕①篦（ㄅㄧˋ）子：用竹子製成的兩側有密齒的梳頭用具。②攏子：齒小而密的梳子。

越看越歡喜

丈母娘瞧女婿

〔釋義〕形容越來越高興。

開心

火爆玉米／燈草*剖肚／鯉魚剖腹／開水泡米花／鑰匙掛胸口／肚臍眼插鑰匙

〔釋義〕比喻心情舒暢、高興愉快。有時指戲弄別人，使自己高興。

〔注釋〕燈草：燈心草的莖髓，多做油燈的燈心。

愛不釋手

娃娃拿到新玩具

〔釋義〕比喻把心愛的東西拿在手裡，久久不肯放下。

暗喜

新媳婦懷孕／啞巴娃子捉到蜻蜓

〔釋義〕比喻暗中高興。

萬紫千紅

節日的禮花／雨後的花園／大年三十夜的煙火

〔釋義〕形容百花爭豔的絢麗景象。

載歌載舞

火車上演戲／飛機上扭秧歌／端午節划龍舟*

〔釋義〕又唱歌又跳舞。形容歡樂的氣氛。

〔注釋〕每年端午節舉行划船比賽，並進行龍舟表演，載歌載舞，熱鬧非凡。

飽了眼福

聾子看戲

〔釋義〕比喻看夠了好看的東西。

飽耳福

瞎子看戲

〔釋義〕比喻只圖聽得痛快。

滿紅火

清晨的太陽／三套鑼鼓娶媳婦

〔釋義〕形容日子過得非常興旺，或事情辦得很熱鬧。

滿面春風

出嫁的姑娘／新娶的媳婦／三月裡搧扇子

〔釋義〕形容高興、愉快的樣子。

稱心

胸口擺天平

〔釋義〕比喻符合心願。

稱心如意

孫悟空到了花果山*

〔釋義〕比喻心滿意足。

〔注釋〕《西遊記》中描寫孫悟空上了花果山，自封「齊天大聖」，十分得意。

說說唱唱

鸚鵡遇見百靈鳥*

〔釋義〕又說又唱。形容高興的樣子。

〔注釋〕鸚鵡（ㄧㄥ ㄨˇ）會學舌，百靈鳥會唱歌，碰到一起有說的，有唱的。

嘻嘻哈哈

娃娃逗娃娃／小姑娘逗娃娃／瘋姑娘*講笑話

〔釋義〕形容嬉笑歡樂的樣子。

〔注釋〕瘋姑娘：對活潑可愛、說話靈巧的姑娘的戲稱。

樂不可支

叫花子拾黃金／半道上撿個麒麟／戲園子裡看滑稽

〔釋義〕形容快樂到了極點。

樂（落）在其中

蘋果掉在籮筐裡／雨水滴在罈子裡／緊口罈子盛簷水*

〔釋義〕比喻樂趣就在這中間。

〔注釋〕簷（ㄧㄢˊ）水：從房簷落下來的雨水。

樂顛了餡兒

騎著駱駝吃包子

〔釋義〕特別高興的樣子。

熱鬧

火爐裡撒鹽巴／十套鑼鼓一齊敲

〔釋義〕形容景象繁盛，氣氛活躍。

熱鬧加熱鬧

戲臺上著火／獅子龍燈一起舞

〔釋義〕形容景象非常繁盛、活躍。

雙喜臨門

過年娶媳婦／逢年過生日／喜鵲飛進洞房／又娶媳婦又做壽／又娶媳婦又嫁女／大年初一生娃娃

〔釋義〕指兩樁喜事同時到來，喜上加喜。

歡似虎

得勝的貓兒

〔釋義〕比喻歡喜若狂。

歡喜若狂

老鷹得腸／帽子拋空中／胡敲梆子*亂擊磬

〔釋義〕形容歡喜到了極點。

〔注釋〕梆子：打擊樂器，用兩根長短不同的棗木製成，多用於梆子腔的伴奏。

歡躍欲飛

大姑娘盪鞦韆／長出翅膀的鳥／娃娃上了飛機

〔釋義〕形容歡喜若狂，高興極了。

興旺進取類

一天一個樣

五月的麥子①／春天的樹尖／巧媳婦打扮囡②

〔釋義〕形容事物發展變化很快。

〔注釋〕①農諺有「麥熟一晌」的說法。中國北方五月麥子即將黃熟，一天一個樣。②囡（ㄋㄢ）：方言，小孩。

一日千里

飛奔的火車

〔釋義〕形容事業發展迅速，或人的進步極快。

一手拿金，一手抓銀

拿著首飾敲銅鑼

〔釋義〕多指財源亨通，事業興旺。

一代（袋）強似一代（袋）

草袋換布袋

〔釋義〕比喻後來居上。

一步十萬八千里

孫悟空翻跟頭*／踩著地圖走路

〔釋義〕比喻速度非常快。

〔注釋〕《西遊記》中說，翻跟頭是孫悟空的拿手好戲，一個跟頭能打出十萬八千里。

一步到頂

老太太坐電梯

〔釋義〕比喻進步很大，一下子達到很高的境界。

一步登天

老太太坐飛機／土地爺女兒嫁玉帝

〔釋義〕這裡指生活或地位一下子變好了。有時用於戲謔。

一節更比一節甜

倒吃甘蔗／順梢吃甘蔗

〔釋義〕比喻日子越來越幸福美好。

一鳴驚人

立春響雷／楚莊王理政／楚莊王猜謎語*／半夜三更放火炮

〔釋義〕比喻平時沒有特殊的表現，突然做出驚人的成績。

〔注釋〕楚穆王的兒子楚莊王即位後，三年不思朝政。一次，他利用猜謎語的機會，道出了「三年不飛，飛必衝天；三年不鳴，鳴必驚人」的抱負。後來他又重整朝政，改革政治，最後擊敗晉國，重新做了南方各國的霸主。

一輩比一輩強

爺爺住茅屋，爸爸蓋瓦房

〔釋義〕比喻後來居上。

一躍而上

猴子爬梯／猴子騎馬／猛將軍騎馬

〔釋義〕比喻進步很快，或行動很迅速。

又快又省

順風划船

〔釋義〕比喻辦事迅速而又省力。

力爭上游

逆水裡行船／逆水賽龍舟

〔釋義〕比喻不斷努力，爭取創造優異成績。

上勁

火車拉笛／頂風划船／狗熊爬樹／千斤頂*伸頭／小牛撅（ㄐㄩㄝ）尾巴

〔釋義〕指勁頭越來越高。

〔注釋〕千斤頂：頂起重物的一種工具，通常用的有液壓式和螺旋式兩種。

大功告成

戴大紅花回朝／凱旋而歸的將軍

〔釋義〕指大事業或重要任務宣告完成。

大有作為

魚鷹下洞庭*

〔釋義〕比喻可以發揮大的作用。

〔注釋〕洞庭：洞庭湖。

大幹一場

老虎咬牛／耗子拖牛

〔釋義〕指花大力氣好好做一番事業。

大翻身

老牛打滾／牛鼎①倒個兒②／高山滾石頭

〔釋義〕比喻落後面貌或不利處境有了徹底的改變。

〔注釋〕①牛鼎（ㄉㄧㄥˇ）：古代能烹煮全牛的大鍋。②倒個兒：翻過來。

小材大用

矬子*裡拔將軍

〔釋義〕比喻才幹不高的人挑重擔，受了重用。

〔注釋〕矬（ㄘㄨㄛˊ）子：方言，身材短小的人。

不分日夜

盲人幹活／瞎子走路

〔釋義〕指夜以繼日地連續工作。

不蒸饅頭爭（蒸）口氣

空籠屜（ㄊㄧˋ）上鍋／開水鍋裡煮空籠／賣了麥子買蒸籠

〔釋義〕比喻不甘落後或示弱。

不辭勞苦

燕子下江南

〔釋義〕比喻再勞累辛苦也心甘情願。

不懶（漤）

霜降後的柿子*

〔釋義〕指做事勤快。

〔注釋〕生柿子有澀味，要漤了才能吃。霜降後柿子熟透了，不漤就可以吃。漤（ㄌㄢˇ）：把柿子放在熱水或石灰水裡泡，以除去澀味。

分秒不息

上滿發條的鐘錶

〔釋義〕指充分利用時間，一分一秒也不停

息。

天天向上

春筍破土／入伏①的高粱／拔節②的竹筍

〔釋義〕指不斷進步，茁壯成長。多表示對少年、兒童的祝願。

〔注釋〕①入伏：進入三伏天氣。②拔節：玉米、高粱等農作物發育到一定階段時，主莖的各節長得很快，叫做拔節。

日日新

一月穿三十雙鞋

〔釋義〕指每天都有新的發展。

日新月異

高樓平地起

〔釋義〕形容發展、變化很快。

出頭之日

斗笠*穿孔的一天

〔釋義〕指出人頭地的時候。

〔注釋〕斗笠（ㄌㄧˋ）：農家用竹篾加油紙或竹葉製成的寬邊帽子，用來遮雨或陽光。

占上風

山頂乘涼／山頂上安電扇

〔釋義〕指處在優勢的地位。

占先（顫仙）

呂洞賓①打擺子②

〔釋義〕比喻占據優先的地位，或首先達到目的。

〔注釋〕①呂洞賓：神話傳說中的八仙之一。②打擺子：方言，患瘧疾。

四季長青

山上青松／南山上的松柏／暖房裡的菜畦

〔釋義〕比喻事業興旺，時時充滿活力。

左右逢源（圓）

西瓜地裡散步

〔釋義〕比喻做事得心應手，非常順利。

正在勁頭上

好漢扛大個兒①／年輕娃娃扛碌碡②

〔釋義〕比喻人正處於精力充沛的時期。

〔注釋〕①扛大個兒：方言，舊指在碼頭、車站上用體力搬運重物。②碌碡（ㄌㄧㄡˋ ˙ㄓㄡ）：石磙。

正紅

五月的莧菜*

〔釋義〕指人正處於順利時期，處處受人尊重。

〔注釋〕莧（ㄒㄧㄢˋ）菜為一年生草本植物，莖葉均可食用，五月成熟時，葉子呈深紅色。

正逢時

春苗得雨／年富力強挑大梁*

〔釋義〕指遇到好機會。

〔注釋〕挑大梁：比喻承擔重任，或負責重要工作。

永遠向陽

園裡的葵花

〔釋義〕比喻目標明確，永不改變。

白手起家

石灰廠開張／石膏店的老闆

〔釋義〕比喻在一無所有或條件很差的情況下，靠自己的雙手創立新業。

目光遠大

鼻子上掛望遠鏡

〔釋義〕比喻重視長遠利益。

任重道遠

超載的火車

〔釋義〕比喻既擔負著重大的責任，又要經歷長期的艱苦奮鬥。

光明大道

滿街掛燈籠／馬路上安電燈

〔釋義〕指正確的道路。

全憑火力旺

傻小子睡涼炕

〔釋義〕比喻做工作應靠滿腔熱情。

各奔前程

鴨子落水／小哥倆出師*／放鳥兒出籠／相逢不下鞍／將軍不下馬

〔釋義〕比喻分離、分手。

〔注釋〕出師：指學徒期滿，可以獨立工作了。

回生

煮熟的豬血又轉紅*

〔釋義〕比喻死而復生。

〔注釋〕豬血本為紅色，煮熟後應為黑褐色。

回春

老柳樹發新芽

〔釋義〕比喻恢復了青春活力。

好了還要更好

有窩頭還要饅頭／撈到蝦公還要鯉魚／住著瓦房，望著高樓

〔釋義〕多比喻進取心強，永不自滿。

有吃有穿

飯店裡賣服裝

〔釋義〕比喻吃、穿不愁。

有的是錢

財神爺發慈悲／賣大碗茶的看河水

〔釋義〕比喻生活富有，經濟很寬裕。

有股鑽勁；鑽勁大

鋼釘淬火*／山裡的竹筍／牆上釘橛子

〔釋義〕比喻在學習或工作中能深入鑽研，勁頭很大。

〔注釋〕淬（ㄘㄨㄟˋ）火：熱處理的一種方法。把金屬工件加熱到一定溫度後，急速冷卻，以增加硬度。

百年大計

一個世紀才盤點*

〔釋義〕指關係到長遠利益的重要計畫或措施。

〔注釋〕盤點：清點存貨。

老來紅

海椒命／入秋的高粱／秋天的木棉①花／十月裡的雞冠花②

〔釋義〕比喻年紀大，精神境界高。

〔注釋〕①木棉：落葉喬木，秋天開花時一片火紅。②雞冠花：穗狀花序，形似雞冠，通常為紅色，供觀賞。

老來發憤

八十老翁學手藝／七十歲婆婆學繡花

〔釋義〕比喻人老心不老。

老當益壯

黃忠上陣*／黃忠掄大錘／八十歲比高低

／八十老翁賽幹勁

〔釋義〕多用以形容老人幹勁大。

〔注釋〕黃忠是三國時南陽（今河南）人，字漢升，常衝鋒陷陣，譽冠三軍，先後被封「討虜將軍」、「征西將軍」。

自有翻身日

水溝裡的篾片*

〔釋義〕指人的不利處境總有一天會改變。

〔注釋〕篾（ㄇㄧㄝˋ）片：竹子劈成的薄片。

自食其力

哥倆分家／光棍兒*種地

〔釋義〕指靠自己的勞力維生。

〔注釋〕光棍兒：單身漢。

快上加快；飛快

火箭加油／飛毛腿①賽跑／汽車長翅膀／順坡推碌碡②／草鞋上拴雞毛／順風順水行船／腳踏車掛飛輪

〔釋義〕比喻速度非常快。

〔注釋〕①飛毛腿：走得特別快的人。②碌碡（ㄌㄧㄡˋ•ㄓㄡ）：石磙。

扶搖*直上

風箏脫了線／發射出去的火箭

〔釋義〕形容快速上升。

〔注釋〕扶搖：急劇而上的旋風。

步步高，節節甜

吃甘蔗爬山／吃著甘蔗上臺階

〔釋義〕比喻人的境況不斷上升，生活越來越幸福美滿。

步步登高，步步高升

騎馬上山／拔節的玉米／抬腿上樓梯／腳踏樓梯板／矮子爬長城／矬子*爬泰山／老太婆上臺階／莊稼漢爬梯田／武大郎上樓梯／推小車上大坡

〔釋義〕比喻人的地位不斷提高，境況越來越好。

〔注釋〕矬子：方言，身材短小的人。

沒船也要過河

象棋盤上打仗

〔釋義〕比喻要千方百計地創造條件，完成任務。

刻苦

黃連木做圖章

〔釋義〕指人能吃苦、發憤。

往上躥*

猴騎駱駝／六月的莊稼／雨後的高粱苗

〔釋義〕比喻人的成長很快，或事情發展迅速。

〔注釋〕躥（ㄘㄨㄢ）：這裡比喻生長很快。

爭先恐後

比賽場上的運動員

〔釋義〕比喻爭著向前，唯恐落在後面。

直線上升

火燒寒暑表*／夏天的溫度表／熱鍋插寒暑表／鍋爐裡燒足氣的壓力表

〔釋義〕比喻工作進展迅速，或人的進步很快。

〔注釋〕寒暑表：測氣溫的溫度計。

肩負重任

螞蟻背螳螂／千斤擔子一人挑／百斤擔子

加鐵砣

〔釋義〕指承擔著重大的責任。

返老還童

祖孫回家

〔釋義〕形容由衰老恢復青春。

長生不老

吃了靈芝草*

〔釋義〕比喻永遠年輕。

〔注釋〕靈芝草：蕈的一種，菌蓋腎臟形，中醫入藥，有滋補作用。吃靈芝草可以長生不老是神話傳說。

長驅直入

火車進隧道

〔釋義〕形容進軍順利、快速。

冒尖

嫩筍拱土／麻袋裡裝菱角*／穀子地裡長高粱

〔釋義〕比喻表現很突出。有時指人初露頭角。

〔注釋〕菱（ㄌㄧㄥˊ）角：指這種植物的果實，硬殼有角，果肉可食。

勁大；勁不小；好大的力氣

楚霸王舉鼎①／大力士背碾盤／張滿風的帆船／一把拉住火車頭／魯智深倒拔垂楊柳②

〔釋義〕指力氣大，有幹勁。

〔注釋〕①楚霸王指項羽，秦末起義領袖。他身材高大，力能扛鼎。②《水滸傳》故事。魯智深在五台山當和尚，因不守佛規，醉打山門，被安排看管菜園。一日他和眾無賴一起飲酒玩耍，見到垂楊柳上有烏鴉鼓噪，便乘著酒興，將垂楊柳連根拔起。

後生①可畏

年輕人扛大梁②／嫩竹扁擔挑起大籮筐

〔釋義〕比喻年輕人有遠大前途。

〔注釋〕①後生：後輩，青年人。②扛大梁：肩負重任。

後來居上

磚頭砌牆／後播的蕎子①先結果／青出於藍而勝於藍②

〔釋義〕指後來的人或事物勝過先前的。

〔注釋〕①蕎子：方言，即蕎麥。②青，靛青。藍，可作藍色顏料的蓼藍。靛青是從蓼藍中提煉出來的，但顏色卻比蓼藍更深。

後浪推前浪；一浪高一浪

江河發大水／海濱的潮汐*／長江裡的波濤／錢塘江漲大潮／八月十五漲大潮

〔釋義〕比喻新生的事物替換陳舊的事物，不斷前進。

〔注釋〕潮汐：海水受月球和太陽引力影響，發生定時的漲落現象，早潮叫潮，晚潮叫汐。

枯木逢春

千年鐵樹開了花

〔釋義〕比喻瀕於絕境或歷經摧殘的事物又獲得生機。

苦中有甜

白糖拌苦瓜／冰糖作藥引／藥湯裡加蜜糖

〔釋義〕艱苦的工作中也有樂趣。

苦到頭了

腦門上抹黃連／黃連水洗腦殼

〔釋義〕比喻苦難的日子已經過去。

苦根甜苗

百合田裡栽甘蔗

〔釋義〕指出身雖苦，但後世有前途。

苦學苦練

千日斧子百日錛*

〔釋義〕指刻苦學習和鍛鍊。

〔注釋〕要掌握好使用斧子和錛的手藝，需要經過長時間的操作鍛鍊。

要啥有啥

貨郎的擔子／韓湘子的花籃*／新開張的雜貨店

〔釋義〕比喻豐富多樣，應有盡有。

〔注釋〕韓湘子是神話傳說八仙之一。他的花籃千變萬化，要啥變啥。

馬到成功

佘太君掛帥①／岳王爺②出陣／穆桂英出征③

〔釋義〕比喻戰鬥迅速地取得勝利，或事情一下子就獲得成功。

〔注釋〕①《楊家將》故事。楊令公楊繼業之妻佘太君，精通韜略，深明大義。西夏入侵時，她「百歲掛帥」，率楊家十二寡婦征西，充分體現出高度的愛國主義精神。②岳王爺：指岳飛，南宋抗金將領，著名的民族英雄。③《楊家將》故事。見「威風凜凜」。

展翅飛翔

清晨的雲雀／藍天的鴻雁

〔釋義〕比喻人充分施展才幹，實現遠大理想。

站得高，想（響）得遠

電線杆上敲瓷瓶／爬上山頂打銅鑼

〔釋義〕比喻高瞻遠望，理想遠大。

高歌猛進

火車廂裡賽歌／坐飛機唱戲

〔釋義〕形容情緒高漲，闊步向前。

得天獨厚

玉泉山的稻田*

〔釋義〕指所處環境或所具備的條件特別優越。

〔注釋〕玉泉山，在北京西北郊，此處稻田引泉水灌溉，因泉水中含有豐富的磷、鉀等物質，故所產稻米清香可口。

望子成龍

孟母三遷*

〔釋義〕指希望子孫成為出人頭地的人。

〔注釋〕孟子的母親為了選擇對教育兒子有利的環境，先後三次搬家，最後終於使孟子成為戰國時期著名的思想家、教育家和政治家。

棄暗投明

五更天烤火

〔釋義〕比喻離開邪暗之途而歸向光明正道。

甜蜜的事業

夫妻倆種甘蔗

〔釋義〕比喻給人們帶來愉快和幸福的工作。

連夜趕

蕭何月下追韓信*

〔釋義〕比喻不誤時機，加快行動。

〔注釋〕據《史記・淮陰侯列傳》記載，韓信為漢初諸侯王，他出身貧賤，不受重用。漢丞相蕭何很器重他，雖多次向漢王劉邦薦舉，終不被理睬。韓信一氣之下，悄悄出走，蕭何聞訊後，連夜追趕，說服韓信回歸漢營。後劉邦採納蕭何建議，拜韓信為大將軍。

連軸轉

火車輪子／木匠搖墨斗／車工三班倒

〔釋義〕比喻夜以繼日地連續幹活。

割了一茬又一茬

園中的韭菜

〔釋義〕比喻事物在連續不斷地發展。

富啦

金棒槌敲門

〔釋義〕比喻變得富有了。

渾身是勁

老牛拉犁馬拉車／老牛到了田裡

〔釋義〕比喻勁頭足，幹勁大。

甦醒

開春的草原

〔釋義〕昏迷後醒過來。比喻事物萌發，出現活力。

絕處逢生

林沖到了野豬林①／迷途望見北斗星②／翻船抓到救生圈

〔釋義〕比喻在身陷絕境的緊急關頭獲得生路。

〔注釋〕①《水滸傳》故事。林沖受高俅等人陷害，刺配滄州，途經野豬林時，解差按高俅等預先的安排，要殺害林沖。林沖在即將遭受滅頂之災的緊要關頭，遇拜把兄弟魯智深搭救。②北斗星：大熊星座的七顆明亮的星，分布成勺形，人們常用它來辨別方向。

買賣興隆

鬧市區做生意／姜子牙開算命館*

〔釋義〕比喻生意興盛。

〔注釋〕姜子牙未遇明主前，寄居宋家莊，過著寄人籬下的生活。他能看風水，又識陰陽，就在朝歌城南門鬧市區開了一間算命館。因他算得準，生意興隆。

越老越紅

屬秦椒的／八月的柿子／旱地的北瓜*／菜園裡的海椒

〔釋義〕比喻年紀越大，思想覺悟越高。

〔注釋〕北瓜：方言，南瓜。

越走越明；越走越亮堂

雞叫啟程／過了銀橋過金橋／踩著銀橋上金橋

〔釋義〕比喻前途光明，景況越來越好。

越來越壯

鳥槍換炮

〔釋義〕指一天天更加強壯。

越來越紅火

五月的山茶／陽春三月的桃花

〔釋義〕指人的境況越來越好。

越來越高

筍子變竹子／泰山頂上搭架子

〔釋義〕指事物的標準或等級越來越高。

越嚼越有味

口吃青果*／小孩兒吃甘蔗

〔釋義〕比喻越鑽研越有興趣。

〔注釋〕青果：橄欖（ㄍㄢˇ ㄌㄢˇ）果。長橢圓形，兩頭稍尖，味甜，可以吃，也可入藥。

越變越好

山雞變孔雀／家雀變鳳凰／棉襖換皮襖

〔釋義〕指事物變得越來越美好。

越變越好看

女大十八變

〔釋義〕指越來越美好。

閒不住

螞蟻的腿／熱蹄子馬*／春天的蜜蜂

〔釋義〕比喻勤奮，愛勞動。

〔注釋〕馬的蹄子發熱，說明馬閒不住，老在奔跑、運動。

雄心在

山中的瘦虎／老掉牙的虎

〔釋義〕比喻人有遠大的理想和抱負。

幹的大活

小爐匠打鍘刀

〔釋義〕比喻做重活，做起來大費力氣。

碰上好運（雲）氣

一頭鑽到青雲裡

〔釋義〕比喻人幸運，趕上了好機會。

節節高；節節上升

芝麻開花／雨後的竹筍／矮子放風箏／伏天*的高粱苗／出土筍子逢春雨

〔釋義〕比喻境況不斷上升，生活越來越好。

〔注釋〕伏天：指三伏天氣。

節節甜

出土的甘蔗／熟透的甘蔗

〔釋義〕比喻日子越來越幸福美好。

運氣好

程咬金拜大旗*／瞎貓碰到死耗子

〔釋義〕比喻人遇得意事，很幸運。有時表示戲謔。

〔注釋〕《說唐》故事。見「眾望所歸」。

遠走高飛

氣球上天／驚弓之鳥／出門坐飛機／出籠的野雞／崖鷹①的兒子／坐飛機登月球／放出籠子的鳥／半天雲裡騎仙鶴／斷了脖鎖②的鴿子

〔釋義〕指擺脫困境，尋找光明的前途。有時形容離開舊地走向遠方。

〔注釋〕①崖鷹：穴居山崖上的山鷹。②脖鎖：扣在鳥頸上的小鎖鍊，用鋼絲或鐵絲做成。

嘗到甜頭

娃娃吃甘蔗／包子吃到豆沙邊／瞎子摸著蜜罐子

〔釋義〕比喻開始得到某種好處。

暢通無阻

大輪船出海／新闢的航道／山洞裡的泉水／消防隊的汽車／柏油馬路上賽摩托

〔釋義〕指事情能夠順利進行。

滿載而歸

草船借箭①／劉姥姥走出大觀園②

〔釋義〕比喻收穫很大。

〔注釋〕①《三國演義》故事。諸葛亮巧用天時，利用霧天，佯裝攻曹，曹營面對佯攻的草船，萬箭齊放，結果草船滿載曹軍射來的箭凱旋而歸。②《紅樓夢》故事。劉姥姥到賈府乞求資助，王熙鳳一出手就給她二十兩銀子，比她一家人辛苦一年的收入還多。

綽綽*有餘

袍子改汗衫／七尺布做個褲頭

〔釋義〕形容很寬裕，很富足。

〔注釋〕綽綽（ㄔㄨㄛˋ）：寬綽。

熱火朝天

太陽灶*

〔釋義〕形容氣氛熱烈高漲。

〔注釋〕利用太陽能產生熱量的裝置。

熱氣騰騰

一鍋滾開水／剛揭蓋的蒸籠／大雨過後出太陽／剛出籠的熱饅頭

〔釋義〕比喻情緒高漲，氣氛熱烈。

擔子越挑越重

落雨天擔禾草／三十里地不換肩*

〔釋義〕指承擔的責任越來越大。

〔注釋〕由於人的持久力有限，儘管擔子的重量不變，但挑的時間越長越感到擔子沉重。

憑兩隻手

洗衣不用搓板

〔釋義〕比喻自力更生，不依賴別人。

鴻運將至

門口喜鵲叫／喜鵲落頭上

〔釋義〕指好運氣即將來臨。

總算有了出頭之日

出土的陶俑*

〔釋義〕指終究到了出人頭地的時候。

〔注釋〕陶俑（ㄩㄥˇ）：古代殉葬的陶製偶像。

廉正無私類

一本正經
三本經書掉了兩本
〔釋義〕形容嚴肅莊重的樣子。

一本正（真）經
唐僧念經
〔釋義〕同「一本正經」。

一身潔白
好藕不沾泥／石灰窯裡出來的
〔釋義〕形容非常純潔無瑕。

一清（青）二白
小蔥拌豆腐／絲瓜燒豆腐／豆腐炒韭菜／蘿蔔搭苤藍／菠菜煮豆腐／清水煮白菜／青石板上撒石灰
〔釋義〕比喻事實真相非常清楚，或人與人之間的關係非常純正。

一視同仁
待人不分厚薄
〔釋義〕指平等待人，不分親疏厚薄。

一塵不染
水洗玻璃／出水的芙蓉①／高山上的雪蓮②
〔釋義〕形容人心地純潔。
〔注釋〕①芙蓉：荷花。②雪蓮：葉子長橢圓形，花深紅色，生長在新疆、青海、西藏等地高山上，花可入藥。

大義滅親
包公鍘包勉*
〔釋義〕對犯罪的親屬不徇私情。
〔注釋〕包公做了開封知府，為官廉潔，鐵面無私。其嫂吳妙貞的獨子包勉當了肖山縣令後，貪贓枉法，包公為嚴正法紀，將包勉處死。

大義凜然
程嬰捨子救孤兒*
〔釋義〕指為了維護正義而無所畏懼的莊嚴神態。
〔注釋〕春秋時代，晉靈公的大臣趙盾一家三百餘人，被武將屠岸賈殺害，只剩下剛出生不久的孤兒。程嬰為保全趙家後代，暗中把自己的親生兒子和趙氏孤兒調換，最後，程嬰的兒子被當作趙氏孤兒而被慘殺。

不分上下
官兵並坐／娃娃貼對子①／荷花池裡的並蒂蓮②
〔釋義〕比喻不論職位輩分高低，一視同

仁。

〔注釋〕①對子：對聯。②並蒂（ㄉㄧˋ）蓮：並排地長在同一個莖上的兩朵蓮花。

不分高低

竹篙打水平平過

〔釋義〕比喻一視同仁，平等對待。有時比喻能力和水準不相上下。

不為自己

蜜蜂釀蜜

〔釋義〕指不考慮個人利益。

不留臉面

腮幫貼膏藥／新媳婦拜堂*

〔釋義〕比喻做事不顧情面。

〔注釋〕舊俗結婚舉行拜堂儀式時，新娘子要蒙紅頭巾，遮住臉面。

不偏不倚

一碗水端平／打靶中靶心

〔釋義〕比喻處事公道，不偏袒任何一方。

六親不認

房頂開門／甲魚吃甲蟲*／包老爺審案子／灶坑挖井，屋脊開門／魚吃魚，蝦吃蝦，烏龜吃王八

〔釋義〕比喻鐵面無私，不徇私情。有時指不通人情世故。

〔注釋〕甲蟲：鞘翅目昆蟲的統稱，如金龜子、天牛等，身體外部有硬殼，但與甲魚並沒有「親緣」關係。此為假想的說法。

公私分明；公是公來私是私

滅燭看家書*／司務長買飯票

〔釋義〕指公與私的界限分得清清楚楚，私人不占公家便宜。

〔注釋〕指連看家信都不用公家的燭燈，極言不占公家的便宜。

公事公辦

外甥打阿舅／司務長打爹／巡警打舅子／警察打老子／包老爺鍘陳世美／衙門皂子*打老爹

〔釋義〕比喻照章辦事，不講情面。有時表示以執行制度為藉口，對一些具體情況毫不通融。

〔注釋〕皂（ㄗㄠˋ）子：皂隸，舊時官府衙門裡的差役。

公道

路燈照明／馬路上說馬路

〔釋義〕指處事公平合理。

少私（絲）

半根麻線／蠶寶寶拉稀

〔釋義〕指沒有私心雜念。

引火燒身

燈蛾撲火／披麻救火／迎風放火／羽毛扇撲火／披蓑衣*救火／背油桶救火／稻草人救火／頂著被子玩火

〔釋義〕比喻主動暴露自己的缺點錯誤。有時比喻自惹煩惱。

〔注釋〕蓑（ㄙㄨㄛ）衣：用草或棕製成的，披在身上的防雨用具。

心地純正

剛出爐的鐵

〔釋義〕指為人善良、純真。

出不了格

棋盤裡的老將*

〔釋義〕比喻守規矩，不做越軌的事。

〔注釋〕中國象棋規定，雙方的將帥只能在米字格裡走動，不能出格。

正大（打）光明

光頭上拍巴掌／和尚頭上拍蒼蠅

〔釋義〕比喻心地坦蕩，言行正派無私。

正（鎮）路

石敢當*砌街

〔釋義〕比喻路子走得對，做的是正經事。

〔注釋〕石敢當：舊時人們認為可以鎮妖驅邪的小石碑。

光明正大

中秋節的月亮／正月十五的月亮

〔釋義〕比喻心地坦蕩無私，言行光明磊落。

光明潔白

月照雪山

〔釋義〕比喻光明磊落，一塵不染。

先人後己

黃花女*做媒／大姑娘當媒人／剃頭的頭髮長，修腳的腳生瘡

〔釋義〕指遇事先替別人著想，然後才想到自己。

〔注釋〕黃花女：處女的俗稱。

死盡忠心

剖腹獻肝膽

〔釋義〕指竭盡愚忠。多含貶義。

自己沒有分

姜太公封神*

〔釋義〕比喻做了工作，自己沒有得到好處。

〔注釋〕《封神演義》故事。姜子牙助武王伐紂，終於完成興周大業，發榜封神。姜子牙封了三百六十五位正神，但沒有封到自己。

自愛

對著鏡子親嘴／對著穿衣鏡調情

〔釋義〕指愛惜自己的名譽或身體。

抓不到辮子

兩個和尚打架

〔釋義〕比喻找不到什麼毛病或把柄。

改邪（鞋）歸正

脫了舊鞋換新鞋

〔釋義〕離開邪路，回到正路上來。

改惡從善

放下屠刀，立地成佛／浪子回頭，巫師轉行

〔釋義〕指不再作惡犯罪，決心改過自新。

沒遮沒蓋

馬蜂螫光頭

〔釋義〕比喻做事光明磊落。也指說話直截了當。

兩袖清風

為官廉正／胳膊肘裡安電扇

〔釋義〕多比喻做官廉潔。

抱（刨）打不平；專管不平事

木匠推刨子

〔釋義〕比喻講公道話，專門為受氣的人伸張正義。

明察秋毫*

包老爺辦案

〔釋義〕形容目光極為敏銳。

〔注釋〕秋毫：秋天鳥獸身上新長的細毛，比喻極微小的東西。

明鏡高懸

包青天的橫匾

〔釋義〕比喻審理案件廉正嚴明。

法不容人

包公鍘皇親

〔釋義〕指犯法的人要受到法律制裁，絕不寬容。

紀律嚴明

孫武訓宮女*

〔釋義〕指嚴格紀律，懲罰分明。

〔注釋〕《東周列國志》記載，春秋時代，著名軍事家孫武善用兵法，吳王請他去訓練宮女。由於宮女不守紀律，孫武按軍紀處置，將兩名隊長斬首。後繼續操練，人人遵守紀律，服從指揮。

要留清白在人間

石灰進火盆／青石進了石灰窯

〔釋義〕比喻只願給人留下廉潔純正的印象。

負荊[1]請罪

廉頗背荊條[2]／李逵罵宋江，過後賠不是[3]

〔釋義〕表示認罪賠禮，請求對方懲罰。

〔注釋〕①荊：荊條。②據《史記‧廉頗藺相如列傳》記載，廉頗和藺相如都是戰國時趙國的將臣，廉頗官位在藺之下，揚言要羞辱他。藺相如以國家利益為重躲開廉頗，避免衝突。廉頗受感動，背上荊條到藺家去道歉。③《水滸傳》故事。李逵誤以為宋江強奪民女，大鬧忠義堂。弄清真相後，李逵背上荊條，跪在忠義堂上，向宋江賠不是。

剛正不阿[1]

包公鍘駙馬[2]

〔釋義〕指剛強正直，不徇私迎合。

〔注釋〕①阿（ㄜ）：迎合，偏袒。②駙（ㄈㄨˋ）馬：皇帝的女婿。

胸懷全球

懷揣地球儀／世界地圖吞肚裡

〔釋義〕比喻胸襟寬廣，抱負遠大。

問心無愧

半夜敲門心不驚／夜晚打雷心不跳

〔釋義〕指沒有什麼可慚愧的。

唯才是舉

曹操用人*

〔釋義〕指憑賢能推舉、任用人才。

〔注釋〕曹操是一個有雄才大略的政治家和軍事家，他用人不計貴賤，唯才是舉。

執法如山

諸葛亮揮淚斬馬謖*

〔釋義〕比喻執行法紀很堅決，毫不動搖。

〔注釋〕《三國演義》中的故事。蜀將馬謖（ㄙㄨˋ）高傲自恃，獨斷專行，失守街亭後，被諸葛亮斬首。

捨己為人

下水救落嬰／雞婆[1]抱鴨子／老媽兒[2]奶

孩子

〔釋義〕指為了別人或集體而犧牲自己的利益。

〔注釋〕①雞婆：方言，母雞。②老媽兒：女傭人。

捨己救人

韓琦自刎*

〔釋義〕指不惜犧牲自己，去拯救別人。

〔注釋〕韓琦是陳世美的家將。陳世美命其追殺秦香蓮母子時，韓琦不忍心下毒手，拔刀自刎。

捨兒救孤

程嬰告密搜趙武*

〔釋義〕比喻為了救助別人，自己作出重大犧牲。

〔注釋〕見「大義凜然」。

清（青）白傳家

收了白菜種韭黃

〔釋義〕指廉潔的家風世代相傳。

清高

天上的老鷹不吃髒東西

〔釋義〕指品德高尚，不同流合汙。

清清白白

荷葉上的露珠

〔釋義〕形容人清白廉潔。

清濁分明

涇渭合流*

〔釋義〕比喻好壞、是非界限清楚。

〔注釋〕涇水是渭水支流，涇水清，渭水混濁。當涇水流入渭水後的一段河道內，清濁水流不混。

無私無畏

拚著一身剮*，敢把皇帝拉下馬

〔釋義〕指拋掉私心，再難再大的事也敢做。

〔注釋〕剮（ㄍㄨㄚˇ）：凌遲，封建時代的一種酷刑。把犯人的皮肉一塊塊割下，到死為止。

無懈可擊

清水衙門

〔釋義〕形容十分嚴密，沒有可以攻擊和指責的漏洞。

貴賤不分；不分貴賤

江海混魚龍

〔釋義〕比喻沒有高貴、低下之分。

黑白分明

木耳燒豆腐／白紙寫黑字／李逵騎白馬／豬血煮豆腐／西瓜子拌豆腐／煤球掉在石灰堆

〔釋義〕比喻是非、好歹界限清楚。

照亮別人，毀了自己

案上的紅燭／蠟燭的一生

〔釋義〕比喻為了別人的光明前途而不惜犧牲自己。

經緯①分明

粗紋路的布／梭②引紅線穿綠線

〔釋義〕比喻做事認真，毫不含糊。

〔注釋〕①經緯：織物的直線為經，橫線叫緯。②梭：織布梭子，織布時牽引緯線在經線中往覆穿行。

認理不認親

清官斷案子／包老爺的衙門

〔釋義〕指不徇私情。

賣力看不到，成功不叫好

水底下推船

〔釋義〕比喻默默無聞地埋頭苦幹，甘當無名英雄。

鞠躬盡瘁，死而後已

諸葛亮做丞相*

〔釋義〕比喻盡心竭力地貢獻自己的一切，到死為止。

〔注釋〕諸葛亮是忠貞和智慧的代表，自做丞相直至終年，對事業始終如一，忠心耿耿，鞠躬盡瘁。死前嘔血不止，仍抱病理政。

鐵面無私

包公審案／包老爺的作風／開封府的包青天

〔釋義〕形容公正嚴明，不畏權勢，不徇私情。

耿直誠實類

不會拐彎

火車頭拉磨／出膛的子彈／汽車的後輪①／拉弓射出的箭／袖筒裡藏通條②

〔釋義〕比喻說話做事直來直往。

〔注釋〕①汽車的後輪不會拐彎，調整轉動方向靠前面的導輪。②通條：用來通爐子或槍、炮膛等的鐵條。

不藏不掖

竹筒倒豆／缸中倒豆／變戲法的亮手帕*

〔釋義〕比喻做事光明磊落，不遮遮蓋蓋。

〔注釋〕魔術演員用手帕作道具，進行表演時，故意把手帕翻來翻去給觀眾看，表示裡面沒藏掖東西。

不攙假

實心餃子／貨真價實的買賣

〔釋義〕比喻情況真實，沒有虛假。有時特指東西貨真價實。

心太實

敲不響的木鼓

〔釋義〕指心眼實在，不會弄虛作假。

心裡厚

彈花槌擀烙饃*

〔釋義〕比喻為人實在、厚道。

〔注釋〕彈花槌是彈棉花時用以敲打彈花弓弦的木槌，一般兩頭粗，中間細。用來擀烙餅，肯定是中間厚，邊上薄。

句句真言；句句實話

娃娃的話／老和尚念經／蘇三*上公堂／掌磅秤的報數／知心朋友的悄悄話

〔釋義〕比喻全是真理或真情實言。

〔注釋〕蘇三：戲曲傳統劇目《玉堂春》中描寫的名妓，蒙冤論死。王金龍任八府巡按，複查此案，為其平反，最後王蘇二人成婚。

只有一個心眼

大軸和馬達／竹筒子吹火／獨根燈草*點燈／二尺長的吹火筒

〔釋義〕比喻一心一意。

〔注釋〕燈草：燈心草的莖髓，多用來做油燈的燈心。

正直

木匠吊線／廟門前的旗杆

〔釋義〕比喻公正坦率。

有口無心

快嘴婆娘／小和尚念經／白瓦壺好看／玩具店裡的娃娃

〔釋義〕比喻有啥說啥，心裡並不介意。

有啥說啥

灶王爺上天⋆／直性人發言／肚子裡有半斤，嘴上倒五兩

〔釋義〕形容毫不隱諱，心裡怎麼想就怎麼說。

〔注釋〕舊時民間習俗，農曆臘月二十三晚上，要舉行送灶神上天的祭祀，希望他上天如實稟報情況，祈求幸福。

老實（十）

老九的弟弟

〔釋義〕指誠實或守規矩。

老實巴腳

黃泥巴腳桿子

〔釋義〕比喻忠厚老實。

老實（石）人

樂山的大佛①／李存孝②的爹／龍門石窟③裡的佛像

〔釋義〕指誠實或守規矩的人。

〔注釋〕①世界上最大的石刻佛像，座落在四川省樂山市的凌雲山西壁。②李存孝：《李存孝打虎》中說，李存孝是唐末人，沒爹沒娘，從石頭縫裡生出來的，力大無窮。③龍門石窟：位於河南省洛陽南郊伊河岸，是中國最著名的石窟藝術寶庫之一。現存石窟 1352 個，大小造像十萬餘尊。

老實（石）疙瘩

頭上頂碓窩⋆

〔釋義〕比喻人非常誠實，或過分死心眼。

〔注釋〕碓（ㄉㄨㄟˋ）窩：石臼，舂米器具。

來明的

地窖裡打燈籠／點起火把作戰

〔釋義〕比喻做事光明磊落，或有話說在明處。含有明人不做暗事的意思。

明來明去

火把換燈籠／打燈籠串親戚

〔釋義〕比喻光明磊落。有時指有話直說，不拐彎抹角。

明砍

月亮壩裡耍大刀

〔釋義〕比喻明說明講，有事擺在明處。

明說明講

打著燈籠拉呱⋆

〔釋義〕指有話說在明處，毫不隱諱。

〔注釋〕拉呱（ㄍㄨㄚˇ）：方言，閒談。

直打直

扁擔砸槓子

〔釋義〕比喻為人直爽，直來直往。

直來直去；直出直入；直進直出

夾巷趕狗／蛇鑽竹筒／木匠推刨子／牛頭刨①開車／長蟲吞竹竿／火箸②捅爐子／弄堂③裡打狗／快車進小站／沒底的筲④桶／巷道扛椽子⑤／炮彈進炮膛／袖筒裡插棍／提扁擔進屋／屬炮筒子的／小巷推大炮／小胡同裡趕豬／小胡同趕駱駝／長竹竿進巷道／布機裡的梭子⑥／機關槍的通條⑦／夾道裡推車子／過道裡掮⑧椽子／竹筒裡鑽耗子／弄堂裡扛木頭／拖拉機

犁大田／府官到縣衙門[9]／胡同裡扛竹竿／煙囪裡爬老鼠／袖筒裡揣棒槌[10]／撐篙子[11]進房門／龍門刨上的工件／扛電線杆進城門／衝鋒槍上的通條／姜太公的釣魚鉤[12]／提著扁擔串門子／嗓子眼裡吞麵杖

〔釋義〕形容直截了當，不繞圈子。

〔注釋〕①牛頭刨：機床刀架部分像牛頭的一種刨床，加工工件時，刀具作往覆運動。②火箸（ㄓㄨˋ）：方言，火筷子。③弄堂：方言，小巷、胡同。④筲（ㄕㄠ）：水桶。⑤椽（ㄔㄨㄢˊ）子：放在檁上架著屋面板和瓦的木條。⑥梭子：織布時牽引緯線（橫線）的工具，在布機篦裡往覆穿行。⑦通條：用來通爐子或槍、炮膛等的鐵條。⑧掮（ㄑㄧㄢˊ）：把東西放在肩上搬運。⑨縣衙屬知府管轄，因此府官進縣衙門，可以大搖大擺地直進直出。⑩棒槌：捶打用的木棒，舊時多用來洗衣服。⑪篙（ㄍㄠ）子：篙，撐船用的竹竿或木杆。⑫據《武王伐紂平話》記載，姜太公曾在渭河邊上用無餌的直鉤，在離水面三尺之上釣魚，並自言自語地說：「負命者上鉤來！」

直性人

腸子不打彎／吃竹竿長大的／一根腸子通到底

〔釋義〕指性情直爽的人。

直性子對直性子

機槍對炮筒

〔釋義〕比喻性情直爽的人碰在一起。

直腸子；直腸直肚

肚子裡吞擀麵杖

〔釋義〕比喻性情直爽，有啥說啥。

直槓一條；直通通的

長蟲[1]吃扁擔／帆船上的桅杆[2]／南天門[3]的旗杆

〔釋義〕比喻人性情直爽，說話不拐彎。

〔注釋〕①長蟲：蛇。②桅杆：船上拴帆的杆子。③南天門：傳說中天宮的正門。

真心實意；誠心誠意

外婆待外甥／丈母娘疼女婿／光腳丫子拜觀音

〔釋義〕指真實而誠懇的心意。

貨真價實

關公開刀鋪[1]／王麻子賣刀剪[2]

〔釋義〕貨色不假，價錢實在。現常用來表示真正的、一點不假。

〔注釋〕①關公善使大刀，他的「青龍偃月刀」重八十二斤，俗稱「關刀」。假設由關公開刀鋪，肯定貨真價實。②見「名不虛傳」。

單刀直入

關公赴宴[1]／關公進皇宮／林沖誤闖白虎堂[2]

〔釋義〕比喻直截了當，不轉彎子。

〔注釋〕①《三國演義》故事。東吳妄圖在飲宴時乘機殺害關公，關公毫不畏懼，只帶少數隨從和一把大刀赴會，宴會上關公談笑自若，宴後返回，安然無恙。②見「上當受騙」。

開門見山

愚公*之見／愚公之居

〔釋義〕打開門看見山。比喻說話、寫文章一開頭就扣住題目，不繞圈子。

〔注釋〕愚公：古代的一位老人，他決心挖掉門口擋住去路的兩座大山。

照直迸（綳）

木匠打墨線

〔釋義〕指照直說，不拐彎抹角。

誠心

老婆婆燒香／巧繡香囊①送郎君②／善男信女③拜觀音

〔釋義〕比喻真誠而懇切。

〔注釋〕①香囊：香草布袋，上面可繡花、繫絲穗。②郎君：妻對夫的稱呼。③善男信女：佛教用語，指信仰佛教的人們。

誠（盛）心

懷裡揣馬勺*

〔釋義〕同「誠心」。

〔注釋〕馬勺：較大的勺。

實心眼

泥塑的神胎／擀麵杖當簫吹

〔釋義〕比喻實實在在。

實心腸；實心實腸

土地爺的五臟／泥菩薩的肚腹

〔釋義〕比喻心地誠實，不虛假。

實心實意

發麵饅頭送閨女／疙瘩餅子送閨女／姐夫教小舅子學藝

〔釋義〕比喻真心實意。

實（石）打實（石）

石斧開山／沙岩打青岩／南山滾石頭／碌碡①碰碌碡／碾盤碰磨扇／石榔頭打石樁／石頭掉在磨盤上／石頭落在碓窩裡／石錘子搗石缽②子／倒了碾盤砸了磨／搬起石磙砸碾盤

〔釋義〕比喻實實在在。

〔注釋〕①碌碡（ㄌㄧㄡˋ ˙ㄓㄡ）：石磙。②石缽（ㄅㄛ）子：石頭鑿製的擂缽，作研磨用。

實言（石研）

米臼*搗砂子

〔釋義〕指講真實話。

〔注釋〕米臼（ㄐㄧㄡˋ）：舂米的石臼。

實來實去

莊稼人走親戚

〔釋義〕比喻待人接物很實在，不搞客套。

實話（石畫）

牆上掛磨扇／青石板做中堂①／堂屋②裡掛碾盤

〔釋義〕指真實的話。

〔注釋〕①中堂：懸掛在客廳正中的尺寸較大的字畫。②堂屋：泛指正房。

實實在在

一滴雨，一點溼

〔釋義〕比喻做事扎實。有時指事情真實，沒有虛假。

說直話

對著煙囪喊叫／嘴巴上戴竹筒

〔釋義〕比喻說話不拐彎抹角。

說亮話

打開窗戶／推開天窗

〔釋義〕比喻話說在明處，不必遮掩。

說實（石）話

石頭人開口

〔釋義〕指講真話。

團結友愛類

一見鍾情

司馬遇文君①／張生遇見崔鶯鶯②／陌路相逢談戀愛

〔釋義〕指男女之間一見面就產生了愛慕之情。

〔注釋〕①西漢著名文人司馬相如，才學出眾，一次到卓家赴宴，遇卓王孫女兒卓文君，二人一見傾心，成為知音。文君不顧家庭的反對與司馬相如連夜私奔，後結為夫妻。②《西廂記》故事。書生張君瑞上朝應舉，在普救寺與相國小姐崔鶯鶯一見鍾情。後在紅娘幫助下，終成眷屬。

一呼百應

音響公司／包老爺*升堂

〔釋義〕形容一個人發出號召，很多人都響應。

〔注釋〕包老爺：包公。

一個音

雙錘落鼓／七根笛子一起吹

〔釋義〕比喻說法相同，語調一致。

一捏就成

糯米麵包餃子

〔釋義〕比喻稍經撮合就能成功。

一唱一和

演雙簧*的／山頭上對歌／夫妻倆唱小調／兩個山頭上的斑鳩

〔釋義〕比喻互相配合，互相呼應。有時用於貶義。

〔注釋〕雙簧：曲藝的一種。一個人表演動作，另一人藏在後面或說或唱，互相配合。

一條心

桄榔（ㄍㄨㄤ ㄌㄤˊ）樹①／芭蕉結果／油澆蠟燭／洞房花燭／獨根燈草②／蠟燭點火／竹管裡裝燈草

〔釋義〕比喻團結齊心，目標一致。

〔注釋〕①常綠喬木，生長在熱帶，莖中的髓可製澱粉，葉柄的纖維可製繩。②燈草：燈心草的莖髓，多用作油燈的燈心。

一路

妯娌*趕集／田埂上的豆子

〔釋義〕指走同一條路；同奔前程之意。

〔注釋〕妯娌（ㄓㄡˊ ㄌㄧˇ）：哥哥和弟弟的妻子的合稱。

一對兒

棗木梆子①／繡花枕頭／斑鳩下蛋／河裡

的鴛鴦②／雙扇門貼門神／池塘裡的鴨子／城隍廟的鼓槌／衙門口的獅子／舞臺上的鼓槌／廟門前的石獅子／一個葫蘆鋸兩個瓢

〔釋義〕比喻作配偶很合適、很恰當。

〔注釋〕①梆子：打擊樂器，用兩根長短不同的棗木製成。②鴛鴦（ㄩㄢ ㄧㄤ）：像野雞，體形小，雄鳥有彩色羽毛，雌雄多成對生活在水邊。多用來比喻夫妻。

一對紅

門上貼春聯／模範找英雄

〔釋義〕指都是受人尊重的人。

一齊出動

楊家將出征*

〔釋義〕形容全體總動員，一致行動。

〔注釋〕北宋名將楊繼業和他的八個兒子，在金沙灘（今山西雁門關）激戰中，一齊奔赴戰場，和遼軍浴血奮戰。

人人掛心腸

殺豬分下水*

〔釋義〕比喻大家都關心。

〔注釋〕下水：供食用的牲畜內臟，如肚子、腸子、心肝、肺等。

又是親（青）又是熱

沙鍋裡炒嫩蠶豆

〔釋義〕比喻非常親熱。

入骨[1]相思

剝開皮肉種紅豆[2]

〔釋義〕比喻思念到了極點。

〔注釋〕①入骨：達到極點。②紅豆：也叫「相思子」，文學作品中常用它作為互相思念的象徵。

久有意

準備臘肉待親家

〔釋義〕指很早就有情意。

大家合算；大家歡喜

銅毫子買母豬肉[1]／銅銀子[2]買紙臘鴨[3]

〔釋義〕比喻辦事公平合理，都不吃虧，人人滿意。

〔注釋〕①銅毫子不值錢，母豬肉很便宜，買賣雙方都合得來。毫子：舊時一角、二角、五角的銀幣，二角的最常見。②銅銀子：指以銅代銀。③紙臘鴨：臘鴨瘦得只剩下皮包骨，像紙一樣薄。

大家動口

螞蟻搬家

〔釋義〕比喻個個行動起來。

寸步不離；形影相隨

母雞帶小雞／身後的影子／盲人的拐棍／貼身的丫鬟／氈襪裹腳靴／前腳與後腳／螞蟥*叮住水牛腿

〔釋義〕一點也不離開。形容關係密切。

〔注釋〕螞蟥（ㄇㄚˇ ㄏㄨㄤˊ）：水蛭，尾部有吸盤，可叮在人、畜身上吸食血液。

不分彼此

毛襪套氈襪／孿生的羊羔／一個鍋裡吃飯／肉爛了在鍋裡／一副碗筷兩人用

〔釋義〕形容關係密切，交情深厚。

不勸自了

兩口子打架

〔釋義〕指不用勸說，糾葛自然了結。

分外親（青）

春天的楊柳

〔釋義〕指格外親熱。

天生的一對

牛郎配織女*

〔釋義〕比喻配偶雙方很相配。

〔注釋〕我國古代神話。織女為天帝的孫女，聰明能幹，住在天河之東，常年織造雲錦。後與河西的牛郎結為恩愛夫妻。

天降良緣；天配良緣

神仙女下凡間／許仙碰著白娘子*

〔釋義〕由天意結成的美滿婚姻。比喻出人意料的好姻緣。

〔注釋〕傳統戲曲《白蛇傳》講，白娘子本是峨嵋山上千年修煉的白蛇精，化身女子，名曰白素貞，與青蛇化身侍女小青遊西湖，遇上忠厚勤勞的許仙，二人相愛，結為夫妻。

心心相印

我心似你心／肚子裡裝文章

〔釋義〕指彼此感情完全相投。

心連心

荷花結籽／紅線穿燈草／紅頭繩穿銅錢

〔釋義〕比喻思想感情相通，想法一致。

心掛兩頭

扁擔挑水走滑路／一會念叨娃，一會想起媽

〔釋義〕比喻一心二用，既想這個，又掛念那個。

心裡肯（啃）

蟲吃沙梨

〔釋義〕比喻從心眼裡願意。

心（薪）掛兩頭

下山擔柴／扁擔挑柴火

〔釋義〕同「心掛兩頭」。

正好一對

才子配佳人／蓮花並蒂開／酒杯碰酒壺／繡球配牡丹／穆桂英和楊宗保*

〔釋義〕多指配偶雙方條件相當，很相配。有時指相同的兩樣東西恰好配成一對。

〔注釋〕穆桂英智勇雙全，武藝超群，自招北宋名將楊繼業的孫子楊宗保為婿，歸於宋朝。兩人與楊家諸將東征西戰，為保衛大宋江山屢建奇功。

正在熱呼勁上

半夜裡的被窩／穿皮襖喝燒酒／新郎新娘喝喜酒

〔釋義〕比喻正處在親熱的勁頭上。

生死不離

枯藤纏大樹／紫藤纏榕樹①／生同衾②死同穴③／老兩口埋在一個墳裡

〔釋義〕無論是生是死，永不分離。比喻感情或友誼極為深厚。

〔注釋〕①榕樹：常綠喬木，樹幹的分枝多，有氣根，樹冠大。②衾（ㄑㄧㄣ）：被子。③穴：墓坑。

生死同飛

螞蟥①叮住鷺鷥②腳

〔釋義〕比喻生死與共，互相依存。

〔注釋〕①螞蟥：水蛭，尾部有吸盤，可叮在人、畜等身上吸食血液。②鷺鷥：白鷺。

同甘共苦

冰糖煮黃連／有福同享，有禍同當

〔釋義〕比喻同歡樂，共患難。

同吃一碗齋飯*

唐僧跑進和尚廟

〔釋義〕比喻彼此從事同一種工作。

〔注釋〕齋（ㄓㄞ）飯：和尚向人乞求的飯。

同奔前程

哥倆上京城／兩匹馬並排跑／一個馬鞍上的人

〔釋義〕形容為了一個目標共同前進。

同病相憐

泥佛勸土佛／姐兒倆害相思

〔釋義〕比喻有共同的遭遇或不幸。

同（童）聲同（童）調

小朋友唱歌

〔釋義〕比喻異口同聲。

各人心裡愛

生鹽拌韭菜／芥末拌涼菜／香油炒白菜／有人喜歡雞，有人喜歡鴨

〔釋義〕指每個人都有自己所喜愛的事。

各有各的搭檔*

升不離斗，秤不離砣，篩子不離筐和籮／秤不離砣，公不離婆，扁擔不離油籮籮

〔釋義〕指各有各的協作共事的人。

〔注釋〕搭檔：方言，指協作共事的人。

合在一起幹

麻線搓繩／黃沙裡攙水泥／絲線擰成一股繩

〔釋義〕指團結起來做事。

好得沒法說

兩個啞巴親嘴／倆啞巴睡一頭

〔釋義〕指關係好極了，無法用言語形容。

如魚得水

劉備遇孔明*

〔釋義〕比喻得到適宜的環境。

〔注釋〕《三國演義》說，劉備三顧茅廬，把孔明請來，對他十分敬重，孔明常常獻計獻策，劉備深受教益。劉備對部下說：「我得孔明，好像魚兒得到水一樣」。

成雙成對

春天的貓①／鴛鴦戲水／麂子飲水②／兩口子回門③／屬比目魚④的／扁擔兩頭掛籮筐

〔釋義〕多指一對對的情侶。

〔注釋〕①春天為貓的發情期，多成對在一起。②麂（ㄐㄧˇ）子是哺乳動物的一屬，小型的鹿。麂子飲水時，常雌雄成雙相伴而行。③回門：舊時習俗，指婚後幾天內新婚夫婦一起到女方家拜見長輩和親友。④比目魚：身體扁平，成長中兩眼逐漸移到頭部的一側，平臥在海底。

早有心

三月的白菜

〔釋義〕指很早就有心意。

有情人

看戲流眼淚／聽鼓書*抹眼淚

〔釋義〕指重感情、講情意的人。

〔注釋〕鼓書：大鼓，曲藝的一種。

老兄老弟

撂①下拐杖作揖②

〔釋義〕彼此稱兄道弟。多形容老相識之間的親密關係。

〔注釋〕①撂（ㄌㄧㄠˋ）：放。②作揖：兩手抱拳高拱，彎身施禮。

扯也扯不開

雞筋與牛筋／糯米飯搓粑粑／泡泡糖黏住糯米飯

〔釋義〕比喻關係融洽，密不可分。

沒反正

狗皮襪子／左右都能穿的靴子

〔釋義〕比喻關係好，不分彼此。

志同道合

兄妹上大學／挑水的娶個賣菜的

〔釋義〕指彼此志向相同，意見相合。

兵馬全到

一聲軍號

〔釋義〕比喻一呼百應，行動迅速。

步調一致

八個人抬轎／操練的士兵

〔釋義〕比喻行動一致。

依依不捨

崔鶯鶯送郎*

〔釋義〕形容捨不得離別。

〔注釋〕《西廂記》故事。講崔鶯鶯在十里長亭安排筵席，送郎君張生赴京趕考的事情。

兩相配

鴛鴦一對兒／駿馬馱銀鞍／銀線穿金線

〔釋義〕比喻雙方很般配，很相稱。

兩相情願

將軍買馬／周瑜打黃蓋*

〔釋義〕指雙方都很願意。

〔注釋〕見「自打自」。

兩想（響）

二踢腳*

〔釋義〕比喻兩人彼此思念。

〔注釋〕又叫天地炮，雙響爆竹的一種。

兩頭熱

豆腐腦兒挑子*

〔釋義〕比喻兩方面都滿懷熱情。

〔注釋〕舊時賣豆腐腦兒的生意人，其擔子一頭為豆腐腦兒，一頭為打好的鹵子，為保持一定的溫度，兩頭都用炭火加熱。

忠貞不渝

王寶釧等薛平貴*

〔釋義〕比喻忠誠堅定，永不變心。

〔注釋〕相傳薛平貴與王寶釧婚後不久，即應征討伐西涼國，打了敗仗，成為俘虜，被迫招為駙馬。王寶釧住在寒窯（今西安東南郊），一直等了十八年，受盡艱難，忠貞不渝，終於和薛平貴團圓。

相依為命

孤老頭子光棍兒子

〔釋義〕指互相依靠著生活，誰也離不開誰。

穿針引線

大姑娘繡嫁衣／月下老人繡鴛鴦／繡花姑娘的手藝／裁縫師傅手中忙

〔釋義〕比喻從中撮合、聯繫。

思（絲）情不斷

蓮蓬梗打人

〔釋義〕比喻思念之情從未間斷。

後會有期

牛郎約織女

〔釋義〕比喻今後還有見面的機會。

記生記死

墳前的石碑／烈士陵園的碑文

〔釋義〕比喻生死不忘。

個個使勁；個個出力

九牛爬坡／螞蟻拖螞蚱*／螞蟻抬蟲子

〔釋義〕指都很賣力。

〔注釋〕螞蚱（ㄇㄚˋ ㄓㄚˋ）：方言，蝗蟲。

配得起你

金鼓配銀鑼／你有秤杆我有砣／你有駿馬我有金鞍

〔釋義〕多比喻男女婚配相當。

挽得緊

道士的辮子

〔釋義〕比喻團結緊密。

破鏡重圓

徐德言買半鏡*

〔釋義〕比喻夫妻關係破裂或分手後，重新團聚和好。

〔注釋〕《說唐》中講，南北朝時，徐德言與樂昌公主結為恩愛夫妻。因當時社會動盪不安，徐把一面銅鏡破為兩半，並相約萬一失散，叫妻子託人於正月十五在街上叫賣半鏡。後二人果然在戰亂中失散，徐德言按照約定的辦法買到半鏡，夫妻終於團聚。

異口同聲

千人大合唱／開會呼口號

〔釋義〕形容所有的人說法完全一致。

密不可分

麵粉攙石灰／鐵屑見磁石／秤杆與秤砣

〔釋義〕比喻關係十分密切。

專扶人

老太太的拐棍

〔釋義〕指專門扶助別人。

常相思（想絲）

桑蠶不作繭

〔釋義〕比喻經常思戀。

望眼欲穿

一手拿針，一手拿線

〔釋義〕形容盼望急切。

情義為重

關雲長守嫂嫂*

〔釋義〕比喻守信義，重情誼。

〔注釋〕劉備偷襲曹營，兵敗逃散。關雲長為保護劉備的二位夫人，被迫暫屈曹營，竭力關懷和保護著二位嫂嫂，最後過五關斬六將，終於與劉備重新相見。

甜頭大家嘗

水井放糖精

〔釋義〕比喻有好處大家一起分享。

無二心

千斤磨盤／獨根蠟燭／一根燈草點燈

〔釋義〕指一心一意，沒有外心。

越打越親熱

水泊梁山的兄弟

〔釋義〕比喻在爭鬥中相識結交，更顯親密。

結緣（圓）

竹子做籬笆*

〔釋義〕指結下緣分。

〔注釋〕籬笆（ㄌㄧˊ·ㄅㄚ）：用竹子或樹枝等編結成的遮攔物，環繞在場地、園子的周圍。

湊膽（撣）子

走道拾雞毛

〔釋義〕比喻聚集許多人做某件事，以壯聲威。

想起舊情

白素貞哭斷橋*

〔釋義〕回憶起過去的情誼。比喻情深未斷。

〔注釋〕《白蛇傳》故事。惡僧法海施離間計，使許仙和白素貞離散。白素貞鬥不過法海，敗退來到斷橋，正遇許仙，白素貞邊哭邊罵許仙忘恩負義。後念及舊情，和許仙重歸於好。

想得苦

做夢當長工*／做夢吃黃連／做夢割破膽

〔釋義〕形容思念親人心切。

〔注釋〕長工：舊時長年出賣勞力，受財主剝削的貧苦農民。

想情（晴）人

盼望出太陽的姑娘

〔釋義〕比喻思念心愛的人。

想（響）到一個點子上

錘子打釺／敲鑼緊跟打鼓的

〔釋義〕比喻想法一樣。

想（響）到一塊了

同吹兩把號／兩響炮升天／鈴鐺敲鑼鼓／鞭炮兩頭點／又敲鑼鼓又放炮／兩個喇叭一個調／敲鑼碰到放炮的／兩把號吹成一個調

〔釋義〕形容不謀而合。

愛煞人

滿園的牡丹／小姑娘的臉蛋／玩具店裡的洋娃娃

〔釋義〕指非常討人喜歡。

暖人心

雪裡送炭／懷裡揣棉花

〔釋義〕指使人心裡感到溫暖、舒適。

碰上自家人

毛豆燒豆腐／竹子扁擔挑竹筐

〔釋義〕指彼此不是外人。

道是無情（晴）卻有情（晴）

東邊日出西邊雨*

〔釋義〕指戀人之間的感情。

〔注釋〕「東邊日出西邊雨，道是無晴卻有晴」是唐朝劉禹錫《竹枝詞》中的詩句。此為用古詩詞名句拆作歇後語。

遇了緣

豁牙子*咬蝨子

〔釋義〕指有緣分。

〔注釋〕豁（ㄏㄨㄛ）牙子：牙齒殘缺的人。

遇上了好人（仁）

嗑瓜子嗑出蝦米來

〔釋義〕指與品行好的人相逢。

團圓到底

鐵球掉在江心裡

〔釋義〕比喻親人散而復聚，永不分離。

團圓過了又團圓

中秋過了閏八月*

〔釋義〕形容家庭親人一次又一次地散而復聚。

〔注釋〕八月十五中秋節為團圓節，如逢閏八月，一年要過兩個團圓節。

夢裡見面（麵）

做夢吃饅頭

〔釋義〕指思念親人心切，常常在夢中相見。

滿肚子相思

吃了三碗紅豆*飯

〔釋義〕比喻非常思戀。

〔注釋〕紅豆：也叫「相思子」，文學作品中常用它作為互相思念的象徵。

緊相連

油鹽罐子／前腳不離後腳

〔釋義〕形容聯繫交往密切。

說不完的話；話語多

老太婆的嘴／老朋友相會／閨女遇見媽

〔釋義〕比喻說話很投機。

齊心

十月的芥菜

〔釋義〕形容想法一致。

齊發（髮）動

風吹頭髮

〔釋義〕指齊心協力地做事。

齊頭並進

胖子排橫隊

〔釋義〕比喻不分先後，一同前進。

寬宏大量

宰相肚裡能撐船

〔釋義〕指人的肚量大，待人寬厚。

熱火得很

三伏天烘火炭／六月天燒爐子

〔釋義〕形容場面十分熱烈。

熱呼呼

臘月的井水／六月裡吃生薑

〔釋義〕形容親切溫暖。

熱呼呼，甜蜜蜜

一口咬住烤紅薯／剛出籠的糖包子

〔釋義〕形容關係親親熱熱，心中愉快舒適。

窮配窮

兩個叫花子拜堂*

〔釋義〕指貧困的人相聚在一起。含有同病相憐，意氣相投的意思。

〔注釋〕拜堂：拜天地，舊式婚禮新郎、新娘一起舉行參拜天地的儀式。

談（彈）到一塊去了

兩個琵琶一個調／胡琴與琵琶合奏

〔釋義〕指說話投機。

靠的牽線人

木偶跳得歡

〔釋義〕指依靠穿針引線的人。

靠眾人抬舉

小媳婦坐轎／觀音菩薩*坐轎子

〔釋義〕指做事要依靠大家的支持。

〔注釋〕觀音菩薩：觀世音，佛教菩薩之一。

親上加親

表姐弟結婚／師傅當丈人／姑姑門下做媳婦

〔釋義〕比喻關係非常親密。

親（青）上加親（青）

萵筍炒蒜苗／竹林裡栽柏樹／白菜葉子炒大蔥／菠菜白菜一鍋煮

〔釋義〕同「親上加親」。

親（清）上加親（清）

吃粥加湯／甜酒裡兌水／米湯泡稀飯

〔釋義〕同「親上加親」。

親密無間

哥倆並坐／一個方凳坐兩人／一張席子兩人睡

〔釋義〕比喻關係極為親密，沒有絲毫隔閡。

聯成一片

鴨子的腳板

〔釋義〕指聯合起來，成為一體。

濟濟一堂

節日擺宴席／過年吃團圓飯

〔釋義〕形容許多人聚集在一起。

藕斷絲連

砍不斷的情思／不能成親仍相愛

〔釋義〕比喻表面上似斷了關係，實際上仍有聯繫。

難分開

快刀砍水／棒打鴛鴦／熱戀中的情人

〔釋義〕比喻密不可分。

難捨難分

十步九回頭／刀砍大海水／水裡的鴛鴦／糯米粑粑黏砂糖／兒女是娘心上一塊肉

〔釋義〕形容雙方捨不得離開。

難解難分

青藤纏老樹／黏糖的豆子／水桶上安鐵箍／老鷹抓住鷂子*腳／九股繩扭成死疙瘩／長青藤搭在牆頭上／冬瓜秧爬上葡萄架／葫蘆蔓纏上南瓜藤

〔釋義〕形容雙方關係非常親密。有時比喻矛盾和糾葛很深，不易解決和處理。

〔注釋〕鷂（ㄧㄠˋ）子：雀鷹，猛禽的一種，比老鷹小。

離（犁）不得

鑌鐵做鏵口*／壁上的春牛／年畫上的春牛

〔釋義〕比喻離不開，少不了。

〔注釋〕鑌（ㄅㄧㄣ）鐵指精煉的鐵，質地不如鋼，不能做鋒利的工具。鏵口一般用鋒利的鋼製作。

謙遜禮貌類

一路辛苦

趙五娘上京*

〔釋義〕主人對遠方來客的問候話。

〔注釋〕《琵琶記》講，趙五娘在丈夫蔡伯喈進京趕考之後，含辛茹苦，辛勤侍奉公婆，公婆死後，五娘進京尋夫，她一路彈唱琵琶詞行乞，歷盡艱辛。

一點心

瓜子敬客

〔釋義〕比喻禮物雖輕微，但可表達心意。

久聞（九文）

十個小錢①丟一個／十個銅板②少一文

〔釋義〕指早就知道大名。初次會面時的客套話。

〔注釋〕①小錢：也叫文錢，十個小錢為十文錢。②銅板：銅錢，一個銅錢也叫一文。

久聞（九文）久聞（九文）又久聞（九文）

二十七錢擺三處

〔釋義〕指再三表示早就知道大名。初會面時的客套話。

久慕（墓）

孔夫子的墳／深山老墳堆

〔釋義〕指久仰，即仰慕已久。多為初次見面時的客套話。

不值一談（彈）

馬尾做弦／狗尾做琴弦／燈心草做琴弦

〔釋義〕指沒有談論的價值或意義。

不敢勞（撈）駕；勞（撈）不起大駕

土地爺跳塘／萬歲爺掉井裡／趙匡胤①掉井裡／城隍爺掉井裡，土地爺巴頭②看

〔釋義〕比喻不敢麻煩別人為自己做事。

〔注釋〕①趙匡胤（ㄧㄣˋ）：宋太祖。②巴頭：伸著頭。

不敢當（擋）

山上發洪水／決堤的大壩／狂風中的海浪

〔釋義〕表示對別人的褒獎承當不起。

比不上

孔雀遇鳳凰／簸箕比天，叫花子比神仙

〔釋義〕這裡表示不敢高攀。有時比喻差得遠。

水平（瓶）有限（線）

茶瓶上繫索子

〔釋義〕表示自己的水準不高。

由你指點

瞎子背拐子*走

〔釋義〕指請人提醒或引導。

〔注釋〕拐子：腿腳瘸的人。

甘拜下風

司馬誇諸葛*

〔釋義〕表示真心佩服或自認不如對方。

〔注釋〕《三國演義》中說，蜀將馬謖失守街亭後，諸葛亮巧施「空城計」，司馬懿怕中埋伏，引兵退去。當他知道上當中計後，悔恨萬分，不禁仰天感嘆說：「我不如孔明矣！」

多謝

落花滿地紅

〔釋義〕對別人的好意十分感謝。

有來有去

木匠拉大鋸／鴨背上的水／正月間走親戚／修鍋匠拉風箱

〔釋義〕比喻有來有往。

有理（李）有性（杏）

四月的花園

〔釋義〕指有理性，懂道理。

有勞大駕

金剛①拖地板／四大金剛②掃地

〔釋義〕請人做事或讓路時所說的非常客氣的話。

〔注釋〕①金剛：佛教稱佛的侍從力士，因手持金剛杵（古印度兵器）而得名。②四大金剛：指四天王。

有禮

兩手捧壽桃／媒人跟著食盒*走／老相識見面鞠一躬

〔釋義〕指很有禮貌。

〔注釋〕食盒：舊時裝食品等禮物的較大的盒子，由多層組成，送禮時由人抬著。

你好我也好

大年初一拜年／大年初一早上見面

〔釋義〕指大家都好。用作互致問候的客套話。

承情①不過

隔河作揖②

〔釋義〕比喻無法表達心中感激之情。

〔注釋〕①承情：領受情誼。②作揖：兩手抱拳高拱，彎身施禮。

取經來的

唐僧上西天

〔釋義〕比喻登門求教，學習先進經驗。

客（嗑）氣

老鼠啃皮球

〔釋義〕比喻謙讓、有禮貌。

借光

月亮跟太陽／禿子跟著月亮走

〔釋義〕這裡指請求別人給予方便時的客氣話。有時指分沾別人的好處。

差得遠；差遠了

飛機上釣魚／月亮比太陽／汽槍打飛機／彈弓打飛機／騎牛攆火車／隔山摘李子／上梯子摘星星／晾衣竿鉤月亮／大拇指頭比大腿／長江大橋上釣魚／隔著黃浦江握手

〔釋義〕自稱與別人差距很大，遠遠比不

上。

哪裡（喇哩），哪裡（喇哩）

天空中吹嗩吶／辦喜事吹響器*／洞庭湖裡吹喇叭

〔釋義〕表示差得遠的意思。用作謙詞。

〔注釋〕響器：方言，指嗩吶。

原諒（圓亮），原諒（圓亮）

銀盆打水金盆裝

〔釋義〕請求對方諒解或寬恕。

討學問來了

魯班*門前問斧子

〔釋義〕指主動向行家求教。

〔注釋〕魯班：春秋時魯國人，我國古代著名建築巧匠，被建築工匠尊為「師祖」。

高攀不上

舌頭舔鼻尖／手長衣袖短

〔釋義〕自稱不敢有奢望。用作謙詞。

彬彬①（賓賓）有禮

七姑八舅抬食盒②

〔釋義〕形容文雅而有禮貌。

〔注釋〕①彬彬指有文采的樣子，用以形容文雅。②食盒：見「有禮」。

勞（牢）神

土地爺①坐班房②

〔釋義〕比喻耗費精神。多為謝人幫忙時的客套話。

〔注釋〕①土地爺：傳說中指管一個小地區的神。②班房：監獄或拘留所的俗稱。

勞（撈）心了

懷裡揣笊籬*／心坎上掛笊籬

〔釋義〕指費心、操勞的意思。

〔注釋〕笊籬（ㄓㄠˋ ㄌㄧˊ）：用鐵絲、竹篾或柳條編成的一種能漏水的用具。用來撈東西。

勞（撈）神

菩薩跌下河／扛魚網進廟堂／池塘裡摸菩薩

〔釋義〕同「勞（牢）神」。

過謙（牽）

拉馬不騎

〔釋義〕比喻過分謙虛。

對不起

雙胞胎睡懶覺

〔釋義〕指對人有愧。

盡是禮

孔夫子遊列國*

〔釋義〕指很有禮貌。

〔注釋〕孔夫子幼年貧且賤，五十歲任魯國司寇，代行國相事務，後又周遊宋、衛、陳、蔡、齊、楚等國，宣傳自己的政治主張。其中有不少是關於「禮」的主張。

盡說吉利話

大年初一遇親友

〔釋義〕指都講些吉祥、吉利的話。

鋒芒①不露；不露鋒

袖裡藏刀／刀子插在鞘②裡／棉花堆裡裹刺／錐子放在鐵盒裡／裹著棉花的寶劍

〔釋義〕指人有才華，藏而不露。含有謙虛，不愛自我表現的意思。

〔注釋〕①鋒芒：刀劍等的刃口或尖端。比

喻人的銳氣、才幹。②鞘（ㄑㄧㄠˋ）：裝刀劍的套子。

談（彈）不上

驢踢房簷／琵琶掛房梁／二兩棉花三張弓*

〔釋義〕指說不上好，沒有什麼值得宣揚的。多用作謙詞。

〔注釋〕弓：彈棉花用的繃弓。

請關照

門角裡裝燈

〔釋義〕指請人關心照顧的客氣話。

擔當不起

麻雀抬轎／高粱稈挑水／高粱稈搭橋／麻稈做大梁／麻秸做扁擔／橋孔裡伸扁擔／牛馱子擱在羊背上

〔釋義〕這裡指不敢當，用作謙詞。有時指責任重大，勝任不了。

謙虛（牽鬚）

打架揪鬍子／拉鬍子過街／拽（ㄓㄨㄞˋ）著鬍子走路／兒牽父鬚過馬路

〔釋義〕比喻虛心，不自滿，尊重別人的意見。

謙虛（牽鬚）過度（渡）

蝦子過河／扯鬍子過河／拉著鬍子上船

〔釋義〕比喻過分謙讓。有時含貶義。

謙虛（鴿鬚）

蟋蟀打架

〔釋義〕同「謙虛（牽鬚）」。

講禮

秀才打架

〔釋義〕比喻言行有禮貌，交往有禮節。

謝了

三月的櫻花／四月間的桃花

〔釋義〕對人表示感謝的話。

謝（瀉）天謝（瀉）地

雷公菩薩屙稀屎

〔釋義〕表示感恩不盡。有時表示戲謔。

禮尚往來

投桃報李／正月初間走親戚

〔釋義〕指在禮節上注重有來有往。有時指行為對等。

禮輕人意重

千里送鵝毛

〔釋義〕指禮物雖輕微而情重意深。

獻醜

關公面前耍大刀／魯班門前弄斧頭

〔釋義〕向人表演自己技能時的謙詞。

勇敢果斷類

一刀見紅白

快刀切西瓜

〔釋義〕比喻做事乾脆俐落，立見分曉。

一不做，二不休

兩勤夾一懶／老大懶惰老二勤

〔釋義〕比喻不做則已，要做就做到底。

一乾二淨

竹筒倒豆子

〔釋義〕比喻一點兒也不剩。含有舉止果斷，做事徹底的意思。

一乾（杆）二淨

兩個花臉抬棍棒*

〔釋義〕同「一乾二淨」。

〔注釋〕句中棍棒為「杆」，花臉在京戲中為「淨」角。

一鼓作氣

曹劌論戰*／水裡的蛤蟆／癩蛤蟆過河

〔釋義〕形容做事鼓起勁頭，一口氣做完。有時表示戲謔。

〔注釋〕魯莊公十年（西元前六八七年），齊國進攻魯國，魯莊公採納了謀士曹劌（ㄍㄨㄟˋ）的用兵之計，取得重大勝利。曹劌在論述作戰的道理時說：「夫戰，勇氣也。一鼓作氣，再而衰，三而竭。」

大刀闊斧

關公鬥李逵*／關雲長做木匠

〔釋義〕比喻做事有魄力，敢於決斷。

〔注釋〕關公是《三國演義》中的武將，善使「青龍偃月刀」；李逵是《水滸傳》中的武將，善用闊斧。假設關公與李逵相鬥，必然是大刀對闊斧。

大顯神威

廟裡的金剛①／趙雲大戰長阪坡②

〔釋義〕比喻在爭鬥中表現得非常英勇頑強。

〔注釋〕①金剛：佛教稱佛的侍從力士。②《三國演義》故事。漢獻帝建安十三年（西元二〇八年），曹操進攻劉備，劉備潰不成軍，趙雲在當陽長阪坡，隻身廝殺格鬥，終於衝出曹軍重圍，救出劉備的兒子阿斗。

不怕死；死都不怕

拚死吃河豚*／鬼打城隍廟／崖頭上睡覺／麂子咬豹子／刀尖上翻跟頭／老虎頭上捉蝨子

〔釋義〕比喻勇敢無畏，不怕犧牲。

〔注釋〕河豚：一種魚，肉味鮮美，卵巢和肝臟有劇毒。

不怕鬼

城隍廟裡的菩薩

〔釋義〕比喻勇敢無畏，不怕邪惡。

化險為夷

孔明大擺空城計*

〔釋義〕比喻轉危為安。

〔注釋〕《三國演義》故事。見「故弄玄虛」。

出生入死

鬼門關①止步／躲鬼跑進地府②

〔釋義〕指冒生命危險，隨時有可能犧牲。

〔注釋〕①鬼門關：傳說指陰陽交界的關口。②地府：傳說指人死後靈魂所在的地方。

出奇制勝

諸葛亮用兵

〔釋義〕比喻用別人意想不到的策略取勝。

四下拿邪

鍾馗爺*站十字路口

〔釋義〕比喻敢於發揚正氣，抗拒邪惡勢力。

〔注釋〕鍾馗爺：鍾馗。民間傳說中專捉鬼怪的神。

打上前去

孫悟空鬧天宮

〔釋義〕比喻在爭鬥中勇往直前，絕不退縮。

打、打、打

鐵匠當軍師

〔釋義〕比喻勇於拚搏。

打出來的

馴服的駿馬／鐵匠鋪的東西／楊宗保和穆桂英的姻緣*

〔釋義〕指勝利或成功是靠爭鬥得來的。

〔注釋〕《楊家將》故事。穆桂英在戰鬥中結識楊宗保，並自招楊宗保為婿。

生死不顧

夜裡攀險峰

〔釋義〕比喻勇敢不怕死。

好大的膽子；膽子不小

虎口拔牙／吃了豹子膽／大象嘴裡拔牙／太歲頭上動土／老虎頭上拉屎／老虎嘴裡討食／強盜手裡奪刀／老虎肚裡取心肝／老虎嘴上拔鬍子／獅子頭上捕蒼蠅／餓狼嘴裡奪脆骨

〔釋義〕這裡比喻膽量大，無所畏懼。有時比喻狂妄，無所顧忌地蠻幹。

有膽有魄

老虎當馬騎／關雲長單刀赴會①／拽②著老虎尾巴抖威風

〔釋義〕比喻有膽量，有氣魄。

〔注釋〕①《三國演義》故事。見「單刀直入」。②拽（ㄓㄨㄞˋ）：拉。

見過風浪

海邊的大雁／大江邊的小雀／洞庭湖*裡的麻雀

〔釋義〕比喻經過風雨，見過世面。

〔注釋〕洞庭湖：在湖南北部，洪水期面積

約 3900 平方公里，是中國大型內陸湖之一。

拚老命

逼著山羊去拉犁

〔釋義〕比喻勇敢頑強，置死於不顧。

直拚殺

蛇吃黃鱔／勇士上刺刀

〔釋義〕指勇於拚搏，毫不示弱。

要和老帥爭高下

小卒過河橫了心

〔釋義〕比喻人小志氣大，小人物勇於和大人物較量。

勇往直前

出膛的子彈／猛將軍上陣

〔釋義〕形容不顧任何阻擋，奮勇向前。

面（麵）不改色

賣饅頭的攙石灰

〔釋義〕多形容臨危不懼，鎮定自若的樣子。

耐驚耐怕

城樓上的雀兒／鐘樓上的麻雀／校場*上的麻雀

〔釋義〕指見過世面的人膽大不怕事。

〔注釋〕校場：舊時操演比武的場地。

氣概非凡

關東①大俠②／綠林好漢③／打破腦袋不喊痛

〔釋義〕比喻豪邁威武的氣勢與風度不同一般。

〔注釋〕①關東：泛指中國東北各省。②大俠：舊社會有武藝、講義氣、肯助人的人。③舊時泛指聚集山林間，反抗官府或劫富濟貧的集團。

能滾能爬

雞蛋長爪子

〔釋義〕比喻辦法多，能打能衝。

乾脆；乾乾脆脆

油炸麻花／冰糖調黃瓜／快刀切蘿蔔／快刀砍骨頭／油炸花生米／胡蘿蔔下酒／海蜇皮下酒／大熱天吃炒豆／吃蘿蔔喝燒酒①／案板上砍骨頭／大晴天晒山芋乾②

〔釋義〕比喻說話做事爽快、果斷，不拖泥帶水。

〔注釋〕①燒酒：白酒。②山芋乾：方言，甘薯乾。

乾脆利索；乾淨利索

刀劈毛竹／三下五去二①／快刀切豆腐／快刀斬亂麻／鐵錘擂山石／快刀出鞘②一劈二／賣豆芽的抖摟③筐

〔釋義〕比喻做事爽利痛快，解決問題迅速。

〔注釋〕①此為珠算口訣。用來比喻痛快、迅速地解決問題。②鞘（ㄑㄧㄠˋ）：裝刀劍的套子。③抖摟：振動物品，使附著的東西落下來。

殺身成仁

桃子破肚

〔釋義〕多比喻為實現理想和正義事業而獻身。

連根拔

俏大姐擇眉毛*／割麥不用鐮刀

〔釋義〕比喻從根本上清除。

〔注釋〕擇眉毛：用小鑷子拔去眉毛的一部分，使其變細變彎，以圖漂亮。

頂風頂浪

河中的礁石／逆風逆水行舟／暴風雨中的航船

〔釋義〕比喻毫不畏懼地和困難奮鬥。

無堅不摧

高級合金刀／金剛石*做鑽頭

〔釋義〕形容力量非常強大，或指任何困難都可以克服。

〔注釋〕金剛石：碳的同素異形體，是已知的最硬物質。工業上用作高級切削和研磨材料。

無痛苦之色

關雲長刮骨療毒*

〔釋義〕比喻對困難毫不畏懼。

〔注釋〕《三國演義》故事。關雲長右臂中了魏軍的毒箭，名醫華佗用尖刀割開皮肉，為其刮骨療毒。關雲長邊飲酒邊下棋，談笑自若。

視死如歸

臨刑*唱大曲／腦袋掉了不過碗口大的疤

〔釋義〕把死看作回家一樣。形容不怕死。

〔注釋〕臨刑：將要受死刑。

勢不可當

激流出澗／山澗發洪水／決了堤的河水

〔釋義〕指來勢凶猛，無法抵擋。

經過風浪

大海裡的魚／太平洋的海鷗／黃河裡的石頭／急水灘頭的大魚

〔釋義〕比喻經歷過艱險，見過世面。

盡是天兵天將

二郎神*出戰／玉帝討河神／玉皇大帝出征

〔釋義〕比喻都是本領高強，神通廣大的人。

〔注釋〕二郎神：楊戩，神話傳說中的人物。詳見「兩面三刀」。

說幹就幹

說風便是雨／說起風便扯帆／架起砧板就切菜／寅時點兵卯時上陣*

〔釋義〕比喻行動迅速，處事果斷。

〔注釋〕舊時干支記時法，寅時指三點至五點，卯時指五點至七點。寅時點兵卯時上陣，即點完兵就上陣。

衝勁足；衝勁大

苞穀①蒸酒／開罈的老白乾②／剛開瓶的啤酒

〔釋義〕比喻做工作有股猛勁。

〔注釋〕①苞穀：方言，玉米。②白乾：白酒。

靠猛勁

鴨子上架／工地上打夯／鴨子上鍋臺

〔釋義〕指靠勇猛的勁頭去完成任務。

橫了心

吃了扁擔／一口吃下扁擔／跳河閉眼睛

〔釋義〕比喻下決心不顧一切地做。

擔風險

紙糊的扇車[1]／毛竹扁擔做桅杆[2]／挑著缸缽走滑路

〔釋義〕指準備承擔可能發生的危險。

〔注釋〕①扇（ㄕㄢˋ）車：也叫風車，用搧風的方法把碾過的穀殼和米粒分開的一種農械。②桅杆：船上掛帆的杆子或輪船上懸掛信號、裝設天線、支持觀測臺的高杆。

臨危不亂

捨身崖[1]邊彈琵琶／懸崖邊上打太極[2]／諸葛亮彈琴退仲達[3]

〔釋義〕形容遇到危急情況毫不慌亂。

〔注釋〕①捨身崖：泛指險峻的山崖。②太極：太極拳。③見「故弄玄虛」。仲達：魏將司馬懿的字。

豁出去

上陣相殺／上墳的羊／砍頭打賭／雪人烤火／砸鍋賣鐵／頭上頂刀子／瞎子急了眼／老牛不怕狼咬／打破腦袋拿扇子搧

〔釋義〕比喻不惜付出任何代價。

豁（喝）著幹

西瓜皮舀水／拿酒壺打架

〔釋義〕指在爭鬥中不惜付出任何代價。

闊馬大刀

關雲長騎駱駝／騎著駱駝舞門扇*

〔釋義〕比喻做事果斷，有魄力。

〔注釋〕這裡把駱駝比作「闊馬」，把門扇視為「大刀」。此為假想的說法。

翻江倒海

蛟龍[1]造反／龍王[2]發脾氣／龍王爺出陣

〔釋義〕形容力量或聲勢巨大。有時指不怕任何困難。

〔注釋〕①蛟（ㄐㄧㄠ）龍：古代傳說中能興風作浪、發洪水的龍。②龍王：神話傳說中住在水裡統領水族的王，管興雲降雨。

倔強剛毅類

一個硬似一個

鐵打的饅頭／鐵錘砸鐵砧／金剛鑽鑽瓷器

〔釋義〕比喻性格一個比一個更剛強，或態度一個比一個更強硬。

力小志氣大

螞蟻啃骨頭

〔釋義〕指人的力量雖單薄，但有遠大抱負。

九死一生

狼窩裡的羊

〔釋義〕比喻歷經艱險而倖存下來。也比喻極危險的境遇。

寸土必爭

運動場上賽標槍*

〔釋義〕指在對敵爭鬥中，哪怕是一寸土地或陣地，都要進行爭奪。

〔注釋〕標槍：田徑運動項目之一，運動員經過助跑後把標槍投擲出去。

千辛萬苦

唐僧取經*

〔釋義〕指經歷極多的艱辛勞苦。

〔注釋〕《西遊記》全書以唐僧取經的故事為線索，描寫唐僧與徒弟孫悟空、豬八戒、沙僧一起赴西天取經，經歷千辛萬苦，終於取回真經。

不成重來

娃娃擺積木／小娃娃做遊戲

〔釋義〕比喻做事不怕失敗，堅持下去終會成功。

不怕扎手

握著蒺藜*死不丟

〔釋義〕指敢於承擔棘手難辦的事情。

〔注釋〕蒺藜（ㄐㄧˊㄌㄧˊ）：指蒺藜果，果皮有刺，手觸會疼痛。

不服老

黃忠叫陣*／八十歲刮鬍子／爺爺同孫子賽跑

〔釋義〕比喻老而不甘示弱。

〔注釋〕黃忠六十多歲尚列為蜀漢「五虎大將」之一，雖年老而不服老。

不認輸（書）

瞎子進學堂

〔釋義〕指不承認失敗。

不獲全勝不收兵

猛將軍出征／常勝將軍上疆場*

〔釋義〕比喻不取得徹底勝利，絕不罷休。

〔注釋〕疆場：戰場。

不轉向

風吹葵花／鐵打的腦殼

〔釋義〕指不改變方向。

心不甘

到手的肥肉換骨頭

〔釋義〕指心裡不服氣。

心不死；不死心

火燒冬菜／火燒芭蕉／火燒茅草／冬天的蘆葦／霜打的大蔥／鐮刀割韭菜／屋簷下的大蔥

〔釋義〕這裡比喻想法和念頭不會消失，堅持下去，仍有可能達到目的。有時比喻壞人不甘心失敗，垂死掙扎。

水裡來，火裡去

捉蛤蟆買煙吸／打蝦公①，買煙抽／打魚賺錢抽大煙②

〔釋義〕比喻飽經風霜，歷盡艱險。

〔注釋〕①蝦公：方言，蝦。②大煙：鴉片。

永不回頭；絕不回頭

開弓的箭／水牛過河／出膛的子彈／高山滾石頭／馬脫轠繩鳥出籠

〔釋義〕比喻意志堅定，毫不動搖。

皮老心不老

八月的南瓜*

〔釋義〕比喻年紀雖老，但精神振奮。

〔注釋〕農曆七、八月間，瓜皮雖已長滿皺紋，但瓜瓤還未長老。

只進不退

卒子過河／破釜沉舟*／棋盤裡的兵卒

〔釋義〕比喻一往直前，永不退縮。

〔注釋〕打破飯鍋，沉沒渡船。比喻決心做到底。釜（ㄈㄨˇ）：鍋。

吃軟不吃硬

生鐵換豆腐／老太太的嘴／滿嘴假牙齒

〔釋義〕對於強加於人的強硬作法不能接受。

死不甘（乾）心

砍倒的柳樹

〔釋義〕壯志未酬，死不瞑目。

死裡求生

大路上長青草／從墓坑裡爬上來的／水牢裡逃出的囚犯

〔釋義〕在絕望中尋找生路。

身子硬

刀子上打滾／鐵人不怕棍

〔釋義〕比喻人很堅強或身體健壯。

攻不倒

老鼠咬石柱／螞蟻啃旗杆／穿山甲*拱泰山

〔釋義〕比喻摧不毀，整不垮。

〔注釋〕穿山甲：爪銳利，善於掘土。

非一日之功

愚公移山①／滴水穿石／拾芝麻湊斗／鐵杵②磨繡針

〔釋義〕艱鉅的任務不是一朝一夕可以完成的。比喻要成就事業需要堅持不懈的努力。

〔注釋〕①《列子・湯問》中的寓言故事。

相傳古代有個叫愚公的老人，決心鏟除門前擋路的兩座大山，他不顧智叟的譏笑，每天率領兒子們挖山不止，堅信世世代代挖下去，總有一天會把山挖掉。②鐵杵（ㄔㄨˇ）：一頭粗一頭細的鐵棒。

苦中作樂；苦中取樂

叫花子玩鸚哥／黃連木做笛子／窮風流，餓快活／口嚼黃連唱山歌／黃連樹下撫瑤琴[1]／黃連樹下彈琵琶／黃柏[2]木做磬[3]槌子／黃檗[4]樹下打鞦韆／藥罐子裡鬥蛐蛐[5]

〔釋義〕比喻在困苦中強尋歡樂。

〔注釋〕①瑤（ㄧㄠˊ）琴：鑲玉的琴。②黃柏：落葉喬木，木材堅硬，莖可做黃色染料，樹皮可入藥，味苦。③磬（ㄑㄧㄥˋ）：打擊樂器，玉石或銅製成。④黃檗（ㄅㄛˋ）：黃柏。⑤蛐蛐：方言，蟋蟀。

後勁大

杏花村的酒[1]／黍米[2]做黃酒／車屁股安發動機

〔釋義〕指後期力量大。

〔注釋〕①杏花村在山西省汾陽縣，所產汾酒、竹葉青等名酒醇香濃郁，享有盛名。②黍（ㄕㄨˇ）米：黃米，比小米稍大，煮熟後有黏性，可釀酒。

重整旗鼓

敗將收殘兵

〔釋義〕比喻失敗後重新組織力量。

倔強

不到黃河心不死／不碰南牆不回頭／好馬不吃回頭草

〔釋義〕指剛強不屈。

站得穩

腳踩糍粑[1]／廟裡的觀音／腳上綁碓窩[2]

〔釋義〕指立場堅定，毫不動搖。

〔注釋〕①糍粑（ㄘˊㄅㄚ）：糯米蒸熟搗碎後製成的食品，黏性大。②碓（ㄉㄨㄟˋ）窩：石臼，舂米工具。

頂天立地

六點鐘的分時針*

〔釋義〕形容形象高大、氣概非凡的樣子。

〔注釋〕時間六點整，鐘的分針指向正上方，時針指向正下方，恰好成一直線。

眼不閉

張飛睡覺*

〔釋義〕指目的沒有達到，死不甘心。

〔注釋〕據《三國演義》描寫，張飛睡覺常常鼾聲如雷，鬚豎目張。

毫不動搖

蜻蜓撼石柱／武大郎*抱石柱／鋼板上打鉚釘

〔釋義〕比喻主意已定，絕不改變。

〔注釋〕武大郎：《水滸傳》中人物。身材矮小。

從苦水裡熬過來的

黃連鍋裡煮人參

〔釋義〕比喻經歷過艱苦生活的磨練。

都是硬貨

鐵匠做生意／鐵匠鋪的買賣／鐵炊帚[1]刷

鐵鍋／鐵匠鋪裡的家什②

〔釋義〕比喻全是性格剛強的。有時指東西品質好，貨色佳。

〔注釋〕①炊帚：刷洗鍋碗等的炊事用具。②家什（ㄕˊ）：用具，器物。

專揀硬的克＊

石匠的鑿子／合金鋼鑽頭／金剛鑽的本領

〔釋義〕比喻不畏困難，勇於挑重擔。

〔注釋〕克：攻。

痛死不開腔

好漢挨大棒／啞巴挨夾槓＊

〔釋義〕比喻堅強不屈，死不開口。

〔注釋〕夾槓：夾棍，刑具，用兩根木棍做成，行刑時用力夾犯人的腿。

硬挺

陽傘雖破骨＊不差／喝西北風打飽嗝

〔釋義〕比喻強力支持。

〔注釋〕骨：指傘的骨架。

硬骨頭

老來學打拳

〔釋義〕比喻堅強不屈的人。

硬頂

黃牛打架／烏龜抬轎子／撐歪牆的木頭

〔釋義〕比喻頑強地支撐某種局面。有時指性格執拗，任性。

硬梆梆

鐵打的棒槌／榔頭敲鐵砧／青棡＊木做槓子／說出的話牛都踩不爛

〔釋義〕多比喻人性格剛強，意志堅定。

〔注釋〕青棡（ㄍㄤ）：槲櫟，落葉喬木，木質堅硬結實。

硬著頭皮上

戴鋼盔爬樹／戴鋼盔登腳手架＊

〔釋義〕比喻明知不順利，也要努力去做。有時指不顧阻撓或不顧條件，堅決做某一件事情。

〔注釋〕腳手架：為建築工人在高處作業而搭的架子。

硬鑽

牙醫治牙病／牛角裡的蛀蟲／青石上釘釘子

〔釋義〕比喻下硬功夫，頑強地鑽研。

越打越硬

燒紅的生鐵

〔釋義〕指越鍛練越堅強。

越燒越硬

窯裡的泥磚

〔釋義〕同「越打越硬」。

雷打不爛，風吹不動

山裡的石頭

〔釋義〕比喻意志堅定，毫不動搖。

禁得住壓力

鐵路上的枕木

〔釋義〕比喻能夠禁受挫折。

飽經風霜

山上的松柏

〔釋義〕比喻歷盡艱難困苦。

傲霜鬥雪

臘月裡的梅花

〔釋義〕不畏寒冷。多比喻人的品格高潔脫

俗。

寧折不彎

生鐵①犁頭／柏木椽子②／桑木扁擔／樺木擀杖／鋼條做釘子／淬過火③的鋼條

〔釋義〕寧願折斷也不彎曲。比喻性格剛強，絕不屈從。

〔注釋〕①生鐵：也叫鑄鐵，質硬而脆，易斷裂。②椽（ㄔㄨㄢˊ）子：椽，放在檁上架屋面板和瓦的木條。③淬（ㄘㄨㄟˋ）火：把金屬零件加熱到一定程度，然後浸入油或水裡急速冷卻，使它硬化。

漂流了半輩子，現在才成（盛）人

船板做棺材

〔釋義〕比喻飽經風霜，終於成才。有時表示戲謔。

漸漸消磨

王羲之看鵝*

〔釋義〕指做事要有鍥而不捨的精神。

〔注釋〕王羲（ㄒㄧ）之為我國晉代著名書法家。相傳他為了寫好「鵝」字，對鵝進行細緻觀察，勤學苦練，終於寫出雄健瀟灑、蒼勁有力的大「鵝」字。據說他由於勞心過度，寫完「鵝」字就病倒了。

數他硬

豆腐堆裡一塊鐵／棉花棵上結板栗*

〔釋義〕指最剛強的人。

〔注釋〕板栗（ㄌㄧˋ）：栗子。一種堅果，包在多刺的殼斗內。

熬出來的

鍋邊上的小米／賣糖稀①的蓋樓房／鍋蓋上的米花子②

〔釋義〕比喻長期忍受的困苦折磨已經擺脫。有時指經過艱苦的奮鬥，終於達到目的。

〔注釋〕①糖稀：含水分較多的麥芽糖，呈膠狀。②米花子：煮爛了的米粒。

練出來的

雄鷹的翅膀／峨嵋內功①少林拳②

〔釋義〕比喻技術、本領都是努力鍛練出來的。

〔注釋〕①峨嵋內功：氣功的流派之一，不但能防病健身，還能發外氣，為他人治病。②少林拳：拳術的一派，因唐初嵩山少林寺僧徒練習這種拳術而得名。

練（煉）出來的

鍋臺上的油渣

〔釋義〕同「練出來的」。

鐵了心

口吞秤砣／王八吃秤錘／張飛吃秤砣／鯉魚吞秤砣

〔釋義〕心硬似鐵，不為感情或言語所動。比喻主意已定，不可改變。

鐵（貼）了心

肚臍眼上黏膏藥

〔釋義〕同「鐵了心」。

彎都不拐

一頭撞到南牆上

〔釋義〕比喻倔強耿直，不妥協動搖。

自信踏實類

一步一個腳印

雪天行路／河灘上走路／泥地上跑馬／沙灘上推小車

〔釋義〕比喻做事踏實，穩紮穩打。

一抓就來

老鷹捉麻雀／藥鋪裡的甘草

〔釋義〕指輕而易舉，極易得到。

一定（錠）

十兩紋銀①／五十兩元寶②／五十兩銀子下爐

〔釋義〕表示肯定無疑。

〔注釋〕①紋銀：舊時稱成色最好的銀子。②元寶：舊時較大的金銀錠。大錠一般重五十兩，也有重五兩或十兩的。

一點不透風

牛皮糊窗戶／屬窗戶紙的

〔釋義〕比喻辦事縝密，私毫不走漏風聲。

十拿九穩

山鷹叼蛇／麥田捉龜／關門抓雞／順藤摸瓜／籠裡捉鳥／雙手捧雞蛋／水缸裡摸魚／竹簍裡捉螃蟹／箅子*上取窩頭／三個手指撿田螺／石頭縫裡逮螃蟹／抱在懷裡的西瓜／蕎麥地裡抓王八

〔釋義〕比喻辦事很有把握。

〔注釋〕箅（ㄅㄧˋ）子：有空隙又起間隔作用的器具。此指蒸食品用的箅子。

又穩又準

老牛拉座鐘

〔釋義〕比喻做事穩妥可靠。

久後分明

挑雪填井／雪裡埋人

〔釋義〕比喻終究有一天會明白事情的真相。

千真（針）萬真（針）

老太婆納鞋底／繡花姑娘縫繡衣

〔釋義〕比喻非常真實，沒有一點虛假。

不在話下

屠夫宰雞鴨／大師傅①熬稀粥／賣肉的切豆腐／木匠師傅劈劈柴②

〔釋義〕指輕而易舉，容易對付。有時指事屬當然，不值一提。

〔注釋〕①大師傅：此指廚師。②劈柴：引火或燒火用的小塊木材。

不愁嫁

皇帝的女兒

〔釋義〕比喻有了某種名氣或優越的條件，

必定會受到重用或賞識。

不錯（銼）

魯班*的鋸子／懶木匠的鋸子

〔釋義〕表示正確無誤或很好。

〔注釋〕魯班：我國古代著名建築巧匠。

分文不差

借了一角還十分

〔釋義〕指完全正確，沒有一點差錯。

心中有數；肚裡有數

口吞帳本／木匠做家具／叫花子的米／吃了算盤珠／啞子吃胡豆①／啞巴吃餃子／啞巴踢毽子／鴨子進秧田／斑鳩吃小豆／屬計算機的／瞎子吃湯圓／瞎子吃餛飩／啞巴吃浮元子②／管家婆的雞蛋／一肚子加減乘除／揭開廬山真面目③

〔釋義〕比喻知道底細。

〔注釋〕①胡豆：蠶豆。②浮元子：元宵。因在鍋裡煮時又沉又浮，故而稱「浮元子」。③廬山真面目：比喻事物的真相或本來面目。廬山：在江西省九江市南。海拔 1474 公尺，為中國著名風景區。

心裡有底

肚裡吃了鞋幫／垛泥匠*不拜佛／一嘴吞了個鞋幫子

〔釋義〕同「心中有數；肚裡有數」。

〔注釋〕垛（ㄉㄨㄛˋ）泥匠：方言，從事泥塑工藝的工匠。

心裡有譜

隨口唱山歌／瞎子拉二胡／閉著眼睛哼曲子

〔釋義〕比喻已知道大致情況。

手到擒來

罈中取蛋／甕①中捉鱉／麥田捉田雞②／鐵爪捉木雞／襪筒裡摸臭蟲

〔釋義〕比喻輕而易舉，毫不費力就可得到或辦到。

〔注釋〕①甕（ㄨㄥˋ）：盛東西用的腹大口小的陶器。②田雞：青蛙。

扎扎實實

汽錘打樁／鐵釘鉚在鋼板上

〔釋義〕比喻踏實、實在。

兄弟放心

老大哥拍胸脯*

〔釋義〕指有人負責、擔保，不用牽掛。

〔注釋〕拍胸脯：表示負責、擔保。

有尺寸

裁縫打狗／木匠打老婆／木匠刨木料／裁縫師傅做衣服

〔釋義〕比喻有分寸，恰到好處。

安（淹）心

矮子過河

〔釋義〕指心裡安定，踏實。

名副其實

諸葛亮當軍師*

〔釋義〕指名義和實際相稱。

〔注釋〕《三國演義》把諸葛亮描繪成忠貞和智慧的代表。在艱險的政治和軍事爭鬥中，他表現得勇敢沉著，有超人的智慧。由他做軍師是當之無愧的。

百發百中

黃忠射箭①／神槍手打靶／養由基②射箭

〔釋義〕比喻做事有充分把握，絕不落空。

〔注釋〕①黃忠善射，箭不虛發，「能開三石力之弓，百發百中」。②養由基：春秋時楚國大夫，善射，能百步穿楊。一次與晉軍作戰，他一箭射死晉將魏錡，後連射連中，終於阻止晉軍追擊。

好準

姜太公算卦*

〔釋義〕比喻準確無誤。

〔注釋〕《封神演義》說，姜太公料事如神，能掐會算。他曾在朝歌城開算命館，算卦很準，生意興隆。

旱澇保收

溫室裡的莊稼／岡上二畝水澆地

〔釋義〕比喻在任何情況下都可以得到收益。

步步扎實

穿釘鞋走泥路／穿釘鞋拄拐棍

〔釋義〕形容辦事情每走一步都穩妥可靠，實實在在。

沉著；沉得住氣

孔明彈琴退仲達*／火燒房頂還瞧唱本

〔釋義〕比喻在緊張或複雜的情況下，不慌不亂，鎮定自若。

〔注釋〕《三國演義》「空城計」故事。見「故弄玄虛」。

沒有錯

一加一等於二／二更梆子打兩下*／打酒只問提壺人

〔釋義〕表示正確無誤。

〔注釋〕舊時用「更」作為夜間計時的單位，一夜分為五更，以敲梆為號，每一更敲一下梆子，二更敲兩下梆子。

沒跑；跑不了

關門打狗／汽車放炮[1]／順溝摸魚／罩裡游魚／關門摸瞎子／老牛上鼻繩[2]／死胡同逮豬／缸裡擲骰子／陷阱抓狍子／雄鷹抓兔子／窩裡的家雀／磨道裡等驢／罐裡捉王八／三條腿的毛驢／下油鍋的王八／口袋裡抓兔子／夾子上的老鼠／竹簍裡的泥鰍／板子上釘釘子／甕中鱉，盤中魚／魚船上打兒子／籠子裡抓小雞／脖子上套套索／貓嘴裡的老鼠／斷了腿的青蛙／小馬拴在大樹上／關起籠子抓老鼠／進了套的黃鼠狼／坷垃[3]地裡攆瘸子／套馬杆子裡的狼／落進熱湯鍋的王八／網裡的魚，籠中的鳥

〔釋義〕比喻辦事說話有把握。有時指事物處於掌握之中，逃脫不掉。

〔注釋〕①放炮：指汽車輪胎爆裂，因響聲如炮，故名。②鼻繩：在牛鼻子上穿環後套上的繩索。③坷垃（ㄎㄜ　ㄌㄚ）：方言，土塊。

果然不出所料

曹操敗走華容道*

〔釋義〕事情發展的結果終究沒有超出預先估計的範圍。比喻料事準確。

〔注釋〕《三國演義》故事。見「兵荒馬亂」。

根子深

井下栽花／海底長海帶／井裡長出一棵樹

〔釋義〕比喻人的來歷、背景不同一般，或指基礎扎實深厚。

根子硬

山頭上的草／碓窩[①]裡栽蔥／石頭縫裡長青藤／屁股下面坐橛子[②]／屁股底下坐火箸[③]／燈心草生在石板上

〔釋義〕比喻來歷、背景不凡，或指人有靠山。

〔注釋〕①碓（ㄉㄨㄟˋ）窩：石臼，舂米工具。②橛（ㄐㄩㄝˊ）子：短木樁。③火箸（ㄓㄨˋ）：方言，火筷子。夾爐中煤炭或通火的用具，用鐵製成，形似筷子。

根深蒂*固

百年的大樹／千年大樹百年松

〔釋義〕比喻基礎牢固，不容易動搖。

〔注釋〕蒂（ㄉㄧˋ）：花或瓜果跟枝莖相連的部分。

胸有成竹

牛吃筍子／心口窩生筍子／肚臍眼長筍子

〔釋義〕比喻事前已有成熟的計畫。

終究要落地

半空中翻跟頭

〔釋義〕指做事要踏實。

深信

井底下的郵包

〔釋義〕指非常相信。

逗硬

鐵打鐵／刀子對斧子／金剛鑽頭對合金刀

〔釋義〕來硬的。比喻動了真格，禁得住考驗。

硬過硬

金剛鑽鑽瓷器／鋼板上釘釘子／鐵板上釘鉚釘

〔釋義〕比喻功夫堅實可靠，禁得住考驗。

硬槓子

青棡木作扁擔

〔釋義〕指明確規定的界限。含有不可更改的樣子。

落地生根

江邊插楊柳／花生地裡開花

〔釋義〕比喻做事可靠，踏實。有時指說話算數，絕不反悔。

腰桿子硬

腰裡別鋼筋／竹筍子冒尖頂翻石頭

〔釋義〕比喻做事有靠山，有人支持。

過得硬

金剛鑽頭／高級合金鋼／手掌心煎雞子兒／皂角樹上翻跟頭

〔釋義〕比喻禁得起嚴格考驗。

萬無一失

鐵殼裡放雞蛋

〔釋義〕指絕不會出差錯。

腳踏實地

穿沒底鞋／打赤腳趕街*

〔釋義〕比喻做事認真踏實。

〔注釋〕趕街：方言，趕集。

層層著實

鐵錘打夯

〔釋義〕比喻工作步步都很扎實。

樣樣過得硬

鐵匠鋪裡的買賣

〔釋義〕比喻各方面都禁得起嚴格考驗。

篤定

網中抓魚／大榔頭砸豆腐／關帝廟裡找美髯公*

〔釋義〕比喻做事有把握。

〔注釋〕美髯公：關羽。因關羽的鬍鬚又多又長，諸葛亮稱他為「美髯公」。髯（ㄖㄢˊ）：鬍子。

儘管放心

老太太吃豆腐／心肝跌進肚裡頭／走了和尚有廟在

〔釋義〕要人安心做事，不用牽掛。

總會碰到識貨人

鐵拐李[1]落難賣打藥[2]

〔釋義〕比喻一定能遇到有眼力、能鑑別好壞的人。

〔注釋〕①鐵拐李：古代傳說中的八仙之一。鐵拐李落難後，遇太上老君得道。神遊時，因肉體被徒弟火化，遊魂附在乞丐屍體上，變得蓬首垢面，袒腹跛足。他隨身背一葫蘆，手持鐵杖，神通廣大。②打藥：專治跌打損傷的藥。

點點不差

房簷滴水／屋簷水滴窩窩

〔釋義〕比喻準確無誤或完全正確。

雙保險

鐵人戴鋼帽／鉚釘加電焊／榫頭*釘鐵釘／銅頭戴了鐵帽子

〔釋義〕比喻非常穩妥可靠。

〔注釋〕榫（ㄙㄨㄣˇ）頭：竹、木等器物或構件上利用凹凸方式相接處凸出的部分。

穩而不動

輪船靠碼頭／廟裡的佛像／炮仗[1]炸碾盤[2]

〔釋義〕比喻做事穩妥，不因外界的影響而動搖。

〔注釋〕①炮仗：爆竹。②碾盤：托著碾砣的圓形底盤。

穩拿

水缸裡摸魚／兩手捏兔子／灶神吃糖瓜*／筷子戳粑粑／堵住籠子抓雞／籠屜上抓饅頭／大吊車吊小平板

〔釋義〕指可以很有把握地弄到手。

〔注釋〕糖瓜：用麥芽糖製成的瓜狀食品。

穩紮穩打

板上敲釘子／八磅大錘釘釘子

〔釋義〕比喻辦事穩妥，有把握有步驟地進行。

穩穩當當；穩上加穩

老牛拉車／大輪船下錨／無風下雙錨／石臼*放雞蛋／摸石頭過河／老太婆坐牛車／坐在石臼上，還撐兩枝拐杖

〔釋義〕比喻穩妥可靠。

〔注釋〕石臼（ㄐㄧㄡˋ）：舂米工具，中間凹下。

鐵定了

釘子鏽在木頭裡

〔釋義〕比喻堅定不移，不容易改變。

認眞負責類

一片熱心腸；熱心腸

胸口烙餅／多嘴的婆婆／胸口裝馬達／喝多了滾開水

〔釋義〕形容待人熱情、體貼，使人感到溫暖。

一杆子插到底

小河溝裡撐船

〔釋義〕形容做事深入，徹底。

一是一，二是二

兩隻手拿仨錢／三顆釘子釘兩處／三個銅子兒*放兩處

〔釋義〕比喻做事認真，毫不含糊。

〔注釋〕銅子兒：銅元。

一通到底

竹篙撐排①／長竹竿戳水道眼②

〔釋義〕形容做事徹底。

〔注釋〕①排：指木排或竹排。②水道眼：排水溝通過牆壁等障礙時留的孔眼。

一點不含糊

丁是丁，卯是卯*

〔釋義〕比喻做事認真，一點也不馬虎。

〔注釋〕丁是天干的第四位，卯是地支的第四位，不能任意顛倒。

丁（釘）是丁（釘），卯（鉚）是卯（鉚）

鋼釘和鉚釘／鋼板上釘鉚釘

〔釋義〕比喻做事認真，一點也不含糊。

入木三分

王羲之寫字*／啄木鳥治樹

〔釋義〕比喻見解深刻，或指描寫逼真而生動。

〔注釋〕王羲（ㄒㄧ）之是我國晉代著名書法家。相傳他在木板上寫的字，工匠刻字時，發現筆跡滲入木板深達三分。

入細入微

頭髮絲上刻仕女圖*／當娘的打扮小閨女

〔釋義〕比喻非常細緻，連細枝末節都想到了。

〔注釋〕仕女圖：以美女為題材的中國畫。

下盡本錢

賣房賣地置嫁妝／掏乾油罈煎豆腐

〔釋義〕比喻做事竭盡全力，不惜代價。

不恥下問

孔夫子拜師

〔釋義〕指不以向學問或職位比自己低的人請教為恥辱。

不辱使命

晏子使楚*

〔釋義〕指能夠肩負重任，圓滿完成任務。

〔注釋〕春秋時代，齊國大夫晏子出使楚國，圓滿地完成任務，勝利返國的故事。詳見「自討辱」。

及時雨

宋江的綽號*

〔釋義〕比喻解決問題很適時，正合乎需要。

〔注釋〕宋江「濟人貧苦，賙人之急，扶人之困」，因而聞名四方，綽號叫「及時雨」。

功夫到家了

畫龍點睛／黃豆切細絲

〔釋義〕比喻本領高極了。

句句講道理

報紙上的社論

〔釋義〕指每一句話都合乎情理，符合事物發展的規律。

外冷裡熱

屬暖水瓶的／暖水瓶裡裝開水

〔釋義〕比喻人有滿腔熱情而很少表露。

各盡其心

黑處作揖／背著人作揖

〔釋義〕指每個人都盡到自己的心意。

各盡其能

瞎子背著拐子走

〔釋義〕指各自把自己所有的能力都使出來。

各盡其責；各盡其職

犬守夜，雞司晨*／貓捉老鼠狗看門／公雞打鳴，母雞下蛋

〔釋義〕指各人盡力完成自己分內的事。

〔注釋〕指狗管守夜看門，公雞負責凌晨報曉，各負其責。

字字推敲*

兩個秀才當文書

〔釋義〕形容寫文章態度認真，文風嚴謹。

〔注釋〕推敲：比喻斟酌字句，反覆琢磨。

成人方圓

箍桶匠的本領

〔釋義〕指幫助別人成全好事，使人滿意。

有求必應

土地廟的橫批①／城隍廟裡的匾額②

〔釋義〕指只要有請求，就一定答應。

〔注釋〕①土地廟是供土地爺的廟宇，廟門的橫額常寫「有求必應」四字。②城隍廟是供城隍爺的廟宇，廟內多掛書有「有求必應」字樣的匾額。

有料理

八月十五蒸年糕

〔釋義〕指事情都有了安排和處置。

有頭有尾

小貓吃小魚

〔釋義〕比喻做事有始有終。

步步深入

開溝挖井／提馬燈下礦井

〔釋義〕比喻事物透過外表，逐漸向縱深發展。

沒事找事

吹嗩吶上街／吹鼓手趕集／吹喇叭的下鄉／吹著嗩吶找買賣／扛鍋討豆炒，扛犁討田耕

〔釋義〕這裡比喻主動找事做。有時比喻自找麻煩。

走到哪，幹到哪

腰裡別鐮刀／木匠師傅跑四方

〔釋義〕比喻不計條件，見活就做。

言傳身教

田頭訓子

〔釋義〕指既傳授講解，又以身作則。

往心裡談（彈）

懷裡揣琵琶／懷揣棉花弓*

〔釋義〕比喻談話投機，話說到心裡了。

〔注釋〕棉花弓：彈棉花的繃弓。

急人所急

雪裡送炭，雨中送傘

〔釋義〕指迫不及待地幫助別人解決急需解決的問題。

為民除害

見毒蛇就打，遇狐狸就抓

〔釋義〕指替老百姓消除禍害。

為窮人著想

包公放糧*

〔釋義〕指為貧苦百姓的利益考慮。

〔注釋〕包公任職期間，每年都為窮苦百姓開倉放糧，深受老百姓的擁護。

苦口婆心

老太婆吃黃連

〔釋義〕形容一片好心，再三規勸。

苦盡心

扛磨盤遊華山

〔釋義〕指為某件事或某個人費心竭力。

要見真（砧）了

鐵鞋上掌*

〔釋義〕比喻不說虛假話，真刀真槍地做事。

〔注釋〕上掌：釘掌子，在鞋底釘上皮子、橡膠等。上掌時鞋底下要墊砧（ㄓㄣ）子。

負責到底

當紅娘①還包②生崽

〔釋義〕比喻做事認真、徹底。

〔注釋〕①紅娘：原指《西廂記》中崔鶯鶯的婢女。後把熱心成人之美的人稱為「紅娘」。②包：負責。

追根到底

下塘挖藕／井下收花生／抓住荷葉摸到藕

〔釋義〕比喻查清底細，弄個水落石出。

高標準

坐飛機打靶

〔釋義〕指衡量事物的準則高，要求嚴。

問（璺①）到底

打破沙鍋②

〔釋義〕比喻尋根問底。

〔注釋〕①璺（ㄨㄣˋ）：陶瓷、玻璃等器具上的裂痕。②沙鍋質地極脆，被打破時產生的璺常一通到底。

專心致志

王羲之看鵝*

〔釋義〕指一心一意，聚精會神。

〔注釋〕相傳王羲之為了寫好「鵝」字，曾花了大量時間專心致志地對鵝進行觀察。

專（鑽）心

玉米秸裡的蟲／苞穀棒子生蟲

〔釋義〕比喻工作和學習注意力集中。

御駕親征（蒸）

皇帝做饅頭／萬歲爺賣包子／李世民①捏窩窩②／趙匡胤③賣包子

〔釋義〕比喻領導者親自出馬。有時用於戲謔。

〔注釋〕①李世民：唐太宗，唐代著名皇帝。②窩窩：窩窩頭。③趙匡胤（ㄧㄣˋ）：宋太祖，北宋王朝的建立者。

粗中有細

張飛繡花／馬尾穿蘿蔔／張飛使計謀／張飛放嚴顏*／麻袋上繡花／棒槌拉胡琴／書桌上的筆筒／房梁上插根針／老玉米裡攙白麵

〔釋義〕指一般處事粗疏，有時卻也很細緻。有時指事情看來簡單，做起來需要細心。

〔注釋〕《三國演義》故事。張飛性格雖然粗暴魯莽，但卻粗中有細。他在入蜀途中，曾智擒嚴顏，又義釋嚴顏，使嚴顏折服投降。

細人

筆管裡睡覺

〔釋義〕指心細、慮事周到的人。

細心

炮筒裡裝針／繡花針當車軸

〔釋義〕指用心細密，做事考慮周詳。

細心到頂了

過河摸頭髮

〔釋義〕指細緻極了。

細功夫

大閨女繡花／大閨女繡嫁衣

〔釋義〕比喻做工精細，很費時間和精力。

細索求

佛爺*臉上刮金子

〔釋義〕比喻仔細地尋找求索。

〔注釋〕佛爺：佛教徒對釋迦牟尼的尊稱，泛指佛教的神。

細得很

一根頭髮破八瓣

〔釋義〕比喻考慮問題細緻，做事細心。

細商量

麻雀開會

〔釋義〕比喻仔細而充分地交換意見。

細談（彈）細談（彈）

二兩棉花三張弓／四兩棉花八張弓

〔釋義〕比喻耐心細緻地交談。

硬碰硬

烏龜打架／羊碰犄（ㄐㄧ）角／鋼刷刷鍋／烏龜馱石板／石板上釘釘／鋼釺打石頭／鐵錨碰礁石／鐵錘碰烏龜／鐵錘敲鐵砧／鐮刀對斧頭／馬鐵掌踩石板／石地板，鐵掃把／石頭打著烏鴉嘴／青石板上甩烏龜／銅鼎鍋碰著鐵炊帚

〔釋義〕用強硬的態度對待棘手的事情。

無縫可鑽

小耗子掉鐵筒／老鼠跌進罈子裡

〔釋義〕比喻做事嚴密周到，別人鑽不了空子。

想得周到

做夢帶救生圈

〔釋義〕指各方面都考慮照顧到了。

群眾觀點

大街上的掛鐘／戲院裡的掛鐘／城門樓上吊大鐘

〔釋義〕泛指一切為人民群眾著想的觀點。

圓圓滿滿

十五的月亮／剛開瓶的啤酒

〔釋義〕比喻做事周到、全面，無可挑剔，使人滿意。

照管

竹筒裡點火／下水道裡安燈

〔釋義〕形容不受任何阻礙，照常行使管理職權。

徹頭徹尾

水牛長毛

〔釋義〕比喻做事完全、徹底。

滴水不漏；點滴不漏

桐油畚斗①／膠皮笊籬／瓶口封蠟／馬勺②裡淘米／葫蘆裡盛水／鍋裡剖西瓜／攔河壩封水泥／婆婆嘴③吃西瓜／葫蘆瓢撈餃子／馬蹄刀④瓢裡切瓜

〔釋義〕比喻說話或做事非常嚴密周到，沒有絲毫漏洞。有時比喻人小氣，一點不肯破費。

〔注釋〕①畚（ㄅㄣˇ）斗：方言，簸箕。②馬勺：盛粥或飯用的較大的木勺。③婆婆嘴：老婆婆的嘴，上嘴唇內陷，下嘴唇突出，下巴外兜。④馬蹄刀：一種小彎刀，形似馬蹄。

精打細算

可頭*做帽子／頭髮絲兒扣算盤

〔釋義〕指計算得十分精細。

〔注釋〕可頭：盡著頭部。

精益求精

八級工學技術／八級工拜師傅

〔釋義〕比喻已經好了，還想做得更好。

聚精會神

王母娘娘開蟠桃會*

〔釋義〕形容注意力非常集中。

〔注釋〕《西遊記》故事。王母娘娘每逢蟠桃成熟時，都要興師動眾，舉行蟠桃盛會，大擺壽宴，眾仙都要為她祝壽。

認真（紉針）

裁縫師傅戴眼鏡

〔釋義〕指嚴肅對待工作，從不馬虎。

熱心

火燒竹筒／冷天喝滾湯／三伏天穿皮襖

〔釋義〕比喻待人誠懇熱情或做事積極。

窮思竭想

拆屋簷賣柴

〔釋義〕比喻想盡一切辦法。

親自動手

王母娘娘下廚房

〔釋義〕比喻自己親手做，不麻煩別人。

幫了大忙

下雨送蓑衣*，饑餓送口糧

〔釋義〕指協助別人解決了大問題。

〔注釋〕蓑（ㄙㄨㄛ）衣：用草或棕製成的，披在身上防雨的用具。

點點入心

三九天吃冰水／十冬臘月喝涼水／九月菊花逢細雨

〔釋義〕比喻能理解體諒別人，句句話說到心坎上。

聰明能幹類

一口頂兩口

秦椒*就酒

〔釋義〕比喻由於採取適當措施，使辦事效率提高。

〔注釋〕秦椒：方言，辣椒。

一目了然[1]

單眼看花／獨眼觀燈／獨眼看戲／打鳥瞄得準／單眼瞧老婆／關老爺[2]看《春秋》[3]／獨眼龍看告示[4]／顯微鏡下看細菌

〔釋義〕比喻一看就完全明白。有時用於戲謔。

〔注釋〕①了然：明白。②關老爺：關羽，《三國演義》中說關羽是「丹鳳眼，臥蠶眉」，目光很敏銳。③《春秋》：書名，原為魯國史書，後經孔子刪改，是儒家經書之一。④告示：舊時官府的布告。

一肚子點子

囫圇吞芝麻／秤杆塞肚腹／癩蛤蟆吃骰子*

〔釋義〕比喻辦法、主意很多。

〔注釋〕骰子：又稱色（ㄕㄞˇ）子，一種遊戲用具或賭具，用骨頭、木頭等製成小方塊，六面分刻一、二、三、四、五、六點。

一個頂一個

一個蘿蔔一個坑／鴨子死了還有鵝

〔釋義〕比喻個個都是好樣的。有時指一個接替一個。

一個頂倆；一個頂仨[1]

老將出馬[2]／老將出發

〔釋義〕一個人頂幾個人用。比喻經驗豐富的人發揮的作用大。

〔注釋〕①仨（ㄙㄚ）：三個。②出馬：原指將士上陣作戰，今多指出面做事。

一眼看到底

一碗清水／碟子裡盛清水／泉水坑裡扔石頭

〔釋義〕比喻一下就明白了底細。

一眼看穿

水晶肚皮／隔層玻璃瞧戲／玻璃瓶子盛清水／琵琶精進了算命館*

〔釋義〕比喻一下就看透了事物的本質。

〔注釋〕《封神演義》故事。軒轅墳中的玉石琵琶精，扮作身穿重孝的女子，進了姜子牙開的算命館，被姜子牙一眼識破。

一點通

心有靈犀*／窗戶紙糊隔牆

〔釋義〕比喻稍加指點就心領神會。

〔注釋〕靈犀（ㄒㄧ）：古代傳說，犀牛角有白紋，感應靈敏，故稱犀牛角為「靈犀」。唐代李商隱有詩句：「心有靈犀一點通」。

一點就明（鳴）

響鼓不用重錘

〔釋義〕形容稍加指點就清楚明白。

一點就透；一戳就破

窗戶紙兒／紙糊的燈籠

〔釋義〕比喻稍加指點就能明白。

不費力；不費勁

引風吹火／頭頂燈草／順風撐船／順水人情／順水推舟／禿子改和尚／張飛吃豆腐

〔釋義〕形容做事輕而易舉，毫不費勁。

內才（財）

土裡埋金／破麻袋裝元寶

〔釋義〕比喻胸中富有才智。

內秀（鏽）；秀（鏽）氣在內

豬八戒吃胰子*／豬八戒喝磨刀水／喝磨刀水長大的

〔釋義〕比喻外表雖粗俗，但內心卻很聰慧。有時用作戲謔。

〔注釋〕胰（ㄧˊ）子：方言，肥皂。

心眼多；心眼不少

刀切蜂窩／菜刀切藕／篩子放哨／肚裡揣漏勺①／懷裡揣笊籬②／織好的魚網／篩子做鍋蓋／煤油爐生火／熟透了的藕／竹絲編的背簍／一嘴吃了個頂針

〔釋義〕比喻善於算計，辦法、主意多。

〔注釋〕①漏勺：炊事用具，有許多孔眼的金屬勺。②笊籬（ㄓㄠˋ ㄌㄧˊ）：用鐵絲、竹篾或柳條編的一種能漏水的用具，用來撈東西。

心裡亮；肚裡明

牛皮燈籠／口吞螢火蟲／瓦罐裡點燈／烏龜吞電燈／懷裡揣鏡子／肚子裡點燈／雞吃放光蟲*／烏龜吃螢火蟲／蜈蚣吃螢火蟲／玻璃瓶裡插蠟燭／荷花燈裡點蠟燭

〔釋義〕比喻心裡很清楚明白。

〔注釋〕放光蟲：方言，螢火蟲。

文武雙全

聖人從軍／秀才當兵／孔夫子掛腰刀

〔釋義〕比喻能文能武，具備各方面的才能。

以一當十

孫武用兵*／算盤子進位

〔釋義〕用一個抵擋十個，多形容打仗勇敢善戰。有時指人聰明能幹，辦事效率高。

〔注釋〕孫武為春秋時兵家，齊國人，被吳王任用為將，率吳軍攻破楚國。所著《孫子兵法》為我國現存最早的兵書。

以弱勝強

韓信背水之戰*

〔釋義〕指善用計謀，使劣勢變為優勢，戰勝強大的對手。

〔注釋〕《史記・淮陰侯列傳》中記載，漢代大將韓信攻趙，在井陘口下令部隊背水列陣，漢軍在前臨大敵、後無退路的情況下，個個拚死作戰，結果大破趙兵。

出口成章

秀才背書／孔夫子講演／唐僧讀佛經*

〔釋義〕形容口才好，善辭令。也指學識淵博，文思敏捷。

〔注釋〕佛經：佛教的經典。

出手高

山頂放紙鳶*／飛機上放風箏

〔釋義〕比喻開始做事就表現出較高的本領。

〔注釋〕紙鳶（ㄩㄢ）：風箏。

巧上加巧

大巧背小巧／鸚哥唱大曲／巧他爹遇到巧他娘

〔釋義〕比喻思想非常靈敏，技術十分高明。

巧用天時

孔明借東風*

〔釋義〕比喻善於應用自然條件，掌握有利時機。

〔注釋〕《三國演義》故事。周瑜火攻曹軍，孔明精通天文，巧用東風，取得「赤壁之戰」火攻曹軍的勝利。

巧極了；巧得很

一腳踢出個屁來／芝麻落在針眼裡／過河碰上擺渡人／雨點落在火星上／雨點滴在香頭上／炮彈打到炮筒裡／獵人出門遇上兔子出窩

〔釋義〕形容心靈手巧，技藝很高。有時指事情非常湊巧。

巧極（急）了

巧他爹打巧他娘

〔釋義〕同「巧極了；巧得很」。

本領高；武藝高

挑水騎單車①／雲頭上翻跟頭／電線杆上耍把勢②／桅杆③頂上玩雜技

〔釋義〕指本事強，手藝好。

〔注釋〕①單車：方言，自行車。②把勢：武術。③桅杆：船上掛帆的杆子，或指輪船上懸掛信號、裝設天線、支持觀測臺的高杆。

用不完的計

諸葛亮的錦囊*

〔釋義〕形容善於籌謀，主意、辦法很多。

〔注釋〕《三國演義》中說，諸葛亮足智多謀，能預先估計可能發生的事情和解決的辦法，常用紙條寫好裝在錦囊裡。在「東吳招親」中，諸葛亮曾施三條妙計，裝入錦囊，交趙雲保主公到東吳，後按三個錦囊妙計，依次而行，果然靈驗。

各顯其能；各顯神通

八仙過海*／皇帝面前比武／賽場上的運動員

〔釋義〕比喻各自有一套辦法，或互相競賽本領高低。

〔注釋〕古代神話故事。據傳漢鍾離、張果老、呂洞賓、李鐵拐、韓湘子、曹國舅、藍采和、何仙姑等八位仙人，相約前往東海之濱超山賞梅，他們面對滔滔東海，約定不駕雲過海，每人往海中擲一件寶物，各自踏著寶物過海。於是八位仙人，各顯神通，他們一個個站在自己的寶物上渡過東海。

多面手

包元宵的做烙餅／做燒餅的賣湯圓

〔釋義〕指擅長多種技能的人。

好眼力；眼力好

飛鳥看出雌雄來／眼睛看穿三層壁／隔山看見蚊蟲飛

〔釋義〕指觀察事物的能力很強。

尖銳

山鷹的眼睛／磨快了的錐子

〔釋義〕指觀察事物靈敏，認識深刻。

有兩下子

二齒釘耙鋤地／三下子少了一下子

〔釋義〕指人有本領。

有兩把刷子

油漆匠的家當

〔釋義〕指人有本領。

有眼色（蝨）

眼皮掉蟣子*／眉毛上掐蝨子／眉毛裡生蟣子

〔釋義〕指善於觀察事物，察言觀色，靈活行事。

〔注釋〕蟣（ㄐㄧˇ）子：蝨子的卵。

有敢想的，有敢幹的

孔明會李逵*

〔釋義〕比喻有文的也有武的，都是些有闖勁的能人。

〔注釋〕孔明足智多謀，料事如神；李逵英勇善戰，敢打敢拚。假如二人相會則堪稱能文能武，智勇雙全。

有遠見

二郎神[1]的慧眼／王寶釧愛上叫花子[2]

〔釋義〕比喻有遠大的眼光。

〔注釋〕①二郎神：神話傳說中的人物。生有三隻眼，神通廣大。②王寶釧不嫌貧愛富，與貧窮苦寒的薛平貴結為夫妻。

耳聽八方

電信局的話務員

〔釋義〕比喻消息靈通。

自己心裡明白

王道士[1]畫符[2]／泥水匠拜佛／垛塑匠[3]進廟堂

〔釋義〕指自己心中對事情的底細根由很清楚。

〔注釋〕①王道士：泛指道教徒。②符：道士所畫用來驅使鬼神，為人帶來禍福的圖形或線條，舊時人們認為它有很大的魔力。③垛（ㄉㄨㄛˋ）塑匠：從事泥塑工藝的工匠。

妙手回春

華佗[1]施醫術／李時珍[2]看病

〔釋義〕比喻醫生醫術高明，能使病危的人痊癒。

〔注釋〕①華佗（ㄊㄨㄛˊ）：後漢名醫，精通內、外、婦、兒、針灸各科。②李時珍：明代醫藥學家，著有《本草綱目》。

步步有點

莊稼人種豆子／拄拐棍走泥路／穿釘鞋走泥路

〔釋義〕比喻穩紮穩打，每走一步都有周密的安排和打算。

足智多謀

諸葛亮當軍師／梁山泊的吳用*

〔釋義〕形容見識高明，善於謀劃。

〔注釋〕吳用：《水滸傳》中人物，梁山義軍中的軍師。

肚裡有貨

秀才寫書／茶壺裡煮餃子／鴨子不吃癟穀*／大肚羅漢寫文章

〔釋義〕比喻有學問。

〔注釋〕癟（ㄅㄧㄝˇ）穀：籽粒不飽滿的穀子。

呼風喚雨

龍王爺作法*

〔釋義〕多比喻神通廣大，能支配自然。有時也指能興風作浪，有很大的煽動性。

〔注釋〕作法：指施行法術。

明白人

玻璃娃娃

〔釋義〕指聰明而又懂道理的人。

明明白白；明白

天亮下雪／電燈照雪／晴天下大雪／石灰窯裡安電燈

〔釋義〕形容非常清楚。

明眼人

眉毛上安燈泡／鼻子上掛燈籠

〔釋義〕指善於觀察事物或有見識的人。

迎刃而解

刀切豆腐／快刀劈毛竹／酥油*裡插刀子

〔釋義〕比喻解決問題極為順利。

〔注釋〕酥（ㄙㄨ）油：從牛奶或羊奶裡提煉出來的脂肪。

計上心來；計上心頭

諸葛亮皺眉頭*

〔釋義〕比喻心裡想出了主意。

〔注釋〕諸葛亮在《三國演義》中被描繪成忠貞和智慧的代表，書中常有「眉頭一皺，計上心來」的話，形容他一下子就想出了辦法。

是把硬手

木梳抓癢癢／鐵打的釘耙／鐵耙子攏頭①／二齒鉤子②撓癢／機器人抓東西／鐵鉤子搔（ㄙㄠ）癢癢

〔釋義〕比喻人很能幹，是能手、強手。

〔注釋〕①攏（ㄌㄨㄥˇ）頭：梳頭髮。②二齒鉤子：兩個齒的鐵耙子。

亮對亮

燈籠照火把／雪地裡打電筒

〔釋義〕比喻明白人遇到明白人。有時指看問題更加清楚。

根底深

海底栽蔥／丈二厚的屋基／井底下種花生

〔釋義〕多比喻學問扎實，基礎深厚。

神明

水晶菩薩

〔釋義〕比喻機智聰明。

神通廣大

孫猴七十二變*／孫悟空的金箍棒

〔釋義〕形容本領特別高超。有時用於貶義。

〔注釋〕孫悟空拜於菩提祖師門下學道，幾年後，學會了七十二般變化。

神機妙算

電腦工作／諸葛亮用兵／土地爺*打算盤

〔釋義〕驚人的機智，巧妙的謀劃。形容有預見性，善於估計客觀情勢，決定策略。

〔注釋〕土地爺：傳說中指管一個小地區的神。

起死回生

打開棺材治好病

〔釋義〕指醫術高明。有時比喻本領高，能挽救看來沒有希望的事情。

高才（裁）

雲頭上掛剪刀／桅杆①上掛剪刀／半天雲裡②做衣服

〔釋義〕比喻才能出眾，學識高超。

〔注釋〕①桅杆：船上掛帆的杆子，或指輪船上懸掛信號、裝設天線、支持觀測臺的高杆。②半天雲裡：半空中。

高手

空中打拳／空中伸巴掌／砍柴刀刮臉／半天雲中拍巴掌

〔釋義〕指技能特別高明的人。

高手（守）

城樓上的衛兵

〔釋義〕同「高手」。

高水平（瓶）；水平（瓶）高

飛機上沏茶／飛機上抱暖壺／房梁上放水壺

〔釋義〕比喻水準很高，超出一般。

高招

雲彩裡擺手／喜馬拉雅山上擺手

〔釋義〕指好辦法。

高明

空中掌燈／山頂上點燈／頭上頂燈籠／照明彈上天／飛機上掛紅燈／南天門*掛燈籠／塔頂上掛汽燈／鼓樓上的燈籠／旗杆上掛燈籠

〔釋義〕比喻見解或技術高超。

〔注釋〕南天門：傳說中天宮的正門。

高明（鳴）

飛機上吹喇叭／旗杆上吹號角／桅杆上打鑼鼓／喜馬拉雅山雞兒叫

〔釋義〕同「高明」。

高論

坐飛機寫文章

〔釋義〕指見解高明的言論。

眼界寬

鼻頭上擺攤子

〔釋義〕比喻視野開闊，見識廣。

動（凍）腦筋

冬天不戴帽子／一頭鑽進冰箱裡

〔釋義〕表示思考問題，想辦法。

軟硬功夫都有

鐵匠繡花／彈花匠打鐵

〔釋義〕比喻什麼本領都有，軟的、硬的都能對付。

渾身淨點子

屬珍珠魚*的

〔釋義〕比喻辦法或主意很多。

〔注釋〕珍珠魚：金魚的一種，渾身有整齊而明顯的白點，形似珍珠。

硬功夫

石板上要瓷罈／青石[①]板上雕花／桅杆[②]頂上翻跟頭

〔釋義〕比喻真本事。

〔注釋〕①青石：石灰石。②桅（ㄨㄟˊ）杆：船上掛帆的高杆，或指輪船上懸掛信號、裝設天線、支持觀測臺的高杆。

越來越高明

打燈籠上門臺

〔釋義〕比喻見識或技術越來越高。

開了眼

瞎子出院*／太陽落山的夜貓子

〔釋義〕比喻開闊了眼界，增長了見識。

〔注釋〕院：指醫院。

開眼界

眉毛上掛鑰匙／鑰匙掛在眉梢上／劉姥姥進了大觀園*

〔釋義〕比喻看到了沒有看到過的東西，增長了見識。

〔注釋〕《紅樓夢》故事。見「出洋相」。

頓開茅（毛）塞

麻黃湯*發汗

〔釋義〕形容一下子解開心中的疙瘩，領悟到了某種道理。

〔注釋〕麻黃湯：中藥湯劑，用於治療感冒、傷寒等疾病。藥中以具有排汗功能的麻黃為主，故名。

裡裡外外一把手

丟下犁耙拿掃帚

〔釋義〕比喻非常能幹。

道道多

鐵耙耙田／寬釘耙搔癢／火車站的鐵軌／龍王爺的帽子／豆腐坊的石磨／豁牙子*啃西瓜

〔釋義〕比喻辦法、主意很多。

〔注釋〕豁（ㄏㄨㄛ）牙子：牙齒殘缺的人。

敲骨打髓

牛骨頭做梆子*

〔釋義〕比喻看問題尖銳深刻，擊中要害。

〔注釋〕梆子：打擊樂器。

滿肚子心眼

猴兒托生*的

〔釋義〕比喻非常聰明機智。有時指對人存有過多的戒心。

〔注釋〕托生：指人或高等動物死後，靈魂轉生世間。

算得高

飛機上盤點*／空中打算盤

〔釋義〕比喻算計得很高明。

〔注釋〕盤點：清點存貨。

精靈得很

屁股夾算盤／峨嵋山的猴*

〔釋義〕形容聰明、機靈。有時表示戲謔。

〔注釋〕位於四川省峨嵋縣境內的峨嵋山，棲居著多種珍稀動物。洗象池、九老洞一帶常有猴群出沒，攔路索食，與遊人嬉鬧。

輕而易舉

張飛耍槓子／彎腰拾稻草／捏死手中鳥／大力士耍燈草／大力士耍扁擔／水牛背上掛樹葉

〔釋義〕形容事情容易做，不費力氣。

輕拿

老鷹抓小雞／大吊車吊燈草／起重機吊雞毛

〔釋義〕比喻做事不費力氣。

輕鬆

飛燕穿雲／水泡豆腐渣／豆腐渣下水

〔釋義〕形容做事輕而易舉。

學問不淺

井底下看書／井底下寫文章

〔釋義〕比喻學識淵博，造詣深。

獨（毒）門兒

蠍子的屁股

〔釋義〕一家或一人獨有的某種技能或祕訣。

獨挑

一枝筷子吃麵

〔釋義〕指人能獨立承擔某項工作。

獨當（擋）一面

一手遮住臉

〔釋義〕指能夠獨立承擔某一方面的工作。

隨機應變

就湯下麵／船到竹篙撐／孫行者的毫毛*／飛行員的降落傘

〔釋義〕指隨著時機或情況的變化而靈活機動地應付。

〔注釋〕孫悟空在與妖魔鬼怪、天兵天將戰鬥中，除使用金箍棒外，常拔下幾根毫毛，根據需要，變成各式各樣的人或物。

頭頭是道

玄妙觀*的家當

〔釋義〕形容說話或寫文章有條有理。

〔注釋〕玄妙觀：道教正一派道觀之一，在江蘇省蘇州市內。

點子多

石榴腦袋／芝麻做餅／麻子管事／入秋的石榴／石榴剝了皮／荔枝①皮翻個兒／癩蛤蟆的脊梁②／王二麻子照鏡子／雨點落在沙灘上

〔釋義〕比喻有不少辦法和主意。

〔注釋〕①荔（ㄌㄧˋ）枝：常綠喬木，果實球形或卵形，果肉多汁，味甜，外皮有瘤狀突起。②脊梁：方言，脊背。

豁然亮堂

開了閘*的電燈

〔釋義〕形容一下子變得開闊明亮。也指心裡一下子領悟到某種道理。

〔注釋〕閘（ㄓㄚˊ）：指電閘。

竅門多

心眼像蜂窩

〔釋義〕比喻辦法、主意多。

難不住

屠夫殺雞／大師傅①熬粥／巧姑娘繡花／聖人肚，雜貨鋪②

〔釋義〕指樣樣能幹，事事難不倒。

〔注釋〕①大師傅：此指廚師。②聖人滿腹經綸，向他討教問題，一般難不住；雜貨鋪的東西雜而全，一般買啥有啥。

露了鋒芒

口袋裡裝繡針／錐子裝在口袋裡

〔釋義〕比喻才幹顯露出來了。

露頭角

水牛過河／抹布蓋牛背／手帕包牛腦袋

〔釋義〕比喻初步顯露與眾不同的才能。

露頭角（腳）

桌單布做被子

〔釋義〕同「露頭角」。

靈活得很

滾珠子*腦袋／腦子裡裝軸承

〔釋義〕指思想或行動敏捷，善於隨機應變。

〔注釋〕滾珠子：滾珠，用鋼製成的圓珠形零件，作滾珠軸承用。

靈通起來了

穿節的竹筒／一敲頭頂腳底響

〔釋義〕比喻消息門路廣，來得快。

經驗方法類

一下當兩下

火鉗①打娃娃／雙手拍螞蚱②

〔釋義〕比喻辦事效率高。

〔注釋〕①火鉗：火剪，夾煤炭、柴火等的用具。②螞蚱（ㄇㄚˋ ㄓㄚˋ）：方言，蝗蟲。

一分為二

刀切西瓜／快刀劈竹子

〔釋義〕哲學用語。指事物都分為兩個方面，都是對立的統一。

一步一回頭

走路看腳印

〔釋義〕比喻每前進一步都要回顧和總結過去的工作。有時形容離別時戀戀不捨的情形。

一套一套的

武大郎賣盆／窯上的瓦盆／司務長①發軍裝／賣瓦盆的出身／賣瓦盆的取貨／賣瓦盆的剛進貨／缸罈店裡賣缽頭②

〔釋義〕比喻做事辦法多或說話滔滔不絕，很有主意。

〔注釋〕①司務長：軍隊連隊中負責管理裝備、服裝和伙食的幹部。②缽（ㄅㄛ）頭：缽，像盆而略小的陶器。

一套配一套

歪鍋配扁灶

〔釋義〕指搭配恰當，各得其所。

一輩傳一輩

秦瓊的殺手鐗*／師傅收兒當徒弟

〔釋義〕指代代相傳。

〔注釋〕據《說唐》中說，秦瓊的父親秦彝有一祖傳兵器紫金鐗，鐗法共五十六路，其中「殺手鐗」是絕招，舉世無雙。秦彝死後，秦瓊繼承父業，練就祖傳絕招「殺手鐗」，所向披靡。鐗（ㄐㄧㄢˋ）：古代兵器，長條形，有四棱，上端略小，下端有柄。

一舉兩得

過河洗腳／拉屎薅草①／剃頭捉蝨子／作揖②抓腳背／拾柴打兔子／挑水帶洗菜／摟草③打兔子／放羊的拾柴火／燒窯的蓋房子／搧蒲扇④打蚊子／一槍打兩隻黃羊／打棗捎帶黏知了／燒香順便看和尚／棉花地裡種芝麻

〔釋義〕指做一件事兼得兩方面的好處。

〔注釋〕①薅（ㄏㄠ）草：用手拔草。②作

揖：兩手抱拳高拱，彎身施禮。③摟（ㄌㄡ）草：用手或工具把草聚集起來。舊時多用草漚肥或做燃料。④蒲（ㄆㄨˊ）扇：用香蒲葉做成的扇子。

一環套一環

鐵打的鎖鏈

〔釋義〕比喻每一個環節都緊密相連，密不可分。

小心在意

光腳丫子走刺蓬①／近視眼過獨木橋／童養媳②侍候公婆

〔釋義〕指做事要謹慎，處處留意。

〔注釋〕①刺蓬：長滿刺的草叢或樹叢。②童養媳：見「有苦難言」。

三句話不離本行

屠夫說豬，農夫說穀／打獵的不說魚網，賣驢的不說牛羊

〔釋義〕指人說話總離不開自己的職業範圍。

土洋結合

穿草鞋戴禮帽／戴瓜皮帽穿西裝

〔釋義〕指傳統的辦法和現代化的技術結合起來。

井井有序

姑娘收拾的行李／辣子一行，茄子一壟

〔釋義〕形容條理清楚，秩序不亂。

內行

劉備編草鞋①／賣肉的殺羊／老媽子②侍候人

〔釋義〕指對某項工作有豐富的經驗。

〔注釋〕①劉備原是「織席販履之徒」，編草鞋很內行。②老媽子：指女僕。

內行（航）

肚子裡撐船／臉盆裡撐船

〔釋義〕同「內行」。

心中自有巧打算

啞巴肚裡掛算盤

〔釋義〕指嘴上不講，心裡卻有妙計。

水平提高了

機槍打飛機

〔釋義〕指達到了較高的程度。

以攻為守

狡兔撞鷹

〔釋義〕指用主動進攻的方法來達到防禦的目的。

以毒攻毒

蠍子螫蜈蚣

〔釋義〕多比喻利用對方使用的狠毒手段來制服對方。有時也指利用壞人打擊壞人。

以長攻短

張順浪裡鬥李逵*

〔釋義〕指用自己的長處、優勢，去攻擊對方的短處或劣勢。

〔注釋〕《水滸傳》故事。李逵到江邊索魚，與漁民發生爭鬥，以打魚為業的張順鬥不過力大過人的李逵，便誘李逵上船，並使其落水。張順善水性，有「浪裡白跳」之稱，李逵水性不好，難於招架，十分狼狽。

以屈求伸

秤鉤打針／蚯蚓走路／釣魚鉤變成針
〔釋義〕以彎曲求得伸展。

出了新招
三招加一招／六個指頭划拳*
〔釋義〕指用新的辦法或計策。
〔注釋〕划拳：飲酒時兩人用伸指頭猜數的辦法行酒令，輸者罰喝酒。

本小利大
吹糠見米／三分錢開當鋪*
〔釋義〕比喻以小的代價換取大的收益。
〔注釋〕當鋪：舊時專門收取抵押品，放高利貸的店鋪。

本小利長
種麥養羊／餵兔養羊
〔釋義〕指用小的代價換取大的或長遠的收益。

全靠手勁
鈍刀割肉／鈍刀子殺豬
〔釋義〕指做事全憑手上功夫。

全憑手快
開水裡撈肥皂／變戲法*的本領
〔釋義〕指做事手腳要利索，行動要迅速。
〔注釋〕變戲法：玩魔術。

划得來
渡船過河／船工租船遊西湖
〔釋義〕比喻很合算或不吃虧。

各有一技之長
繡花針對鐵梁／蛐蛐兒①鬥公雞／短的當棒槌②，長的做房梁
〔釋義〕指每人都有某種技術特長。
〔注釋〕①蛐蛐兒（ㄑㄩ ·ㄑㄩ ㄦ）：方言，蟋蟀。②棒槌：捶打用的木棒，舊時多用來洗衣服。

各有一套
穿衣戴帽／銅匠的家當／木匠的鑿子鐵匠的銼，裁縫的皮尺廚子的刀
〔釋義〕比喻每人都有自己的一套本領和辦法。

各有千秋①
彭祖②遇壽星③／南極壽星，太上老君④
〔釋義〕比喻各有各的特色、長處。
〔注釋〕①千秋：千年。比喻可流傳久遠。②彭祖：我國傳說的長壽人物，生於夏代，至殷代末年已七百六十七歲（一說八百餘歲）。③壽星：老人星，長壽的象徵。④太上老君：道教對老子的尊稱。據傳他是道教的始祖，我國古代的長壽者。

各有各的打法
一路師父一路拳
〔釋義〕指每個人都有自己的一套作法。

各有各的門道
千個師傅千個法／兵來將擋，水來土掩／豬往前拱，雞往後刨／猴子爬杆狗鑽圈，黃鼠狼專鑽水道眼*
〔釋義〕比喻各自都有自己的竅門和辦法。
〔注釋〕水道眼：排水溝經過牆壁等障礙時留的孔眼。

各有各的路
車走直馬踏斜①／馬走日字象走田②／車有車道，船有航道

〔釋義〕指各人有各人的門路。

〔注釋〕①和②均為象棋術語。是車、馬、象等棋子兒的規定走法。

各有各的謀生法

兔子靠腿狼靠牙

〔釋義〕指每個人都有自己謀求生存的辦法。

各有所長

跛子騎瞎馬／皮肉粗糙，骨骼堅強／駱駝的脖子鴕鳥*的腳／高山有好水，平地有好花

〔釋義〕指各有自己的長處和優點。

〔注釋〕鴕（ㄊㄨㄛˊ）鳥：目前鳥類中最大的鳥，腿很長，腳有力，善走。

各有拿手戲

山西猴子河南人耍

〔釋義〕比喻各自都有擅長的技術或本事。

各個擊破

大師傅*打蛋

〔釋義〕比喻有重點地一個個解決問題。

〔注釋〕大師傅：此指廚師。

各靠各的本事；各有各的本領

龍眼*核擦屁股／貓逮老鼠鼠打洞／吹笛的會摸眼，打牌的會摸點

〔釋義〕比喻各自都有自己的長處和辦法。有時表示戲謔。

〔注釋〕龍眼：桂圓，球形果實，果肉白色，味甜可食，也可入藥。

向錢看

銅錢①當眼鏡／銀元②當鏡子／眼鏡框裡鑲銅子兒③

〔釋義〕多指過分注重經濟效益。

〔注釋〕①銅錢：古代銅質貨幣，圓形，中有方孔。②銀元：舊時使用的銀質貨幣，圓形。③銅子兒：銅元，從清末到抗日戰爭前通用的銅質貨幣。

名堂多

江湖佬①耍猴子／廟會②上的西洋景③

〔釋義〕比喻辦法、主意不少。有時比喻花樣、名目多。

〔注釋〕①江湖佬：舊時四處流浪，靠賣藝、賣藥等為生的人。②廟會：舊時設在寺廟或附近的集市。③西洋景：見「白費工夫」。

多虧留了一手

老虎追得貓上樹*

〔釋義〕比喻幸虧留有後路，否則要吃虧上當。

〔注釋〕民間故事中說貓教老虎學本領，沒有教上樹的方法。因此老虎追貓時，貓上了樹，老虎奈何不得。

早作準備

長添燈草滿添油

〔釋義〕指提前安排或籌劃。

有一手

王佐斷臂①／獨臂將軍／獨臂老人作揖②

〔釋義〕指具備某種本領或手段。

〔注釋〕①王佐為岳飛部將，為詐降金兵，曾砍去左臂。②作揖：兩手抱拳高拱，彎身施禮。

有步數
瞎子上樓梯／瞎爺爺過橋
〔釋義〕指心中有數。

有板眼*；有板有眼
刷子沒有毛／掉了毛的牙刷／脫了毛的刷子／板凳上鑽窟窿
〔釋義〕比喻說話做事有條理，有層次。有時比喻有辦法。
〔注釋〕板眼：民族音樂和戲曲中的節拍，每一小節中最強的拍子叫板，其餘的拍子叫眼。板眼比喻節奏、條理或辦法。

有法（髮）了
和尚撿到辮子
〔釋義〕指找到了辦法。

有進有退
跳舞的腳步／象棋盤上的棋子兒
〔釋義〕多比喻工作方法機動靈活，根據具體情況行事。

有節奏
竹竿打鑼／小竹棍敲鼓
〔釋義〕比喻工作有步驟、有規律。

老手
巴掌先生*／八十歲拿大錘／手背上長白毛／巴掌心裡長鬍鬚／八十歲公公耍猴子
〔釋義〕指在某一方面有豐富經驗的人。
〔注釋〕先生象徵長者，巴掌老了，即老手。

老手（守）
寡婦不改嫁／一輩子做寡婦／三十年的寡婦
〔釋義〕同「老手」。

老練
七十歲學氣功／八十歲老頭學打球
〔釋義〕指經驗豐富，做事熟練穩重。

自有法度（渡）
張天師過海不用船
〔釋義〕比喻言行有準則，或有所遵循。

自靠自
胳膊當枕頭／膝蓋上打瞌睡
〔釋義〕比喻自力更生，不依賴別人。

冷處理
涼水泡豌豆
〔釋義〕多指對需要處理的事，擱置一段時間後再冷靜地去處理，或置之不理。

冷熱結合
火爐子靠水缸／烤爐火吹電扇／暖房*裡做冰棒／炸油餅的賣冰棍
〔釋義〕指工作既要有滿腔的熱情，又要有冷靜的頭腦。
〔注釋〕暖房：溫室。

找門道
瞎子摸牆／瞎子摸窗戶
〔釋義〕比喻尋找處事的訣竅，或解決問題的途徑。有時用於戲謔。

找漏洞
大雨天上房
〔釋義〕指查找工作上的紕漏，以防患於未然。

抓住了關鍵
牽牛牽鼻子／牛牽鼻子馬抓鬃（ㄗㄨㄥ）／打蛇打到七寸上

〔釋義〕指掌握了事物最緊要的部分，或能產生決定作用的因素。

抓重點

大口啃住包子餡

〔釋義〕比喻辦事要抓重要的或主要的。

見機行事

順水推舟，順風扯篷

〔釋義〕比喻順應趨勢辦事。

見機（雞）行事

老鷹捕食／黃鼠狼等食

〔釋義〕同「見機行事」。

來了內行

大師傅*進廚房

〔釋義〕指來了經驗豐富、能幹的人。

〔注釋〕大師傅：此指廚師。

兩得其便

一家打牆／一打醋，二買鹽／擺龍門陣*抱娃娃

〔釋義〕比喻兩下都方便。

〔注釋〕擺龍門陣：方言，談天或講故事。

兩頭不誤

扯秧子摘葫蘆／送親家接媳婦*

〔釋義〕比喻安排合理，兩方面的事都辦得妥當。

〔注釋〕把親家送回家，再把兒媳婦接回來。親（ㄑㄧㄥˋ）家：兩家女兒相婚配的親戚關係。此指男方的親家。

到哪說哪

哪山唱哪歌／見啥菩薩念啥經／上山砍柴，過河脫鞋

〔釋義〕指遇到不同的情況，採取不同的對策。

取長補短

長衫改夾襖／矮子踩高蹺①／瘸子跟著瞎子走／矬地炮②嫁個細高挑兒③／拐子唱歌瞎子聽，聾子演戲啞巴看

〔釋義〕指吸取別人的長處，彌補自己的不足。有時用於戲謔。

〔注釋〕①高蹺（ㄑㄧㄠ）：民間舞蹈，表演者裝扮成戲劇或傳說中的人物，踩著有腳踏裝置的木棍，邊走邊演。也指表演高蹺用的木棍。②矬（ㄘㄨㄛˊ）地炮：方言，諷刺身材短小的人。③細高挑兒：身材又高又瘦的人。

往最壞處想

藥鋪裡賣棺材／背著棺材上戰場

〔釋義〕指遇事要做最不利的打算。

肥瘦相搭

胖老婆騎瘦驢

〔釋義〕比喻好壞搭配。多表示戲謔。

金蟬脫殼

諸葛亮借東風*

〔釋義〕比喻用計脫身。

〔注釋〕赤壁之戰中，周瑜決定火攻曹軍。因久不遇東風，周瑜憂而成疾。諸葛亮聲言能在南屏山祭借東風。周瑜又驚又喜，決心待東風一起則將諸葛亮殺掉。諸葛亮深知此計，在南屏山佯裝禱告之後，便按預定計畫乘趙雲派來的小船逃走，使周瑜想謀害他的計畫再次落空。

長期打算

一輩子當會計

〔釋義〕指安排算計得很長遠。

按部就班

官老爺上朝

〔釋義〕指做事按照一定的順序，有條有理。有時指一切按老規矩辦事。

按質論價

一分價錢一分貨／什麼貨賣什麼錢

〔釋義〕按照東西的品質商討價格。比喻等價交換，公平交易。

面面有用

三角銼刀

〔釋義〕比喻多面手，各方面都用得上。

面面點到

芭蕉敲鼓

〔釋義〕比喻各方面都接觸或照顧到了。

拿手①好戲

猴子爬樹／張天師捉妖②／走江湖的耍猴子／梅蘭芳唱《霸王別姬》③

〔釋義〕比喻最擅長的本領。

〔注釋〕①拿手：對某種技術擅長。②張天師是道教的創始人，傳說他能施展法術，捉拿鬼怪。③梅蘭芳，著名京劇表演藝術家，《霸王別姬》是他的拿手戲之一。

殊途同歸

姐倆回娘家

〔釋義〕比喻採用不同的方法，得到相同的效果。有時指經過不同的途徑達到同一目的。

能大能小

孫悟空的金箍棒*

〔釋義〕比喻做事機動靈活，適應性強。有時比喻事情不論大小，職務不論高低，都能勝任。

〔注釋〕《西遊記》中說，金箍棒本是龍王鎮海之寶，孫悟空拿來做武器用，口出咒語，棒則可粗可細，可大可小。

能屈能伸

屬彈簧的／木匠的折尺／彈簧身子螞蟥*腰

〔釋義〕指在失意時能委屈忍耐，以便在條件成熟時施展才幹。

〔注釋〕螞蟥（ㄇㄚˇ ㄏㄨㄤˊ）：水蛭，環節動物，身體長形稍扁，可伸縮。

將計就計

蔣幹盜書*／借他的韁繩拴他的驢

〔釋義〕指用對方所用的計策，反過去制服對方。

〔注釋〕《三國演義》故事。見「上當受騙」。

得心應手

要甜的拿糖罐，要酸的拿醋罈

〔釋義〕摸索到規律，做起來則自然順手。指功夫到家，做事很順利。

探探深淺

投石下河／投石問路

〔釋義〕比喻試探情況，以便心中有數。

條條是路；條條是道；路子多

螞蟻進磨扇①／螞蟻爬掃帚／磨眼裡的螞

蟻／簸箕裡的螞蟻／螞蟻掉進擂缽②裡

〔釋義〕比喻辦法多，門路廣。

〔注釋〕①磨扇：鑿有很密的小槽的上下兩扇石磨。②擂缽（ㄌㄟˊㄅㄛ）：研磨用的像盆而略小的器具。

深入淺出

潛水艇下水

〔釋義〕指闡述的道理很深刻，使用的語言卻通俗淺顯。

軟中有硬

棉裡藏針／骨頭炒豆腐／雪裡埋石頭／太極拳的功夫／片兒湯*下排骨／豆腐堆裡一堆鐵

〔釋義〕比喻柔中有剛。

〔注釋〕片兒湯：用薄麵片做成的湯麵。

軟功夫

床上雜耍／大胖子跳猴皮筋*

〔釋義〕指能適應各種情況的能力。

〔注釋〕猴皮筋：橡皮筋，彈性大，能伸縮。跳橡皮筋是一種兒童遊戲。

軟硬兼施

石縫裡塞棉花／石匠師傅賣豆腐／甩了皮鞭拿棒槌*／鐵匠鋪裡賣棉花

〔釋義〕比喻軟的和硬的手段全用上。多為貶義。

〔注釋〕棒槌：捶打用的木棍，舊時多用來洗衣服。

量力而行

比著被子伸腿／有尺水行尺船

〔釋義〕指按照力量或能力的大小去做。

短中取長

矬子*裡拔將軍

〔釋義〕指從差的或不被人注意的事物中取其所長。

〔注釋〕矬（ㄘㄨㄛˊ）子：方言，指身材短小的人。

就地取材（柴）

山坡上燒火／森林裡烤火／磚窯旁邊蓋樓房

〔釋義〕指在本地就近找取原材料。

虛虛實實

諸葛亮用兵*／棉花堆裡放秤砣

〔釋義〕比喻時隱時現，變化莫測，使人難以捉摸。

〔注釋〕《三國演義》故事。諸葛亮施計到魏國屬地隴西割麥，以補充軍糧。諸葛亮令姜維等三人都扮成諸葛亮模樣，各帶一幫人馬，分多路向魏營進發，四個真假諸葛亮神出鬼沒，虛虛實實，搞得司馬懿神魂顛倒，不知所措。

趁熱幹

鐵匠開爐／鐵匠打鐵

〔釋義〕比喻趁著有利的時機或條件，抓緊去做。

傳經送寶

鑒真和尚東渡*

〔釋義〕指傳授經驗。

〔注釋〕鑒真是唐朝的高僧，西元七四二年（天寶元年）應日本僧人的邀請東渡傳教，經過十二年的奮鬥，先後六次東渡，終於在西元七五三年到達日本。他在日本十年，不僅傳教，還把中國的佛寺建築、雕塑、繪畫藝術等介紹給日本。

會過日子

潑泔水*拿著籮／一分錢掰兩瓣花／捏著一分錢能攥（ㄗㄨㄢˋ）出汗來

〔釋義〕指日子過得很節儉。

〔注釋〕泔（ㄍㄢ）水：淘米、洗刷鍋碗等用過的水。

當面見效

打針拔火罐／吃豬血屙黑屎

〔釋義〕比喻效果明顯。

經（耕）得多

扛犁頭下關東*

〔釋義〕比喻實踐經驗豐富，閱歷深。

〔注釋〕關東：指山海關以東一帶地方，泛指東北各省。關東過去地廣人稀，可耕的土地甚為廣闊。

裡手

關門打拳

〔釋義〕指行家。

裡應外合

隔山打隧道

〔釋義〕指內外接應，互相配合。

幕後指點

演員教徒弟

〔釋義〕比喻暗地裡進行引導。

摸索前進

瞎子跟著繩子走

〔釋義〕指試探著往前走。

摸索著幹

瞎子上工／摸著石頭過河

〔釋義〕比喻試著做，在做中尋找方法，累積經驗。

敲到點子上了

鼓槌打石榴／芝麻地裡打鑼

〔釋義〕比喻擊中要害。

盡找明白人

劉備三顧茅廬①／周文王請姜太公②

〔釋義〕比喻知人善任，找的都是聰明能幹的人。

〔注釋〕①諸葛亮隱居於隆中茅廬，劉備為了請他出來幫助打天下，曾三次到茅廬去求訪。②周文王臨終前，宣姜太公進宮託孤，把兒子姬發（周武王）託給姜太公，後姜太公輔佐周武王，終於完成興周滅紂大業。

管得攏

大碗蓋小碗

〔釋義〕比喻管得住、管得好。

遠近全能對付

大炮上刺刀

〔釋義〕比喻適應性強，任何情況都可以應付。

層層深入

王爺的宅院／臣民進皇宮

〔釋義〕指有計畫、有步驟地，逐步向深層發展。

熟手；手熟

瞎子彈琴／保姆當媽媽／開水鍋裡伸胳膊

〔釋義〕指辦事內行，技術熟練。

熟路；道熟

老貓上鍋臺／老鼠爬案板／閨女回娘家／狐狸奔雞窩／騎毛驢不用趕／瞎子走進自家門

〔釋義〕比喻熟悉情況，做事順利。

窮有窮打算

叫花子撥算盤／要飯的借算盤

〔釋義〕比喻條件差的有對付條件差的考慮和安排。

機不可失

啟航趕上了順船風／過了這個村，沒有這個店

〔釋義〕比喻時機不可錯過。

錯打錯處來

左腳穿著右腳鞋

〔釋義〕比喻將錯就錯。

聲東擊西

東放一槍，西打一棒

〔釋義〕指在軍事上給敵人造成錯覺而出奇制勝的一種戰術。後作為一種策略或方法也用於其他方面。

識人才

蕭何追韓信*

〔釋義〕指善於發現人才。

〔注釋〕《史記·淮陰侯列傳》故事。見「連夜趕」。

識貨

古董*販子

〔釋義〕比喻能識別辨認東西的好壞或真偽。

〔注釋〕古董：古代留傳下來的可供玩賞的字畫、器物等。

鑽心戰術

孫悟空制服鐵扇公主*

〔釋義〕指打入敵人內部，在敵人心臟戰鬥。

〔注釋〕《西遊記》故事。見「心腹之患」。

下
編

寫 人 類

一口說了算
皇上的聖旨將軍的令

〔釋義〕比喻一個人說了算數，不得討價還價。

一把手
五個指頭

〔釋義〕指非常能幹的人。有時指單位的主要負責人。

一言不發
徐庶進曹營*

〔釋義〕比喻沉默不語。

〔注釋〕《三國演義》中說，徐庶為劉備謀士，輔佐劉備對抗曹操。曹操將徐母挾持曹營，並假借徐母的名義寫信召徐棄劉奔曹。徐母以為他背叛劉備，怒恨而死。徐庶深感劉備知遇之恩，從此他在曹營對政事始終一言不發。

一身鬆
豆腐渣下水

〔釋義〕比喻全身輕鬆、爽快。多形容完成任務或丟掉思想包袱後的心情。

一家之主
灶王爺的橫批*

〔釋義〕指當家做主。

〔注釋〕舊時人們認為灶王爺掌管一家的禍福財氣，灶神的對聯多寫「上天言好事，下界保平安」，橫批常寫「一家之主」。

一隻眼
牆上畫貓

〔釋義〕比喻眼光偏，看問題不全面。

一個願打，一個願挨
周瑜打黃蓋*

〔釋義〕指做事的雙方都願意。

〔注釋〕《三國演義》故事。見「自打自」。

一絲不掛
無弦的琵琶／剝皮的青藤／僵蠶[1]放在蠶蔟[2]上

〔釋義〕形容赤身裸體。

〔注釋〕①僵（ㄐㄧㄤ）蠶：因病而僵死的蠶。②蠶蔟（ㄘㄨˋ）：供蠶吐絲作繭的設備。

一番[1]歡喜一番愁
又辦喪事又嫁女／失意人[2]逢得意事

〔釋義〕形容時而高興，時而憂慮的複雜心情。

〔注釋〕①番（ㄈㄢ）：回，次。②失意人：

不得志的人。

一會好，一會壞

小孩子過家家*

〔釋義〕指時好時壞，變化無常。

〔注釋〕過家家：一種模仿大人過日子的兒童遊戲。

一語（羽）雙關（冠）

公雞頭上插鵝毛／鴨子頭上插錦雞毛

〔釋義〕比喻話中有話。

一層管一層

花生殼，大蒜皮

〔釋義〕比喻一級管一級，層層負責。

一蹦老高

打足了氣的皮球／屁股底下安彈簧

〔釋義〕形容心情特別激動。也指憤怒時的動作。

七哭八笑

十五個小孩打鬧

〔釋義〕形容有哭有笑。

七嘴八舌

一家十五口／老太太閒扯／十五個人當家／十五個人聊天

〔釋義〕形容你一句，我一句，議論紛紛。

人土貨洋

武大郎賣麵包*

〔釋義〕比喻人不怎麼樣，但東西是好的。

〔注釋〕武大郎是《水滸傳》中人物，身材矮小，其貌不揚。賣麵包是假設的說法。

人小輩大

黃毛*娃娃坐上席

〔釋義〕指年齡雖小，但輩分大。

〔注釋〕黃毛：比喻年幼。

人小輩（被）大

扳不倒*蓋被子

〔釋義〕同「人小輩大」。

〔注釋〕扳不倒：不倒翁。玩具，上輕下重，扳倒後自己能立起來。

人有我有

大年初一吃餃子①／年三十夜的年糕②

〔釋義〕比喻大家都有，誰也不比誰差。

〔注釋〕①中國北方習俗，大年初一早上家家戶戶吃餃子。②中國南方習俗，春節前夕，一般家家都要蒸粑做年糕。

人走家搬

灶君*貼腿上／腿肚子上貼灶王爺

〔釋義〕人也走了，家也搬了。比喻孤身一人，無牽無掛。

〔注釋〕灶君：又稱灶王爺，舊時人們認為灶君為家的象徵。

又苦又甜

蜂蜜拌黃連／黃連水裡煮湯圓／吃藥用冰糖作引子*

〔釋義〕比喻生活中有煩惱也有歡樂。

〔注釋〕引子：藥引子，中藥藥劑中另加的東西，能加強藥物的效力。

又驚又喜

秀才看榜／娃娃放炮仗

〔釋義〕形容驚喜交集的複雜心情。

三三兩兩

十個小錢擺四處

〔釋義〕形容三人一群兩人一夥地聚在一塊。有時指零零散散，為數很少。

口味不同

南甜北鹹，東辣西酸

〔釋義〕指各人對味道的愛好不一樣。

口氣不大

小孩吹喇叭／麥秸稈吹火／娃娃吹泡泡糖

〔釋義〕形容說話的氣勢小。

土生土長

田裡的莊稼／地裡的蚯蚓／莊戶*人家的孩子

〔釋義〕指在當地生長。

〔注釋〕莊戶：農戶。

土裡來，泥裡去

田鼠走親戚／蛐蟮*串門子

〔釋義〕比喻在簡陋而艱苦的環境中奔波生活。

〔注釋〕蛐蟮（ㄕㄢˋ）：蚯蚓。

小心翼翼

拿著雞蛋走冰路

〔釋義〕形容處處留心，唯恐出錯。

不知聽誰的

一百個人當家／一個將軍一個令／一個媳婦幾個婆／三個頭頭一個兵

〔釋義〕比喻行動無所適從。

不是好惹的

窩裡的馬蜂／地頭蛇①，母老虎②／老虎喉中討脆骨，大象口裡拔牙齒

〔釋義〕比喻人很厲害，不好招惹。

〔注釋〕①地頭蛇：指當地的強橫無賴。②母老虎：比喻蠻橫凶狠的婦女。

不是婆婆就是孫

被窩裡不見了針

〔釋義〕比喻事情是少數幾個人做的，不是這個就是那個。

不耐煩

程咬金做皇帝*

〔釋義〕指性情急躁，做事缺乏耐心。

〔注釋〕程咬金反山東，取瓦崗，被眾將尊為「皇帝」，但仍不改闖蕩江湖、剛烈好鬥的習氣，做了三年皇帝，便感到厭煩，自己提出不再做皇帝。

不速之客

蝸牛赴宴／乘慢車來的人

〔釋義〕指不請自來的客人。

不想吵（炒）

廚子罷工／懶廚子辦席

〔釋義〕指無意與人爭執吵架。

不想（響）

破空竹／皮條打鼓／燈草打鑼／絨球打鼓／棉條打鼓／喇叭斷了線

〔釋義〕不思念。有時指沒有打算或不抱希望。

不愁吃

雞子跌米籮／饅頭做枕頭／嘴巴上掛飯籃／臘月尾，正月頭／兩個肩膀抬一張嘴

〔釋義〕不用為吃飯發愁。比喻生活有著落。

不腰痛

躺著說話

〔釋義〕指沒感到有值得心痛之處。

不請自到

孫悟空赴蟠桃會

〔釋義〕指主動找上門。

什麼人（仁）都有

砸核桃砸出個蝦米／嗑瓜子嗑出個臭蟲

〔釋義〕指形形色色的人都會有。

什麼人玩什麼鳥

武大郎玩鴨子*／武大郎玩夜貓子

〔釋義〕比喻不同的人有不同的愛好。

〔注釋〕武大郎是《水滸傳》中人物，個子矮小，鴨子腿短身矮，二者有相似處。

反正都是理（裡）

一層布做的夾襖

〔釋義〕不管怎麼說都有道理。含有強詞奪理的意思。

太性急

走道喝粥／說風便扯篷①／雞屁股裡掏蛋／炒蝦等不得紅②／點火就想開鍋／栽完樹就想乘涼／上午栽樹，下午取材

〔釋義〕比喻做事性情急躁，不耐煩。

〔注釋〕①篷（ㄆㄥˊ）：船帆。②蝦在熱鍋中炒熟後會變為紅色。

心不定

風吹燈草*

〔釋義〕比喻心神不寧。

〔注釋〕燈草為燈心草的莖髓，極輕，多做油燈的燈心。

心到神知

廟後叩頭／黑天敬菩薩

〔釋義〕比喻只要心意盡到，對方自然領悟。

心眼狹小

麻雀的肚腹

〔釋義〕指心胸狹窄，氣量不大。

心照不宣

肚臍眼兒點燈

〔釋義〕比喻心裡明白而不公開說出。

心裡急

狗等骨頭／病重無醫生／臨上轎找不到繡花鞋

〔釋義〕指心中著急，情緒不安。

水裡來，湯裡去

大鍋裡熬魚

〔釋義〕比喻頂風冒雨，東奔西跑。

火辣辣的脾氣

雷公劈海椒

〔釋義〕形容脾氣暴躁，易發火動怒。

半路出家

魯達當和尚／楊五郎削髮*

〔釋義〕多比喻中途改行。

〔注釋〕楊五郎，《楊家將》中人物，名延德，楊繼業的五子。兄弟八人在金沙灘敗陣後，有的陣亡，有的失散，楊五郎逃至山西五台山削髮為僧。

另有音

銅鈴打鼓

〔釋義〕比喻話中有話，另有含意。

四眼相顧

癩蛤蟆請客

〔釋義〕你看我，我看你，互相對看。

平起平坐

當官不坐高板凳／桌子板凳一樣高／官兵不分，高低不論

〔釋義〕比喻不分高低貴賤，一視同仁。

平靜不了

心裡裝著長江水

〔釋義〕形容心緒不寧，無法平息。

由不得人

陝西驢子不拽①車／天要落雨，娘②要嫁人／男大當娶，女大當婚

〔釋義〕比喻事情不由人願。

〔注釋〕①拽（ㄓㄨㄞˋ）：拉。②娘：此指年輕的女子。

目不轉睛

貓兒洞口等老鼠

〔釋義〕形容注意力非常集中。

全是光棍；盡光棍

火燃竹林／森林失火／一鍋骨頭湯／筷子夾骨頭／筷子夾蒜薹*／冰雹砸了棉花棵／單身漢碰到和尚

〔釋義〕指全都是單身漢。有時也指都是不三不四的人。

〔注釋〕蒜薹（ㄊㄞˊ）：蒜的花莖，嫩時可食。

全倒光

打爛的油瓶

〔釋義〕指把話統統說出來。

同行

你賣門神*我賣鬼／裁縫師傅對繡娘

〔釋義〕指從事同一種職業或行業的人。

〔注釋〕門神：貼在大門上的神像，一般為秦叔寶和尉遲敬德的畫像。

各人忙各人

姐妹倆出嫁／娘倆*做媳婦

〔釋義〕指每個人都忙自己的事。

〔注釋〕娘倆：母親和女兒兩個。

各人有各人的福

牛吃稻草鴨吃穀

〔釋義〕指各自都有自己的福分。

各人所愛；各有所愛

蘿蔔青菜／牛吃捲心菜／芥末拌涼菜／香油炒白菜／喝開水就菜／蘿蔔地裡栽韭菜

〔釋義〕指各人有各人的愛好。

各人憑心

黑處作揖*

〔釋義〕指每個人都憑自己的心意辦事。

〔注釋〕作揖：雙手抱拳高拱，彎身施禮。

各有所好；各人所好

穿衣戴帽／黃瓜拌辣椒／姑娘愛花，小子愛炮／山羊愛山石，綿羊愛草原／有人說鹽鹹，有人講鹽淡

〔釋義〕比喻每個人都有自己的愛好。

各有短處

矮夫矬*妻

〔釋義〕指各人都有自己的不足之處。

〔注釋〕矬（ㄘㄨㄛˊ）：方言，身材短小。

各得其所

姐倆出嫁／牛羊入圈鳥落窩

〔釋義〕比喻各自如願，或各人都得到合適

的安頓和處置。

各就各位

旅客上火車

〔釋義〕指各自到各自的位置或崗位上去。

各幹一行

打鐵放羊／敲鑼賣糖／打餅子熬糖／買醬油不打醋／驢拉碾子牛耕田

〔釋義〕比喻各做各的本職工作。

各對各眼

玻璃眼鏡／轆轤串①當眼鏡／戴眼鏡買車軸／眼鏡店裡的交易／情人眼裡出西施②

〔釋義〕比喻各人有各人的眼光。

〔注釋〕①轆轤（ㄌㄨˋ ㄌㄨˊ）串：轆轤是安在井上汲水的木製工具。轆轤串是套在轆轤軸兩端用以減少磨損的鐵圈。②指在情人的心目中，即便女方長相平常，也是最美的。西施：春秋末年越國的美女，後成為吳王夫差最寵愛的妃子。後人以西施作為美女的代稱。

各管一工

洗菜切蔥／燒火剝蔥

〔釋義〕比喻各自按分工做事。

各管一段

鐵路警察

〔釋義〕比喻各有自己的職責範圍，管不著別的事情。

各說各有理

瞎子摸象／公婆打官司

〔釋義〕指各持己見，爭論不休。

吃虧沾光沒外人

鼻涕流進喉嚨裡

〔釋義〕指吃虧占便宜全在自己。

多磕頭，少說話

啞巴進廟／啞巴拜年

〔釋義〕指多做好事，少說無用的話。含有謹小慎微，怕惹麻煩的意思。

好一個，惱一個

打死老鼠餵貓／寵了媳婦得罪娘

〔釋義〕指好了這個，得罪了那個，難得兩全。

好事難盼

炒豆發芽／鐵樹*開花

〔釋義〕比喻美好的事物往往不易等到。

〔注釋〕鐵樹：常綠灌木，觀賞植物，往往多年才開一次花。

好難請

三顧茅廬*

〔釋義〕比喻有本事的人很不容易請到。有時含有架子大，巴結不上的意思。

〔注釋〕《三國演義》中講的，劉備到隆中草舍三請諸葛亮的故事。

忙不過來；忙不開

爛眼兒*趕蒼蠅／逢年過節的砧板

〔釋義〕比喻事情多，忙得不可開交。

〔注釋〕爛眼兒：指眼睛發炎糜爛的人。眼睛糜爛有腥味，易招引蒼蠅。

忙（芒）上加忙（芒）

蝦子掉在大麥*上

〔釋義〕形容非常繁忙。

〔注釋〕大麥：一年生草本植物，葉子寬條

形，子實的外殼有長芒。

忙（芒）壞了

蝦子撞在橋樁上

〔釋義〕比喻因事多而忙得叫人吃不消。

忙（盲）上加忙（盲）

瞎子背瞎子

〔釋義〕同「忙（芒）上加忙（芒）」。

成了群（裙）

一條腿的褲子

〔釋義〕比喻人多。

成群結夥

開春的兔子

〔釋義〕比喻人數眾多，成幫結隊。多指不三不四的人。

有日子的人啦

大閨女看新房／大閨女做嫁妝

〔釋義〕指快要出嫁的人。

有言（鹽）在先

鹹菜燒肉／六月的臘肉／鹹掛麵調醋／鹹菜拌豆腐／醬瓜煮豆腐／二大娘*醃鹹菜／冬月裡灌香腸／罈子裡的鹹菜／臘肉湯裡煮掛麵

〔釋義〕比喻事前打招呼，把話說在前頭。

〔注釋〕二大娘：泛指年長的婦女。

有事無事哭一場

小孩兒見了娘

〔釋義〕指無理取鬧。

有勇無謀

張飛拆橋①／屬呂布②的／徒手打老虎／黑旋風李逵

〔釋義〕比喻人勇猛有餘，智謀不足。

〔注釋〕①《三國演義》故事。猛將軍張飛在長阪橋大喝三聲，嚇死曹將，喝退百萬曹軍。後因缺乏謀略，算計不周，下令拆了長阪橋，反而促使曹軍搭橋引兵追擊。②呂布：《三國演義》人物，原為荊州刺史丁原義子，殺丁原投奔董卓。後又中王允「連環計」，戲貂蟬，殺董卓。是一個見利忘義，貪圖女色，勇而無謀的小人。

有哭有笑；哭的哭，笑的笑

劉海兒①拉著孟姜女②／娶媳婦遇上送殯的

〔釋義〕比喻處境、心情不同，有的高興，有的悲傷。

〔注釋〕①劉海兒：傳說中的仙童。前額垂短髮，手舞錢串，笑容可掬。②孟姜女：民間傳說故事中的人物。秦始皇時，她丈夫被迫修築長城，死於邊疆。她萬里尋夫，得知丈夫已死，便在城下痛哭，長城竟被她哭倒。

有福不會享

扛著口袋牽著馬／扯起風帆又盪槳／坐轎悶得慌，騎馬嫌搖晃

〔釋義〕多比喻苦日子過慣了，好日子反而不會過。有時含有不珍視幸福的意思。

有靠

依山傍水／扁豆繞在竹竿上／迷路人遇上駱駝隊

〔釋義〕指有可以依賴的對象。

有機可乘

民航開張

〔釋義〕指有機會可以利用。

有戲唱啦

新搭的臺子／院子裡搭戲臺

〔釋義〕比喻有事可做，有話可說。

有寶不露

夜明珠埋在地裡

〔釋義〕比喻做事隱祕，不願公開。

死了也值（直）

火筒燒鰻／汽車壓羅鍋*／羅鍋趴鐵軌

〔釋義〕指為了某種目的，犧牲了也值得。多表示戲謔。

〔注釋〕羅鍋：駝背的人。

死不丟

老鱉咬人／瞎子抓婆娘

〔釋義〕比喻牢牢把握住，毫不放鬆。

老天真

八十歲跳舞／盤古王①耍撥浪鼓②

〔釋義〕形容活潑。有時也指幼稚。

〔注釋〕①盤古王：我國神話中的開天闢地的人物。他百餘歲還給他父親搖撥浪鼓開心。②撥浪鼓：又稱波浪鼓。玩具，帶把兒的小鼓，來回轉動時，兩旁繫在短繩上的鼓槌擊鼓作聲。

老主意

壽星出點子／八十歲留鬍子

〔釋義〕比喻想法由來已久。有時指早已形成的想法或打算，至今不變。

老兵老將

枯木刻象棋子兒

〔釋義〕泛指閱歷深、資格老的人。

老氣

壽星出虛恭*

〔釋義〕形容人長相顯得比實際年齡大。有時指服裝顏色深暗、陳舊。

〔注釋〕虛恭：放屁。

老實到家了

三棍子打不出屁來

〔釋義〕比喻人規規矩矩，謹小慎微，做事過分呆板。

自己走的

腳上的泡

〔釋義〕比喻後果是自己造成的。

自己連

火燒牛皮*

〔釋義〕比喻自己造成的差錯，自己來彌補。

〔注釋〕牛皮經過火燒加溫後要收縮、熔化，自己連結起來。

自找門路

老鼠扒洞

〔釋義〕比喻自己尋找門路。

自便（辮）

小姑娘梳頭

〔釋義〕比喻盡自己的方便行事。

自家知底細

關門過日子／罐內幾多米

〔釋義〕比喻自己做的事情，自己心裡有底。

自家看自家戲

關門演皇帝

〔釋義〕比喻自我欣賞。

自鳴得意

秋夜的蟬／鬧鐘報時辰

〔釋義〕比喻自己表示很得意。

你猜你的，我猜我的

曹操張飛打啞謎*

〔釋義〕比喻各懷心思，互相猜疑。

〔注釋〕見「打啞謎」。

你愛她不愛

牆上畫的美人兒

〔釋義〕指一廂情願。

冷不防

狼吃狼*／臘月裡遇著狼

〔釋義〕比喻出乎預料的事情突然來到，沒有防備。

〔注釋〕同類殘殺是意外的事，一般很少防備。

冷暖自己知

冬天穿單褲

〔釋義〕比喻自己的冷熱痛癢只有自己熟悉。

坐下就扎根

柳樹的屁股*

〔釋義〕比喻坐得穩。

〔注釋〕柳樹為插條繁植，成活率高，柳枝插在溼土裡即可扎根生長。

忍痛割愛

楊志賣刀①／秦瓊賣馬②／黛玉焚稿③

〔釋義〕指忍著痛苦，很惋惜地放棄心愛的東西。

〔注釋〕①《水滸傳》故事。見「無人識貨」。②《說唐》故事。見「背時」。③《紅樓夢》故事。林黛玉與賈寶玉的愛情遭到無情的摧殘，在寶玉被騙與薛寶釵成婚的當晚，她忍痛割愛，焚去詩稿，嘔血而死。

忸忸怩怩

二姑娘*上轎／新媳婦上花轎

〔釋義〕形容不好意思，或舉止言談不大方。

〔注釋〕二姑娘：泛指年輕女子。

抓住理（禮）了

老鼠跑進食盒*裡

〔釋義〕指言行合乎道理。

〔注釋〕食盒：舊時裝食品等禮物的盒子，由多層組成，送時由人抬著。

改行

木匠打鐵／鐵匠繡花／耍大刀的唱小生

〔釋義〕指放棄原來的行業，從事新的行業。

求穩

騎馬扶牆／走路拄雙拐／碓窩*裡放雞蛋

〔釋義〕比喻辦事擔心出錯，只求穩妥。

〔注釋〕碓（ㄉㄨㄟˋ）窩：石臼，舂米用具，內窪。

決心出走

捲好鋪蓋，買定草鞋

〔釋義〕比喻因環境不適而堅決離開。

沒外人

裡手①趕車／一家人五更打牙祭②

〔釋義〕指都是自家人。

〔注釋〕①裡手：指內行或某個範圍之內的人。②打牙祭：方言，指偶爾吃一頓較豐盛的飯。

沒幾句（鋸）

棗核解板*

〔釋義〕指話語不多。

〔注釋〕棗核極小，即便解板，也拉不了幾鋸。解板：把木料用鋸拉開成為板材。

沒話（化）

吃冰棍拉冰棍

〔釋義〕比喻無話可說。有時指人過於靦覥，不愛說話。

沒話（畫）

牆上貼草紙

〔釋義〕同「沒話（化）」。

沒嘴兒

茶壺掉了把兒／葫蘆鋸了把兒

〔釋義〕比喻口才不好，不善辭令。

盯（釘）上了

隔日的傳票*

〔釋義〕比喻目標集中，抓住不放。

〔注釋〕傳票：會計據以登記帳目的憑單，一般按日或月裝訂成冊。

肚量小

麻雀吃不下二兩穀／腹中容不得一根毛

〔釋義〕比喻心胸狹窄，不能容人。有時指易生閒氣。

言之（沿枝）有理（禮）

抬著食盒*爬上樹

〔釋義〕指所講的話有道理。

〔注釋〕食盒：舊時裝食品等禮物的盒子，由多層組成，送時由人抬著。

言聽計從

劉備對孔明

〔釋義〕說的話都聽從，提的計策都採納。形容十分信任。

走為上

三十六計*

〔釋義〕指為了擺脫困境，以走開為上策。

〔注釋〕古代用兵之計，如聲東擊西、趁火打劫、瞞天過海、借刀殺人、圍魏救趙、調虎離山、釜底抽薪、金蟬脫殼、反間計、美人計、空城計、苦肉計、連環計、走為上等共三十六計，泛指計策很多。

來去自由

牛欄裡圈豬／籠子裡關螞蟻

〔釋義〕比喻行動自由，可任意往來。

兩不見面

隔山買牛／電話裡談戀愛

〔釋義〕比喻彼此不接觸，互不了解。

兩不沾（粘）

豆渣糊窗戶／豆腐渣糊牆／快刀切豆腐／鴨背上潑水／豆腐渣貼對子*／狗背上貼膏藥／蕎麥皮打漿糊

〔釋義〕比喻誰也不占誰的便宜，彼此毫不相干。

〔注釋〕對子：對聯。

兩頭忙

上吐下瀉／打燈籠趕嫁妝／叫花子走清

明*／正月裡生，臘月裡死

〔釋義〕比喻忙前忙後，兩頭閒不著。

〔注釋〕舊時清明時節，叫花子常奔波於墓地，撿食人們祭祀死者的供品。

兩頭擔心

扁擔挑下水*

〔釋義〕比喻兩方面都放心不下。

〔注釋〕下水：食用的牲畜內臟。心是其中的一種。

兩頭擔心（薪）

打柴人回村／砍柴人下山

〔釋義〕同「兩頭擔心」。

受人牽連

木偶做戲／老子坐班房*，兒子挨夾棍

〔釋義〕指受到別人給自己帶來的連累和麻煩。

〔注釋〕班房：監獄或拘留所的俗稱。

奉陪到底

舅老爺請春客

〔釋義〕指陪同他人做完某一件事。

奔波

馬跳水浪

〔釋義〕指忙忙碌碌地來回奔走。

弦外之音

拉胡琴打噴嚏／胡琴裡藏知了／二胡拉出笛子調

〔釋義〕比喻言外之意。即說話或詩文中暗含著別的意思。

彼此彼此

烏鴉笑豬黑／半斤對八兩*／叫花子教養小討飯／猴子笑兔子尾巴短

〔釋義〕比喻你、我或大家都一樣。

〔注釋〕舊時重量單位，一市斤等於十六兩。

忽冷忽熱；一冷一熱

寒暑表①／二八月的天氣／五月裡打擺子②／出來廚房進冰窖／賣冰棍的進茶館

〔釋義〕比喻情緒不穩定，時而積極，時而消極。

〔注釋〕①溫度計。②打擺子：方言，患瘧疾。

念念有詞

老和尚誦經

〔釋義〕指嘴裡連續不斷地說些什麼。

拐彎抹角

九曲橋上散步／水煙袋裝鉛子／九曲橋上拖毛竹

〔釋義〕比喻說話繞圈子，不直爽。有時形容道路非常曲折。

明知故問

吃著菠蘿問酸甜／蹲在茅坑問香臭

〔釋義〕比喻明明知道，卻故意問人。

服服貼貼

野馬上籠頭／熨斗燙衣服／軟藤子綁硬柴

〔釋義〕形容非常馴服順從。

東張西望

娃娃趕場①／出洞的老鼠／傻子趕廟會②／牆頭上的鴿子

〔釋義〕形容左顧右盼，注意力不集中。有時形容等待和盼望的樣子。

〔注釋〕①趕場：方言，趕集。②廟會：設在寺廟裡或附近的集市。

板了臉

面孔上抹漿糊

〔釋義〕指表情嚴肅。

爭長論短

裁縫鋪扯筋

〔釋義〕指辯是非，爭高低。

門當（擋）戶對

胖婆娘過窄門

〔釋義〕比喻地位相當。

南腔北調

廣東人唱京戲／南方人學普通話／貴州驢子學馬叫

〔釋義〕形容說話語言不純，夾雜各地方言。

急性子碰上火性子

機槍對大炮

〔釋義〕指性情一個比一個更急躁、暴烈。

急於求成

坐等吃烤鴨／三月栽薯四月挖／坐在鍋邊吃煎米粑／上午上房梁，下午想搬家

〔釋義〕比喻心情急切，想馬上把事辦成。

怨不著別人

抽煙燒枕頭

〔釋義〕指自己做錯了事，不怪別人。

挑挑揀揀

老太太買魚

〔釋義〕比喻人愛挑剔。

津津有味

叫花子吃螃蟹／叫花子啃豬蹄／娃娃嚼泡泡糖

〔釋義〕比喻興味很濃厚。

炸了；炸起來了

五月的豌豆*／滾油鍋裡添冷水／滾油鍋裡撒鹽巴

〔釋義〕比喻群情激昂，事態一下子爆發了。

〔注釋〕豌豆為莢果，多在農曆五月成熟，如不及時收摘，其莢將乾裂炸開。

看破紅塵①

賈寶玉出家②

〔釋義〕指看穿了世俗。有時特指看穿了世俗的一切，要出家修行。

〔注釋〕①紅塵：塵世，人世間。②賈寶玉和林黛玉的愛情以悲劇告終後，出家為僧。

要飛了

出籠的鳥兒／鳥見樹不落／穿上航空衣／蛆蟲變蒼蠅／斷線的風箏／翅膀長硬的鳥

〔釋義〕比喻要遠走高飛了。

要哭就哭，要笑就笑

戲子*的臉蛋

〔釋義〕形容能哭能笑，善於做作。

〔注釋〕戲子：舊時對戲曲演員的蔑稱。

重上加重

百斤擔子加鐵砣

〔釋義〕比喻負擔更加重了。有時比喻問題的性質更加嚴重。

面（麵）熟

湯鍋裡的小麥

〔釋義〕形容面貌有些熟悉。

借光

月亮跟著太陽轉／禿子跟著月亮走

〔釋義〕這裡指分沾別人的好處。請別人給予方便時所講的客氣話。

借題發揮

指著禿子罵和尚

〔釋義〕指借談論另一題目來表達自己的真意。

個人觀點

麻婆照鏡子／王二麻子照鏡子

〔釋義〕指個人對問題的看法。

家中無人

鐵將軍*把門

〔釋義〕指家裡的人全不在。

〔注釋〕鐵將軍：鐵鎖。

容不得人；誰都容不得

武大郎開店①／梁山泊的王倫②／白衣秀士當寨主

〔釋義〕比喻肚量小，容不得比自己高強的人。

〔注釋〕①武大郎身材矮小，如開店鋪，其門面也不會大，容不下人。②王倫：《水滸傳》中人物。綽號白衣秀士，為人心胸狹窄，忌賢妒能，容不得別人。

挪挪窩

胡蘿蔔搬家

〔釋義〕比喻離開原來的地方。

時髦（溼毛）

雞毛撢沾水

〔釋義〕形容人的衣著時興，或舉止打扮入時。

氣消了

皮球上戳一刀／豬尿脬*上扎一刀

〔釋義〕比喻心情恢復平靜，不再生氣了。

〔注釋〕尿脬（ㄙㄨㄟ ㄆㄠ）：方言，膀胱。

神出鬼沒

廟裡趕菩薩／城隍廟搬家／諸葛亮用兵

〔釋義〕指行動無常，變化多端，不可捉摸。

能上能下

高樓裡的電梯／寒暑表*裡的水銀

〔釋義〕多指人在職務上能升能降。

〔注釋〕寒暑表：溫度計。

能走不能飛

鞋上繡鳳凰

〔釋義〕指本事有限。

迷途知返

齊桓公的老馬*

〔釋義〕比喻犯了錯誤能夠覺察，願意改正。

〔注釋〕據《韓非子・說林上》記載，春秋時期，管仲跟隨齊桓公去打仗，春往冬返，迷途失道，於是管仲放老馬在前面走，人們跟著前進，果然找到了歸路。

酒少話（畫）多

裱糊匠①開糟坊②

〔釋義〕比喻說話投機。

〔注釋〕①裱（ㄅㄧㄠˇ）糊匠：裱字畫或糊

房屋頂棚牆壁的工匠。②糟坊：釀酒作坊。

酒足飯飽

老母豬吃醪糟*

〔釋義〕酒已盡量，飯也吃飽。多用作貶義。

〔注釋〕醪（ㄌㄠˊ）糟：江米酒。

鬼丫頭

判官*的女兒

〔釋義〕比喻精靈的好孩子。多為長輩對女孩子的愛稱。

〔注釋〕判官：指閻王爺手下管生死簿的官。

鬼相

三花臉*照鏡子／閻王爺照鏡子／城隍廟裡的泥胎

〔釋義〕指故意做出來的滑稽表情。

〔注釋〕三花臉：戲曲角色中的丑。

乾急說不出

啞巴喊捉賊／啞巴喊救火

〔釋義〕形容著急得沒有辦法。

假生氣

唱戲的吹鬍子

〔釋義〕指假裝不高興。

做得了主

王字加一點

〔釋義〕指對事情可以負責，並作出決定。

兜圈子；繞圈子

黔虎吃驢①／毛驢子拉磨／城頭上跑馬／牲口進磨道②

〔釋義〕比喻說話、做事拐彎抹角，不直截了當。

〔注釋〕①柳宗元《三戒．黔之驢》講，有人從外地引進驢子到貴州，老虎看見這個「龐然大物」，以為是神，就躲開觀察，後逐漸靠近牠、撞牠，驢只踢了老虎一腳，老虎見驢的本事不過如此，就把驢子吃掉了。②磨道：方言，磨坊。

動（凍）了心

臘月的蘿蔔／十二月的白菜

〔釋義〕形容思想、感情起了波動，或產生了某種念頭。

專（磚）等

泥水匠無灰／泥瓦匠不砌牆

〔釋義〕指特意等待。

掛在心上

一口吞了個雞爪爪

〔釋義〕比喻心裡牽掛、惦念。

推辭（瓷）

磨眼裡放碗片

〔釋義〕比喻委婉地拒絕。

淘氣

洗米籮裡出煙

〔釋義〕形容頑皮或惹氣。

淘（討）氣

叫花子挨罵

〔釋義〕同「淘氣」。

猛一陣

暴風驟雨／六月的暴雨／二愣子①做活路②

〔釋義〕形容勁頭很大，但不能持久。

〔注釋〕①二愣（ㄌㄥˋ）子：魯莽、蠻幹的人。②活路：方言，泛指各種體力勞動。

眼見

鼻子生瘡

〔釋義〕親眼看到的事。比喻確鑿無疑。

眼花撩亂

正月十五觀燈／老婆婆趕廟會①／劉姥姥進大觀園②

〔釋義〕比喻看到複雜紛繁的事物而感到迷亂不解。

〔注釋〕①廟會：設在寺廟裡或附近的集市。②《紅樓夢》故事。劉姥姥替女婿去賈府乞求資助，進賈府大觀園後，大開眼界，處處感到新鮮。

眼高

駱駝看天／看著天說話／看著上司的臉說話

〔釋義〕比喻自己要求的標準高。有時也指眼睛向上，看不起群眾。

眼睛多

篩子放哨

〔釋義〕比喻警惕性高。

細高挑兒

長蟲戴草帽／電線杆穿大褂／套馬杆子戴禮帽

〔釋義〕形容人身材瘦長。

細聲細氣

馬尾拉胡琴

〔釋義〕形容嗓音很微弱。有時指說話少氣無力。

羞羞答答

大姑娘相親／小閨女的脾氣／剛過門*的媳婦

〔釋義〕形容不好意思，自覺難為情。

〔注釋〕過門：女子出嫁到男方家。

聊（燎）天

太陽上點火

〔釋義〕指談天。

脫了帽子都一樣

禿子不要笑和尚

〔釋義〕比喻彼此一樣。

逢場作戲

雜耍班子走江湖*

〔釋義〕比喻在適當場合湊湊熱鬧。

〔注釋〕走江湖：舊指四方奔走，靠武藝雜技或醫卜星相謀生。

喜的喜，憂的憂；一個喜來一個憂

小雞碰上鷹／老鷹抓小雞／豬八戒結親①／女駙馬②進洞房

〔釋義〕有的歡喜，有的憂愁。比喻各人的境遇不同，心情不大一樣。

〔注釋〕①豬八戒和高太公的三女兒翠蘭成婚，由於豬八戒現出原形，翠蘭整天啼哭，攪得高太公一家不得安寧。②駙（ㄈㄨˋ）馬：皇帝的女婿。

悲喜交加；又喜又悲

耗子跌米缸／新郎官戴孝／三十晚上發喪／喪屋裡人唱戲／老鼠娶妻遇老貓／穿著孝服拜天地

〔釋義〕比喻悲傷和喜悅交織在一起。

愣（冷）娃

三九天生的孩子

〔釋義〕指魯莽冒失的孩子。

提神

籃子裡裝土地菩薩*

〔釋義〕指打起精神。

〔注釋〕土地菩薩：土地爺，傳說中掌管一個小地區的神。

替古人擔憂

聽評書流淚／看《三國》*掉淚／看戲抹眼淚／說書人落淚／戲臺下面淌眼淚

〔釋義〕指對毫不相干的人或事產生不必要地憂慮和擔心。

〔注釋〕《三國》：指《三國演義》。

替別人歡喜

裁縫做嫁衣

〔釋義〕為他人的喜事操勞。含有空歡喜的意思。

棋逢對手

一盤棋下了三天

〔釋義〕比喻較量的雙方本領相當，不相上下。

湊熱鬧；湊湊熱鬧

瞎子趕場①／夾口袋趕集／抬轎吹喇叭／正月裡看大戲②／八歲娃娃逗新娘

〔釋義〕比喻喜歡參與某些活動。有時含有添麻煩的意思。

〔注釋〕①趕場：方言，趕集。②大戲：指情節複雜，場面大的大型戲曲。

無拘無束

沒籠頭的野馬／脫了繩的猴子

〔釋義〕形容自由自在，沒有約束。

無牽無掛；無牽掛

小牛出欄／光棍①搗刺蓬②／廟裡的和尚／脫手的氣球／魯智深出家③／斷了線的風箏／鵝卵石掉刺蓬／刺笆林④裡打石頭

〔釋義〕比喻沒有任何牽累和掛記的事。

〔注釋〕①光棍：此指光滑的棍棒。②刺蓬：長刺的小樹叢或草叢。③魯智深為人豪爽耿直，打死惡霸鎮關西，奔五台山當和尚，法號魯智深。出家時，一無眷屬，二無家產，沒有任何牽掛。④刺笆（ㄅㄚ）林：長滿刺，像籬笆一樣的小樹叢。

硬心腸

花崗岩雕人像／冷庫裡的五臟

〔釋義〕比喻心腸硬，不為感情所動。

給誰誰不要

手榴彈冒煙／拉了弦的手榴彈／斷了氣的奶娃娃

〔釋義〕比喻沒有人敢於或願意接受。

脾氣不一樣

曹操諸葛亮

〔釋義〕比喻人的性情不同。

越老越辣

海椒命，薑桂①性／菜園裡的羊角蔥②

〔釋義〕比喻越老越厲害。

〔注釋〕①薑桂：薑和肉桂。②羊角蔥：蔥的一種，葉短而粗，形似羊角，中國北方多有栽種。

越走越遠

南轅北轍*

〔釋義〕指行動和目的相反。

〔注釋〕本要向南走，而車子卻向北開。轅（ㄩㄢˊ）：車前駕牲口的兩根直木。轍（ㄔㄜˋ）：車輪滾壓出的痕跡。

越看越眼花

夜晚挑花／瓜地裡選瓜／籃子裡挑花

〔釋義〕比喻對事情的認識越來越模糊不清。

跑江湖

大頭魚*背鞍子

〔釋義〕指舊時走南闖北，以賣藝、行醫、卜卦等為職業謀生。

〔注釋〕大頭魚：鱈魚。下頜有一根鬚，背部有許多小黑斑和三個背鰭。

跑得快

長了兔子腿／穿兔子鞋的／腿上綁輪子／草鞋上綁雞毛

〔釋義〕形容人行動迅速。

跑跑顛顛

小馬駒跟車*

〔釋義〕形容忙碌奔走。

〔注釋〕母馬拉車時，小馬常隨在車後跟著母馬跑。

開了動（凍）

三月的冰河／烈日照雪山

〔釋義〕比喻感情有了波動而有所考慮。

開洋（羊）葷

齋公*吃羊肉

〔釋義〕指享受從未享受過的新東西。

〔注釋〕齋（ㄓㄞ）公：泛指齋戒，或在齋期內不食腥葷之物的人。

開竅了

捅開的鏽鎖／晒裂的葫蘆

〔釋義〕形容思想搞通了。

閒談（鹹彈）

鹽店裡掛弓*

〔釋義〕比喻漫無目的地隨便談談。

〔注釋〕弓：手工彈棉花用的繃弓。

雲裡來，霧裡去

七仙女①走娘家／何仙姑②走娘家

〔釋義〕比喻行蹤飄忽不定，難以捉摸。

〔注釋〕①七仙女：神話傳說中玉皇的女兒，因嚮往人間生活，私自下凡，與勤勞忠厚的董永結為夫妻。②何仙姑：神話傳說中八仙之一。

順水人情

我解纜繩*你推船

〔釋義〕不費勁的人情。比喻順便給人的好處。

〔注釋〕纜（ㄌㄢˇ）繩：拴船用的繩索。

順水推舟

懶漢不拉縴

〔釋義〕比喻順勢或乘便行事。

幹輕巧活

挑燈草*走路

〔釋義〕做輕鬆不費勁的事。

〔注釋〕燈草：燈心草的莖髓，極輕。

想到哪兒說到哪兒

茶館裡聊天／茶館裡擺龍門陣*

〔釋義〕比喻心裡沒譜，無目的地隨便說。

〔注釋〕擺龍門陣：聊天或講故事。

想得寬

牆頭上睡覺／枕著扁擔睡覺／做夢漂洋過海

〔釋義〕比喻心胸開闊，不計較或不牽掛什麼。有時含有想得多，實際做不到的意思。

想（響）得寬

大草原上吹喇叭／遠洋輪上吹笛子／洞庭湖裡吹喇叭

〔釋義〕同「想得寬」。

愛搭嘴

吃了豬下巴

〔釋義〕指喜歡插話，或接別人的話頭。

暗裡使勁

水底推船／關燈摔跤／後娘打孩子／關燈打婆娘／拉屎攥（ㄗㄨㄢˋ）拳頭／牆裡的柱子／水泥柱裡的鋼筋

〔釋義〕比喻暗地裡用力氣。有時指在競爭中不聲不響地下功夫，以便最後取勝。

滔滔不絕

決堤的河水／開了閘的水庫

〔釋義〕比喻話多，連續不斷。

當家不做主；有職無權

丫鬟帶鑰匙／大姑娘掌鑰匙／小媳婦拿鑰匙／拿著鑰匙滿街跑／王府的管家，相府的丫鬟

〔釋義〕比喻雖掌管某些事情，但沒有實權。

置之度（肚）外

胸口上搭熱敷*

〔釋義〕指不放在心上。

〔注釋〕熱敷：用熱毛巾、熱水袋等放在身體的局部來治療疾病。

解甲*歸田

烏龜變黃鱔

〔釋義〕脫下戰袍，回家種田。有時也泛指解職還鄉。

〔注釋〕甲：古代將士的護身服，用金屬或皮革做成。

話（畫）裡有話（畫）

門神裡捲灶神／中堂①裡夾條幅／灶神上貼門神／油畫裡捲國畫／屏風②上貼門神／大軸③裡頭套小軸／四扇屏④裡捲灶王／蜀繡⑤被面包小人書

〔釋義〕比喻有言外之意。

〔注釋〕①中堂：懸掛在客廳正中的尺寸較大的字畫。②屏風：放在室內用來擋風或隔斷視線的用具，上面多有圖案裝飾。③軸：指畫軸。④四扇屏：四幅合為一組的條幅。⑤蜀繡：四川生產的刺繡，享有盛名。

鼓著肚子幹

蛤蟆墊床腳

〔釋義〕比喻賭著氣工作。

嘀嘀咕咕

吹鼓手抱公雞

〔釋義〕指私下小聲說話。有時指拿不定主

意，亂猜疑。

圖自己方便

癆病*鬼兒開藥店

〔釋義〕貪圖個人的便利。

〔注釋〕癆（ㄌㄠˊ）病：舊時稱肺結核病。

對手

夫妻倆打鐵

〔釋義〕泛指競賽的對方。

摽上勁；絞上勁

碌碡*改夯／炸麻花的碰上搓草繩的

〔釋義〕比喻互相較量、比賽。

〔注釋〕碌碡（ㄌㄧㄡˋ ˙ㄓㄡ）：石磙。

滿人（仁）

山上的核桃／秋後的核桃／成熟的花生果

〔釋義〕指人員已滿，沒有餘地。

漸漸明白

東方欲曉／雨後天晴／五更天起床

〔釋義〕指逐漸懂得道理或弄清真相。

管不著那一段

巡警擺手／鐵路警察下站臺

〔釋義〕指分工明確，各管份內的事。

聞著臭，吃著香

油炸臭豆腐

〔釋義〕比喻名聲雖不大好，但實用、實惠。

與己無關；與我無關

對岸上的公公*／車拉千斤有地擔／城樓上看馬打架

〔釋義〕指事情與自己毫無關係。

〔注釋〕公公：對年老的男子的尊稱。

與眾不同

兔子下山／睡貓打呼嚕／羊群裡的駱駝／端午節吃餃子*

〔釋義〕比喻跟一般人不一樣。

〔注釋〕民間風俗，端午節家家戶戶吃粽子，吃餃子則不多見。

說反話

左話右講

〔釋義〕比喻講違心的話。

說的說，聽的聽

外婆講故事／老和尚講佛經

〔釋義〕指有的說，有的聽，各用其心。

趕時髦

街上流行紅裙子

〔釋義〕指迎合當時最流行的風尚或樣式。

趕潮流

五更天下海

〔釋義〕比喻追隨、適應社會發展的趨勢。

嘴緊

二鍋頭*的瓶子

〔釋義〕指說話小心，不亂開口。

〔注釋〕二鍋頭：一種較純的白酒。

嘰嘰咕咕

麻袋裡裝茄子

〔釋義〕比喻心裡打不定主意，或私下裡小聲說話。

廢話少說

嘴上加蓋兒

〔釋義〕指不要多講無用的話。

憋出來的

石頭縫裡長竹筍

〔釋義〕指被迫而為的。

熟人

炒麵*捏的／炒麵捏娃娃／開水鍋裡露頭／滾水鍋煮娃娃／蒸籠裡伸出個頭來

〔釋義〕指熟識的人。

〔注釋〕炒麵：炒熟了的麵粉。舊時多用作乾糧。

熟透了

桑葚①落地／桃子掉地上／落地的山梨／嘭嘭②響的西瓜

〔釋義〕比喻相互之間非常熟悉和了解。有時指條件和時機非常成熟。

〔注釋〕①桑葚（ㄕㄣˋ）：桑樹的果穗，味甜，可食，熟了要落地。②嘭嘭：拍打熟透的西瓜時發出的聲音。

熟得早

乾旱的莊稼／受旱的苦瓜

〔釋義〕成熟得早。多指孩子成長快，懂事早。

練腿勁

旱鴨子不下水／有馬不騎，有車不坐

〔釋義〕鍛練腿的力量。

誰也不沾誰的光

白菜燴豆腐／叫花子遇到討飯的／窮光棍遇到吝嗇鬼

〔釋義〕指彼此差不多，誰也占不了誰的便宜。

誰也不嫌誰

拐女嫁了瘸郎*

〔釋義〕指彼此相當，互不嫌棄。

〔注釋〕拐女或瘸郎的腿或腳都有毛病，走起路來都是一拐一瘸的。

誰也不認誰

雲南的老虎，蒙古的駱駝

〔釋義〕比喻互不相識，彼此沒有關係。

誰不知道誰

泥塑匠進廟不叩頭／垛塑匠*不敬泥菩薩

〔釋義〕比喻互相了解，知道對方的底細。

〔注釋〕垛（ㄉㄨㄛˋ）塑匠：從事泥塑的工匠。

輪（淋）到頭上

下雨立當院／下雨不戴帽子

〔釋義〕比喻（事情）臨到自己頭上了。

鴉雀無聲

六月裡的廟堂*

〔釋義〕形容一點聲音都沒有，非常寂靜。

〔注釋〕農曆六月正是大忙季節，到廟裡求神拜佛的人極少。

學做人

猢猻*戴帽子

〔釋義〕指學著當個正派人。

〔注釋〕猢猻（ㄏㄨˊ ㄙㄨㄣ）：猴子。

操心過度（渡）

揪住耳朵過江／端著雞蛋過山澗／挑一擔子瓦罐過河

〔釋義〕比喻過分操勞費心。

橫說豎說都是理

一張嘴巴兩張皮／三寸舌頭是軟的

〔釋義〕不管怎麼講都有道理。比喻強詞奪

理。

獨苗兒；單根獨苗

千頃地一棵穀／草地上的蘑菇／十畝園裡一棵草／三畝地裡一棵穀

〔釋義〕比喻獨生子女。

遲早要飛

樹樁上的鳥兒／麻雀窩裡花喜鵲

〔釋義〕指終究要遠走高飛。

隨人走

出門兩條腿／出門帶條狗／身後的影子

〔釋義〕比喻行動不受約束，自行其便。

隨心所欲

寡婦選郎／一個人喝酒／從小嬌慣的公主／雕塑匠手裡的泥巴／孫悟空手裡的金箍棒*

〔釋義〕比喻隨著自己的心意，想怎麼樣就怎麼樣。

〔注釋〕《西遊記》中講，孫悟空口出咒語，手裡的金箍棒就能大能小。

頭三下厲害

程咬金的斧頭*

〔釋義〕比喻做事開始聲勢大，但不能持久。

〔注釋〕程咬金是隋末起義軍將領，長於用斧，但每斧出陣，僅施三斧，三斧之後即告力竭。

頭多

蒜瓣子頂門

〔釋義〕指領導者多。

默默無聞

老牛拉磨／小廟裡的和尚／深山裡的菩薩

〔釋義〕指沒有名聲，不為人所知。

龍子龍孫

龍王爺的後代

〔釋義〕指富貴人家的後代。

臉皮薄

竹膜*做面子

〔釋義〕形容害羞，或拉不開情面。

〔注釋〕竹膜：竹子莖裡面的一層極薄的膜。

避重就輕

甩西瓜撿芝麻／不背秤砣挑燈草

〔釋義〕比喻迴避要害問題，只管無關緊要的事。

歸（龜）心似箭

王八肚子一根槍*／王八肚子上插雞毛

〔釋義〕形容思歸的心情非常急切。

〔注釋〕槍：此指矛或梭鏢。

繞來繞去

老藤纏樹／羊腸小道／盤山公路／沒橋順河走／長蟲過亂石堆

〔釋義〕比喻說話、做事繞圈子，不直截了當。

繞脖子

仙鶴打架／長蟲鬥仙鶴／大姑娘的圍巾

〔釋義〕比喻不直截了當，令人費思索。

邊打邊走

叫花子打狗

〔釋義〕指一邊招架，一邊走開。

願者伸脖子

姜太公釣王八*

〔釋義〕指心甘情願地做傻事。

〔注釋〕此由「姜太公釣魚——願者上鉤」引申而來。

難得一笑

廟裡的苦羅漢

〔釋義〕形容表情嚴肅，很少有笑容。

懶得聽

耳朵長在膝蓋上

〔釋義〕表示不願聽，或聽不進別人的話。

騰雲駕霧

仙女下凡／飛機上跳傘／王母娘娘走親戚

〔釋義〕形容奔馳迅速，或暈頭轉向。

露骨

火燒燈籠／火燒雨傘／瘦子光膀子

〔釋義〕指用意明顯。

躍躍欲試

開弓不放箭

〔釋義〕形容迫不及待地想試一試。

彎彎繞

近路不走走遠路／哥哥的岳母嫂嫂的娘

〔釋義〕比喻說話不直截了當，拐彎抹角。

攬差事

背著嗩吶趕集

〔釋義〕指主動包攬公事。

敘 事 類

一日三變

小貓的眼[①]／王莽使令[②]／娃娃的臉／陰陽生[③]的臉

〔釋義〕比喻變化多端，反覆無常。

〔注釋〕①貓眼的瞳孔隨光線強弱而縮小或放大。②西漢末年，大司馬王莽代漢稱帝，改國號為新。他打著復古的旗號，進行改制。屢次改變幣制，鑄造錯刀、契刀、大錢等貨幣，朝令夕改，搞得社會混亂，怨聲載道。③陰陽生：舊時指以占卜、星相、相宅、相墓等為業的人。

一去永不來；一去不復返

趙老送燈臺[①]／斷尾的蜻蜓／韓湘子[②]出家／急水灘放鴨子／斷了線的風箏

〔釋義〕出去以後，再也回不來。比喻失去的再也不會得到。

〔注釋〕①相傳有人託趙老給龍王送燈盞，並囑咐他把白的一盞送給龍王，另一盞黑的拿回來照路。趙老看到白的比黑的好，遂起貪心，把黑的送給龍王，自己拿著白的回來，可是沒有走多遠，海浪追來，趙老被海水吞噬，再也沒有回來。另外，在有關魯班的傳說中尚有「趙巧兒送燈臺—— 一去不回來」之說。②韓湘子：神話傳說中八仙之一。

一年一回

八月十五團圓節／正月十五打牙祭*

〔釋義〕指每年輪一次。

〔注釋〕打牙祭：方言，指偶爾吃一頓較豐盛的飯。

一步步來

瞎子走路／瘸子擔水／老太太上臺階／娃娃學走路

〔釋義〕比喻做事要按部就班，有計畫、有秩序地進行。

一言難盡

兩口子打官司／祖宗三代的家務事／打不完的官司，扯不完的皮

〔釋義〕指一句話難以把情況說清楚。有時指有說不完的苦衷。

一言（鹽）難盡（進）

石頭蛋子醃鹹菜／鹹菜缸裡的秤砣

〔釋義〕同「一言難盡」。

一面熱

野地裡烤火／火爐子靠水缸

〔釋義〕比喻做事只有單方面的積極性。

一個個來

江邊洗蘿蔔／罈子裡餵豬／筷子夾豌豆／老太太洗蘿蔔／姐弟仨*過獨木橋

〔釋義〕指事情要逐步地一件一件地進行。

〔注釋〕仨（ㄙㄚ）：三個。

一捅就破

屬窗戶紙的

〔釋義〕比喻稍加點撥，真相就會大白。

一時鮮

七月的荷花／剛摘的黃瓜

〔釋義〕比喻時興一陣子。

一清二楚；清清楚楚

楚河漢界*／手上的皺紋／泉水裡看石頭／橋是橋，路是路／顯微鏡裡看細菌

〔釋義〕指很明白。

〔注釋〕下象棋時，雙方對陣，以河為界。棋盤的中間多寫著「楚河漢界」，對弈雙方，界限分明。

一掃光

狗舔油／風吹落葉／老和尚剃頭／老虎舐①螞蚱②／娃娃推平頭

〔釋義〕這裡比喻一點也不剩。有時指消滅乾淨。

〔注釋〕①舐（ㄕˋ）：舔。②螞蚱（ㄇㄚˋ ㄓㄚˋ）：方言，蝗蟲。

一連串

和尚的念珠*／架上的葡萄／蜻蜓咬尾巴

〔釋義〕比喻一個緊接著一個。

〔注釋〕念珠：數珠，佛教徒念經時用來計算次數的成串的珠子。

一望無涯（ㄞ）

老太太打呵欠

〔釋義〕一眼看不到邊。形容非常遼闊廣大。

一進一出

討媳婦嫁女兒

〔釋義〕比喻有進有出。含有不吃虧也不占便宜的意思。

一筆勾銷

結清了的帳單／閻王爺點生死簿

〔釋義〕把帳一筆抹去。比喻把一切完全取消。

一節節來

沙罐燒黃鱔／耗子爬竹竿／小娃娃吃甘蔗

〔釋義〕比喻有步驟、有秩序地進行。

一摸就著

兜裡的銅板*

〔釋義〕比喻方便極了。有時形容情況摸得熟。

〔注釋〕銅板：銅元。

一碼事

半斤對八兩①／吃子抄手②吃餛飩

〔釋義〕指一回事。

〔注釋〕①舊制十六兩為一市斤，八兩即半斤。②抄手：方言，餛飩。

一碼是一碼*

老太太算帳／割韭菜，剝黃麻

〔釋義〕比喻這兩件事各不相干。有時指做事情有條不紊。

〔注釋〕一碼：一件。

一篇大道理

莊稼佬看告示*

〔釋義〕多指不切實際的官樣文章。

〔注釋〕告示：指舊時官府發布的文告。

一線希（西）望

透過窗縫看落日

〔釋義〕形容希望極其微小。

一頭苦來一頭甜

甘蔗梢上掛苦膽／黃連甘蔗挑一擔

〔釋義〕比喻有痛苦也有歡樂。

一頭熱

旱煙袋／剃頭挑子*／燒火棍子／屬香火的

〔釋義〕比喻只有一方積極主動，另一方則消極冷淡。

〔注釋〕理髮師走鄉串戶，流動服務時所用的挑擔，一頭擔的是炭火爐，可燒熱水，供洗頭用；一頭擔的是既可放理髮工具，又可供顧客坐的箱櫃。

一錘子買賣；一錘子交易

菜瓜打鑼／沙鍋裡搗蒜／罐子裡舂*海椒

〔釋義〕比喻不管成功與否，只此一舉。

〔注釋〕舂（ㄔㄨㄥ）：把東西放在石臼或乳缽裡搗碎。

一擦就著

紅頭火柴

〔釋義〕指事態嚴重，一觸即發。

一瀉千里

開了閘的河水／不盡長江滾滾來

〔釋義〕多形容文筆流暢，氣勢奔放。

一邊倒

風吹麥苗／風吹林子／定向爆破*／懸岩上炸石頭

〔釋義〕比喻意見或辦法都傾向於某一方面。

〔注釋〕按自然條件及工程要求，將土方拋到預定地點的爆破方法。

人人有份

乾塘抓野魚／大江裡抓魚

〔釋義〕指每人都有權得到。

三言兩語

五句話分兩次講

〔釋義〕指話語不多。

下一輩的事

老和尚盼媳婦

〔釋義〕比喻當今做不到的事。

下回分解

說書的剎板

〔釋義〕指事情暫告一段落，以後看情況的發展再說。

上鬆下緊

鴨子浮水

〔釋義〕形容上面要求不高，下面卻抓得很緊。

千鈞*一髮

頭髮絲吊大鐘／獨根頭髮繫磨盤

〔釋義〕比喻極其危急。

〔注釋〕鈞：古時重量單位，一鈞等於十五公斤。

千絲萬縷

紡織廠的下腳料*

〔釋義〕形容事物之間的複雜聯繫。

〔注釋〕下腳料：原材料加工、利用後，剩下的碎料。

千變萬化

萬花筒

〔釋義〕形容變化極多。

大不了

老鼠鼻子／花瓶裡栽樹／茶壺的風暴／耗子的尾巴／池塘裡的風浪／玻璃缸裡養鯉魚

〔釋義〕比喻事情至多也不過如此，沒有什麼了不起。

大事完畢

兒子娶妻女嫁人

〔釋義〕比喻重要的事已經了結。

大馬金刀

騎駱駝背大刀

〔釋義〕比喻辦事聲勢大，有派頭。

大勢所趨

千條江河歸大海／條條小溪流大江

〔釋義〕指發展的趨向。

大賭

趙匡胤*押江山

〔釋義〕指下大賭注爭輸贏。

〔注釋〕趙匡胤（ㄧㄣˋ）：宋太祖，北宋王朝的建立者。

大頭在後面

老鼠拉木屐①／老鼠拉木鍁②／耗子拖葫蘆／獅子滾繡球

〔釋義〕比喻重要的事情或關鍵的問題即將出現。

〔注釋〕①木屐（ㄐㄧ）：木板拖鞋。②木鍁：木製鏟東西的工具，有板狀的頭。

大擺布

染匠下河／錢塘江裡洗被單

〔釋義〕比喻隆重地安排布置。

不久（九）

九月初八問重陽*

〔釋義〕指很快。

〔注釋〕重陽：中國傳統節日，農曆九月初九。

不快也光

臨陣磨槍

〔釋義〕比喻事到臨頭才準備，雖不理想，但也可以應付一下。

不拘一格

藥斗子*

〔釋義〕指不局限於一種規格、方式。

〔注釋〕中藥鋪放置中藥的斗子。一般藥櫃由許多小抽屜組成，每個抽屜又分成若干格。

不長不短

武大郎的扁擔*

〔釋義〕比喻正合適。

〔注釋〕武大郎身材短小，他用的扁擔和一般扁擔相比是不長，和他的身材相比又不短。

不知從何說起

二十四史*面前擱

〔釋義〕指心緒繁雜，茫無頭緒。

〔注釋〕二十四史：指舊時稱為正史的二十四部紀傳體史書。如《史記》、《漢書》、《三國志》等。

不是風，便是雨

螞蟻搬家*

〔釋義〕不颳風，便下雨。比喻形勢發展不利。

〔注釋〕螞蟻對地面溼度的增減很敏感，螞蟻搬家預示著風雨即將來臨。

不落空

得雞不著得隻鴨／跌倒還要抓把沙／關帝廟裡找美髯公*

〔釋義〕指事情有著落，或達到了目的。

〔注釋〕美髯（ㄖㄢˊ）公：關羽，因關羽的鬍子又長又多，諸葛亮稱他為「美髯公」。

不圖賺錢只圖快

東街發貨西街賣／州裡買了州裡賣／蘇州買了常州賣*／三個錢買，兩個錢賣

〔釋義〕指做事只求高速度，不講效益。

〔注釋〕蘇州、常州都在江蘇省，同在京滬鐵路線上，相距不遠。

不翼而飛

火箭上天／氫氣球上天

〔釋義〕比喻東西突然不見了，或言語、信息流傳得極快。

互相牽連

扯著耳朵腮也動／扯著骨頭帶著筋

〔釋義〕互相牽扯、制約。比喻事物的雙方有密不可分的聯繫。

反常

六月下大雪／母豬嫌米糠／阿婆留鬍子／夏天穿皮襖／臘月搖扇子／狗逮老鼠貓看家／梅雨下了三百六十天

〔釋義〕指出乎常規。

反覆不定

隔牆丟瓦／隔牆扔簸箕

〔釋義〕比喻翻來覆去，動搖不定。

天明地白

雪山日出／五更天下雪

〔釋義〕比喻真相大白。

少不得

藥鋪裡的甘草

〔釋義〕指事關重要，缺少不得。

少見；少有

臘月打雷／姑娘長鬍子／螞蚱*的口水／暑天下大雪／宴席上擺狗肉

〔釋義〕比喻很少看到，或不太可能發生的事。

〔注釋〕螞蚱（ㄇㄚˋ ㄓㄚˋ）：方言，蝗蟲。

少見（劍）

道士舞大鉗

〔釋義〕同「少見；少有」。

巴不得

螞蜗*上牆／螃蟹上樹

〔釋義〕比喻迫切盼望，或求之不得。

〔注釋〕螞蜗（ㄇㄚ ㄍㄨㄞˇ）：方言，青蛙。

日子長哩

大年初一看曆書

〔釋義〕指來日方長。

水泄不通

木桶淘米

〔釋義〕形容十分擁擠或被包圍得很嚴密。

水落石出

久旱無雨／退潮的海灘

〔釋義〕比喻事情的真相已完全清楚了。

水裡來，水裡去

龍王爺招親／滿船豆腐拋下江／大海翻了豆腐船／蝦兵蟹將①串門子／豆腐店開在河邊上／賣豆腐帶種河灘地／賣豆腐置②下河灘地

〔釋義〕比喻物歸原主。

〔注釋〕①蝦兵蟹將：神話傳說中龍王的兵將。②置：購買。

以小引大

蚯蚓釣鯉魚

〔釋義〕指用小的代價換取大的成效。

出乎意料

一個骰子*擲七點

〔釋義〕指沒有意料到的事情。

〔注釋〕骰子：又稱色（ㄕㄞˇ）子。遊戲用具或賭具，最多只有六點。

半明半不明

毛玻璃做燈罩／十盞明燈熄五盞

〔釋義〕比喻情況若明若暗。

半信半疑（泥）

郵包掉水田

〔釋義〕指又相信又不相信。

可有可無

飯後的粑粑／夏天的襪子／白臉蛋上打粉

〔釋義〕表示無關緊要。

司空*見慣

眼皮底下的東西

〔釋義〕指常見之事，不足為奇。

〔注釋〕司空：古代官名。

另起爐灶

飯館喬遷*

〔釋義〕比喻放棄原來的，重新做起。

〔注釋〕喬遷：比喻搬到好的地方去。

只看這一跌

王八爬門檻

〔釋義〕比喻成敗在此一舉。

四鄰皆知

王婆罵街

〔釋義〕街坊鄰居都知道。比喻影響大。

平安無事

身後無追兵，眼前無官司

〔釋義〕形容平平安安，沒有出什麼事。

平鋪沓

和尚的帽子*

〔釋義〕比喻很平常，沒有新奇的地方。

〔注釋〕和尚一般不戴帽子，但有時戴一種與頭巾相似的便帽。

必定有緣故

皮褲套棉褲

〔釋義〕比喻事出有因。

打聽打聽

耳朵上掛小鼓／耳朵上掛板子

〔釋義〕指探問消息。

本小利薄

三分錢的買賣

〔釋義〕比喻小本生意，賺不了大錢。

本分事

貓捉老鼠狗看門

〔釋義〕比喻應盡的職責。

未見得

長老種芝麻*

〔釋義〕比喻不一定。

〔注釋〕明代郎瑛《七修類稿》中說，種芝麻必須夫婦同時下種，才能豐收。否則種下的芝麻就不會結實，或結實不多。長老：年紀大、德行高的和尚。

正在火候上

趁熱打鐵／掌鉗的敲小錘

〔釋義〕比喻正處於關鍵時刻。

生就的材料

竹子做簫／禿子當和尚

〔釋義〕比喻恰好合適。

由他去

瞎子牧羊／七里崗放風箏

〔釋義〕指撒手不管，任其發展。

白給

街上的傳單

〔釋義〕指無代價地奉送。

立竿見影

搭鋸見末，水到渠成

〔釋義〕比喻收效極快。

全面動員

麻雀打呵欠／王二麻子打呵欠

〔釋義〕把大家都發動起來，參加某項活動。

吉凶未卜

喜鵲落滿樹，烏鴉漫天飛*

〔釋義〕指禍福成敗還難以預料。

〔注釋〕舊時說法，喜鵲飛來會帶來喜慶，烏鴉飛來則是不祥之兆。

各有主

廟裡的豬頭

〔釋義〕比喻各有歸屬。

回頭見高低

觀景登泰山／騎馬上天山／登上山頂望平地

〔釋義〕指事情過後才分出好壞優劣。

多少沾點

粉球滾芝麻／糯米糰滾芝麻

〔釋義〕比喻事情有些牽連。有時指多少占點小便宜。

多響了一層

電視裡放錄音機

〔釋義〕比喻事物內部複雜，裡面有名堂。

有了頭緒

爛麻擰成繩

〔釋義〕指在複雜紛亂的事情中理出了條理。

有目共睹

者字旁邊安隻眼

〔釋義〕人人都看得見。形容非常明顯。

有去無回

老虎借豬／蒸饃打狗／長蟲①鑽刺蓬②／老鷹抓小雞／肉包子打狗／肉骨頭打狗／高山滾石頭／排骨擲餓狗／迷霧天放鴿子／黃鼠狼拉小雞／豹子借豬狗借骨

〔釋義〕比喻失去的不會再得到。

〔注釋〕①長蟲：蛇。②刺蓬：長滿刺的小樹叢或草叢。

有回音

山溝裡喊叫／山谷裡敲鑼

〔釋義〕比喻事情有反響，有結果。

有伸有縮

說書的嘴，唱戲的腿

〔釋義〕比喻處事靈活。

有住的，沒吃的

蝨子躲在皮襖裡

〔釋義〕有住的地方，沒有吃的東西。

有原因（圓音）

井底下吹號角／井底下放炮仗*／對著水缸吹喇叭／喇叭對著罐子吹

〔釋義〕比喻存在造成某種結果，或某一事情發生的條件。

〔注釋〕炮仗：爆竹。

有救（舅）

外甥不在家

〔釋義〕指災難或危險可以挽救。

有進無出

大船漏水／老鼠跌罈子／輪胎裡打氣／耗子鑽油壺／茶壺裡下元宵／鬼師佬的口袋

〔釋義〕這裡指進來以後就別想再出去了。有時比喻吝嗇。

有頭了

剃頭的拿推子

〔釋義〕指有了領頭的人，或事情有了頭緒。

此起彼落

撐杆打水／公園裡的蹺蹺板／按下葫蘆起了瓢

〔釋義〕這裡起來，那裡落下。表示事情連續不斷地發生。

自有便道

小雞不撒尿／鴨子不尿尿

〔釋義〕車到山前必有路。指自有解決之法。

自有旁人話短長

趕集買竹筍／大風吹倒梧桐樹／大路邊上打草鞋／鳳凰落在梧桐上

〔釋義〕總是有人議論和評說。

自然（字燃）

火燒字帖／圖書館失火

〔釋義〕表示理所當然。有時指不呆板。

串連起來

柳條穿魚／絲線穿珍珠／竹篾穿黃鱔

〔釋義〕指互相串通，加強聯繫。

估堆

瞎子上墳／賣菜的不用秤

〔釋義〕指按照體積大小進行估算。

伸手就是

駝子撿針

〔釋義〕比喻東西很容易得到。

別無分店
大冷天賣涼鞋
〔釋義〕比喻獨此一家。

均（君）攤
朝廷吃煎餅*
〔釋義〕指平均攤派或分擔。
〔注釋〕煎餅：用稀麵糊在鏊子上攤勻烙熟的餅。

完事；完了
戲臺上謝幕／剃頭的拍巴掌
〔釋義〕比喻事情已經做完。

弄假成真
東吳招親／劉備招親／甘露寺招親*
〔釋義〕比喻本來是假裝的，結果卻變成了真的。
〔注釋〕與東吳招親、劉備招親是一回事。劉備到東吳，與孫權母親吳國太相約在甘露寺相親。吳國太一眼看中劉備，當場作主，把女兒嫁給劉備，使東吳招親弄假成真。甘露寺：在江蘇省鎮江市北固山。

快了
瞎子磨刀／磨刀人說夢話
〔釋義〕比喻事情進展速度快，短時間內可見效果。

改造（灶）
炕上安鍋
〔釋義〕指根據需要就原有的事物加以修改或變更。

求之不得
瞌睡碰著枕頭／癩子*頭上抓癢／母雞掉在米籮裡／老鼠跌到米桶裡／燒香遇到活菩薩／酒鬼掉進酒池裡
〔釋義〕指要求非常迫切，或機會很難得。
〔注釋〕癩子：方言，頭上長黃癬的人。

求穩不圖快
腳綁石頭走路
〔釋義〕指做事力求穩妥，不講速度。

沒處擱
塌鼻子戴眼鏡
〔釋義〕比喻沒有地方存放或安置。

罕見
晴天打雷／討飯的赴宴／三九天桃花開／下大雪找蹄印／叫花子吃三鮮
〔釋義〕比喻很少看到。

見者有份
隔山打鳥／年尾打山豬*
〔釋義〕凡看到的人，都可分得一份。比喻好處大家分享。
〔注釋〕廣東、廣西交界處，每到寒冬，農民便群出打獵。不管是直接參加打獵，或是偶然路過，都可得到一份獵物。只要在山豬未被抬到山腳之前，用樹枝去觸動一下山豬就可以了。

走了形
哈哈鏡照人
〔釋義〕比喻變形。

走著瞧
騎馬觀燈／騎驢看書／騎驢看《三國》①／騎驢看唱本／端午節賽馬②／火車上演電影／坐汽車看風景／抱著書本騎馬／騎

毛驢觀山景／正月十五看花燈／張果老[3]騎驢看唱本／兩百錢買了個西洋鏡

〔釋義〕形容是非成敗、結局如何，以後再見分曉。有時含有不甘心的意思。

〔注釋〕①《三國》：指《三國演義》。②水族習俗，每逢端午節舉行賽馬會，人們從四面八方走來觀看。③張果老：神話傳說中的八仙之一。

事出有因

無風不起浪／風不搖樹不動

〔釋義〕指事情的發生有一定的原因。

事出有因（音）

樓頂上的警報器

〔釋義〕同「事出有因」。

來之不易

長工血汗錢，上水頂風船

〔釋義〕比喻頗費周折，來得不容易。

來的來，去的去

呆子不識走馬燈*

〔釋義〕比喻來來往往，變化頻繁。

〔注釋〕走馬燈：供玩賞的燈，用彩紙剪成各種人物騎馬等形象，貼在燈裡特製的輪子上，輪子因燈的火焰所造成的空氣對流而轉動。

來得易

衙門的錢，下水的船

〔釋義〕比喻可以毫不費力地弄到手。

來勢凶猛

長江漲大水／錢塘江漲大潮*

〔釋義〕形容氣勢凶惡強大，難以招架。

〔注釋〕錢塘江是浙江省最大的河流，流經杭州灣入海。江口呈喇叭狀，每月朔、望，海潮倒灌，形成著名的錢塘江潮。

來頭不小

秦瓊的黃驃馬*

〔釋義〕比喻事情有來頭，不可輕視。

〔注釋〕秦瓊為唐初名將，他的黃驃馬是在數百匹好馬中挑選的一匹別人養不肥的黃驃瘦馬，此馬經他餵養，變得異常肥壯。

兩不見錢

雞蛋換鹽

〔釋義〕不發生現金交易。比喻雙方都沒得利。

其實不然（燃）

電燈點火／日光燈發亮／電燈泡上點香煙

〔釋義〕比喻實際上並非如此。

刻不容緩

加急電報／急需的圖章

〔釋義〕一刻也不能拖延。形容時間非常緊迫。

刺眼

眉毛上吊針／眉毛上掛蒺藜*

〔釋義〕指惹人注意，且使人感覺不順眼。

〔注釋〕蒺藜（ㄐㄧˊ ㄌㄧˊ）：果皮有刺，刺人疼痛。

到頂了

高粱開花／貓上屋頂／貓爬樹梢／老鼠爬旗杆／螞蟻爬樹梢／桅杆[1]上耍猴戲[2]／桅杆尖上的猴子

〔釋義〕到了最高的地方。比喻事物已發展

到極高的程度。

〔注釋〕①桅杆：船上掛帆的杆子，或輪船上懸掛信號、裝設天線、支持觀測臺的高杆。②猴戲：用猴子耍把戲。

和盤托出

館子裡端菜

〔釋義〕比喻全部拿出來，毫無保留。

奇（騎）怪

四不像[1]備鞍韂[2]／癩蛤蟆裝鞍子

〔釋義〕比喻出乎意料，難以理解。有時指現象反常。

〔注釋〕①四不像：哺乳動物，雄的有角，角像鹿，尾像驢，蹄像牛，頸像駱駝。但從整體上看，哪一種動物都不像。②鞍韂（ㄔㄢˋ）：馬鞍子和墊在馬鞍子下面的東西。

奇（騎）聞

馬背上接電話／來自賽馬場的消息

〔釋義〕比喻驚奇動聽的消息。

定了

死人的眼睛／死魚的眼睛／牛死眼睛瞪／打下去的樁頭／敲下去的釘子

〔釋義〕比喻已經決定，不再改變。

定了型；定型了

六月的杉木／出了窯的磚／落成的雕像／百年的歪脖樹／模板裡的水泥／鋼水倒進模子裡／生成的眉毛，長成的痣

〔釋義〕比喻事情已發展到了一定程度，無法改變。有時指人的性格一經形成，不易改變。

定局了

輸了的象棋

〔釋義〕指大局已定，確定不移。

往後甩

姑娘的辮子

〔釋義〕比喻置之腦後，暫不理睬。

怪事；怪事一樁*

牛拉汽車／六月飛霜／鹽裡生蛆／老子怕兒子／老鼠吃貓肉／雞吃黃鼠狼／驢頭上長角／竹子上結南瓜／和尚拜丈母娘／馬長犄角騾下駒／公雞下蛋狗長角／螃蟹生鱗魚生腳

〔釋義〕比喻奇怪的事情，或不可能發生的事。

〔注釋〕樁：件。

怪哉（栽）

冬水田裡種麥子*

〔釋義〕表示對某件事物感到奇怪。

〔注釋〕中國南方有些水田，冬天不將水放掉，等到來年再插秧種稻。麥子是旱地作物，不能栽在冬水田裡。

怪哉（齋）

和尚不吃豆腐

〔釋義〕同「怪哉（栽）」。

拉扯不上

手長衣袖短／穿短褲著短襪／拽*住大嫂叫姑姑

〔釋義〕比喻沒有什麼牽扯和瓜葛。

〔注釋〕拽（ㄓㄨㄞˋ）：拉扯。

拉倒

彎刀割麥／小囡①拔蘿蔔／老太太斫②稻／快鋸伐大樹／拖住腳後跟／彎鐵條割麥／鈍鐮刀割麥子／腳後跟拴繩子／高粱稈兒拴騾子

〔釋義〕比喻算了、作罷。

〔注釋〕①小囡（ㄋㄢ）：方言，小孩。②斫（ㄓㄨㄛˊ）：用刀斧砍。

放得出，收不回

出籠的鳥兒

〔釋義〕比喻一旦放鬆或撒手，就再也無法控制。

明打明

禿子打和尚／明鼓對明鑼／玻璃掉在鏡子上

〔釋義〕指明擺著的事。

明擺著

河心的船／房頭立雀／八張牌攤開打／大鏡子當供盤①／手心裡的蝨子／手掌上的紋路／白紙上寫黑字／禿子頭上的瘡／枕木上的鐵軌／鍋臺上的燈盞／衙門口的獅子／八仙桌上放盞燈／戈壁灘②上的石頭／光腦殼上落蒼蠅／禿子頭上的蝨子／和尚頭上的蝨子／揭開寶盒壓紅心③／鍋爐上的壓力表／瘌痢頭④上的蒼蠅

〔釋義〕比喻事情很明白、清楚。

〔注釋〕①供盤：盛放供品的盤子。②戈壁灘：地面幾乎全被礫石覆蓋的廣大沙漠地帶。③賭博壓寶時，做莊的將上有方向標記的寶（一般為方形，牛骨製成）暗放在寶盒內，參加賭博的人猜測寶上所指方向下注，叫壓紅心。④瘌痢（ㄌㄚˋ ㄌㄧˋ）頭：方言，長黃癬的頭。

枉然（網燃）

漁場失火

〔釋義〕比喻得不到任何收穫。

波濤滾滾

俏大姐的頭髮

〔釋義〕比喻事物一浪高一浪地迅猛發展。常用於戲謔。

肯定（啃腚*）

狗咬屁股

〔釋義〕比喻確定無疑。

〔注釋〕腚（ㄉㄧㄥˋ）：方言，屁股。

肯（啃）定

肉骨頭落了鍋

〔釋義〕同「肯定、啃腚」。

花花世界

蝴蝶群舞

〔釋義〕五光十色，極為繁華的地方。指吃喝玩樂的場合。

花樣多

大閨女的鞋／孫悟空變魔術／滿姑娘*的荷包／孫悟空七十二變／漆匠師傅調顏色

〔釋義〕比喻花招不少。

〔注釋〕滿姑娘：方言，最小的女兒，又稱滿妹子。

長不了

冰面上站人／戲臺上的官／兔子的尾巴／挑水的扁擔／剃頭的扁擔／捆綁的夫妻／黃羊的尾巴／荷葉上的露水／腳面上的露

水／大石板上的青苔毛

〔釋義〕這裡指某種局面或作法不會持久下去。有時比喻事情快要失敗，或壽命快要完結。

非同小可

古玩店失火／如來佛打噴嚏

〔釋義〕指事關重大，或情況突出，不同尋常。

非同兒戲

老頭子聯歡／老婆婆跳皮筋①／老年人演活報劇②

〔釋義〕比喻事關重要，不是鬧著玩的。

〔注釋〕①跳皮筋：跳橡皮筋，一種兒童遊戲。②活報劇：能迅速反映時事新聞的戲劇，形式活潑，適宜在街頭演出，也稱「行動劇」。

前呼後擁

皇帝出宮／牛群回山寨／官老爺升堂

〔釋義〕前面有人吆喝著開路，後面有人簇擁護衛。形容行動聲勢大，講排場。

挑明了

針撥燈盞／針尖對油捻

〔釋義〕比喻把事情說破了，使他人了解真相。

段段清

小河裡刮魚

〔釋義〕指分階段，有步驟地進行清理。

為何（河）

船家敬神／船頭上燒紙

〔釋義〕表示詢問。

為時過早

正月裡穿單衣／半夜裡摸帽子／吃過午飯打更

〔釋義〕比喻離行動的時間尚早。

省事

光棍兒搬家

〔釋義〕指不費力氣。

美中不足

西施禿頂／仙鶴黑尾巴／繡花雖好不聞香／俏姑娘臉上長黑痣

〔釋義〕指大體來說很好，但還有不足之處。

耐人尋味

燈謎晚會

〔釋義〕形容意味深長，值得細細體會。

若明若暗

夏夜的螢火蟲

〔釋義〕形容模糊不清。

面目全非

老壽星還童／蝌蚪變青蛙／少小離家老大回①／大世界②裡照哈哈鏡／闊別三十年回故里

〔釋義〕形容面貌變化很大。

〔注釋〕①唐朝賀知章《回鄉偶書》二首之一：少小離家老大回，鄉音難改鬢毛衰；兒童相見不相識，笑問客從何處來。②大世界：此指上海著名的遊樂場，一九一七年創辦，內設許多小劇場。

首當其衝

堰頭上洗腦殼

〔釋義〕指最先受到衝擊。

俯首皆是

沙灘上的石子／跟著腳窩找毛病

〔釋義〕只要弓身拾取，到處都是。形容數量多，極易得到。

家家有

吐魯番的葡萄

〔釋義〕形容物質豐富，家家戶戶都不缺。

差一半

八字寫了一撇

〔釋義〕多指事情沒有完結，差得很遠。

差一點

王奶奶和玉奶奶／王先生和玉先生／王字和玉字相比

〔釋義〕指差別不大。

差不離

木匠的眼睛*／依樣畫葫蘆／照貓兒畫虎

〔釋義〕比喻相差無幾。

〔注釋〕由於職業習慣，木匠對各種木器的尺寸以及用料的長短估計較準確。

差半輩子

給三歲孩子說媳婦

〔釋義〕形容時間相差很長。

捎帶活

放羊撿牛糞／摟草打兔子／放羊的拾柴火／放羊娃打酸棗

〔釋義〕比喻順便或附帶做的事情。

挨上邊

行船靠岸

〔釋義〕指比較接近。

挨不上號

吹鼓手*排隊／吹喇叭的分家／八仙桌上的老九

〔釋義〕比喻輪不到，沒有份。

〔注釋〕吹鼓手：舊時婚禮或喪禮中吹奏樂器的人。

料*不到

染布不勻

〔釋義〕指預想不到。

〔注釋〕料：原意指染布的顏料，此指預料、料想。

旁敲側擊

打半邊鼓／打鼓不打面／敲門驚柱子／左敲鼓，右打鑼

〔釋義〕比喻說話或寫文章不從正面直接說明，而從側面曲折地表達。

時機成熟

瓜熟蒂落

〔釋義〕指時間已到，客觀條件已經具備。

根子在上頭；根子在上邊

倒長的山藤／屋簷下的冰凌／房簷前的冰凌柱

〔釋義〕比喻事情發生的根本原因在上面。

留不住

貓窩裡的小魚／春天的雷，漲潮的水／錢在手裡，食在嘴邊

〔釋義〕比喻保留不得。有時指無法挽留。

真相大白

新郎官揭蓋頭*

〔釋義〕比喻情況完全清楚了。

〔注釋〕蓋頭是舊時女子出嫁時蒙在頭上的紅布。拜完天地入洞房後，由新郎揭下新娘的蓋頭，才能互相看見面容。

神乎（呼）其神

土地喊城隍

〔釋義〕形容非常神祕奧妙。

神到外國

土地爺坐輪船

〔釋義〕比喻神祕奇妙到了不可想像的地步。

紋絲不動

蜻蜓撼樹／木鑽鑽鋼板／螞蟻拉火車／擀麵杖鑽石頭

〔釋義〕絲毫也不動。

缺一不可

兩個人做買賣／八人抬轎七人到／八個油瓶七個蓋

〔釋義〕指缺哪一種也不行。

起手不難

駝子作揖*

〔釋義〕指事情一開始就很容易。

〔注釋〕作揖：雙手抱拳高拱，略彎身向人行禮。

鬼使神差

道士打醮*

〔釋義〕指鬼神暗中指使。借指發生了事先沒有料到的事情。

〔注釋〕打醮（ㄐㄧㄠˋ）：道士設壇念經做法事。

乾乾淨淨

大河裡洗手

〔釋義〕指清潔。有時指一點也不剩。

偶然（藕燃）

荷花塘裡著火

〔釋義〕指偶爾發生。

將就天

月亮地裡晒穀子

〔釋義〕比喻勉強湊合。

得了神力

傍著城隍打小鬼

〔釋義〕指獲得超人的力量。

從頭來；從頭學起

半路出家／老太太念佛／理髮師教徒弟／理髮店收徒弟／另搭臺子另唱戲

〔釋義〕比喻從最簡單最基本的做起。

情況各異

隔道不下雨，隔村不死人

〔釋義〕指各有各的不同情況。

接連不斷

腳踏車的鏈條／太陽落坡月上山

〔釋義〕指一個接一個，沒有間斷。

掛起來；掛著

架上的葫蘆／夏天的烘籠／留種的黃瓜／房簷下吊臘肉／景山上的崇禎皇帝*

〔釋義〕指暫時不解決，聽候處理。

〔注釋〕崇禎是明朝末代皇帝，在景山上吊自盡。

淡而無味

炒冷飯／冷水泡茶／桶水兩鹽／清湯寡水／一碗白開水／口嚼甘蔗渣／白水煮冬

瓜／狗舔空沙罐／清水燒豆腐／清水煮南瓜／溫吞水①沏茶／嚼過的橄欖／蘸（ㄓㄢˋ）雪吃冬瓜／一粒米熬三碗湯／乾蘿蔔纓子②熬湯／別人嚼過的饃饃③

〔釋義〕形容內容平淡乏味，缺乏感染力。

〔注釋〕①溫吞水：方言，不涼不熱的水。②蘿蔔纓子：蘿蔔的葉子，因像纓子而得名。③饃饃：方言，饅頭。

眾所周知

十字路口貼告示

〔釋義〕比喻大家全都知道。含有不講自明的意思。

移花接木

園藝師的手藝／花工師傅的把勢*

〔釋義〕比喻暗中施計，更換人或事物。

〔注釋〕把勢：方言，技術。

莫名*其妙

聽啞巴唱戲／三伏天颳西北風

〔釋義〕比喻事情很奇怪，不可理解。

〔注釋〕名：說出。

莫名其妙（廟）

老虎洞裡菩薩堂

〔釋義〕同「莫名其妙」。

處處皆知

一雷天下響

〔釋義〕比喻聲勢大，到處都知道。

處處留跡

石灰布袋／腳上抹石灰／籮筐盛石灰

〔釋義〕形容到處留下痕跡。

都一樣；一個樣

苦鬼遇餓鬼／吐了魚刺吃骨頭／同一池子裡的水

〔釋義〕比喻沒有什麼不同。

最後一遭

雞肚子裡取蛋

〔釋義〕指最後的一次。

無本生意

吹牛皮賺錢

〔釋義〕指不花本錢的買賣。

無所不有

雜貨鋪子

〔釋義〕指什麼都有。

無奇不有；天下奇聞

公雞下蛋／老鼠吃貓／掃把成精／螞蜗①咬人／冷飯糰發芽／羊身上取駝毛／冷鍋裡爆②豆芽／蜘蛛網吊死人／磨石上長蘑菇／日出西山水倒流／高粱稈上結茄子／葫蘆藤上結南瓜／煮熟的鴨子飛上天

〔釋義〕比喻什麼荒誕離奇的事都有。

〔注釋〕①螞蜗（ㄇㄚ ㄍㄨㄞˇ）：方言，青蛙。②爆：爆炒，用猛火加熱快炒。

無傷大雅

白璧上的微瑕

〔釋義〕比喻對事物的主要方面沒有什麼妨害。

無傷大體

身上拔寒毛／牛身上拔根毛／駱駝身上拔毛

〔釋義〕指對事物的主要方面沒有妨害。

無窮無盡

山間泉水／黃河裡的水／一江春水向東流／不盡長江滾滾來／今年竹子來年筍

〔釋義〕形容沒有止境，看不到盡頭。

無關大局；無關緊要

癬疥之疾／九牛失一毛／木頭上生癤子

〔釋義〕對整個局勢沒有關係或影響。

無邊無沿

破草帽／輪船上觀海／騎驢逛草原／喝江水說海話

〔釋義〕沒有邊際。比喻事物龐大。

稀少

五更的星星／鯰魚*的鬍子／三人兩根鬍子

〔釋義〕比喻事物出現得少。

〔注釋〕鯰（ㄋㄧㄢˊ）魚：頭扁口闊，上下頜有四根鬚。

等不及

雞屁股裡掏蛋吃

〔釋義〕指急不可待。

著手

袖子裡冒火

〔釋義〕表示開始做。

越叫越遠

拿棍叫狗／胡蘿蔔叫鷹

〔釋義〕比喻做事不講究方法，事與願違。

越扯越長

橡皮筋／老頭吃糖／狗銜羊腸／老太太紡紗／貓吃雞腸子／老葫蘆爬秧子

〔釋義〕指事情越說越多，沒完沒了。有時指講話漫無邊際。

越來越緊

麻繩著水／耗子鑽牛角／麻繩蘸（ㄓㄢˋ）鹽水

〔釋義〕指越來越緊張或緊急。有時比喻生活越來越不寬裕。

越洗越難看

泥菩薩洗臉／洗臉水裡兌硫酸

〔釋義〕表示事與願違，越收拾越不美觀。

越追越遠

拐子*捉賊／瘸腿驢攆馬

〔釋義〕指由於條件懸殊，差距越來越大。

〔注釋〕拐子：腿腳瘸的人。

開戒

和尚吃葷

〔釋義〕指解除生活上的禁忌。

順手殺一刀

拆廟打泥胎

〔釋義〕比喻順便給對方以打擊或懲罰。

惹人犯疑

瓜地裡提鞋

〔釋義〕指引起別人疑心。

照常（場）

石磙*點燈

〔釋義〕指跟平常一樣。

〔注釋〕石磙：圓柱形石製農具，用來軋穀物、平場地。多放在翻晒、打整莊稼的場上備用。

照樣

依葫蘆畫瓢

〔釋義〕指依照某個樣式去做。有時指照

舊。

照辦

按方抓藥／打燈籠做事／皇帝下聖旨

〔釋義〕指依照辦理。

當真（針）

裁縫沒得米*／裁縫鋪倒閉

〔釋義〕指信以為真。

〔注釋〕裁縫生活無著時，只好到當鋪裡當針。此為假設說法。

當然（襠燃）

褲子裡冒火／褲襠裡冒煙

〔釋義〕比喻合乎情理，應當這樣。

碰一碰

小牛吃奶

〔釋義〕比喻試探一下。

解決眼前問題

近視眼配眼鏡

〔釋義〕比喻處理當務之急。

跟蹤追擊

獵犬攆*兔子／沙漠裡攆小偷／雪地裡抓逃犯

〔釋義〕指緊緊跟在後面追打。

〔注釋〕攆（ㄋㄧㄢˇ）：方言，追趕。

路人皆知

司馬昭之心*／大道邊上貼布告

〔釋義〕連不相干的人都知道。多指心懷叵測，人所共知。

〔注釋〕司馬昭為三國時魏國大將。魏王曹髦在位時，司馬昭專斷獨行，妄圖篡奪帝位。曹髦得知後，極為氣憤，曾對臣子說：「司馬昭之心，路人皆知也。」

道聽途說

馬路新聞／大街得信小街傳

〔釋義〕指毫無根據的傳聞。

圖的是安全

保險櫃裡安家

〔釋義〕比喻貪圖的是保險、可靠。

慢慢來

烏龜爬沙／文火①煎魚／書生②趕牛／蝸牛賽跑／長蟲③吃蛤蟆／長線放風箏／螞蟻啃骨頭／懶婆娘接生／油燈上燉蹄筋／船上人充油灰④

〔釋義〕指做事不急不慌，一步步做。

〔注釋〕①文火：燜煮飯菜時所用的較弱的火。②書生：泛指讀書人。舊時多把讀書人看做迂腐斯文，不會做事的人。③長蟲：蛇。④充油灰：用油灰填塞器物上的裂縫。油灰：桐油和石灰等的混合物。

慢慢看

吹火筒當眼鏡／三分錢的西洋景*

〔釋義〕比喻仔細地觀察，看個究竟。

〔注釋〕西洋景：見「白費工夫」。

摸底

瞎子買鍋／小河裡撈石頭

〔釋義〕比喻了解底細。

滿天飛

開春的柳絮／出巢的蜜蜂

〔釋義〕形容到處亂跑或到處傳揚。

蓋有年矣

老太太的破被子

〔釋義〕表示經歷了很長時間。

說不清楚

聾子和啞巴打架／啞子傳話，呆子打岔*

〔釋義〕比喻講不明白。

〔注釋〕打岔：打斷別人的說話。

說來話長

孩子沒娘／六月裡凍死羊*

〔釋義〕事情的因由很多，談起來話就長了。

〔注釋〕六月裡天氣炎熱，如果凍死了羊，說明事情很複雜，幾句話說不清楚。

說變就變；變化無常

孩兒臉／六月的天／衙役①的臉／奶娃娃的臉／孫猴子的臉／江湖佬②耍戲法③／一時貓臉，一時豹臉／猴兒的臉，貓兒的眼／兩眼一眨，老雞婆④變鴨

〔釋義〕比喻變化無常，捉摸不定。

〔注釋〕①衙役：衙門裡的差役。②江湖佬：舊時指各處流浪，靠賣藝、賣藥等生活的人。③耍戲法：玩魔術。④雞婆：母雞。

趕巧了

放屁打腳後跟／做賊的遇見截路的／瞎子尋了個沒眼的

〔釋義〕比喻不好的事都湊到一塊了。

趕得上

快馬追老牛／兔子攆烏龜／晚點的火車

〔釋義〕比喻來得及。

遙相呼應

千里通電話

〔釋義〕指遠遠地互相配合照應。

數不清

天上的星星／牛身上的毛／地上的螞蟻／人身上的寒毛／盧溝橋的獅子*

〔釋義〕比喻數量多，不計其數。

〔注釋〕盧溝橋位於北京西南郊，是北京現存最古老的一座石拱橋，兩旁為石欄雕柱，柱頭上雕刻著許多神態各異、小巧玲瓏的石獅。

寬打窄用

五尺布做褲衩／麵口袋改套袖

〔釋義〕指充分留有餘地。

調兵遣將

對陣下棋

〔釋義〕比喻調動和組織各方面的人力。

鬧著玩

雞毛做毽子／小孩床上翻跟頭／牽牛花當喇叭吹

〔釋義〕比喻開玩笑或玩兒戲。有時指用輕率的態度對待人或事。

樣樣現成

架著的鍋，點著的火

〔釋義〕指什麼事情都準備好了。

頭一回；頭一遭

新兵上陣／入伍穿軍裝／大姑娘出閣*／大姑娘坐轎／大閨女出嫁／元旦翻日曆／老和尚娶妻／新兵上戰場／新媳婦上轎／大姑娘拜天地／莊稼佬進皇宮／大年五更出月亮／大年初一吃餃子

〔釋義〕指第一次做某件事。

〔注釋〕出閣：出嫁。

遲早一回
醜媳婦見公婆

〔釋義〕比喻免不了或躲不過事情。

獨（毒）一份
蠍子拉屎

〔釋義〕比喻獨一無二。

橫豎都行
過河的卒子

〔釋義〕指無論怎樣都可以。

歷歷（粒粒）在目
碗底的豆子

〔釋義〕形容清清楚楚地展現在眼前。

應該
殺人的償命，借債的還錢

〔釋義〕指理所當然。

戲中有戲
賈寶玉看《西廂記》

〔釋義〕比喻情節錯綜複雜。

舉手之勞
羅鍋作揖*

〔釋義〕比喻毫不費力。

〔注釋〕駝背的人腰本來就是彎的，作揖時只要雙手一舉就可以了。

舉足輕重
跑掉一隻鞋／一腳踏上磅秤臺

〔釋義〕形容處在重要地位，一舉一動都影響全局。

還差半年
六月貼春聯／六月蒸年糕

〔釋義〕指時間差距很大。

還得快
六月債*

〔釋義〕指很快可以還帳。

〔注釋〕舊時借債多在秋收後歸還。如農曆六月借債，很快就到秋收季節。

鬆不得手
瞎子放牛

〔釋義〕指事情要抓緊做，放鬆不得。

額外負擔
腦門上長瘤子

〔釋義〕指超出規定數目或範圍的負擔。

難得的機會；機會難得
老虎打瞌睡／走路拾元寶／趕考中狀元

〔釋義〕指不容易遇到的時機。

難逢（縫）
兩頭尖的針

〔釋義〕指不好碰到。

難講
啞巴教書

〔釋義〕比喻不好說或不便說。

離心遠著哪
屁股上長瘡／腳後跟扎刀子／腿肚子上捅刀子

〔釋義〕比喻離關鍵問題還有很大差距。

嚴（簷）重
房簷下吊磨盤

〔釋義〕多指情勢危急。

嚴（鹽）重
鹹菜蘸（ㄓㄢˋ）大醬

〔釋義〕同「嚴（箸）重」。

露頭

破帽子／出土的筍子

〔釋義〕比喻事物出現了某種苗頭。有時也指出頭露面。

變了

罈子裡的皮蛋／王大娘的松花蛋*

〔釋義〕指和原來不同了。

〔注釋〕松花蛋：皮蛋。

變化多端

魔術師演戲

〔釋義〕比喻變化式樣多，各不相同。

顯而易見

用放大鏡看書／放大鏡下的細菌

〔釋義〕指非常明顯，很容易看清。

狀物類

一大一小

爺倆趕集／爺爺孫子拜年

〔釋義〕一個大的，一個小的。含有大小適當搭配的意思。

一天比一天少

牆上的日曆

〔釋義〕比喻逐漸減少。

一半對一半

二一添作五

〔釋義〕比喻雙方對等，彼此一樣多。

一串一串的

冰糖葫蘆*／秋後的芭蕉／山崖上的野葡萄

〔釋義〕比喻接連不斷，非常多。

〔注釋〕也叫糖葫蘆，把山楂、海棠等鮮果用籤棍穿起來，蘸上溶化的冰糖或麥芽糖等製作而成。

一星半點

大河漂油花／小蠶吃桑葉

〔釋義〕比喻極少的一點兒。

一個不留

三下五去二／魚網裝豌豆／大眼篩子盛米／網兜裡放泥鰍／竹筒裡倒豆子／提著口袋倒核桃

〔釋義〕指一點也不剩。

一搭兩用

和尚的禪杖*

〔釋義〕指一樣東西有兩種用途。

〔注釋〕禪（ㄔㄢˊ）杖：佛家用物。一頭像月牙，一頭像鏟，除作防身武器外，還用以收斂、掩埋路上的屍骨。

一模一樣

一個模子出來的／一群老鴉朝南飛／妹妹穿姐姐的鞋／一個半斤，一個八兩

〔釋義〕形容極其相似，沒有什麼兩樣。

一撮兒

一個銅錢買韭菜／三分錢的胡椒粉

〔釋義〕比喻很少一點點。

七長八短

十五根秫秸*當標杆

〔釋義〕形容有長有短，高低不齊。

〔注釋〕秫秸（ㄕㄨˊ ㄐㄧㄝ）：去穗的高粱稈。

七高八低

十五個人爬樓梯／十五個瘸子拜年

〔釋義〕形容凹凸不平，高低不齊。

七葷八素

十五盤菜放兩處／盆菜攤上的樣品

〔釋義〕比喻食物品種齊全，有葷有素。

人家的

大姑娘抱孩子／老媽子[①]帶孩子／梅香[②]手上的孩子

〔釋義〕指不是自己的。

〔注釋〕①老媽子：舊時指女傭人。②梅香：婢女的代稱。

又光又滑

石灰泥牆*／玻璃板上塗蠟

〔釋義〕指物體表面很光滑

〔注釋〕泥牆：用土、灰等塗抹牆壁。

又苦又酸

醋熘豬苦膽

〔釋義〕指味苦而且酸。

又腥又臭

爛魚扔糞堆／茅房裡的死黃鱔

〔釋義〕指氣味腥臭。

又酸又辣

檸檬拌薑／醋泡辣椒

〔釋義〕指味道又酸又辣。

又酸又澀

石榴樹上掛醋瓶

〔釋義〕形容味道酸澀。比喻不成熟。

又鮮又嫩

春茶尖兒／八月的蓮藕／剛冒尖的竹筍

〔釋義〕形容蔬菜瓜果等長得新鮮而嫩。

大小不分

公孫*並坐

〔釋義〕比喻分不出大小。

〔注釋〕公孫：爺爺和孫子。

大小難分

渾水摸魚

〔釋義〕大小差不多，不好分辨。

不大點

鬍子上的飯，牙縫裡的肉

〔釋義〕形容數量極少，或東西極小。

不多不少

一斤的酒瓶裝十兩

〔釋義〕比喻數目相當。

不合身

胖子穿小褂／猴子著西裝

〔釋義〕比喻衣服穿著不合適。

不能充饑

畫裡的大餅／鏡子裡的燒餅

〔釋義〕比喻解決不了問題。

不嫩

三月的菜薹*／嚼不爛的黃瓜

〔釋義〕指蔬菜、水果長得不鮮嫩。

〔注釋〕菜薹是油菜等的嫩芽，可供食用。中國南方，農曆三月正是油菜成熟季節，菜薹已經長老。

去一半

爛柴打狗／脆瓜*打驢／黃瓜敲鑼

〔釋義〕指人或物少了。比喻受了很大的損失。

〔注釋〕脆瓜：泛指黃瓜、菜瓜等瓜類。

白上加白

雪上加霜

〔釋義〕形容非常潔白。

凹凸不平

笨媳婦納的襪底兒

〔釋義〕形容極不平整。

古貨

老太太的嫁妝

〔釋義〕指陳舊的東西。

光溜溜

河裡摸魚／水塘裡的泥鰍／河裡的鵝卵石

〔釋義〕形容很光滑。

多多益善

呆子求財／韓信點兵*

〔釋義〕比喻越多越好。

〔注釋〕韓信是漢高祖劉邦手下大將。據《史記·淮陰侯列傳》記載，劉邦問韓信：「像我這樣能帶多少兵？」韓信回答說：「陛下最多帶十萬。」又問：「你能帶多少？」韓信說：「臣多多而益善耳。」

好吃難消化

一口吞隻鴨／蜜餞石頭子

〔釋義〕指東西雖好吃，但不易消化。

有大有小

一棵樹上的核桃／芝麻地裡種西瓜／李子攙著葡萄賣

〔釋義〕形容品種多。

有的是

河灘的沙子／深山的石頭／磨道*裡找蹄印

〔釋義〕形容很多，不稀奇。

〔注釋〕磨道：方言，磨坊。

有限得很

沙裡淘金／針尖上削鐵／雞腸子上刮油

〔釋義〕多指數量很少，或程度不高。

老鼻子啦

大鼻子的爸爸

〔釋義〕比喻多得不得了。

沒貨了

雜貨店關門／貨郎鼓*別腰裡

〔釋義〕指沒有東西了。

〔注釋〕貨郎鼓：貨郎招攬顧客用的手搖小鼓。

沒滋味

冬瓜熬清湯／吃黃瓜蘸（ㄓㄢˋ）雪／冷水裡泡茶／清水煮豆腐／嚼過的甘蔗

〔釋義〕指沒有味道。

花色多

大閨女的荷包／二姑娘的針線包

〔釋義〕形容品種、花樣很多。

長短不齊

十個手指頭／鐵拐李*的腳桿

〔釋義〕比喻有長有短，不整齊劃一。

〔注釋〕鐵拐李：神話傳說中八仙之一。

味道好爽

吃得耳朵都動

〔釋義〕形容東西好吃，清爽可口。

肥瘦都有

五花大肉

〔釋義〕比喻東西有肥有瘦。

歪歪扭扭

老山羊的犄（ㄐㄧ）角

〔釋義〕形容歪斜不正的樣子。

星星點點

一把芝麻撒上天

〔釋義〕指稀疏而細小的點兒。

破銅爛鐵

小爐匠的家什

〔釋義〕指破爛貨。

破爛不堪

祖傳的被單／叫花子的衣服

〔釋義〕指東西破爛得不成樣子。

高低不齊

芝麻地裡長苞米／高粱地裡種綠豆

〔釋義〕形容有高有低，程度不一樣。

高的高來低的低

牽著駱駝數著雞／騎著駱駝看著雞

〔釋義〕形容高低不平、參差不齊。

現成的

騎駱駝不備鞍*

〔釋義〕指東西已經準備好，隨時可用。

〔注釋〕駱駝的背上有駝峰，略像鞍子。

清（青）一色

韭菜炒蒜苗

〔釋義〕比喻全部由一種成分構成，或全部一個樣子。

淨是扎手貨

刺槐①作棒槌②

〔釋義〕指都是不好處理的東西。

〔注釋〕①刺槐：又稱洋槐，落葉喬木，枝上有刺。②棒槌：捶打用的木棒，舊時多用來洗衣服。

啥都有

瞎眼吃雜碎*

〔釋義〕指什麼都不缺。

〔注釋〕雜碎：煮熟切碎供食用的牛羊等的內臟。

密密麻麻

苦菜開花／螞蟻搬家／紙上的蠶子兒*

〔釋義〕形容又多又密。

〔注釋〕蠶子兒：蠶蛾的卵，每隻蠶蛾一次產卵一百個左右，通常都產在紙上。

軟硬不勻

石子燒豆腐／豆腐燉骨頭／豆腐燒豬蹄

〔釋義〕指東西有軟有硬，分布不勻。

無用之物

玻璃棒槌／和尚的梳子／煎過三遍的藥

〔釋義〕指沒有用處的東西。

微乎其微

針尖上落灰

〔釋義〕形容非常小，或非常少。

鼓鼓囊囊

填鴨的嗉子*／老太太的包袱

〔釋義〕形容口袋、包裹等填塞得凸起的樣子。

〔注釋〕嗉（ㄙㄨˋ）子：鳥食道下部的消化器官，像個袋子，用來儲存食物。

酸上加酸

李梅拌醋／吃口青梅喝口醋

〔釋義〕指味道酸極了。

嫩得很

丈二豆芽／剛出土的幼芽

〔釋義〕指蔬菜很鮮嫩，或烹調的時間短，容易咀嚼。有時比喻年輕人不成熟。

獨一隻

一雙鞋丟一半

〔釋義〕指獨此一個。

顆顆都一樣

羊屎落地

〔釋義〕指個個都相同。

彎彎曲曲

花蛇過溪／駝子扛弓／蚯蚓找媽媽

〔釋義〕指東西的形狀彎曲，不直。

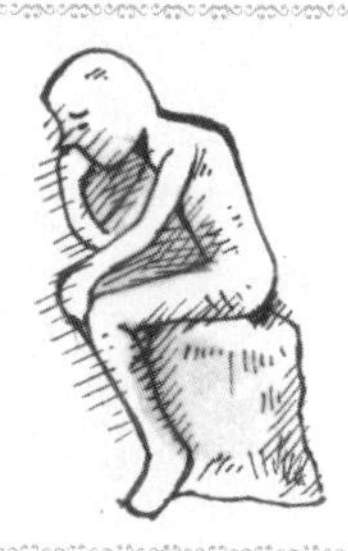

哲理類

一方水土養一方人
靠山吃山，靠水吃水
〔釋義〕指當地資源養活當地人。

一白遮百醜
燈影子①裡相②媳婦
〔釋義〕白臉蛋可以遮蓋醜面孔。比喻好的品質掩飾了其他方面的缺失。
〔注釋〕①燈影子：方言，皮影戲。②相（ㄒㄧㄤˋ）：親自觀看。

一步趕不上，步步趕不上
橫壟地裡攆*瘸子
〔釋義〕指一步放鬆，以後就會步步被動。
〔注釋〕攆（ㄋㄧㄢˇ）：方言，追趕。

一物降一物
大蟲吃小蟲／口水治跳蚤／公雞吃蜈蚣／石膏點豆腐／禾苗怕螻蛄①／老貓拿②耗子／老鼠鑽象鼻／鹵水點豆腐／蛤蟆降蛤蚧③／靛藍④染白布／老太太吃豆腐／水滅火，金剋木／孫悟空借芭蕉扇⑤／斧頭打鑿鑿入木／蛇吞老鼠鷹叼蛇／大魚吃小魚，小魚吃蝦米⑥／老熊奔陷阱，野貓鑽圈圈／斧頭敲鑿子，鑿子吃木頭
〔釋義〕比喻某種事物專門制服另一種事物。
〔注釋〕①螻蛄（ㄌㄡˊㄍㄨ）：前足發達，呈鏟狀，適於掘土，吃禾苗的根和嫩莖。②拿：捉。③蛤蚧（ㄍㄜˊㄐㄧㄝˋ）：爬行動物，形似壁虎而大。④靛（ㄉㄧㄢˋ）藍：深藍色有機染料，用蓼藍的葉子發酵製成，也有人工合成的。⑤《西遊記》中講的，孫悟空隨唐僧赴西天取經，路過火焰山時，向鐵扇公主借芭蕉扇的故事。⑥蝦米：方言，小蝦。

一笑值千金
周幽王點烽火*
〔釋義〕比喻珍貴的東西不易得。
〔注釋〕據《東周列國志》記載，西周國君周幽王的寵妃褒姒，終日不樂。大臣虢石父獻計「烽火戲諸侯」，於是，周幽王下令在驪山點起烽火，戲弄諸侯發來人馬。褒姒看到此情此景，終於撫掌大笑。昏庸的周幽王給虢石父賞金一千兩。

一個師傅一個傳授
剃頭匠使錐子
〔釋義〕指每個有技能的人都有自己傳授經驗的方法。

一報還一報★

一滴水一個泡

〔釋義〕比喻做了壞事會得到不好的報應。

〔注釋〕報：報應。

人老心不老

黃忠交朋友

〔釋義〕指人的年齡雖大，但精神很好，充滿活力。

人定勝天

龍王靠邊

〔釋義〕指人的力量可以戰勝自然。

十里鄉情不一般

娶媳婦穿孝衫★

〔釋義〕指各地有各地的風土人情、生活習慣。

〔注釋〕孝衫：舊俗在死了尊長後的一段時間穿的白色布上衣或麻衣。

上梁不正下梁歪

老子納妾①兒姘居②

〔釋義〕比喻上面的人不好，下邊的人跟著學壞。

〔注釋〕①納妾：娶小老婆。②姘（ㄆㄧㄣ）居：非夫妻關係而同居。

大小各有用場

繡花針對鐵梁／擀麵杖分長短／剃頭刀不能砍柴，砍柴刀不能剃頭

〔釋義〕比喻物不分大小，人不論貴賤，各有自己的長處。

大事不糊塗

有名的賢相呂端★

〔釋義〕指遇到大是大非的問題時，頭腦很清楚。

〔注釋〕呂端：北宋大臣，後任宰相。太宗皇帝去世，內侍王繼恩陰謀廢掉太子，另立別人為帝。呂端及時發覺王的陰謀，奉太子真宗即位，貶逐王繼恩，歷史上稱譽「呂端大事不糊塗」。

大的沒有小的能

老鼠騎水牛

〔釋義〕指不要看不起弱小的事物，小的有小的長處。

不打不成相識

梁山的兄弟①／打完架就握手／張順浪裡鬥李逵②

〔釋義〕指只有經過較量，才能彼此了解，結下交情。

〔注釋〕①據《水滸傳》講，梁山的好漢多是在打鬥中相識而聚義梁山的。②《水滸傳》中講李逵因強行索魚，被張順施計弄翻在水裡，出了洋相。二人從此相識，以後成了至交。

不到火候不揭鍋

大師傅蒸饃／燉豬頭，蒸饅頭

〔釋義〕比喻時機不成熟，不要急於採取行動。

不進則退

逆水行舟

〔釋義〕指不積極進取就要倒退。

少見多怪

狂犬吠①日／狗吠月亮／拾雞毛當令箭②

／哈巴狗咬汽車／見了駱駝說馬背腫

〔釋義〕指見識不多的人，遇見本來平常的事也感到奇怪。

〔注釋〕①吠（ㄈㄟˋ）：狗叫。②令箭：古代軍隊中發布命令時用做憑據的東西，形狀像箭。

心病還得心藥醫

崔鶯鶯患病*

〔釋義〕指心靈方面的問題，還要從心裡層面入手，找出問題根源，尋求解決之道。

〔注釋〕《西廂記》中講崔鶯鶯與書生張君瑞一見鍾情，後因思念張生而患病。

手大捂不住天

黑瞎子*遮太陽

〔釋義〕指在強大的事物面前，能耐再大的人也無能為力。

〔注釋〕黑瞎子：方言，黑熊。

日久見工夫

岩石滴水石開花／水滴石板穿，繩鋸木頭斷

〔釋義〕指時間長了就能看出本領的大小或造詣的深淺。

水漲船高

水到屋邊帆到瓦

〔釋義〕指事物隨著所憑藉的基礎之增長而增長。

功到自然成

鐵杵*磨成針／鐵打房梁磨繡針

〔釋義〕比喻只要有恆心，肯下功夫，做任何事情都能成功。

〔注釋〕杵：一頭粗一頭細的短棍。

功過後人評

秦始皇修長城

〔釋義〕指事業的功過是非，後來人自然會評論。

外傷好治，內傷難醫

橡皮棍子打人

〔釋義〕顯而易見的毛病容易克服，隱患不好治理。

先下手為強

捉魚攔上游

〔釋義〕比喻凡事要積極主動，趁早動手。

先苦後甜

口吃青果／十年寒窗中狀元／吃了黃連吃甘草

〔釋義〕指人先要經過奮鬥和磨練，才能有幸福美好的日子。

冰火不同爐

鐵匠爐下雹子

〔釋義〕指性質不同的事物，彼此不相容。

因地制宜

郭橐駝種樹*

〔釋義〕指按照各地的具體情況，採取適當的措施。

〔注釋〕柳宗元《種樹郭橐（ㄊㄨㄛˊ）駝傳》講，長安附近有一位駝背老人郭橐駝，擅長種樹，他栽培的樹木，長得高大茂盛。有人問他有什麼訣竅，他說：「道理只有一條，就是因地制宜。」

因禍得福

塞翁失馬*

〔釋義〕比喻雖然暫時受到損失，卻因此得到了好處。即壞事可以變成好事。

〔注釋〕《淮南子》中說，古時住在邊塞上的一個老頭丟了一匹馬，人家來安慰他，他卻說：「怎麼知道這不是好事呢？」幾個月後這匹馬果然帶了一匹好馬回來。

有備無患

失羊修圈／晴天帶傘／笨姑娘剪鞋樣／飽帶乾糧晴帶傘／耗子在窩裡藏糧

〔釋義〕指事前有準備，就可以避免禍患。

求人不如求己

大慈悲①看觀音經②

〔釋義〕找別人幫忙不如自己動手。比喻凡事要靠自己努力。

〔注釋〕①大慈悲：指觀音菩薩，佛教徒認為觀音是慈悲的化身，救苦救難之神。②觀音經：講述觀音菩薩教義的經書。

伸手（首）容易，縮手（首）難

羊頭插到籬笆①內／野馬進了套馬杆／野貓嘴饞鑽魚笱②

〔釋義〕指參與一件事容易，想脫身則不易。

〔注釋〕①籬笆（ㄌㄧˊ ˙ㄅㄚ）：用竹或樹枝編成的遮攔物。②魚笱：竹製的捕魚工具，口小肚大，內有竹刺，魚進去後就出不來。

邪不壓正

惡鬼怕鍾馗①／臊狐狸見不得關二爺②

〔釋義〕比喻歪風邪氣敵不過正氣。

〔注釋〕①鍾馗（ㄎㄨㄟˊ）：傳說中能打鬼的神。②關二爺：關羽。曾與劉備、張飛結拜為異姓兄弟，因排行第二，故稱關二爺。

沒有不散的筵席

千里搭長棚*

〔釋義〕指事物總是不斷發展變化的，美好的事物也不會一成不變。

〔注釋〕長棚：遮蔽風雨或陽光的簡易設施。舊時豪門富戶遇有婚喪嫁娶，往往搭起長棚，大擺宴席，款待賓客。

夜長夢多

十二月*說夢話

〔釋義〕比喻時間久了，麻煩事就會多。

〔注釋〕十二月二十二日前後為冬至，這一天太陽經過冬至點，北半球白天最短，夜間最長。

官逼民反

林沖上梁山

〔釋義〕指統治階級殘酷壓榨人民，迫使人民起來反抗。

怕挨螫別想吃甜頭

熊瞎子*舔馬蜂窩

〔釋義〕比喻怕冒風險就得不到好處。

〔注釋〕熊瞎子：方言，黑熊，也稱狗熊。

明人也有糊塗時

張天師被鬼迷住

〔釋義〕比喻聰明人也有不明事理的時候。

明人不做暗事

打著燈籠偷驢子

〔釋義〕指光明正大的人，不做見不得人的事。

物以稀為貴

三畝竹園一根筍／黃金能賣高價錢

〔釋義〕指東西越稀少，就越顯得珍貴。

物盡其用

雞毛做撣子／洗腳水倒在秧田裡

〔釋義〕指各種東西應該充分發揮效用。

肥水不落外人田

田埂上修豬圈

〔釋義〕指在各種人際交往中，善於經營謀劃，而不吃虧。

長到老，學到老

七十歲學巧／八級師傅學手藝

〔釋義〕比喻學無止境，一生一世都要學習。

柔能克剛

話兒把石頭融化

〔釋義〕指在一定條件下，柔弱的能夠制服剛強的。

柔能克剛（鋼）

鐵匠拉風箱

〔釋義〕同「柔能克剛」。

看著容易做著難

千條竹蔑編花籃

〔釋義〕指看起來不難辦的事，動起手來就不那麼容易。

英雄難過美人關

呂布戲貂蟬*

〔釋義〕指舊時某些英雄人物，往往因迷戀於女色，而喪失鬥志。

〔注釋〕《三國演義》故事。呂布為董卓的義子。司徒王允欲殺掉董卓，施「連環計」離間呂布和董卓的關係，王允先把自家歌妓貂蟬許給呂布，後又獻於董卓。一次，呂布在鳳儀亭調戲貂蟬，被董卓發現，父子二人結為冤仇。呂布在王允的精心策劃下，終於殺死董卓。

冤家路窄

仇人相逢／小胡同裡遇仇人／獨木橋上遇仇人／假李逵遇見真李逵*

〔釋義〕指不願相見的人偏偏碰見。

〔注釋〕《水滸傳》中描寫的李鬼假冒李逵劫路的故事。

害人先害己

對空撒灰／稻草人放火／吃了砒霜*毒狗

〔釋義〕指存心傷害別人的人，首先自己受害。

〔注釋〕砒（ㄆㄧ）霜：一種劇毒藥。

家賊難防

老鼠攻牆

〔釋義〕指內部的敵人或壞人難以防備。

家醜不可外揚

關門打老婆

〔釋義〕指家裡出了不體面的事，不可向外聲張。

根深葉茂

山上的青松／百年的大樹

〔釋義〕比喻基礎雄厚，事業興旺。

站得高，看得遠

山頂上觀景致[1]／鑽塔頂上觀景／十里高山望平地／山鷹站在崖頂上／泰山頂上觀日出[2]

〔釋義〕站得越高，視野越廣。也喻指地位越高，眼光越遠大。

〔注釋〕①景致：風景。②每當天氣晴朗，站在泰山之顛玉皇頂上，可看到旭日從渤海上冉冉升起，氣象萬千，非常壯觀。

能人之上有能人

孫悟空拿豬八戒*

〔釋義〕本事高的人上面還有更高的。

〔注釋〕豬八戒法號悟能，孫悟空捉拿悟能，其本領在悟能之上。

能者多勞

口吹喇叭腳敲鼓／挑著擔子背著娃

〔釋義〕指有本事的人做的事情多，承受的勞累也多。

欲速則不達

開飛車[1]拋錨[2]／搶吃弄破碗

〔釋義〕指性急求快，反而達不到目的。

〔注釋〕①飛車：速度極快的車。②拋錨（ㄇㄠˊ）：汽車等中途發生故障而停止行駛。

欲無止境

考上秀才[1]盼當官／做了皇帝想成仙／得了五穀[2]想六穀，有了肉吃嫌豆腐

〔釋義〕比喻人的欲望永遠沒有滿足的時候。

〔注釋〕①秀才：明、清兩代生員的通稱，泛指讀書人。②五穀：指稻、黍、稷、麥、豆。

眼不見為淨

閉眼吃蝨子／瞎子唱大花臉[1]／張果老[2]閉著眼睛吃蝨子

〔釋義〕指對厭煩的事物採取迴避態度。

〔注釋〕①大花臉：又叫淨，戲曲角色，常扮演性格剛烈或粗暴的人物。②張果老：神話傳說中的八仙之一。

細水長流

山泉出澗／小河通大江／峨嵋山上的泉水

〔釋義〕比喻節約使用財力或物力，使之經常不缺。有時比喻點點滴滴，不斷地做一件事。

細嚼慢嚥

新媳婦吃飯／老太婆啃窩頭

〔釋義〕指吃東西要嚼碎再嚥下才易消化。也比喻學習知識或接受新事物要細心體會，慢慢消化吸收。

貪多嚼不爛

饞鬼搶生肉／一口吃個牛排／一嘴吞掉仨饅頭

〔釋義〕比喻做事貪大求多，超過自己的負擔能力，反而沒有好結果。

惡人先告狀

水鬼[1]找城隍[2]／張驢兒上公堂[3]／小偷擊鼓進公堂

〔釋義〕指做壞事的人往往先發制人，誣告別人。

〔注釋〕①水鬼：淹死鬼，傳說水鬼常拉人下水，是惡鬼。②城隍：傳說中掌管某城

的神。③《竇娥冤》故事。見「冤枉好人」。

惡有惡報

火燒財主樓

〔釋義〕指作惡多端的人沒有好結果。

貴在實踐

眼過千遍不如手過一遍

〔釋義〕指做事最可貴的在於身體力行，在實務中求得真知。

越高難度越大

推小車的爬大坡

〔釋義〕指標準越高，要求越嚴，越不容易達到。

越練（煉）越結實

孫悟空進了八卦爐*

〔釋義〕比喻越鍛練越健壯。

〔注釋〕《西遊記》中說孫悟空被推入太上老君煉金丹的八卦爐內，反而煉出一雙「火眼金睛」。

量體裁衣

裁縫師傅的手藝

〔釋義〕指根據具體情況處理問題，辦理事情。

閒時預備忙時用

大姑娘做嫁衣

〔釋義〕比喻平時有準備，需要時就派上用場。

閒（鹹）極生非（飛）

鹽店裡賣氣球

〔釋義〕指閒得發慌的人容易尋釁惹事。

集思廣益

人多主意強／戰地諸葛亮會*

〔釋義〕指集中群眾的智慧，能收到更大、更好的效果。

〔注釋〕諸葛亮會：若干人在一起商量，發揮集體智慧，解決疑難問題的集會。民間把諸葛亮當作智慧的代表，因有此說。

農家出英才

禾草裡頭藏龍身*

〔釋義〕比喻在平凡的崗位上，或平凡的工作中，可能出現有才華的人。

〔注釋〕龍身：泛指非凡的人。

跟著啥人學啥人

跟著巫婆①跳大神②／跟著英雄學好樣／跟鷹飛天，跟虎進山

〔釋義〕比喻接觸什麼人，則受什麼人的影響，學什麼人的樣子。

〔注釋〕①巫婆：以裝神弄鬼替人祈禱為業的女巫。②跳大神：女巫或巫師裝出鬼神附體的樣子，亂說亂舞，舊時人們認為能給人驅鬼治病。

慢工出細活

老牛拉磨

〔釋義〕指做得慢一些，可以做得更好一些。

遠水不解近渴

太行山①上看運河②／牛頭山③上看黃河／玉泉山④的水好喝／站在秦嶺⑤看渭河⑥／嘴含鹽巴望天河

〔釋義〕比喻緩慢的解決辦法，不能滿足迫

切的需要。

〔注釋〕①太行山：位於山西高原與河北平原之間。②運河：始鑿於春秋末期，後經擴建。北起北京市通縣，南至杭州。是世界上開鑿最早、流程最長、規模最大的人工運河。③牛頭山：在寧夏青銅峽市。④玉泉山：在北京西北郊。⑤秦嶺：橫亙在陝西省中部偏南，為黃河、長江兩大水系的分水嶺。⑥渭河：黃河最大支流，發源於甘肅省渭源縣，東流橫貫陝西中部。

對症下藥

害什麼病開什麼方

〔釋義〕比喻針對不同情況決定對策。

靠山吃山，靠水吃水

深山裡打獵，大海裡捕魚／山裡人有柴燒，岸邊人有魚蝦

〔釋義〕比喻要因地制宜。

熟能生巧

王羲之*寫字

〔釋義〕指反覆實踐和練習，就能不斷地提高技藝。

〔注釋〕王羲（ㄒㄧ）之：東晉的著名書法家。

獨力難撐

單手舉磨盤*／一隻手托不起房梁／一個跳蚤頂不起被蓋

〔釋義〕指個人的力量有限，難以維持和支撐某種局面。

〔注釋〕磨盤：托著石磨的圓形底盤，極重。

積少成多

開山平地／風吹垃圾／沙子裡淘金／拾芝麻湊斗

〔釋義〕比喻一點一滴地積累，就會由少變多。

聰明一世，糊塗一時

諸葛亮*玩狗

〔釋義〕指再聰明的人也有糊塗的時候。

〔注釋〕諸葛亮：《三國演義》中人物，足智多謀，料事如神，民間把他當做聰明人的典型。

聰明反被聰明誤

蔣幹盜書*

〔釋義〕指聰明人自恃聰明，反而誤了自己。

〔注釋〕《三國演義》故事。見「上當受騙」。

懲一儆百

打馬騾子驚／殺雞給猴看

〔釋義〕指懲罰一個人，以警戒多數人。

藝高膽大

武松打虎／馬上耍雜技

〔釋義〕比喻本領高，膽量大。

饑不擇食

餓老鷹抓驢／老虎餓了逮耗子

〔釋義〕比喻在急於解決問題時，往往顧不得選擇最佳方案。

條目筆劃索引

說明：1. 條目均為歇後語的解說語（歇後語的後半部分）。

2. 按條目首字筆畫多少為序排列。

一　畫

二 畫

三 畫

四　畫

五　畫

六　畫

七畫

八　畫

九　畫

十　畫

十一畫

十二畫

十三畫

十四畫

十五畫

十六畫

十七畫

十八畫

十九畫

二十畫

二十一畫

二十二畫

二十三畫

二十四畫

二十五畫

二十七畫

國家圖書館出版品預行編目資料

分類歇後語／王陶宇編著．——初版．—— 臺北
市：五南，2002[民 91]
面；　公分
含索引
ISBN 957-11-3016-8（精裝）

1. 歇後語－字典，辭典

539.604　　　　91016269

1A59
分類歇後語

編著者　王陶宇
責任編輯　黃心盈
封面設計　仲雅筠
插　畫　林曉蕾

原出版者　四川辭書出版社
出版者　五南圖書出版股份有限公司
發行人　楊榮川
地　址：台北市大安區 106
和平東路二段 339 號 4 樓
電　話：(02)27055066（代表號）
傳　真：(02)27066100
劃　撥：0106895-3
網　址：http://www.wunan.com.tw
電子郵件：wunan@wunan.com.tw

版　刷　2002 年 10 月　初版一刷

定　價　390元 整